《温岭丛书》甲集第二十五册

林丙恭集

ZHEJIANG UNIVERSITY PRESS
浙江大学出版社

总目录

林丙恭集

［清］林丙恭　撰

钱汝平　点校

季球玉二位仁兄足下自癸亥夏晤於後雕草堂一擱瞬

閱已八閱嚴寒歲月催人勻勝浩歎此紙

文祺潭祉皆大吉祥　定必鄰祝　弟首別後旅甬旅滬

旅瀋陽浪跡天涯与啟鄉知己特多疏淪徭歲歸里閭

玫伯先生已作古人不禁瀉此淚下幸即赴府慰問因居飢

驅不雖文願招歡珠溪前　玫伯先生編輯台州府志及台州

文僚台詩四錄時雲南弟聯主李靜軒大令周易解尚玄解

二幸　青方武青面所有　李氏家譜撰卯季　林迁圃旺鑑訂草一季王韻卿尖女詩稿

民國十七年六月朔書　第一頁

林丙恭信札（上）

數頁吳仰農茲手經解稿一冊距錄二冊太平鄉賢

刊後一年續查學源流一冊家禮簡易錄二冊均儒班孝

令弟裝盛一東敕立後書房小書籍為當弟因班角毋之末

經書遠一箭固蔡注生先趙黃之保託其特啟敢黃

尊神檢出統文從生先弟甬居昭四在久文謀切見郵

令姪敦候覽返居仍殿見昭亡代尚好事此稚託嵩敢

公為並希

焻福呈酌　昂林丙恭上言

民國十七年六月蓍第二頁

林丙恭信札（下）

4

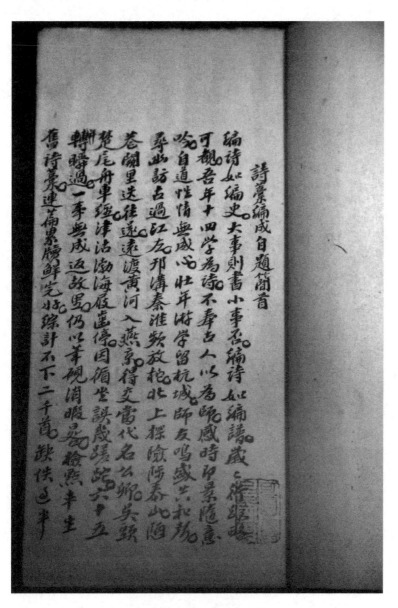

《蕉阴补读庐诗稿》书影

蕉陰補讀廬文彙卷一　　　　太平林丙恭甫述

君子終日乾乾夕惕若厲无咎解

乾九三爻辭君子終日乾之夕惕若厲无咎淮南人間訓
讀夕惕若厲為句說文骨部髒下引作夕惕若厲无咎淮南
黃下引作夕惕髒屬當其字不同而以夕
惕屬四字為句則阮王輔嗣注元終日乾之至桎夕惕
猶若屬也又云雖危而無可以无咎始讀終日乾之句夕
惕句若屬句无咎句文言云故乾之因其時而惕時字正
包絃文終日乾夕惕又云雖危无咎危字正釋繇文屬㱿

《蕉阴补读庐文稿》书影

老子索微　　　　　　　　　　　　　　　　　蕺陰補讀廬叢稿丙部之四

天台林丙森爵銘

道可道〇非常道〇名可名〇非常名〇無名天地之始〇有名萬物之母〇故常無欲以觀其妙〇常有欲以觀其徼〇此兩者同出而異名〇同謂之玄〇玄之又玄〇眾妙之門〇

道者自然無為之道雖可道而非尋常之道名者自然長在之名雖可名而非尋常之名者未形之道常察於其無名者已形之道發舉物萬有之生故謂之母故常察於其無有名欲以觀其漻微發動之機常察於其有名故曰欲以觀其窮高極至之歸兩者無名有名也同出於無同謂之玄者言天地之體曠遠之稱今以狀道之幽微故曰同謂之玄玄者言其體又異名玄者言其用而千變萬化皆由此出故曰眾妙之門

天下皆知美之為美斯惡巳皆知善之為善斯不善巳故有無相生難易相成長短相形高下相傾音聲相和前後相隨是以聖人處無為之事行不言之教

《老子索微》书影

前　言

　　林丙恭(1862—?)，字爵铭，自号沧江钓雪叟、沧水破圜佚叟、破环逸叟等，岁贡生，浙江温岭(古为太平)人，清末学者兼藏书家。沧水林氏祖上由元至正年间因避方国珍之乱从黄岩股竹迁居沧水。高祖林兆瑞，年登大耋，乡间重其德望，称曰可园先生。曾祖林韶，积学励行，著有《正心诚意录》等书，著名学者黄濬称其为好学有道君子。祖父林翘楚，字集材，以经营木材生意起家，家资巨万，货殖之余，不废著述，亦耽吟咏，著有《方城物产志略》《集材诗集》等书。父志锐，字玉琁，原名鑫，字铸颜，十岁即能背诵六经，十三岁出就外傅，作为文章，理致深厚，有大家风。甫冠，复工诗词。既壮，潜心汉宋之学，以为训诂、义理、词章三者不可偏废，不喜乾嘉诸老专事考据，攻击宋儒性理之学，分门别户。故其生平于经传子史及汉魏六朝、唐宋诸书，无不博览潜稽。至于天文、舆地、勾股等学，亦无不探其原、穷其委而有所撰述。但林玉琁厌倦科举，不喜进取，从不与有司试。至咸丰庚申(1860)，才奉祖母命以万金助饷，经两江总督左宗棠奏准，援例以郎中用。同治乙丑(1865)赴部引见，签分工部营缮司郎中。在职半载，即辞职归养。生性好客，喜饮酒，甲申(1884)年夏，因赴友人宴而酒伤心肺，终成痼疾。乙酉(1885)复大病，至秋即与世长辞，享年仅四十有三。林玉琁短暂的一生留下了大量著述，经学方面有《周易注疏集证》二十四卷、《易经异文集释》四卷、《尚书今古文辨证》四卷、《毛诗传笺集证》十六卷等十多种；史学方面有《元史列传补证》二卷、《元史指谬》二卷等；诗文集有《凌沧阁集》四卷、《偷闲室诗余》二卷等。此外还有关于天文地志、九章算术、道藏释典等方面的著述，虽然皆未成书，但亦可窥林玉琬学术贡献之一斑。林玉琬除丰硕的著述而外，对汉唐篆隶与古今法帖碑版复有研究，尤工铁笔。所刻之玉石牙章，得之者即奉为至宝。图书、钟鼎彝器，一见便能辨真赝。其为学沉潜遗经，根据古书训诂，坚守汉世经师之家法，而于濂闽关洛之学，亦能悉心发明，有"欲合汉宋而冶为一炉"之志。

林丙恭生于同治壬戌(1862)三月一日。这可从《蕉阴补读庐文稿》卷十六《叔祖妣江太恭人行述》云"至同治壬戌丙恭生"、《蕉阴补读庐诗稿》卷十《三月一日生日》诗中得到印证。六岁入私塾，林玉琬就每夕授以唐诗，为其略作解说，并摘诗句使其属对，务使对工而后已。光绪甲申(1884)秋，林丙恭府试第一，得以补博士弟子员(秀才)。二十四岁时，林玉琬去世，家道已然中落，林丙恭不敢自我放佚，只得以坐馆维持生计。乙未(1895)，由增贡生加捐试用训导，复主讲翼文书院，先后六年。辛丑(1901)，以赀入官，捐升州判，指分安徽，从此进入仕途。癸卯(1903)夏，林丙恭从安庆归乡省亲。乙巳(1905)春，拟返安庆，但通州丰利场大使陈莅臣来函聘其助理幕务并课其子，林氏遂赴通州。林氏晚年曾随其子林公际的工作需要而转徙于湖北、沈阳、北京等地。最后回归乡里，以教学而终。林丙恭卒年未详，《蕉阴补读庐文稿》收有《港南徐氏谱序》一文，落款是"民国二十四年九月望"，即1935年，这一篇是其文集中所载时间最晚的，可知林丙恭此时尚在人世，因此其享年当在七十四岁以上。据其孙女林燕青所述为寿八十,则当在 1942 年逝世。

　　林氏虽然功名不显,事迹不彰,但他其实是一个颇有成就的学者,著述宏富,尤其对乡邦文献的收集整理颇著劳绩。林氏在其所著《老子索微》题下注有"蕉阴补读庐丛稿丙部之四"字样,可见其将自己的著述按甲乙丙丁分类,也就是按传统的经史子集分类,丙部就是子部,《老子索微》是其子部著述第四种,也就是说,其子部著述至少有四种,再加上经部、史部、集部著述,数量肯定十分可观。可惜的是林氏的著述多未正式刊行,只是以稿本的形式存在,因此多已亡佚。今据整理者掌握的并不完整的材料,现存林氏著述共有七种,其中属著作者三种:《蕉阴补读庐诗稿》十卷、《蕉阴补读庐文稿》十八卷、《老子索微》一卷;杂纂者四种:《台学源流补》五卷(存四卷)、《花山九老诗存》一卷、《江槛集拾遗》一卷、《台州采芹录》一册。由于《林丙恭集》只收林氏著作,因此杂纂将另行出版。今将林氏的三种著作略作介绍。

　　一、《蕉阴补读庐诗稿》。书为稿本,未见页码,有句读,内夹签条,天头偶有校语,封面及每卷卷首均钤有"可园旧里爵叟"白文方印。现藏临海市博物馆。扉页"蕉阴补读庐诗稿"六字书名题"丙寅中秋陈乃楫署眉"字样,并钤有"百川""乃楫"两方白文方印。《重修浙江通志稿》第五册《著述考》收录此书,但题"蕉阴补读庐诗草",可能是受此书第一卷卷首所题"蕉阴补读庐诗草"的影响。检原书封面题"蕉阴补读庐诗稿",但卷一题"蕉阴补读庐诗草",而其后九卷皆题"蕉阴补读庐诗稿",或《重修浙江通志稿》的编撰者一见卷一所题书名,遂据以入录,因此不能据《重修浙江通志稿》而疑林氏此书有两个版本,事实应该是《蕉阴补读庐诗草》就是《蕉阴补读庐诗稿》。《蕉阴补读庐诗稿》第一卷与后面几卷的字迹不合,且中间有《同桂舟、耕琴、右垣诸君及陈文猷管带会李吉卿兄家食新》《赵耕琴君延师教儿孙读,馆迁叶君霭士家,东翁麦饼请客》两首诗明显不是林丙恭的字迹,可能是由他人代写或补充进去的。全书按照时间顺序编排。此书编成的具体年月不详,但卷首有林氏所作的《诗稿编成,自题简首》的题辞,落款是"民国第一丙寅孔子生日前一日",可见其最早编集在1926年9月前后。然通览全书,发现最晚的一首诗作于1931年。由此可见,此稿本在1926年以后又陆续编入不少,其真正编成的时间应该在1931年以后。

关于"蕉阴补读庐"的来历,书中有明确的记载。如《宫子经少尉以芭蕉十本见赠,植诸窗前,已有欣欣向荣之意。七月中旬,返旆维扬,感赋七绝六章以赠,即以留别》诗有"每读楹书转忆家,一编常傍绿阴斜"之句,下有小注"家有蕉阴补读庐",可见是林氏的读书之所。关于编集此书的初衷及其成书的过程,林氏卷首的题辞说得也很明白:

> 编诗如编史,大事则书小事否。编诗如编谱,岁岁行踪略可睹。吾年十四学为诗,不奉古人以为师。感时即景随意吟,自道性情无成心。壮年游学留杭城,师友鸣盛共和声。寻幽访古过江左,邗沟秦淮频放舵。北上探险陟泰山,陌巷阛里迭往还。远渡黄河入燕京,得交当代名公卿。吴头楚尾舟车经,津沽渤海屐齿停。因循坐误几蹉跎,六十五年转瞬过。一事无成返故里,仍以笔砚消暇晷。检点半生旧诗稿,连篇累牍鲜完好。综计不下两千首,缺佚过半呼负负。择其全者八百篇,手自誊写手自编。其中不少句无根,未忍割爱姑且存。譬彼景鸾诗鄙

俗，人共嗤笑彼自足。又如胡装喜题壁，不畏识者之指摘。天水太守胡僧佑，赋诗被嘲不知陋。蓟门战客王思同，与人唱和句欠通。我与诸人略相似，一得自矜还自喜。编成十卷质吟坛，肯否斧正不惮难。

林氏生于书香富贵之家，自幼读书应举，虽然才气俊迈，文章尔雅，但始终未得一第。他于二十三岁那年以府试第一中秀才后，曾五入秋闱，均铩羽而归，在功名之路上毫无进展。林氏后来为生活奔走，辗转上海、北京、扬州、杭州、沈阳、湖北、安徽等地，做过幕僚、教师等。他生活阅历丰富，交游广泛，又喜好吟咏，把一生行迹和功名无望的抑塞不平之气发之于诗，形成了真率平易、豪放磊落的风格。笔者认为，林氏写得最好的是古体诗，虽然这类诗作在全书中不占多数，但它却是全书的精华所在。如卷八《中秋》诗云：

岁月去如流，荏苒又中秋。去岁中秋病初起，无心玩月尚无忧。今秋赏月月不明，只闻四野叹息声。忆入秋来五十日，风师雨师肆横行。六月二十天忽冥，连宵暴疾不留停。淹没植物无遗种，禾黍离离幸尚青。七月二十雨虽小，飓风大作比前矫。庐舍坍毁舟车沉，财产损失实难表。八月十日灾更重，大雨三日势汹汹。平地水高一丈余，人多淹毙禾无踪。嗟嗟往岁被潮没，沿海居民穷入骨。内地今复逢此灾，西山恐无多薇蕨。国家纵或重赐恩，其奈目下觅食已无门。况兼贪吏图中饱，实惠及民曾多少？转瞬秋尽又冬来，饥寒交迫生难保。搔首问天天不言，回转头来问天孙。天孙销声又匿迹，开炉仍把酒重温。一杯一杯醉醒醒，一任人民疾苦月晦盲。静待千秋万岁后,醒来再与嫦娥订诗盟。

中秋本是万家团圆、普天同庆的祥和节日,但那年的中秋,作者的家乡遭遇了严重的雨灾。作者用记事的手法,将那年中秋雨灾的经过及细节描绘无遗,对乡民穷入骨髓的苦难遭遇深表同情,对国家的赈济无能深表遗憾,对贪吏的中饱私囊深表切齿痛恨之情。结尾稍嫌落寞消极,但这也是一种无可奈何下的无言反抗。这首诗音节流利,读来琅琅上口,充分表现了林氏豪放的个性和不俗的才华。限于篇幅,恕不枚举。

当然充斥书中的是作者与友人游历山川以及饮酒唱和的酬应之作,文学意味稍嫌淡薄。但反过来说,这却是当时文人生活状态的真实反映,对文学史或社会史研究来说,不失为宝贵的资料。书中涉及大量温岭乃至整个台州地区文人结社吟唱的情况,是研究当时温岭乃至整个台州地区文人社团史的第一手资料,值得重视。如民国时期温岭文人毛济美编有《三九联吟集》抄本一册,该书记载了温岭民国时期由毛氏等首倡的三九社、四乐社的发起缘由和社友诗作,是温岭近代文学史的宝贵史料。据集中《四乐社章程》记载,1918 年,毛济美暨诸子辈和陈文铎、张浚甫、张虞廷等相约在重阳节登白峰山。1922 年,林丙恭等又加入,并添设三月上巳节修禊之会,大家轮流做东道主。《章程》还对每位成员诗作作了点评:"百媚千娇无双美,座有张颠夸草圣,谓张君幼直;淋漓醉墨尤苍劲,阮步兵、毕吏部,谓阮君麟圃、毕君玉庭;两人豪饮自千古,王绩记醉乡,诸葛吟梁父,谓王际云都勉、诸葛卧南诸君;孟公量最洪,和靖吟尤苦,谓陈君复初及林翁爵铭先生。"书中收有林氏《上巳陈君揞甫邀集望云精舍,因事未赴,寄呈一律》诗一首:

意气元龙信轶伦，襟裾宴集望云滨。计人适合兰亭
数，修禊欣逢上巳辰。游目骋怀真乐事，流觞曲水证前
因。愧余未扑尘三斗，风浴咏归不许亲。

而三九社、四乐社的社员及其文学活动，甚至上述林氏本
人的这首诗，均可在这部诗稿中找到。因此这部诗稿可以和
《三九联吟集》相互印证，从而获取更多有关清末民初温岭乃
至整个台州地区文学创作的信息。举此一例，足概其余。总
之，《蕉阴补读庐诗稿》是一部很有价值的著作，它不仅是林氏
本人诗歌创作业绩的集中反映，也是考察清末民初温岭乃至
整个台州地区文学创作情况的宝贵材料，值得重视。

二、《蕉阴补读庐文稿》。书为稿本，用无格稿纸书写，未
见页码，书中夹有签条，页眉有校语。扉页"蕉阴补读庐文稿"
题签署"丁卯暮春伯云敬书"字样。民国《重修浙江通志稿》第
五册《著述考》曾收录此书，现藏临海市博物馆。全书内容颇
为丰富，共十八卷，前四卷为经解，第五卷为释辨考策，第六卷
为记，第七卷为书启，第八卷、第九卷为论说，第十卷为序跋，
第十一卷为寿序，第十二卷为书后，第十三卷为略例，第十四、
十五、十六各卷为传状，第十七、十八各卷为墓志哀诔。该书
不像《蕉阴补读庐诗稿》按时间顺编排，而是按照文体编订。
书中个别篇章文义未完，当有脱页。书中《港南徐氏谱序》作
于1935年，是最晚的一篇，据此可推测该书的编成应在1935
年以后。

林氏早年求学于杭州诂经精舍多年，是晚清国学大师俞
樾的弟子，因此有较深的经史功底，这在此书的前五卷中得到
了体现。这五卷经史考证虽然说不上篇篇精彩，但其中确有
精金美玉之作。如卷一《"汝后稷"异文考》，力辨先儒训"后"

为"君"、为"居"之失,认为"后"是"司"字之误。因为据《说文》,司字从反后,且其义为"臣司事于外者",引申之亦有主掌、主管之义。故"汝后稷"就是"汝司稷"。据专家考证,司母戊大方鼎实当作后母戊大方鼎,司、后互讹,古书中并不鲜见,因此林氏之说即使不能成为定论,但至少可备一说,能给人不少启发。又比如同卷《禹贡三条四列说》,《禹贡》"三条四列"之说,起于汉儒马融,谓三条为"导岍北条、西倾中条、嶓冢南条",郑玄再进一步提出四列说:"导岍谓阴列、西倾次阴列、嶓冢次阳列、岷山正阳列。"后儒或从之,或驳之,议论纷纭。林氏认为马、郑所言,不过略南北而分阴阳,使治经者于"导山"诸条得知大概,不迷方道而已。他将"导水"与"导山"分开叙述,认为两者"情事前后,未可混同",思致新颖,眉目清楚,可谓凿破鸿蒙。又比如卷五《汇水、洭水辨》,力辨段玉裁、桂馥等著名学者改改"汇"为"洭"或改"洭"为"汇"之失,认为诸书汇、洭并存,不应汇水皆为洭水之误,一水而得多名者,不过随人所称耳。林氏还引当地方言为证,云"盖水名随地而得,而县名朝夕在人口""书策可误,而人口称呼不可误",详引博考,思致绵密,信而有征,足可引为轨范。

林氏在考证中还十分强调文字通假,认为阅读上古典籍,不通文字假借,不足以言考证。这大概得其业师俞樾的真传,因为俞樾最喜谈文字通假。但此法若运用过度,往往得不偿失。如卷三《民虽靡膴解》就是一个著例:

《诗·小雅·小旻》篇:"民虽靡膴。"郑康成《笺》云:"靡,无;膴,法也。"上文"国虽靡止",《毛传》云:"靡止,言小也。"《郑笺》训止为礼。今按《史记·殷本纪》:"说为胥靡。"靡,随也,古者相随坐轻刑之名。《诗·周颂》:"无封

靡于尔邦。"《传》云:"靡,累也。"下文曰"无沦胥以败",言
无相随累牵率同致于败。即此靡字义也。此诗盖言国与
民虽靡靡然相随累,尚有敬用五事者,如《传》《笺》说,皆
义曲意违,与下文不相属矣。又按:膴,大也。《巧言》"乱
如此膴",词气同此。《尔雅》云:"幠,大也。"膴、幠音皆同
也。膴,《韩诗》作腜,声尤与止、否、谋相近,至"艾"字,始
转其声,与败字相韵。

林氏力破郑玄笺"靡"为"无"、解"膴"为"法"之误,认为
"靡"要解作"累"、"膴"要解作"大"才通。还说"膴"与"幠"
"腜"声通,与"止""否""谋"相近,如此辗转相训,不知伊于胡
底。实际上郑玄所笺简捷明快,最为准确。"膴"当读为"橅",
"橅"即"模"也,故郑玄解"膴"为"法"也。"靡膴"即当今所谓
"目无法制"之意而已,不必曲为之说也。

《蕉阴补读庐文稿》是林丙恭学术业绩的集中反映。翻阅
全稿,随时会有惊喜的发现。如《太平集内外编》九十卷,是林
氏所编的一部太平县(今温岭市)地方文学总集,全书没有刻
印行世,只以稿本形式流传过,但在民国时期就已失传。民国
《重修浙江通志稿》第五册《著述考》曾收录此书,有"闻其稿游
杭时贮于行箧,卒后未见"之语。《重修浙江通志稿》结束于
1949 年,可见当时此书或已失传。因此,今人于此书内容已
难得其详。所幸的是,《蕉阴补读庐文稿》卷十三有《太平集凡
例》一文,洋洋洒洒,将近万字,对《太平集内外编》的编撰缘
起、体例内容均述之甚详。尤其是作者按时间顺序把南宋到
清末八百年间的温岭文学史梳理了一遍,不啻是一部微型的
温岭古代文学史纲,具有很高的学术价值。同卷《沧水林氏谱
略例》一文,亦有数千字,对古代谱牒之学的缘起及各家谱牒

的优劣都有评述,有许多自己修谱的心得体会,无疑是一篇出色的谱学论文。集中还有许多书启和序跋,其中也有大量论学之语,可以看出林氏的学术涵养和治学倾向,对了解清末民初学界情况也有一定的参考价值。

书中还有很多墓志、传略,这对乡邦文献研究也很有价值。客观地说,林氏功名不高,地位不显,与其交往之人,按照现在的标准来说,可谓"档次不高",但是正是这些地位不高、功名不显的文人担当起了乡邦文化研究的重任。而这些文人由于地位不高、功名不显,往往难以在正统的或官家的高文典册中占有一席之地,因此现代的乡邦文献研究者为了考证一个乡邦学人,即使是近在清末或民初之人的生平事迹,也往往会多方搜寻而不获。然而翻阅此书中的墓志、传略,却往往会有意想不到的收获。最近蒙温岭市政协文史委主任吴茂云先生见告,他在此书中找到了吴观周的传略,解决了他多年没有解决的吴观周生卒年问题。即就林氏本人而言,以前我们也不知其生卒年,但通过此书,我们得知其生于同治元年(1862)三月一日,其卒年虽不得其详,但从此书所收的写作时间最晚的一篇文章作于1935年来看,其卒年当在此后,其享年至少七十四岁。总之,《蕉阴补读庐文稿》一书内容丰富,信息量大,林丙恭一生学术事业借此获得了体现,同时也为今人研究乡邦文献提供了丰富的资粮,亟应引起重视。

三、《老子索微》。书为稿本,有句读,不少地方文字有改动。卷首钤有项士元"临海项氏寒石草堂鉴藏书画"朱文方印及林氏本人的"林丙恭印"白文方印、"爵铭印"朱文方印各一方。此书本由项士元收藏,新中国成立后项氏将其捐给了临海市博物馆。此书具体书写年月不详,卷末有林氏之妻蒋鬻跋语,跋语落款为孔子纪元二千四百七十六年孟子生日,当是夏历 1925 年二月初二,则此书誊录当在此前后。

　　1924 年冬,林氏见其妻蒋鼐箧藏明董逢元刻秋声阁《老子道德经》一卷,遂展卷读之,玩索有得,随笔纪录。到第二年春,即完成了《老子索微》的撰述。《老子索微》阐述了林氏研读《老子》的心得体会,全书摒弃了汉儒解经式的一字一句的训诂,而纯用宋儒沉潜涵咏的解经方式,着重对文气的体会、大义的阐发,在某些方面确有发前人未发之处。如解第四章"道冲而用之,或不盈。渊乎似万物之宗。挫其锐,解其纷;和其光,同其尘。湛兮似若存。吾不知谁之子,象帝之先"之"象"字,林氏说:"称或称似称若称象,皆故为疑词,以见道之不易测耳。"将"象"解释为"似",是据王弼注,这不足为奇,但林氏认为用或用似用若用象,是为了表示道之不易测,其理解明显比人深了一层,可说是体会到了文外之旨。再比如其解第十三章"宠辱若惊,贵大患若身。何谓宠辱若惊?宠为下。得之若惊,失之若惊,是谓宠辱若惊。何谓贵大患若身?吾所以有大患者,为吾有身,及吾无身,吾有何患?故贵以身为天下,则可以寄于天下。爱以身为天下,乃可以托于天下"之"宠辱若惊、贵大患若身",林氏认为此二句"盖古语,其词甚奥,故以何谓释之"。这样的解释似亦未经人道,颇觉新颖可喜,仔细体会文情,可知林氏之说不无道理,至少可备一说。又比如其解"曲则全,枉则直,窪则盈,敝则新,少则得,多则惑,是以圣人抱一,为天下式。不自见,故明;不自是,故彰;不自伐,故有功;不自矜,故长。夫惟不争,故天下莫能与之争。古之所谓曲则全者,岂虚言哉?诚全而归之"章之"曲则全,枉则直,窪则盈,敝则新,少则得,多则惑"时说此"五言皆古语也",又云"古之所谓曲则全之五者，岂虚语哉"，林氏把《老子》中的一些文句当作古语，是符合常理的，因为老子的智慧并不是凭空产生的，而是从古人的经验之谈中提升而来的。

但是从朴学的角度来看，林氏此书也有一些缺点。首先，其对经文几无校勘，故往往被误文迷惑，致使曲解文意。如解"夫佳兵者不祥之器"章之"佳兵"时说："兵者凶事，非吉祥之器，以兵为佳者，是用不吉祥之器也。"很明显是将"佳"解释为美好了。其实"佳"字是"佳"字之误，而"佳"即是"唯"字，王念孙《读书杂志》早就指出，并为后来出土文献所证实。可见林氏读书未广，参考文献不足，致有此失。其次，林氏的注释亦偶有增字解经之嫌，如解"用兵有言：吾不敢为主而为客，不敢进寸而退尺。是谓行无行，攘无臂，仍无敌，执无兵。祸莫大于轻敌，轻敌几丧吾宝。故抗兵相加，哀者胜矣"章之"行无行，攘无臂，仍无敌，执无兵"时说："行，阵也，是谓列无人与敌之阵，攘无人与敌之臂，就无人与敌之境，执无人相当之兵。"将无行、无臂、无敌、无兵分别解释为无人与敌之阵、无人与敌之臂、无人与敌之境、无人相当之兵，明显是增字解经，且与经文意义不合。正确的解释应该是"虽然有阵势，却像没有阵势可摆一样；虽然要奋臂，却像没有臂膀可举一样；虽然面临敌人，却像没有敌人可打一样；虽然有兵器，却像没有兵器可以执握一样"，如此方合文意。关于这方面的失误多已由林氏之妻蒋藜在跋语中指出，读者可参看。总之，《老子索微》是一部有个人心得体会之书，对《老子》研究有一定的参考价值。

此次整理林氏遗著，将书中校语、批语悉数收入校勘记中，并吸收其合理部分对原文作了校改。对原稿中的缺字，径用口表示。对原稿中模糊难辨之字，亦用口表示，但出校说

明。整理过程中,得到温岭市政协文史委吴茂云主任、温岭市
王伯敏艺术学史馆曾孔方老师的指导和帮助,研究生夏首磊
君协助输入文字并整理了初稿,在此一并致谢。限于整理水
平,书中难免会有不少错误,敬请读者诸君不吝指正。

钱汝平

2017 年 1 月 3 日于绍兴

目　　录

①　原稿有"趋庭集"三字，但不知止何处，今姑据原稿标明。

目　录

①　疑此"芭蕉"二字为衍文。

《温岭丛书》(甲集)第二十五册　林丙恭集

蕉阴补读庐文稿卷三 ……………………………（306）

蕉阴补读庐文稿卷四 ……………………………（323）

蕉阴补读庐诗稿

诗稿编成，自题简首

　　编诗如编史，大事则书小事否。编诗如编谱，岁岁行踪略可睹。吾年十四学为诗，不奉古人以为师。感时即景随意吟，自道性情无成心。壮年游学留杭城，师友鸣盛共和声。寻幽访古过江左，邗沟秦淮频放舵。北上探险陟泰山，陌巷阙里迭往还。远渡黄河入燕京，得交当代名公卿。吴头楚尾舟车经，津沽渤海屡齿停。因循坐误几蹉跎，六十五年转瞬过。一事无成返故里，仍以笔砚消暇暑。检点半生旧诗稿，连篇累牍鲜完好。综计不下两千首，缺佚过半呼负负。择其全者八百篇，手自腾写手自编。其中不少句无根，未忍割爱姑且存。譬彼景鸾诗鄙俗，人共嗤笑彼自足。又如胡装喜题壁，不畏识者之指摘。天水太守胡僧佑，赋诗被嘲不知陋。蓟门战客王思同，与人唱和句欠通。我与诸人略相似，一得自矜还自喜。编成十卷质吟坛，肯否斧正不惮难。沧水钓雪叟林丙恭爵铭自题于学如不及厂，时在民国第一丙寅孔子生日前一日也。

蕉阴补读庐诗草卷一

趋庭集

偶成乙亥

吾辈号书生,当求百世名。毋为章句士,纯盗在虚声。

读书丙子

读书当读《易》《诗》《书》,文章当学孟子舆。晋汉以下诸学子,仅得孔门之绪余。学之且复滋疑窦,恐或反害吾居诸。近世鸿博知名士,罗列经史满庭除。是汉非宋日聚讼,徒博一时之虚誉。按之圣贤之宗旨,其实一一仍茫如。不如吾奉孔孟为师友,吾犹得守吾经畲。

述怀二绝

酒醉心难醉,时移性不移。茫茫身世感,曾有几人知?
我为浮名误,悠悠已十年。但期勿惮改,犹得全吾天。

家居即事

矮屋数间傍水居,梅花树树放琼琚。四围藂竹来拥护,清入寒窗伴读书。

大母王太孺人小祥,以诗当哭

膝下依依十四年,重慈恩德大于天。嗟予毕世难图报,拟乞诔词慰九泉。

赋得五经为《说郛》丁丑

自昔诸儒集,区分有五经。如郛何阔大,为说本虚灵。至理难窥奥,微言欲叩扃。贤关严出入,义郛固围屏。老子歧途过,康成坚垒形。宫墙真美富,瞻仰足仪型。厄共悲秦火,明还让汉庭。方今崇实学,披读手谁停。

大母大祥,再哭以诗

自幼深蒙大母怜,提携训诲意缠绵。三龄学语令无诈,六岁胜衣勉守先。瞻仰莫由思报德,音容如在拜维虔。昨宵梦里重帏过,犹自嬉戏恋膝前。

家园即景_{戊寅}

可园多野趣,曲径绿阴分。富贵花常艳,吉祥草自芬。亭高先得月,竹密喜留云。有客来唱和,几忘日已曛。

偶占

晋帖临摹后,唐诗任意看。帘疏花入画,苔滑石成癖。古意饶修竹,吟身醉软兰。春寒双手颤,懒把钓鱼竿。

晚睡

紫珂日落水东流,罢钓渔翁得自由。饭后纳凉呼儿女,一家团聚坐船头。

仲夏即目_{己卯}

曲径风疏飘竹米,闲阶雨细长苔纹。小园独立殊惆怅,照眼榴花映夕曛。

送江子诗伟观、王星野焕文两师秋试

文通夙抱济时才,叔治文名亦贯雷。此去钱唐应战胜,相将夺得锦标回。

书斋偶占

碧玉阑成面面佳，万竿清影荫南阶。眼前风物皆材料，收入诗囊韵自谐。

郡试归途中偶成

几番鸿爪印纷纷，况复归来日已曛。岸阔隔江人唤渡，山高樵父担挑云。遥天新月留眉样，满路香风带齿芬。顷刻良朋便分手，好莺声已不多闻。

赋得远闻佳士辄心许

士有千秋志，闻名辄挂怀。知心偏地远，聚首爱君佳。久信文章富，还惊神气谐。殷勤劳我忆，想像到尊斋。直可联为侣，休云仅可偕。座中期赏雨，庭外共编柴。说项情殊切，推袁意不乖。他时如把晤，并坐乐无涯。

九月登石龟峰感赋

振衣直上历嶙峋，雨后遥天绝点尘。碍履步随千壑转，插头花爱一枝新。山亭小住消凡劫，风月无心作主人。屈指重阳过十八，只怜仍是旧吟身。

紫珂晚步

数里长塘路,河流映落霞。半途环古庙,隔岸有人家。野菊淡如我,秋兰绽欲花。归来桥上立,新月正西斜。

雪山寺访江君楷亭

古寺深藏护碧筠,独从残腊访诗人。断碑难读除顽藓,冬笋新供爱懒民。联句我还师一字,论年君实长三春。素心晨夕相知久,此日重逢意倍亲。

荷珠 庚辰

荷盘遍洒露华鲜,蓦见明珠走万千。鱼戏横塘嫌目混,人歌极浦觉喉圆。红裳掩映明珰饰,翠盖飞扬宝箔牵。曲院香风透九曲,招凉正在晚晴天。

藕丝

折得横塘玉藕鲜,银丝袅袅自相连。鱼针聚戏穿应惯,鸳锦深藏绣独妍。结就同心长婉转,拈来七空更缠绵。佳人净拭如缫雪,好佐莼羹入绮筵。

题古藤书屋次家伯啸山韵

小屋三间傍水滨,藤花围绕绝凡尘。雠书每喜清凉地,看竹无须问主人。隔树青山高郁郁,认巢紫燕语频频。寄人檐下缘何事,负粟囊空莫救贫。

红叶

新霜一夜到遥山,叶叶浓熏夕照殷。猩色描红妍欲滴,鸦群翻墨望俱闲。林间暖酒霞千片,渡口归舟锦一湾。有客迎秋远写艳,晴光渐欲映酡颜。

四望迷离尽舞风,浅深几讶落花红。朝晴恰斗明霞丽,暮景平添落日烘。饶有林园堪设色,真如野烧欲腾空。停车我学樊川爱,点缀秋光处处同。

春阴辛巳

非雨非晴漠漠天,三春光景正无边。莺啼燕语声俱滑,花睡柳眠态更妍。芳草有情深著色,名园何事重含烟。东皇未许飘金粉,紫姹红嫣养万千。

荷花

绰约凌波一望赊,香荷处处已开花。映来人面怜西子,艳绝诗心是谢家。涤暑平湖摇翠盖,纳凉小沼灿红霞。好风惯

69

送浓香至,荡桨莲歌唱月斜。

剑光

名山宝剑灿奇光,作作锋棱吐有芒。三尺龙文涵白水,七星夜气炼青霜。松纹锷并芙蓉丽,兰叶条增锦绣香。牛斗气冲寒不落,相看耿耿倚天长。

琴韵

名园小集毕狂吟,又向春风奏玉琴。峙岳奔涛成别调,高山流水遇知音。蝉声不减蝉声细,风韵并无俗韵侵。弹到夜深人去后,洋洋抑抑入深林。

茗战

坐挹春风啜茗佳,好将战品遣尘怀。敲烟鼓迸松风响,调水符添石灶排。簧舌翻来新剪雀,枪牙森处巧盘蜗。作家一样休回避,记取槐阴活火埋。

其二

锁院风熏小住佳,闲煎新茗寄生涯。旗枪簇处春烟腻,石灶添来活火埋。阵合龙团轰社鼓,围开雀舌幻诗牌。奇谋按罢头纲谱,战事谁谈两角蜗。

瓜战

钱唐雄占剩山河,战胜瓜田别部罗。虎掌合严三伏冷,貍头影斗一灯多。庭前惯共枪茶试,壁上齐传剪蔓歌。最是青门人老去,不堪陇卧忆干戈。

其二

记取瓜名别部多,于田争问战如何。离奇卧陇头颇老,灿烂成行臂肘搓。虎掌威名真发越,龙蹄将种任摩挲。最怜霸国余杭拓,角胜犹传剪蔓歌。

沧水晚步 壬午

潺潺流水小桥东,扇面微知二月风。竹屋草堂都倚偏①,夕阳犹在树巅红。

春日雨霁晚步偶成

一雨生众绿,双钩搨硬黄。茧丝他日理,樱豆此时香。秧马呼朝插,林鸦伴晚行。长塘灯火起,散步破苍茫。

---

① 偏,据文意,疑当作"徧(遍)"。

感怀步季颖斋茂才韵

自顾藏身乏善刀,此生那得作诗豪。乡间混迹难离俗,笔砚生涯太觉劳。报答不来琼玉珮,赠投安有木瓜桃。挑灯欲写衷情事,湘管虽灵未克操。

新莺

无边韶景斗花朝,数点新莺历乱飘。晓露衣单刚出谷,春风树暖惯迁乔。芳堤携酒人初到,软语流簧舌乍调。此后《江南》《金缕》曲,几番相妒画难描。

新燕

杏花深处小衡茅,新燕来窥认旧交。睐最有情刚值社,归曾相识便营巢。香泥漫向堤边啄,细剪间从柳外抛。岁岁春风逢故友,卷帘待久句频敲。

乞巧

倦绣归来夜已深,新凉庭院月初沉。乍开宝鸭焚香拜,愿乞天孙此夕临。纤手漫劳传好事,柔情曾许结同心。依依偷向花间立,只为相识放却针。

偶成

新旧愁相积,作何消遣之?深思无别法,惟有学吟诗。吟诗诗不雅,不如去敲棋。敲棋棋亦输,只自长於戏。

落叶

黄叶纷纷落未休,流光荏苒又深秋。回风乱舞空山里,急雨同飞古渡头。排闼青来开远岫,隔林红处露危楼。连番曲径呼童扫,煖酒闲吟亦快不?

秋云

微云淡淡碧天流,睡足新凉一味秋。霞绮涵江明几片,罗纹出岫豁双眸。萦回雁字飞难尽,舒卷枫林薄不收。极目天涯多远思,客怀此际正悠悠。

集《选》寄裴诗藏先生二首

日暮游西园,巉岩带远天。月华临静夜,桑柘起寒烟。感物方凄切,微芳不足宣。长歌欲自慰,疲苶愧负坚。

西北秋风至,愁人怨夜长。感时歌《蟋蟀》,恻怆论存亡。亲友多零落,明灯熺炎光。故人心不见,断绝我中肠。

偷闲室四咏 癸未

偷闲室者,家大人筑以课恭读书处也。屋漏窗疏,僻在一隅①,只藉以避风雨、安栖息而已,不足以供卧游、乐嘉宾也。暇日无事,谨就耳目所及,拟为四景,各赠以诗,盖亦自乐其乐云。

凤山遥翠

启室西窗,望见凤山,朝岚暮霭,如画如话。大米笔耶,大痴笔耶?

晨夕卷疏帘,眉宇带山翠。春夏卉木深,风景时时异。宛如《辋川图》,画中有诗意。

沧水急流

紫珂东注与沧水合,夏秋雨集,其流沉沉。夜坐听之,如身在千岩万壑间,风涛骤至。

紫珂不东流,何以合沧水?两水流同声,微叹秋风起。濯足与濯缨,清浊当自揆。

老圃莳花

室房有圃,旧皆荒芜。种以杂花,空空色色。娱我幽情,老圃之力。

乞得诸名花,碍人枝莫折。种之锄自携,灌之壶自挈。富

---

① 隅,原作"偶",据文义改。

贵不复求,聊以自夷悦。

小桥醉月

出室西南,叠石为桥。春秋佳夕,新月将上,好风欲来,携酒桥上,遥对素娥,共浮太白。

清清尊中酒,皎皎天边月。邀月劝清樽,素心自蕴结。醉倒石桥上,酒兴更蓬勃。

幽居

旧有三椽屋,清幽容我读。掩门塞破窦,补篱编修竹。消遣就古梅,延年艺丛菊。人生天地间,得此便是福。

雨后郊行

散步郊原香雨匀,水田时见碧嶙峋。分秧处处春分后,煮茧家家夏令新。花底暖风晴扑蝶,江边明月夜投纶。我生不作无名者,久矣儒冠误此身。

岁月何妨老太平,却因帖括未躬耕。雨余梅圃看莺啄,风润麦田听雉鸣。世事暗惊流水去,幽情时近莫山横。放怀更有欣然意,归路斜阳十里明。

即席书事

闻道榴花照眼明,江楼人自在江城。浴兰悬艾泛蒲酒,聊向西风乞晚晴。

乡村即景

压檐桐帽跋芒鞋,绿竹当门水浸阶。万顷禾田初入画,半畦瓜菜乱旁筛。江山到处风声壮,草树因时日色佳。争奈我生多贫病,不能随在放心怀。

登巾子山放歌

霞城春去萧斋寂,送青排闼到双帻。挈伴同登巾子山,对此茫茫百端集。右顾台山万八高,仙宗禅宿营真巢。左挽沧海波谲诡,蛟龙出没鼋鳝号。嵝深泽巨富钟毓,文章道德兼清操。代产巨公难指屈,铮铮不愧人中豪。忆昔元纲当解纽①,东南半壁萃群丑。张吴东汉剧偏隅,方家兄弟亦雄纠。肇衅端由蔡乱头,澄江一抚成横流。温台四明尽沦没,朝家爵赏恩偏稠。倒持太阿伤铸错,积气孰解杞人忧。丈夫不得金印大如斗,纡青拖紫系肘后。直须身著犊鼻裈,糟丘②混迹醉乡走。安得埋头章句间,荆棘徒歌《行路难》。抑志且偕屠狗辈,降心竞觅烂羊官。学书学剑期一试,少年莫负蓬桑志。功成昼③锦乞归耕,钟鼎山林了吾事。

此诗首二句本作"赤城秋老萧斋寂,枫叶经霜凝双帻",系癸未九月应试郡城作。越三年为光绪十三年,岁次丁亥三月

---

① 纽,原作"狃",据文义改。
② 丘,原作"邱",盖避孔子讳而改,今回改。下同。
③ 昼(晝),原作"画(畫)",据文义改。

朔,三台孝廉堂出此题,江梦生师遂易首二句借抄入卷,不知者恐讹认为江师作,附志于此。

春晴 甲申

山如螺黛水如烟,画出新晴景物妍。杨柳绿遮春酒旆,桃花红压钓鱼船。云深香坞听莺地,日暖平原试马天。好是西湖芳草地,银罂檀板敞琼筵。

楼台杨柳趁晴晖,六六桥头柳絮飞。春暖长堤鸣紫燕,夕阳孤塔问黄妃。寻芳游客携尊酒,晒网渔家傍钓矶。最喜杏花墙外放,清香一缕袭人衣。

菜花

谁家种得满畦花,倾国丰姿世共夸。最是春来三两月,冶游无处不繁华。

尚无一片堕苔茵,独艳高原迥出尘。休向风前愁薄命,年年长斗绮罗身。

剪彩隋宫事莫论,天涯极目暗销魂。东风妆点韶光富,堆满黄金南北村。

喜雨

天公今岁甚多情,一雨经旬草木荣。极目江山开秀色,忽闻村落起欢声。鸠鸣宅畔时占吉,犊叱田间力课勤。九九寒消春渐暖,百花酝酿待新晴。

赏雨

顷刻村庄尽杳冥，跳珠戛玉倚楼听。廉纤渐觉莺声腻，碎滴偏教蝶梦醒。小艇冲烟摇北渚，晨钟带湿出西坰。何当茅屋春归好，相对还须饮醽醁。

雨后看耕

低头见得水中天，退后谁知却向前。底事声声催布谷，高原下隰绿无边。

夏雨

连宵小雨满芳城，此日江乡暑尚轻。夹岸软红随意长，沿山众绿一时生。润含琴调酣朝爽，凉入书声失午晴。却喜榴花墙外放，笼烟照眼最鲜明。

流杯亭怀古

步出城东门，吹面风泠泠。其上为东湖，湖波湛而渟。中有荒凉地，旧为流杯亭。道是钱公造，开拓手几经。公余邀群彦，相与饮醽醁。有时波流急，携杯倚树听。又或荷花放，共醉采莲舲。一时称胜事，姓名垂丹青。不意时世变，碑碣历霜星。迄今数百载，徒此想模型。夹岸富乔木，亦已尽凋零。凭栏独回首，江猿啼翠屏。

咏竹

新移翠竹傍栏干,分得潇湘一段寒。更喜春风明月夜,此君入榻报平安。

纳凉

水边亭子夕阳红,坐久缘贪纳晚风。袖拂绿阴凉满把,窗临雪涧翠浮空。幽兰馥馥清香细,修竹漪漪曲径通。却怪奚童痴懒惯,频呼归去太匆匆。

端午竞渡词

端阳竞渡楚江湄,小艇轻摇唱短词。罗袜凌波飞鹢首,彩旗夹岸映蛾眉。

艾虎

采艾归来问化身,制成猛虎便疑真。驱邪避恶符探乙,翠首青髯名唤寅。养到三年文翠润,出逢五日爪牙新。南薰吹到如闻啸,顾视眈眈气未驯。

蒲剑

新蒲出水舞晴波,叶叶利犀如太阿。同羡根株能拔俗,非关仙侠足降魔。鹈膏未拭香逾烈,虎气如腾石可磨。恰好悬门逢午节,果教表瑞辟邪多。

赠友人

逸情雅度两翩翩,一见便疑上界仙。不怕夜深寒气重,读书能自苦精研。

回头空自悔蹉跎,念载光阴似箭过。安得与君长聚处,花晨月夕共吟哦。

家居即事

凤凰山色最冥冥,绕向吾庐作画屏。柏叶松针分不出,原来都是一般青。

寄王蕙圃茂才

昨夜梦君君可知?梦君如在翼文时。挑灯论史犹呼我,赌韵敲诗更有谁。夺帜①文坛欣夙昔,传经讲席羡今兹。何图野店荒鸡叫,顷刻欢场变别离。

文庙秋祭观礼

盛世尊文教,威仪肃上庠。吉丁降释奠,秋仲事登堂。入

---

① 帜,原作"炽(熾)",据文义改。

幸门曾得,观欣裸始将。恪恭贤大吏,祗率旧彝章。斋戒先期慎,冠裳是日庄。群僚诚济济,多士亦跄跄。在俎牲牷备,于登黍稷香。嘉殽同列鼎,量币俨承筐。旨粟陈三爵,芬芳荐六浆。摄仪原抑抑,舞乐更洋洋。秉籥伶皆硕,挥弦瞽自良。旌麾胥应节,钟磬允成行。玉振金声地,文经武纬场。笙歌谐律吕,缀兆叶阴阳。共切瞻依志,咸钦帱覆长。大牢崇汉祖,褒谥奉唐皇。德本超千圣,师堪式百王。礼真全美富,见各墻羹墙。预拟临雍典,殊殷就日望。环桥如许集,巨制仰煌煌。

春夜乙酉

春夜绵绵怅别情,闲斋坐久觉寒生。半阶花影临池瘦,一枕梅香入梦清。竹近窗纱筛月色,帘垂院落引风声。今宵忘却更长短,忽忽东方又欲明。

游春

帘影飘扬香满门,骚人乘兴过前村。可人最是杏花酒,两脸红添淡淡痕。

日暖风和景物妍,有花有酒乐尧天。三春佳趣休辜负,转眼光阴又一年。

喜江杏春至

有客清晨过,翛然来叩门。头颅怜我老,笑语喜君温。夜雨花千树,春风酒一樽。心知分手易,未敢说销魂。

亭岭口占

偶经亭岭足爬摊，今日方知行路难。安得此身生羽翼，却教片刻度关山。

检旧作

少年惟我最冥顽，绮语无凭未克删。今日始知前日误，每看旧稿一惭颜。

自咏

十年潇洒一青襟，家住沧浪曲水浔。开径尝留芍药地，典衣久有买书心。醉时对客情多略，病里看花意却深。自笑闲身无所用，空山木石是知音。

消夏七绝四首 有引

流水一泓，湛虚空之寒碧；古琴三叠，眠仄径之绿阴。冰台欲炙之余，畏能却日；火伞高张之候①，幽足引风。丁是仆本散人，占兹佳境；亭午瀹茗，尽涤俗尘；水次浮瓜，有怀盛事。爽气侵袖，不须招凉之珠；清飔扑襟，何用反影之扇？挈碧筒以酌酒，聊当曲江赏夏之游；裁冰纨而写诗，窃仪内殿联吟之乐。

---

① 候，原作"侯"，据文义改。

生小湾围一碧中,临流作枕依孤桐。日长梦觉茶初热,沁入心脾俗虑空。

几多飞缁浸云廊,不卷筠帘暑坐忘。最是性情宜水石,停蒲藉草席清凉。

数曲瑶琴断续弹,薰风迸入云水寒。忽看漪縠纵横里,涌出团圆月一盘。

脱巾科坐苦吟哦,隐约帘纹荡素波。记取水晶宫世界,船归唱彻藕丝歌。

蕉阴补读庐诗稿卷二

买春_{戊子}

酒香处处足留人，买醉归来不负春。雨屐闲行红杏路，风帘低飐绿杨津。一枝杖挂青铜稳，三雅觞浮白堕新。贮满玉壶供赏雨，为邀佳士不辞贫。

祝白香山先生生日，用东坡寿子由生日韵_{有引}

按《乐天集》有二月五日生日诗。伏以先生太原旧望，洛社耆英，登上清而东被翱翔，拜外牧而西湖坐镇。诗名腾跃，远增身价于鸡林。宦海淹留，同坐命宫之磨蝎。溯此邦凿井捍江，人传政绩；想到处摄麈纳笔，尸祝馨香。绿藤阴下，如逢五马来游；红藕花中，犹记三年小住。兹值董荣之候，敬修鞠跽之仪。喜名胜之湖山，证因缘之香火。冶春卅里，拟悬弧于杨柳堤边；卜寿千秋，请祝嘏于蓬莱宫畔。

醉吟先生扬清芬，姓氏祕馥帝座薰。辇留续绪迥不群，余杭形胜环慈云。二月五日芳兰焚，添筹缋成五花纹。湖上春色许平分，喜兼惠泽同氤氲。朅来酌兕奉使君，使君兀坐穷典坟。举杯引酌浇奇文，浑忘身世鹪巢蚊。陶陶醉兴我亦云，愿君五考高策勋。展缯与纩覆此军，饮水食蘖朝暮勤。好从一尊沾余醺，水村山郭安耕耘。父老歌颂腾榆枌，白云在天虑绝纷。众香国里挹悽焄，月夜时有吟咏闻。

采桑词

安排桑叶首频搔，姊妹商量怕寂寥。晴日须来两次到，不教孤负一蚕苗。

深闺几日懒加餐，只为春蚕食叶难。何处有桑何处采，红鞋踏破夕阳残。

春阴护处是侬家，细雨濛濛立浅沙。只怕枝高难攀手，青衣吹满碧桃花。

怪底枝头绿尚微，剪刀风里倦披衣。痴心欲向家人说，叶不盈篮我不归。

晚眺

晚步苏堤上，迢迢望眼赊。山头衔落日，水底漾流霞。湖树皆增色，野花亦咀华。樵夫归不得，夜月照平沙。

偶成

书斋寂寂夕阳低，绿叶枝头一鸟栖。独卷竹帘看晚景，白云飞过六桥西。

麦虫

浮蛆香酿透茅茨,麦嫩犹难饭泛匙。碾出万条锻磨后,软于百足见油时。幻疑仙吐成蜂术,候近幽歌动股诗。笑我嗜痴曾有癖,堆盘手掬不须炊。

麦虾

幻成虾样出汤初,物化犹愁觉也蘧。婪尾正宜尝及麦,鞠躬何用叹无鱼。因思短匕捞羹澹,恰在长须建国余。饱食相将听谢豹,香风饵饼满林於。

管德舆和作

香逢夏熟获如茨,蠕动成形掬满匙。蛹蜕尝从槐火后,蠹存未止鞠灰时。朽非化蝶齐民术,贼异称螽小雅诗。烧笋煮葵堪佐食,田家风味爱晨炊。

清和时节麦秋初,虾样成形俨若蘧。月令奚须尝以彘,年丰岂必梦雄鱼。味兼盐豉杯羹内,美媲鲲鮞海物余。食指闲来方欲动,长须短匕正相於。

王玫伯和作

烟迷碧树覆檐茨,麦实为虫滑上匙。异味巧从旋磨下,清香远胜出锴时。移将渐渐芄芄物,拟咏嘤嘤趯趯诗。最是村庄儿女戏,盘堆蠕动话新炊。

细雨轻风麦熟初,装成虾样亦躩躩。芬馨已觉尝同龠,鲜美何须食有鱼。短脚生钳夸粉足,长须似戟喜汤余。闽中五色蛏时至,不及田家得所於。

俞楼即席呈俞夫子曲园

薛庐而后又俞楼,时雨春风一样周。门下无人非许郑,坐中有客亦枚邹。独精雠校同刘向,莫敢赞词学子游。薄醉斜倚阑上望,湖滨新月为诗留。

紫阳书院十六咏,应山长吴左泉夫子教

乐育堂

英才萃集地,入座尽春风。邹峄虽已往,三乐仍在中。

五云深处

山深云亦深,此中大有人。呼之不肯出,殆自葆厥真。

春草池

池上萋萋草,碧映水中波。西堂灵运梦,神助究云何?

凌虚阁

高阁署凌虚,心乎仪抱璞。壮志霄汉并,用可揽翻六。

簪华阁

君赐不可违,乃簪花一枝。用以署斯阁,亦为多士仪。

别有天

峰回路又转,迥然隔尘寰。俗士多回驾,云水共往还。

寻诗径

诗本以言志,到处可呕吟。斯径饶诗意,乃骑款段寻。

巢翠亭

孤亭早湮弃,亭址犹幽致。我寻旧巢痕,空翠已如醉。

螺泉

水自岩罅出,曲如螺回旋。汲饮甘且洌,名之曰螺泉。

鹦武石

亦石亦鹦武,能言亦不言。岂为聪明误,只管点头蹲。

笔架峰

三峰如鼎峙,架笔正相宜。珊瑚好文采,况复近砚池。

垂钓矶

携竿池畔过,时正鳜鱼肥。斜阳人影乱,花香拂钓矶。

校经亭

校经传刘向,今古共仪型。吾浙校书彦,亦以名其亭。

观澜楼

我爱孟夫子,观水必观澜。斯楼富文史,枵腹得分餐。

景徽堂

婺徽子朱子,平昔所景行。私淑既已久,曾否许升堂。

听经岩

听经牧豕奴,讲经徐子盛。予亦执经人,岩畔领师命。

雨后即景

坐久意不适,徐行过山村。青苔沿路滑,绿柳隔江繁。风定烟无气,泉流岸欲吞。拟寻高隐地,云水又黄昏。

消夏杂咏

残雨初晴夜气清,好风吹送惹衣轻。此时不用蒲葵扇,自有清凉满座生。

赤日炎炎夏正长，人家住近藕花塘。荷杯制取饶清兴。相约同侪共举觞。

一带清溪影拍天，水云深处洵堪眠。此中饶有清凉兴，百丈应牵上濑船。

携得荷筒午梦憪，幽篁深处爱清闲。红尘一点飞难到，静看飞禽自往还。

三潭映月

潭南多竹影，竹北有苔岑。此间先得月，流水洗尘心。

湖心亭

小亭如笠立湖心，云影天光曲槛侵。最爱更阑明月夜，好风吹面惬幽襟。

谒岳坟

半壁偷安笑宋高，将军血战总徒劳。计成擒虎忠良死，桧罪应浮莽与操。

送管德舆会试 己丑

暖风习习河冰释，椒江江头夜送客。贫交无物贶君行，赠以片言烦寻绎。君才磊落不可羁，屈指台山称巨擘。方当陆

郎作赋年,秋高已奋盘云翻。虽然捷足到青云,莫忘穷栖悼黄
馘。春官门第萃人文,俊士群趋多似鲫。几人点额几飞腾,天
上衡文凭玉尺。要知取士为苍生,欲报君恩惟懋绩。勤可补
拙俭生廉,贵不矜人谦受益。人生通塞总由天,巧宦何尝免蹶
踬。数言讵必尽箴铭,但志不忘供采择。

送江梅渡先生会试

君揽燕齐辔,我仍静闭关。鹏飞从日月,鹓序许跻攀。临
别三杯酒,怅惘万里山。前途须努力,早出济时艰。

住诂经精舍口占

昨岁未登第一楼,兹来下榻向楼头。二三知己飞腾去,孙
漱泉、管德舆皆捷乡闱,王玫伯得优贡,均已北上。半点青灯作对羞。
古砚忙耕渐觉倦,远书傭[①]答已忘修。却欣济济来多士,倾盖
言欢气味投。

由灵隐至弢光

弢光寺宇倚岩峣,仄径来从灵隐遥。芒屦生滋松露润,琴
囊响逗竹风饶。计程三四不为远,满路莺花无限娇。万顷雪
涛供一望,居然门对浙江潮。

---

① 　傭,据文意,疑当作"慵"。

五月诘经望课题应山长俞夫子教①

湘帘

谁家庭院鸟声声,湘竹帘垂镇日清。斜照送将花影入,好风吹动玉钩鸣。晓笼北牖烟千缕,暮卷西山水一泓。最是黄昏人静候,到门依约月华明。

藤床

价廉购得古藤床,小坐摊书兴欲狂。唯称雪堂横瓦枕,何须珍簟覆罗裳。凉生竹院吟魂适,暑退莎厅睡味长。高卧北窗花乱落,此中世界到羲皇。

棕鞋

野老丝丝擘细棕,芒鞋编就最玲珑。行来竹坨沾新绿,步入花蹊踏乱红。隔岸沾春桥有迹,前村访旧兴何穷。贪看暮景归因晚,湿透苍苔月露中。

葵扇

采得中葵叶甫干,裁为芭蕉胜罗纨。庭前漫向流萤扑,花

① 此诗只存诗题。此诗题在此页最后一行,下页起首即为《湘帘》诗,疑有脱页。由于全书未标页码,故不知脱页几何。

际庸①遮日色攒。两袖清风吹习习,一规皎月影团团。荔裳竹杖浑相称,不似闺人捉合欢。

八月八日自西湖入闽,闻家乡洪水成灾,裴诗藏以七律二章见示,予亦依韵感赋

到杭州去为西湖,此语原期不负吾。岂意台山成泽国,顿教我辈泣穷途。萍踪无暇停三竺,枯管何心敌万夫。从此思归情益切,功名二字总模糊。

试将往事数从头,惹起新愁与旧愁。残柳含烟似惜别,好风送雨总伤秋。思乡常怯途千里,举目慵看月一钩。安得挈家傍玉局,时避暑学海堂、苏公祠。隐居差免杞人忧。

自西兴至蒿坝

百里萧山路,千山又万山。夕阳村树远,渔火布帆闲。水鸟翻明灭,林禽自往还。舟中和醉卧,旅梦绕乡关。

舟过百步,有怀张平叔

小舟缓缓过平川,百步溪头秋景妍。鱼馔误人惩恶客,溪流蜕骨藉盐颠。丹成金液炉封火,云在青山鹤亦仙。试看一湾流水逝,从知昔日《悟真篇》。

---

① 庸,疑是"慵"字之误。

灵江舟中

秋涛汹汹漫灵江，环抱城东吼怒泷。龙势远随沙岛转，鲸波遥向海门降。前村夜月开红蓼，极浦归帆棹画艭。更静忽闻人语响，邻船有客话篷窗。

椒江晚霁

薄雷震耳鸣，风雨杂涛声。云散斜阳出，波光依旧明。

秋闱被放，偶成一律

荆山频泣玉，三十须成丝。奉母贫无馔，怜妻巧作炊。虞卿书懒著，李广数嫌奇。陇亩如堪问，春耕我不辞。

《酴醾花馆剩稿》题词应江数峰先生教

乞得瑶池种，东风护一家。仙之人小谪，到处散天花。艳福兼文福，何修竟有之。藤花春满院，欢绝并肩时。花落春归也，酴醾梦未圆。惟留旧吟稿，一读一神仙。炼石天难补，人云我亦云。碧纱笼少影，恨别不成文。

陈赓甫先生嘱予代题
《酴醾花馆诗稿》,再成二绝

其人与笔两风华,相见无由我亦嗟。试展画图深省识,前身原是职司花。

酴醾花馆返吟魂,金粉飘零月有痕。从此夜深谁唱和,一帘灯影自黄昏。

预挽族伯啸山先生_舒

我闻随园子才子,仓山高卧谢朝市。年寿曾齐渭叟肩,挽诗翻在寿诗前。百十年后缅高风,啸山先生继其踪。一室图书自怡乐,一亩园林为丘壑。教孙女兮呕吟,课雏僧兮洗心。性敦朴以渊涵,气冲和而恬傝。我承先生教最久,将为祝嘏酙大斗。先生命我弗复然,祇为预作挽诗篇。岂果先生爱游仙,飘然驾鹤乘紫烟。鸣呼士行无叔度,京洛风尘缁变素。纷纷挟策声华骛,谁识南山豹隐雾?春花冥冥春日曛,芙蓉城中迥不群。满江春树满江云,我辈长此挹清芬。

啸山先生以诗见赠,依韵奉和

飞鸟遗迹蜕亡壳,谁自华贵不雕琢。惟有先生达矗深,味道之腴居身朴。自少才名海角倾,词坛老将推廉乐。共期一举鹄摩天,岂意璞玉献者数。于今隐居小楼中,独自谈经气荦荦。出处每期济世才,教我无为章句学。羊杜风流存古碣,李杜意气摇五岳。嗟予小子尚昏蒙,空负先生抚头角。予生时,先生来与汤饼会,顾谓先君子曰:"此子头角峥嵘,后必成大器。"每闻斯语,愧甚。

夏守戎清泉访余于翼文讲舍,
为余写《沧水读书图》,赋此以赠

守戎夏君神仙客,一官匏系盘马谪。盘马旧称君子乡,得公居守浇风革。官声籍籍远近传,胸中实抱经济策。公余日坐斗室中,炉香茗碗供朝夕。平生又好方士书,曾炼金丹吹玉液。心参造化悟盈虚,百岁光阴等驹隙。富贵利达那复计,写水写山乐闲适。昨日为我图所居,逼肖屋窄而地僻。画笔可方米元章,诗才仿佛李太白。图后并题七绝一章。忆昔闻君名,江君梦生宅。谓君文字武备全,论才足令天子惜。今年识君面,乃自啸山伯。琴棋诗画色色工,天似为君破常格。二君并为文之雄,独誉夏君真巨擘。二君与我皆心交,又得夏君成三益。盘马司城两相望,灯火盈盈隔咫尺。谈风说月往来频,豪情未肯良宵掷。此乐东坡去后千载不复继,至今交情吟情、画意诗意相得更莫逆。

赠啸山先生,即步其自述韵

公本名山一老僧,前身衣白每扶藤。安心不假菩提树,立品堪方寒谷冰。花甲将周征慧福,鸡园再造许传灯。闲来写出无双句,愧煞辋川王右丞。

元旦开笔_{庚寅}

庚寅元旦属壬寅,开笔书红若有神。小雨分明催腊去,娇莺宛转报春新。愧无好句酬知己,惟守清贫可对人。倘得风云遂我志,愿将词赋答君亲。

祝族伯啸山先生六秩,倒叠前韵

竹枝芒鞋霭可亲,问年已是杖乡人。才华不随鬓毛老,诗句欣同岁月新。愧我祝词多鄙俚,羡公矍铄见精神。人生上寿真难得,转眼筵开七十寅。

和啸山先生人日试笔原韵

先生真脱俗,健笔欲凌云。得句逢人日,撚髭论古文。茶铛随意煮,香鼎不时焚。消受闲中趣,呼童拾野芹。

步前韵咏怀

心因尘俗累,愿未遂风云。读《易》求消息,歌《诗》惜阙文。《礼》嗟汉世乱,《书》喜始皇焚。三十年将近,区区仅掇芹。

游石塘赠夏清泉守戎,次啸山先生韵

悬海突兀撑奇峰,山势蟠曲如游龙。有君子兮此间住,酒徒骚客许相从。

题透天洞,用陈纫斋题画韵

摄衣登高峰,心目忽开朗。中有一洞天,光茫百十丈。欲上不得上,宇宙任俯仰。真人待不来,顿起天际想。小倦倚阑干,禽鸟自来往。

登石华海月放歌

春风送我出松关,历尽千山与万山。行到石塘最高处,渐觉僧闲云亦闲。上碧峰,下碧海,小坐顿消予傀儡。石华海月不虚传,吾师笔迹宛然在。"石华海月"四字摩崖系太守陈鹿生夫子手笔,时余与何主政见石均在座。细筋入骨如秋鹰,用东坡句。光怪疑犹剑气腾。莓苔点缀山欲妒,一半云鬟堕枕棱。孤松倒挂作龙吟,海底潮声洗我心。凭栏试眺望,阿谁是知音。惟有老僧无臧否,万事都付东流水。坦然不涉势利途,闲诵弥陀而已矣。嗟乎丈夫不得金印大如斗,落落尘寰居人后。何如此处学长生,麋鹿为群石为友。一生抛掷白云里,孤芳自赏还自喜。庶几千秋万世而后人,遥遥知有偷闲子。

虞美人

倚阑终日静无言,小字虞兮最莫论。姿带楚妆春欲妒,歌传夜帐月留痕。凄凄泪洒湘妃血,默默香描玉女魂。此刻天心须爱惜,莫将细雨湿黄昏。

弱体柔姿信轶伦,翻身幻出满园春。歌台风趵腰支老,舞帐烟销状态新。艳朵题红香饮恨,深丛晕碧雨含颦。美人虽逝芳名在,默默犹传剑血神。

闻应松生社兄小住西翰,作此迎之

花斋镇日坐春风,知己飘零唱《恼公》。闻道文旌西翰驻,心心相印气交通。

出门寂静好徘徊,蓬户为君早已开。酒盏茶铛都检点,殷殷惟望故人来。

馆中杂咏

课徒依古寺,知心有老僧。教我勤记诵,便能青云登。不学日游戏,恐徒岁月增。

作诗诚难事,改诗亦非易。字或限于韵,辞或逆其志。每当下笔时,沉思浑如醉。

春风知我情,剪剪座中生。春月知我意,融融窗前明。风月皆吾友,与我订诗盟。

夜未到五更,辄闻木鱼鸣。众僧纷纷集,南无唸不明。此故何为者,亦盗夫虚声。

我年二十九,白发头上有。人言我辛苦,辛苦我未受。再加三十年,发白应难数。

答人问近作

吟情连日减多多,试问今宵果若何。不是夜深人欲睡,依然诗苦韵来磨。清和寒气侵惟我,铄闪灯光耀自他。素志久耽禅悦味,于兹信可证头陀。

寄陈子恭

文旆前宵喜枉过,欢情争似别情多。双龙会待君腾匣,三豕讹惭我渡河。潇洒襟怀云出岫,光明心地月临波。从今绮语消除尽,点黛无烦仗翠蛾。

牛耳骚坛孰主盟,同人交口让陈平。社联云浦皆英俊,谓陈揩甫、星侣、芹生、子诚诸昆玉。画仿《辋川》费品评。热不因人心自壮,田虽是石笔能耕。更欣酒醉诗狂后,坐对消闲月一坪。

东逐西驰年复年,生涯随处一青毡。敢云笔扫雄军阵,惟有心耕破砚田。踪迹浑同蓬梗乱,情怀常被藕丝牵。寸笺遥向楼头写,寄与元龙倍黯然。

题山水为子恭作

满山烟树满江云,山色虚无水起纹。一棹归来何所爱,绿杨堤畔草缤纷。

雨过山高天气清，流泉沉沉石边鸣。此间小住饶佳兴，难得妙从笔底生。

西湖山水最离奇，双塔高撑俨若眉。苏白两堤横直筑，写来画里有新诗。

四月闻世伯蒋秋渔先生噩耗 辛卯

握别三旬未，遽然闻讣音。诗笺还墨湿，去冬十二月初八以诗寄示，并借《东湖志稿》。踪迹渺难寻。

记昔君临舍，曾教我学吟。于今成往事，回首泪涔涔。

馆中感赋

城郭风云外，山河烟雨中。匏尊春一勺，钵饭夜双弓。世路多荆棘，家园足韭菘。飘零争似我，犹说不愁穷。

客况真已矣，风流安在哉！莺穿官道柳，蝉噪小园槐。院静尘无染，庭空月自来。乞将邻右竹，傍晚荷锄栽。

啸山先生寄示《旅怀》二绝，依韵应教

我亦为饥迫，依人不在家。欲聆金玉语，争奈隔天涯。

爱菊陶彭泽，耽吟李谪仙。君今兼二美，所向定无前。

附原作

野旷云低处，烟迷不见家。凭阑悬望眼，咫尺是天涯。

作客非吾愿,楼居岂是仙。为怜离索苦,愁到酒尊前。

和啸山先生《课学》原韵

高设绛纱帐,心情老不粗。传经方有日,修德岂愁孤。交道钦君淡,先施笑我迂。何时重聚首,得句共揶揄。

寄内子蒋碧瘦[①]孺人

年年笔耕去乡里,敢说门墙树桃李。不过藉此作生涯,八口无饥免呼癸。十载夫妻惯别离,家中事事烦君理。上有白发亲,赖君供甘旨。下有女孩儿,赖君日指示。时时刻刻必须君,算来我亦不得已。昨夜灯下和被卧,仿佛见君于梦里。膏沐不施首如蓬,卸尽铅华脱簪珥。三四娇女绕膝前,犹剔孤灯理衣被。灯下咿唔与女言,说着阿爷便欢喜。顷刻鸡催天色明,梦醒犹疑言在耳。岂期时过境亦迁,鹊噪檐头月坠水。嗟乎丈夫立志在四方,不学区区儿女子,朝离暮别泪沾巾,谑浪笑傲在床笫。君不见古来豪杰重学轻分离,求志不失当世士。一朝我向青云登,披青拖紫当同尔。

欲游石塘不果

塘山高,海水深。携我素琴,欲访知音。山高水深,悠悠我心。山不可陟,水不可渡。烈士悲歌,美人迟暮。厥意云

---

① 碧瘦,林氏书中有作"瘦碧""廋碧"者,未知孰是。

何？俗累之故。

由郡城至苞安①舟中同包春岩、江杏春、裴诗藏作

午夜秋江风雨横，同人错愕舵师惊。奔涛拍岸鲸鱼啸，浊浪排空地轴倾。身世真如轻羽翩，安危莫可信生平。须臾舣棹苞安到，犹听邻舟呼佛声。

清溪舟中与裴诗藏论书

古肥今瘦有何凭，八法须宗王右军。禊帖当时书茧纸，山阴今日重鹅群。真行草隶源归一，米赵苏黄派渐分。不道江郎五色笔，何时持赠与夫君。

夜过镜湖同江杏春、陈策三、
裴诗藏、包春岩、金苑秋、陈晓霞作

玉盘澄澈浸湖光，濯魄冰壶此一方。掬水月明真在水，不知珠露湿衣裳。

远山近水最多情，冷逼青衫客梦惊。安得季真来地下，品评诗酒到天明。

---

①　苞安，页眉校语云："应作包庵。"

西湖重修朱文公祠,率成一律

百家腾跃任争鸣,赖有文公圣教明。义订群经悬旭日,编成纲目冠群英。殿庑肃穆趋多士,芹藻春秋奠两楹。南宋君臣安半壁,不将钧轴付先生。

江杏春茂才、啸山家伯过访不值,赋以寄之

近来落拓为人驱,佳客遥临未与俱。为向文通殷问讯,此间能否再来无?

逋仙老去爱清游,顾我未能竟夕留。相见无由徒相忆,寄将诗句破离愁。

赠灯

一灯如豆放明光,伴我年年在异乡。书味夜深同领略,相知得汝愿应偿。

下第

三战乡闱并曳兵,此番贾勇敌群英。携将李白生花笔,博得刘蒉下第名。发箧推摩愁日暮,背城借一叹心盲。粗疏恰似荆轲剑,夺帜自应让后生。世侄夏钟泽、邻人陈蔚章皆少年获隽。

题画为家茂才朗夫作

紫岫映江潭,松篁掩草庵。科头磐石上,衣袖染秋岚。
访戴携筇杖,林泉深处居。渔舟两三点,秋水载鲈鱼。

草色壬辰

芳草芊芊入望新,和风丽日爱阳春。入帘似雾青谁染,匝
地成茵碧乍匀。最好西堂吟咏客,剧怜南浦别离人。裙腰一
道蒙茸苗,雨过今番净麹尘。

三月十八同江子言访啸山先生于谢氏楼

谢家门第昔清高,玉立森森子弟豪。今日风流犹未坠,先
生正可广甄陶。

楼头镇日拂春风,四五儿童沐化工。我亦欲来坐一月,无
如身寄海云东。

净几明窗不受尘,殷勤醉我一壶春。诗成愧乏生花笔,好
倩江郎点染新。

附和作

洒落丰标品自高,不妨到处作诗豪。儿童道有翩翩客,来
访闲居五柳陶。

绿杨深处酒旗风,出谷莺啼睨皖工。求友有情聊共和,夕
阳人倚画楼东。

拭几焚香没点尘,为君唤取玉壶春。衔杯觅句催红友,脱口诗成字字新。

杂兴寄陈桂生

绿满窗前草不芟,日来惟听燕呢喃。此生合号偷闲子,与世无争莫畏谗。

旧有小园傍紫柯,三椽矮屋盖藤萝。名之以可原无愧,安我吟身意若何。

生平谁氏最相亲,会稽汝南裴与陈,谓夏朗轩、应松生、裴诗藏及桂生。同气同声还同调,好联文字证缘姻。

静园不与可园差,桂生新居曰静园。墙角篱边共种花。只为一枝如椽笔,纷纷酬应乱如麻。桂生善六法。

云笺叠叠手亲裁,赋就闲情敢诩才。寄与元龙无别意,惟期及早占花魁。桂生屡试冠军,至今未青一衿。

问燕

尔燕何来定一巢,依依与我订新交。同为檐下依人客,不问谢王及姓包。

五月一日同吴幽农先生自茅山至萧溪作

十里茅山逼上台,几疑是处即蓬莱。东林云起西林接,南岭风生北岭开。漠漠水田鸥下上,深深花径蜨徘徊。行来偶向邮亭憩,日暮群猿自啸哀。

106

泉溪坐雨

不堪暮暮复朝朝,坐听城楼已打谯。酒为泼愁偏独酌,灯缘起草尚高烧。雨声乱逐风声落,帘影斜通竹影飘。赋罢小窗人静后,淡烟微霭上溪桥。

柬应松生

君居高浦我琅洋,苜蓿分餐踞一堂。昨夜梦君君梦否?捉刀代我改文章。

连天抱病卧床头,顾影自怜还自愁。日望清风引客至,谈心厥疾或能瘳。

荒斋宽敞任勾留,速驾巾车试一游。茶灶笔床都检点,更欣新贮酒盈瓯。

蕉阴补读庐诗稿卷三

题日记_{癸巳}

光绪十九年,岁次在癸巳。大小事必书,聊以备忘耳。

柳眉

一枝翠柳垂双眉,正是春风淡扫时。斜瞬碧遮山隐隐,含愁绿绐水差差。倩谁卷幔描新样,任我开帘认旧姿。记否琼台妆罢后,几回对镜起相思?

松花同裴师藏分韵

碧碧黄黄麦际天,嫩于金色软于绵。筛来盖影刚三月,糁到钗痕又一年。乱扑帘旌浑似雨,横陈巇崿总如烟。倘教着地成为菜,好结高人冷淡缘。

溪口晚眺_{六月十九日}

小舟停泊古溪头,高启篷窗豁远眸。一带晚炊烟乱起,青山划断隐清流。

昔年到此夕阳红，今日重来风景同。树杪声声鸣蟋蟀，教侬早去战秋风。

竹树森森傍水涯，此中曾有几人家。浣纱乍见如花女，错认清溪是若耶。

儿童队队牧牛回，古寺钟声向耳催。隔岸人归唤渡急，船头凭眺几徘徊。

余霞斑驳映溪红，诗兴来时酒兴浓。意气伊谁高百尺，同舟还喜有元龙。

横翠楼并祀学使潘_{衍桐}绎琴师口占二绝

昔年我住此湖楼，山色湖光一望收。今日再经楼上过，吾师竟已占千秋。

我亦是公门下生，曾蒙识拔著文名。而今自问蹉跎甚，辜负当年期望情。

西湖旅邸放歌

夏日日长长如年，清凉无地心忧煎。嫁名求名走杭州，乔寓西泠苏堤边。陈君晓霞亦同癖，朝夕与我相留连。有时观鱼怀少保，有时放鹤谒逋仙。有时寻僧登天竺，有时觅胜坐冷泉。又或东陟万松岭，西过一线天。北拜岳王墓，南跻雷峰巅。薛庐俞楼屡驻足，彭庵高庄任着鞭。以外名宦名贤祠宇无不到，古寺古刹游览殆遍焉。平湖湖水洗涤我俗障，三潭明月映向我身前。我襟我胸频开拓，我耳我目亦新鲜。我欲效唐李学士，月下衣锦坐画船。又欲学宋苏玉局，题诗满浙东西川。自顾落落无所似,后生何敢抗前贤。因此领略湖山趣,我与湖山信有缘。不知今秋丹桂谁折得?好倩湖山尊神直上月宫问婵娟。

偶成

白公祠傍藕花塘,下榻东轩梦亦香。邻寺钟鸣人不寐,新秋雨过夜初凉。闲愁都为蝉催起,乡信岂因雁带忘。得句床头狂且喜,如眉月影恰含芒。

俞曲园师以爱惜精神示勉,赋此鸣谢

勉从忙里惜精神,语重心长爱我真。岂必枕戈思待旦,所期明镜不沾尘。劳因习惯身翻逸,诗到催成句转新。知否经胈秉师训,已看南国有传人。

客窗偶咏,叠前韵

频年文战敝精神,忙里偷闲葆厥真。金石纵能搜秘府,辞章敢说绝纤尘。诗因作意词难雅,酒为消闲酿喜新。寂寞寓斋聊述志,北堂愁煞倚闾人。

赠晓霞,倒叠前韵

君是金鳌顶上人,名书天府定鲜新。他时可卜登仙苑,此日无咎屈后尘。华国文章宗往哲,述怀诗句见天真。惭予未有擎龙手,联步公门(此下缺)。

怀江杏春、莲秋昆玉,
用徐花农《吴门别周井南》韵

金昆玉季羡江郎,词赋文章各擅场。曾否行装亲检点,携来酒钵与诗囊。

风月双清酒熟天,探幽觅胜记当年。望君早渡东湖水,同向西湖好放船。

题啸山先生《咏凌沧阁》
诗后,用徐花农《沪上微雪》韵

半船楼上擘吟笺,为赋凌沧气浩然。意寓箴规词恺切,诸君题句此为先。

雨中湖上水与堤平,行旅往来,褰裳涉足,
心殊惘然,用徐花农《微雨渡江,有忆曲园师》韵

烟雾濛濛拂不开,湖边曾见几楼台。孤山浩浩秋风急,双塔溟溟疾雨来。人为有求甘涉水,天缘何故不怜才?怅予小住孤山畔,尽把乡心付酒杯。

七月十五夜写怀

偷闲子,气豪雄。一世事,目为空。但愿举杯常邀月,不

愿破浪乘长风。癸巳七月月既望,月光忽被云蒙笼。酒后大醉一声吼,声彻霄汉闻天公。天公顾之拍掌笑,片云不使留空中。手探明珠付玉女,抛入湖底光熊熊。夜游不用秉灯烛,照见香藕碧玲珑。此情此景谁解得,在我约略已贯通。左手举杯复酌酒,右手招月下蟾宫。对饮起舞发长叹,惟叹世人太惛懵。有酒不醉待何日,有月不赏负苍穹。况值秋水长天共一色,六桥隐隐如白虹。湖上逍遥忘是夜,人生能得几回逢。农工商贾无足怪,我辈何故亦痴聋。为求名利挟策走,徒嗟日暮与途穷。曷不来此一领略,悟彻穷通得失千古同。对月狂歌对酒醉,吾适吾愿优游以自终。

自题《沧水读书图》

猫儿河接紫珂河,曲折流经沧水过。二水汇成丁字局,人人道此得春多。

先世营居爱水村,凤皇山好恰临门。莳花种菊艺梅柳,四季清芬曰可园。

园中矮阁号凌沧,因地为名志不忘。屋小仅容人三四,将身浮寄似湖航。

为因倦读好偷闲,有室深藏竹树间。客至牵裾倚石坐,清谈赢①得列朝班。

---

①　赢,原作"赢",据文义改。

虎丘养鹤涧

清远道士来养鹤，人去鹤飞不可寻。惟有一勺清泠水，年年明月照波心。兹游略记山灵语，白云青松自古今。

姑苏怀古

破楚门西旧出师，阖庐王业半创夷。玉山佳处称崑隐，金像多年铸范蠡。衰草斜阳江令宅，落花流水越溪丝。一樽凭吊兴亡事，宝带桥边夜月时。

江心寺

屹然孤屿峙中流，作客瓯江借一游。信国祠前容展拜，谢公亭上任勾留。浮图百级凌云迥，清磬数声与耳谋。屈指重阳时节近，登高预赋可能不？

元旦开笔甲午

阏逢敦牂岁，年惊三十三。穷愁犹故我，幸有笔能谈。

和陈子恭即步原韵

淡烟细雨满庭阴，欲访知音何处寻。食肉本无经世志，典衣岂负买书心。诗缘强作词难雅，酒为消愁醉不禁。读到瑶章清兴发,挥毫唱和费沉吟。

蹉跎自叹一无成,笔砚生涯岁易更。怕事我为避俗计,高歌君是不平鸣。写来山水毫垂露,思入风云蝶弄晴。此日心情谁得似,骚坛掉臂许游行。

和陈丹铭《夏日即景》韵

苍翠山岚画不成,骚人即景感时更。闲情时与花争发,天籁喜偕雷共鸣。扇竟裁蒲风欲妒,衣方试葛雨初晴。吾侪幸享清时福,王道平平莫漫行。

赠裴师蘧先生瑗,即用其自述韵

悠然带老并襟庄,论齿已逾杖一乡。老守河东旧世业,童颜鹤发倍康强。

才人自古半迍邅,穷福如君亦算全。始信彼苍都不负,森森玉树一庭妍。

霞城寓庐望巾子山,欲寻雪声和尚闲话

浮屠高耸入峋嶙,峭壁垂藤挂篸巾。双帻峰前云入画,半江楼外草铺茵。琪花满眼仙源近,瑶草蕙香古洞春。蜡屐言寻云外客,好依莲社话前因。

114

湖上晓起即景

昨宵飞雨过江东,吹折荷花贴水红。晓起揩开倦眼看,仅留绿盖战秋风。

游孤山朱子祠题壁

异端邪说互争鸣,独守微言圣教明。业绍素王开后起,功垂东浙福群生。能教万世馨香永,不愧千秋理学名。四子六经传《集注》,至今取士作章程。

崇祠卜筑傍孤山,前有明湖大水环。先世并尊方启圣,门人配享拟曾颜。贤关伊迩何从入,道岸虽高许共攀。我向堂中虔拜祝,景行自愧太驽顽。

谒陆宣公祠

唐室贤公辅,如公世共推。声名高内相,问学冠群材。勋足方姚宋,谗难胜窦裴。西湖留祠宇,碑石没苍苔。

湖楼望月

风送荷香夜气妍,凭阑喜见月团圆。湖光掩映玻璃镜,错认小楼是画船。

接宣弟家信口占

握别河梁后,情思各万重。一函千里寄,七月十三封。首叙家无咎,中云食有莼。还言秋战罢,及早定归踪。

得彭雪琴侍郎墨梅真迹志喜

铁干光春画入神,披图恍现宰官身。平时钟爱无心得,岂亦前生有夙因。

夏君飞泉五十初度,令嗣肖泉
孝廉函来索诗,赋此以应

光绪二十年,十月十五日。是日君降生,为生天会节。君本生自天,此心与天合。所以天相之,俾康强逢吉。溯君幼读时,一目能了十。颇存经世心,耻习举子业。努力济时艰,从军作记室。晚岁厌纷华,归山娱泉石。踞石听飞泉,厥号非假设。萧散复清闲,此福由天赐。尤有足羡者,天更不吝惜。吉壤贡山灵,为穴仅得一。挥锄未及锄,山石訇然裂。求一竟获三,是谓适所适。天何独私君,金曰阴德积。君今方异粮,华筵开五秩。三拜肃黎收,敢以芜词述。自艾及期颐,永永寿无极。

元旦开笔乙未

光绪廿一年，岁次在乙未。元旦试新毫，得句乏名贵。

过百步溪崇道观，观御题碑文有赋

竹舫偶经百步溪，宫垣颓败草萋萋。惟余丈八丰碑在，知是先王御笔题。

谒紫阳真人

误杀炊婢即悟真，不为胥吏不仙人。生平不信神仙事，论到先生意也倾。

吊郭烈妇

贞烈自来世共推，郭家阿妇况多才。偶经祠下瞻遗像，精气浩然逼上台。

黄板桥谒李青莲祠

冒热过天台，下舆暂憩息。中有一古祠，屋如斗大室。拂尘读楹联，知祀李谪仙。谪仙未到此，台人何祀焉？岂知天姥山，即在此地间。昔公曾梦游，神与相往还。好事者慕其名，香火遂绵绵。谁料乱离后，碑石没荒烟。遇穷诗始工，此语古所同。奚故百世后，诗人遇亦穷？我偶来拜谒，冠履未整饬。谅公知我愚，勿责我慢亵。

嵊县题叶云耕《山水图》

近山接远山，茅屋两三间。夜深月初上，竹树影珊珊。君访胜，我偷闲。或坐或立，狂放无三。吁嗟乎人生斯世，逐逐尘寰。何如借传神妙笔，在画里往还。

舟中为云耕题《画扇》

夜深月上影珊珊，约伴相看意自闲。竹树重重邻舍少，画图逼肖玉坡山。

开笔丙申

光绪廿二载，纪岁曰丙申。元旦理笔砚，吾亦安吾贫。

题董江都祠

我谒董夫子，来此石梁巅。夫子江都士，石梁何祀焉？人言夫子能赐梦，夜夜祈求各纷然。男女袒卧不顾忌，得梦辄道夫子贤。岂知梦魇无夜无，有梦何足云奇乎？世人梦梦真可叹，焚香屈膝语模糊。或求名利或子嗣，连宵彻夜静无时。若果夫子神常在，岂许斯人入其祠。我有一言告诸君，须各自食其辛勤。士克辛勤名自得，农克辛勤不愁贫。工克辛勤多廪饩,商克辛勤利倍利。人生何不自辛勤,到此神前作儿戏。上犯国家之禁令,下触夫子之清听。请自此后勿再来,常以我言作明镜。

题竹林寺,步族伯啸山先生壁间韵

古寺深藏脱尘俗,修竹压檐四围绿。我来访胜坐小楼,知己清谈忘荣辱。山鹤与我订知音,野梅本来是眷属。茶熟当炉藉风烹,诗成扫壁倩僧录。兴来招友欲还家,经过笔峰曲处曲。长啸一声众山响,惊破东海海水上朝旭。

游道源洞

我游道源洞,双足走极痛。道人笑相迎,醉我酒一瓮。我愧无以报,赋诗示道众。孔某与老聃,本来相伯仲。试读二十篇,篇篇寓磨砻。试观五千言,言言必有中。苟得其渊源,道大并峥嵘。请与论道德,慎弗虞屡空。水为定心盘,月是益智粽。此地月水场,小住无羁鞚。诸道居之久,心智并不蕾。从此炼金丹,万象许搏控。可叹尘世人,苦不辞饥冻。求利与求名,徒憎穷途恸。何如学道者,挥麈得吟弄。一任是与非,永不形嘲讽。

谒陈贞应先生墓

再拜先生一惘然,荒山春草和寒烟。英贤自古终黄土,心事生平证碧天。世态看来成戏剧,夜台从此得长眠。他时若报题阡命,庶慰精灵在九泉。

赠叶心安先生

尘世劳劳总可怜,惟翁隐处最为贤。柴门临水心应远,竹径通村地自偏。春尽不惊红雨落,山深长伴白云眠。闲来何事堪消遣,细味《南华》内外篇。

石夫人和啸山先生原韵

屹立空山我久闻,夫人曾否有夫君。朝朝暮暮谁为伴,对面萧溪一老军。对山有石卓立,俗称石将军。

舟过新河口占

杨柳依依送棹行,村烟起处是新城。天公近日殊无主,乍雨移时又乍晴。

自鹭桥至黄岩

卅里黄岩道,行行醉眼醒。云迷千树碧,烟写万家青。入画花牵袖,近人雨满汀。东风暗春色,卖杏不忍听。

题夏君飞泉墓

太史新铭此墓丘,墓铭系费太史念慈撰,喻太史长霖书。旧游谁意到西洲。佩韦自合终身慕，衣布空怀一世忧。始信郊原无起日，极知江汉本东流。英雄自古青山在，几堑残阳春复秋。

秋日即事

绕篱闲看菊初黄，叉手孤吟送夕阳。高树乱烟喧鸟鹊，远坡荒碛下牛羊。抱书出塾儿童聚，拾穗还村妇子忙。不觉忘归迟月照，过桥竹露湿衣裳。

郊墟秋老北风多，手掩荆扉伴薜萝。检点晚粮才自笑，乞求村酒未成酡。人归小阁宜灯火，雁入高天谢网罗。何处同心千里月，西泠木脱水微波。

踏青 丁酉

十里长堤几度经，徐徐踏去遍浓阴。马蹄得意前番疾，蝶梦多情此日醒。竹杖间扶朝雨路，芒鞋独步夕阳亭。轻寒薄暖春晴候，草色苔痕满小庭。

蚕词

薄寒薄暖正蚕忙，日日梯斜倚绿桑。不上妆台梳两髻，蓬松时拜马头娘。

野步柬陈用九

偶因挑荠出,忆尔正端居。十步搴芳草,三年袖《素书》。野吟风叶静,寒眺井烟虚。寂寞东郊行,还期过敝庐。

由松江赴姑苏,示家月舟署正

连舫平明路,九峰恰比邻。松南有九峰之胜。秋声南北骑,古渡去来人。水气通霄汉,云霓走鬼神。看他波上鸟,鸥鹭各相亲。

吴江舟中与月舟并舫

湖天接秋气,连舫破空濛。断驿蒿莱外,荒祠烟雨中。远游怀退鹢,弥望失归鸿。恨有西风急,时吹几叶红。

送陈子铭归里

晨夕相谈笑,不知离别难。从兹分去住,方自识悲欢。故国蒹葭老,江天风雨寒。那能人似月,月月一团栾。

同郑粹夫、王畴五郊外闲游

郊原秋未肃,闲步日相寻。梧竹下高响,薜萝交好阴。人归荒市远,鸟没乱烟深。野寺疏钟发,应通知己心。

周慈伯招饮,席上同畴五、菊航作

知己无惭合并身,吴山越水较来亲。判将岁月酬诗格,晋得勋阶署酒人。温比春风相醖藉,澹于秋菊见精神。闲中时复添功课,浴罢花尘浴砚尘。

秋夜与王岂凡、王梅友、陈菊航、
王畴五闲话兼柬周慈伯、张杏春

分得秋来月,相怜客里人。蛩螀生夜肃,灯火入凉新。莫以江乡思,徒劳梦幻身。与君疏礼法,麴米有余春。

博物名流集,还应首茂先。搜泉遥辨派,指碣暗知年。凭吊诗为史,临摹画有禅。最怜尘里客,相望是神仙。

寄祝冯梦艻先生寿并谢惠扇

古道推之子,乡邦冠德音。传经宗二戴,近著《礼经集成》三十六卷。流誉重双金。洛下曾携手,溪边独赏心。寄来丘壑意,清响在鸣琴。

普陀戊戌

普陀佛国久传名,经过山程又水程。佛顶山头试眺望,蓬庐到处似蓬瀛。山上僧居昔皆茅屋,今则碧瓦雕楹。

海涛汹汹雾冥冥,云树迷离岛屿青。画栋雕梁相掩映,都缘僧借佛光灵。

游落伽

普陀山外落伽山,孤岛远浮碧海间。我亦乘桴穷眼界,两三僧舍白云环。

门外海潮帘外风,奔腾澎湃耳为聋。酒余倦倚禅床卧,错认声来是午钟。

过吴兴访张秋圃,席间赋赠

春风乍绿江干草,故人来访旧姻好。登堂一笑手相持,未叙寒暄先伤老。忆昔相逢各少年,斑骓驽马共扬鞭。自从江淹宅上别,君系从母舅江同卿内弟。奉檄应官来雪川。光景催人驹过隙,偏是良交易离别。此后相思似可期,皖北浙西同明月。余将需次皖城。诗牌遍抹日西衔,执手分襟更破颜。应知难免梅花诮,孤屿林逋赋出山。

吴江舟中

玉管金筑媚晚天,春波如画故依然。银涛海国三千里,青鬓吴江一十年。曾是薄游非上计,更无高咏动邻船。金阊门外垂垂柳,又向东风舞可怜。

安庆

小住日来百感平,上游形胜拓羁情。岳浮汉武南巡色,潮卷浔阳西上声。一概军容寒战垒,万家民事俭江城。敝裘换酒清和后,洗眼层云即渐生。

过黄鹤楼故址望汉阳、夏口诸胜

我如黄鹤飞来晚,不见当年百尺楼。天上浮云前后客,眼中汉水古今流。祢衡赋笔空文藻,庾信胡床罢胜游。无恙江山无事日,苍茫却为昔人愁。

舟中望小孤山

婉娈娥池水,徘徊玉女容。绪风吹日出,梦雨洗尘封。峡秀孤标在,门横万楫从。通辞波渺渺,拂曙景重重。战伐当前日,中流倚此峰。铢衣俪仙迹,石室勒功宗。烟乱樯间鸟,箫疑海上龙。沉吟天设堑,独立寺闻钟。

道上书所见

熹微晓光发,露气稻香来。馌妇犹蓬发,桔槔声已催。

送陈策三之中州己亥

绕梁余响在,情竭在知音。千里春风路,行车芳草深。四方多难日,相送一沉吟。河水有新故,珍重结交心。

登嵩岩常寂寺同柯心谱

频年游屐半天涯,泰岱归来兴未赊。今日偶从山寺过,复呼老衲试新茶。

泛海夜至定海同梁菊舫

海国一帆远,茫茫天四围。扶空波欲立,过眼树如飞。出没心无际,飘零客似归。瀛洲灯火夜,蜃气拂征衣。

申江杂咏

沪上风烟入望遥,春申浦口送归潮。楼头一夜濛濛雨,付与荒寒似六朝。

怀抱何时得好开,模糊蜃气出楼台。剧怜清浅蓬莱水,曾照麻姑鬓影来。

长安客子如蚕驱,自别音尘又一霜。思见素衣心蕴结,过江人物数王郎。王雪渔茂才自台来,将赴厦门。

梁生日饮消愁酒,谓菊舫。柯子喜为访美吟。谓心谱。故乡人在他乡别,击筑都成变征音。时余又将赴姑苏。

沧浪亭怀古

游丝袅空天阴阴,隔岸啼鸟青林深。古人不见古亭圮,惟闻流水如鸣琴。清流不洗世人耳,满城弦管多爽音。夜漏迟迟歌未歇,豪竹哀丝为谁发。此时秋草遍池台,当日金钱买风月。胜地由来有盛衰,何况人生易华发。天涯吊古复伤离,人物风流各有时。云树江南留不得,争知来者复为谁?

木椟遂园别柳质卿师

临别饯我行,先生意良厚。未信今生缘,尽此一杯酒。

苏州感怀

暮云日落乱乡思,断雁零鸦赴客愁。走鹿空余吴国迹,吹箫谁是伍生俦?酒醒异地频看剑,岁尽今宵独倚楼。遥忆故园诸子弟,亲前应共说苏州。

蕉阴补读庐诗稿卷四

约游雁宕不果，次韵复王岂凡、王逸溪昆玉_{庚子}

尘劳羁绊一春中，堪笑同人志未同。雁宕原来邻梓里，兰盟枉费寄诗筒。胜游却又三春误，宿诺难将片语崇。几度系怀通梦寐，预先约伴挈家僮。卧游久谓前贤拙，裹足非关君子穷。常愿垂头临砚池，要难共调唱江东。光阴倏尔驰驹隙，啸咏依然守亩宫。莫怪献嘲来此日，聊将次韵作回风。

游雁宕，步行至椒湾下船

日日言游未得时，今朝真个是游期。夏山苍翠垂垂滴，此去谁云不有诗。

舟过月湖

漫漫月湖水浸沙，端阳已近遍榴花。夏寒欲雨游心急，懒泊长塘问酒家。

老僧岩

老僧端坐水云边,接引游人合掌先。我却偏从山背过,恐妨酬应废参禅。

谢公石

落屐亭边曙色新,谢公岭上半红尘。欲为跪进留侯事,谁是当年著屐人?

净名寺访雪峰和尚不值,
用朱士彦学使《净名寺》韵

一到净名问住持,诗僧已去恨来迟。雪峰,四川宝莲寺僧,能诗,与予订交杭州。青松绕径枝撑日,白藕迎人花放时。云雾茶香堪止渴,壁墙题遍悉新词。知音不遇空留宿,且待明朝定返期。

净名寺听雨,次王岂凡茂才原韵

古寺巉岩里,蕉林雨滴鸣。众流声共急,万籁和难成。催我吟诗兴,助君剪烛情。彼苍无雨久,布泽福群生。

观音洞

洞府清幽好悟禅,双门长闭缝通天。自知烟火难离得,彼岸逡巡不敢前。

一肩行李两人俱,步上元关路转纡。恰到岩前偏独立,观音应不笑迂儒。

能仁寺即景

禅关幽静处,客到夕阳斜。门护迎人竹,岩悬献佛花。白云来树杪,细雨长兰芽。大钵阇黎进,香光映晚霞。

宿普时寺

竹林石嶂古珠宫,策杖探幽一径通。忽见楼台藏雾里,渐闻钟磬入云中。风回转觉诸天净,月出真看万品空。我欲乘云游雁宕,便应从此御青骢。

大龙湫观瀑

峰回路转绕清溪,远访龙湫日已西。憩坐小亭观未足,偏来山鸟促归蹄。

无数冰绡无数珠,倾箱倒箧一时输。此中岂有鲛人在,授与游人翰墨需。

前到灵岩已羡奇,谁知此境更非夷。千形万状难描写,捉笔休夸李杜诗。

游灵峰

五月重阳节,游人恰两三。奇峰多突兀,幽境好共探。天然洞壑古,同人早心贪。岑楼倚岩阿,山花映深潭。云静日将暮,说法向伽蓝。风光与山色,约略似终南。静憩坐禅榻,瀹茗现钵昙。陟险资脚健,登高赖酒酣。独爱咏齐诗,余子尽可戡。字字比珠玉,仰企神所耽。更读李公句,两虎视眈眈。清新与俊逸,齿颊流余甘。二公东西去,爪印尚谽谺。俚词敢步武,涂鸦满佛龛。

闻西狩感赋

忆自联军入,个中消息稀。壮怀看宝剑,孤愤裂征衣。欧美机乘此,江山主属谁?天家无将相,国命竟何依!

题《钓渭图》,用黄壶舟题《八阵图》韵

磻溪把钓自悠哉,富贵浮云任去来。若使非熊非入梦,周初谁是帝师才?

腊月,月季花盛开偶成

雪中月季忽含娇,碌碌愁怀顷刻消。一种芳心须护惜,明年定不负春宵。

闻和议成，喜而有作_{辛丑}

传说议和成，遥知敌势平。燕京仍我有，军士可归耕。天地清风转，江湖春水明。海隅无捷报，此信恐非诚。

六月十八雨

甘雨应时降，濛濛遍海涯。风从辰巽起，云向亥乾垂。草木光含润，川原气颇滋。晚禾方孕秀，仓廪万千期。

十九复大风雨

昨夜风兼雨，浓阴暗不开。堕枝横屋角，飞瓦舞墙隈。日色昏昏见，溪流滚滚来。老农愁胜喜，不敢复衔杯。

连朝风雨，水与地平，经七日不止，感赋

日日昏冥里，浑无一刻晴。湿云方欲暮，阴气未全清。黯淡疑山失，汪洋觉地平。雷声时震耳，止雨祝蓬瀛。

廿四日新晴

逐日愁洪水，今朝瑞色明。客随流水去，舟带断烟行。豆叶腐将落，禾苗润欲萌。欣欣生植物，自此可滋荣。

冬初见桂树有感

红叶疏林罨暮山,独欣桂树秀尘寰。园丁记取秋风里,留个花枝待我攀。

游白峰山,题会善庵_{壬寅}

寻幽直上最高峰,万仞崖边一径通。直可低头看落日,还堪垂首数飞鸿。桃林绽蕊含春意,石潼生香验岁功。因过招提归路晚,芒鞋踏破白云封。

久雨

积雨累十日,平湖添半篙。风连箕毕动,云傍斗牛高。水鹳巢林木,池鱼逐浪涛。老农愁乏食,采撷到溪毛。

湿云看欲薄,阴气未全收。日月随烟去,鼋鼍赴海游。虚檐腾胕蚤,坏壁走蜉蝣。幽独无人问,含愁漫上楼。

同陈子恭、李秩三、江莲秋、族侄菊生、咏生、伯藏子婿夏刚补游三竺,乘便览一线天、呼猿洞、冷泉亭之胜,夜宿灵隐寺纪事

仲秋既晦同休沐,相约游览三天竺。黎明早起各披衣,奚僮报道晨炊熟。临风啜茗涤俗肠,入座加餐果空腹。连襟共出涌金门,一棹容与随波逐。须臾船抵茅家埠,舍舟登陆入山

133

谷。沿途乞丐共啼饥，或缺手足及耳目。露天卧宿风雨侵，天下穷民此为独。纵有己饥己溺心，一手难援一路哭。逶迤曲折向前行，下天竺寺当山麓。佛像不整殿宇倾，寥寥仅有僧五六。鹑衣百结香火微，日间惟食郁及薁。复行三里见丛林，中竺佛殿傍山筑。振衣拾级到上方，院宇深广禅关閴。联坐蒲团暂憩息，吹面风稜偏搣搣。贾勇更陟最上头，金光隐隐露墙屋。方丈庄严赛月宫，香花绵绵气郁郁。楼阁参差类贯虹，行空有道不厌复。一声钟响报客来，接客僧出将客肃。殷殷询问姓与名，捧出杯茗气味馥。留连又扰香积厨，杂陈山肴并野蔌。斗酒久藏胜琼浆，兴酣对饮往而复。席散盥漱出山门，众僧远送神肃穆。买骑联辔转向西，风尘拂面又仆仆。俄顷走入一线天，披襟长啸忘寒燠。呼猿洞里呼无猿，奚从教令猱升木？飞来峰不复飞来，冷泉判事劳案牍。人羡坡公神仙吏，我道神仙不为牧。以官为游亦自豪，多交方外鄙食肉。公往于今七百年，继其后者更有孰？再折而左有山房，大书特书曰水竹。登堂秀丽目为迷，小住如扑尘万斛。池鱼欲跃鸢欲飞，活泼泼地来不速。我无十万买山钱，买邻此地谅毋卜。左顾右瞻日衔山，寓远欲归地难缩。斗胆闯入灵隐来，五百罗汉争留宿。安排书几及吟床，双烛高烧照夜读。弥勒大笑酌葡萄，菩萨低眉进苜蓿。饮我一滴杨枝泉，饱我九品莲花粥。灯下亹亹又谈禅，五蕴未空心自恧。更鼓冬冬报更深，登床酣睡脱巾服。昧爽醒来各欢然，到此何遽不为福？晨餐既撤方下楼，沙弥又邀看飞瀑。一道清泉下峭壁，如烟如雾如罗縠。远视似布悬高崖，近视盈盈水可掬。伫立苍茫共惘然，沾衣欲湿疑霡霂。声如轻雷如驱车，或如钱唐走舻舳。天台石梁健且雄，雁宕龙湫秀而狄，不及此处最清幽，会心不远在濠濮。别过瀑泉再高瞻,南北两峰向天矗。欲上足倦寻归途,溪上只余石磷磷。送我何物最多情,山间松下风谡谡。

里湖晚眺

落日淡群峰,荒烟寒古树。湖上断人行,扁舟横野渡。

除夕同陈梅士、江子言、夏刚补沪上旅寓感怀

顷刻年华冬便春,沪江同作未归人。祭诗贾岛终非俗,有酒陶潜不算贫。客里友朋情最切,家中儿女话应频。只缘一事堪惆怅,莫慰倚闾白发亲。

卅年人海逐浮鸥,身世苍茫此倚楼。旅邸谈心无限恨,残宵得句半言愁。青衫典尽难为客,长铗归来合自羞。为语二三诸知己,及时攻苦卜封侯。

元旦试笔,用十八巧全韵癸卯

光绪廿九年,岁次在癸卯。元旦百祥呈,六出飞花巧。此乃丰穰兆,兆民定温饱。嗟予生不辰,命星犯胃昴。涉世少坦途,逢人多狯狡。交情不可问,渺矣管与鲍。浪迹半天涯,雪鸿剩泥爪。需次来皖城,屡被吏议绞。薄游驻上洋,保无俗气拗。欲为《祈谷歌》,闲情偏相挠。欲作《正朔词》,春寒作意搅。不如返故居,言采芹与茆。聊以供萱堂,康强而健佼。弗艳赵孟荣,弗羡子都姣。守我清白规,饥把菜根咬。遵我节俭风,寒将荆薪炒。预储济世才,时至珮金瑵。重造我国家,净

135

扫西南獠。臣服遍五洲,王化及犷拗。因之《箫韶》成,大管小则筊。士农兵工商,术艺工且媌。拜手颂升平,欢声溢三卯。

由上海赴武陵,轮中大雨感赋

癸卯上元日,鼓棹赴杭城。风师与雨师,相约送我行。嫦娥避生客,匿迹复销声。新正十余日,十日九日晴。何期灯火节,灯明月不明。泉声篷底响,珠点船头呈。奔腾而淅沥,代我鸣不平。嗟嗟我世身,蹉跎误半生。入官与学古,事事都无成。老母倚闾望,何以慰其情?妻子离别久,何以鼓瑟琴?筹思苦不寐,问夜已三更。挑灯重觅句,寒意逼行旌。幸同元龙卧,谓梅士。意气犹盈盈。

丰利场署感怀乙巳

万卷藏书不疗贫,一枝权寄苦吟身。客中风雨皆愁思,病里诗词半俗尘。无酒难浇胸块垒,依人空负骨崚嶒。倚门莫慰慈亲望,话到家乡更怆神。

署中生日

傲骨多磨折,穷愁不计年。未酬生我德,犹愧受人怜。霜雪尊前酒,云山几上篇。予心惟守拙,何必访神仙。

有感

落魄天涯梦不成，一灯清绝照帘旌。偶因哀乐阑珊感，得识炎凉阅历情。命薄读书原失计，才窘传世亦浮名。只余双眼穷途泪，且自临风哭阮生。

署斋感怀，即赠居停陈莅臣司马

不知不识不趋炎，不合时宜不自嫌。方寸只求平弗陂，防闲还要密而严。狂澜欲倒留君挽，韦衣有权在我兼。相契既深相责厚，好敷化雨溉间阎。

莅臣卸篆，次原韵奉和

偶为微愆复挂冠，劝君从此要加餐。汉高到底心多毒，谓刘乔云、廷琛父子。魏武无时计不奸。谓曹士奇。直道总宜师展喜，明经岂必逊裴宽。甘棠南国留余荫，笑教游人仔细看。

宫子经少尉以芭蕉十本见赠，植诸窗前，已有欣欣向荣之意。七月中旬，返旆维扬，感赋七绝六章以赠芭蕉①，即以留别

箓竹猗猗世共夸，谁知尔质更清华。幸承名士分嘉种，栽

---

① 细按文义，疑此"芭蕉"二字为衍文。

向芸窗绿意奢。

每读楹书转忆家，一编常傍绿阴斜。家有蕉阴补读庐。客中谈海仍为伴，时葺《海国丛谈》一十六卷、《泰西名人诗话》六卷、《西游诗话》两卷。翰墨缘深臭味差。

一角青藤映晚霞，亭亭数尺压檐牙。移石月上栏干外，新绿卷舒罩碧纱。

绿天小住静无哗，凉意轻清尽日赊。催我一尊诗一首，写来叶上笔生花。

暑气将除秋风加，西窗正好斗尖叉。何期鹿梦醒来急，又别卿卿驾使车。

临歧分手莫吁嗟，到处轩庑绿影遮。为嘱芳心勤护惜，我重来日更抽芽。

秋萤，时寓俞嵯尹逸琴公馆

霜高月冷夜冥冥，竹院飞来数点萤。无复唐宫三月艳，只余隋苑一秋荧。照书犹自深穿幔，映水还欣幻作萍。我有一言相问讯，今年几度入华亭？园中有方亭，逸琴自署曰爱华亭。

秋海棠

螭粉墙西月一钩①，海棠点缀又经秋。豆花篱角新妆艳，寒菜畦边倦态柔。老圃应烧高烛看，芳姿亦似丽春否？断肠思妇凭栏望，密叶垂丝夕照留。

---

① 钩，原作"钓"，据文义改。

京口晚泊

系缆江干正长潮,舳舻逐浪傍金焦。人才有数传千古,山水无情送六朝。铁瓮城荒斜照冷,金陵气王阵云销。霸图凭吊空陈迹,乌鹊寒声答丽谯。

乙巳九月先慈江太淑人见背,不作诗者已越两年,今岁孟冬,偶检融儿遗迹,辄成五古一章,题其后,以志痛心,工拙实所不计也丁未

予年四十一,饥驱而远出。汝叔冬来书,言喜得佳侄。灯下花发祥,庭前鸟语吉。并云梦在先,后来荣华必。癸卯夏回家,见汝果充实。时生六月余,学语已喽嘌。迨及岁方周,便已挺异质。如马能让梨,如陆能怀橘。随姊学涂鸦,识字刚盈帙。名融字公绩,冀与古人匹。谁料甲辰春,予又为记室。橐笔游维扬,嘱汝依母膝。重九后十朝,忽有书传驲。开函惊欲狂,知汝祖母疾。踉跄急归来,亡已先十日。窀穸力经营,乙巳春始毕。虽汝病亦重,未遑为汝恤。不七八日间,形与影俱失。嗟乎予已衰,何忍视汝卒。岂予负罪多,难得汝传述。抑汝抱殊尤,天亦生妒嫉。不然汝既生,胡又逢恶殇。或为祖母怜,招汝慰萧瑟。自汝赴冥泉,汝母神若失。日夕哭吞声,未尝闻笑咥。予虽口不言,心亦暗无帅。回忆大圣人,鲤死也无术。颜路与卜商,哭子泪徒溢。予卑不足论,汝死何足诘。但是父子情,不免同牵绊。哭罢欲有言,聊以托楮笔。前梦纵难符,后梦能否密?

寓青田，呈章孝廉质夫先生楷_{丁未}

景仰芳徽二十年，灵光今幸尚岿然。倘蒙许入三千列，愿拜门墙为执鞭。

诲人全不与人同，善诱循循若化工。忆昔鹤鸣开讲席，诸昆大半沐春风。予家诸伯仲皆先生门下士。

经术史才诗古文，般般出色久传闻。更欣妙绝真行草，势若龙蛇气冠军。

欲征文献系乡邦，拙集编成采葺忙。采得先生诗四首，一联一字费评章。先生有赠敝邑女史屈蕙纕、屈茝纕诗。

半生岁月半浪游，惟有宫墙未及留。今日献诗当贽敬，士相见礼或能修。

赠詹研斋茂才世昌，用宗古欢女士《移居南田》韵

屈指年华四十余，不知何日赋《闲居》。偶来旧地城三面，为爱名山水一渠。杨柳五株陶令宅，琴书四壁武侯庐。故人留我挥尘榻，胜似桃源款老渔。

星星白发上华颠，老去无人不羡仙。似我飘零恋栈马，如君得意下滩船。客来煮茗临风啜，醉后挥蝇傍石眠。更喜临阶兰桂苗，他年入选比青钱。

一峰高出一峰斜，如此溪山信足夸。每赋《蒹葭》思秋水，只因明月忆梅花。多情鲍叔真知己，薄命刘伶未有家。为语谢庭诸子弟，重来相见莫相哗。

青田郭外闲眺，用一送全韵成七古一章遣兴

浙东山水连续若交絚，青田之山奇崛更出众。鼻祖括苍来脉长，如虹如龙如飞凤。小者罗列如儿孙，大者蟠郁如毂觳。势至邑城稍稍停，结成一峰并一洞。洞曰太鹤峰混元，诗人往往寄吟弄。我来访胜清和时，好风爱我阵阵送。迤逦彳亍渡小桥，桥下急流声瀺灂。虬松见客头低垂，山鸟迎人鸣呷哝。琪树瑶草遍地生，蓬蓬勃勃排队控。周回曲折到茅庵，榜曰环翠非谀贡。老僧引我入山门，捧出新茗一满瓺。饮罢心脾都为清，胜吸琼英玉乳湩。须臾触我怀古情，搜访古碑剔藓蕻。法善丹灶久销沉，剑石尚留被尘矼。清溪道士丹井湮，求之不得徒惝恫。太鹤易冢纵岿然，塜铭亦已遭裂冻。徘徊四顾心茫茫，忽狂忽痴忽悲痛。老僧回头告我言，子何如此犹瞢瞢。富贵大抵如浮云，沧桑变幻何足恸。试观从古名利人，偶然侥幸高科中。文事更喜武备兼，疆场戎马复倥偬。南伐楚兮东伐吴，萧曹管乐相伯仲。功成晋爵公与侯，俨然国家之梁栋。珠玉锦绣列满前，田畴鳞次纷若缝。出入仆从尽豪雄，里巷传睹声为哄。曾几何时赋《游仙》，天子不见来归赗。子孙零落门户衰，仿佛一枕黄粱梦。何如来此共参禅，免得官途受敛戮。或往或来任所之，饥食松花渴石冻。一卷《法华》一炷香，重开心镜扫尘雺。人不负我我不欺，我无嘲人人无讽。风前高歌月下琴，琴歌和答适我衷。我听僧言如梦醒，方知世事皆空空。若不及今急收帆，只恐再受人磨砻。奚似薙下发与须，身披袈裟住古峒。春入武夷夏昆仑，秋走普陀冬西赣。去住从此得自由，朝吟哦兮夕哗哄。入山不畏虎与狼，入水不怕

渎与淞。僧曰:"子今心地已光明,请君优游早入瓮。"

越日同詹研斋茂才、陈樾午、杜诗谱两明经再出游览,诗谱赏予前诗赞不容口,谓有此游不可无此诗,因叠前韵成五古应教

四月雨初晴,偕游太鹤洞。未到甘雨亭,先闻水声湏。彳亍过石桥,湿雾尚霏霡。古树含笑迎,好风随身送。再过环翠庵,壁上留题众。小住复观瞻,不禁心为痛。此是野狐儿,欲学犬吠哄。拾级又前行,一洞如覆瓮。昔有端木氏,来此寄吟弄。厥后《易指》成,将稿瘗岩堀。会稽宗稷辰,碑铭当其空。我来访遗址,崖壁几磨砻。遍搜不可寻,想已没茵蕻。仰视混元峰,岿然当头控。下瞰试剑岩,石根出乳湩。相传叶真人,炼剑傍石淞。剑成暂试之,石裂如破瓨。是皆附会言,难以示伯仲。若不为剖明,未免人梦梦。更觅学《易》庐,遗迹被尘壅。嗟乎几何年,沧桑变倥偬?回思我生平,事事不由衷。尚祈太鹤翁,示我益智棕。由士以希贤,计事得屡中。结驷而连骑,游说学子贡。令彼五大洲,各各知悔恫。罢兵以息民,共受天王鞚。或来佐熙朝,为柱为梁栋。或来慕圣教,识麟识鸣凤。不复囿野蛮,牛鸣而鸟哢。此愿或不能,还冀开昏瞢。心地转光明,念虑不急訟。岁月自宽闲,托足不敛毵。续成郡邑书,无刺亦无讽。藏之名山中,归听沧水冻。腹饥餐云英,口渴饮冰冻。理乱置不闻,心绪得有绹。客来肯联吟,尚以酒一罋。醉后试弹琴,既歌乃复哄。生不受人怜,死不受人赗。予志欲如斯,聊向山灵赣。未悉太鹤翁,肯示以绳缀?

同桂舟、耕琴、右垣诸君及陈文献管带会李吉卿兄家食新

食粟何如食麦新，良朋邀饮聚嘉宾。三人道派三僧派，鱼肉云胡又杂陈？

学佛学仙酒有无，今朝席上转糊涂。道皆怕酒僧皆喜，僧道原来是士夫。

赵耕琴君延师教儿孙读，馆迁叶君霭士家，东翁麦饼请客

今年麦算最丰年，月未圆时饼早圆。喜得主人邀客饮，满盘肴馔尽新鲜。

食味老来脆觉宜，烹调失饪岂吾期。平时我怪强欺弱，今我亦谓弱可欺。

眼看童冠与先生，西阁安排一席横。不等自由新党派，尊卑名分蓦然更。

老年少子最堪怜，信手携来共一筵。引到众宾将散际，几人拇战兴依然。

客中无可消遣，用《古香室雨窗即目》韵，题宗古欢女史诗集后

粤匪猖狂日，是卿入括时。女史系宗稷辰侍讲女，适端木百禄先生。南下时，适发匪入处州，女史避居南田。移居寻福地，得句付

砚池。家学渊源远,妆楼唱和迟。一编经手订,入扣尽丝丝。

题《古香室遗稿》,叠前韵

盛世升平日,卿家得意时。随兄工赋雪,得婿爱临池。万首珠玑润,数声环珮迟。蚕僵怜太速,只剩一茎丝。

赠陈女史林氏,再叠前韵_{时任青田女学堂教习}

卿卿恰似荆山玉,一片晶光乍发时。针黹余闲尝咏絮,闺门有兴即临池。开通群智心方热,展放双凫念未迟。欲绣裙钗新境界,故将经纬练情丝。

再赠陈林氏、陈章氏两女教员

青田自昔萃名媛,_{鹤田先生次女名顺,字少坤,著有《古香室诗文草》。次媳宗庆,字幼安,著有《古欢室文诗集》,皆刊行。}风气开通特最先。试向混元山下望,热心还让两婵娟。

斗样山城笔样峰,_{山上有文笔峰。}百年钟毓女元龙。辟开巾帼新世界,不尽襟期不次庸。

章氏多能林氏才,绛纱同傍水云开。香车叠叠来问字,不许男儿独占魁。

无才是福一言传,屈煞闺门几万千。今日推新翻旧局,谁人不道女儿贤?

修身理化共钻研,化就坤柔习健乾。此是女中真豪杰,望风拜倒老通仙。

可笑寒酸老大忙，为人常作嫁衣裳。他生若许将身变，愿变青衣侍讲堂。

永嘉舟中

泛棹瓯江上，江心一点青。放怀天地远，长啸酒初醒。

登白峰绝顶放歌戊申

穿口洞边山连连，有峰昂昂头向天。别名白玉更奇古，是汉是唐不计年。山有此峰山无缝，峰在此山峰不动。天造地设唯一卷，且把诗句从头诵。峰乎峰乎太郎当，天道尚圆尔尚方。相尔之面将与相，位置当置白玉堂。何以当道官场非汝有，蹉跎甘老空山首。不入城市不登坛，人不负峰峰自负。峰闻此语笑鞬然，天之生我胡为焉？世事升沉各自定，何如碌碌守其坚！君不见宋时南塘式之公，布衣遨游卿相中。归构小园山之侧，因山自号石屏翁。又不见明季团浦都昌侯，作宰七月即乞休。公名贵兆，挂冠后筑云鹤山房于峰右，即以白峰自号。与弟贵苏字鹤溪，贵金字梅江，贵良字华阳，日夕唱和，主盟台南坛坫者四十年。与峰不朽共千秋。我聆峰言灵妙合，俯首无语不能答。半生仆仆走舟车，良时徒向红尘踏。我生与峰为比邻，何妨呼峰作主人。结庐离峰不三里，但愿此后不辨是峰是我，孰主孰为宾。

北上轮中口占，时偕陈策三孝廉、戴圣仪女史同行

名流名媛喜同舟，霁月光风与目谋。共讶人情多慕势，却欣海水可消愁。船窗何幸逢佳节，蒲酒初醻助壮游。联咏不期斜日下，又来新月伴吟俦。

偶成

京洛浪流剩一身，滔滔岁月半沉沦。幸承管子称知己，谓管德舆[①]中翰。喜与巢民结比邻。近与如皋冒广生员外订诗酒交。蓬户辉迎瑶圃月，壁上悬有陈瑶圃侍郎赠诗卷册。客窗清挹梦莘尘。徐班侯给谏时来谈笑。相期穷揽西山胜，赌酒寻诗驻十旬。

有感

欧风美雨不时过，世事如棋失着多。凭眺中原无限恨，陶然亭上起烟波。

天津 戊申秋作

七十二沽云气昏，暮天筘吹是津门。元戎小队貔貅远，海国楼船虎豹尊。故垒萧萧犹掎角，名王寂寂欲招魂。西山寇盗频年急，铤险何当限鹿奔。

---

① 管德舆，原作"管舆"，据文意，应是"管德舆"，今据补。

之罘

丹山云气接微茫，空绿冥冥波不扬。万斛来舟轻似燕，十寻逆浪走如羊。讴歌齐地巡游壮，风雨秦时霸业荒。中外不须仍控扼，登台日日见烟樯。

渤海轮中玩月有感

津沽轮中月，贤媛喜共看。时何郎中见石夫人蒋氏系先大夫业师奏庭太夫子之女孙，偕行返台。半生常泛海，两度此凭栏。澹澹含凉意，泱泱具大观。水程六千里，定卜庆安澜。

游莆田，赠戴赟阶广文

肩舆远适木榴屿，为访戴凭携手语。相见鬓髦各苍苍，未叙寒暄叙心绪。新交不啻旧相识，居然吴缟与郑纻。结佩有如璧共连，采芳不鄙芝同茹。心投气和俨漆胶，恬吟密咏忘尔汝。杀鸡为黍夜开筵，宴乐嘉宾皆吟侣。风流豪侠项水心谓武举项，丰采震耀赵师愚。谓岁贡赵。出类拔萃丘仲孚，谓邱拔贡。仙心侠骨王宗澨。谓王上舍。飞觥醉月无算爵，敏锐我爱张孝举。玉邑文词群推张迁卿为健将。年华恰与主人齐，笙磬同音协律吕。越日又邀看黄花，晚节留香满别墅。戴氏皆山楼后倚山筑别墅，遍植花卉果木，惟菊最多。松竹为友石为邻，山林徘徊自容与。金精玉质傲秋霜，不比春花斗仙籁。嗟嗟我辈古为徒，学古入官应无沮。胡为仆仆走风尘，举座坐对叹失所。不如相约入深林,三径荒凉同延伫。连袖重订岁寒盟,梅其知我菊弗拒。加我七人及松竹,十一益友人列叙。著书万卷藏名山,待诸其人天应许。

运署赏雪,用东坡《聚星堂》诗韵示朗夫

官斋旅梦乱风叶,覆首重衾夜闻雪。纸窗侵晓急起来,披衣开户叫奇绝。对面长蛇望悄然,老树槎枒几枝折。鳞次千家烟火迟,微茫双塔人踪灭。恍睹蓝田好图画,笔底崚嶒同瘦掣。恰恰妙手此间在,时朗夫以签掣科兼查缸委员。一笑相呼青眼缬。居停赏雪集朋僚,张遇顺观察时摄运司篆。岸帻雄谈无琐屑。醉添榾柮煨芋魁,炉火光摇香篆瞥。个中清景只我知,世外炎凉向谁说。急宜呵管绘苍茫,朗夫工绘事。莫使层冰满寒铁。

运幕杂兴

萧斋近水任遐观,予居舫墙外即运司河,游人往来不绝。砚匣诗瓢手自安。晨起看花宵待月,不曾闲却画栏干。

尊开北海酒难辞,消尽长檠烛几枝。幸有自鸣钟报漏,不然沉醉不知时。

西湖遣兴

三月西湖湖水平,桃花浪暖春风生。山光水色淡无际,别有天地寰宇清。玲珑飞阁连云气,叠翠铺红浓淡里。坡公吟

咏太多情,欲把西湖比西子。惟我生长卅余年,廿度到此泛湖船。我恋湖山湖恋我,西湖与我信有缘。

青霞洞题壁

一到玄妙观,耳目风景换。山秃无秀峰,径曲通崖畔。出树石幢高,敲门雨花散。大石亘天悬,危岩斫壁断。有洞名青霞,崔巍而璀璨。夜静月为帘,雨来云作幔。凌虚无柱撑,崩压使心惮。岩外罗奇礧,磊落肆雄岸。榕根嵌石脉,不土走虬干。山鸡迎客舞,松鼠冲人窜。洞畔有高楼,轩敞且轮奂。中有道者三,于此弄柔翰。款客煮新泉,茶香交口赞。小住心殊清,香花呈灿灿。觅句特留题,请教游人看。

黑水洋轮中感赋,步戴女史圣仪韵

乘风破浪放长吟,客路谁分鲍叔金。元礼仙舟容我附,信陵醇酒劝君斟。梦回渐隔苍山远,胆怯偏经黑水深。环海交通黄种弱,何时能慰殖民心。时同轮船者有赵范卿拔贡、郑简斋上舍。

寄题陈薰甫小照

伊何人欤?吾友薰甫。具海鹤姿,与神驹伍。白傅丰裁,青莲气宇。冠冕堂皇,文章黼黻。此日儒冠,他年弼辅。慨自近今,世风日瘵。专尚外观,内无可睹。守旧者迂,维新者腐。学界若盲,官界若瞽。商界若狂,绅界若虏。随波逐流,与时俯仰。吁嗟同胞,若不舞鼓,诚恐将来,必受人侮。惟君大艾,开基云浦。誉擅词林,心游艺圃。贡树分香,枌榆受祐①。君也热心,克绳厥祖。治国治家,本来有谱。少小读书,不间风雨。壮志未伸,闻鸡屡舞。赋学班超,文师韩愈。词效香山,诗宗老杜。道法素王,礼守东鲁。环顾同人,寥寥可数。吾今望君,所愿不普。愿君才宏,愿君力努。入则家庭,出则乡土。曲意周旋,实心防堵。孝悌有加,忠信是主。无间人言,无惹人怒。正其衣冠,严其步武。心与镜明,寿比镜古。二十世纪,俾有砥柱。庶几吾道,不无小补。

---

① 祐,据韵例,似当作"祜"。

蕉阴补读庐诗稿卷五

石仓岙辛亥

倏已春将半,行踪海外停。绕帘蛮嶂白,压屋岛峰青。地僻宜秋夏,花多瀹性灵。地多水仙花。惺惺度朝夕,不辨醉和醒。

筶山

里外筶无十里宽,家家门径绕狂澜。蟭巢蚊睫何知小,蚁聚槐根只自安。讨海途危偏可乐。入海捕鱼最为危险地,人谓之讨海。耕山利普转辞难。昔时群寇纷争地,风雨精忠寨尚寒。耿精忠扰台遗寨尚存。

经过山坳又一村,水仙花澳石塘门。风生面面摇山影,潮长朝朝认岸痕。楼上有楼似叠嶂,海中无海不吞云。只嫌春日温和气,瘴雨蛮烟渐次浑。

石塘山远眺

海外三神远,寰中一岛孤。潮奔山欲走,天阔地全无。自古称荒甸,于今入版图。安期何必羡,身似到蓬壶。

花朝偶成

雨歇空斋静,帘垂清昼寒。碧苔封古砌,绿树压回栏。对酒驱愁易,删诗割爱难。花朝晴日丽,蜂蝶有余欢。

三月朔日五十初度

不才不第不沉几,富贵功名事事违。糊口四方聊卒岁,行年五十未知非。昔时亲旧皆云散,同学生徒半锦衣。自叹不如归去好,沧江钓雪对斜晖。

风怀顿减感怀多,两鬓萧萧发欲皤。子幼今年才志学,妻衰寒夜尚鸣梭。旧藏万卷难医困,新筑三椽且窭歌。一事思量难恝置,买山无计待磋磨。

蕉阴补读意悠悠,往事追维话不休。为访名山居古寺,因联吟社住湖楼。维扬曾税三年驾,京国又经两度秋。犹记长江风月夜,二千里路九勾留。

生与斯文信有缘,虫鱼笺注忆华年。集分内外追乡哲,葺《太平诗文内外集》百卷,仿王子裳比部、王舍人子庄《黄岩集》例。纪所见闻及古先。近成《可园见所见闻所闻》十二卷。《九老诗存》经刊行,二黄文稿费钻研。《花山九老诗》、黄壶舟明府、今樵明经文集均已刊成。还多情话并余录,拉杂书之拉杂编。

生逢上巳节清幽,小集诗俦与酒俦。曾点流风予未逮,羲之禊事不妨修。一庐风月资谈助,四面溪山可卧游。天待我生诚不薄,那堪无后国民忧。

九皋楼消夏,晤李笃生茂才

暑气薰蒸六月天,九皋楼上偶流连。喜逢旧友谈心曲,听说新闻随手编。半榻茶香消酒渴,一声鸟语和鸣蝉。年来凡事都抛却,只爱长联翰墨缘。

叠前韵,赠李笃生

曾记青霞古洞天,解衣磅礴几留连。推襟送抱成知己,辨难晰疑证古编。我似丁斐惟捕鼠,予壬戌生。君非朱异亦冠蝉。君新赏蓝翎五品衔。名楼尤复联吟咏,为结今生未了缘。

喜家少某茂才至,三叠前韵

赋罢新诗薄暮天,庭前喜听鹊声连。人来康乐添吟侣,我爱青莲守旧编。李君喜保存国粹。抽秘骋妍欣倚马,抛砖引玉等鸣蝉。客中聚首良非易,惟愿年年续此缘。

再赠少某,四叠前韵

菡萏花开水接天,得君唱和复留连。高怀那肯因人热,遗献全资以手编。君葺《林氏遗献》八卷。不愧吾宗千里马,方知我辈一寒蝉。萍踪偶合同消夏,杯酒言欢亦夙缘。

赠家箴臣司马,五叠前韵

九皋楼上纳凉天,坐爱盈庭喜气连。既有令郎娴今法,又添新妇读新编。新娶子妇上海贝文学堂毕业。一堂聚顺门题凤,四壁清虚室署蝉。我本与君同宗派,频年晤对实前缘。

怀楼主人仲言上舍,六叠前韵

搔首频频欲问天,人亡物在倍流连。花山讲学心千古,菊圃潜修手一编。绛帐于今空忆马,同侪无复和鸣蝉。君壬寅消夏诗有《咏蝉》二律。我从楼上重经过,忍说当年文字缘。

寄陈策三大令云南,七叠前韵

睽违南北隔遥天,两地相思魂梦连。有志维新初试法,近署云南高等审厅民庭推事。未能免俗抱遗编。寸心万里同明月,离绪千端托夏蝉。还愿随时善调摄,为民为国尽天缘。

赠戴泽民文质,八叠前韵

正值浮瓜沉李天,客中款客意绵连。佳章展读增吟兴,奇梦纪闻放手编。君本前身是明月,我惭噤口似寒蝉。天南地北联吟咏,信是生多翰墨缘。

樵云阁夜雨闲话，九叠前韵

西风洗涤读书天，知己谈心断复连。逸少弟昆皆志学，谓伯玙、仲才弟昆。元龙意气在新编。陈薰甫、陈伯云皆喜谈新学。催诗韵协楼头雨，谱曲音谐叶底蝉。且喜灯花频吐艳，忘年交好亦因缘。

赠陈百川司马，十叠前韵

炼将顽石补青天，君是当年鲁仲连。排难解纷敦族谊，搜文征献刊遗编。翩翩才调雄倚马，落落襟怀喜咏蝉。我有一言须记取，施仁施义结良缘。

七月初三大雨，至十六不止，十一叠前韵

风雨霆霖遍地天，客中忘返苦留连。莫知所以人三个，日与洪翰亭、陈伯云闲话。无可奈何手一编。只道家乡田似海，那知身世蜕如蝉。况兼大陆将沉日，谁顾同胞结善缘？

寄侄贤韬，十二叠前韵

一番风雨晚凉天，群季我还羡惠连。不负生平敦古道，通知时事读新编。才高谢氏工吟蝶，心契宾王爱咏蝉。此后尤宜勤玩索，好从世界结因缘。

示蟠儿,十三叠前韵

功名富贵纵由天,立品还须学少连。忠孝渊源非远大,圣贤事业在陈编。本来有德方称骥,到底恃才恐类蝉。试取诗词三致意,《诗》《书》未必尔无缘。

泽民以诗集见示,即用集中题先师江子诗先生《锄月楼诗草》韵赋赠

运筹余暇兴遍豪,抒写性灵品格高。风雨满城欣得句,烟云落纸任挥毫。《礼》经自昔同推戴,《诗》学于今不让毛。读罢望风甘下拜,如珍什袭胜藏娇。

大水为灾,用溪西鸡齐啼为韵志感

雨师猖獗过泉溪,助虐风师又向西。俄顷桑田尽变海,几多邻舍不闻鸡。莫来莫往滔滔是,呼癸呼庚处处齐。我是前身郑夹漈①,那堪再听为饥啼。

①　夹漈,原本作"浃际(際)",据文义改。下同。

十七买舟归里,一片平原变为海国, 庐舍坍坏,猪羊淹毙,禾黍腐烂,目不忍视, 臭不忍闻,用王渔洋《复雨》韵成七古一章纪事

七月初三日将暮,愁云怒雷压庭树。雨师风师逐队来,拔木伤禾不知数。昨岁江皖禾麦无,赐赈筹赈不一书。被灾穷民苦无告,往往劫掠成萑苻。近时抢案迭出不穷。况乎杭甬氛祲尚未息,六月间杭州、宁波各府而为赈济平价罢市者多起。温州闹米之案又罗织。六月温州闹米,波及宦绅。纵有长官严巡防,欲革浇风未能革。国家筹款济东南,长江转运动万亿。其奈实惠不同沾,难保苍黎无菜色。流离颠沛走他乡,纵有田园无复可力穑。窃忆从此雨旸能时若,余种犹得渐渐长。寄语农民须努力,明年还可挹酒浆。

吊颜东士壬子

人生重离别,日夕念所亲。君子忽沦亡,然疑已悲辛。既信亲赴吊,黮黮太空云。续膠才合卺,有妾亦青春。稚子尚在抱,无术赎君身。平生勇为义,事事皆伤神。忧来只抑郁,气逆铄精魂。我今结习尽,牙琴不复陈。功名真旒赘,子母惜虚文。

山河虽云复,寇盗横戈矛。谣言满城市,时局复浮浮。两家老弱在,仓卒将谁投?结客虽云多,缓急孰与谋?羡子入泉下,不知家国忧。惟我行踽踽,抚心真悠悠。

别许蓉垣

酒尊犹昨日,芳草又春风。相见难为别,沈吟夕照中。云容江水阔,歌响屋梁空。岁岁天涯梦,由来一室同。

文庙春祭

夫子宫墙万仞高,其门不得首频搔。当年展拜芹初采,此日登堂酒献醪。喜见冠裳齐楚楚,惜无干羽舞陶陶。国民与祭从今始,在庙骏奔敢说劳?

端午席上口占

节届天中日正长,同人宴集赏端阳。榴花偏照愁人眼,蒲酒徒浇志士肠。无可奈何开会议,问谁有法固乡邦。饮酎浴罢兰汤卧,郭外鸿嗷听亦伤。

六月三日自县议会移居棣花书院即景

檐树浓阴望不分,半房山岂隔尘氛。书院傍筑有半房山。古香满几翻图史,清气来窗拂水云。不比城居嚣客杂,却欣野鸟好音闻。卷帘远向梅峰眺,新月如眉映夕曛。

立秋日即事

桐叶报新秋,枝影眉月上。凉飚向晚多,虚堂爱幽敞。云淡天宇高,境适心神爽。远树蝉乍稀,深林萤独往。念兹团扇情,遽忍别手掌。时复一驱蚊,误触帘钩①响。

楚门道上值大风雨,夜就族长昌垕国学宿

晴日赴楚门,道出蒲田上。黑云忽蔽天,雨师来无量。风欲拔山飞,树莫与风抗。心共悬旌摇,舆作纸鸢放。舍舆乃就船,强就岸依傍。飒飒寒单衣,濛濛湿重纩。头仰篷欲压,棹转船迷向。履薄复临深,双眼不敢望。回旋到更余,路只达百丈。耻为杨朱泣,强贾王尊壮。置身与置足,全无一稳当。幸得彼苍怜,稍静船头浪。始抵长者居,神志复原状。煮酒充饥肠,并将床榻让。一住连三宵,感极心殊畅。

中元后五日宿玉环城外古庙

盂兰会启夜灯光,里社连宵礼佛忙。树杪月明轮乍转,庭阶人杂扇招凉。纸灰随蝶因风舞,炉火烧檀入鼻香。小住西楼歌宿宿,将抱佛脚恐荒唐。

---

① 钩,原本作"钓",据文义改。

玉环旅邸寄詹偶凡大令

海岛溪流碧，晴烟接古城。木榴新令尹，泽国旧书生。民说官难得，道传政有声。良宵观水月，一样与君清。

郡城晤何征君肃堂，感赋

名齐大小仰何君，私幸曾叨共乐群。谓令兄见石方伯、令弟宣夫拔贡及君皆与余交好有年。愧我萍蓬空逐浪，羡君意气更如云。虚声自昔多难副，古调于今久不闻。记取三台山下过，蠨墙鳞瓦郁清芬。

堪笑衰年又远征，尘容空抗负生平。剪残丘锦人空老，落尽江花梦不成。也解庄周随蝶化，且随列子御风行。不知彼此缘何法，两世交情万古情。尊甫四芗先生系恭问业师。

同六邑县议会会长南端薰、副会长秦梗友两副贡、议员何肃堂征君、罗吉阶上舍、沈伯渊茂才登巾子山禅院分韵

客来何事鸟惊猜，为爱禅林绝点埃。得句不妨呈佛看，寻梅恰好遇花开。云移竹影侵书案，风递炉香入茗杯。此地正多吟兴在，挂帆奈禁别离催。明日为选举省议员、国会议员，检装赴甬江。

金吟谷大令自绍兴来，遂有沪行，赋此赠之时寓甬江

久别希声面，俄惊驾在门。间关来越水，垒块借金尊。自是怜同调，终焉念旧恩。已违甬上酌，相送又江轮。

县会同人集明伦堂消寒

浮云无尽此间来，接席襟裾共举杯。井洌不随三国改，酒行已见一阳回。苍茫古意孤鸿送，骀荡春心野草催。眼底风尘吾辈老，人间冰雪有时开。

农校开学示诸生癸丑

为官不遂仍为师，到底儒生教学宜。今日讲堂来课士，只愁花样不趋时。

农事商周旧有书，不分畜牧与樵渔。国家近设农林校，本意原来复古初。

半耕半读性灵开，读不能耕是下才。贤圣古来如舜禹，出身多自力田来。

诸生学古志原优，一什《豳风》要讲求。试读筑场纳稼句，春耕自然有秋收。

桂舟广文营寿藏于长屿,落成之日,赵赓庭明府、郭涵秋明经邀予同往赋诗为贺,聊表先施之意,非同诔墓之词

佳城卜筑傍平溪,<small>平溪为明金孚兑大令故里,去广文寿域不半里。</small>沙水东藏龙伏西。有客题诗频扫石,同人生荐岂无鸡。峰峦面面儿孙似,松柏森森邻舍齐。我亦景行同走谒,狂吟聊效子规啼。

王子裳观察寄题《曲水限韵》七律一章,依和^①奉和

谈玄何日遇窗鸡,只合身随水石栖。读史惯评人上下,题诗应满浙东西。才名久悉雄惊座,官迹差同爪印泥。毕竟学深官不俗,朝阳丹凤一声啼。

附原作

何日功成到木鸡,只宜野性遂幽栖。仙岩江口潮初长,岱石山前日已西。结习未忘吟亦苦,浮生争得醉如泥。鹧鸪声里东风急,又听林间杜宇啼。

---

① 和,疑是"韵"字之误。

感时柬童伯痴少将

世风日下慨江河，国势惟羸类疲骡。持议议员鹰隼疾，盗名之士鲫鱼多。救灾谁蓄三年艾，吁俊难逢一日罗。自叹桑榆成暮景，期君速荷鲁阳戈。

子裳先生以《挽隆裕太后》诗嘱和，依韵应教

万幾一二日，总摄在厥身。德备坤舆范，仁敷闵下旻。共和先率夏，立宪首回春。恸哭传遗老，嗟予亦国民。

附原作

卅载承懿德，忧危萃此身。艰难丁国变，真宰诉苍旻。大陆桑成海，中原草不春。遗黎长痛哭，况是五朝民。

郭立三太史与戴女史圣怡结婚，赋此以贺

名士贤媛赋结褵，雪花艳艳日迟迟①。郭维咏史妻孥和，戴圣传经孙女宜。从此下帷相砥砺，不妨设帐作人师。太史历任京师大学堂教务长，女史亦前在俞棣生、朱劼臣家训其子女。完成双璧充媒介，予与章一山太史为媒。共赋洞房合卺诗。王玫伯观察、柯辅舟别驾皆赋诗为贺。

---

① "名士贤媛赋结褵，雪花艳艳日迟迟"原作"雪花艳艳日迟迟，名士贤媛赋结褵"，页眉校语云："首二句易转。"今据乙。

腊月廿二为蟠儿完婚,喜而有咏

频年教养费思维,今喜华堂赋结褵。从此向平偿志愿,余有四女,早经出嫁。好随郭令学聋痴。案前问字添新妇,膝下传经冀小儿。贺客满庭皆珠履,锦屏共写合欢词。

祭诗

浪仙每岁祭新诗,我汇半生亦祭之。一炷清香一杯茗,精神今夕定应知。

元旦开笔甲寅

元旦挥毫即赋诗,苦无诗料费寻思。何如即就眼前事,为演新词谱《竹枝》。

声声爆竹遍华夷,门首高悬五色旗。银烛辉煌香馥郁,万年红纸写联词。

瑞雪纷纷亦出奇,丰年奚用卜著龟。群情欢慰从天祝,祝我同胞百事宜。

堂前肃拜贺声驰,子侄礼仪谨自持。莫谓吾家千里少,白眉良可大门楣。

弄罢胡琴短笛吹,两枝哈叭和参差。到门乞得糕儿粽,酬谢声中带祝釐。

邻儿捧雪竞为狮,钩爪锯牙毕肖之。设令同心营实业,一生富贵复奚疑?

鸡豚两品酒双卮，酣饮楼头聋复痴。索债无人黄犬静，家人放胆进盘匜。

如我贫穷数亦奇，劳劳碌碌究何为。只缘未了诗文债，呵冻还擎笔一枝。

二月五日同裴诗藏祝白香山先生生日

词人自古半迍邅，福慧如公见夙缘。衣衮林泉两闲适，苍颜原是地行仙。

老耽禅悦慕希夷，鸠杖风流绝世姿。终是先生饶定识，党人排陷在何时。

白髭紫绶古稀年，矍铄翁犹署乐天。难得刘郎同甲子，携来樽酒擘吟笺。

生平心事付新诗，讽语闲吟孰许知。白首编排分别署，应知身后免余思。

吾侪生后二千年，祝寿诗章各一篇。还有清香兼果茗，愿公降格草堂前。

春日偶成

小楼四面纸窗虚，晨旭斜晖可晒书。雏蕙稚兰随处植，紫荆红杏及时舒。老梅犹喜含生意，新梓于今得自如。车马无声门寂静，诗人正可赋《闲居》。

访明家白峰先生云鹤山房故址

蹑属上高峰,宗贤深景仰。鹤去松径迷,云留岩扉敞。路转日已斜,归逐渔樵响。

过黄壶舟先生故居

探险陟龟峰,偶过山前路。寿菊斋杳然,荆舫剩荆树。徘徊复徘徊,无言独归去。

申江怀古并吊宗贤、良珉诸公

野色混晴岚,潮流自来去。宗贤遗址近,仿佛不知处。偶动思古情,抑郁与谁语?

甘隩经江氏大坟,追吊明思明通
判静川先生、竹林居士白下先生乔梓

石乳出危崖,瀑泉响空谷。有坟大十围,适当山之腹。云是江氏祖,碑残不可读。嗟哉我清初,遣界将地缩。沿海各大家,流离覆宗族。潘氏散复聚,顾氏宅转卜。闻氏徙长山,葛氏频顾复。江虽族望存,城西类茕独。追忆静川公,循良而贤淑。若不逢遣迁,后昆定繁郁。适丁鼎革时,海寇重杀戮。庸臣乏远谋,将民内地逐。贫者半凋零,富者重版筑。竹林居士左,先生名左,字白下,自号曰竹林居士。风尘长仆仆。祖居未能还，茔墓任樵收①。古树卧山腰，危根穴中伏。秋深苦霜霰，三径荒松菊。还祈后起贤，勤苦先畴服。振起旧家声，毋令泉下哭。

先祖《集材诗草》印成志喜

祖庭遗草稿，校订已多年。兹幸雕镌毕，私心喜欲颠。

春夜杂咏乙卯

世事渐阅历，人心多变更。贵则弃贫贱，富则薄交情。
人生忽如寄，上寿无百年。况复感死生，悲哀相忧煎。
有酒心难醉，无书性亦明。劳劳身世感，怅触坐深更。
误被浮名役，悠悠五十年。但期无别恨，何必羡神仙。
和风扇淑气，万卉齐着花。倡条拂冶叶，各自斗芳华。
夕阳逝如驶，远树排如荠。浊醪不解颜，徙倚蓬窗底。
欢会苦时少，忧患苦时多。知音倏已逝，挥泪唤奈何。
良夜孤灯伴，适意何忧贫。君子能俟命，养素全厥真。

答黄岩邱苇南

匡山读书处，千载有传人。握手檐花晚，江皋正暮春。云奇天作雨，石峭地无邻。寂寞青琴奏，挥弦一听真。

春风醉客颜，相对即名山。月转林阴淡，江平帆力闲。九

---

① 收，据韵例，疑是"牧"字之误。

衢怜画毂，一卧梦柴关。为问管夫子，行吟鬓早斑。谓德舆舍人。

寄何见石方伯谢病将归

拂袖来寻猿鹤群，所思欲往雪纷纷。乘车戴笠人俱老，魏阙江湖志不分。春色初归怜逝水，楼居相望隔台云。卅年涕泪天涯共，邻笛山阳不忍闻。

管德舆舍人以诗见示，依韵奉和

好景难逢天意悭，送春风雨卧乡关。著书寂寂穷愁事，行路栖栖客子颜。白日不随朋辈尽，青山几见俗人闲。卅年琴外寻吾契，只在微吟薄醉间。

后雕草堂雅集，和玫伯

云浅风疏正暮春，草堂邀集五闲人。谓管德舆舍人、喻子韶太史、朱益夔别驾、吴槐卿茂才及予。酒尊滟滟微吟发，花树娟娟百态新。城外青山广招隐，座中白袷忆前尘。饮余商略惟文字，寓意铅华不厌真。

朴庵招集公园，时王玫伯、柯辅周、朱益夔、吴槐卿、管德舆皆在座分韵

花疏依依眷余春，小集公园八九人。九峰山色当户牗，砚

瓦池中水粼粼。朴庵主人与沤邻,名山跌宕辞冠巾。远攀嵇阮近裴迪,风期落落相与亲。衔杯语默各有寄,襟裾泉石同一真。卅年湖海走皮骨,家山眠梦相依因。岂无云愁与海思,一弹指顷如微尘。灵江白发照萧瑟,愿为流水无为蘋。杨华飞尽柳罢折,故人四座舒眉颦。坐对忘言息应对,白社相见无主宾。友于山鸟飞逡巡,数声啼彻花满茵。

题家屏秋诗集,即用其集中《朋友燕集》韵

乘兴访良友,不计路短长。主人闻我至,延我入书堂。示我诗一卷,读之形迹忘。如入五都市,珍味遍得尝。如到神仙府,钦聆云汉章。一读一击节,神与气俱扬。兴尽翛然返,古道照斜阳。后会订他日,茂对重踞床。

经族祖竹坞先生桥东小隐,即
用其集中《寄戚鹤泉进士山左》韵

平原秋草绿,傍晚欣独往。菊残篱留香,流急桥和响。身闲爱野趣,病起谐心赏。竹坞不可求,落日寒川上。

蕉阴补读庐诗稿卷六

曹娥江_{丙辰}

大江浮白日，客子去何之。万古滔滔意，愁心共此时。长
天乱春色，无处寄相思。前路生芳草，曹娥旧有祠。

镜湖

风日越州城，镜湖如镜明。昔贤于此隐，流水至今清。帆
拂稽山去，云从剡曲生。千年无贺老，谁赠谪仙名。

西湖晚眺

随著香风过断桥，舟停隔岸露渔篙。不知昨夜水微退，错
认荷花忽长高。

几个新蝉噪夕阳，一双幽鸟浴芳塘。披襟爱傍回阑立，曲
折风来更觉凉。

日落湖亭泛画桡，波心惊起一鱼跳。绿杨渐渐垂丝短，似
否暮年鬓欲凋。

弦管声停鸥鹭闲，斜曛影落林中间。清波门外灯初上，小
立湖堤待月还。

蕉阴补读庐诗稿卷六

陪永嘉徐班侯先生廷超、嘉禾金甸丞先生镜蓉云林游眺，步金先生纪游韵应教

年来饫山渌，云卧聊息影。山灵总相识，时访岩壑迥。言陪杖履游，人外得幽屏。林风稍稍多，雨洗万绿静。渐欲谢文字，照水时渐瘿。何论万里流，濯此冷泉冷。亭台既秀出，华竹复修整。浅深瓶钵缘，坐客各自领。倘容买山游，如遂祠禄请。

学道不择地，何处非山林。矧此初地古，耳悦钟磬音。天人一护持，栝柏犹森森。林雨鸣更寂，湖云起常阴。十年皖江游，霞想时在襟。倦游话尘劫，啸侣思苔岑。诸老一接席，已脱尘网侵。云叶天外肥，华乳洞中深。鸣幽方息羽，知是借时禽。忘言如俞牙，悟此成连琴。

孙玉叟锵先生别墅题壁

五柳未云荒，飞华点夕阳。每欣与耆旧，相对话沧桑。天阔山俱澹，帆回水任长。看云明复灭，胸次未相妨。

共道郊居乐，湖山作主人。一尊聊独醉，千古却相亲。杖履谁陪从，耕渔见道真。续成《列女传》，闺阁感恩频。

自杭赴余姚场，途中杂咏，用《古诗十九首》原韵 存八

清晨乘汽车，俄顷与杭离。相将过沪上，同饮海之湄。一

杯复一杯,殷勤告所知。我先赴四明,江天借一枝。握别转乘桴,浮海莫迟缓。黑云蔽白日,雨狂风翻反。所幸儿女亲,笑谈忘日晚。秉烛入膳堂,劝我减餐饭。东坡云:"晚饭减一口,活到九十九。"

既乏草堂草,不见柳州柳。独坐吟新诗,明星来窥牖。忽闻比邻喧,空空出妙手。盗窃衫与裙,归家难为妇。我亦畏宵小,闭户慎防守。

舍舟来逆旅,偶逢季伦石。醉倒鹤扬楼,笑煞座上客。醒来复赴饮,乡情真不薄。驱车登率春,率春,酒楼名。繁华赛东洛。珊瑚玉树枝,玻璃璎珞索。更上一层看,胜似王侯宅。雨中万人家,相近在咫尺。饮罢复流连,几忘事逼迫。

昨日良宴会,快乐难备陈。今日事行役,道远又劳神。驰驱姚江上,差喜葆厥真。嗟予夙所愿,至今尚未申。富贵浮云耳,何必走风尘。大贤犹在望,谓阳明先生。曷弗去问津?此行实无谓,是谓徒苦辛。

姚北石堰场,名与鸣鹤齐。舟行访公署,坍坏苔盈阶。离离将成咏,靡靡我心悲。人生有家室,犹有子与妻。为官弃官廨,令人几徘徊。新居虽云乐,其如旧居哀。此中大宗旨,近世知者稀。愿君三嗅作,弗妄奋翅飞。

石堰东北去,径小没蔓草。有地皆产滷,横行不由道。日暮途穷处,海风吹浩浩。切莫临流返,忧伤以终老。

海上起蜃楼,丹青辉四壁。题曰试验场,墨迹新历历。晒盐用西法,拟将旧法易。谁知一试验,水土两不合。一座好楼台,捐弃等废翮。我来楼上游,仅留雪鸿迹。嗟予有羁绊,如牛未脱轭。未能久居此,郁郁亦何益!

浏浦浦何远,远在盐塗河。赤地十余里,不生莨与萝。盐船进出口,此浦最相宜。北通杭五属,西达钱清陂。天气分冬夏,潮候有早迟。冬盐带灰色,夏盐生光辉。藏久味愈清,不同花草萎。可叹私贩者,逐逐复何为。

大嵩署中秋夜即事

寂寂衙斋一点灯,因翻《切韵》学番僧。得谐人意诗和酒,不合时宜炭与冰。忧国杜陵难接脚,饭疏尼父漫挥肱。狂澜既倒伊谁挽,回首中流有许朋。谓许君拱星。

流云掩抑月朦胧,唧唧啾啾草上虫。佳句得来人已倦,知心话到漏将终。萧疏红蓼添秋色,零落茱萸怨晚风。我愧不才时偃蹇,拟将《恨赋》续文通。

同许拱星、梁达球二君登大嵩山,许君成诗二绝见示,因步韵以和之

振衣直上大嵩巅,碧海汪洋在眼前。我欲乘风破浪去,潮流初落放帆船。

漾泗一水碧参差,绕向衙斋四季宜。万灶迷离傍岸筑,盐田毕竟起何时。

游真武宫,家少某茂才诗成嘱和,即次其韵

江水湾环绕向门,闲游两岸见潮痕。偶来古寺逢千佛,经过荒城又一村。佳卉惹人频依恋,雏僧与我漫评论。打头数点潇潇雨,兴尽归来日已昏。

冬至后一日游珠山寺,再叠少某真武宫韵

冻日射重门,葭灰动有痕。小桥通盘谷,流水自成村。古寺逢僧话,乡情瀹茗论。主持显明,黄岩人。慈悲如有觉,应唤我昏昏。

十二月十五夜,积雪在地,寒月扬辉,偕少某、拱星彳亍山坳,徘徊江浒,引领四顾,海天一色。而嫦娥、滕六竞斗新妆,与庭前萼绿仙子争妍取怜,真令人如入不夜城,与诸仙眷属俯仰揖让,有应接不暇之势。昔李谪仙桃李园开筵飞觞,苏玉局承天寺访张怀[①]民,皆只有月而无雪,以为生平乐事。似此良夜,设起二公于九泉下,定叹为千载一时也。但未知予三人明年今夕又在何处,得有此乐否乎?更深乏酒,无术御寒,三叠前韵以作纪念

寒月倏临门,犹留积雪痕。赏心出冷署,信步过前村。奇夜休辜负,旅怀漫共论。明年何处是?镜卜趁黄昏。

---

① 怀(懷),原本作"裹",据文意改。

十六日再游珠山寺题壁,四叠前韵

冒冷过禅门,庭留帝制痕。佛座神牌犹书当今万岁万万岁。避秦思栗里,事房笑梅村。时事如斯甚,浮沉何足论。慈航宜急渡,毋使世昏昏。

赠显明和尚,五叠前韵

习静喜扃门,蒲团露破痕。贝经参上乘,法雨播遐村。识面便心契,谈诗不目论。订交今日始,应不间晨昏。

沽酒御寒,各谈往事,六叠前韵

茶罢闭斋门,炉余爇火痕。酒尊开北海,游志续南村。往事从头说,闲情促膝论。两三知己客,唱和到黄昏。

赠雪堂,八叠前韵

法语习儒门,合无陈腐痕。高才超海国,小筑傍山村。交谊忘年订,雪堂少予二十岁,历以茂才充署中稽查。奇文着意论。先贤遗望在,君系朱文公嫡派。黾勉励晨昏。

大嵩元日丁巳

待漏贺元旦,春风得意号。城开晴日暖,山接晓霞高。岁事随方异，诗情到处豪。独怜加马齿，白首不胜搔。

默默残冬去，频频新岁来。天行自无尽，人事若相催。花信探梅墅，春声起钓台。宾朋多好语，笑口一同开。

仲春六日同陈少笙、陈伯云及蟠儿游球山废寺，坐石上听老僧说因果

出郭三里余，耳目风景换。山颓无峻峰，径曲转斜岸。出树石幢高，敲门雨花散。山鸡迎客舞，松鼠冲人窜。行行入古寺，小憩息衰偄。煮茗试清泉，众景列几案。双塔峙东西，一水绕闾闬。阴晴两相宜，韶华春正半。烟沉树色浓，风过林光淡。久坐忘世嚣，清机复平旦。老僧悟微旨，一笑复三叹。历数生平因，荣枯如一贯。大海无纤尘，浮世何妨玩。到处有名山，行脚无羁绊。勒马当悬崖，撒手空前算。低首拜僧言，顶似醍醐灌。不用打机锋，我心无问难。

五十六初度

海国逢初度，维时月正三。膝前儿晋爵，席上客同酣。岛屿晴浮蜃，山城雪满龛。春风吹两鬓，白似柳鬖鬖。

胡幼腴都转思义升任淮安关监督，以《惜别感怀》诗四章见示，谨步原韵奉和

积学久钦富五车，文章经济两舒如。绥商恤灶恩偏渥，察吏惩贪利弑渔。善政得民兼善教，粗材收录愧粗疏。理盐自

问无良策，一作：理盐方幸师承在。听唱骊歌独怅予。

风纪超超越俊英，令悬正荚福苍生。仕优更喜还优学，政简原因以简鸣。浙海从兹归约束，楚氛无复肆蛮横。去年玉环县楚门盐枭猖獗，赖公以计平之。恩威并济民胥乐，岂必胸中有甲兵。

盐铁书成见性情，公辑有《两浙盐嵯政录》。猷宣飞雪播仁声。为因观政瞻依切，自悔当年出处轻。光绪戊戌以来需次皖城，一事无成。何武难留心自艾，寇①恂未借梦徒萦。不无一事为公问，此去珂乡路几程？

旧时曾谒子云居，可笑书生礼意疏。堂上镜悬虚月窟，庭间花落寂江鱼。谁知两浙蒙施泽，又向长淮去著书。看取棠阴依旧在，他时展拜亦踟蹰。

叠前韵，代陈少笙嵯尹奉和

使君到处雨随车，敷政优游事事如。两浙海山归管领，百僚官吏乏侵渔。虚堂悬镜平无陂，禺荚成书法不疏。自愧不才蒙齿录，毫无报最正愁予。

宏开莲幕集群英，鼎底梅羹腕底生。井灶于今蒙乐利，商民终鲜不平鸣。万家烟火春常在，两载恩膏水共横。他日得公重持节，定教耀德不观兵。

名士襟期佛性情，廉明早已著循声。蜃乡蟹舍烽烟靖，楚尾吴头装从轻。从此淮安恩泽溥，旋教浙水梦思萦。清风处处瞻琴鹤，祖饯奈睽千里程。

---

① 寇，原本作"冠"，据文意改。

　　自分衡茅甘隐居,猥蒙拔擢愧粗疏。嵩城此日思棠荫,淮水何时寄鲤鱼。惠政无须三尺法,行囊仅拥一船书。官亭取次骊歌唱,戴德情殷踌复躇。

蟠儿作附录

　　一闻骊唱竞攀车,只恐云林画不如。清简门真堪罗雀,丰饶户亦可排渔。依刘念切忍言别,借寇情殷欲上疏。读罢瑶章高莫和,私衷耿耿独愁予。

　　豫章自昔萃群英,才德如公冠后生。府海官山归管束,私枭贪吏鲜争鸣。梅羹滋味调和美,竹马儿童意气横。为喜甘棠遗爱在,重来定卜不观兵。

　　夙抱澄清四海情,中流击楫几闻声。方为霖雨苍生福,旋挂淮流帆樯轻。楚尾吴头归去便,邵棠郇黍梦思萦。青钱不选难为赆,父老流连送一程。

　　淮关旧亦胜流居,几净窗明花影疏。别后可能通一使,情深何日寄双鱼。奇珍荟萃千帆集,案牍余闲万卷书。为惜瞻韩未遂愿,几回搔首重踌躇。

立秋日同金次齐、金苑秋访姚梧冈并游静安寺

　　佳日访良朋,相携入古寺。暝色含烟萝,残阳驻山翠。斋厨供晚餐,僧喜嘉客至。禅房正剖瓜,分甘与同嗜。欢然果腹余,谈笑当世事。坐久葛衣单,飒飒凉风吹。

同陈少笙、金苑秋、柯伯圭集某校书寓小饮

夕阳金碧画楼台,主客忘形托酒杯。鬓影渐霜怜老大,秋心和月出烟埃。江山百战今无恙,风气十年未尽开。便与诸君弹古调,绕弦清韵指头来。

偕蔡从生、叶瑞五过吴山古寺闲话

虚堂人对佛无言,寂静林深鸟不喧。江近浪高疑到槛,帆多影过恐遮门。松风入牖琴鸣壁,山色留人酒满尊。重约来分云半榻,好同挥麈月中论。

至日还家

天上阳回曙色赊,还乡未敢向人夸。途穷日暮寸心戚,触物惊心两鬓华。游学但求儿强饭,忍贫喜有妇持家。小园缓步探春信,山意寒冲梅孕花。

自述

检点行藏总逊人,半生落拓走风尘。时艰梦亦无佳境,冬暖衣偏不蔽身。漫说陶潜曾乞食,须知原宪自安贫。闲行最怕人多处,恐遇人来索债频。

听雪小除夕

天寒风紧雪花浓,坐听楼头感太空。我是梁鸿惊灶冷,人嗤阮籍泣途穷。荒亭招鹤孤山碧,破屋分灯邻壁红。犹自夜深呵冻管,不知今已近年终。

元宵海门观灯感赋戊午

火树星桥映晚霞,灯连九陌共千家。山河万里同时节,诗酒三元赏岁华。梦似古梅疏夜月,事如爆竹散春花。海门小住良宵度,遥望金鳌烛影斜。

自郡城至天台作

新晴连日减春袍,路转寒光上野蒿。涧道阴森留雪久,山田荦确入云高。乌犍砺石眠芳草,白鸟将雏理毳毛。无限诗情吟不尽,斜阳人影下平皋。

国清寺同张友祥、陈河洲作

廿年不到国清寺,今日重来两鬓丝。山色恋人如旧友,墨痕留壁尽新诗。僧多无识知音少,云不随风出岫迟。小坐松阴谈往事,钟声隐隐出茶䌽。

花朝即事

夜雨微过阶草生，幽禽时送隔窗声。春多酒债尚难偿，节说花朝便有情。梅点乱飘荒径冷，柳丝低舞晓风轻。暇时倚杖柴门外，画里云山面面迎。

上巳前二日五十七初度

一生岁月半蹉跎，五十七年忙里过。发白抚心伤李固，诗成自问愧东坡。中原扰攘干戈起，身世飘零感喟多。今日古称万春节，沧浪修禊意如何。

春寒怯冷试登楼，倦倚吟床数旧愁。宿债未偿新债积，少年不学老年羞。无田秋后收成少，有子天涯文字求。差喜老妻还解事，拔钗沽酒为消忧。

和金华陈左山茂才都《五十自述》并步原韵

有德由来必有年，况兼面相又如田。生经伯玉知非岁，时值汾阳入梦天。学《易》君原存夙志，论年我喜得随肩。予长君六龄，系去秋五十初度。和诗敢效华封祝，为订他生文字缘。

颍①川盛事话当年，尤喜旧遗续命田。积善断然多厚福，修身从此自知天。文章司马原同调，意气元龙许比肩。翘企乔云千里隔，识荆无术总前缘。

---

① 颍，原作"颖"，据文义改。下同。

五十算来是盛年,正堪种德拓心田。森森玉树荣盈砌,岳岳金华别有天。衣彩还同莱子戏,裁笺笑拍翰林肩。更欣并蒂花开早,铜荻摩挲证凤缘。

蹉跎我独悔华年,垂老劳劳事砚田。著作一编犹待梓,功名两字早凭天。三杯纵饶陶潜趣,六法难齐梦得肩。却羡高风引领望,恬吟密咏旧因缘。

海门徐原白致青写兰赠云凤女校书,索予题句,即成六绝以应

不写高人写美人,沅湘韵事羡灵均。老夫亦是多情者,可许玉壶再买春?

生长深山十八年,偶从翰墨结因缘。若非夙订三生约,那得相逢便见怜!

笔势纵横墨瀋融,好风吹瘦石玲珑。此花本是王者种,不久香名入汉宫。

品格清华迥出伦,由来香草是前身。当途一任荆和棘,不染名花半点尘。

风尘小谪意从容,不怕风霜雨雪冲①。情韵天然香淡淡,也应拜倒玉芙蓉。

久闻城北有徐公,画笔诗才色色工。此日为卿来写照,芳心一点可能通。

---

① 　冲(衝),原作"衕",据文义改。

陈棠侯主政园中盆菊端阳盛开,喜而成咏,函索和章,依韵以答

名园嘉种未经霜,也效时髦巧弄妆。岂必随人多热闹,只缘此地是清凉。南窗寄傲黄花伴,仲夏消闲野菊芳。蒲酒不觞觞萸酒,端阳错认是重阳。

倒叠前韵,再和

端阳错认是重阳,傲骨稜稜斗众芳。陶令胸怀无冷暖,西施心地有炎凉。趋时岂与榴争宠,爱洁翻嫌荷炫妆。试向主人检花谱,名园嘉种几经霜。

贺百川纳宠,三叠前韵

宦海贤劳曾几霜,芙蓉幕里赋催妆。绿舒蕉叶胸怀畅,红映荷蕖体态凉。定卜他年滋丛桂,还欣此日冠群芳。老夫听贺新郎曲,拟采名词续《酉阳》。

海门旅邸戏赠谢叔卿,四叠前韵

东瓯佐理历风霜,遣闷来催小妇妆。记否名闺谁知己,莫教团扇怨秋凉。风流潇洒同珠润,光采斑斓比目芳。自昔谢家森玉树,至今人尚说青阳。

友人复函久候不至,五叠前韵

足音寂似草头霜,望眼将穿懒整妆。一诺千金钦季布,翻云覆雨鄙伊凉。始终在我原无二,名誉如君要久芳。何故迟迟无一语,恐缘人杂泄阴阳。

即事,六叠前韵

富贵功名草上霜,奚如歌管伴红妆。三杯浊酒浇块垒,一曲薰风趁晚凉。脉脉含情眉欲舞,心心相印气偏芳。温柔乡里光阴易,午醉醺醺已夕阳。

接蟠儿天津家信,以诗代柬示之

负书远出苦辛尝,竹报虽通道且长。盛暑何堪居温带,家门矧亦向南凉。倚闾有母思儿切,学语娇娃唤父忙。趁此归来叙乐事,楼头还可避骄阳。

游观音洞

古洞清高箦竹修,无缘消夏暂闲游。花虽冷淡香偏腻,地近繁华境却幽。画槛惯留新粉黛,铜琶争按古凉州。月来旅邸耐炎暑,片刻留连遍体秋。

黄楚卿招饮，清谈竟日

老喜逍遥物外游，一尊佳酿破牢愁。楼高忘却天犹暑，风细还疑露欲秋。嗜酒陶潜欣既醉，贪吟杜甫本无求。华堂冠盖如云集，略分言情未肯休。

当暑分甘剖雪桃，心烦不用首频搔。幸逢今雨联知己，细数晨星感我曹。驰誉共钦君独远，问年偏愧我尤高。钟鸣漏尽行无已，笑咏姗隅枉自豪。

游海门枫山寺

竹林石嶂古梵宫，策杖探幽一径通。忽见楼台藏雾里，渐闻钟磬出云中。风回转觉诸天净，月上直看万品空。我欲乘虚游三岛，便应从此驭青骢。

五月菊，补和陈端甫茂才

名花乞自武陵东，喜放寒英五月中。想亦妄希周子爱，故同菡萏舞薰风。

中秋柬金次齐、赵祗修，时寓工艺传习所

浩荡烟光又一秋，十年蓬转忆前游。壬子与金、赵二君设宴赏月于此。凉尊邀月迷宾主，疏树因风悟去留。种菊近宜寻栗里，结茅古竟有闾丘。清辉今夕思千里，咫尺知君共举头。

正月廿一进城道上作己未

竹驾篮舆晓束装,杂花遍野细吹香。轻阴阁雨岚光润,浅碧摇风水气凉。官路那如村径静,闲云偏逐客尘忙。饶知城曲城隍庙,新演梨园正上场。

由焦湾舍舟登陆山行,过湖没石桥还家,同王梓清、陈旭山作

舍舟行过数重山,莽莽游云去复还。白发飘萧三闲客,天风吹送返乡关。

出金清港轮中口占

群山重叠锁江湄,二水东流合一支。境自屡经尤觉险,景因数见不惊奇。逆风窗闭朝昏暗,浅濑轮迟尺寸移。却幸老怀能自遣,但逢海上便吟诗。

同家大志游西湖

夏日携良友,西湖一再游。堤添山涨阔,波带火云流。身世无巢燕,浮生不系舟。萧萧双鬓影,白过水边鸥。

葛岭半岭亭

回首峰峦集，披襟云海宽。到山方一半，蹦级已千盘。勇笑游人怯，狂怜中立难。葛仙在何许？螺髻露高寒。

家少某闻予至杭，即夕过访

长途触炎暑，到地拂尘襟。旅馆日将夕，轩车远见寻。浮云孤客意，凉月故人心。一笑明灯里，相看白发侵。

王卓夫、管线白、周笃甫各携夫人邀赴湖滨赏荷，即席有作

消受荷风水阁凉，热情早付水云乡。联吟韵好花才放，问字人来语亦香。红粉映波如对镜，碧筒传客当飞觞。芳筵高会欢无极，静领清芬到夕阳。

同范隐周、赵祇修、家少某泛舟西湖，书所见

星光灯影荡澄波，檀板金尊两岸多。一阵衣香风动水，不闻人语但闻歌。

自杭过甬访蔡从生、包卓人闲话

火车劳瘁又轮舟，仆仆风尘不少休。偶访故人谈衷曲，明

辰破浪返台州。

中秋对月有感

桂花香里月团栾,怅触衷怀夜倚阑。往岁半从异地过,今宵幸喜在家看。高楼短笛伤神易,千里长江再到难。沽酒无钱聊煮茗,举杯对饮有余欢。

皓魄年年照碧萝,几番对酒慨当歌。光阴似箭离弦易,世事如棋失著多。海外虬髯犹跋扈,国中犀首尚婆娑。分明银汉今同昔,南北分流奈若何?

生经五十八中秋,潦倒频年汗漫游。豪客赏延金粟桂,娥眉句压木兰舟。广陵三醉涛声馆,淞沪两登秋影楼。沧海桑田倏变幻,抽帆息影学闲鸥。

默坐焚香漏已更,四邻早自闭柴荆。星光近月淡留影,木叶迎风斗有声。蟋蟀多言伤老大,鹡鸰远寄叹无成。痴狂妄向蟾宫祝,愿借天河洗甲兵。

重阳感怀,时寓县城

中秋经过又重阳,廿四日中觅句忙。怕逐时髦驰天马,爱闻才子序滕王。白衣酒惯东篱送,黄菊花还老圃香。旅邸追陪三四客,郊寒岛瘦细评量。

秋风容易又将离,老去悲秋转自悲。不去登高防路险,每思闭户怕人欺。多愁怎奈穷魔扰,健饭只期米价低。作客泉溪何日返,买舟拟趁月明时。

商飚馆忆昔年游,断碣残碑费校雠。风雨联吟成往事,神仙胜迹渺难求。霜催白发秋容老，人比黄花瘦影留。试咏谢瞻霜降句，佳辰可许百工休。

世事纷纭几变更，幸予犹是旧书生。徙薪纵有陈言路，候鸟难为应序鸣。遇塞终非身世累，家贫何碍后来名。茱萸佳会匆匆过，强健明年谁有声？

伴病

伴病如伴君，战战而兢兢。伴病如伴读，循环而往复。老妻病风寒，坐卧两不安。痰逆兼吐酸，五日未一餐。延医医无术，求佛佛避疾。儿时游燕京，路隔四千程。媳因娣于归，亦往作嫁衣。惟余朝夕伴，调理无间断。初进桂枝汤，佐以饴糖姜。继进菉豆饮，热退亦不瘥。迨口能知味，乃用参理气。并以燕窝粥，滋阳肺家缩。迁延经半月，心力已交竭。乙酉先君病，侍奉颇诚敬。甲辰为饥驱，母氏忽弃予。汤药未亲理，含殓未亲视。长抱终天恨，自恫复自怨。何料垂暮年，妻室病缠绵。乃以不医医，未尝一日离。妻本与我齐，陪伴弗违睽。忆我合卺天，四十越二年。如今咏偕老，相伴式相好。但愿从此后，清贫能伴守。杖履共优游，伴我到白头。毋使子若孙，医祷疲晨昏。此愿或能遂，吾亦无求备。

十二月廿一夕大雪，用元谢宗可《雪煮茶》韵

大雪纷纷绝点尘，韶光转瞬即更新。九宵以后方除夕，五日之前已立春。十六立春。未必明年无恶岁，且从此夜证清贫。临窗试问莪莪士，可有当时映雪人？

廿二雪仍不止，寄示蟠儿，用苏东坡《腊月游孤山访惠勤、惠思二僧》韵

凤凰岭，猫儿湖，大雪漫天有若无。驴背灞桥诗思少，拥炉却冷醉欢呼。遥忆燕京留学儿，曾否对雪寻欢娱？道远欲问不可得，临风北望心郁纾。还期学成返吾庐，克守遗经道不孤。三椽老屋堪快读，万卷残书任编蒲。日月逝兮如斯夫，暑往寒来旦复晡。光阴复生宜爱惜，圣域贤关速自图。嗟我年已五十余，万事久付梦蘧蘧。愿尔求学如追逋，萤窗雪案左右摹。

除夕感怀

日月逝兮忽除夕，衰年对此易伤神。心忙怕写宜春帖，犬吠疑来索债人。祀灶俗还循旧例，祭诗我亦有缘因。娇痴孙女爱怜惯，压岁无钱催取频。

经过己未又庚申，岁月蹉跎旧复新。教子未成还负笈，送穷无术只安贫。声声爆竹催残腊，阵阵雨花逆好春。安得光天长不夜，相将同作太平民。

蕉阴补读庐诗稿卷七

西湖晚眺_{庚申}

卅里湖光望眼空,孤山依约隐芙蓉。红皴霞脚明千叠,青入云根耸一峰。风送叶舟遥更小,烟沉茅舍晚尤浓。拟将粉本图横幅,惆怅南屏响暮钟。

自杭州至武康舟中偶成

武陵西出碧流平,对岸山围两桨行。绿树蔽天常似晦,碧峰漏日始知晴。渔舟网小鱼苗少,樵斧声高牧竖惊。遥望吴兴还未见,算来犹隔两三程。

六月五日偕陈少笙_{乃谱}、伯川_{乃楫}游武康报恩寺即事,用李伯木柏《凤岭别墅即景》原韵

古寺深藏山底幽,万竿绿竹映清流。风微游客争凭几,池浅鱼儿易上钩。幸附荀陈陪末座,最难李郭亦同舟。参禅悟得寒山诀,一个拳头一指头。

此中花木颇清幽,苍翠四围滴欲流。嗜古残碑摩鸟迹,避嚣深院下帘钩。谈禅僧幸逢宗泐,读画我还忆雪舟。抛却酒

杯来学佛，自惭白发已盈头。

题百川寓庐

曲院日亭午，筠帘热不侵。竹多忘暑气，树密聚禽音。似觉烦盈耳，偏宜静息心。独怜忘指法，虚置北窗琴。

六月十二夜鉴湖泛月，叠报恩寺即事韵

偶然夜泛鉴湖舟，新月未圆景亦幽。暑气消从大雨后，游人来自曲江头。自雪川度钱唐过此。一杯香茗烹槐火，四面篷窗挂玉钩。欲起贺公谈往事，痴心未遂付东流。

十三夜四明旅邸对月，再叠前韵

昨夜月明伴客舟，今宵又是对楼头。人嫌兔魄圆还未，我爱蟾辉夏亦幽。逆旅居然留爪印，穷愁何事上眉头。离家三月思家切，心绪如潮战逆流。

还家志喜

自经风雨摧残后，禾烂尸浮不忍看。列架幸留破卷在，入门先觉老怀宽。能甘淡泊荒何碍，参透升沉意自安。眠食莫调三月近，今朝应为一加餐。

佛手柑

相传佳果号飞穰，变化应从佛国详。法雨施余犹带露，天花散后尚含香。只教能指三乘妙，何必全窥七宝装。倘与木樨参偈谛，定闻馥郁满禅堂。

闲居杂咏

少爱名山游，日日浮云飞。绪风吹之还，云是山疑非。山林岁时改，倦矣云忘归。

一默息人事，哀乐亦有涯。人在四序中，凉燠盈我怀。户外无所见，闭门卧空斋。

斋中洗高梧，夜落花如雨。往时倚树人，咳笑复何处。琴材世云多，叩桐桐不语。

北马复南舟，劳矣长安道。往来几渡江，予亦何草草。未能读且耕，离忧以终老。

散发倚危厓，望我舟中人。相思两不知，殊疾同吟呻。离居只一室，语笑忘昏晨。

浴竟一振衣，洒然室生白。微风送坐忘，日堕忽云夕。茗碗有温凉，欲忆已畴昔。

送邱芾南兼柬笃夫

后立秋三日，高梧倚晚风。月曾千里共，酒惜一尊空。散木山亡恙，虚舟水自东。相期哀乐意，岁晚与君同。

商略天人义,沉吟风雨诗。齐纨长拂拭,楚茝是相思。江汉流终古,琴笙应不迟。过从有周党,学道爱芳时。

陈母林太夫人挽诗

同里陈百川君,政界中豪杰也。其令堂林太夫人,相夫教子,久著贤声。百川以母教成名,历绾权政,所至兴利除弊,德被商民,实太夫人慈祥恺悌有以启之。太夫人好佛,虔奉内典,终身不辍,今秋七月廿七,含笑归西,寿周花甲,遗命以积净资捐助善举。闻讣之余,哀感无既,挽以五古一章,聊表钦悼之忱,工拙实所不计也。

台山高万丈,山水雄且奇。其气极磅礴,钟毓靡有遗。历产魁硕士,声誉振华夷。更诞金闺媛,举世称母仪。懿范永永存,愧煞群须眉。卓哉陈君母,女诫端始基。迄乎结褵赋,孝养更无亏。闺房徵肃穆,夫唱而妇随。相夫明大义,应变历艰危。天道何昧昧,寡鹄咏哀词。甘含辛茹苦,矢志抚佳儿。断机严劝学,典珥觅良师。果然学业成,一方保障资。疹疫恣流行,死亡兼流离。惨象不忍睹,哀哉彼蚩蚩。贤母沛鸿恩,贤子扩良规。弥天消厉气,渐庆和风吹。捍御并御患,乡里作籓篱。譬如洒甘露,苦难救慈悲。至今歌颂声,犹遍横湖湄。文郎绾墨绶,司榷声名驰。板舆远迎养,所至德泽滋。悉禀慈母训,从容德政施。长斋喜绣佛,经典虔奉持。婆心一片具,生佛万家推。西归遽命驾,何必跻期颐。圆光吐顶上,异香拂屏帷。生固有自来,一笑临去时。且值弥留际,犹惠公益赀。慈颜虽永逝,徽音百祀垂。母本林氏出,自昔久闻知。秉笔纪淑行,留以当口碑。

和友人赠似某女校书，并步原韵

斜倚疏窗意态妍，雪痕香冷月痕鲜。若非仙鹤难相近，除却骚人不受怜。几度琴停弦外听，三分笛弄梦中传。爱梅我亦成孤癖，妒煞逋仙独占先。

拟访张虞廷上舍，因雨而止，用杜少陵《夜宴左氏庄》韵成五言一律却寄

薄俗重气谊，幽人本姓张。偶缘日下雨，未许我登堂。谈艺寸心切，相思此际长。诗成聊当束，鄙意总难忘。

题《秋水芙蓉图》，用杜少陵《画鹰》韵

影瘦妆酣际，芙蓉意态殊。波光翻荡漾，凉意若卢胡。渺渺神谁似，盈盈出欲呼。披图聊省识，秋色满平芜。

水晶堂谒明王定庵先生墓

芹藻奠兰酌，共吊深林里。寺僧卧其前，守户犬相似。

别江幼云_{祖淹}，即步其见赠原韵

酒尊犹昔日，芳草又秋风。相见难为别，沉吟夕照中。云容江水阔，歌响屋梁空。岁岁天涯梦，由来一室同。

送金苑秋北上

乘舟方用涉，送远又怀人。岸上汪伦酒，天涯庾亮尘。我吟芳草碧，客卧燕京频。倘答群公问，支离尚有身。

晚秋即事

日日秋风警旧栖，林间无树不凄凄。眼前尚有闲榆柳，容尔残蝉抱叶啼。

木叶微霜月满街，清寒水曲尚鸣蛙。五行信有田家识，阁阁声多听易差。

晤金仲韬兵部兼怀章一山太史

逢君惊岁晚，风雪厌江天。目摄千秋上，神交千载前。功名醒昔梦，哀乐过中年。海内衣冠侣，推移几辈贤。

浮海事何如，艰难老病余。两人怀故旧，千里寄音书。冰雪时仍转，云山约已虚。八荒原不隔，何待接裙裾。

灵江雨泛

拨棹寻烟语，濛濛晓色横。篷窗灯下雨，留此一江声。

题项君士元《西湖读书图》

群言淆乱学支离，衰圣人人说项斯。小住文澜修绝业，三年曾下董生帷。

读罢还携笔一支，搜罗文献费神思。《台州经籍》《杭州志》，尽在湖楼编纂时。

西湖我亦昔曾居，悔未十年读异书。今日披图增感喟，故乡好学孰君如。

元旦感赋 辛酉

声声爆竹报新年，生气蓬蓬梅占先。贺客争言今岁好，邻翁欲借不才传。老友江某乞撰墓志。未能免俗仍行夏，老不如人负昔贤。来日犹长去日已，蹉跎再莫悔从前。

匆匆岁月不吾留，花甲算来业已周。衰态渐形犹作嫁，饥民满目倍添愁。一枝笔当持筹仆，半世身如不系舟。无怪梅花常笑我，此生清福未曾修。

泽国晓发

烟雾空濛里，行舟过月湖。橹声闻欸①乃，人迹认模糊。鱼向邻船买，酒从野店沽。可怜荒歉甚，到处有庚呼。

---

① 欸，原作"欺（款）"，据文义改。

三月一日六旬初度，时客四明

作嫁劳劳压线忙，六旬初度转相忘。偶缘修禊知生日，自笑迈龄客异乡。身世如篷随流水，光阴似箭易斜阳。客中幸晤诸亲旧，同上江楼醉一觞。

驹隙匆匆马齿长，无成老大枉悲伤。追维往事愁千绪，回首前程梦一场。己溺己饥负宿抱，遗文遗献待重商。兔裘拟旁三山筑，旧是姜公长史庄。

蹉跎将寿补何妨，兀兀穷年仍未遑。生怕俗人称知己，爱从野老话沧桑。穷愁半世难贻穀，著述一编只覆酱。此后不知几何日，脱冠搔首问苍苍。

涉水登山双足强，吴头楚尾遍翱翔。浔阳两过悬弧日，淞沪三歌《偕老》章。往岁大嵩曾得句，此番勾甬又逢场。明朝将返横湖棹，高会家人话一堂。

陈襄臣谘议以《五十四自述》诗寄示，依韵奉和

传来佳句喜逢春，曲曲频将心事陈。如许奇才真绝俗，不期大富善分贫。《诗》《书》传世声华旧，兰桂敷荣气象新。转瞬华筵开六秩，应知击壤有封人。

叠前韵，代陈百川司马成七律四章和襄臣

一团和气恰当春，地望清华媲荀陈。夫妇齐眉原载福，儿

孙绕膝岂嫌贫。一作:经纶满腹岂为贫。庭荣窦桂裁①培厚,誉溢郑乡积德新。试问横湖诸士族,绳绳蛰蛰有几人?

频年乡邑共沾春,敢为先生一一陈。培植菁莪勤造士,敬恭桑梓首赒贫。茅檐苦节阐扬切,檗涧耆儒拔擢新。且喜口碑常载道,一时月旦重斯人。

一编著述自千春,不朽立言务去陈。阁署枕经知博学,富还好礼胜安贫。《葛诗》校共田间旧,《菌谱》传同萝屋新。名教自来多乐地,君今洵不愧传人。

生经三十五番春,自笑庸庸乏善陈。偶读佳章甘下拜,倍钦硕画可疗贫。东坡乞越君初届,江淹为郎我羡新。惟愿澄清如宿愿,相将同作太平人。

由甬江附轮至金清,用鲍明远《还都道中作》韵

昨午出勾甬,今晨入台洲。劳人殊忙落,汽船不停留。潮汐如有约,一息无夷由。逐逐鲸波涌,弥弥腥气逎。渔灯导海线,浪花护水鸥。登舻眺石浦,脱冠窥潮流。极目日轮出,倏然霞气浮。维时正三月,清光若九秋。知还有倦鸟,不欲再浪游。日夕家园返,情话消殷忧。

金清买棹至河头梁,用谢玄晖《之宣城出新林浦向板桥》韵

陆路西南便,江行东北骛。一棹出金清,两岸杂云树。倦

---

① 裁,疑是"栽"字之误。

鸟知还未？劳人咏归屡。倏见女孙来，领略家庭趣。不期姻戚中，竟有含饴遇。重复理归舟，日落起烟雾。

到家，用谢玄晖《休沐重还道中》韵

乘兴出门去，兴尽咏而归。认识家乡到，几忘昨日非。别离虽云久，色笑仍无违。游子殊草草，弟侄转依依。邻厖远相吠，宿蜂哄欲飞。花影当窗舞，蟾光入户微。小坐啜苦茗，起身脱征衣。樽酒藏待久，举杯吸芳菲。嗟我为何事，远道劳清徽。今喜重聚首，情话对兰闱。好风泠然至，冷气逼柴扉。

三月晦日同陈百川、陈少臣访陈揣甫，用杜少陵《赠陈二补阙》韵

大陆沉谁挽，惟君最有名。英才勤乐育，韦布傲公卿。气壮邪难入，品高径不行。夜深重剪烛，相与话平生。

赠衡甫，用杜少陵《春日忆李白》韵

天姿原绝俗，地望复超群。应变谋无敌，扶危气夺军。吟床花写露，书幌树团云。难得君知己，相逢共论文。

过永镇禅院，用杜少陵《游龙门奉先寺》韵

未到选佛场，重入华严境。竹深生昼凉，石滑留苔影。禅榻云团幻，芦帘露湿泠。小住觉心清，何事日三省。

四月十一夜口占

小桥独立月当头，沧水泉声听不休。此日狂澜嗟既倒，问谁作柱砥中流。

望晴，用杜工部《望岳》韵

夏雨经两旬，蚕桑犹未了。愁云常四合，不辨昏与晓。路滑长莓苔，林湿寂啼鸟。卷帘四眺望，转觉天地小。

同家寿亭封翁过陈百川司马一览楼，用杜工部《登兖①州城楼》韵

久雨新晴日，高楼凭眺初。云霞时起伏，苍翠喜舒徐。屋润身殊湿，家齐庆有余。同君聊一览，几费我踌躇。

赠江咏秋茂才，用杜工部《题张氏隐居》韵

安饱生平两不求，隐居思古喜阐幽。善交敬直同晏子，匿怨耻还学左丘。绕膝儿孙皆大器，等身著作任天游。晚年知己飘零尽，隽辨犹欣有李舟。

---

① 兖，原作"衮"，据文义改。

前诗意未尽，即用杜工部《再题张氏隐居》韵再赠

培桂轩清雅，高名千载留。芹曾歌采采，鹿未赋呦呦。善本心中积，理从物外求。藏书三万卷，卷卷可消愁。

陈肖臣招食麦饼，用杜工部《刘九法曹郑瑕丘石门宴集》韵即席赋赠

翩翩门下士，能识老饕心。鸭臛俨同荐，猫头乍出林。馔珍和五味，酒美值千金。鼓腹思酬谢，聊为《击壤吟》。

家居感赋，用杜工部《与任城许主簿游南池》韵

小筑傍沧水，楼居俨乘船。世皆争逐鹿，我独爱鸣蝉。有室如悬磬，此心不愧天。干戈南北起，误守旧青毡。

小楼夜坐，用杜少陵《对雨书怀走邀许主簿》韵

良夜楼头坐，篝灯腹笥虚。心忙旋磨蚁，境迫上竿鱼。愆未将前盖，覆应戒后车。卷帘明月入，花影满庭除。

即事用杜少陵《巳上人茅斋》韵寄嘉禾沈子培方伯

苦雨吟情减，清和尚欠诗。登楼思谢朓，学圃问樊迟。虱

202

怕生兰叶，蜂防触网丝。偶成呈沈约，口吃乏华词。

题赵子昂《八骏图》，用杜少陵《房兵曹胡马》韵

画马旧传名，淋漓胜李成。腾骧衔雾疾，鞍辔御风轻。价比虎头重，神随笔下生。披图双目眩，信有驭龙行。

访徐时栋先生故里，用杜工部《过宋员外之问旧居》韵

偶访徐公宅，神游碧水阿。宅在宁郡湖西，与贺秘监祠邻。林泉殊足羡，冠盖不时过。借问前朝事，谁开西鄮河。一编《烟屿集》，先生著有《烟屿楼诗文集》行世。展读益人多。

访范氏天一阁

岿然杰阁倚遥天，独立东南四百年。野史图经千万卷，搜奇猎艳十三传。收藏富敌文澜阁，世守久嗤书画船。曲水盈盈双面抱，小亭花木亦嫣然。

接蟠儿京师函，知俞榆孙因防疫身亡，不胜痛悼，用杜工部《苦雨》韵，长歌当哭

风雨连宵下，长桥压怒涛。稻花四处减，米价一时高。疠气如蚡集，饥民若雁嗷。吾儿师俞子，供职属兵曹。治病原其分，防灾理合操。日来燕禀至，惊失凤池毛。哈尔功初树，桑

园墓掩蒿。京华昔聚首,文笔学枚皋。医理通中外,人情辨忽毫。西欧经博考,东国久停艘。谁料名方茂,偏来虫食桃。儿曹蒙乐育,图报待乘鳌。

病起感怀,寄呈王玫伯观察兼柬王师竹茂才,追步欧阳永叔《病中代书寄梅圣俞》韵

连岁饥驱走东越,萍踪无定音问阙。今夏约得江文通,造庐晋谒慰久别。青灯一点夜三更,饫闻名论砭顽劣。饥肠未惯饱甘脆,用欧句。酒醒归舟风为孽。偶尔疲倦未延医,岂料食神示重罚。嗟予已届花甲年,即死亦不为夭阏。病不死人只缠身,寒热往往不时发。炎暑薰蒸反避风,枕簟清凉如卧雪。盛夏犹服春之服,一冠长戴冲怒发。无时不在呻吟时,两月未见窗前月。厌闻庸医谈医理,怕听琐人说琐屑。日长欲睡不能睡,睡时偏被蚊欢聒。江君寄到云锦章,读之便若忘刺刺。陈琳檄文可瘳风,始信古语非妄说。起来修函复台端,冒寒病魔又羁绁。重阳之约恐莫践,一腔愤懑胸难豁。偶来老友王师竹,竹能医俗病便脱。从此日复进三餐,临食每忆文园渴。世事一概不萦情,惟征文献心未歇。恃爱敢乞俯赐序,并求删正其颉滑。或者得藉大名传,保存遗佚真幸绝。

答杨定劈先生

卓尔谁堪大雅群,老成一息众言纷。令人自醉非关酒,他日想从愿作云。湖海襟期犹故我,江淮耆旧首推君。林寒翘首同声鸟,草腐思飞未化蚊。

定夐再以诗赠，依韵奉答

倦游踪迹堕秋烟，往往离群动判年。梦里花残空有笔，人间稻熟却亡田。酒炉栖逸违稽阮，病榻光阴证幻禅。江上尚留芳草色，馨香遥共素心怜。

展重阳日同狄桂舟广文、赵赓廷明府赴郭明经涵秋招饮龙山

车辙扫城闉，黄华就主人。菊通陶叟语，叟亦素秋宾。不饮持深酌，东篱有谢尘。醉归君莫送，月与夕阳邻。

暝色子云亭，篱华岁又新。劳歌同罢唱，招隐早忘形。艳艳霜盈酌，萧萧鬓减青。送秋忘去住，珍重制颓龄。夕又赴李少松饮。

答俞棣生比部

容易秋风到眼新，燕京独醒只庭椿。青山去住留陈迹，白发支离恋故人。藉草共倾天末酒，振衣不浣道旁尘。相知歌哭都无绪，始信文章自有神。

洛下才名万口传，汉廷谁及贾生年。纪群交道惭吾老，劳燕游踪证夙缘。汉水琴心流古调，《楚词》剑气倚高天。白头哀乐相忘否，合寄《南华》第二篇。

哭柯伯圭，用欧阳永叔《哭梅圣俞》韵

今予六十正平头，世事一概付东流。日手一卷坐小楼，匆匆不觉春复秋。独于师友情未休，书问往来语更遒。柯生伯圭祖柯侯，文章足侔枚与邹。尊甫兰舟品学优，与予心气最相投。伯圭髫龄善吟讴，笔锋快利如戈矛。一斗百篇不转眸，博通八索与九丘。帝京归来丁父忧，已复无心侍玉旒。萱闱养志酒消愁，兄弟怡怡得自由。讲学善为新进谋，从游人多定额浮。人谓太苦生则否，辛勤未肯将闲偷。大吏观风争挽留，名誉流溢动九洲。太学一旦辞粮糇，潮流既变帆急收。方期文鲵得孕璆，谁料阻风遇石尤。一病不起岂为羞，天乎命耶理莫求。夭同颜回掩诸幽，嗟我多病如漏舟，闻讣泪下面成沟。

蕉阴补读庐诗稿卷八

甬寓寄示蟠儿_{壬戌}

一春滞迹古勾东，不是愁中即病中。厚谊伯喈承推解，高谈叔重亦英雄。谓蔡从生、许一声两君。光阴如驶老犹惜，家事萦心运未通。愿汝前程勤供职，重兴旧业振儒风。

西湖修禊

西湖风景日更新，修禊还宜曲院滨。于庙忠魂实灵爽，苏堤春草亦精神。六桥渔箙鱼苗嫩，十里湖亭柳色匀。回顾昔时弦诵地，红墙隐隐认难真。诂经精舍，予昔年肄业处也，今已改为正气先觉遗爱祠。

三月廿九重过大嵩

风景依稀似昔年，二三知己半云烟。旧所往来者，半已亡去。珠山题壁诗仍在，盐署从公客几迁。博学吾还推孔肃，谓甘心泉君。歧途恨未悟云仙。雪堂来而予已返。此行最是难忘处，门下殷殷话夙缘。

张幼直世讲陈烈用《重过大嵩》韵成诗一律见赠,即以奉答

法律专家正妙年,况兼落笔似云烟。诗才清比庾开府,史学远宗太史迁。难得达人承明德,由来有酒即成仙。嗟予老去齿将豁,犹结骚坛翰墨缘。

再叠前韵,赠蔡从生律师

历落风尘五十年,前程过眼似云烟。新知幸得蔡元定,旧学原师司马迁。嗣续成书维国法,晨昏嗜酒即神仙。情深频下陈蕃榻,风雨联吟亦凤缘。

沪寓迟蟠儿不至

长安居不易,未见尔归来。老病医难愈,家人笑不开。归期已屡改,北望转悠哉。曷忆妻和母,愁肠日几回?

过爱俪园,用杜少陵《过李监宅》韵

西俗崇奢侈,亭台春意浓。奇珍罗山海,异卉赛芙蓉。伉俪殊堪羡,爱情分外重。门墙多桃李,此老岂犹龙?

仓圣堂宏启,翘材馆续开。庭前生意满,燕子啄泥回。好古重遗老,虚怀偏爱才。可怜亡国恨,日随怒潮来。

访章一山太史椌,用杜少陵《赠李白》韵

别离逾十年,一旦机缘巧。握手各欣然,醉我德亦饱。忆昔旅京华,《诗》《书》敦夙好。有时共联吟,石上苔频扫。兹喜作寓公,经史穷搜讨。求志味道腴,不除阶前草。

中秋

岁月去如流,荏苒又中秋。去岁中秋病初起,无心玩月尚无忧。今秋赏月月不明,只闻四野叹息声。忆入秋来五十日,风师雨师肆横行。六月二十天忽冥,连宵暴疾不留停。淹没植物无遗种,禾黍离离幸尚青。七月二十雨虽小,飓风大作比前矫。庐舍坍毁舟车沉,财产损失实难表。八月十日灾更重,大雨三日势汹汹。平地水高一丈余,人多淹毙禾无踪。嗟嗟往岁被潮没,沿海居民穷入骨。内地今复逢此灾,西山恐无多薇蕨。国家纵或重赐恩,其奈目下觅食已无门。况兼贪吏图中饱,实惠及民曾多少?转瞬秋尽又冬来,饥寒交迫生难保。搔首问天天不言,回转头来问天孙。天孙销声又匿迹,开炉仍把酒重温。一杯一杯醉醒醒,一任人民疾苦月晦盲。静待千秋万岁后,醒来再与嫦娥订诗盟。

前诗甫脱稿,仰视明月,又见前身,举酒再酌,成二律志感

一轮明镜复重开,想为天心悔祸来。四顾犹闻流水急,孤

灯那计睡魔催。银河南北严分界，秋景盈虚孰主裁？海内不无悲悯者，亦曾对月独衔杯。

蟾影如梭志未酬，人生能得几中秋？柳舒倦眼无高识，桐抱孤心乏远谋。举世有谁天下任，此身徒抱杞人忧。木樨寂寂香仍在，为爱嫦娥夜倚楼。

重九同陈揩甫、张虞廷赴毛明经震伯之约，登凤凰山最高处，畅饮而归，成六律纪事

原与毛苌旧有缘，相逢一笑菊花天。好山邀我同登眺，名士如君愿执鞭。携杖远寻黄叶路，振衣直上翠微巅。霜林半落秋风紧，无限心情欲问天。

野庙岿然据上方，神灵奇异近荒唐。草花留客香三径，枯树如人瘦数行。难得林泉资游憩，幸无风雨阻重阳。再来山亦应相识，莫笑衰颜两鬓苍。

尘寰扰扰欲何之，南北纷争一局棋。梦醒黄粱秋已老，心贪绿蚁酒相知。难忘晚节当前意，宁乏良朋去后思。此日登临增感喟，归途缓缓得无诗？

攀藤拾级白云隈，笑语追陪尽隽才。客向凤凰山上立，我从牛首屿边来。天容抹黛清秋洗，海气笼霄绮旭开。乘兴而来乘兴返，搜奇转向晋原回。

我本沧江旧钓徒，不逢佳节亦提壶。商飚馆咏尚书宋，韵管舟移玉局苏。绽绿还多林畔橘，飘黄岂乏井边梧。主人爱客重相约，此会年年不可无。

往岁京华汗漫游，陶然亭下爪曾留。未甘落帽终输孟，不信题糕竟窘刘。云本无心闲出岫，菊惟有骨喜经秋。明年应

改宾为主,同陟龙岗最上头。

陈芹生上舍焕章今年五十有九,而嗣君餐英亦适于君生辰完婚,同人赋诗为贺,余成七言古诗一章应教

君生甲子我壬戌,叨长七百七十日。深愧百事一无成,虚度年华六十壹。惟君生平善行多,今试为君述一一。入孝出悌无间言,儒雅彬彬备文质。就试有司不从心,归隐里巷称遗佚。信友爱众而亲仁,身为度兮声为律。解纷排难鲁仲连,易俗移风皇甫谧。辛雄独擅其公能,董春宏开夫讲室。桥成雁齿路砥平,饿拯翳桑饥赐秋。焚券屡学齐田文,好施不亚晋华轶。代议迭经乡里推,明农可为耕渔帅。更兼内助张孺人,佐君为善施仁术。善积厥躬庆有余,白首齐眉鼓琴瑟。翩翩公子复多才,届君诞辰赋迨吉。弧帨辉增百辆光,牛女星傍少微出。新婚宴罢又入厨,洗手作羹晋枣栗。堂前珠履集纷纷,欢声雷同喜气溢。忆昔我年五十三,蒙君枉顾赠寿橘。今君五十有九龄,挥毫为贺诗一帙。词虽鄙俚不能工,毕竟语语皆纪实。天如再假我卌年,登堂更祝君百秩。

愤时

万方多难四民愁,神器丘墟逐末流。无技续貂炫狗尾,未能搏虎烂羊头。如毛伙盗争雄长,沐冠登场尽列侯。堪笑当时名利客,墦间乞罢傲同俦。

十一年来如乱丝,中原无复太平时。残棋已破着难补,大

厦将倾危莫支。攘臂犹存冯妇想,上书徒切贾生悲。《离骚》《九辩》空忧国,屈宋千秋终费词。

立春

春来冬去未迎送,习气从今概扫除。自笑此身如蓬梗,晨兴难料夕何居?

除夕同陈少笙齼尹乃谱守岁作

天际雨来骤,檐头雪舞赊。相将同守岁,联咏不思家。闲适忘机鸟,年华赴壑蛇。明朝何所事,却老酌梅花。《四民月令》谓:梅花酒,元旦服之,可却老。

元旦感怀癸亥

六十二年转眼经,岁朝沉醉未全醒。两楹怕写宜春帖,四壁乱悬益寿屏。座觅孟嘉需远识,幡黏安福属荒冥。最宜却老梅花酒,拟酿百壶介百龄。

六十二年转眼经,功名富贵付前汀。无才敢作千秋想,有疾难求百岁苓。述著一篇留草稿,图书万卷惧飘零。自维平昔遭逢事,几似无根水上萍。

六十二年转眼经,知交落落似晨星。奇文灯下谁同赏,小雨楼头只自听。不喜诣人过客少,每缘多病宅门扃。近来尤悔如山积,规过深惭乏穆宁。

六十二年转眼经,儿曹远官失趋庭。书香继续难期必,笔砚生涯不肯停。喜储鼎彝敦夙好,新栽花木当添丁。交相诘难惭戴老,夺席当年对大廷。

六十二年转眼经,送穷无术叹伶仃。舌耕久辍收成歉,文债未偿笔墨腥。目视朦胧添眼镜,身裁瘦损减腰鞓。偶从游戏场中过,守口万难如守瓶。

六十二年转眼经,传家只有《益斋铭》。儿时有味灯还在,先世留遗德尚馨。一水临门欣绕宅,四围种竹恰成町。明年此日如尚健,遍约邻翁醉绿醽。

上巳陈揩甫社兄邀集望云书院修禊,因事未赴,感赋七律一章却寄

意气元龙信轶伦,襟裾宴集颍川滨。计人适合兰亭数,修禊欣逢上巳辰。游目骋怀真乐事,流觞曲水证前因。愧予未扑尘三斗,风浴咏归不许亲。

同柯心补龁尹玫雇船进城,便道访陈复初少尹,旋游双门洞

五月廿五日,晨兴发泉溪。舟过长山麓,前村昼鸣鸡。同访陈正字,几经短长堤。相见叙契阔,午饭饱断栖。为言双门洞,名与委羽齐。游兴勃然发,履险各扶藜。一步复一步,前高后又低。搔首见岩隙,隐约露招提。石磴百十级,登陟象云梯。曲折到洞口,联句毛苌题。琳宫颇轩敞[①],中有黄冠栖。

---

① 敞,原作"石(厰)",据文义改。

转入回廊后，一洞大十畦。岂是五丁凿，封以一丸泥。双门如吕字，开朗搴玻璃。仙像正中列，俨然星聚奎。观天疑坐井，碧影半沉珪。石罅水欲滴，清静乏尘翳。小住心神爽，苍苍戛天倪。愧予撄俗累，不识辟暑犀。既来旋即返，无福瀹瓷甒。出门同一笑，红日已斜西。相将寻旧路，洞口白云迷。

再偕心补福初游道源洞，访蔡至中道士

洞门高敞赛蓬瀛，同上层楼双眼明。地僻日从云外过，水清人似镜中行。客来盛夏刚逃暑，仙指群峰细说名。乘兴更寻萧寺去，隔林遥听暮钟鸣。

叩关先自濯缨忙，恐带红尘到上方。松径露收烟尚湿，盆兰花落土生香。前溪路断临流渡，枯树枝空许鸟藏。一炷尖檀一碗茗，细听王远话沧桑。

道峰东畔石梁西，屐齿双双浅印泥。磴险却倚松作杖，壁空还有客留题。蝉声才自垂杨起，山色偏因夕照迷。果识此中闲况味，仙人何用辟尘犀。

七月十七夜玩月有感

比邻安息静无声，斜月沉沉夜四更。唼影池鱼犹舞跃，渡河桥鹊不分明。秋原多病心常怯，热弗因人气自清。偶向玉兰花下坐，居然花德共吾馨。

祝啸云张君锦棠六十 代范仲英

八月初九日，相传元成节。青华此降生，镣璒而镠珌。今君悬弧辰，喜亦迨其吉。此固非偶然，为君从头述。君幼若成人，常自比李轶。弱冠游山左，风雨劳沐栉。河工幸告成，同寅资表率。大吏交章荐，荣膺二尹秩。咨部来浙江，参赞戎机密。协理海宁塘，永永得安谧。奉令严禁烟，芟除若风疾。既思行政权，大非司法匹。研究经三年，学成乘时出。供职杭鄞间，清慎勤毋佚。旋抽宦海帆，辩护施仁术。昭雪海底冤，闾阎诵声溢。以及诸善举，无不以身帅。积善庆有余，寿考自可必。兹逢花甲周，乐事诚非一。桂子庭上荣，兰孙阶前苗。家庆俨成图，天伦叙一室。我年未及半，登堂倍懔慄。既乏酒一壶，又乏金百镒。欲进祝嘏词，聊借一枝笔。

张啸云六十索诗，成四律寄祝

气清天朗月将圆，昼锦堂开六秩筵。兰砌含芬垂樾荫，莱衣竞舞喜瓜绵。经猷往岁传山左，文采于今重甬川。翘首寿星方辉映，霓裳合咏广寒仙。

精神矍铄发华颠，宣使何劳问岁年。堵筑塘工成永逸，赞襄戎政喜无愆。当仁不让真名士，见义勇为慕古贤。此日天伦叙乐事，图成家庆共团圞。

保障人权老更坚，平反冤狱几经年。四明领袖标群望，六逸风流绍昔传。菊为延龄增馥郁，桂因酿酒斗芳妍。早知岳降良辰异，吉兆先征陆地莲。

蹉跎我独悔从前,七十华年等逝川。高隐纵然师林逋,荣名毕竟让张坚。三千珠履侑康爵,万首新诗写锦笺。深愧跻堂无雅什,为歌《天保》九如篇。

三江口

廿年已不到三江,自轮船行,赴郡均取道海门。约伴重寻旧日�艭。篷底潮声篷背月,旅人怅触恨难降。

自晒鲞岩至大甸作

万顷平畴稻欲黄,秋收何幸有山庄。到处水灾,秋收无望,此独地高,未曾波及。垂髫白发怡然乐,野草闲花争斗芳。路断隔溪还唤渡,林深斜出别成乡。养蒙近市新营厦,弦诵清声入耳长。

十二夜宿两台门旅次有感

楼屋三间靠古墙,茅茨铺地作吟床。红花米饭黄齑菜,滋味山乡得饱尝。

沉沉酒醉夜三更,醒见床前明月光。低首思家今何似,旅人心事几评量。

海游旅次对月口占

劳人草草日奔驰,对月如痴有所思。交谪室遥人不见,深冤海若报何时。枕戈待旦难言老,非种必锄定有期。此夜此楼闲徙倚,不知明日又何之。

由海游至石浦轮上偶成

汽笛一声船展轮,冲风破浪善江滨。野花五色争迎客,误把秋容认作春。

海游形势夙称雄,百里潮流石浦通。顷刻轻舟山外过,几如三峡下荆东。

岛屿萦回若列星,渔舟点水类蜻蜓。海天寥阔空无际,极目扶桑一色青。

怒潮激石作牛鸣,似向旅人诉不平。何日炼将分水剑,斩除苟狗与营蝇。

中秋夜北京轮中对月放歌

岁月滔滔如水流,倏经六十二中秋。历数一生度此节,半在家中半出游。忆昔中秋皆安晏,惟有今年多殷忧。故人有子虎而冠,思雄一乡逆众谋。我以直言逢彼怒,诪张为幻恩变仇。翻然远引海上去,佳节相忘登轮舟。举头见月多感触,沽酒消愁愁更愁。独有嫦娥称知己,蟾光照我偏悠悠。似欲借我吴刚斧,去斫佞人宵小头。我言斫彼如斫狗,屠狗焉用屠龙鉴。从古贤奸不两立,君子道长小人忧。一朝日出拨云雾,妖氛毒气散无留。嫦娥闻言若会意,玉轮故故恋船楼。舟人不知我与明月何关切,向我唧唧喁喁问不休。我起拂袖大声笑,只见一轮皓魄依旧照五洲。

祝蒋东初六十双寿

私心夙已仰鸿仪,相见无缘赞以诗。为国为民谁得似,寿身寿世复奚疑。荣枯在我寻常事,富贵如君正及时。听说华堂开六秩,身虽未到意先驰。

原是蓬莱谪降人,一轮明月证前身。思亲宦海抽帆早,课子心田种德频。乐叙天伦三代福,图成家庆四时春。菊花香里逢生日,始信康强有宿因。

慈惠温仁本性成,救灾恤患费经营。写来兰叶皆膏泽,今昨两岁皆画兰助赈。读到华函见性情。与台属急赈会及蔡从生往来书函皆霭然仁者之言。铭感不徒深海舶,南北商船有屈抑事皆君为之竭力伸雪。口碑早已载霞城。筹办台赈,属在灾民,无不交口称颂。介眉难得齐眉庆,相对白头有笑声。

我已年华近古稀,一朝沦落苦无依。偶来甬上寻知己,恰值莱庭舞彩衣。寿考端由涵养得,荣名夫岂俗人希。试看四壁琳琅句,绘影绘声妙入微。

九月十日登四明山,长歌写怀

昨日客中心忱忱,佳节几忘重阳日。今晨破晓登四明,吹帽西风正劲疾。峰峦回抱喜迎人,山巅小住日初出。海天一色如丹青,四顾茫茫不胜述。北望燕云正飘扬,红山黑水怒对叱。南望滇粤鳞甲森,叱咤呜咽严纪律。蜀闽湘赣剑气冲,或北或南志不壹。鲁卫晋秦匪氛多,出没①不时劳待逸。浙潮亦在澎涨中,一发势恐便横溢。俯仰上下转唏歔,人声阒寂闻蟋蟀。独立愁绪忽纷来,非狂非痴神若失。回忆故乡茱萸会,双门洞天谈心密。本会系陈君福初作主席,设长山双门洞。怅我避祸东海东,欲见缩地苦无术。妻媳儿孙各一方,未知何日居同室。彼其之子似虎狼,安得其穴擒一一。嗟嗟否极泰自来,天理循环本可必。昔人登高为避灾,予今能否再逢吉。彼苍果有厌乱心,强迫生民毋自佚。群为中华有用人,家富国强莫与匹。弗效苍蝇附腥膻,逐臭钻隙为人嫉。一朝秋风起天末,自丧其元受桔桎。或者谓我言太夸,孰知语语皆纪实。兴尽咏归下山来,挑灯得句寄毛栗。

十五夜甬江玩月

玩月都欣丹桂开,菊花香里鲜追陪。经霜枝傲吴刚斧,飞羽醉抒栗里怀。此景此情非易得,明年明日可重来。嫦娥与我原相识,应许筑将近水台。

皓魄当空不染尘,中秋应亦逊光明。照人肝胆妍媸见,证我前身清白盟。银汉居然分南北,慧星其奈耀沧瀛。举杯对饮成三影,大醉归来夜四更。

---

① 没,原作"殁",据文义改。

十九为内子蒋瘦碧①孺人生日,感作长歌却寄

惟我与卿本佳偶,成婚合卺②岁丁丑。回忆悬弧设帨辰,我在上巳卿重九。九月十九为古重阳日。尔我降生实非虚,佳节遥遥相先后。我虽游学轻别离,对卿诞辰必晋酒。今秋横逆迭次来,客中闻信遽出走。未经话别各东西,累卿日日外侮受。我念一生无亏行,时时事事卧碑守。何来群小幻诪张,三字狱成莫须有。使我家室远分离,冤气填胸无从剖。故园有菊未开尊,值卿生辰呼负负。嗟嗟世风已日下,士习蝇营与狗苟。胸中墨水半点无,乱言莠言皆自口。有势用尽不稍留,遑恤尊长与师友。伯叔兄弟成雠仇,谄佞谗贼满左右。衣冠其身禽兽心,忝居人世颜殊厚。罪大无可对死父,言甘只足欺嫠母。出门声威雄如虎,入室惟恐来狮吼。丈夫职权不自由,墙茨不扫言之丑。转瞬势落成春梦,乞怜空空剩妙手。不如尔我守清贫,矮屋三间田半亩。经史满架花满园,读则有伴耕有耦。近虽颠沛而流离,否极泰来终有后。静待明岁菊花辰,为卿补祝酌大斗。

接从侄贤韬书,赋此以答

邮程千里递书函,情话依依感小咸。素愿未偿聊屈伏,客途久历识酸咸。故人岂乏鲁连志,到处偏来靳尚谗。静待隆

---

① 瘦碧,林氏书中亦称"碧瘦",未知孰是。
② 卺,原作"卮",据文义改。

冬霜雪降,毒蝇消灭整归帆。

陈天南宗炎以诗见赠,次韵答之

我本沧江一钓翁,辱承赠句谊偏隆。阳春白雪殊难和,不愧元龙百尺风。

十月十四夜赏月感赋,柬陈君天南

提壶邀月过前川,正是初冬霜信天。乡思偶缘三影动,玉轮尚未十分圆。南瞻粤峤风声紧,北望燕云岚气连。小坐船头心欲醉,悠悠往事向谁传?

徘徊重上鹤扬楼,为爱嫦娥去复留。计我离家经两月,今年再见只三周。蟾光真个同流水,兔魄偏来照客愁。遥忆元龙应未卧,可能觅句寄吟俦。

十五夜初则黑云蔽天,继又小雨潇潇,迨更漏三下,月明如昼,令人爱玩忘倦,叠前韵再柬天南

雨后依然月映川,水光一色接遥天。忆君高卧情应畅,愧我推敲句未圆。霄汉无尘清似洗,楼台倒影断还连。寒宵旅恨凭谁诉,拟向嫦娥曲曲传。

惺忪大醉强登楼,妄想蟾光可挽留。长使举杯三影共,免教按月一回周。盈亏岂料由天定,消长难言搅我愁。自叹一生凶和吉,循环恰与月同俦。

赠陈天南，再叠前韵

往岁频登烟屿楼，深深鸿爪印还留。征文未获窥双璧，陈氏钧堂进士、叔颂舍人诗文遗稿，郭传璞孝廉题曰陈氏双璧。访旧迟来计两周。陈康黼大令去冬作古。继起有人君即是，擘笺分咏我忘愁。衰年幸得青年友，认作骚坛唱和俦。

望族从来重颍川，况君聪颖赋于天。文工草檄头头道，词比明珠曲曲圆。计自九秋才面识，居然一笑便情连。还期直奋凌云志，君著有《凌云仙馆文诗稿》。毋负《诗》《书》世业传。

奉化道士

依稀风景近岩滩，路转峰回凸起峦。地值初来行觉远，身因久困倦知难。剧怜壮志随秋冷，权把闲愁借酒宽。满目疮痍荒欠后，又闻群盗肆凶残。

旅馆感怀

羁旅勾章东复东，头衔自署悖时翁。向平宿愿虽云了，陶令归辞愧未工。访友无缘空泛雪，月前赴奉化访戴南村孝廉不值。游山有约拟携筇。童柘塍广文约游天童诸古刹。育王山寺舍利塔，泥爪深深印雪鸿。丙辰秋，同陈少笙蘖尹曾游育王寺。

南北东西逐水萍，沧桑变幻几经春。有怀徒作千秋想，无术能医兆姓贫。时旅甬，同乡正拟筹办台属冬赈。浊酒一杯长在手，残书数卷喜随身。往还何幸都名士，文字原来有夙因。

蕉阴补读庐诗稿卷九

元旦登四明城楼远眺_{甲子}

元旦登楼望海滨,水天一色净无尘。欲开眼界穷千里,却听锣声闹四邻。风静旌旗咸耀日,山晴鸟雀自鸣春。花灯烟火无遐迩,装点韶华簇簇新。

人日留吴孟埌大令中声小饮,时将由甬返杭

客中还爱客,人日又留人。千里钱唐梦,三更勾甬春。柳开青眼旧,花映白头新。杯酒留连久,何须荐五辛。

初九陈少笙礒尹自台来访感赋

不见芝颜近半年,远来千里意缠绵。情深对榻无多语,别久重逢亦夙缘。客舍客临沽浊酒,吟窗吟罢擘瑶笺。不知后会在何日,离绪茫茫欲问天。

日为酒困,醒而有作

生饶饮酒福,并擅嗜酒名。亲旧知其故,有酒争相迎。入

223

座闻佳酿，未饮心先倾。况复劝者切，宁辞尊中盈？忘却饮河鼠，竟作吞川鲸。自饮屠苏始，及尝元宵羹。无日不烂醉，衰颜困酒兵。花灯明彻夜，照我须眉清。锣鼓响邻市，迢迢枕边鸣。澹然见真我，心如止水平。斜月西窗入，梦醒酒亦醒。

沪江送家人赴鄂有感而作

阖家江鄂去，我独返明州。天地一庐耳，江湖万里不？人生终阔别，音信有书邮。两地相思泪，应随宿雨收。

上巳同陈天南宗炎修禊宝幢湖，回忆家乡禊会定多佳什，口占四绝，邮询近状

新晴同泛宝幢舟，山色湖光四面收。难得郑虔称三绝，图成一幅阅江楼。天南诗书画名重一时，曾为予绘《宝幢修禊图》。

既喜湖游更陆游，天童溪壑最清幽。老僧亦解衰翁意，款客先呈酒一瓯。方丈文质知予嗜饮，入座即出佳酿，为予洗尘。

游罢天童又育王，花香鸟语映斜阳。舍利塔照祸兼福，照我茫茫一片黄。舍利塔能照人祸福，见红色者上，黄次之，青、紫、黑又次之，予照塔中，只茫茫如黄雾耳。

归途遥忆旧家乡，修禊应来水一方。胜友如云离别久，邮传诗句问安康。

临海周廉三队长骥馈龙井茶，诗以谢之

浑浊淆茫世，官吏纷沙虫。志士不可见，焉得人中龙？临

海周少校,英气逼苍穹。望颜鸡群鹤,所志鸟中鸿。亮节见所施,悠然寓清风。遗我茶一勺,采自龙井东。以君清白意,饫我冰雪胸。清白怀素贞,冰雪含净容。持此两不污,庶足对太空。

赠吴孟埙大令中声,用陆剑南《赠曾学士》韵

去年识君面,时在中秋前。厥后屡承教,如读《青琅》篇。所惜乍相见,又复各一天。岂果君与我,而无长叙缘。今夏喜税驾,拥书对榻眠。壮心犹未已,纵酒剧自怜。促膝谈往事,混沌窍欲穿。间示惊人句,读之头风痊。愧予井底物,仅绕蜗壳旋。蹉跎嗟负我,岁月等逝川。壮志百不遂,用此常悁悁。何幸吴朗公,订交在暮年。盘桓复盘桓,私心喜欲颠。得句聊赠君,幸借君以传。

卫黎中西医院成立志喜代

医通夫意理精深,愿学未能徒扪参。不羡巫彭兴异术,最钦郭玉解神针。杜诗愈瘧传从昔,电气疗疴创自今。研究中西皆一致,延年应自让人参。

登楼四望日迟迟,医院新开乐可知。治国敢云原似相,分官本亦自称师。杏林春色含葩异,橘井天香挹露奇。多谢诸公真慷慨,玉成善举泯疮痍。

悬壶甬上几经春,无术能疗四海贫。药力原难争造化,汤头要自配君臣。穿胸妙术殊非诞,折臂良师信有真。广厦万间如鄙愿,同胞庶亦免颠眴。

大地茫茫痛陆沉,欧风美雨日相侵。亦知徙柳消痈患,难必针茅免苦吟。我辈原非医国手,群贤同具活人心。推敲幸得惊人句,写作寒斋座右箴。

秋日忆家

昨夜秋风起,江山霜叶红。乡心云水外,客思梦魂中。家信无新墨,天涯剩断蓬。莼羹鲈脍美,今古此情同。

感时

放眼河山剩落晖,狂怀不尽一身微。兵凶猛虎搏民弱,国瘦亡羊饱吏肥。坠雾世情随豹隐,拿云心事看鹏飞。丈夫未遂平生愿,应守茅庐老布衣。

汉甥宋侄古今哀,外患都从内乱来。六国不亡秦讵灭,五胡虽扰晋诚衰。强权弱者难优胜,尊俎何人是辩才。煮豆燃萁原底事,相煎骨肉欲成灰。

赠方季雄上校

豪气如虹下马来,逢君郁抱一为开。雨窗深夜谈前事,亲领孤军破阵回。

指挥杀贼昔登台,儒将风流大将才。铜柱何人题姓字,伏波老去季雄来。

旅舍晤王文庆赋赠

武林把臂还青鬓,十载重逢竟白头。莫效仪秦谈往事,邯郸早已醒封侯。

大好河山锦绣堆,几经浩劫未成灰。九边孔亟资英略,风雪孤吟儒将才。

左倚吴钩右玉箫,愁来时复借诗消。功名老去雄心在,杯酒让君挽退潮。

章一山太史棁以诗见赠,即步原韵奉和

沧桑变幻感兴亡,薇蕨西山老更香。久别乍逢千绪泪,情长会短九回肠。一篇著述名山业,两字渊源春在堂。余与太史皆受业曲园师于杭之诂经精舍,春在堂即师著书之庐也。君寓吴勾我适楚,蒹葭秋水忆苍苍。

陈瑶圃少司马邦瑞以诗见赠,依韵奉和

先王迹熄痛诗亡,剩有寒岩发古香。故国山河增感喟,遗臣羁旅诉衷肠。东山霖雨期令子,南国甘棠忆考堂。枉顾谈心嫌夜短,灯花鬓影两苍苍。

附原作

蛰居蝎浦等遁亡,默诵羲经夜爇香。故主三迁千古恨,孤臣一日九回肠。不期知己来尧叟,竟夕谈心借法堂。假馆上海

地方厅。半点青灯三白发，盘桓直到月痕苍。

九月六日由沪赴鄂，轮上杂咏

不渡长江近卅年，前尘如梦渺云烟。江州①司马青衫在，再向浔阳证夙缘。

此来行李却无多，笔砚琴书酒一壶。拟向楼头寻黄鹤，白云曾否识今吾？

皖城需次几经春，武备堂中庖代频。今日江城重驻足，追维往事认难真。

金焦对峙艳如妆，隔着江流别恨长。认否题诗人尚在，只嫌两鬓白于霜。戊戌过镇江有诗云：金焦对峙艳如妆，隔着江流别恨长。若肯认侬为夫婿，定停兰楫住中央。

顺风直抵石头城，顽石欣欣向我迎。为道生公归大速，无人说法解戈兵。

轮上口占

垂老贪游赴楚澨，时光半为道途淹。朋欢正洽轮鸣笛，吟兴未赊日已崦。万种离情犹耿耿，一灯夜饮又厌厌。人繁恐说闲兴废，逃席仍将秃笔拈。

---

　① 　州，原卷作"洲"，据文意改。

到鄂

夏口别来廿七年,重游沧海变桑田。磨驴陈迹影中影,画虎前途然未然。两脚于兹暂息息,一家相见乐团团。女孙笑撒吟髯问,辛苦爷爷这几天。

九日登高冠山,乘兴游抱冰堂、奥略楼,成诗二律,寄毛震伯、陈揩甫、张幼直、张浚甫诸君

历览山巅并水涯,白头重访旧烟霞。戊戌中秋过此游眺。非抛乡国来三楚,乐叙天伦聚一家。春间,蟠儿挈眷住此。小住有邻皆白板,闲行到处看黄花。抱冰堂外披襟坐,头上融融日未斜。

岿然奥略倚江皋,独自登临气更豪。回首乡关今日会,置身谁似此楼高。人才递嬗思前辈,骚赋知音属我曹。试向武昌城外望,长江滚滚泛秋涛。

访黄鹤楼故址,用唐崔灏原韵

昔闻鹤去楼仍在,今我来游未见楼。劫火留遗秋莽莽,沧桑变幻恨悠悠。青山胜迹传千古,崔灏诗名震五洲。独自登临搔首望,白云江上亦含愁。

赠罗朴庵

君地望清华,天才亮特。矢志希贤,通忠恕之两字;有心医国,冶中西于一炉。雅容谦德,目见心钦。屡承枉顾,未克先施。借用左文襄《赠罗忠节公》韵成七律一章以赠

《诗》《书》门第孝廉家,籍甚声华世共夸。良相良医原一致,治民治疾理无差。穷经我愧林尧叟,好学君真罗舜华。何幸文从频枉顾,草堂每喜挹晨葩。

张文襄抱冰堂题壁

前掌文衡后守疆,半生赚得抱冰堂。清廷倚畀如心腹,多士师承作表坊。报国直同钱武肃,易名不愧左文襄。至今尚论犹推重,试读遗碑赋景行。

吊陈友谅墓

死在鄱阳葬武昌,青山终古亦生香。谋兴大汉名千载,命革胡元据一方。独有项王堪伯仲,断非方氏敢抗衡。英雄虽往英灵在,凭吊酒还奠百觞。

十二月初七为新历元旦,感赋

居然旧腊说新年,灯彩旌旗处处悬。五族共和形式事,三权并立口头禅。英雄到底为名利,悲悯问谁是圣贤。执笔欲

将元旦贺,不期江浙起烽烟。

用夷变夏政频更,法律弁髦令不行。海外虬髯犹跋扈,国中犀首好纵横。华洋交涉金三品,楚汉争强棋一枰。自叹陈人逢新岁,焚香稽首祝升平。

鄂寓口占

忆昔楚游年正强,重来须发白如霜。文章纵未逢知己,云水差欣胜故乡。家室团圞无眷恋,起居如意得安康。只余一事堪惆怅,书未读完梦转忙。

移居作

滋阳湖上足樵渔,客里移家僦此居。巷僻难邀高士驾,室虚可读古人书。且缘近市堪赊酒,若遇留宾好钓鱼。莫笑传家无长物,一拳破砚当菑畲。

开门即便见南山,猿鹤沙虫共往还。山上多荒塚。野寺晓钟频入梦,比邻高树足怡颜。药畦春近雨添润,花圃梅开雪伴闲。少壮无成今老大,自惭乏术济时艰。

无端烽火起家邦,偶就板舆客异乡。斗酒只鸡思储蓄,一家八口幸安康。开窗鸟语充诗料,隐几冰花涤热肠。漫道老人生计少,濯缨随处有沧浪。

移居阖第喜孜孜,共道新居四季宜。春雨桃花迎面笑,薰风荷叶叠钱奇。秋深黄菊人同淡,冬至青松寒有姿。独恨台山看不见,未知何日定归期。

登高鹳山

寓庐近傍鹳山侧,鹳山与我曾相识。相识自此最关情,晴雪变幻烟岚色。闲来振策登山顶,谡谡松涛风力紧。抱冰堂上豁双眸,指点江山真画境。长江盘绕山城雄,粉堞红楼杳霭中。花场酒国知无限,丝管清音袅半空。回看一片寒烟暮,人家十万斜阳路。小窗几面向山开,倏忽云生不知处。

立春后五日即事

四千里外一鞭丝,半岁过来了不知。忽见梅花开似雪,始惊冬尽已多时。

武昌除夕

共说明朝便岁新,客中幸喜合家亲。穷如可送师韩愈,愁莫能驱笑李绅。身世只今渐觉老,《诗》《书》自昔不怜贫。休言腊尽无佳兴,乐叙天伦分外真。

爆竹声声出岫巅,桃符换罢景依然。举头乡国三千里,瞥眼光阴七十年。领略春情添亚雨,商量雪意对欧烟。谯楼猛听残更尽,客邸挑灯醉不眠。

寄王玫伯观察乙丑

粤峤蜚声远,谈经驾一新。吾浙朱一新主政掌教粤雅书院,名震一时，为康南海所折服。观察宦游两粤，继朱主讲书院，经师之名实驾朱上。青箱名事业，白发老文人。傲骨羞谐俗，弃官为避秦。故乡风景好，松柏证前因。弃官后筑后雕草堂于里第东北，善化瞿相国鸿襪为之题匾。

天与生花笔，文光万丈芒。才华追屈宋，文献集乡邦。眼底珠玑少，杯中日月长。台山诸遗老，低首让公强。

萧珩珊将军耀南为余题《长江再泛图》，赋此以谢

此老文兼武，才名管葛齐。何时亲杖履，终日望云霓。健笔无人敌，琼章为我题。蓬门辉焕发，感极首频泥。

感怀寄江泳秋老友

走俗抗尘误此生，挥毫惯作不平鸣。浪游海内无知己，妄想世间弗朽名。愿学孤山家处士，心倾三径晋渊明。著书论史输江永，试问时流孰与衡？

偶成

春日宜春睡，梦醒时辗然。处身无远略，忧世况衰年。池湿青莎雨，莺啼绿柳烟。近将理旧业，仍种破砚田。

游洪山杂咏

山围四野碧,水抱一村斜。松迳入僧寺,草屋见渔家。春风到几日,园开桃李花。

鄂中第一泉,共道是卓刀。意欲往尝之,山径没蓬蒿。行行仍复止,路旁沽浊醪。

耳畔闻啼鸟,觉来春思闲。行乐过石壁,倚树看云山。世险谁知己,频遣惜朱颜。

石磴盘藤萝,危亭出峰树。行人上山道,望望云飞处。洞口晚钟鸣,林僧独归去。

古寺深且广,逦迤抱山麓。隔垣见茂林,依依桑柘绿。日落烟水寒,绕塘飞鸣玉。

野田绿水鸣,菜圃黄花发。短垣卧恶犬,深林噪飞鹊。日暮赋归欤,昂头见新月。

读《易》偶成

乡国逢多难,灊江暂避呶。过从无俗客,迂僻少深交。先雨鹳鸣垤,知风鹊弃巢。行藏吾已定,莫问《易》中爻。

旅舍感赋

楚尾吴头来往频,高观山下寄吟身。半生作客逢多难,数口移家食旧贫。溪圃秋深篱菊淡,石田春暖药苗新。时危献纳思无术,怅望中原起战尘。

再经头陀寺

布袜青鞋今又来，禅扉依旧绿生苔。劳人身世浑如梦，佛自无言花自开。

三月一日六十四初度

万春佳节喜添筹，祝我遐龄黄鹤楼。妇女争来询甲子，《诗》《书》敢说傲王侯。食鱼早已羞弹铗，盗国还应笑窃钩。两字功名期后辈，茫茫身世等浮沤。

少年兀傲壮年狂，老喜花犹并蒂香。不羡晚来成大器，惟期暮境胜寻常。王郎天壤空挥剑，李子风尘已倦装。且待秋风归去好，故乡三径未全荒。

未肯忘情报国家，年来时事已如麻。虚生身手负男子，空伴烟霞老岁华。尊酒淋漓孔北海，文章涕泪贾长沙。庄周化蝶原非梦，刹那蜉蝣信有涯。

十丈红尘早脱身，崎岖世路厌停轮。轻肥不爱慵攀骥，劫盗盈前幸喜贫。岁易星霜催律琯，天留冰雪健诗人。弧辰难得来多士，风浴咏归正暮春。

浮海游湖肯去休，名场利市两悠悠。居奇贩国终空手，无降将军亦断头。列土侯王皆丑类，当途狼虎尽民仇。沙虫猿鹤悲奇劫，满目疮痍我亦愁。

却笑台南有敝庐，白峰沧水伴幽居。诗文适志休投笔，功业难期只著书。夜理芸编偕月读，昼耘花圃带烟锄。老怀至此方酬愿，隔断尘氛与世疏。

上巳游洪山,过卓刀泉,回忆家乡禊事,口占一律,寄毛震伯、张幼直、陈揩甫、王际云、张浚甫诸君

张家《博物》毛家《诗》,自昔传名世所师。难得后贤能继起,主持风雅蓄幽思。祓除遥续兰亭集,相谑定吟《芍药词》。愧我衰年犹作客,洪山独步意迟迟。

友人郊居赋赠

卜筑远城市,虚堂近上林。池塘新雨过,夏木绿以阴。初日照前牖,咿嘤语鸣禽。听之自怡悦,足慰静者心。

初夏口占

小住滋阳湖以东,楼高四面引清风。目游古籍心常醉,卧看青山兴不穷。身健何须仗药物,时艰且喜作诗翁。浮生世事奚堪计,此后穷通任化工。

过莲溪寺

江夏山势伏复起,巍然古刹白云里。左抱洪山右南湖,门前老柏何年纪。禅房曲折竹与邻,紫萝经雨更清新。画梁雏燕对语絮,檐际小雀乱呼人。忆昔戊子中秋后,邀饮此地有竹叟。时金竹友大令适需次鄂垣,招饮。月明团坐笑谈余,诗成题壁龙蛇走。吁嗟乎此景此情几何时,故人不见逝如斯。老怀频

向东风诉,花鸟有知亦笑痴。

喜家恩波大令枉顾

客中久与故人疏,何幸竟来长者车。地僻柴门堪下榻,家贫蔬菜当珍鱼。一杯浊酒清谈后,万里乡情询问余。长愿饮河心自足,却惭事事学难如。

登宝通寺浮屠

塔影摩空矗暮云,我经卅载喜重登。战余草木凝兵气,极目遥天只夕曛。

游武昌公园

池沼园亭结构奇,玉兰花放燕归迟。绿云满地无人扫,独坐松阴自咏诗。

夜闻钟声感赋

环球同种今谁健,大半人家在睡乡。野寺钟声百八杵,可曾敲醒梦黄粱。

闰四月十日即景有感

清晨宿雨霁,遥山草如薙。一水绿于油,万家碧无际。矮屋走蜗牛，老渔钓绦鲩。野径长莓苔，危檐绷萝薜。榆钱撒隔墙，藓毯铺满砌。莺喧争细听，花落伤难缀。青槐方夏荫，红尘复昼曀。云梢见莱芜，城头隐霾曀。飘飘聚纤蝇，习习萃飞蚋。蚕妇慵缫丝，厨娘怕烹鳜。怅然长醉翁，感作哀时偈。谓夫古今人，无非黄帝裔。奚勿念同胞，群焉思反噬？人岂果无良，天亦频降沴。小丑喜跳梁，世途多险巇。平地来红羊，重渊跃黑蜺。犀首好纵横，虮髯重游说。军阀相劫夺，英贤被排挤。学射慨逢蒙，执弓杀后羿。族诛淮阴韩，背拊沛侯濞。同室起干戈，流亡痛江浙。满目尽疮痍，谁心殷救济。惟愿厌乱天，亟为治平计。偃武重修文，安民轻赋税。礼义联邦交，闾阎庆富庶。士夫懋经猷，农民勤树艺。商贾广懋迁，百工精创制。再造我邦家，革去今流弊。财源不外流，边徼足自卫。春风花草香，晴日江山丽。四海共一家，五洲同声慑。

自题小照

江夏汉皋几度经，朅来怕见发星星。回思六十四年事，笑我邯郸梦未醒。

客至

鄂垣小住几心知，浊酒当前醉不辞。难得今宵来嘉客，一灯风月共敲诗。

偶检名笺写寂寥，名心退尽竞心消。漫言门外无车马，骚客遥临意气骄。

五月望日蟠儿赴沈阳感赋

一檄文书万里行，兴京道上赋长征。异乡风物从头问，关外山河到眼惊。沈水猿声悽客梦，辽阳雁橹逗离情。嗟予父子常睽隔，才得相逢骊又鸣。

曹茂蘅明经焕猷以诗见赠，依韵奉和，即以留别

风尘嗟我鬓如丝，四海交游枉梦思。却笑停踪才貌接，竟从倾盖订心知。钵催子建成章速，花落江淹赋答迟。可奈新欢重惜别，联吟难定又何时。

留别家恩波大令泽，前任竹溪、钟祥两县知事

家声九牧衍同支，久别乍逢乐可知。惠政凫钦传楚泽，宏才况复合时宜。几番客邸联情话，一夕秋风动别离。此去乡关千里隔，好凭雁足寄新诗。

世局变更最可虞，思家心事两人符。暂时分手情难恝，临别赠言语转无。小作勾留骖待乘，不如归去鸟频呼。论文尊酒知何日，一棹横湖再可图。

留别罗朴庵医官守诚

来随征雁九秋天，客里逢君有夙缘。异地倍敦桑梓谊，君籍隶新登。高风凫仰竹林贤。君伯叔父皆名孝廉。医通西术英声

远,书仿南宫大气旋。不道盘桓才匝岁,分襟又赋《白驹》篇。

莫怪生平见面迟,芝兰契合尽相宜。楚游我愧荆门客,宗派君传昭谏支。难得心知如鲍叔,更承雅爱及豚儿。蟠儿与同学、同事素承垂爱。夜谈正喜青灯共,底事匆匆话别离?

留别武昌诸友

浪游亦复赋归欤,琴剑图书共一车。垂老自怜循短绠,迷途直欲问长沮。从今往事成鸿爪,他日怀人有雁书。我向横湖湖上去,临期分手莫踟蹰。

江汉悠悠道阻长,秋来秋去尽匆忙。只愁鹦鹉无余粒,岂为鲈鱼返故乡。风月笑谈缘太浅,萍蓬聚散亦何常。诸君若礼天台佛,愿作主人酒一觞。

严尺生博士献章以诗赠行,依韵奉答,即以留别

识韩便尔许相亲,文字原来有夙因。馆列图书资饱学,籍潘欧美足馈贫。怜才心较古人切,交友神输我辈真。辱赠佳章辞恳挚,压装归去满园春。

临行尺生再以诗赠,再和

黄鹤楼边半载留,蓼花萍叶斗新秋。暮年未忍频为别,倦羽何堪再出游。细雨灯前谈往事,汉阳门外放归舟。白头老友多情甚,又赠佳章过小楼。

九江闲眺

长江风送火轮轻,小泊浔阳停未行。雁带晚霞归夏口,潮随细雨入溢城。老年竟作长途客,旧地难抛再到情。试上庚公楼上望,沉沉夜月正三更。

长江轮中口占

一声汽笛轴轮忙,云水光中入渺茫。桅影倒翻残照乱,浪花细度晚风香。渔家灯火林端隐,野渚芦蓬鹳首长。团坐家人话游子,沈阳独自饱星霜。

轮中偶成一律寄谢罗朴庵、张德三

辱承雅爱意殷勤,祖饯江头醉欲醺。八口家人忘劳瘁,一肩行李免纷纭。移居不让燕居乐,同辈还输后辈勤。此日挂帆归去也,他时未免叹离群。

至定海,望普陀诸山在云雾中

地尽天无尽,茫茫东海头。白云连岸合,紫气向空浮。词赋真何得,神仙似可求。乘风期汗漫,身世两悠悠。

归家即事

频年作客愿多违,归到家中事事宜。投辖每逢留饮处,看山大半倚楼时。悠扬鸟送忘愁语,冷淡雨催感旧诗。帘卷晚凉清兴剧,绳床随月自频移。

即事

初日淡林坰,遥山展画屏。露稀蝉噪翼,风定鹊梳翎。树密垂丹荔,花繁绽素馨。新凉吟思适,爽气豁青冥。

重九登碧峰洞

两年不与茱萸会,此日归来亦偶然。知己相逢情耿耿,新醅对酌意绵绵。雏僧煮茗留诗客,古洞登临谒醉仙。洞中有《吕仙三醉岳阳图》。难得兴公敦雅谊,畅谈心曲佛堂前。谓孙芳谷上舍。

看菊偶题

谁道黄花晚节香,疮痍满地逼重阳。因垂家国伤心泪,抛却茱萸数恨长。

十日登白峰石龙作

石龙山色倍清新，雨后黄花不受尘。孤鸟盘空惊落叶，群峰隐处见行人。风来解意牵轻袖，云出无心作比邻。我慕东篱陶处士，飘然长啸乐天真。

极目寒空雁阵秋，山东百里尽良畴。几株垂柳连村舍，一带平堤走骏骝。潮落只留孤客棹，烟迷不见古神州。岚光踏遍思归去，借笔题诗不写愁。

十九日过新河与王尧臣琴、韩如瑷士衡两茂才闲话

漂泊归来笑此身，偶逢旧友话生平。明知欢会时无几，只觉故乡人有情。夕照半林蝉噪急，秋风满径菊香清。龙山解我相思意，数点孤峰刺眼明。

段氏寓斋晤李舜琴先生

朱颜青鬓七旬余，入座清言玉屑如。正喜望云来紫气，先劳枉过驾轻车。竹梅添种阶前树，图史喜堆架上书。愧我昔年少亲近，明晨定访子云居。

十一月十三再赴甬江

自笑身如野鹤闲，又携琴剑出江关。双轮日月一千里，饱看宁台海外山。

蕉阴补读庐诗稿卷十

寄吴孟埙大令丙寅

记逢季重便相亲，文字交原有夙因。独喜子舆能敬老，自惭端木弗如人。良辰佳节倍相感，灵隐天台实比邻。倘使南鸿常递信，一函胜抵挹芳尘。

甬江判襟两经年，又见东风拆柳绵。迫我浪游棋遇劫，催人易老箭离弦。相思两地慵参佛，有酒二人定学仙。双鬓皤皤皆似雪，不知何日证前缘。

附和作

癸亥秋间謦①咳亲，小楼相叙晤前因。自从国变休官后，同是天涯落魄人。酒罢高歌惊俗子，闲来剧论佩芳邻。谓蔡从生学士。天生我辈原非偶，潇洒风流本出尘。

犹忆重逢甲子年，佳篇惠我意缠绵。端阳令节悬蒲艾，清论时聆佩韦弦。等是依人兼作客，未能学佛已成仙。临歧珍重无多语，握手殷殷订夙缘。

---

① 謦，原作"馨"，据文义改。

夜过镇海关

疏星淡月过重关,大海艨艟隐约间。二百水程今已过,时
由定海还甬。可怜乡梦未曾还。

散步江上感赋

悠悠逝水尽东流,尘网牵人闹不休。幸喜春风恩惠甚,为
人吹尽别离愁。

偕蒋友僧游钱家花园书所见

鞭丝帽影断烟霞,几缕香风舞袖斜。最是撩人情绪处,名
园开遍女儿花。

二月十二由甬乘轮舟返里,晤高梦生夜话

两年离别隔云波,今夕联床喜欲歌。旧话潮生灯影瘦,不
知窗外雨声多。

重三修禊白峰禅院口占

白玉峰头翠滴岚,沧浪亭外水拖蓝。群贤毕至春当午,佳
节算来月正三。修禊骚人争选韵,踏青闺秀有遗簪。老年亦
逐青年队,一曲流觞兴未阑。

张君幼直即席诗成,依韵以和

修禊诗成哄一堂,谨严我独羡张汤。骋怀不让兰亭集,望古遥思云鹤房。明家贵兆公由孝廉出宰都昌,仁声善政,民不能忘。挂冠后,筑云鹤山房于白峰山下,因自号白峰,与弟鹤溪、梅江、华阳更唱迭和,乐道安贫,主台南诗文坛坫者有四十余年。绮思惬心同笑语,溪流入耳胜笙簧。时人列叙几何许,半姓毛张半姓王。

涉水登山年复年,小毛设席曲江边。社主毛君宽民。衔杯争说宣卿量,谓莫君松亭。觅句何如仁厚贤。王氏琴书张氏笔,谓王仲勉、张浚甫、张幼直诸君。陈家风月葛家烟。谓陈揩甫、陈复初、诸葛卧南诸君。诸君各奏生平技,吓到衰翁急返船。仁厚贤句下宜添注"谓毛君震伯"五字。

震伯即席集《兰亭集序》字成五律二章,予亦集《雩咏亭序》字,依韵奉和

永和修禊后,将近二千年。山水无今古,文章见性天。驹光如过客,雅趣寓无弦。绝响谁为继,越中卌二贤。

兰亭偕雩咏,策杖昔曾游。王氏碑文古,刘公寄托幽。于今思元晋,继起有巢由。聊借参禅地,欢联第一流。

吊江竹宾明经

频年常与故人疏,每拟论文诣草庐。燕国向推张说手,彭城竟发范增疽。墓前谁挂徐君剑,腹内空遗孔氏书。易箦时犹

背《论语》数篇。浊酒一杯吊知己,不才俗气未能除。

骤闻噩耗泪交加,想像年来两鬓华。予于二月十五返舍,而君于廿五夜逝世,不及握手诀别。傲骨断难容世界,前身应合契烟霞。看来时务皆春草,淘尽英雄是浪花。深夜怀人眠不得,沧浪亭外月轮斜。

四月十七轮舟晚眺 时同张虞廷君赴甬

汽笛一声断复连,海山风景总天然。昂头远望情无限,碧草黄云起暮烟。

轮船晨起即事

知己谈心免索居,曈曈晓日上窗虚。玻璃浪泼冰花结,异样光华画弗如。

廿一由甬返台,偕蔡从生、张虞廷联床闲话,赋赠从生

落落一布衣,生长美仁里。自幼异常童,萤火钻故纸。读书放大言,翼然三代企。雄心藐王侯,尚友天下士。奇气积群毁,一饱嗟艰否。无何辞故乡,来饮甬江水。

我有素心人,昂藏身七尺。迈世挺英姿,亭亭古松格。读书兼读律,风尘苦行役。文章原孔孟,直接紫阳席。法律慕申韩,卢孟相仲伯。与我最契合,敦交结安宅。穷探先圣经,相与乐晨夕。

结襟赋同游,鼓轮击飞浪。洪流渴骥奔,岛屿束其放。积阴起怒雷,喷漱相激荡。持此忠信心,破险出滉漾。神志狎蛟龙,把笔落高唱。恍如恶梦醒,思之转悽怆。

南山即景

芳郊散步意无穷,水净沙明一径通。径尽桥来山更转,造成世路曲如弓。

寥落吟怀久未开,诗成翻被雨声催。不图溪水经流处,又听新莺出谷来。

由南山至铁场道上书所见

夕阳遮古道,流水绕孤村。几颗青梅子,数枝新竹孙。云闲垂落影,石老漫生根。山谷多殊趣,衰颜一笑温。

石粘道院即景

杰阁层楼倚碧空,诗心天外忆芙蓉。正嫌眼底平芜甚,隔岸飞来数点峰。

雨后

雷声四走雨倾盆,泼墨浓云昼欲昏。忽扫阴霾来晚霁,碧天如洗月当门。

六月十五日夜观月柬家恩波大令

一轮皓魄照高楼,分外明辉胜仲秋。暑气都消心自爽,好风相送意偏幽。四山隐隐凝苍翠,三面悠悠下瀑流。回忆去年今日夜,武昌延赏共低头。

七月十八大水,长歌当哭

六月旱魃忽为灾,暵其干矣中谷蓷。早稻虽收晚稻槁,恨叹声声四境唉。官吏祷雨先禁屠,胥役扰诈相喧豗。七夕越宿骤下雨,一雨二日苗发荄。农夫相与歌于野,病者以愈忧者咍。谁料经旬又大雨,平地顷①刻走风雷。接连淅沥不暂息,云暗雾霾昼塵塵。桅折②船覆林木拔,屋倒墙坍梁柱摧。街衢淹没仓廪空,豆麦米谷被水灌。海涛无情复泛溢,横流直冲势雄哉!人非鱼也水中戏,亦非鸟也树上徕。生者无食成饿殍,死者随波尸积堆。不见青草见白浪,鸡豚狗彘浮水隈。旱灾尚有屋可住,水灾漂流实可哀。昔读郑氏夹漈流亡图,酒徒不忍恋樽罍。今兹亲目见流离,感泣愈不忍举杯。嗟嗟频年筹办重水利,用尽民力括尽财。水来仍无御水策,此中我亦费疑猜。或谓浚河宜先浚出水,山水暴发倒泻无漫洄。或谓浦口石闸宜多筑,潮来则闭水来开。乡人可免为鱼鳖,植物亦得日栽培。顺水利导非杜撰,《禹贡》导河例可推。争奈师心各

① 顷,原作“倾”,据文义改。
② 折,原作“柝”,据文义改。

自用,只浚内河灌莓莓。海潮冲入无出路,沃壤往往成汙莱。只计目前不计后,无怪人呼为哀驸。吾乡旧闸本有苍山、淋豆、乌沙浦,石桥、沙角、西浦、猫儿相埏垓。合计车路闸有八,出水尚嫌欠备晐。近奉道令筑横塘,官绅集议乏主裁。欲存其四废其四,此论不足骗婴孩。他日塘成水暴至,桑田变海长鳛鲐。都缘人各有私见,不顾大局及将来。即如此番成巨灾,掩盖并不报上台。岂必执事心皆黑,惟恐下忙租莫催。嗟我小民果何辜,逢此百罹无人抬。土豪又视同鱼肉,吸取脂膏夸雄才。肆行妄作又武断,严酷胜比雨淋日炙暴风隤。似此无良不改悔,一朝势落如飞灰。为人唾骂辱祖父,回首愧赧空低徊。君不见天心亦有悔祸日,夏雨雨人无迟回。大憝必诛小恶罚,天网不漏真恢恢。又不见鲧违帝命帝殛之,羽窟无底幽黄能。十风五雨多丰岁,乐业无分材不材。

八月十四夜偕浚甫赏月虞廷临泉阁

僻径柴车日往还,良宵赏月叩松关。当歌对酒二三友,矮屋临泉八九间。难得知心如明镜,不须钱买是青山。主人近饶陶潜趣,役志田园意自闲。

清光万里望来空,杯酒无端醉不穷。长夜每怜归梦少,佳辰频与故人同。凉生一片蒹葭雪,响逗千声锣鼓风。时适穿石殿演戏。坐久不知零露湿,时钟已报一句钟。

重九毛茂才敦五席上口占

胜会家乡恨不多,毛苌有约急相过。菊开篱落三秋景,茗煮寒泉一掬波。荷锸世难容我醉,当筵共喜听君歌。浮生已醒春婆梦,欲向名山面达摩。智者禅师道场即在山上雪山寺。

登楼四望郁青苍,云岫高骞雁阵翔。佳日欢联今旧雨,清谈宜著晋唐装。雪山未上心多惬,潭水远来源自长。手摘黄花归去晚,满天风雨正重阳。

偕毛君季诺游山偶成一律

行行曲折上山坳,人影参差石路交。一径花光浮树杪,半溪云气裹峰梢。名心未尽何妨淡,好句难成不忍抛。绝妙襟怀少毛子,归来着意费推敲。

自述近状

微风拂拂翠烟低,稳著芒鞋曳杖藜。远水直环茅舍北,好山都在竹林西。闲探花径携诗侣,漫检琴囊付小奚。晚岁敢云多乐事,生涯冷淡称幽栖。

尘事年来渐破除,懒将幻梦付华胥。营巢看换衔泥燕,缘木曾惊避饵鱼。到处荷锄埋骨便,一生画饼得名虚。欢场几践重陪约,冷落霜华两鬓初。

游南嵩岩口占二律,时客鲸山

嵩岩台右最传名,屡拟来游不果行。作客偶然寻古迹,此山始与订诗盟。峰峦移步神形变,潭水照人丑恶呈。修竹巢云松有鹤,殷殷伴我赋归程。

昔年曾忆北嵩游，常寂寺中一饭留。山水因缘予未了，巉岩奇异此为优。行踪小驻三生幸，绝顶难登两目谋。何事赵家贤太守[1]，筑兹院宇玷高丘。昔人诗云"天下名山僧占多"，家伯啸山先生改占为玷，殊有深意，予戏用之。

游方岩，先经羊角洞感赋

篮舆破晓入山行，为访名区到上方。乘便不期经古洞，老聃何幸踞仙床。老子非道非仙，道教奉为鼻祖，不知始于何时也。倚岩筑屋三层迥，傍砌栽花四季香。只惜道人皆俗物，语言无味且荒唐。方石文章久益彰，方厓经济亦擅长。兹山应合名千古，其胜岂惟冠一邦。青屿丹崖何足数，天台雁宕共称扬。石龙既往东瀛逝，三百年来孰与抗。

绝顶宽闲十亩强，乡贤遗迹永流芳。抗心自信难希古，接脚无人怨彼苍。浊酒一杯浇偏傀，哀鸿四野感荒凉。岩边隙地为僧占，有玷名山洵[2]可伤。

兴尽归来渡石梁，倚人作杖下高岗。书声谢氏犹盈耳，韵事陶家未许详。十里溪光伴古道，一肩舆影趁斜阳。白云红树多情甚，送我归途趣味长。

除夕守岁有感

枪炮声多爆竹声，无端除夕四邻惊。岁如辞去何庸守，春

---

① 页眉有校语云："赵承妥。"
② 洵，原作"询"，据文义改。

欲归来岂待迎。家国艰难增感喟，苏张游说任纵横。焚香默向苍天祝，南北烽烟早日平。

岁月滔滔去不留，夜深围火懒登楼。穷能不滥忍言送，人到将衰分外愁。世事如棋难下着，此身似寄半沉浮。元宵倘少风和雨，又拟乘桴海上游。

为避干戈斗室中，茸裘虽敝足当风。雪非良友逢还喜，诗比清泉出不穷。乌几安排书可借，麂床偃仰膝能容。何时黍谷争吹律，暖意旋回造化工。

左行右转岁相因，不尽劳心妄想尘。偃蹇且消今夕酒，乱离又近一年春。勘残蕉梦犹存鹿，祝得樵风便载薪。自叹老来疣赘似，痴聋从此作陈人。

上巳前二日为予生辰，毛震伯社长即席以诗见赠，诸社友亦分韵赠诗，走笔奉答丁卯

上巳逢生朝，邀客偷闲室。少长喜偕来，欢惊饴如蜜。贫家长物无，野蔌和盘出。煮笋当饔飧，豆腐芳香溢。斗酒本久藏，芳冽实鲜匹。醉后发清吟，诗格严新律。骚坛有领袖，元唱洵超轶。劲敌萃群贤，新丝抽乙乙。惟我百无能，岁月任放失。在世七十年，长吟空抱膝。独羡沂水滨，童冠五六七。风浴且咏归，韵事堪表率。又羡晋永和，会稽集群逸。列坐叙幽情，遗风人共悉。后虽续有人，落落无足述。春犹古时春，日非古时日。春光九十九，我生占其一。缅怀旧游侣，挽留苦无术。白头垂青多，胜会幸再得。修禊效山阴，言志仿舍瑟。庶几千秋后，乡国留故实。醉醒喜欲狂，擘笺试秃笔。率成五字诗，还向诸君质。

修禊偶成

　　诗名到处说毛苌，况复群贤各擅长。佳句后先争属和，清谈蓬荜亦生光。舞雩韵事遥难继，忧患余生愿幸偿。予本甲子年值社，避患远出，今始补行。只笑杯盘太草草，大家应共谅衷藏。

　　少长咸来清兴酣，一觞一咏老犹堪。春光未到九分九，佳节休辜三月三。难得文通贻锦绣，前一日，江泳秋先生以诗寄。却教尧叟步邯郸。山阴沧水何区别，不让兰亭擅美谈。

步家恩波大令《题照》韵即以奉赠

　　牛刀小试博贤名，敷政优游似称平。年届知非急勇退，青衫不失旧书生。

　　前身君本是如来，慧业今生胜辩才。听说禅宗论律法，教人寻绎日三回。

　　同宗同里又同时，垂老盘桓乐可知。更喜居停蔡仲默，性情恳至系人思。

　　论交当世久经年，博物我还羡茂先。今日踞床相晤对，空王殿上共参禅。

附原作

　　水沧家世旧知名，貌古神清意气平。最是吾乡推祭酒，纷纷桃李拜先生。

　　饮酒吟诗任去来，不争名利不矜才。而今两鬓盈霜雪，犹阅藏经日几回。

三十年前献赋时,贤豪海内半相知。文通老去才犹在,下笔千言不费思。

矍铄精神胜少年,方知畴福寿为先。君身自合蓬莱住,何必深山去学禅。

箬山纪游

我怀本澄淡,来此山水窟。况复良友偕,安能作兀兀。连日春雨多,愁畏苔径滑。今晨喜清旷,逸兴共飞越。浅云散林翳,暖日烘山骨。相将登高峰,仰止何崒屼。曲折复堂皇,造极开天阙。古穴动修蛇,阴崖窜老鹘。掩首眺碧海,鼋鼍互出没。东南渺无际,向若惊特突。到此一停顿,岛屿列袍笏。侧身下石壁,俯视穷毫发。岩花最新鲜,丛丛石罅出。潮际隐虬龙,疑欲泛溟渤。万叶钓鱼舟,帆樯逆流发。应接真不暇,变幻在倏忽。渤海水澄清,瀛海形凹凸。此地更灵奇,乍见皆咄咄。缅彼蠡测人,益叹尘世拙。我生耽胜游,知己幸不乏。相对有余兴,咏归候明月。

自石仓岙至石塘道上偶成

数峰含雨数峰晴,恍向营丘画里行。坡脚凿成山径险,树身卧作板桥横。恣看山海增诗料,饱历崎岖悟世情。差喜嘤鸣求好友,杖藜到处有逢迎。

登石塘前山

健步陟岩磴,飘然绝翠萝。泉声帆樯乱,蜃气海山多。借以豁胸境,因之发啸歌。东瀛近可到,其奈暮年何。

偕韩少亭、郑秀峰、陈德斧三茂才小憩石塘雷顶兰若,口占二首

入山深不厌,胜日快同游。梵放尼烹茗,歌喧客倚楼。回风撩铎语,曲水咽溪流。莫谓春将老,春浓乐意稠。

忆昔二三友,频嗟会晤稀。怀人悲远道,论事觉前非。我久忘尘辙,君曾脱世轼。浮生真幻梦,行乐莫相违。

石塘即景

东风无赖向人骄,纵步山塘对沕漻。古道穿云花映日,乱帆如叶海初潮。塔铃留客丁当语,山黛从谁仔细描。画里诗成还小立,晴烟着水碧空摇。

畅饮澄海学校,即席赋赠秀峰

枝头好鸟尚求友,况我师生暌隔久。招邀正及暮春时,觞咏何妨上巳后。藜杖遥冲十里烟,芜堤倒漾千行柳。岚光环水水泊船,花影落杯杯在手。台澎日本望中收,冠者童子行处有。人生踪迹如飞蓬,别时苦长聚时偶。风雨空劳歧路思,胜

地肯使良辰负？门下门生各少年，殷勤劝倾瓮头酒。

双门洞消夏

何处堪消夏，双门古洞幽。主人王古直，社主王济云上舍。座客陈知柔。拇战都忘倦，手谈不肯休。嗟予今老矣，偷懒卧楼头。

游大嵩里山口占

日傍青山游，夜傍青山宿。未及登山巅，聊步山之麓。篱落两三家，茅屋临溪筑。门前响流泉，屋后悬飞瀑。野旷无俗尘，清风动修竹。

冬日即景，时寓舟山深谷

云气澹空濛，郊原一望同。草衰千里白，木落万山空。茅舍留残雪，松林吼劲风。田歌比邻起，尽说庆年丰。

闲来无所事，小立板桥西。薄日烘青嶂，寒烟锁碧溪。犊眠霜日冷，鸦噪暮云低。信步穿林薄，那愁归途迷。

长至后十日 即阳历元旦招毛震伯、陈揩甫、张虞廷、张浚甫及婿夏刚补集凌沧阁为消寒第一会

乾鹊喧乔木，群贤过敝斋。烟云开画帧，冰雪净诗怀。山骨凌寒瘦，兰言入座佳。莫愁红日短，新月上荒阶。

十二月十二日张虞廷招集临泉阁为消寒第二会，与会者震伯、揩甫、浚甫、伯芬、葛民、刚补及予七人

预约围炉节，良朋取次过。清芬留砚席，逸兴满藤萝。人本离烟火，诗宜脱臼窠。□□□□□①，语妙耐吟哦。

毛震伯拔贡出示避匪诸作，即题其后

湖海元龙品自高，诗成笔底走风涛。支离瘦骨磨难磷，慷慨悲歌气独豪。芳树有乌啼夜月，老梅无鹤守寒皋。乱余君幸头颅在，莫便星星叹二毛。

怀吴孟埧孝廉 戊辰

春风起户牖，对景思良友。忆当癸亥秋，四明相邂逅②。时俱客异乡，论文共杯酒。落日在河梁，临风遽明手。我居台海滨，君居钱唐口。遥隔七百程，萍踪稀聚首。况各为饥驱，笔耕东西亩。有时梦见君，肝膈互相剖。不知君梦中，亦曾见我否？

---

① 此处原为空白。
② 邂逅，原作"薜苦"，据文义改。

沪上晤章一山太史，招游半淞园赋赠

沪滨风日正清和，咫尺江亭载酒过。四面洞开窗户阔，一拳高占土山多。柳榆绿当帘垂幕，芦苇青于麦盖坡。茗碗半寒棋局散，夕阳归映醉颜酡。

感时

风声鹤唳屡惊传，何处堪寻乐土迁。但使天机添活泼，不教人事苦牵连。功名无复羞王后，气节终当耻闾前。多谢群公推毂意，得容老朽息余年。

甬上公园迟陆竹云观察不至

久作勾东客，名园已屡过。重来寻胜境，小住当行窝。一雨炎氛涤，三秋爽气多。故人期不至，天末意如何？

挽陈芹生舍人

乔木森森世泽留，如君勤俭善贻谋。且欣堂构完如故，莫慨功名老未酬。晚福自堪娱杖履，后贤应许绍箕裘。人生衣食取裁足，达识何惭马少游。

弱岁论交到晚年，望衡对宇过从便。方期长结耆英社，何意先归兜率天。此别死生成契阔，谁欤风雨共周旋。竹林游处依稀在，附吕攀嵇少一贤。

甬寓寄章一山太史

自别春申浦,相思两渺然。重逢衰老日,正值乱离年。雾气江湖塞,风声草木传。剧怜南北阻,未许共寒毡。

甬上晤郭立山太史,感赋

廿年阔别怅沉沦,旅邸相逢分外亲。不信文章光日月,翻教多难逐风尘。君真兵燹余生客,我亦天涯垂老人。同是飘萍休惘惘,开怀且醉瓮头春。

木落江淮朔雁过,故园回首只烟萝。杜陵身世愁中老,庾信文诗乱后多。夜月金筜秋壁垒,寒风铜荻古山河。凄凉琴剑孤灯夜,少壮雄心早折磨。

梦中与童文久上舍联吟,有"烟波淡荡摇空碧"句,醒而足成之己巳

茅舍竹篱曲径通,携朋觅句兴无穷。烟波淡荡摇空碧,云树迷离映落红。爱惜海棠笼薄雾,维持芍药扇和风。一年好景殊难得,全赖苍苍造化工。

挽赵兰臣孝廉

石牛山下桂香时,报道先生与世辞。朝露忽传《蒿里曲》,秋风孰和草堂诗? 无多老友将垂尽,似此论文更有谁。既念

故人行自念,一灯如豆著哀词。

白云苍狗变无端,世事沧桑冷眼看。军阀方将成霸国,时髦未可挽狂澜。如君不愧称贤士,顾我谁堪结古欢。欲使中流作砥柱,晨星落落夜漫漫。

每谈时事动咨嗟,社鼠城狐鬼射沙。犹有《罪言》成杜牧,漫传《任侠》例朱家。功名已惜青衫旧,品概宁留白璧瑕。著作等身遗爱在,枌榆频望驻云车。

绮岁论交发已霜,交神交影两相忘。心知早许盟松柏,友谊真堪比棣棠。入室每悬徐孺榻,寻山同宿赞公房。不堪往事成回首,空赋招魂到北邙。此首应列第二。

挽叶松斋孝廉

壮岁膺乡荐,奇才卓不群。家风高镜水,门籍盛河汾。终以青毡老,徒添白发纷。南宫新进士,应自愧刘蕡。

不改颜回乐,能安原宪贫。闭门常种树,减灶更炊薪。但守《诗》《书》旧,能生杖履春。他年郡邑志,定许作传人。

世皆溺新学,孰为挽江河。之子忽焉逝,其谁吾道何?欲求将伯助,未免党人呵。竟少同心侣,安禁涕泪多。

早岁交群从,交君在壮年。商量到文字,颐养共林泉。已约花山会,何期中道捐。终当铭墓碣,一表丈人贤。

题亡友陈策三诗稿

交溯昔时兄弟旧,涕零今日死生哀。昆明剩劫留遗稿,通德高门毓异才。唐代文章追李杜,梁园宾客厕邹枚。曾佐徐吉苏太守、李西樵制军幕府。独怜年仅逾花甲,八尺桐棺没草莱。

髫龄早负神童誉,四十旋登乡举科。自分前程方远大,岂知薄官竟蹉跎。相如终老文园令,长吉空传昌谷歌。灯下草虫鸣未已,一编重与手摩挲。

荒年叹

今岁之荒荒已极,水旱虫灾真不测。皇天岂不哀小民,胡太忍心艰民食? 农家春夏实苦辛,踏车翻水无少息。欲灌一亩两亩田,费尽千夫万夫力。秋来大雨忽兼旬,开窗一望成泽国。木拔屋倒山崩摧,晚禾尚喜有生色。孰意天灾复流行,食苗竟来螣与蟊。平畴莽莽颗粒无,人迫饥寒半为贼。呜呼昔闻田间祭田祖,愿求仓箱千万亿。今日田间迎荒神,求免饥寒已不得。昨夜传闻租吏来,前村打门声急急。

除夕感怀

又是韶光一度迁,寒毡孤坐耸吟肩。惊心此夕名除夕,转眼今年作去年。柏叶暖浮新酿酒,布袍冷恋旧装绵。燕都子舍遥相忆,珍重邮筒半幅笺。

陈襄臣学博以庚午元旦诗寄示,即步原韵奉和

瑶笺天外降,读不厌千回。雅兴元辰发,新诗脱口来。句欣韵脚稳,笑逐寿颜开。何日重相见,论文醉一醅。

庚癸呼声里,春风午午回。世皆悲失所,人尽食嗟来。尚

友谁茨克①，疗贫乏柳开。独欣妻并岁，常得共新醅。

我亦躭吟者，寻诗日几回。良辰仍旧在，好句不期来。春信两三转，野梅一二开。儿曹千里隔，遣闷煮新醅。

杜门今久矣，唱和独迟回。谊厚钦殊切，才高学不来。多能惭孔丘，谐事羡文开。却老非无术，梅花饮百醅。

人日同毛震伯拔贡散步

轻寒较昨减些些，有日无风天气佳。山径间行三四里，梅丛疏放万千花。尚留残雪真如画，每到精庐便欲家。指毛少云茂才宅。转忆儿曹羁燕北，新年容易感天涯。

三月一日生日

离乱逢生日，诗人感喟多。身犹篱下寄。时避寇陈少笙主政家。谁和郢中歌？野藿充民食，居民无所得食，杂采麦苗苜蓿野菜和糠粃以充饥。良乡变贼窠。南塘、乃演、乌沙浦、盘马山左右尽为土匪巢穴。老妻为遣闷，劝饮醉颜酡。

昔是万春节，《岁时记》：三月一为万春节。今逢此百罹。著书聊自适，修禊又将过。真个韶光易，其如老大何！宦游儿辈远，祝噎阻山河。

---

①　此处盖用"茨克尚友"之典，亦有作"茨充"者，盖"克""充"形近易讹。

西方寺赠无垢和尚

云房依古城,阒寂户常扃。苦行人难及,高吟佛喜听。望余秋水远,坐爱暮山青。世谛都无念,逢人自说经。

披云阁登眺

极目尽天际,风烟杳霭间。水光清洗眼,野色远连山。仙鹤今何在,浮云此独闲。我来无伴侣,乘兴一跻攀。

冬青

得名固不诬,新植近庭庑。叶绿带寒烟,花繁爱微雨。

月湖小泊辛未

高树环清流,波平春正绿。移舟近湖滨,倒影见华屋。危梁属修径,幽思生远目。更登狎鸥亭,可以忘宠辱。

病中得吴孟埧诗,遂占勿药,走笔次韵

鄙人病在床,政苦风寒侵。瑶函自天降,附以金玉音。挑灯一展读,病鬼毛发森。豁尔脱沉疴,翛然洗烦襟。恍若漾轻舠,相与从茂林。清兴谅不浅,此情殊未禁。强歌《下里》曲,愧和《白雪》忱。请问孟埧诗,何如少陵吟?

谢孙玉叟寄赠《剡川集》

久闻玉叟名,未识玉叟面。班班豹隐文,窥管时一见。譬彼闳婆城,寻逐沧流漩。拟将造庐谒,其奈沧桑变。玉叟耳鄙名,亦尝念恋恋。远道指迷途,贻我书一卷。森如入武库,宝璧纷交荐。群玉屣登临,赫日吹风霰。先正典型在,后生观摩便。长安行即到,岂在临渊羡。千金端不如,变色先生馔。从可狎江鸥,六籍居贯穿。

蕉阴补读庐文稿

蕉阴补读庐文稿卷一

太平林丙恭爵铭

"君子终日乾乾,夕惕若厉,无咎"解

　　乾九三爻辞:"君子终日乾乾,夕惕若厉,无咎。"《淮南·人间训》读"夕惕若厉"为句,《说文·骨部》髃下引作"夕髃若厉",又夕部夤下引作"夕惕若夤",虽惕作髃、厉作夤,其字不同,而以"夕惕若厉"四字为句则同。王辅嗣注云:"'终日乾乾',至于夕惕犹若厉也。"又云:"虽危而劳,可以'无咎'。"始读"终日乾乾"句、"夕惕"句、"若厉"句、"无咎"句。《文言》云:"故乾乾,因其时而惕。""时"字正包经文"终日"字、"夕"字。又云:"虽危无咎。""危"字正释经文"厉"字。"虽"字纵非释经"若"字,但经就君子心中言,则云:"若厉,非危而视若危也。"圣人赞《易》,就旁观言,故云:"虽危,言非危而视若危,虽有所危,亦无咎也。""虽"字正从"若"字生来。王氏体会《文言》,以经解文,故于"若厉"上加上一"犹"字,其善于说经,诚非诸儒所及。孔氏《正义》不得其旨,乃复破裂注文,而曰:"'夕惕犹若厉也'者,言虽至于夕,恒怀惕惧,犹如未夕之前当若厉也。"竟似读"夕惕若厉"为句,良由误解"犹"字为"犹如",因为是附

会之说，而不知"犹"字作"尚"字解也。夫孔疏固所称墨王注者也，于注意之善者而反背之，失疏家体矣。

"直方大"解

《易·坤》六二"直方大"，按《周易》例，乾称大，坤称至，故乾曰大生，坤曰广生。而此言"直方大"者，何也？谨案：乾为天，天之形圆；坤为地，地之形方。方方者，坤之德，与圆为对也，故曰"至静而德方"。若直则乾德也，故曰："夫乾，其动也直。"大亦乾德也，故曰"大哉乾元"。今六二得坤德之纯，方固其质也，而始曰直、终曰大者，盖坤无德，以乾之德为德，故乾曰"元亨利贞"，坤则曰"元亨，利牝马之贞"，乾为直，则坤亦为直也；乾为大，则坤亦为大也。而方者，则坤之质也，是乃坤之所以为坤也。宋郑厚《存古易》说云："坤爻辞履霜、直方、含章、括囊、黄裳、玄黄协韵，故《象传》《文言》皆不释大，疑大衍字。"元熊鹏来力主之。案如其说，则大字可省，何自汉以来，费直、荀爽、马融、郑玄诸先儒俱不以为衍？《象传》虽不释大字，而《文言》述《易》文，明云："直方大，不习无不利。"与六二爻辞同，何至再衍大字？其言不足据也。宋朱子《本义》云："柔顺贞固，坤之直也。赋形有定，坤之方也。德合无疆，坤之大也。六二柔顺而中正，又得坤之纯者，故其德内直外方而又盛大。"唐氏瑞征亦云："坤无德，以乾为德。乾动直，坤顺其直，直达则方，方积则大，是可知'直方大'三字本连读，非衍文，明矣。"观《象传》："六二之动，直以方也。"不及大字义，此亦《传》文之省笔。《文言传》"敬义立则德不孤"承上"直方"，则已释"大"字之义矣。盖以六二柔顺中正得坤道之纯，上配乾象,其德之甚全者,语内则心无私曲而直,语外则事皆当理而方,且念念皆直,事事皆方,而极其盛矣。夫德而"直方大",信为利内利外矣,而直无俟致曲,方无俟守矩。既直且方而大,即不外是,所以"不习无不利"也,而郑庠乌得以"大"为六二之衍文哉!

"君子幾"郑义证

《易·屯》六三爻辞:"君子幾。"陆德明《释文》曰:"郑作機,云弩牙也。"按《说文·木部》機下云:"主发谓之機,从木,幾声。"引伸之,凡发动者皆谓之機。《系辞传上》:"君子之枢機。"翟元注云:"機主发动。"说与许合。而字从幾声,于是有省作幾[1]者,王辅嗣据以作注,遂望文生训,释幾为辞,不知此幾字其本字当作幾[2],如《系辞传》"极深而研幾也",《释文》云"或作機。郑云:'機当作幾,幾微也'"之比,盖二字之互相通借久矣。顾郑于研機之機读作幾,训幾微,于此幾读作機训弩牙者,何也?窃尝反覆经文而得所证焉,屯之为卦,震下坎上,《说卦传》云:"震动也。"六三居坎下震上,有动而之险之象,荀慈明注《系辞》"枢機"云"震主动,故曰機"是也,其证一。《说卦传》云:"坎为弓轮。"《孟氏逸象》云:"坎,为弧,为弓弹。"三爻变则震成离,离为矢,《说文·弓部》云:"弩,弓有臂者。"《晋书音义》:"弩箙,盛弓箭器。"是弓亦得称弩也。郑训機为弩牙,而不训弓矢者,以三未变离,无矢象,故为弩之牙也,其证

---

① 幾,原作"機",页眉校语云:"作機乃作幾之讹。"今据改。
② 幾,原作"機",页眉校语云:"作機改作幾,又讹。"今据改。

二。《经》上文云："即鹿无虞，惟入于林中。"王肃本鹿作麓，训山足。虞仲翔注云："虞，虞人，掌禽兽者。"《礼记·缁衣》引《太甲》曰："若虞机张。"郑注云："机，弩牙也，虞人之射禽，弩已张。"《商书》以"虞机"连文，此经亦上言虞，下言幾，则幾之当作机明矣。《书》之机训弩牙，则此机亦为弩牙益明，其证三。《经》下文云："不如舍。"舍，止也。《书》上言"虞机张"，故下言"往省括于厥度，则释"。此上言"无虞"，则其机不如止也，何也？屯三至五互艮，《说卦传》云："艮，止也。"故贲初九"舍车而徒"，虞注云"艮为舍"。三爻在下体震卦之上，互体艮卦之初，震动而艮止之，虽有弓弩，无所用矣，此所以不如舍，舍字正对机字，其证四①。

有此四证，则郑君读幾为机、训弩牙，正本《易》义、《易》象及古经师相传之说者也。王弼注《易》，字虽作幾，训辞，然观其"君子之动，岂取恨辱哉？故不如舍"云云，以动字释幾，似亦隐从郑君之义者。先儒谓郑氏深于《易》，信然。

"困蒙""童蒙"解

《易·蒙》六四："困蒙，吝。"六五："童蒙，吉。"按《易》例，六爻得位者为吉，失位者为凶。蒙之六四得位者反吝，六五失

---

① 其下本有"抑又考之，以'动'字释幾字，似亦宗郑君弩牙之说者。《系辞》'枢机'，《释文》引王廙云'机，弩牙也'，郭象注《庄子·齐物论》'其发若机括'，李贤（注）《后汉书·冯异传》并同。刘熙《释名·释兵》云：'弩，含括之口曰机，如机之巧也。'惟其为弩之牙，故以为含括之口也，其证五"一段，但页眉有"此段删"三字，今据删。

位者反吉,其故何也?谨考《易》之爻位,有应有比。应者,上下体相对应之爻也,初与四应,三与上应,二与五应,蒙之九二为卦之主,五柔中居尊,下应九二,《象》之童蒙,即指此也。蒙以养正为圣功,故其占为吉,四远于二,初非正应,处两阴之中,阎莫之发,亦可鄙矣,故曰"吝也"。是说也,晋王弼、宋伊川《易传》、朱子《本义》并主之。比者,卦爻逐位相比连之爻也,或阴比于阳,或阳比于阴,二与初三比,四与三五比,五与上比。蒙初与三比,二之阴,五比上之阳,初三五皆阳位,而三五又皆与阳应,惟六四所比、所应、所居皆阴,困于蒙者也。是说也,元胡云峰主之。愚窃按:蒙四、五两爻,本取相应为义,五有应,四无应、无比,故占各不同。初四二五之上,阴阳对体,本皆正应,而惟二与五应为最重。《易》凡二五得正应者而五皆吉,其得位者如比之九五"显比"、否之九五"休否"、同人之九五"大师克,相遇"、随之九五"孚于嘉"、观之九五"观我生"、无妄之九五"勿药,有喜"、咸之九五"咸其脢"、遁之九五"嘉遁"、家人之九五"王假有家"、蹇之九五"朋来"、益之九五"有孚惠心"、萃之九五"萃有位"、革之九五"大人虎变"、渐之九五"鸿渐于陵",其辞皆吉。惟屯之九五"屯其膏"、既济之九五"东邻杀牛,不如西邻之禴祭",辞不言吉,然亦未至于凶也。其非得位与五作正应者,而五亦皆吉,蒙之外,如师之六五"田有禽,利执言"、泰之六五"帝乙归妹①"、大有之六五"厥孚交如"、临之六五"知临,大君之宜"、大畜之六五"豶豕之牙"、大壮之六五"丧羊无悔"、睽之六五"厥宗噬肤"、解之六五"君子维有解"、损之六五"弗克违,元吉"、升之六五"贞吉升阶"、归

---

① 妹,原作"昧",据《周易正义》校改。

妹之六五"月几望,吉"、未济之六五"君子有孚,吉",其辞皆吉。至如蛊之五、恒之五、鼎之五,占虽不言吉,而其义皆非不吉,恒言凶,亦戒人之辞,且亦吉、凶互言,此其得正应者也。其未得正应者,五位正中,虽未有凶,然如履之"夬履,贞厉"、豫之"贞疾"、贲之"得黄金贞厉"、大过之"枯杨生华"、困之"劓刖"、震之"往来厉"、兑之"孚于剥",皆不言吉,以二非正应也。四位近君多惧,故多凶。然得位而有应者,其辞亦皆吉,如屯六四"求婚媾,往吉"、小畜六四"有孚,无咎"、泰六四"不戒以孚"、临六四"至临,无咎"、贲六四"匪寇婚媾"、复六四"中行独复"、大畜六四"童牛之牿,元吉"、颐六四"颠颐,吉"、明夷六四"获明夷之心"、家人六四"富家,大吉"、损六四"损其疾,可喜"、益六四"利用为"、节六四"安节,亨"、中孚六四"马匹亡,无咎",其辞皆吉。惟需之六四"需于血"、既济之六四"终日戒",虽不言吉,亦不言凶,此以有正应者也。其未得正应而吉者,如比之六四"外比于贤"、观之六四"利用宾于王"、坎之六四"纳约自牖",以及井曰"井甃,无咎"、渐曰"或得其桷"、巽曰"田获三品"、涣曰"涣其群,元吉",皆吉辞也。盖诸卦之四,虽未得初之应,而上得比九五之阳,故其辞皆吉。蒙四既无应,又未得五之比,故于占独吝,若五固不待上之比,而自无不吉者也,然则其所谓"困蒙""童蒙"者,何也?按困之为卦,上兑下坎,泽水为困,蒙上艮下坎,四在山水之间,象亦为困,蒙之卦综为屯,蒙之四、屯之三也。屯三"往吝,穷也",穷即困义,屯三在下体之上,未过乎中,犹可及舍。四已出中,入于林中之象,既不得上之拯,又不得二之援,故为"困蒙,吝"。艮为小男,为童,四居艮初,阴质最下,困而不学者也。五柔居中,质之美者,下应六二,能自得师,故吉。观之初"童观"则吝,远乎

五之刚也；蒙之五"童蒙，吉"，应乎二之刚也。远而无应，又为
"困蒙"之"吝"，此圣人示人以取善观师之道乎！

"密云不雨，自我西郊"解

《易》："密云不雨，自我西郊。"小畜卦辞也。而小过六五
爻辞亦有其文。虞翻于小畜下注云："密，小也。兑为密，需坎
升天为云，坠地为雨，上变为阴①，坎象半见，故密云不雨。豫
坤为自我，兑为西，乾为郊，云生于西，故自我西郊。"此以需上
爻变为巽，与豫旁通，故曰需坎曰豫坤也。小过下注云："昔坎
在天为云，坠地成雨，上来之三，折坎入兑，小为密。坤为自
我，兑为西，五动乾为郊，故'密云不雨，自我西郊'也。"此以晋
之上九阳为天，三至五成坎，故曰："坎在天为云。"晋下坤，坤
为地，故曰："云坠地成雨。"至小过易晋之上九为九三，则坎之
折入为兑，故不雨也。然虞说虽长，而从变卦旁通而言，未合
《易》义。而半象之说，通儒又多诋之。至宋小程子、朱子皆就
天地之气而言："东北为阳，西南为阴。云起东北，阳倡阴必
和，故雨。云起西南，阴倡阳不和，故不雨也。其曰我者，文王
自我也，文王演《易》于羑里时，视岐周为西方，故曰西郊②。"
据此，就《易》理而言，较虞氏为长矣。然《易》卦凡言我者，指
卦所主之爻而言；爻凡言我者，指本爻而言。我字全《易》凡十
见，例皆如此。当不惟小畜为异。其说虽巧，亦恐不可从，近
人毛氏奇龄云："小畜以姤之初六升为六四，是在姤时上得坎

---

① 阴，唐李鼎祚《周易集解》引虞翻注作"阳"。
② 郊，原本作"效"，据文义改。

之下半，以夬上六降为六四，是在夬时又上得坎之上半，而今则四居互离上半下半之间，是皆徒有云而不成雨之象也。"是仍半象说《易》。由此推之，则小过何以不雨，上互兑，兑为泽，泽者水所聚也，且此卦阴多阳少，宜多雨，若降上六为六四，升初六为六三，俱成坎象，正如乾爻言"云行雨施者"是也。而五爻仍言"密云不雨"，与小畜同。是知毛氏所解，亦知其一而不知其二者也。蒙按：坎为云雨，此易晓者也。小畜上为巽，巽为风；下为乾，乾为天；中互成兑，兑为泽，雨之象也。小过上为震，震为雷；下为艮，艮为山；雷在山，将雨象也，上互为兑，兑亦有水象，故亦曰云也。皆有云雨之象而不雨者，二动皆有巽象，小畜风行于上，小过风行于下，虽有云雨，亦被巽风所散，此《高唐赋》所谓"风行雨止者"是也。阴阳和则雨泽降，小畜以一阴畜众阳之盛而阴微，巽风复动于上，故不雨也。小过则阴盛矣，以六居之位，而二又无阴应，即程朱所谓"阴倡而阳不和者"，故亦不雨也。阴阳，以上下言之，则地气阴也，天气阳也。以四方言之，则西方阴也，东方阳也。自我西郊，亦"阴倡而阳不和"之意也。二卦之象皆具于本卦，而虞氏必以变卦旁通言之，吾固谓其非《易》义也。

"祇既平"解

《易·坎》九五："祇既平。"《说文·示部》禔下云"安也"，引《易》曰："禔既平。"《释文》云："祇，京作禔。"按许氏自序所称《易》孟氏，京房受《易》于焦延寿，延寿尝从孟喜问《易》，虞翻自言高祖光、曾祖成、祖凤、父歆，皆治《孟氏易》，至臣五世，翻注此爻云："祇，安也。"然则《孟氏易》作禔训安甚明。翻本作衹,谓衹即褆之假借。与《诗》"何人斯"《郑笺》正同,氏、是古音同在十部,得相假借。《释文》又云:"郑云当为坻,小丘也。"按古人云当为者,皆是改形误之字。且古音凡氏声字在第十六部,氐声在第十五部,郑云当为,则谓衹为字之误,改为十五部矣。衹字通褆、通坻之外,又通作痕。《复》卦"无衹悔",《释文》云:"衹,辞也。马同。"又云"郑云:'病也'"。此读衹为痕也,九家本又作袃,音支,韩康伯作祁支反,云大也,音读皆在十六部。《通志》刻作"无衹悔",则误衹又从衣作祇。《五经文字·衣部》曰:"衹,上移切,适也。"《广韵·五支》曰:"衹,章移切,适也。"唐石经"衹既平",《左传》"衹见疏也",《诗》"衹搅我心",《诗》《论语》"亦衹以异",字皆从衣,正用张参《字样》。而张参以前,颜师古注《窦婴传》曰:"衹,适也,音支。"其字从衣,岂师古太宗朝刊定经籍皆用此说钦?宋《类篇》祇、衹皆云"适也",不思一《韵会》则从示之祇训适。近日经典训适者皆不从衣,与唐不合。

"官有渝"解

《周易》随卦初九爻辞:"官有渝。"《释文》曰:"官,蜀本作馆。"今按:作馆者是也。许叔重《说文解字》宀部云:"**官**,从宀从自,宀者,交覆深屋也。自犹众也。"以屋覆众,是官之本义为馆舍字也。官司者,其引申之义,本义为引申义所夺,乃别制从食之馆字,《说文·自部》有**官**,食部有馆,殆非也,故古书每以官为馆。《礼记·曲礼》:"在官言官。"郑康成注谓:"版图文书之处。"《玉藻》:"在官不俟屦。"注:"官谓朝廷治事之处。"皆馆字也,则知此经"官"字,其为馆之假借明矣。

"彖者，材也"解

《易·系辞传》："彖者，材也。"孔子以材训彖，例以"爻者，效也"句，则彖字宜与材字同音，自刘瓛训彖为断，后儒遂读为"通贯切"，不知彖字古音读若弛，音近于才，亦与蠡字相近。盖材字之才，与彖字皆在段氏古音第一部，由之咍止海志代转而为十五部脂微齐皆灰，又转为十六部之支佳纸蟹寘卦陌麦昔锡。若读今音，则在十四部，与材字迥不同部，孔子何以材字训之哉？且此非徒孔子之言，《毛诗》亦有之矣。《广雅》《说文》《玉篇》亦皆证之矣。按《说文》彖𧰼二字之注，后人乱之。今本"彖，豕走也"当云"彖，豕走挩也。读若弛"，后之浅人，疑弛字之音与彖不合，故仍系𧰼字下，竟妄以"豕走挩也"四字系彖字之下，而又删去挩字。《玉篇》引《说文》"𧰼，豕走挩也今本《玉篇》误挩为悦，《广雅》训彖为挩，可证《玉篇》之误"，此从古本《说文》而来。《广雅·释言》曰："彖，挩也。"与《说文》《玉篇》正合。挩字从兑，兑与彖声相近，故彖𧰼二字，因错失互淆，凡从二字偏旁得声之字皆淆矣。然则彖𧰼二字分别，在多寡一划之间。彖之音当若何？曰：此乃通贯切，豕也，音近缘，凡缘、瑑、篆等字皆从之。彖字音近材、近蠡，凡蠡、喙、彖、椽字从之，有劙刻分解之意。《诗·大雅·緜篇》兑、駾、喙叶音，皆十五部之入声韵，由第一部之才声转入，由此知通贯切本彖字之音，今互相误也。又按段氏《说文注》疑及椽蠡二字当从彖，此灼见十五、十四两部之不能通合，而不知今《说文》之"读若弛"为"豕走挩"下之音，所以余字尚缪辘不已，而误以《诗·緜》之喙为合韵也。至"材也"之训，其意究何如？曰：彖字与蠡字音最相近,《方言》云:"蠡,分也。"蠡从象得声,加蚰得训为分,则象字本训为分可知。《说文》"豕挩"云云,即分也。孔子训象为材,此材字即财成天地之财,亦即三才之才,以天、地、人三分分之也。今人但知化裁之裁,谓用刀裁物,而不知古人音意相同之字多假借。材即裁也,财亦裁也,否则,货财之财安可云财成天地耶?孔子所训之材,言用此彖辞说卦象而分之也,若是,则古音古义胥得之矣。

"其于木也,为坚多心"解

《易·说卦传》云:"坎,其于木也,为坚多心。"虞翻注云:"坚多心者,枣棘①之属。"先儒解此,未有能申明虞义者。今按刘熙《释名》:"心,纤也。言纤微无物不贯也。"引申此训,则凡纤细而锐者皆可名曰心,但言心,而纤锐、纤细之意见矣。今人俗书尖字,古作忝,忝与纤意同,虞氏不释心为何义,而浑言之曰"枣棘之属",所以滋后世之疑也。盖"枣棘之属",初生未有先见尖刺者,尖刺即心也,《说文》朿字,即今刺字,解曰"木芒也",故重朿为枣,并朿为棘,皆归朿部,皆有尖心之木也。《易》坎卦上六"寘于丛棘",困卦六三"据于蒺藜",惟坎为心而于木多心,故为丛棘蒺藜之象。丛棘蒺藜,但皆言其忝锐而已。《诗·凯风》:"吹彼棘心,棘心夭夭。"亦谓枣棘初生有尖刺,故名曰心,非谓木皮外裹赤心在内也。心果在内,风安吹之?且《易》言"坚多心",《礼记》言"松柏有心",皆谓心为尖刺,故可曰多心、有心。否则除枣棘松柏,皆无心之木耶?枣

棘松柏,较之他木之内心,又岂独多耶?《尔雅》:"椴朴,心。"《诗疏》引孙炎注云:"朴椴一名心。"此亦即棘心有刺之木,其不得以常解心字释此经也,明矣。盖凡松柏枝叶初生之年皆有尖刺,至第二三年刺落而成枝叶,此言松柏坚木初生,必由心而来也,故曰"坚多心"。学者不察,徒为俗子所囿,无怪乎虞氏之义不复得其传也。

"巽为宣发"解

《说卦传》:"巽,其于人也寡发。"《释文》:"寡本又作宣,黑白杂为宣发。"按此以黑白相杂发将落之时为说,如《考工记》"车人之事半矩谓之宣",郑注云"头发皓落曰宣"之义也。盖万物至落时必少,即发亦然,则古本作宣者亦不外寡字之义。虞仲翔《易》注云:"巽为白,故为宣发。马君以宣发为寡发,非也。"据此则宣当训白,如杨升庵所云:"少年发白为蒜发,蒜即宣字第三转也。"蒙按宣寡之义得两通,虞仲翔以马融说为非,而专以宣为白,误也。郑康成云:"头发皓落曰宣,取四月靡草死,发在人体,犹靡草在地也。"其说深得古本之意,亦不外鲜少之义,与马融所解略同,而后儒从之。孔颖达《正义》亦云:"寡少也,风落树之华叶,则在树者稀疏,如人之少发,亦类于此。"贾公彦《周礼疏》亦云"今文作寡是也",况《礼》注云"头发皓落曰宣",亦是寡少之义乎? 惠定宇《周易述》谓:"古宣鲜皆读为斯,如《诗·匏叶》云'有兔斯首',《郑笺》云'斯,白也',案《尔雅·释诂》云'鲜,寡也',如《诗·扬之水》云'终鲜兄弟,'鲜,少也。齐鲁之间鲜近于斯,虞仲翔读宣为斯,故曰白也。"窃谓寡发者,阴血之不升也。盖巽为坤之初,而居二阳之下,则阳气盛而阴气未能升，如人之气与血连，发为血之余，阴血不升，故发皓而落也。由此核之，则宜以马季长所读为是。故自宋至今，程朱诸儒皆读为寡，而于宣字古义无伤，而虞仲翔以白为宣，可不辨而知其非也。

"汝后稷"异文考

《虞书·尧典》："汝后稷。"伪孔作后，《正义》云："稷是五谷之长，立官主此稷事，后训君也，帝言汝君此稷官。"又曰："《国语》云'稷为天官，单名为稷，尊而君之，称为后稷。'"按孔氏依东晋伪孔本作疏，因训后为君，而以"汝后稷"为"汝君稷"，殊属不词。又引《国语》而以为尊而君之，称为后稷，斯曲说矣。其实以君命臣，不得尊之曰君，则作后者非也。《诗·周颂·思文》疏引郑康成此经注云："汝居稷官。"《鲁颂·閟宫》笺云："尧登用之，使居稷官。民赖其功，后虽作司马，天下犹以后稷称焉。"学者遂祖其说，谓此后为居之讹，似矣。然《说文·几部》云："凥，处也。"尸部云："居，蹲也。"重文踞，云俗居从足。大徐本如此，小徐本篆作屈。则凥即今之居处字，居即今之蹲踞字。郑所据经文果作居，亦当作凥，凥与后，其形百无一似，何由而讹为后乎？其谓经文作"汝居稷者"，亦非。窃意此后字盖司之讹也。《说文》第三百三十五后部云："后继体君也。"下即次以司部云："司，臣司事于外者，从反后。"《汉书·百官表》应劭注云："后，主也。"司从反后，会意，故引伸之亦有主意。《诗·郑风》"邦之司直"传："司，主也。"《礼记·文王世子》"乐正司业"注："司，主也。"是也。汝司稷者，汝主稷也，孔疏言"立官主此稷事"，似亦释后为主，特不知后为司之讹，故又训为君耳。惟知司之作后，因字形之相反而讹，则与上文伯禹作司空，下文命契作司徒一例矣。郑康成注《书》，虽云"汝居稷官"，不言"汝司稷"，观其笺《诗》，则以司马、后稷对言，未尝不以司与后为一例也。盖此经作"司稷者"，以事言；郑释经云"居稷者"，以官言，惜先儒皆未见及此也。

"思曰赞赞襄哉"解

《尚书·虞书》："思曰赞赞襄哉。"按赞有佐助之义，《周礼》"赞王""赞命""赞工"皆是也。赞赞为叠字，凡叠字皆形容之字，以赞赞形容襄字，犹"浩浩滔天"以浩浩形容滔字；"荡荡怀山襄陵"，以荡荡形容怀字、襄字也。赞有佐助之义，则襄为佐助明矣。《说文·衣部》襄字下云："汉令：解衣而耕谓之襄。"凡耕者必有耦，故但言耕而即有佐助之义，非佐助不成耦耕，故事之相佐助者皆曰襄。自《虞书》以后，襄字不常写，多假借同音之相，写为宰相之相。是以相有佐助之训、辅赞之义，顾名而不知其义矣。岂知《说文》相在目部，本义为省视，为以目观木，曷尝有佐助之义乎？后人于二人二事之有因者，咸以相字连缀之。如相成、相偶之类，其实相皆借字，本义皆在"解衣而耕"之"襄"字也。《说文》恐后人不解襄字收入衣部之故，故引汉令以明之，而佐助之义即在其中。且《说文》衣为覆二人，本有偶并之义，故不再为训也。襄又训除，乃《说文》引伸之义，非第一义也。襄又训驾，《诗》"两服上襄"，此两马并驾之义，即两人并耕之义。以襄驾之训例之，知襄字之义重并耕而不重解衣矣。《棫朴》"金玉其相"，相字亦襄之假借，言金玉两并为追琢之章也，《传》训相为质，似望章字而始生其义,非本义也。至襄、相假借之见于经籍者,《文选·上林赋》"消遥乎襄羊",《两京赋》"襄羊乎五柞之宫",《汉书·外戚传》"惟幼眇之相羊",《诗·出车》"狁狁于襄",《释文》本或作"攘",《礼记·祭法》:"相近于坎坛。"郑注:"相近当为攘祈。"皆其迹也。

"黎民阻饥"解

《虞书》:"黎民阻饥。"《史记·食货志》引此经作"祖饥",非字之异也,盖字之通假也。《尔雅》:"祖,始也。"《说文》:"祖,始庙也。"且言祖者皆有始义,所谓祖饥者,盖始饥也。祖又通徂,"四月维夏①,六月徂暑",《郑笺》:"徂,始也。"祖从且得声,阻、徂亦从且得声,古人于音相近,每加偏旁,互相通假,往往如此。必释阻为险阻,则不独乖经训,其不识通假之例甚矣。按古文《尚书》本作俎饥,郑易俎为阻,盖《尚书》本作且,故今文家作祖,古文家作阻也。《说文》且下云:"荐也。"段氏《注》谓:"荐训兽所食草,荐训薦席,薦席谓草席也。草席可为藉,谓之荐,故凡言藉当曰荐,而经传薦、荐不分,凡藉义皆多用薦。"今按:荐有藉义,而荐席必重累而成,当有重义,经所云"阻饥者",即"荐饥也",《小雅·节南山》云"天方薦瘥",即此义也。

---

①　夏,原作"交",页眉校语云:"交乃夏之讹。"今据改。

《禹贡》"三条四列"说

《禹贡》"三条四列"之说,起于汉儒马融,谓"导岍北条、西倾中条、嶓冢南条",郑君说"导岍谓阴列、西倾次阴列、嶓冢次阳列、岷山正阳列"。后儒或驳之,或遵旨,纷纷不一。窃谓马郑此言,不过略南北,稍分阴阳,使治经者于导山诸条得知大概,不迷方道耳。遵之而至谓二家皆以山脉为言,驳之而至谓"三条四列"名皆未当,均过也,何则?导山诸条乃禹未浚川之前,先巡行诸山,以察诸水原委,便其他日施功次第耳,非为寻山脉如后世堪舆家之为也。岍、岐、荆三山,乃禹行渭北,观渭及泾北诸水之入渭以入河。壶口、雷首、太岳,乃禹行河北,观河北来及汾之会河。底柱、祈城、王屋,则禹观河之东流,与降水之入河。太行、恒山至于碣石,则循河东北,以观其入海。西倾朱圉鸟鼠,乃禹观洮之入河与渭之发源。至于太华,则禹循渭南而观渭南诸水之入河也。熊耳、外方观伊洛之入河。桐柏,并观淮之发源。陪尾,并观泗之发源及济之经行也。嶓冢至荆山,内方至大别,皆观汉之东流。岷阳至衡山,则观江之发源与其东流。过九江至敷浅原①,则并观湘之入江及江之汇泽为彭蠡也。由是言之,入于海,乃禹由碣石入海,乘舟以回冀也。逾于河,乃禹渡河而东也。过九江,乃禹过也。其非言山脉入海逾河过江,明甚。即马言三条、郑言四列,亦未尝以入海逾河过江,为山脉之入、之逾、之过也。而苏子瞻《书传》乃以山脉为言,宜朱子之非之也。马言三条,盖以《汉志》

---

① 原,原作"源",据《尚书》改。

有北条荆山、南条荆山，皆称《禹贡》，故以西倾至陪尾为中条，合之为三条耳。论中国之水，以北条河、南条江汉为纪，则水二，山必三。盖两山之间有水，两水之间有山，以河与江汉分二大水，其水之山，自必分为三也。惟《禹贡》导山岷阳，至敷浅原，明与嶓冢至大别分为二节，则不得以嶓冢为南条而该之。故郑君更为四列，其以阴阳言者，因经有岷山之阳，又有岳阳、嶂阳、衡阳，又有华阴，故不言南北而言阴阳耳。其实阴列即大河北境之山，蔡《传》之说与郑君之说原无大异。乃谓郑君四列与马氏三条，名皆未当，是亦泥于阴阳二字而未观其通耳，故曰遵马、郑而以山脉为言，驳马、郑而以谓名皆未当，同一过也。虽然，以山脉申马、郑，诚过矣。若《集传》谓"三条四列"名皆未当，不过误会马、郑之意，其所自为说，以江河为纪，于二之中又分二，则致为妥惬。胡氏渭《禹贡锥指》乃更吹求，谓岍、岐、荆在北河之南、渭水之北，不得言大河北境，因取吴幼清"岍、岐、荆三山在渭北北条之北之一，壶口至碣石九山在河北北条之二"之说，又取陈寿翁言"岍、岐之列，河济所经，岷山之列，江水所经"之说，不知岍、岐、荆固在渭北，而渭水自西至东，直通于河，则连壶口、雷首等山而谓之河北诸山，亦无不可。若必过为分别，则岍、岐岂特不得言河北山，并亦不得云济所经，而西倾、朱圉、鸟鼠，亦不得云伊、洛、淮、渭所经，岷山亦不得云江水所经，胡氏独何有取于寿翁之说耶？至或更沿苏氏之说，谓导山本言山脉，入于海、逾于河、过九江，皆言山脉之入、之逾、之过。如王氏鸣盛《尚书后案》、魏氏源《书古微》之类，则又有心立异，不思导水与导山，情事前后，未可混同，而强为诘驳，夫亦不能与辨者矣。

蕉阴补读庐文稿卷二

太平林丙恭爵铭

释"驺虞"

《诗·召南》:"于嗟乎驺虞。"《毛传》云:"驺虞,义兽也,白虎黑文,不食生物,有至圣之德则应之。"郑康成《诗笺》因其说。郑《志》释其义,陆玑《诗疏》述其语。自汉以来以驺虞为兽名者不少,贾谊《新书》云:"驺者,天子之囿也。虞者,囿之司兽者也。"韩、鲁《诗传》云:"驺虞为天子掌鸟兽官。"此以驺虞为官名,王应麟主之,欧阳修稍变其说,又分之为二官名:驺为马御,虞为山泽之官。又引《射义》"天子以驺虞为节,乐官备也"以证其说之有本。许叔重《说文解字》:"驺,厩御也。从马,刍声。"考《礼记·月令》:"命仆及七驺咸驾。"注谓"趣马,主为诸官驾说者也"。《左·襄廿三传》:"孟氏之御驺。"孔疏云:"掌马之官,兼掌御事,谓之御驺。"《周·太宰》"虞衡作山泽之材",《周语》"询于八虞",贾云:"周八士皆在虞官,故官以虞名,犹古之《泰誓》'苍兕'以兕名也。"由是后儒因以立义者亦多,而毛郑之说于是不彰。迨宋朱子则从毛、郑之义以释此诗,而别录欧阳修之论附于古序之后,姑存之而不深抑之。然而以驺虞为兽名,其说有不可得而破除者。愚案:古者乐仪,天子以《驺虞》为节,诸侯以《貍首》为节,卿大夫以《采蘋》为节,士以《采蘩》为节,二兽二草,各有配偶。《仪礼·乡射礼》"奏《驺虞》",《大射义》"奏《狸首》",《史记·乐书》"左射狸首,右射驺虞",并以二兽相配,未闻以官名释之者。况《射义》所云"乐官备也"者,谓一发五豝,喻得贤人多,贤人多则官备,非驺御虞人不乏官之谓。欧阳修云:"《毛诗》未出之前,未闻以驺虞为兽,严粲遂引《尔雅》不载驺虞为证。"然古《山海经》邹云:"驺吾,大若虎,五彩毕具,尾长于身。"虞、吾古音相近,驺吾即驺虞也。《太公六韬》《淮南子》《尚书大传》皆曰:"文王拘羑里,散宜生得驺虞献纣。"而颜师古注相如《封禅书》,亦引用驺虞为兽名,其他见于经疏纬书者甚夥,则不得谓无此兽之名。况《六韬》虽周秦间人伪作,而古《山海经》实出于毛苌前,刘安、相如与之同时,并在郑康成前,亦不得谓《毛诗》未出之前,未闻以驺虞为兽名者矣。盖此诗本以述南国备文王之化,仁心及物,春田之盛,不忍多杀,诗人叹美其仁,曰"是即所谓驺虞",亦犹《周南》叹美公子之仁,曰"是即所谓麟也",借物比喻,非必实有是兽。且二诗同一风体,《诗序》所云:"《麟趾》者,《关雎》之应也;《驺虞》者,《鹊巢》之应也。"《关雎》《麟趾》之化,王者之[①]风,故系之周公。《鹊巢》《驺虞》之德,诸侯之风,先王之所以教,故系之召公。亦二鸟二兽,相为首尾,则以驺虞为兽,其说不可易矣,朱子舍欧阳之说而从之是也。第其所云"一发五豝,犹言中必叠双"者,似非诗人之意,况田猎之礼"天子不合围,诸侯不掩群",若以尽物为心,于礼为过,而与嗟美文王之德及鸟兽草木之意,亦未符焉,乌得为仁人也?不若郑孔以豝谓贤,谓"一发而得五豝,犹君一求而得五贤",其

---

① 之,原作"也",据文义改。

断章取义之说，为更优耳。

"于嗟洵兮"解

《诗·击鼓》篇："于嗟洵兮。"《韩诗》洵作敻，云："远也。"按《说文·夏部》敻下云："营求也，从夏，人在穴中。"段云："营求者，围匝而求之也，币而求之，则不遐遗矣，故引伸其义为远也。"至云"从夏，人在穴中"者，徐锴云："人与目隔穴。人，人字也。目经营而见之，然后指使人求之也，夂所以指画也。"夫曰"人与目隔穴"，亦有远义，依《韩诗》训，则与上文"阔"字义相类，盖谓远，故使我不得其情也。毛训"洵"为远，与上文经文"阔"字亦合，《毛传》亦未与韩异也。所异者，韩作"敻"，毛作"洵"耳。《郑笺》云"叹其弃约，不与我相亲信"，郑亦正申毛义。

"毳衣如璊"解

《毛诗·王风·大车》篇："毳衣如璊。"《传》："毳衣，大夫之服。天子大夫四命，其出封五命，如子男之服，言服毳冕以决讼。璊，赪也。"按《诗》言"毳衣"，而《传》言"毳冕者"，《周礼·春官·司服》："四望山川则毳冕。"又子男之服，自毳冕而下，如侯伯之服，盖本《周礼》以释此经。故以毳衣为毳冕也，非专指冕而言也。《笺》申之云"毳衣之属，衣缋而裳绣"，所以明《传》之言冕，兼衣与裳言，经之言衣，其兼冕与裳言，益明矣。其名衣以毳者，毳冕五章，衣二章，裳三章，画宗彝，而宗彝以虎蜼为首，虎蜼毛浅，故以毳为名。至训璊为赪，则其义犹未明,当云"赪玉也",不知何时夺去"玉"字。《说文·玉部》璊下云:"璊,玉赤赪色也。从玉,㒼声。木之赤苗谓之虋,言璊玉色如之。"今按段注谓"虋当作䄠,即艸部虋字之或体",《说文》虋下云"赤草嘉穀也",与《尔雅·释草》"虋,赤苗"同,又按毛部毪下云:"以㲲为繝也,色如虋,故谓之璊,虋禾之赤苗也。"引《诗》"毳衣如璊",盖璊从㒼得声,而皆从虋得义,虋又从䜋得声、得义,䜋本血祭,有赤义,又以血涂物之间隙,故又通璺。《周礼·太卜》注:"璺,玉之坼也。"扬子《方言》:"器破而未离谓之璺。"盖玉中破,未有不赤者。故璺、虋、虋、毪、璊音皆为门,义皆为赤也。观《尔雅·释草》:"蘠蘼虋冬。"郭注:"门冬,一名满冬。"是其证。虋又音兴,去声,转为隙,又转为瑕。《说文》瑕字次于璊字,训为玉小赤,经典皆用为瑕隙字,此音此义也。顾《毛诗》作璊,许书作毪者,许自叙云其所称引《诗》毛氏,则作毪者,三家《诗》也。《传》文作"赪玉"、许书作"玉䞓"者,赤部䞓①下云"赤色",引《诗》"鲂鱼䞓尾",或从贞作赪。则知毛氏《传》用或体,而许书用本字也。许所引用虽有异文,其义究与《毛传》若合符节,古人云:"毛氏诂《诗》,足补《尔雅》。"信然。

《毛诗》"毳衣如菼"解

古人经训,历数千百年,师承或异,传写几更,其不至于讹谬者盖寡。如《毛诗·王风》"毳衣如菼",今本《传》云:"菼,雈也。芦之初生者也。"《释文》云:"雈本亦作萑。"今按陆氏所见

---

①　䞓,原作"经",据文义改。

本是也。但萑字宜作藋，《说文·草部》藋下云："薍也，从艸、萑声。"萑下云："草多皃。从草，隹声。"萑部萑下云："鸱属，从隹从卝，有毛角。读若和。"三字迥异。今经文"藋苇"字多假"草多皃"之萑为之，后又误为鸱属之萑，而藋之本字废矣。《说文》菼下云："藋之初生也。一曰薍，一曰雃。"此雃字是雅字之误，何以知之？《尔雅·释草》云："菼，薍也。"《释言》"菼，雅也。"故许氏两用《尔雅》之说，而一曰薍，一曰雃，浅人不察，因误本《毛传》训菼为雃，遂并许书而改之耳。不知传文雃字，实为藋字之讹也，惟云"芦之初生"，而许书乃云藋之初生"者，《卫风·偕老》："葭菼揭揭。"《传》："葭，芦；菼，薍也。"与《尔雅·释草》正同。李巡《尔雅》注云："分别苇类之异名。"则以芦、薍为一物，郭璞曰："芦，苇也，薍似苇而小。"则又以芦、薍为二。陆玑《诗疏》："薍或谓之荻，至秋坚成，则谓之藋。其初生三月中，其心挺出，其下本大如箸，上锐而细，扬州人谓之马尾。"则又以薍与藋为一物，故《豳风》"八月藋苇"，《传》"薍为藋，葭为苇"，又《夏小正》"七月秀藋苇"，《传》云"未秀则不为藋苇，秀然后为藋苇"，又曰"藋未秀为菼，苇未秀为芦"，则《传》言"芦之初生"，统言之也。许云"藋之初生"，析言之也。盖一名薍，一名藋，一名蒹。《说文》蒹下云"藋之未秀者"。而其色为青者也，大夫毳衣之色似之，故曰如菼。郑氏笺《诗》时，《传》文已讹为雃，而知其不可通，因取《释草》文以易之曰："菼，薍也。"又云："毳衣之属，衣缋而裳绣，皆有五色，其青者如雃。"已是望文生义。孔疏不能阐明毛义，又不获推原郑意，而徒以薍义为易毛，其青者如雃为从毛，而于《毛传》之讹、《郑笺》之以讹袭讹皆不能辨，失疏家[①]之体矣。

“毳衣如菼”解

《毛诗·王风》："毳衣如菼。"《传》云："毳衣，大夫之服。菼，雡也，芦之初生者也。"《笺》申之云："菼，薍也。"又云："毳衣之属，其青者如雡。"孔疏以毛所训为《尔雅·释名》文，郑所训《尔雅·释草》文，谓"《传》解菼色，未辨草名，故取《尔雅》以定之也。"按今本《尔雅·释言》作"菼，骓也"，马与鸟形相近，例得通假，如鸨本鸟名，而《尔雅·释畜》云："骊白襍文曰鸨也。"由是以推，雡实为萑之假借，《说文·艸部》，菿或作菼，说解云："萑之初生，一曰薍，一曰雡。"萑下云："薍也，从艸、萑声。"经典多假萑部鸱属之萑为之，后又误为艸多皃之萑，盖萑字从萑字得声。萑又从隹得声，古人制字，每加偏旁，互相假借。雡与骓皆从隹得声，故得通假。《释文》云："雡本亦作萑。"今之萑字，即《说文》之萑字也。盖菼为萑之初生，则萑者，既秀之菼也。《夏小正》"七月秀萑苇"，《传》云"未秀则不为萑苇，秀然后为萑苇"可证。第以其质言曰"萑"，以其始生言之曰菼，以其色言之曰雡，而薍则萑之转音也。段氏《音韵表》，萑与薍古音同在十四部，雡又通作隹，《小雅·四牡》："翩翩者隹。"《传》云："夫不也。"《释文》："雡本作隹。"雡得通为隹，则亦可通于从隹之萑、从萑之萑矣。观《中谷有蓷》《传》云："蓷，雡也。"《说文》释蓷为萑可知，此雡字本是萑字，而以其色之似雡，故借雡以释之也。而又恐其与萑无别，故又明之

---

①　疏家，原作"家疏"，据文义乙。

曰:"芦之初生者也。"但《传》言"芦之初生",而许以为"萑之初生"为少异耳。《秦风》"蒹葭苍苍",《传》:"蒹,薕;葭,芦。"《豳风》"八月萑苇",《传》:"薍为萑,蒹为苇。"《卫风》"葭菼揭揭",《传》:"葭,芦;菼,薍。"似萑为一物,芦、葭、苇为一物。然《尔雅·释艸》葭芦注:"李巡分别苇类之异名。"郭璞曰:"芦、菼、蒹、薍,苇也,薍似芦而小。"则析言之,萑与芦别;统言之,菼亦称芦也。古人谓毛氏释《诗》,可并《尔雅》。信然。

"俟我于著乎而"解

《毛诗·齐风》:"俟我于著乎而。"按:著即宁也。《聘礼》:"宾问大夫,及庙门,大夫揖入。"注:"入者,省内事也,既而俟于宁。"郑氏彼注"俟于宁"三字,似据此经为说。盖人君以门屏之间为宁,大夫无士屏,其宁盖近东塾。《尔雅》"门侧之堂谓之塾",《士冠礼》"举鼎陈于门外直东塾",又云"具馔于西塾",注:"西塾,门外西堂也。"然则门之外有东西塾,谓之东西堂。《聘礼》又云:"摈者负东塾。"注:"东塾门内东堂,负之北面。"然则门之内亦有东西塾,亦谓之东西堂。《曲礼》曰:"客入门而左,主人入门而右。"《冠礼》注谓:"出以东为左,入以东为右,则宁立俟宾之处,必于门内东方矣。"故知此经之所谓"著",即"宁"也,又谓之闳,《诗》"在彼闳兮",《韩诗说》云"门屏之间曰闳",是也。

"王事靡盬"解

《诗·唐风》:"王事靡盬。"《毛传》:"盬,不攻致也。"孔疏引盅字以证之，其意以为申毛义也，殊不知盬为沽之假借，《仪礼·丧服》传云："冠者，沽功也。"郑注："沽，犹粗也。"又《既夕》注："沽，今文作古。"又《周礼·司兵》注曰："功沽上下，沽即粗恶。"《礼记·檀弓》"杜桥之母之丧，宫中无相，以为沽也"，郑注"沽犹略也"，皆"不攻致"之谓也。正与《汉书·息夫躬传》"器用盬恶"，邓展以为"盬，不坚牢也"同意。盬又通姑，《周南》"我姑酌彼金罍"，《传》云："姑，且也。"且有粗略之义。故《说文》粗下云"疏也"，《广雅》"聊，苟且也"，亦其义也。盖盬、沽、姑皆从古得声，古人于字之相近，每加偏旁，互相假借，此类是也。抑又考之，姑与且通，盬亦与且通，《方言》曰："盬，且也。"郭璞云："未详。"今观《礼记·檀弓》"祖者，且也"之训，则且字本与祖通。《尔雅·释诂》："祖，始也。"《说文》训祖为始。故凡言祖字皆有始义，祖可训且，则且亦可训祖，所以古文祖止作且，商祖丁觚作𠁁，瞿祖丁卣作且，皆祖之古文可证。盖且者始也，始有草创之义，即有粗略之义，粗字所以从且得声得义也。《方言》曰："盬，且也。"此益明矣。盬又通苦，《吕览·诬徒篇》"从师苦"，高诱注："苦，读如盬会之盬。苦，不精致也。"历观诸说，皆与《毛传》"不攻致"意合，昔人谓毛氏经训，可并《尔雅》，信然。物之粗恶，未有不大者，故《史记》注"盬"为"大盬"。

"远条且"解

《毛诗·唐风·椒聊》篇两"远条且"，古本皆作"远脩"，今案两"条"固非，两"脩"亦误。盖首章为脩，次章为条，脩、条皆古韵也。古《毛传》离经单行，首章《传》曰："脩，长也。"次章

《传》曰："言声古声、馨二字音义可通假。之远闻也。"若两章脩、条无别,毛不应次"远闻"一训于"萩""笃"之二训之后,故脩之为长,一训已明。条为条鬯,义须再训。诗人就椒之在升、在萩者言其香之远闻,非谓树之枝条远扬也。《前汉书·礼乐志》曰"声气远条",此即汉人袭用《诗》次章语意。《周礼·春官·鬯人》后郑注:"鬯,芬香条鬯于上下也。"即毛公训远条之意。又按:"椒聊"二字旧训为语助,谬矣。《毛传》"椒聊,椒也"二字,上必脱捄字。《郑笺》云"一捄之实",意实承《传》而递言之,缘《传》已专训,不必再为聊捄之训矣。《尔雅》:"椒榝丑,莍。"莍即捄也。又曰:"抖者聊。"抖亦即捄也。《诗》之"兜觥其觓^①",觓每作觥,丩、求通也,是《尔雅》此句专为《唐风》而释,毛郑皆知,而郭璞未详,陆玑妄为语助之说,然则斯义自魏晋以下皆昧之矣。

"龙盾之合"解

《诗·秦风·小戎》篇:"龙盾之合。"《毛传》:"龙盾,画龙其盾也。合,合而载之。"窃谓毛说非也。龙应读为龙。龙,杂色也。龙、龙,古之通借者多矣。"龙盾"乃杂画之盾,非画龙于盾。下章"蒙伐有苑",《郑笺》谓:"蒙,龙也。画杂羽之文于伐,故曰厖伐。"知"蒙伐"即"龙盾"。诗人凡重言者,每变其字,示不相复,其实于事则同。此例学者罕知,求之经传,往往皆是。谓"蒙伐"即"龙盾"者,《商颂》"为下国骏龙",《荀子》《大戴礼》并引作"蒙","狐裘蒙戎",《左传》引作"龙",是龙、蒙

---

① 觓,今本《诗经》作"觥"。盖俗书"斗""丩"相混不别。

古通假之证也。《说文》:"盾,瞂也。""瞂,盾也。"伐与瞂同音假借也。《毛传》云云,不无可议。

"予所蓄租"解

《诗·豳风·鸱鸮》:"予所蓄租。"《释文》云:"《毛诗》作祖,《韩诗》作租,陆氏本不误,今本《毛诗》误也。"按:祖、租皆从且得声,其偏旁从示从禾,最易混淆,故传《韩诗》者以祖为租也。而后世之治毛者,又以祖字义于此远,从《韩诗》改祖为租也,殊不知祖字为苴之假借。《说文》:"苴,麻子。"陆玑所谓絘巢之麻是也。《礼记·丧服小记》:"苴杖。"郑注云:"竹也。"此言以苴麻缠杖如苂,故名"苴杖"。郑以杖之本体言,故曰:"竹也。"盖祖字从且,《尔雅》云:"祖,始也。"古文祖皆作且,如商文戊祖丁尊作𖼖、孟祖辛彝作且、祖丁觚作𖼗、瞿祖丁卣作且,皆祖之古文也。小篆始左示作祖,故《说文·示部》云:"祖,始庙也。"今音祖则古切,且千也切,而古音古义遂晦矣。知祖古只作且,则祖有始义,且亦有始义,始有创始之义,即为粗略之义。故《广雅》云:"聊,苟且也。"《说文》云:"粗,疏也。"粗从且得声得义。麻,固物之最粗者也,故苴亦从且得声得义。又按:且有包含大、多之意,《说文》咀训为含味,麻包多子,故从艸、且声,《礼记》"苞苴",即此义也。然则蓄租之租字本作祖,其为苴之借字明矣,若从禾旁作租,《说文·禾部》租下云"田赋也",税下云"租也",皆与此经不合,惟为苴之假借,则与下"捋荼"荼字,二物相配,正见古人咏物之妙。必欲曲为之说,而以祖为虚字,其不识古人偏旁假借之义甚矣。

"八月萑①苇"解

《诗·豳风》："八月萑苇。"《毛传》云："薍为萑，葭为苇。豫畜萑苇，可以为曲也。"案：萑苇之类，见于《说文》《尔雅》者十余名。《说文》："萑，薍也。"薍下云："菼也。菼作菼。萑之初生，一曰薍，一曰雚。"是则萑与薍、菼，即是一物。蒹下云"萑之未秀者"，是蒹又为萑之名矣。《尔雅·释草》菼薍注："似苇而小，实中，江东呼为乌蓲。"樊光注："初生葱骈色，海滨曰薍。"蒹与薕又连文，注："江东呼为薕蔛《释文》蔛今作萑。"《释言》："菼，骓也。"注："色如骓，在青白之间。"是则乌蓲薕蔛，又为萑名。陆玑②云："薍或谓之荻，至秋坚成，谓之萑。"则萑有八名矣。苇，《说文》云"大葭也"，又葭字下云"葭，苇之未秀者"，是苇与葭又是一物。《尔雅·释草》葭芦连文，《夏小正》注："苇，未秀为芦。"则芦为苇无疑矣，是苇有三名，与萑不相涉也。愚案：萑、苇本同类而异种，并非大相迳庭者，如兽之中有麒麟、麋鹿，鸟之中凤皇、鸿雁之类是也。萑初生曰菼，未秀者曰蒹，已成曰萑，而江东之呼为薕蔛者，犹楚人之呼笔为聿，呼虎为于菟是也，盖地有不同，则其名亦异耳。苇初生曰葭，未秀曰芦，已成曰苇。苇之与萑俱成于八月，故曰："八月萑苇。"盖萑者即今之荻是也，苇今之芦是也。萑，细小而实中。苇，高大而中空。《夏小正》："七月秀萑苇。"《传》云："未秀则不可为萑苇，秀然后为萑苇。"是则萑、苇从其华而名之者

---

① 萑，原作"蕹"，据文义改。
② 玑（璣），原作"機"，据文义改。

也。《豳风》之言"萑苇",亦如《卫风》之言"葭菼",《秦风》之言"蒹葭",古诗人皆二草并称,同一义也。至《大车》之诗"毳衣如菼",《传》云"菼,芦之初生者",孔颖达疑其以芦、菼为一物。然观"萑苇"《传》云"薍为萑,葭为苇","葭菼"《传》云"葭,芦;菼,薍也","蒹葭"《传》云"蒹,薕;葭,芦也",使毛以萑、菼为一草,何诸说皆如是明析乎?盖当亦萑字之误,而孔疏遂疑菼与芦同,非也。此章盖言八月萑苇既成,而豫畜之以为曲,为明年养蚕计也,说与下文亦是贯通,且承上章而言蚕事,不始于今春也,其义较直捷也。

"有睆其实"解

《毛诗·小雅·杕杜[①]》篇:"有睆其实。"《传》云:"睆,实兒。"陆氏《释文》云:"睆,华版反,从日,或从目边。"按:今本《毛诗》经传,睆字俱从目,陆氏所见本,盖从日也。倘经传本作睆、从目,则不当先日后目矣。近段氏玉裁《经韵楼集·睆字考》据南宋刻《毛诗传笺》释文云:"字从白,或从目边,非"谓陆氏所见经文作皖,从白,或从目边,下有"非"字。今本改皖从目,而删"非"字,由改经传从目,则势必出此。复引《广韵》二十五潸"皖,户版切,明星也""睆,户版切,大目也",谓《大东》"睆彼牵牛"之"睆"亦作皖,从白。今按段氏言南宋《释文》本"或从目边"、下有"非"字者是,殊为有见,而谓此经"睆"字从白作"皖",则非也,以从白之皖为《大东》"皖彼牵牛"之"皖"则可,而以为此经之从睆亦从白则不可,何也?《大东》之皖,

---

① 杕杜,原作"杜杕",据《毛诗》校改。

《传》训为"明星皃"，即为陆法言《广韵》之所本，惟其从白，故有明义，而以为明星也。此经"睆"字，《传》训"实皃"，初无"明"义，其不得从白，明矣。然则何以知其宜从日？《说文·日部》云："日，实也。"训日为实，睆训"实皃"，故知此经睆字宜从日也。又按《毛诗》"睆"字凡三见，此经而外，一见《凯风》篇"睍睆黄鸟"，一见《大东》篇"睆彼牵牛"，其字今本皆从目作睆，《释文》皆"华版反"，而《凯风》《传》则云："睍睆，好皃。"三字三义，毛公分析甚明，则三字非一字可知。窃意此经宜从日，《大东》宜从白，《凯风》宜从目，不得混而同之也。但三字《说文》所无，大徐于目部睅下增睆篆，谓即睅之或体，其意谓旱声、完声本同部，故睅或作睆，然其义为大目，与此经实义不相应，不得援之以为证矣。

"既伯既祷"解

《毛诗·小雅·吉日》篇："既伯既祷。"《传》："伯，马祖也；祷，祷获也。"伯与祷自是两义，孔冲远疏云："伯，马祖，天驷房星之神，为田而祷马祖，求马强健，则合伯与祷为马祭一事矣。"《周礼·春官》："甸祝禂牲马，皆掌其祝号。"杜子春云："禂，祷也。为马祷无疾，为田祷多获禽牲。"引《诗》此文及《尔雅》文以为证。按《毛传》云："马祖，重物慎微，将用马力，必为之祷其祖。"即《周礼》之"禂马"也。云"祷获"，即《周礼》之"禂牲"也，杜说亦本毛义。郑康成注《周礼》，易杜说云："禂读如伏诛之诛，今侏大字也，为牲祭求肥充，为马祭求肥健。"郑以上文"表貉"，既读貉为十百之百，释为祷气势之十百，而多获不与祷牲。又云"祷多获禽牲"，故必易为侏大而后安，据此则禂止释肥大，不切祷意。显易杜说，并隐违毛义矣。郑氏笺诗，既从《毛传》，不别出一义，而注《礼》顾如此锄铻者，何也？盖《周礼》禂字，宜作祷，"既祷"祷字实作禂。《说文》禂下云："祷牲马祭也。从示、周声。"引《诗》曰"既祃既禂"，盖许所见本伯作祃、祷作禂也。但禂为祷牲祭，杜子春所云"为田祷多获禽牲"者，即其义也。许君本杜说而连引经文"既祃既禂"，故亦统释之曰"祷牲马祭也"。其实"祷马祭"自是释祃字，非止释禂字也。又考《尔雅·释天》云："既伯既祷，马祭也。"明明并引经文，然"马祭"二字，却是止训伯字，许君解"禂"字，却连经文"祃"字通释之，盖以禂篆实在禡字下。如"裌"字解云："裄裌，袓也。"以"裄"字实在"裌"字下，故连及之也。《毛传》之说，正许君之所本也。郑氏注《礼》时，未专信《毛诗》，故说不同耳。《郑志》焦乔之答，回护郑公，殊为辞费。

"夜未央"解

《毛诗·小雅·庭燎》篇："夜如何其？夜未央。"《传》云："央，且也。"《释文》"且，七也反。"今本《毛传》作"旦也"。按：今本误也，陆氏所见《毛传》本不误。盖且为古文"袓"字，阮元《研经室集》历引商周间尊彝铭文以为或作𠫐，或作𠘧，或作且。作𠫐、且、𠨔，皆袓之古文，小篆始左示作袓，遂举《尔雅》"袓，始也"、《说文》"袓，始庙也"二训，以证袓有始义，且亦有始义，则所云"夜未央"，盖言"夜未始也"。《说文》："始，女之初也。"《尔雅·释诂》："初，始也。"始为女之初，初为衣之始，引伸之为凡言始者，皆得云始。每日凡十二时，自子至亥，则日终矣。《说文》亥下云"亥而生子，复从一起"，据子则亥终而子始，所谓"未始",盖未交子时也。毛训央为且,即此谊也。浅人不知且有始义,妄改为旦,不知《说文》云:"旦,明也。从日见一上,地上也①。"次章只言"夜未央",三章方言"夜向晨",而此首章辄云"夜未旦",倒置甚矣。犹幸毛氏之义留于《释文》中,俾后之说经者得所考据,则陆氏之功钜矣哉!又《夏小正》傅松卿本:"十二月陨糜角。"《传》曰:"盖阳气且睹也。""且睹"即始睹也,余本皆讹为"旦睹"矣。

"佌佌彼有屋,蔌蔌方有穀"解

《毛诗·小雅·正月》篇:"佌佌彼有屋,蔌蔌方有穀。"《郑笺》谓:"小人富而窶陋将贵也。"说非是。"佌佌",《说文》作"佝佝",解曰:"小也。"《释文》云:"方穀,本或作方有穀。"亦非是。陆本作"蔌蔌方穀",陆本是也。自唐石经以下皆衍"有"字,此四句"佌佌彼有屋"五字句与"民今之无禄"相谐,"蔌蔌方穀"四字句与"天夭是椓"相谐,其无"有"字益明矣。又石经、岳珂本皆作"天夭是椓",今坊本多讹作"夭夭是椓"。《后汉书·蔡邕传》曰:"速速方穀,天夭是加,彼之速穀。"异《毛诗》者,所传本异也。以"加"易"椓"者,用"加"以韵枯、辜、邪、牙等字,非"椓"或作"加"也。方穀,章怀太子注曰"方,并也。并穀而行也。"此为得之,即上文"择有车马"意,诗人盖言老臣之退居者,少有居室车马,此无禄者终茕独也。今毛本穀为穀假借字,毛不破字,郑亦沿而未破,训禄,非本义也。

又案:焦循《易补疏》云:"蔌蔌方有穀。"蔡邕《释诲》作"速

---

① 此句今本《说文》作:"旦,明也。从日见一上,一,地也。"

速",《毛传》云:"陋也。"盖速与遬同。《玉藻》:"君子之容舒迟,见所尊者齐遬。"注云:"谦悫皃也,遬遬,犹蹙蹙也。"《正义》云:"言自敛持迫促,不敢自宽奢,故注云:'谦悫皃'。"《祭义》:"其亲也悫,其行也趋趋以数。"注:"悫与趋趋,言少威仪也。趋读如促,数之言速也。"《礼器》:"是故七介以相见也,不然则已悫。三辞三让而至不能,则已蹙。"注:"悫、蹙,愿皃。"是故薪薪即速速,速速同于趋趋、蹙蹙,其义皆为"愿悫少威仪"也,少威仪可谓之悫,亦可谓之陋也。

"皇父卿士"考

　　《小雅·十月之交》篇:"皇父卿士,番维司徒。家伯冢宰,仲允膳夫。棸子内史,蹶维趣马,楀维师氏。"《郑笺》以皇父为厉王时人,故以司徒番等七子,皆厉王妻党,女谒权宠,相连朋党于朝。此说固不合。即皇甫谧、王肃以此诗为幽王事,亦以皇父等与艳妻同视为嬖佞,亦不合矣。今按《大雅·常武》之诗,乃宣王征淮夷时事,其诗曰:"王命卿士,南仲大祖,太师皇父。"是"皇父"为大臣之字,南仲之后,宣王时太师卿士,命征淮徐,与召虎、尹吉甫同时者,明矣。幽王为宣王子,则皇父为先朝老臣,宜倚用之。乃幽王嬖褒姒,任尹氏为大师卿士,虢石父为卿,《史记·周本纪①》云:"幽王以虢石父为卿,用事,国人皆怨。石父为人佞巧,善谀好利,王用之,废申后,去太子。"是废后易嫡,皆虢石父之恶,尹氏尸位不谏而已。而退皇父。故诗人一则曰:"抑此皇父,岂曰不时。胡为我作,不即我谋。"言告皇父此生尚非不

　　① 本纪,原本作"世家",据文义改。

辰，《诗·桑柔》"生不我辰"，《尔雅》"不辰，不时也。"何不就我谋政事？再则"皇父孔圣，作都于向。"言其甚圣哲，今不用之，皇父亦安于退居采邑，不以国家为忧怨而责之也。三则曰："不慭遗一老，俾守我王。"言不留此一老成人以卫王，一老即皇父也，如此皇父与《常武》"皇父"为两人，则前后二三十年间，不应同官者复同字，其不合一也。如以皇父为女谒权佞，不应不居王都，退处于向，让尹氏为太师卿士，其不合二也。幽王六年，尹氏为太师卿士，如皇父在朝为权宠，岂二人并居此一官？其不合三也。"不慭遗一老"二句，在"择三有事""择有车马"之间，如是贪淫，则语极不顺，其不合四也。《节南山》之尹氏，《史记》之虢石父，皆不在家伯、仲允之列，忠佞判然，其不合五也。《墨子·所染》篇"幽王染于傅公夷、蔡公穀"，《吕氏春秋》录墨子之说，作"染于虢公鼓、祭公敦"，而皇父以下七人，无一人列名其中，明非佞臣，其不合六也。《大雅·民劳》《板荡》《抑》《桑柔》，皆刺厉王，反覆于厉阶贪人，与《国语》弭谤专利合，无一语及于煽处权党。至于幽王，《大雅·瞻卬》《召旻》，即极言哲妇倾城，亦无一言及于皇父七人之权党，其不合七也。据此七事，皇父明是贤臣。而自汉以来，皆视为奸佞之首，徒以此与"艳妻"同举故耳。其实此章不过胪举朝臣，末言"艳妻"，自是贬词。皇父以下七人，但举其官爵名字，未尝少有褒贬。诗人不言在位之尹氏、石父，而言居向之皇父，则番、家伯等以类相从，是皆贤臣，民所属望，王所屏弃者可知。若曰虽此老臣、贤臣之多，其如褒姒"煽方处"何也？《君子偕老》前五句与后二句相反，文义与此同。但诸臣退居私邑，保有室家，坐视王室之毁，无箕子、比干之节，不能免诗人怨刺耳。此事端赖《常武》之诗可以表正，并藉《节南山》以下诸篇互相发明。自《鲁诗》误以七人为"女谒权党",汉儒靡然从之,《汉书·人物表》至列入下下,沉冤经史中数千年矣,不可不力辨之。

又案:番为司徒,《郑世家》:"宣王二十二年,郑桓公始封于郑。三十三岁,百姓爱之,幽王以为司徒。"是封后三十三年为司徒,当幽王八年,此诗作于六年,故司徒仍是番。《郑笺》据司徒为郑桓公,谓番为厉王司徒,误矣。《汉书·人物表》引番作皮、中允作中术、聚作椒、楀作萯,皆下下。

"艳妻煽方处"解

《诗·小雅·十月之交》篇:"艳妻煽方处。"《毛传》曰:"艳妻,褒姒。美色曰艳。"按此说受之子夏,故毅然断之如此。曰"妻"者,此诗作于幽王六年,梁虞劙、隋张胄元、唐傅仁均、一行、元郭守敬并推定幽王六年十月建酉辛卯朔日入食限。未废申后以前,褒姒尚在御妻之列。且《正月》篇曰:"褒姒灭之。"揆之煽处,正复同时,则"艳妻"之为褒姒,明矣。郑氏《笺》用《鲁诗》及纬书说,谓《十月之交》四诗为刺厉王。又谓毛公作《训诂传》,移其篇第,遂解"艳妻"为艳姓之妻,内宠炽盛,故与《毛传》说歧也。当考厉王时,惟闻弭谤专利而已,使有艳姓之妻炽盛如此,《诗·大雅·板荡》以及《国语》周秦诸子史中,何无一语及之者?且厉王在位,有十月辛卯朔日食,缘何自古术家无一人言及也?其不得属之厉王,益明。窃谓郑氏笺诗,多申毛义,而此独用纬书,与毛立异者,盖后汉世祖尊用图谶,朝廷引以定礼说经,明帝用礼谶初祀五方帝,光武帝配,郑君知礼尊王,故解经多从纬说,尊时制也。后人用是毁郑,未免诵《诗》而不论其世也。至"煽"字,《说文》所无,作偏,在人部,今从火作煽者,俗字也。诗人若曰："褒姒煽惑处内,贤臣虽多,不居其职,将奈之何哉?"按此篇宜参用上《"皇父卿士"考》。

"曰予不戕"解

《诗·小雅·十月之交》篇"曰予不戕",《郑笺》以"彻我墙屋,田卒汙莱,曰予不戕,礼则然矣"为皇父毁彻民之墙屋,不得趋农,邑人怨辞。愚窃以为非也。篇中称予、称我,皆督御自称,非百姓也。经文"戕"字,《释文》曰:"戕王作臧。"孙毓《评》以为郑改字,陆说是也。盖此经本为"臧"字,王肃本如旧,郑本亦是"臧"字,特破为"戕"字,训为残,非经本"戕"字,后之宗郑者踵改经文,并删去笺中"读为戕"一句,孙氏犹及见之也。如经中本是"戕"字,字不习见,《毛传》亦不容无以训之。孙毓《评》多从郑说,不致反护子雍。其实此处,正当以子雍"臧"字义长,不烦破字。不得因王肃攻郑,其言无千虑之一得也。凡此数诗,中言"于何不臧""庶曰式臧""谋臧不从""不臧覆用""谋之其臧""谋之不臧",皆与此"曰予不戕"词气相同,诗人盖谓己独居勤王,墙屋皆彻,田亦不治,友朋谓予自谋不善,不知事王之礼当然也,如此解则与上下经文俱顺,若如郑说,迂曲甚矣。

"悠悠我里"解

《小雅·十月》篇"悠悠我里,亦孔之痗",《毛传》:"悠悠,忧也。里,居也。痗,病也。"《郑笺》云:"里,居也。悠悠乎我居今之世,亦甚困病。"陆氏《释文》云:"里,如字。本或作瘤,后人改也。瘖，莫背反，又音侮，本或作悔。"近戴氏东原谓此诗"里"，即《尔雅·释诂》"悝，忧也"之"悝"，说《诗》者不取《尔雅》也，其意盖欲取《尔雅》以难毛、郑。臧氏庸《拜经日记》复据《释文》或本以驳戴氏，谓《毛传》本作"里，病也"，《郑笺》："里，居也。"毛、郑之旨，各有攸当，且《尔雅·释诂》本有"瘅，病也"，毛氏正用《尔雅》，作里者假借字耳，俗本《毛传》误同《郑笺》作"居也"。今按臧氏之说非也。今本《毛传》作"里，居也"，其为后人所改无疑，何也？盖毛既训里为居，郑既从毛，必不别出"居也"二字。观《笺》所释，知其为易毛也，故孔氏《正义》谓"郑异于毛也"。而臧氏乃以里为"瘅"之假借而训为病，"里"既训病，下文"瘖"字又训病，不辞甚矣，其说可不辨而知其非也。戴氏谓此诗"里"字，即《尔雅》"悝，忧也"，固深得经旨，然谓说《诗》者不取《尔雅》，则犹不知俗本《毛传》"居"字，古本正作"忧"字也，《大雅·云汉》"云如何里"，毛无传，《郑笺》云："里，忧也。"《释文》云："里，如字，忧也。本亦作瘅。"《尔雅》作悝，并同。王曰"瘅，病也"，毛意盖以《云汉》"里"字已释于此诗矣，故不再训之曰"里，忧也"，郑氏亦以此诗毛训"忧也"，故于《云汉》即本此以训之，是郑所见毛本固未尝误"忧"为"居"也。顾郑于此诗必易毛"忧也"之训为"居"者，盖因下文"我独居忧"之文而因以为居今之世也。后人因郑训里为居，而不知毛借里为悝之意，遂妄改《传》文以就《笺》，不独不知毛意，并亦不知郑氏易毛之意矣。统观全《诗》，凡郑氏之从毛者，不复别出一解，郑氏之易毛者，必不仍袭旧说。戴氏只据俗本传文，而不能统观全《诗》之例以订正之，反谓以毛氏之说，不通《尔雅》，是不以俗本为误，而以毛公为误也，可哉？又《尔雅·释训》："儵儵嘒嘒，罹祸毒也。"樊光本作"攸攸",引《诗》:"攸攸我里。"樊氏所引盖《鲁诗》也,《毛传》训悠为忧,则与《尔雅》"罹祸毒"义亦相近。

《雨无正》篇名释

《毛诗》篇名,举首句者居多,或取全句,或撮其一二字,此常例也。然亦有不举首句而以意命名者,如《巧言》《巷伯》《常武》《酌》《赉》《般》及此《雨无正》是也。但《巧言》诸篇,或取篇中之语,或取全篇之意,犹有可解。若"雨无正"三字,则解无可解者也。《小序》云:"雨无正,刺幽王也。雨自上下者也,众多如雨,而非所以为政也。"《笺》则以为刺厉王,言王之所下教令甚多而无正也,其意皆不甚清了。但谓政令之多而曰"雨无正",以比兴之体为篇名,无是理矣。欧阳永叔谓篇名往往无义例,当缺阙其所疑,宜哉。而刘元城乃以《韩诗》有《雨无极》篇,篇首多"雨无其极,伤我稼穑"八字,当《毛诗》之《雨无正》,不知毛与韩师承既异,义例亦殊。《毛诗》篇首既无"雨其极"之句,又安得援此以释彼?然则"雨无正"之名,果何取乎?王氏质云:"雨当作两,谓厉王流彘之时,在镐者无君,在彘者有君与无君同,两地皆无正可宗,曰'两无正'也。"今按此说近是,可破千古之惑。考《史记·周本纪》:"厉王三十七年,王出奔彘。周公、召公二相行政,号曰共和。"据此,王既出奔,固不成其为君,二相共和,亦不得为君矣,王氏之说,最合时事。惟云"无正可宗",以正之本义读之,似不若《序》说破正为政之长。盖正、政古通用,《周礼·凌人》注云"故书正为政"是也。为其无君,是以无政。《诗》二章:"周宗既灭,靡所戾止。正大夫离居,莫知我勚。"周都镐京,出居于彘,正大夫皆从王以去,离镐京而居戬，无复有劳勖于政者，是周之无政也。"三事大夫，莫肯夙夜。邦君诸侯，莫肯朝夕"，言从王居戬者，亦莫肯夙夜朝夕以勤于政，是戬之无政也。三章："如何昊天，辟言不信。凡百君子，各敬尔身。胡不相畏，不畏于天。"昊天与天，皆喻君也。此"凡百君子"，谓群臣在戬者，不能辅君以行政也。四章："戎成不退，饥成不遂。凡百君子，莫肯用讯。"此"凡百君子"，谓群臣之在周者，不复问及国政也。本谓"雨无君"，而为尊者讳，名之曰"雨无正"，正见诗人用心之厚，而其篇名之取义，有可即诗词而得者，故知今《诗》"雨无正"为"雨无政"也。

"沦胥以铺"解

《诗·小雅·雨无正》篇："若此无罪，沦胥以铺。"《毛传》："沦，率也。"《郑笺》："胥，相也；铺，徧也。"《尔雅》曰："沦，率也。"《传》本于此。《汉书·叙传》曰："乌呼史迁，薰胥以刑。"晋灼曰："沦，齐、鲁、韩《诗》作薰。薰，率也。从人得罪相坐之刑也。"窃谓《毛诗》之沦，本字本义也；三家之薰，同韵假借也。《尔雅》"小波为沦"，郭注言"蕴沦"，《释文》引《韩诗》曰"顺流而风曰沦"，《尔雅》"胥，皆也"，《吕氏春秋》曰"傅说殷之胥靡"，《史记》亦曰"傅说胥靡"，是"沦胥"犹"胥沦"，"胥沦"犹"胥靡"，皆随累得罪之名也。《史记》曰"从风而靡"，又曰"靡然乡风"，即《韩诗》"顺流而风"之意。故《大雅·抑》篇曰："如彼流泉，无沦胥以亡。"《小旻》卒章曰："国虽靡止，民虽靡膴。"即继之曰："如彼泉流，无沦胥以败。"《小雅》两"沦胥"，与《抑》之"沦胥"义同，彼时以为恒语。至于"流泉"一语，正从"沦"字生义，沦与靡意亦相近，若徒训为率，则其义未尽矣。《释文》引王肃注："铺，病也。"是王肃读铺为痡，王义似较毛、郑为长，盖与败、亡字一例也。

蕉阴补读庐文稿卷三

太平林丙恭爵铭

释"蜾蠃"

《诗·小雅·小宛》篇:"螟蛉有子,蜾蠃负之。"《毛传》:"蜾蠃,蒲卢也。"《郑笺》:"蒲卢取桑虫之子,负持而去,煦妪养之,以成其子。喻有万民不能治,则能治者将得之。"按《尔雅·释虫》:"果蠃,蒲卢。"郭注:"即细腰虫也,俗呼为蠮螉。"《礼记·中庸》篇"蒲卢",郑注:"蒲卢,蜾蠃,谓土蜂也。"《说文·虫部》螺篆文作蠮,说解云:"蠮蠃,蒲卢,细腰土蜂也。天地之性,细腰纯雄无子,从虫,羸声。"重文作蜾。据此诸说,则"细腰土蜂"即蜾蠃,亦即蒲卢也,独沈存中《笔谈》以为"蒲卢"即"蒲苇",误矣。间尝考其致误之由,盖以《中庸》之卢为从艸之芦,故训为苇,而析蒲卢为二物也。不知蒲卢、蜾蠃皆叠韵字,古人名物往往取叠韵字以名之,如茹蘆之为茅蒐,藕车之为苄舆是也,皆二字连文为一物,不得析二字为二物也。蒲卢、蜾蠃,当亦类是。知蒲卢二字连文为一物,则知沈括以蒲苇为蒲卢,析为二物之误矣。《说文》:"蒲,水草也""苇,大葭也",则蒲与苇非一物也,明甚。朱子《中庸章句》,顾取沈说而不从郑义者,良以蜾蠃虫属,与上文"敏树"之意不合耳。"杨升庵曰:"古人名物,多取其形色之似。匏之细腰曰蒲卢,故蜂之细腰者亦名蒲卢。"则蒲卢亦植物名也,然蒲卢即壶卢,亦作葫卢。《豳风》毛传云"壶,匏也"可证。若蜂之细腰者,本名蜾蠃,因之匏之细腰者亦名果蠃,《诗·豳风》:"果蠃之实,亦施于宅。"《毛传》:"果蠃,栝楼也。"《尔雅·释草》亦云:"果蠃之实栝楼。"李巡注:"栝楼子名也。"孙炎曰:"齐人谓之天瓜。"栝楼二字《说文》作"苦蒌",艸部苦下云:"苦蒌,果蠃也。"段大令注云:"苦果、蒌蠃皆双声。"藤生蔓于木,故《尔雅》字从木,艸属也,故《说文》字从艸是也。则果蠃、栝楼,以双声字为训,本一物。犹蒲卢、果蠃,以叠韵字为训,亦一物也。但蒲卢、果蠃,匏名亦蜂名,窃谓匏名宜作果蠃,蜂名宜作蜾蠃。《尔雅》《说文》以蒲卢释蜾蠃,固知其为蜂。《毛传》以蒲卢释蜾蠃,以栝楼释果蠃,分别甚严者,盖以果蠃之为蒲卢,世所共知,而其实即栝楼也,故释以栝楼而不复言蒲卢也。郑君只知蜂名蒲卢,其注《礼记》,引《诗·小宛》为证,不知匏名蒲卢,亦名果蠃,自与上文"敏树"意合,宜朱子《中庸章句》不取郑注而取沈说也。但沈氏复以卢为芦,非其误又有甚者?兹释细腰土蜂之为蜾蠃,亦即蒲卢,并为声明匏亦有果蠃、蒲卢之称也,考古者幸弗混而一之也可。

"民虽靡膴"解

《诗·小雅·小旻》篇:"民虽靡膴。"郑康成《笺》云:"靡,无;膴,法也。"上文"国虽靡止",《毛传》云:"靡止,言小也。"《郑笺》训止为礼。今按《史记·殷本纪》:"说为胥靡。"靡,随也,古者相随坐轻刑之名。《诗·周颂》:"无封靡于尔邦。"《传》云:"靡,累也。"下文曰"无沦胥以败",言无相随累牵率同致于败。即此靡字义也。此诗盖言国与民虽靡靡然相随累，尚有敬用五事者。如《传》《笺》说，皆义曲意违，与下文不相属矣。又按：膴，大也。《巧言》"乱如此憮"，词气同此。《尔雅》云："憮，大也。"膴、憮音皆同也。膴，《韩诗》作腜，声尤与止、否、谋相近，至"艾"字，始转其声，与败字相韵。

"骄人好好"解

《毛诗·小雅》："骄人好好。"《尔雅·释训》云："旭旭，蹻蹻，憍也。"《疏》云："郭读旭旭为好好。"今按旭，从九声，古音九、丂、好、畜，皆同部相假借。《淮南·说林》篇："白壁有考。"《氾论》篇："夏后氏之璜不能无考。"考即朽也。《说文·玉部》玉下解云："朽玉也。从王有点，读若畜牧之畜。"盖朽即玉，谓玉之衅也。朽、考俱从丂得声，丂古巧字，而与"从王有点，读若畜"之字同义，则旭、好之得通假，从可知矣。又按《吕览·适威①》篇："民善之，则畜也。"注："畜，好也。"《礼记·祭统》云："孝者，畜也。"《孟子·梁惠王》篇："畜君者，好君也。"设好不得与畜通，孟子何以释畜为好乎？历观诸说，皆旭、好同部通假之证。

"亹亹文王"解

《诗·大雅·文王》篇："亹亹文王。"亹与门古音同部也，今读若尾者，汉以后之变音也。《凫鹥》篇："凫鹥在亹。"《笺》

---

① 威，原作"成"，据《吕氏春秋·适威》改。

云:"亹之言门也。"《后汉书·马援传》注:"亹者,水流夹山间两岸,深若门也。"按《说文》无亹字,釁下云:"从艸、釁。"釁、门同部字,因釁而隶变为亹也。《尔雅》釁冬注:"门冬,一名满冬。"盖亹、满音亦相近也。《周礼·太卜》注:"璺,玉之坼也。"《方言》亦云:"器破而未离谓之璺。"《释文》注:"亹本作璺。"是璺、亹同音义也。知亹为门音,则此经"亹亹",当读若每每,《说文》勉"从免得声",勉转音为每,每与门亦一音之转,再转为敏,《汉书》以"闵勉"为"敏勉"。为黾,双其声则为黾勉,收其声则为蠠没。《尔雅》:"蠠没①,勉也。"又为"密勿",《谷风》"黾勉同心",《文选》注引《韩诗》作"密勿同心",没乃门之入声,密乃敏之入声。亹又通孟,《尔雅》:"孟,勉也。"《尚书·洛诰》曰:"汝乃是不蘉。"蘉字讹俗,无以下笔。近钱辛楣以为瘝字,形近之讹是也,夢与孟亦同也。《尔雅》虋为赤苗,《诗》作穈。孟、门亦一音之转。孟训为亹,免亦可训为勉,则《诗》所谓"亹亹文王"者,即勉勉文王之义也。又按《新台》篇:"河水浼浼。"浼浼亦即勉勉之义,谓水之进无已也。孟又可转为懋、为劢、为勖,《尚书》"懋哉懋哉",即勉哉勉哉。劢与迈同音,又懋之转也。勖者,《说文》门字之后,次以冃,次以冒,此皆一声之转。《尚书》"勖哉夫子"之勖,其音当读与目同,今人读若旭者,亦汉以后音之变也。苟从俗读若尾,而不明古人音近义同之例,则经训愈晦矣。

"俔天之妹"解

《诗·大明》:"俔天之妹。"《毛传》云:"俔,磬也。"《郑笺》云:"俔,如也。"今按《毛传》训俔为磬,正与《韩诗》同。盖当时《韩诗》作"磬天之妹",毛所传本作"俔",故以磬训之。俔、磬一声之转,为同部双声字,故得通假。而俔字之义则见于《说文》俔字第二训,一曰"闻见",此训正与《韩诗》作"磬"合,故毛直训曰"俔,磬也"。《说文》磬下云:"乐石也,象悬虡之形,殳击之。"籀文省为殸,窃谓磬字古只作殸,从石者后人所加。殸之为字,声象形,殳指事,故《说文》聲字从殸得音,殸有耳闻之义,闻属于耳,故聲字从殸从耳,引伸之凡鼻之所得,目之所得,皆可借声闻以概之。如馨字亦从殸,汉《衡方碑》借声为馨。磬为"悬虡之形",凡物之虚悬者,皆得云磬,物虚悬,未有不空,故磬又训空,从缶为罄,器中空也。《说文》:"窒,空也。从空、㞢声。"引《诗》"瓶之罄矣"为证。然则凡物悬空之义,皆从殸字之义出矣,《左传》曰"室如悬磬",《国语》作罄。正此义也。耳闻者亦属虚悬,故亦言磬。诗人言"俔天之妹"者,盖称后妃为天妹以神之,文王有闻见其为天妹者,故定祥亲迎也。若郑君以如训之,即《说文》"俔,譬喻也"之第一训,此自是汉以来相沿之别解,与此经"俔"字,于义无涉。郑君用之以求立异于毛,然不如毛义之有实证,故说《诗》者必以《毛传》为宗。

《尔雅·释虫》:"蜆,缢女。""缢女"所以名蜆者,蜆与殸声相转相假。"缢女"悬于树,所以名蜆,蜆声如殸也。又《诗·杕杜》"睘睘"假为"茕茕",是古寒、桓、删、山本与庚、清、青韵通也。

310

"先生如達"解

《诗·大雅·生民》篇:"诞弥厥月,先生如達。"《毛传》云:"達,生也。姜嫄之子先生者也。"《郑笺》云:"達,如字,羊子也,言如羊子之生。"今按毛公训達为生,则是生如生,义不可通矣。窃谓经文達当作㚲,《说文·羊部》:"㚲,小羊也。从羊,大声,读若達同。或省作㸚",辵部"達,行不相遇①也。从辵,㚲声",引《诗》曰"挑兮達兮",是许读達为"他达切",非如今之读達为"徒葛切"也。盖挑、達双声,乃连语形容之辞,即今滑達字。毛见经文作㚲,故为释经不破字之例曰"㚲,達也"。先生者,姜嫄之子先生者也,凡生子始生较难,后稷为姜嫄始生子,乃如達出之易,故曰"先生如㚲"。先释㚲字,后释先生者,欲文义显著,文法与《白华》篇《传》先释熿、后释桑薪正同。郑君以㚲字本字训之,谓"如羊子之生",媟矣,尊祖之诗似不应若是。且畜类之生无不易者,何独于羊?寻绎《笺》文,不云達读为㚲,则知《毛诗》本作㚲,毛以達训㚲,谓㚲为達之假借也,凡《故训传》之通例如此。浅人从毛说改经文,复从经文改《毛传》,幸有郑氏之《笺》,虽不能申明毛义,而毛公之故本犹得资以考证也。

又:《仪礼·士昏礼》"下達",郑注云:"達,通達也。"《广雅·释诂》:"達,通也。"《说文》達字虽不训通,但训曰"行不相遇也。遇,逜也",逜字云:"相遇惊也,从辵、屰,屰亦声。"则本与从屰之逆字通,顺逆之逆本作屰,今经传多假作逆,则所谓

---

① 遇,原作"过",据《说文》改。

"行不相遇"者，盖谓"行不相迕"也，迕、遇一音之转，故得通假，则達字之训，亦有通意。观通下注云"達也"可见。達又与圣通，《左传·昭七年》："孟僖子曰：'吾闻将有達者曰孔某，圣人之后也。'臧孙纥有言曰：'圣人有明德者，若不当世，其后必有達人'，今在孔子乎？"此时孔子年三十五岁，世未称圣，但称達。《说文》："圣，通也。"《白虎通》："圣者，通也、道也。"是圣之训通同也。達可训通，通又训達，则圣与達义相近也。《礼记·乡饮酒义》："产万物者，圣也。"郑注："圣之为言生也"。是圣又得训生。故此《诗》達字，《毛传》训生也，是達与圣亦同训。盖毛公用转注，谓有生圣之美，义无不通。郑氏笺《诗》，恐后人以"先生为生"不成辞，故又从達字本义释之曰"小羊"，盖小羊生而能行，亦有性成之义，与圣字互相辅。《笺》正所以申明《传》义也，后人不達此恉，以为《笺》训"小羊"，其意未圆，妄加"如小羊之生"五字，致与《传》义隔，若冰炭矣。承学之士，必深明乎古人通假之意，庶可以得《传》《笺》之义也夫。

"国步斯频"解

《大雅》："国步斯频。"《毛传》云："频，急也。"《郑笺》申之云："频，犹比也。哀哉国家之政，行此祸害，比比然。"盖训"国"为国家之政，训"步"为行，训"频"为比比然也。然云"行此祸害"，正申《传》所训"急"字意，郑固未尝与毛异也。《说文·目部》："瞋，恨张目也。从目，宾声。"引《诗》曰"国步斯瞋"，许意盖国家所行之政若此，斯民皆恨而张目也，其不从毛义，明矣。然自叙云其称毛氏，而此乃作瞋不作频者，许所据盖三家《诗》，所谓博采通人者也。又按《通俗文》云："戚頞曰

曋。"曋者，顰之假借也，顰从频得声。《孟子》："己频蹙。"正作
顰，则顰亦通作频，频亦通作曋也。

"皋皋訿訿"解

《诗·大雅·召旻》："皋皋訿訿。"《毛传》："皋皋，顽不知
道也；訿訿，窳不供事也。"按：《尔雅·释训》："皋皋琄琄，刺素
食也。"舍人曰："皋皋，不治之貌。"某氏曰："无德而空食禄
也。"《释训》又云："翕翕訿訿，莫供职也。"李巡曰："君暗蔽，臣
子莫亲其职。"郭璞曰："贤者陵替，奸党炽盛，背公恤私，旷职
事也。"据此，则"不供事"即"莫供职也"，故孔氏《正义》止援
《尔雅》注"无德不治而空食禄"之文，以证"顽不知道"之义，而
于訿訿之训，不引李、郭云云也。第《尔雅》言"莫供职"，而毛
云"窳不供职"，多一窳字，故又引《说文》云："窳，懒也。草木
皆自竖立，惟瓜瓠之属，卧而不起，似若懒人常卧室，故字从
穴，音眠。"《释文》引《说文》亦同。今按经文訿字通作呰，其义
为窳。《说文·此部》呰下云"窳也"，《汉书·地理志》："果蓏
蠃蛤，食物常足，故呰窳媮生而亡积聚。"应劭云："呰，弱也。
言风俗朝夕取给媮生而已，无久长之虑也。"如淳曰："呰，或作
鮆，音紫。窳，音庾。"晋灼曰："呰，病也；窳，惰也。"师古曰：
"诸家之说皆非也。呰，短也。窳，弱也。言短力弱材，不能勤
作，故朝夕取给而无储时也。"又通作呰。《史记·货殖传》：
"果隋蠃蛤，不待贾而足。地势饶食，无饥馑之患，以故呰窳
偷。"徐广曰："呰，音紫。呰窳，苟且堕懒之谓也。"裴骃引应

劭[1]曰:"呰,弱也。"晋灼曰:"窳,病也。"《索隐》曰:"窳,音庾。"呰、呰皆训为弱、为病,窳字皆训为惰、为病、为弱,是訾、窳同义也。又《尔雅·释诂》:"窳,劳也。"郭璞注:"劳苦者多惰窳。"释玄[2]应《一切经音义》,历引《尔雅》,复证以杨承庆《字统》说云:"懒人不能自起,如瓜瓠在地不能自立,故字从瓜。又懒人恒在室中,故从穴,言窳有懒义。"似与孔氏《正义》、陆氏《释文》所引《说文》"窳,懒也"之文合,乃今本《说文·穴部》窳下云:"汙窬也。从穴,㼌声。"并无懒训。段氏注《说文》,谓《史记》"舜陶河滨,器不苦窳",裴骃训窳为病,器窳者,低陷之谓[3]。

"閟宫有侐"解

《诗·鲁颂》:"閟宫有侐。"《毛传》云:"閟,闭也。先妣姜嫄之庙在周,常闭而无事。"又引孟仲子曰:"是禖宫也。侐,清静也。"郑氏《笺》云:"閟,神也,姜嫄神所依,故庙曰神宫。"其说与《传》异。孔颖达作《正义》,其疏《传》则据《祭法》"王立七庙,皆月祭之,二祧享尝乃止"之文。谓:"其言不及先妣,先妣立庙非常而祭之又疏,月朔四时,祭所不及,比于七庙,是闭而无事也。"又引《春官·大司乐》云:"舞《大濩》以享先妣,《传》亦以此司乐之文,知姜嫄之庙在周耳。孟仲子曰:'是谓禖宫。'盖以姜嫄祈郊禖而生后稷,故名姜嫄之庙为禖宫。"其疏

---

① 劭,原作"邵",据文义改。

② 玄,原本作"元",避清圣祖玄烨讳,今据改。

③ 谓,据《说文》"窳"字段注补。此下文意未完,当有脱漏。

《笺》云："发首言閟宫，于末言新庙，则所新之庙，新此閟宫，首尾相承，于理为顺。奚斯作之，自然在鲁，不宜独在周也。"又引《释诂》"毖、神；溢，慎也"之文，谓："閟与毖，字异音同，故閟为神也。凡庙皆曰神宫，以姜嫄之事说之于下，故先言神宫以显之。"今按《说文》閟下云："闭门也。"引《春秋传》"閟门而与之言"，与《毛传》训閟为闭同，然不引《诗·閟宫》而引《春秋传》"閟门"为证，知许以同音字为训，闭为閟之本义，与《诗·閟宫》之閟无涉也。毛以本字读之而训为闭，谓"常閟门而无事"，盖即"敬鬼神而远之"之意，正与下"侐"字训"清净"之义合，疏引《祭法》以释之，未免穿凿。其谓"庙在周者"，末章"新庙奕奕"，《传》云："新庙，闵公庙也。"新庙为闵公庙，自是在鲁，则此姜嫄庙自是在周。考《左传》及《国语》，并无言姜嫄庙者，毛故以为在周也。郑氏康成笺《诗》，往往与毛立异，而训閟为神，盖以閟为秘之假借也。《说文》示部云："秘，神也。"可引为证。孔疏不达古义，而读閟为毖，以为字异音同，而不知《说文》"毖，慎也"，并未尝训为神，而《释诂》"毖神溢"三字俱训为慎，亦未尝训毖为神也。且《郑笺》读閟为秘，训为神，亦以为姜嫄庙，并不言在周在鲁。疏乃据末章"新庙"笺训姜嫄庙，与《毛传》异，而遂以閟宫为在鲁，其牵合附会甚矣。至侐训清净，《说文·人部》："侐，静也。"引《诗》此文为证。按净、静古今字，《说文·水部》："净，鲁城门池也。"《青部》"静，审也。"《传》云："清净者，即清静也。"然则毛以閟字本义释之，训为闭。郑假閟为秘而释为神，盖即常闭无事之所引申也。《说文》示下云："示神事也。"是其义矣。《郑志·六艺论》云："注《诗》宗毛，毛义若隐略，则更表明。"观于此益信。

"祈珥"解

《周礼·肆师职》云："及其祈珥。"注云："祈，故书作几。"《小子职》："掌珥于社稷，祈于五祀。"注云："祈，或谓刉。"《士师职》："凡刉珥。"注云："珥读为衈。"按故书作几，几盖衁之假字也。《说文·血部》云："衁，以血有所刉涂①祭也。"据此，则经文祈字是假字，惟其本字作衁，故又假几为之，如《犬人职》云"凡几珥沈辜"，是也。郑注于《士师职》云："刉衈，衅礼之事，用牲，毛者曰刉，羽者曰衈。"则又以《士师》之刉，即《犬人》之几，《肆师》之祈，以珥即衈也。珥字从血作衈，则几之必从血作衁明矣。盖祈从斤声，衁从几声，几与斤本同纽双声，故圻坼字或作畿是也。斤、几与乞又一声之转，故或从斤、几声，或从乞声作刉也，若珥②之假作衈，则皆从耳声，同声字本得通假也。

禘、祫考

《说文·示部》："禘，谛祭也。从示，帝声。《周礼》：'五岁一禘'。"段《注》云："《言部》：'谛，审也。'谛祭者，祭之审谛者也。"何言乎审谛？盖审谛昭穆也。禘有三，有时禘，殷禘，大禘。时禘者，《王制》"春曰礿，夏曰禘，秋曰尝，冬曰烝"是也，夏商之礼也。殷禘者，周春祠、夏禴、秋尝、冬烝，以禘为殷祭，

---

① 涂，原本作"除"，据文义改。
② 珥，原卷作"衈"，据文义改。

殷者,盛也,禘与祫皆合群庙之主祭于大祖庙也。大禘者,《大传》《小记》皆曰:"王者禘其祖之所自出,以其祖配之。"谓王者之先祖,皆感大微五帝之精以生,皆用正岁之正月郊祭之,《孝经》"郊祀后稷以配天"是也。《毛诗》言禘者二,曰:"雝,禘大祖也。"大祖谓文王,此言殷祭。曰:"长发,大禘也。"此言商郊祭,感生帝以元王配也。大禘者,盖谓其事大于宗庙之禘,《春秋经》言诸侯之礼,僖八年"禘于太庙",太庙谓周公庙,鲁之太祖也。天下宗庙之禘亦以尊太祖,此正礼也。其他《经》言"吉禘于庄公",《传》言"禘于武公""禘于襄公""禘于僖公",皆僭用禘名,非成王赐鲁重祭,周公得用禘礼之意也。禘必群庙之主皆合食,恐有如夏父弗忌之逆祀乱昭穆者,则顺祀之也。天子诸侯兄弟或相为后,诸父诸子或相为后,祖行孙行或相为后,必后之者与所后者为昭穆。所后者昭,则后之者穆,所后者穆,则后之者昭,而不与族人同昭穆,以重器授受为昭穆,不以世系蝉联为昭穆也,故曰:"宗庙之礼,所以序昭穆也。"宗庙之礼谓禘祭也。禘之说大乱于唐之陆淳、赵匡,后儒袭之,不可以不正。《五经异义》:"今《春秋公羊》说:'五年而再殷祭。'古《春秋左氏》说:'古者日祭于祖、考,月祭于高、曾,时享及二祧,岁祫及坛墠,终禘及郊宗石室。'谨案:二岁一祫,此周礼也。五岁一禘,疑先王之礼也。"郑君驳之云:"三年一祫,五年一禘,百王通义,以为《礼谶》云:'殷之五年殷祭,亦名禘也。'"段按此与《公羊》"五年而再殷祭"说合。今陈寿祺云:"《初学记》《艺文类聚》引《异义》文有脱讹,作'三岁一祫,五岁一禘,此周礼也。三岁一禘,疑先王之礼也。'今脱四字,讹一字。"陈说是也。

和、鸾考

郑康成注《戴记》云:"鸾,和铃也。"又云:"鸾在衡,和在轼。"此据《大戴》而云然,谓鸾在衡之端,和在轼之前也。《韩诗外传》云:"升车则马动,马动则鸾鸣,鸾鸣则和应。"盖鸾近马首,乘则马动而鸾鸣,和乃应之。鸾字本作銮,銮者谓椭圆之瘠形,《尔雅》曰"峦,山隋",《诗》曰"棘人栾栾兮""婉兮娈兮",皆谓瘦削之形。"执其鸾刀",亦象其形。或以为象鸾鸟鸣声者,此又从其声而生义,以名鸟也。和字乃桓字同音假借字,车前轼两柱如桓楹和门然,若以为音声之和,则误矣。至其为制,据阮氏元《铜和考》言:"古铜器中有下半长方形,而空其下口以待冒者,其旁有孔,上半椭圆空如两轮形,中含铜丸,望之,离娄然;摇之,其丸鸣于两轮中,其声鸧鸧然。其下口方空者,盖冒车前轼两柱之端,故有旁孔以待横贯,使不致脱。"《考古图》载《李氏录》云"是汉武时舞人所执之铙",遂谓之汉武铙,误矣。铙者似铃而无舌,《周礼》所谓"以金铙止鼓",《乐书》所云"小者似铃,执而鸣之以止鼓,大者悬而击之,象钟形薄,旁有二十四铣",非此之谓,此乃古之和鸾也。《左传》"锡鸾和铃",《经解》云"升车则有和鸾之音",皆此物也。

"与可者"旧谊申

《礼记·内则》:"择于诸母与可者。"郑注:"诸母,众妾也。可者,傅御之属也。"近儒王氏引之《经义述闻》谓"郑读可为阿",引《后汉书》注"阿,倚也"及《列女传》"礼为孺①子室于宫,择诸母及阿者"以为证。又引《说文》:"娿,女师也,读若阿。"《史记·范雎传》"不离阿保之手",《仓公传》"故济北王阿母",服虔注:"乳母也。"《列女传》:"下堂必从傅母、保阿。"其申郑君之义,可谓详且尽矣。今按经文"可"字固非本字,王氏博引"阿"字以为证,一似此"可"字为"阿"字之假借者。其实"阿"非本字也,《说文·女部》之"娿"乃其本字,盖以教加于女,会意,而亦从加声,加与可古音同在歌麻部,故得读若阿,而此经假作可也。若《史记》《后汉书》《列女传》等书,则又假阿为可矣,此为扬子《方言》"雁自关而东,谓之駒𪃍",《上林赋》《子虚赋》皆作"鴐鵝"之意。

《春秋》十二公夫人薨考

《春秋》十二公书夫人某氏薨者凡十,其嫡母之见于《经》者:桓夫人文姜、庄二十一年薨。庄夫人哀姜、僖元年薨。僖夫人声姜、《公羊》作圣姜,文十六年薨。宣夫人穆姜、《公羊》作缪姜,襄九年薨。成夫人齐姜襄二年薨。凡五,皆书夫人、书薨、书葬,葬书小君,礼也。其妾母之见于《经》者:僖母成风、庄公之媵,文四年薨。宣母敬嬴、《公》《穀》作顷熊,文公之媵,宣八年薨。襄母定姒、《公羊》作定弋,成公之媵,襄公四年薨。昭母齐归襄公之媵,胡女,昭公十一年薨。何氏《公羊注》以为襄公嫡夫人,非也。凡四,亦书夫人、书薨、书葬,葬书小君,无异辞者。以君之妾母,生以夫人奉之,死以夫人赴告于诸侯,以及祔姑反哭诸礼,无一不同于嫡夫

---

① 孺,原卷作"儒",据《列女传》改。

人，史亦不得不以夫人书之，此据事直书也。惟隐二年书"夫人子氏薨"，下不书"葬"，解者不一。《左氏》以为"桓母"，《公羊》以为"隐母"，《穀梁》以为"隐妻"，然揆以《春秋》之例，所书夫人某氏薨，无论嫡妾，皆君之母，无一为君之妻者，则"隐妻"之说非矣。而元年书"天王使宰咺来归惠公仲子之赗"，《左氏》《公羊》皆以仲子为桓母，《公羊》则云"不及事"，谓仲子死于前年。《左氏》则云"豫凶事"，谓仲子即子氏，死于二年。毛大可《传》云："天王虽不道，定无以诸侯夫人未死而先遣吊者。"则《公羊》之说较长。仲子既薨于《春秋》之前，则此子氏者，即隐母声子也，其薨下不书葬，或曰："隐为桓立，不敢从正君之礼，遂不敢备礼于其母，故《左氏》于五年君氏卒，释为声子，明其母之不称夫人，正所以明其让桓也。"不知君氏之君，《公》《穀》作尹，释为王朝大夫，并非隐公之母，且终《春秋》无有书其母为君氏者，则此子氏之为隐母益明。况母以子贵，庄之夫人曰哀姜，薨于僖公元年，其媵成风遂正位为夫人。《经》故于文四年书"夫人成氏薨"，成之夫人曰齐姜，薨于襄二年，其媵定姒遂正位为夫人，《经》文于襄四年书"夫人姒氏薨"，以彼证此，安在隐公之母不得称夫人乎？观于不书葬，亦安知非隐之让而不敢备礼于其母乎？子氏之为隐母，固无可疑。此外桓母仲子，此据《左氏》《公羊》，若《穀梁》则以为惠公之母，其说非也。文公夫人出姜，则虽见于经，而皆不书卒、葬，以仲子卒于前，出姜归于齐故也。闵母叔姜，则见于《传》，不见于《经》，则以立止二年，即被篡弑，其母可略而不书。他若昭公夫人孟子，又变薨书卒、不书葬、不书夫人，则以娶同姓故也，又或以幼而未娶，故不书夫人。至定公夫人、隐公夫人，皆不见《经》《传》，则又以子未为君故也，鲁十二公夫人之可考者如此。

"买朱鉏"古音征

《左氏》襄三十一年《经》书："莒人弑其君密州。"《公》《穀》经传同。《左氏传》则作："弑其君买朱鉏。"杜《注》："买朱鉏，密州之字。"今按杜《注》非也，《广韵》："买，莫蟹切""密，美毕切。"买与密二字本同母，古无四声，买即密之上声也。则密之作买，如《左氏》隐元年《经》"及邾仪父盟于蔑"，《公羊》作"盟于昧"，昧即蔑之去声。文元年《左氏经》"公及齐侯盟于落姑"，《穀梁》作"盟于路姑"，路即落之去声也。文十二年《左氏经》"秦伯使术来聘"，《公羊》作"使遂来聘"，遂即术之去声。昭元年左氏《经》"吴子夷末卒"，《公羊》作"夷昧卒"，昧即末之去声。哀公四年左氏《经》"亳社灾"，《公羊》作"蒲社灾"，蒲即亳之平声，皆其证也。至州作朱鉏者，州在尤侯部，朱在虞模部，古虞模、尤侯并通。如《左氏》隐四年"州吁"，《穀梁》作"祝吁"，宣十五年《左氏经》"仲孙蔑会齐高固于无娄"，《公羊》作"会齐高固于牟娄"，《方言》一"憮、牟，爱也，韩、郑曰憮，宋鲁之间曰牟"，此亦古虞模、尤侯通用之一证。然则以州为朱足矣，必累言朱鉏者，何也？盖古者列国方言，语各不同，如《春秋》之邾，《孟子》改曰邹是也；隐元年在《左氏经》作邾仪父，《公羊》作邾娄仪父，盖其语声有在后者故也，是合"邾娄"二字为邾也。又"十一年，公会郑伯于时来"，《传》："公会郑伯于郲。"亦合"时来"二字为郲也。据此，则朱鉏亦合二字以为音者，明矣。此还可征之三《传》而得其古音者也，杜氏不达，而以买朱鉏为密州之字，谬矣。

"左轮朱殷"解

　　《左传》成二年："左轮朱殷。"杜《注》云："血色久则殷。殷音近埋，今人以赤黑色为殷。"按《说文·殳部》曰："作乐之盛称殷。"引伸之为凡盛之称，如《尚书·洛诰》"肇称殷礼"，《吕刑》"三后成功惟殷于民"之殷，其义皆为盛也。并未有以色言者，而此经云"朱殷"，其为血色无疑。然则当从何读？考《字林》有黫字，训为黑色。杜《注》"殷音近埋"，埋字当是黫字之讹。后人因黫字不经见，妄以埋字易之，而假殷为黫之古义遂晦矣。犹幸有从亜之埋字，使后世得寻绎其义也。但吕忱作《字林》，多本《说文》，而今本《说文》无黫字，当以何字读之？羊部羪下云："一曰黑羊也。"黑羊为羪，引伸为黑之称，犹群训辈，引伸为凡类聚之称；羸训瘦，引伸为凡瘦之称也。《字林》易羪为黫，而训为黑色，而羪之本义废。《左传》假黫为殷，而黫之本字亦晦。杜《注》读殷为黫，而古字古义犹可考见，乃又改黫为埋，而羪、黫之本字本义与古人假借之法几不可复知矣。又按《字林》训黫为黑色，杜训殷为赤黑色，似属不合。假令"殷，赤黑色"，则经单言殷足矣，何必连举朱殷乎？参考上下文义，赤字当作亦，又与以字上下互误，殊致刺谬。杜《注》原文当云："今人亦以黑色为殷。"则其义既不与经文相刺，又不与古训相暌，且上文"血色久"三字，亦有深意。盖血色本赤，《经》故先言朱，久则黑，故《经》继朱言殷也。浅人不察，妄改注中之字而又互易之，杜氏之含冤，不知何日伸矣。

蕉阴补读庐文稿卷四

太平林丙恭爵铭

南容、南宫适是否为一人考

《论语》有南容、南宫适,本两人也,司马迁作《弟子列传》,误合为一,以问禹、稷、羿、奡之人,即三复白圭之人,而后郑康成注《檀弓》,沿其误,以为南宫绍,孟僖子之子南宫阅也,字子容。而朱子注《论语》,遂云:"居南宫,名绍,又名适,字子容,谥敬叔,孟懿子之弟也。"于是容、适遂合于一,牢不可破矣。蒙窃谓南宫本名绍,《檀弓》记南宫绍之妻,"夫子诲之髽",《家语》称其"以智自持,世清不废,世浊不污",即其人也。南宫适本称仲孙说,当时孟氏一乳得两男,侂以为瑞,欲同之周士南宫适之例,故易其名。《左传》昭公七年"孟僖子将卒,属说与何忌于夫子,使事之而学礼焉",即其人也。容、适本两人,无可疑。今以南容为南宫适,其可疑者有八焉。按《春秋公羊》孔子以襄公二十二年生,孔子生后,孟皮早卒。<small>孟皮卒年,于古无考,按《檀弓》云:"孔子少孤,不知其墓,殡于五父之衢。"若孟皮尚在,断无不知其墓之理。</small>孔子兄女,亦必与之相先后。若南宫敬叔生于昭公十一年,距孔子生已二十年,至其可昏之年,孔子兄女已将四十矣,必无相配之理,其可疑一也。南宫适之名,据《檀弓》,一名绍,据《左传》,一名说,《史记》又作南宫括,《索隐》又云仲孙阅。虽阅说、适括一字，一人又不得有三名，其可疑者二也。孔子弟子复姓者，有端木，有颛孙，其见于《论语》者，有公冶长，有漆雕开，有公西华，有巫马旗，有司马牛。或言名，或言字，必两字连言，从无单举一字者。后世或有之，当时断无其例。《论语》两言妻兄女事，俱是南容，而南宫适仅一见，明是容自容、适自适，不得混合为一，其可疑者三也。南宫著姓，见于《周书》文王时者有南宫括，成王时有南宫毛。见于《逸周书》武王时者有南宫忽、南宫百达，《左传》敬王时有南宫极、南宫嚚。按文王时之南宫括，即八士之伯括也。武王时之南宫忽、南宫百达，即八士之伯达、仲忽也。八士之先，必有先为南宫执事之官，故以为氏。《顾命》："太保命仲桓、南宫毛，俾爰齐侯吕伋，以二干戈、虎贲百人，逆子钊于南门之外。"可知南宫氏本世为虎贲之官，以卫王宫。敬王时之南宫极、南宫嚚皆毛后也，亦皆八士后也。按春秋时，宋尚有其官，以官为氏，故有南宫长万、南宫牛之名。卫有北宫括、北宫锜，亦皆执事北宫，以官为氏者。古者赐氏出于天子，其官有功，则即以官氏之。若云居南宫而以居为氏，则自命士以上，父子异官，由命士以上，氏不胜氏，何以自周以来，亦不出寥寥十数人。周之八士，见于《周书》者三人，皆氏南宫，岂八士皆居南宫者乎？其可疑者四也。《檀弓》记南宫敬叔反必载宝而行，孔子谓"官欲速贫"，而《家语》称南宫绍，谓其"世清不废，世浊不污，独居思仁，公言思义"。《论语》记孔子谓南容"邦有道不废，邦无道免于刑戮"，皆与载宝之事相反。虽《家语》称南宫敬叔适周，闻夫子三缄金人之口，与三复白圭相类，然孔子称南容而妻之者，亦必深信于平日，而不在于适周一事者可知，其可疑者五也。南宫绍若即敬叔，其妻之姑则即孟僖子妻也，《周礼》职官凡有爵之官以国之官①礼渒其禁令，序其事。鲁秉周礼，而孟为公族，当有一定之礼，孔子虽居客位，自不得越次而与之言，其可疑者六也。孔子在鲁，族姓甚微，孟氏未有请婚之言，孔子意虽在适，未可遽以兄之孤女缔婚大族，其可疑者七也。古者名之与字，义相比附，故闻名即知其字，闻字即知其名。容之名韬者，韬亦容受之称。《广雅》："韬、容，宽也。"《玉篇》："韬，藏也，宽也。剑衣谓之韬，弓衣亦谓之韬。"《论语》释文王注作韬，云本又作绹。皆取容义，若以适字絜之，《说文》云："适，疾也。读与括同。"《易》"括囊"注："结也。"卫北宫括，字子结。皆与容义反，其可疑者八也。蒙谨案：南容本单姓南，《檀弓》作南宫绹者后人所加字也。《家语》则又涉《檀弓》而误也，《史记》谓南宫适字子容，则容之字混于适。《世本》谓"仲孙玃生南宫绹"，则容之名又混于适。自郑康成以来，诸儒俱未按其时世，未明南宫之义，故皆以误传误。今以容时世求之，盖本不与孟氏同族，鲁有南遗、南蒯，其族人也。南遗前臣季氏，激成孙叔之祸，而蒯后又欲废季氏不能，卒以费叛。南容先见其有宗祸，从学圣门，洁身避难，不与其事，故孔子以"免于刑戮"称之。大约容之为人，善自韬藏，含默以容，处昭、定之世，无事可以自见，在圣人门中，又不乐以言语称，故自《春秋传》《论语》并佚其名。然观其命名与字，即可以知其自取之义。南宫适"羿、奡、禹、稷"之言，意在推尊孔子，不免刺讥时世，尤非三复白圭之人所欲言者，观于此而南容、南宫适本两人无可疑矣。近儒毛氏奇龄、朱氏彝尊、江永诸家，既以南容、南宫适为一，沿前人之误，而又别南宫敬叔、南宫适为二，窃谓其说亦非也。夫敬叔与其

---

① 两官字，《周礼·春官宗伯》均作"丧"。

兄懿子,俱以父命从学夫子,未有不在弟子之列。而懿子以伐郓之役,欲夺昭公,自黜于圣门。而敬叔载宝一事,见于《檀弓》,而《史记》《家语》纪其适周问礼之言,《左传》哀三年纪其救犬一事,皆有可观者。《论语》记冉求聚敛、宰我短丧之言,皆不见黜于夫子,况《檀弓》之言,未可深信,而夫子遽以一事黜之耶?岂以僖子之贤,从学之切,夫子独无以嘉贶之耶?必无是理矣。蒙独惜南容为圣门贤婿,徒以姓氏为南宫所混,二千年来不得从祀庙庑,为可憾也,后之议祀典者,亦当有鉴于斯言。

"季氏旅于泰山"解

《论语·八佾》篇:"季氏旅于泰山。"何晏《集解》引马曰:"旅,祭名也。《礼》:'诸侯祭封内山川。'今陪臣祭泰山,非礼也。"朱子《集注》云:"泰山,山名,在鲁地。《礼》:'诸侯祭封内山川。'季氏祭之,僭也。"谨案:朱《注》实从马说,所异者,易"非礼"二字为"僭"字。"僭"与"非礼",固同是一义,但细玩此章文义,当不如是解。夫人臣之为非礼,如歌《雍》、舞佾等事,方可言之。盖歌《雍》、舞佾,有妄自尊大之心,故可谓之僭,亦可谓非礼。若旅泰山,不过求神邀福,何尊大之有?窃谓此言季氏旅泰山,即前篇所言"非其鬼而祭之"之谓。盖人各有分位不同,祭亦随人而异,如天子祭天地,诸侯祭山川,大夫祭五祀,庶人祭先祖,非其鬼则分不相摄,气不相通,而特地来祭,故圣人谓之以谄。季氏之旅,亦是祭非其鬼,故有"曾谓泰山不如林放"云云,言泰山非季氏当祭之鬼。在季氏虽欲邀福泰山,敬备牲牢,特地来祭,而泰山必不受其谄也。圣人之意,专重在泰山不受人谄上。或曰非鬼而祭，总由有愧影衾，祷祀以邀福荫耳。季氏攘公自私，罪恶贯盈，非不自知，故有是事。如隐七年"郑伯请祀周公"，僖三十一年"卫侯欲祀相"，皆愿祭非鬼之证。若责其非礼与僭，圣人当明斥之如舞佾则曰"可忍"、歌《雍》则曰"奚取"也。而后人牵于马注，谓朱子宋之大儒，亦从之，遂为敷衍其说，谬矣。至"旅"字，或以谓当从示作祣。按《说文》有旅无祣，《论语》本文当作旅为是，已辨见翟灏《四书考异》。阮元《论语》校勘记："惠氏定宇引班固述赞曰：'大夫胪岱，侯伯僭畤。'郑氏曰：'胪岱，季氏旅于太山是也。'谓胪、旅为声近义合，《士冠礼》注曰：'古文旅作胪。'小颜曰：'旅，陈也，胪亦陈也。'皆其证也。"或曰："祭山曰旅。《书》曰'蔡蒙旅平'，又曰'九山刊旅'是也。"然《周礼》："国有大故，则旅上帝。"郑注云："旅，陈也，陈其祭事以祈焉。"是旅祭亦非但祭山而已。

管氏"三归"解

《鲁论·八佾》篇："管氏有三归。"朱子《集注》云："三归，台名，事见《说苑》。"按《说苑·善说》篇"管仲故筑三归之台，以自伤于民。"据刘氏说，则管仲乃是欲掩君过，而故筑台以伤民，正如后汉吴祐所谓"掾以亲故，受侮辱之名，观过可以知仁"者。管氏虽出一时之侈，圣人当必曲谅其心，何至反执此以定不俭之案乎？则其说究非允当，而《五经异义》又云："天子有三台：灵台、囿台、时台。诸侯无灵台，惟有时台、囿台而已。管仲作台，僭也。"按许氏以管仲作台为僭，无论与下文不知礼有碍，即经文亦应云"管氏有三台"，不应云"有三归"，说更支离不可从。然则三归当作何解而始得?《国策·东周》篇云:"齐桓公宫中女市女闾七百,国人非之,管仲故为三归之家以掩桓公。"鲍彪注:"妇人谓嫁曰归,夫家曰家,盖三娶女也。"颜师古《汉书·地理志》注亦云:"三归,三姓之女。"按妇人谓嫁曰归,语本《穀梁》隐二年传文。穀梁子亲受业于卜子,故能与经义暗合。《国策》一书,实系周末人作,故亦能知圣人之意,非若汉儒著述,已经秦火之后,但意为揣度者也。管氏以大夫之家,而所以治内者,有三姓之女,所以治外者,事皆具官,其奢侈为何如?故云"焉得俭",依此立说,揆之上下文,自觉贯串,不然,则本文"归"字,几何不成赘语乎?

"老彭"考

姚姬传著《老子章义》,其自序有云:"老子,即孔子所窃比之老彭。"愚窃以为非也。按何氏《论语集解①》引包注:"老彭,殷贤大夫。"其说最确。邢《疏》不能引证,而广援众说,谓即庄子所称之彭祖,引李氏及《世本》崔氏说为据,亦谬。又引王弼说以为老是老聃,彭是彭祖,则复以老彭为二人,其谬尤甚。又曰:"一云:'即老子也。'"此即姬传氏之说之由来也。按《史记·老子列传》云:"老子,楚苦县厉乡曲仁里人,姓李名耳,谥曰聃。"则老子即老聃,与老彭固无涉也。夫老子固孔子所问礼者,《礼记·曾子问》篇言"吾闻诸老聃"者四,与孔子同时无疑。若彭祖则非同时人也,孔子不应先言老后言彭,其非二人明矣。至以为一人,如李氏、崔氏说,皆云:"尧臣,年七百

---

① 解,原卷无,据文义补。

岁。"《世本》则云:"在商为守藏史,在周为柱下史,年八百岁。"即谓为一人者,亦显相龃龉。然则老彭果何许人乎?考《吕氏春秋》云:"老彭,陆终氏之三子,至殷末年,七百余岁而不衰,以养神治生为事。及为大夫,称疾不与政事。好观览古籍,以政教大夫,以官教士,以技教庶人,抑则扬,扬则抑,缀以德行,不任以言。"及《大戴礼·虞德》篇云"昔商老彭及仲傀,政之教大夫,官之教士,技之教庶人,抑则扬,扬则抑,缀以德行,不任以言"云云,则老彭固殷时人,正信而好古者也,故夫子称之。盖吕氏生于周末,其作《春秋》,所见之书,皆未经秦火者也,先秦古书,最足依据。至戴德之《大戴礼》,即宣帝时后苍所撰之《曲台记》也,去古未远,故其言老彭者,与吕氏同,包咸注以为殷大夫,为得其实。后人但以其称老而以老聃当之,以其称彭,复以彭祖当之,甚至分为二人,皆失实也。又尝考老彭之年而知之,《通鉴外纪》云:"颛顼生卷章,卷章生黎及回,代为祝融于高辛之世。回生陆终,陆终生老彭。"是老彭即颛顼之玄孙也,尧为颛顼之孙,则老彭当生在虞夏时,历夏四百四十一年,又历商至盘庚迁殷,计三百四十六年,故吕氏以为至殷末年七百有余岁也。以其生虞夏时,故《大戴礼》先叙老彭而后仲傀,仲傀即仲虺也。包咸注《论语》,浑称之曰"殷大夫",胜于诸家多矣。朱子《集注》宗其说,而云见《大戴礼》,其亦有以识此也夫。若老聃,司马迁谓其"无为自化,清净自正",不以老彭为老子明甚。姚氏固清乾隆时所称著述家,乃亦有此失。甚矣,考古之难也。

"仍旧贯"仍读为仁解

《论语·先进》篇："仍旧贯，如之何?"《释文》引郑注云："鲁《论》读仍为仁，今从古。"蒙案：仁、仍通转，犹迺乃、溱潧声转也，古读仍，鲁读仁，并无音义之别。《尔雅·释诂》"仍，谓厚也。"厚自有仁义。《易》曰："坤厚载物。"谓坤有仁厚之德而能载物也。惇者，《说文》作"忳，谓厚也。《书》云'惇德'。"《史记·五帝纪》作"厚德"，又"亶者，藏之厚也"，《尔雅》云："信也，诚也。"诚、信、惇与仁义亦相近。又仁字，《说文》云："亲也。"而亲亦有厚义，《仪礼》郑注所谓"相人偶"之意。古语相人偶者，谐合耦俱，彼此亲厚之辞也，是知仍可训厚，仁亦可训厚，即《论语》读"仍旧贯"可，读"仁旧贯"亦无不可，但苦无确证。及读郝户部《尔雅义疏》，谓"仍，《说文》通作訠，又作扔，《释文》仍本或作扔。又转为仁，仁亦厚也，《论语》'仍旧贯'，《释文》引郑注云：'鲁读仁旧贯，今从古。'此可为一确证也。"窃谓"仁旧贯"者，谓厚旧事也。鲁昭公二十五年，"公居长府，伐季氏"，盖长府乃鲁君别院，稍有蓄积捍卫可备骚惊之所。季氏恶公恃此伐己，故于已事后，率鲁人卑其闳闳，俾后之君，不复有所恃，其居心固不可问矣。闵子骞无谏诤之责，故为婉言以讽之曰："厚其旧事可也，何必更改作乎?"在闵子亦有圣人强公抑私之心也。

"端章甫，愿为小相"解

《论语·先进》篇："端章甫，愿为小相焉。"小相者，两君会同之摈相也，故其服为端章甫，郑注："宗庙之事，谓祭祀也。诸侯时见曰会，众頫曰同。"按郑君云云，例以会同为诸侯会同于天子，则其相惟天子有之，其服端章甫非宜也，朱子《集注》从之。蒙窃以为有不合者四焉。古者诸侯冕服以祭，卿大夫助祭皆冕，士亦爵弁，戴东原曾辨之。未有端章甫者。章甫即周之委貌，弁而非冠，郑君以貌为玄冠非也，戴君东原辨之详矣。大夫以上之朝服也，士朝服玄冠。公西华言愿为小相，特是谦辞，其实是为上相，上相赞君之祭。上相赞君之祭，岂得不服冕而服章甫乎？其不合一也。诸侯祭礼，凡在庙者，无非相礼之人，未为专设一官，而谓之相，亦未有上相、小相之别，《周礼》《左传》所称相者，皆会同之相，非祭祀之相也，郑康成以宗庙之事为祭祀，何解于"小相"之称乎？其不合二也。下文云"宗庙会同，非诸侯而何"，会同是诸侯之事，公西华欲为诸侯之相也。若谓诸侯会同于天子，则相礼者为天子之臣，《周官·大宗伯职》："朝觐会同，则为上相。"郑注云："相，诏王礼。"然相王亦即相侯氏。《仪礼·觐礼》云："侯氏坐取圭，升致命。王受之玉，侯氏降阶，东北面再拜稽首。摈者延之曰升，升成拜。"此摈者即大宗伯也。篇末言会同之礼，有云："公侯伯子男，皆就其旅而立，四传摈。"此摈亦天子之摈也。《周官·司仪》言会同之礼，有云："诏王仪，南乡见诸侯，土揖庶姓，时揖异姓，天揖同姓。及其摈之，各以其礼，公于上等，侯于中等，子男于下等，此所以四传摈也。"可知相诸侯者，即天子之相也，未闻有诸侯之相也。诸侯虽各有介，然不过奉其君之旅，置于宫而已。见《觐礼》篇末。宫，谓神坛壝宫。其在四时常朝，公介九人，侯伯七人，子男五人，见《周官·大行人职》。亦不过立于门外，传命而已，非赞礼之相也。郑注《司仪》云："入赞礼曰相也。"盖天子与诸侯，尊卑不同，故惟天子有相，而诸侯不敢有相也。公西华既愿为小相，岂但为随行之介哉？或谓公西华欲自为诸侯以相天子之会同，无论古无诸侯诏相天子之礼，公西氏亦必不如此僭妄也。近时文家有谓公西华自为诸侯相天子之宗庙者，艾南英极称其确，阎百诗辨之当矣。宗庙亦言祭祀则非。果然，夫子当不特哂之，且必斥责之矣，何反许之乎？其不合三也。且诸侯会同于天子，即使有相，亦必冕服。《觐礼》云："侯氏裨冕，公衮、侯鷩、子男毳，谓之裨冕。天子衮冕。"《周书·王会解》云："天子南面立偋，偋与冕同。无繁露。"又云："相者太史鱼、大行人皆偋有繁露。"然则诸侯之介，亦必冕服可知。《周官·司服》云："孤之服，自希冕而下，如子男之服。卿大夫之服，自玄冕而下，如孤之服。"郑注云："自公之衮冕及卿大夫之玄冕，皆其朝聘天子及助祭之服。"夫卿大夫聘于天子，用冕服，则其从君而朝天子，亦必冕服更可知矣。有孤之国，若以孤为上介，服希冕。无孤之国，卿为上介，服玄冕。本《王制》疏。岂有服章甫而相王朝之会同乎？其不合四也。近时文家有谓会同于宗庙中者，宗庙之事，不作祭祀解，其见自卓，但仍以为时见殷同之礼，则当行于国外，并不在宗庙中。阎百诗曾驳之，以为时文讲典制，何啻捕风说梦。其说固是，然不知《集注》之非，则亦未为得也。按会同之礼，必非诸侯会同于天子也。《左》襄四年传云"《文王》，两君相见之乐也。"杜以诸侯会同解两君相见。《疏》云："朝而设享，是亦二君聚会，故以会同言之。"《尔雅·释诂》云："会，合也。"又云："会，对也。"《说文》云："同，合会也。""合，合口也。"是会、同二字，本义原止二人相合。《易》有同人之卦，以己与人合而言，《系辞传》云"二人同心"，其证也。"同"止二人，"会"亦可知矣。《禹贡》曰："潍沮会同。"孔

《传》云："濰沮二水，会同雷夏之泽。"二水可言会同，岂二君不可言会同乎？《曲礼》云："诸侯相见于郤地曰会。"《春秋》所书公会某君于某如隐二年"公会戎于潜""六年，公会齐侯于艾"是也，皆两君相见也。相见于郤地，可谓之会。则相见于宗庙中，亦可谓之会矣，此会同之小者也。至于十余君聚会，不于庙而于坛，则会同之大者也。《左》定四年《经》云："公会刘子、晋侯、宋公、蔡侯、卫侯、陈子、郑伯、许男、曹伯、莒子、邾子、胡子、滕子、薛伯、杞伯、小邾子、齐国夏于召陵。五月，公及诸侯盟于皋鼬。"《传》云："卫子行敬子言于灵公曰：'会同难，啧有烦言，莫之治也，其使祝佗从'。"此十余君聚会称会同之证也。可知春秋时所称会同，皆诸侯自相会同，非会同于天子也。十余国聚会所谓"啧有烦言"者，必贵有言语之才以为相。若两君相见，则长于礼乐者可为相也。公西华志于礼乐，则其所谓会同者，必指两君言之。夫子尝称"赤也束带立于朝，可使与宾客言"，正谓此也。两君相见，自在宗庙之中，宗庙之事不一，而会同其一也，故曰"宗庙之事如会同"，如字乃指点词，非更端词。为诸侯之事，故曰："宗庙之事如会同"，非诸侯而何？其相礼者必是卿。《聘仪》云"卿为上摈，大夫为承摈，士为招摈"，《周官·司仪》云："及庙，唯上相入。"春秋时凡相礼皆卿，如襄公如晋，孟献子相，郑伯如晋子西相是也。孔子非正卿，而夹谷之会以孔子相，盖谓其长于礼，故使摄之。《史记》所谓摄行相事是也，犹古制也。郑注《司服》云："诸侯自相聘，皆皮弁服。"盖据《聘礼》知之。贾疏云："《聘礼》主君待聘者皮弁，明诸侯亦皮弁可知。"两君相见，皆服皮弁，其摈介降一等，宜朝服，卿大夫委貌，士玄冠，上相赞君，其首服亦为弁制，正自相宜也。诸侯会同于天子，皆冕服，而自相会同，必降而服皮弁，则其臣固亦必降，乃臣从君于王朝,得与君同服皮弁者,以冕服有差等卿大夫玄冕与君裨冕不同,而皮弁服无别,故降一等而服朝服也。然上相与君同戴弁,则亦相近矣。卿出聘,服皮弁,而相君以朝于邻国,则服朝服,以聘使得专为宾礼,宜优崇。其下有介,服宜差别。故聘使皮弁服,介则朝服。若相君以行,君皮弁服,相则朝服,其礼一也。客君之相如此,则主君之相亦必如此。所谓"端章甫"者,其为两君摈相之服,明矣。会同,主两君说,上下文无不合。先儒由未明会同之义、摈相之服,致小相之事一往舛错,皆不可通也。

"作者七人"考

《论语·宪问》篇:"作者七人矣。"解者不一,均无确见。《集解》引包咸注云:"七人即长沮、桀溺、荷蓧、晨门、荷蒉、封人、楚狂。"今解家皆从其说。窃谓长沮、桀溺,夫子既以鸟兽目之,其他如荷蒉、晨门、荷蓧、封人、楚狂,虽可与言,然皆果于忘世,终觉非我族类,即起而隐去,亦与国无关,夫子断不形诸口也。王弼谓"即伯夷、叔齐、虞仲、朱张、夷逸、柳下惠、少连",然窃按《逸民传》序云:"绝尘不及,同夫作者。"既云"同夫作者",则作者非伯夷诸人明矣。郑康成云七人与上四句合,以为避世者夷、齐、虞仲;避地者沮、溺、荷蓧;避色者柳下惠、少连;避言者荷蒉、楚狂,七当为十字之误,故旧本连上统作一章。夫谓与上下合为一章,说固有理,但夷、齐诸人,与沮、溺等生不同时,人不同类,夫子何至引为并论?张子谓作者为圣,七人即伏羲、神农、黄帝、尧、舜、禹、汤也。《正蒙》亦云:"此七人制兴王之道,非有述于人者也。"夫谓作者为圣,不宜纪在"避世"章下，"晨门"章上。赵邠卿注《孟子》"古之贤王章"云："作者七人，隐各有方。"明谓作者是隐士，何得以伏羲等七人当之？曰："诸说既不可从，然则七人亦有可考否？"曰："有。即《微子》篇所纪太师挚、亚饭干、三饭缭、四饭缺、鼓方叔、播鼗武及阳、襄八人是也，七字当是八字之误。《论语》出孔氏壁中，皆蝌蚪文，蝌蚪文七与八相似，是必误八为七也。夫此八人，皆为鲁之乐师。日者三桓僭矣，八佾则舞于季氏矣，《雍》诗则歌于三家矣，故自太师以下，皆散之四方，踰河蹈海以去，赵注所云'隐各有方者'，此也。郑康成谓'旧本连上为一章'，然章首有'子曰'字，《四书辨疑》言'子曰'二字是衍文，真有卓识。阳、襄入于海，则避世者也；鼓方叔入河、播鼗武入汉，避地者也；干适楚、缭适蔡、缺适秦，避言者也；至太师挚不忍雅乐下移于私室，先弃其职而去，则真避色者也。八人皆鲁人，其与夫子同时同事，见其作而隐去，鲁自此不振，故不能已于言也。但未言其人，恐无所据，故记者特书于《微子》篇末，使后人得可考而知也。"

"五亩之宅"考

《孟子》"五亩之宅"，赵岐注云："古者受宅，二亩半在田，二亩半在邑。"阎氏若璩引《炳烛斋随笔》驳之，谬矣，毛氏奇龄又极力诋其说，皆好奇之过也。请列四证以明之。许叔重《说文解字·广部》"廛"篆下云："二亩半也，一家之居。""庐"篆下云："秋冬去，春夏来。"按许氏庐义与廛义互相足，在野曰庐，在邑曰廛，皆二亩半也，与邠卿注"庐井、邑居皆二亩半以为宅"适合，其证一也。何休《公羊传》注云："一夫一妇，受田百亩,公田十亩,庐舍二亩半。谓此八夫者,既受田百亩矣,又析公田之百亩而各受十亩,以其余二十亩,又八分之,各得二亩半,以为庐舍。"此即所谓"二亩半在田"也,其证二也。至在邑之二亩半,或者以国城当之,则大谬。《管子·内政》篇云:"四民弗使离处,处工就官府,处商就市井,处农就田野。"韦昭注云:"国都城郭之域,惟士、工、商而已,农不与焉。"则二亩半在田,只在井邑,与国邑无涉。盖古者量地制邑,其在国邑外,如公邑、家邑,丘邑、都邑,凡所属井地,皆得言邑,可以置宅。然诸井邑中,亦惟无城者可以处农民,若有城郭如费邑、郕邑,则农不得入。管子与韦氏之言,实有可据,其证三也。阎氏以今数目计之,谓"民有地二十步,便可造屋三四间,足以成家矣,则古者一亩百步之地,当必容四五家,二亩半之地,当必容十余家也。"岂知古者步百为亩,古之百亩,为今四十一亩一百六十步,则古之五亩,仅当二亩零二十步耳。阎氏似晓此。又案步有二义,一举足曰步。《司马法》以六尺为步,阎氏有地二十步,乃一举足之步,非古《司马法》。田用《司马法》,建步立亩当亦如之。毛氏《四书賸言补》谓:"赵氏庐井、邑居各二亩半,则已五亩。"又云:"冬入保城二亩半,则更何解?岂知庐井即在田者,邑居即在邑者。"乃又曰:"冬入保城二亩半,非邑里之外又有城居,五亩之外又有二亩半乎?盖城居即邑居也。《汉书·食货志》:'春令民毕出在野,冬则毕入于邑。'此赵氏所本也。"其证四也。有此四证,则赵氏之说自无可议矣。

"季孙曰:'异哉子叔疑!'"解

《孟子·公孙丑章下》:"季孙曰:'异哉子叔疑!'"赵岐注

谓："季孙、子叔二人，皆孟子弟子。"其诂以"季孙曰：'异哉'"为句，言季孙知孟子不欲富，而私心欲孟子就之，故曰："异哉！弟子之所闻也，子叔亦以为可就而心疑之。"孙疏亦无异说，是以子叔为弟子姓名，疑字别训为疑惑之疑矣。今按《姓谱》，鲁子叔弓之后，或谓子叔氏，后汉有破虏将军叔寿，即其裔也。殆亦如晋有子人氏、秦有子车氏、卫有公孙氏、楚有孙叔氏之类，是子叔乃复姓，疑其名也。赵注割截读句，破碎经文，于义未安。观《孟子》赵氏题辞"知命之际，婴戚于天"云云，似注《孟子》在孙嵩避难时作，意其藏身复壁，故疏于搜讨，以致此失。宋徽宗政和五年，封季孙丰城伯、子叔承阳伯，从祀孟庙。吴莱《孟子弟子考》叙称十九人，而季孙、子叔与焉，皆沿赵注而误者也。自朱子《集注》出，始定季孙为一人、子叔疑为一人，并训曰："不知何时人。"盖从阙疑之例，而亦若无证据。惟周氏广业作《孟子出处时地考》，《公》《穀》昭二十九年有叔倪，《左传》作叔诣，倪，必兮切，颇与疑声相近，意即其人。盖鲁子叔，敬子之孙，尝欲纳公，故季孙意如曰："叔倪无疾而死，此皆无公也，是命也，非我罪也。"据此正与下文为卿暗合，则叔疑之为叔倪明矣。如谓疑与倪形声迥异，古无通假，则柏翳亦不得为伯益，咎繇亦不得为皋陶，受亦不得为纣，有是理乎？故解经者不可不通经，若徒泥于注疏焉，无当也。

"二女果"解

自来解经，不可不通假借。《说文解字》，假借书也，如《孟子·尽心下》"二女果"，《说文》引《孟子》作"二女媒"，其说云："媒，姅也。一曰：女侍曰媒。读若骊。"是明以果为媒之假借也。赵注云:"果,侍也,以尧二女自侍。"与《说文》义同。《正义》谓:"注释果为侍,是惑于许说而误。盖木实曰果,果者取其实而言也。"似以"果"字属下句,谓实若固自有之。按之语意,殊觉不合,并不达假借之义矣。朱子《集注》云:"果,《说文》作婐,乌果反,女侍也。"是盖合许说、赵注以为义者也。近儒臧氏琳据许氏《说文》,谓《孟子》本作婐,今作果者,是婐之假借,因辟《正义》而申赵说,殊未有见。盖赵注所言"以尧二女自侍"者,即《书》所谓"帝厘降二女也"。《三国志·魏文帝纪》注云:"舜承尧禅,被袗裘,妻二女,若固有之。"此明用《孟子》之文。"袗衣"当是"袗裘","二女果"当是妻尧二女自侍也,细玩《孟子》,文义亦合。所谓舜以耕夫,一旦膺天子之知,赏赐如此,若固有之,不自知其荣显也。至梁氏玉绳《瞥记》,谓《周礼·大宗伯》曰"摄而戴果",《小宗伯》曰"以待果将",注"果"皆读为"裸",古者祼祀,王后并献,疑此"果"字是瓒祼之义。窃谓梁说究非确诂,故其以"疑"字冠句首,亦见其义难自通也。若《说文》云云,证以《广韵》,其声训亦同。《广韵》九麻:"婐,女侍也,古华切。"是同《说文》"一曰:'女侍曰婐,读若骒'"矣。或谓《说文》"婐,乌果切",《广韵》"古华切",安得谓为声同?岂知乌果、古华二切,同在段氏古韵十七部,义得通假,亦何不可言声同?可知借果为婐者,犹鞁首[1]为舜女弟名,因得借为颗也,蒙故曰:"解经者不可不通假借也。"

---

[1]　首,原作"果",据文义改。

蕉阴补读庐文稿卷五

太平林丙恭爵铭

释禾

许叔重《说文解字·部首》："禾，嘉穀也。以二月始生，八月而孰，得之中和。禾，木也。木王而生，金王而死。从木，从𣎳省。𣎳象其穗。"谨案：禾头左𣎳，𣎳茎右屈，禾盖不从𣎳省，近儒谓本非从禾，象其穗，此后人所增，是也。但许君"禾，木也，故从木"，其义亦甚难解。说解谓："木王而生，金王而死。"盖指二月、八月。此虽"大暑而穜谓之黍"同意，然禾以"木王而生"，则禾可从木，岂禾以"金王而生"，则禾亦可从金乎？窃意此亦想当然之说，其本许君元文于否不可知，要不足以尽从木之义。皇颉造字之时，其取义亦未必如是也。考木部云："从屮，下象其根。"又屮部云："艸初生也，象丨出形有支茎也。"注家谓过乎屮则为屮，下𣎳根则为木。则木篆从屮象上出，𣎳象下垂。古本无其字之时，艸木元未甚区别，造字但见上出之形，则以屮象之；见下𣎳之形，则以𣎳象之，详略虽有不同，大旨未尝少异。观屮下说解，兼象艸木初生。又屯下说解："象艸木初生，屯然而难。"可为屮兼象艸木形之明证。而古时艸木未甚区别，亦晓然矣。许君游心古初，心知其意，见禾亦有上出下垂之形，故知其本亦从木也。且木可以从屮而象下丞之形，则禾亦自可从木而象其穗之形。盖象形与会意两兼之字，但比合其义，以见指挥。固不必如独体之象形，字皆如画，独体之会意，谊皆可见也。明乎此，庶不以从木之义为疑，而亦不必为"木王而生"之说所泥矣。

豐、豊二字辨

《说文》豐、豊二字注，皆被后人删改，其义久晦。《说文》曰："豐，豆之豐满者也，从豆象形。"此误矣，当云："豐，豆之豐满者也。从豆山，象形，丰声。"《说文》又曰："豊，行礼之器也。从豆象形。"此亦误也，当云："豊，行礼之器也。从豆凵，象形，丰声。"二徐尚不知丰之为声，宜更不知丰之为声，因而删改耳。郑君《大射仪》注云："豐字，从豆，山声。"此正郑君精于六书之验。郑注三《礼》，多用《说文》，此当许君旧说，郑引之也。何以明丰之为声也？"丰，古拜切"，古音与豊字同一部。古音平声脂、微、齐、皆、灰，上声旨、尾、荠、骇、贿，去声至、未、霁、祭、泰、夬、央、队、废，入声术、物、迄、月、末、没、曷、黠、镈、薛皆同为一部。《诗》三百篇，古韵朗然可按。丰字虽未见于《诗》，而害字从丰得声，如《泉水》三章，《二子乘舟》二章，《荡》八章，《閟宫》五章，其用韵之处，皆与上声礼、体、鳢最近，则豊字从丰得声也，明矣。不特此也，耒部次于丰部，许云"从木推丰"，窃谓此下亦当有"丰亦声"三字，徐氏不知而删之耳。耒与豊亦同部相近字，豊、豐从豆，丰、丰皆声。凵、山为象形，凵、山与丰、丰，原可以不相联属。故古文豊字无凵，明可省去。又《说文》豊字上六画皆当左低①右高,作彡形,今作彡平画者,亦②非也。

黼、黻辨

先儒之说黼黻,皆谓黼取斧形,黻取两己相戾。杜氏《左传》文九年注。有谓黻为作亞形者,钱献之以为"亞,古黻字,两己相背,取黻冕相继之义"。阮文达《钟鼎彝器款识》云:"黻与黼同为画绘之形,黼形象斧明矣。两己相背,己何物耶?盖亞乃两弓相背之形,言两己者讹也。"《汉书·韦贤传》师古注曰:"黻为亞文,亞,古弗字也。"师古此说,必有师传,经传中弼、佛、弗每相通假,音亦相近。《说文》弼解云:"辅也,重也。"辅者,以辅戾弓之不正者,即《考工记》"弓人之䌛",郑注所谓弓檠是也。重者,二弓也。《说文》弗字,收于𠂉部,解曰:"弗,挢也。从𠂉从⼂,从韦省。"窃谓弗字明是从弓之字,若从韦,则不知所省,无以下笔,必有后人删改之讹。弗字明是两弓相背,左右相戾之意,此会意之恉。凡钟鼎文作亞者,乃以辅戾二弓之象,正是古弼字,亦是弗字、黻字。若黻字乃绣𢎑于裳,故从黹义,又属后起,钱氏"黻冕相继",尚非初义也。

柴、祡二字解

《说文·示部》:"祡,烧柴尞祭天也,《虞书》'至于岱祡',从示,此声。"段注:"各本尞作燎,非也,此从《尔雅音义》。火

---

① 低,原作"佐",页眉有校语云:"佐乃低之讹。"今据改。

② 亦,原作"者",据文义改。

部曰：'尞，柴祭天也。'许谓祡尞祭天也。其为转注，固彰明较著也。柴与祡同此声，故烧柴祭曰祡，《尔雅·释天》：'祭天曰燔柴。'《礼记·祭法》：'燔柴于泰坛，祭天也。'《郊特牲》曰：'天子适四方柴。'先郑注：'所到必先燔柴，有事于上帝也。'"今按：诸柴字，皆宜依《说文》作祡，其作柴者因注文"柴尞"从木，遂并经文而改之从木，犹祭天之禷，因注文"以事类祭"四字，诸经典皆改作类是也。许自序称《书》孔氏，知古文《尚书》作祡，不从木作柴也。然《说文》又有褅字篆云："古文祡，从隋省。"段注："此盖壁中《尚书》作褅也。既称《古文尚书》作祡矣，又何以云壁中作褅也？凡汉人云《古文尚书》者，犹言古本《尚书》，以别于夏侯、欧阳《尚书》，非其字皆苍颉古文也。《仪礼》有古文今文，亦犹言古本今本，非一皆苍颉古文，一皆隶书也。如柴字壁中简作褅，孔安国以今文读之，知褅即小篆祡字，改从小篆作祡，是孔氏古文《尚书》出于壁中云尔，不必皆仍壁中字形也。缀褅于祡下者，犹《周礼》既从杜子春易字，乃缀之云'故书作某'是也。"今按：壁中作褅，孔安国以今文读之作祡，犹期字壁中古文作祺，孔安国以今文读之，易为期也，《说文》故间缀一二，以存壁中古文之概也。

汇水、洭水辨

汇水、洭水，诸书辗轇辕不清，近人所著各说，尤属纠纷。《说文·水部》："洭水出桂阳县卢聚南，出洭浦关为桂水、溱水，出桂阳临武入汇。"段氏玉裁注云："《前汉志》桂阳下：'洭水南至四会入郁。'洭作汇,讹字也。"又云:"《史记》'出桂阳,下①汇水',汇者洭之误。"又于"入汇"改作"入洭"。注云:"洭,各本作汇,今正。"桂氏馥《说文义证》亦引《水经》"汇水出桂阳县卢聚",而改"汇"作"洭"。云:"洭,俗本讹作汇。"又于"入汇"注云:"桂为洭之下流,即汇水。"谨案:诸书皆汇、洭并存,不应汇水皆为洭水之误,且《水经注》明云:"汇水出桂阳县西北上驿山卢溪,为卢溪水。东南迳流桂阳县故城,谓之汇水。"又云:"桂水者,汇之别名也。"是则桂水、汇水本是一水,而《山海经》又有湟水,出桂阳西北山,东南注肆,《汉书·卫青传》云:"出桂阳,下湟水。"今本《汉书·卫青传》无此语,此据《史记·南越尉佗传》索隐所引。《水经注》亦云:"洭水,《山海经》谓之湟水。"是则湟水、洭水,又皆是一水,其多得名者,不过随人所称耳。细分之,则出卢溪者为卢溪水,至桂阳故城为桂水,因音近转为汇水。至含洭县乃为洭水,湟水亦由洭水音近而变。一水而有数名,此如《禹贡》"嶓冢导漾,东流为汉,又东为沧浪之水"及"沇水东流为济,入于河,溢为荥"之例也。《水经》《说文》皆谓"出洭浦关为桂水",盖以洭水为主,因流而溯其源,故以"为桂水"三字统贯之,"为桂水"当自作句读,不与"出洭浦关"连,犹言一名桂水耳,非谓出洭浦关之后而始为桂水也。此如《山海经》:"肆水出临武②西南,而东南注海,入番禺西。"先言注海,后乃言"入番禺西",亦非先"注海"而后"入番禺西"也。《地理志》:"秦水至浈阳入汇。"又云"汇水南至四会入郁林",秦水即溱水,《志》及《说文》皆云溱水入汇,则又以汇为

---

① 下,原卷无,据《史记·南越列传》补。

② 武,今本《山海经·海内东经》作"晋"。

主，挈源而赅其流，亦非谓至浈阳县而始有汇水，为溱水所入，以上全无所谓汇水也。是则段氏改汇为洭，既失专擅，桂氏谓桂为洭之下流，亦泥于读《水经》与《说文》也。洭水出桂阳卢聚，出洭浦关，为桂水。先出洭水，为主也；出桂阳卢聚，溯其源也；出洭浦关，导其流也。为桂水，总一水而已。出桂阳，得桂水之名名之也。若云洭水出桂阳县卢聚为桂水，东南流出东浦关，则无此纷纷矣。《汉志》"桂阳郡"下有桂阳、阳[①]山、曲江、含洭、浈阳，应劭[②]于桂阳下注曰"桂水所出"，含洭下注曰"洭水所出"，极为明白。惟为桂水东北入湘，洭水东北入沅，不免有误，前人已多正之，今不赘。桂阳即今广东连州，含洭、浈阳皆今韶州府英德县，阳山、曲江，今仍旧名。按之各种舆图，汇水洭水，同流异源，尚可分别。《皇朝地舆全图》尤为明晰。《广东通志·连州水》"卢溪"一条云："卢溪在州西双溪西北二十里，源出蓝山，流合朱冈水，又合高良水，历楞伽峡南，出注龙潭，是为汇水。"又《连州志》有蘖溪，在州西北八十里下卢村，亦曰卢溪，源出蓝山县，绕州西而下曰湟水，又洭水一名曰阳溪，自湖广郴州宜章县流州界合汇水东南流，径阳山县南，又东南入韶州府英德县。又《山阳县志》："湟水一名连州江，一名阳溪，源出星子司红岩山下，东南流合众溪会朱冈水，经连州城下，今校《通志》，谓湟水即《水经》洭水也。"是则汇、洭异源同流，昭然若揭，故《大清一统志》直书曰："汇水，一名桂水，又名卢水，源出州西北，东南流迳阳山县南会汇水，又东南流入韶州府英德县界。"大书特书，明显较著如此，可以平

---

① 阳，原卷无，据《汉书·地理志》补。
② 劭，原作"邵"，据文义改。

群说之纷纭矣。夫汇水之不得改为洭水，犹桂水之不得改为湟水也，使凡汇水皆改为洭水，将桂水亦改为湟水，可乎？古书于水道异名者多，虽或因昔人随见辄改之故，然必若《史记索隐》所引《水经》含汇县南有汇浦关之类，然后确知其误改。盖水名随地而得，而县名朝夕在人口耳。明明"含洭"而改为"含汇"，书策可误，而人口称呼不可误也。知含汇之必为含洭者，以两《汉志》皆作含洭，《梁书》作浛洭，隋唐皆置洭州，宋以庙讳始避为浛光县，称洭水为光水，故知作含汇者误也。汇浦关在含洭县南，似亦当从县名作洭浦关，若汇水、洭水，古书既有两名，今水实亦有两源，似不可以汇水为讹，而概改为洭水矣。

汉西域三十六国考

西域以汉孝文帝世始通，张骞凿空而后，骠骑将军破匈奴右部，贰师将军伐①大宛，声威所及，亭障开焉。旧本三十六国，皆在匈奴之西、乌孙之南，汉为置使者校尉领护之。及宣帝破姑师，分为车师及山北六国。元帝以后，车师分为前后国，车师后国又分为乌贪訾离，且弥国分为东西，蒲类分为蒲类后国，卑陆分为卑陆后国，遂有五十余国矣。其地南北有大山，中央有河，以步测计之，东西六千余里，南北千余里。以今鸟道法计之，南北两山间千二百里，西自和什库珠克岭，东至党河五千余里。东则始限匈奴，自汉置敦煌郡，今为县北即其地。则接于汉，扼以玉门阳关。皆在今敦煌县治西南。西则限以葱岭，今伊犁西南

---

① 伐，原作"代"，据文义改。

境。其南山东出金城,今兰州府西界。与汉终南属焉。叶尔羌和阗南诸山,与长安终南山连属,至此而终,故曰终南。夷考荀悦《汉纪》,凡小国二十七,次大国者九,其名与《汉书》小异,盖卑陵即卑陆,渠类谷即卑陆国所治之番渠类谷,误数为国也。班书《西域传》有五十二国,其言"三十六国在乌孙南",则乌孙不在数中。又言"罽宾、乌弋山离、安息、大月氏、康居五国,不属都护。捷枝、轮台,皆汉所灭。小金附国,汉不禁车师之伐",则皆明其非汉西域国也。若条支、奄蔡、犁靬、天笃,又为附见之国矣。至其国之隶汉都护者,如车师前后王及山北六国,为宣帝破姑师所分,则孝武时仅有姑师国可知。车师后城长国、乌贪訾离,皆建国元帝时,则非旧国可知。然则汉西域三十六国之可得而考者。试以今之舆地准之,汉南道之国六,所谓傍南山波河行者,曰鄯善,本楼兰也,治扞泥城,今哈密古伊吾地。之西南,敦煌县之东北,当汉冲,出西域者,胥由于此。《后汉书》云:"自敦煌西出玉门阳关,涉鄯善,北通伊吾千余里。"此其西域之门户,则蒲昌海以东,皆其地。今噶顺之千里戈壁皆是矣。曰且末,在鄯善西,尉犁南,唐辩机《西域记》所谓"折摩驮那故国",即其城也。曰精绝,在龟兹渠犁之南,东接且末,西界扞弥,今并沦为戈壁。曰扞弥,今和阗属之克勒底雅城也。曰于阗,即今和阗城,两河界之,唐时兼有戎卢、扞弥、渠犁、皮山四部。曰莎车,今之叶尔羌地,西有塞勒库勒,为外藩总汇之区,殆即汉南通蒲犁之路欤?汉南道以南之国四,所谓僻南不当孔道者。曰婼羌,最近阳关,当在阳关之西、小宛之东。曰小宛,治扞零城,在且末南三日行,戎卢之东也。曰戎卢,治卑品城,在精绝南四日行,渠勒之东也。曰渠勒,治鞬都城,在扞弥南,东接戎卢,今皆沦为戈壁矣。汉北道之国十有三,所谓随北山波河行者,由鄯善逾白龙堆,曰狐胡,治车师柳谷,今辟展西鲁克沁地,后汉长史居此。曰车师前庭,治交河城,今土鲁番广安城西,其东喀喇和单,即车师都尉治也,后汉戊己校尉居此,亦名高昌壁。曰山国,今罗布淖尔北,广安城西南山中国也。曰危须,今喀喇沙城地也。曰尉犁,在危须南,今喀喇沙尔所属库尔勒军台东,博斯腾、罗布两淖尔中间地也。曰乌垒都尉,与都护同治,在今车尔楚玉古尔间,南即渠犁,东界龟兹,地旷而沃,近轮台屯田处。曰渠犁都尉,今喀喇沙尔所属策特尔车尔楚军台南,南滨塔里木河。曰焉耆,治员渠城,《后汉书》云:"其国四面有大山,与龟兹相连。海水曲入大山之内,周帀其城。"《唐书•郭孝恪传》:"焉耆四面皆水。"则国在大裕勒都斯河之中矣。曰龟兹,治延城,唐为安西都护,今库车城南沙雅尔城北。曰姑墨,治南城,今阿克苏属之哈喇裕勒衮军台地,《唐书•地理志》:"姑墨南临浑河。"即阿克苏河下流,今名浑巴什河者也。"曰温宿,今阿克苏境也,北距姑墨。曰尉头,西接捐毒,今喀克善山南奇里克布鲁特部地也。曰疏勒,西当大月氏、大宛、康居孔道,今喀什噶尔地也。河曰赫色勒河,为北河源,唐之赤河也。此皆天山以南诸国也。汉北道以北之国曰姑师,今巴里坤、乌鲁木齐二城地,东接哈密,北阻戈壁,南控阴山,西至玛纳斯河。后分为前后蒲类、车师后长、郁立师、车师后庭、前后卑陆、单桓、东西且弥、乌贪訾离者也。曰劫国,治天山东丹渠谷,在今乌鲁木齐界昌吉城北,此则天山以北国也。其为汉北道西国者三:曰休循,治鸟飞谷,在葱岭之中,今那林河南,喀尔提锦布鲁特,即其地也。曰捐毒,治衍敦谷,在尉头西。今巴尔珲山之南也,地属萨尔巴嘎什布鲁特部。曰桃槐,今其地已无可考。按班史所载，国去都护治，近于休循而远于捐毒，当在二国之间矣。其为葱岭诸国，汉通西南之北道者凡八：曰皮山，在于阗西，始上葱岭，今噶勒察回之乾竺特部东境也。皮山南即天竺，隔雪山不得行。曰西夜，治呼犍谷，在皮山西，今乾竺特之西境，魏宋云往天竺，取道于此。曰蒲犁，今乾竺特之北境，南接西夜子合。曰子合，在西夜西，今噶勒察回之博洛尔部南境也。曰依耐，今博洛尔北境也。自西夜至此四国，唐为朱俱波国。曰无雷，治芦城，西接大月氏，今噶勒察回之八达克山部东北境也。曰难兜，在葱岭西，再西则大月氏界也，今八达克山部西境。曰乌秅，北接难兜，今八达克山部南境，为通西南诸夷孔道也。凡此皆戎索依然，班班可考者。今徐氏松作《汉书西域传补注》，以大宛入三十六国之数，而遗车师前庭，不知大宛为西域大国，其于汉，不过如乌孙、月氏修其聘问之仪耳，非必属汉都护也。且大宛之国在葱岭外，班《志》明有"西限葱岭"之文，又其证据显然者。若车师前庭，在姑师山南，阻以天山，东界狐胡，与蒲类亦不相属，其必自立一国，不得浑姑师而为一也，博闻强记之士，当亦有所折衷矣。

钟馗考

女孙莲青，肆业湖北省立模范小学校，携《钟馗图》一幅来，问曰："钟馗之名，始于何时？"余考宋沈括《梦溪笔谈》谓当始于唐开元时："禁中有吴道子画钟馗图，其卷首有唐人题记曰：'明皇讲武骊山，还宫不怿，因痁作。忽一夕梦一小鬼衣绛犊鼻，履一足，跣一足，搢一大筠纸扇，窃太真紫香囊及上玉笛，绕殿而奔。其大者戴帽衣蓝裳，袒一臂，鞰双足，捉其小者刳其目，然后擘而啖之。上问曰：尔何人也？奏云：臣钟馗氏，即武举不第之士也，誓为陛下除天下之妖孽。梦觉，痁苦顿瘳，乃召画工吴道子，告之以梦，曰：试为朕如梦图之。道子奉旨，恍若有睹，图讫以进。上瞠视久之，曰：是卿与朕同梦耳，何肖乃是？'据此，则始于开元时，无疑矣。"《笔谈》又云："皇祐中金陵发一塚，有石志，乃宋宗悫母郑夫人，宋宗悫有妹名钟馗。"则知钟馗之设亦远矣。又按：后汉时有李钟馗，隋时有乔钟馗、杨钟馗。《北史》："尧暄本名钟馗，字辟邪。"则人之以钟馗名者，皆在唐以前，安见其始于开元也？然则钟馗果何自昉乎？考《周礼·考工记·玉人》："大圭长三尺，杼上终葵首。"郑注："终葵，椎也。为椎于其杼上，明无所屈也，齐人名椎曰终葵。"盖古者无反切之音，急读则终葵二字即为椎，如龙钟为癃，潦倒为老之类。故岁首画钟馗于门，必为执椎击鬼之状，执椎者，明终葵之为椎也，击鬼者，鬼为圭之转音，终葵为大圭首，故为大鬼击小鬼之像。其以终葵为钟馗者，由于后人之附会，是犹《周礼·秋官》"司寇主刑罚长流之职"，"长流"二字合音为秋，《颜氏家训》妄引《帝王世纪》"帝少昊崩，其神降于长流之山，于时主秋"之说，以为名治狱为长流之证。《穀梁传》称"公子友与莒挐相搏，左右呼曰孟劳"，孟劳二字合音为刀，本左右之隐语，而姜仲岳谬谓："孟劳，公子左右，姓孟名劳，多力之人。"观此二事，则知终葵之作钟馗而以为神名者，实系文人学士好为异说，而好事者因而捕风捉影，以实其事，笔之于书，遂沿而成俗耳，苟非考古之士深知附会之由，鲜不为所惑者。

殷太师比干庙墓考

比干，官殷少师，而曰太师者何？唐贞观十九年东征岛夷，师次殷墟，乃下诏追赠殷少师比干为太师，谥曰忠烈，故嗣后皆称太师也。至其墓庙之所在，或云在汲县，或云在偃师，纷纷不一。兹特详为考辨，证当以在卫辉汲县者为是。按：《卫辉府志》《汲县志》并载比干墓在府城西北十五里，魏文帝<small>按当作北魏孝文帝，盖帝有《吊比干文》</small>。因墓立庙，唐贞观中修葺，沿至明洪武四年重建。<small>丙恭按：元泰定戊辰亦曾重修，详见元王公仪《增置殷太师庙田记》</small>。成化元年，知县卢信奏入祀典，年来屡经修葺，岁久倾圮。万历十五年知府周思宸，撤而新之，周围墙垣，易土以石，翰林萧有良为记。康熙三十年十二月内，巡抚阎因道经卫源，谒比干庙墓，见墓后墙垣倾颓，随捐银十两，发府修理。知府胡蔚先亦捐银十两，将东西前后墙垣及大殿内外俱修补完固。又《河南通志》："殷比干墓在府城北十五里，即周武王所封，墓前有宣圣亲笔'殷比干墓'石刻四字，庙旁有元时卫辉路教授王公悦临摹周武王封比干墓铜盘铭。碑石残断，字画失真。万历十五年，知府周思宸重摹《汝帖》，立石于墓前。《铜盘铭》，相传唐开元中偃师县土人耕地得之，因以立墓。篆文甚奇古，其释文云：'左林右泉，前冈后道。万世之藏，兹焉是宝。'一云：'左林右泉，前冈后道。万世之灵，于焉是保。'一本灵作宁，历代祭吊诗文另有录。"夫《通志》因偃师土人得《铜盘铭》，因以立墓，遂以比干墓在偃师。然考《通志》分注谓"墓地二段，共八顷八十一亩八分，内一段坐落庙前，八顷六亩八分，一段坐落井家冈，七十五亩。每年佃户共纳钱百十九千一百五十一文，由汲县征收。春秋二祭共用若干，剩钱留修庙用。万历十五年，本府行汲县清查立石"云云，则是墓庙本在汲县而不在偃师明甚。再考汲县疆域，《诗·卫风》云："泉源在左，淇水在右。"《史记》云："左孟门，右太行，大河经其南，常山跨其北。"《文献通考》云："左右山河，古称重镇。"《元史》云："峰麓奇峻，泉甘水温。"皆与《铜盘铭》所云"左林右泉，前冈后道"形势适合。若云在偃师，则无是也，未免失实。且汲县西北十里有黄土冈，更足为前冈之确证。且《通志》明云《铜盘铭》相传唐开元中偃师县土人耕地得之。夫云"相传"，何得据以为信？修志者依违两可，致起后人之疑窦，因之诸说纷纷，谓汲县、偃师，各有比干墓，而好事者又从而附益之，遂致两存其说，谬矣。至或云在淇，盖淇南至汲县界仅十五里，汲北至淇县只三十里，古汲、淇本同郡而又连壤，且淇即汉之朝歌县，属河内郡，东汉因之，三国时魏置朝歌郡，而以共、汲二县隶焉。晋改汲县为汲郡，而复以朝歌为县，属汲郡，隋废朝歌改置卫、汲，于康叔旧封改临淇县，元置淇州，明复改淇州为淇县，后人或称淇或称汲，实二而一也。若夫"灵藏""保宝"之异文，想亦后之好奇者附会刻石之传写讹耳，不足辨。民国十三年十二月十九日，丙恭识于湖北省垣紫薇街图书馆特别阅书室之东窗。

蕉阴补读庐文稿卷六

太平林丙恭爵铭

重游广雅书院记

粤东广雅书院,为张文襄督学广东时所建,在会城之西。文襄为学者宗师,夙以"提倡后进,扶衰救弊"为己任。其建书院以招徕后学,仿杭州阮文达诂经精舍例,专以经解、词赋、天文、地舆等学课两粤之士,经营布置,煞费匠心。院地离城颇远,人烟僻绝,读书之所,莫有佳于此者。院外则凿河水通之,绕院一匝,舟楫可到。支流通入院内,纵横曲折,因其形势点缀,而为三两池塘,叠石为山,移花作径。迴廊曲榭,景致天然,密林修竹,排列成行,池鸟林花,助其声色。正中为无邪堂,后为冠冕楼,藏书万卷,以备学生之参考。两旁为斋舍,舍外又有亭台楼阁,为诸生息游之地。东有亭曰湖舫,适在水中央,仍以迴廊接之。湖舫之上为清佳堂,面临池水,背枕石山。其旁则梧竹鸣凤,其前则荼薇满架,清凉之气,沁入心脾。无邪堂之西为莲韬馆,馆构于池塘之旁,曲槛枕水,朱轩迴风,其风景略与清佳堂相似。馆之后为岭学祠,由祠北行,则为一篑亭,登亭而望,远水近山,历历可数,诚一时之杰构,粤省之大观也。壬辰仲冬,予游岭南,适义乌朱一新先生主讲斯席,因同乡晋谒,得流览焉。今过其地,景象大非昔比,院中经费,悉为岑春煊征广西时尽行提去，遂致石山崩颓、池塘淤塞、野藤蔽道、蔓草萦墙，风雨欲来，屋瓦皆动，所存者惟清佳堂湖舫耳。然残败之余，规模犹存，而幽雅之致，虽远逊昔时，而视各处之尘嚣沸腾，仍超出其上也。奈复火车通过其旁，人烟渐觉稠密，抚今追昔，为之慨然。宣统三年六月六日记。

武昌成氏祠堂记

宗祠之制，郡国每姓无大小得有祠，自其祢以及始祖，皆祫食于一庙，非古也。考之古，自天子诸侯以下，庙各有数，其所为大夫三、士二、官师一者。世族大家，皆得仿古以行。而今竟不然，大家庶姓，略无尊卑多寡之别，高曾祖祢，各祭于私寝，元旦冬至，则合飨于祠堂，由是大夫士降，庶人僭，其制非古。然而联族属、叙昭穆，去古敬所尊、爱所亲之道，其意未远。宗祠之建，乌可已哉？按成氏出郕叔武后，去邑为氏，散于天下，稀而不僻。他不具论，鄂省之蒲圻、穀城、江陵、钟祥，皆有成氏，科第衣冠，往往不绝。至武昌，则有南北两支，皆原于鄂岳安抚使无玷公，其后簪缨显而似续繁。梓臣太守，无玷公之四十一世裔，北支之贤者也。太守治吾台，有政声，尝念宗故有祠，庳陋将倾，欲廓而大之。独出俸金三千两，寄交族之长老，卜地构材，建祠三重。后寝奉主若干，自宋迄今，莫不秩祀。前庙为祭享燕饮之宫，翼两庑为子孙读书之塾。凡庖厨牲牢酒醴笾豆之室，莫不具以办，计共百有八楹，经营缔造，二年而落成，既壮且广，轮奂丹雘，甲于一郡。仕宦商贾，从异邦来者，见之莫不翘首称羡。低徊流连而后去，则其雄于他郡也可知已。嗟乎，太守才大而功伟，位高而名显，复能慎终追远,不忘水源木本之思。即于新迁湘乡居室东,筑其尊人资政公祠。又于故居鄂城重修斯祠,祖宗实式凭之,子孙所宜世守蒸尝而勿替焉者也。庚寅春,太守卸台州任,将归里展拜,以书遗余,谓:"宗祠告竣已久,及今不为之记,则后孰知予创造之艰难与诸长老经营之劳瘁哉?"余复书云:"是宜固记。"然所系犹一人也。予惟天下之治,始于孝悌而盛于礼乐。帝王之法,贵治而已,然且不可无亲治贤治以相夹辅。况于里党宗族之中,贵治格而不行,惟是亲相睦,贤相劝,于以扶掖人材,助理教化,美风俗而正人心,若祖祠者,岂仅仅小补已乎?夫昭穆叙则长幼明,拜跪严则名分肃,苾芬荐则妥侑著,鼓镛笙管奏则和乐生。是数者,若无藉于宗庙之美也,而苟庳隘倾欹,乔野惰肆,则何感格之有?今也崇基鸿祐,广碱高墉,登数仞之堂,则穆然以清;升百武之阶,则翼然以辨。拜奥窔之闧,焚荔蒿之臭,则洋洋如在,俊忾如闻。而加之以向者序事、辨贤、燕毛、旅酬之礼,有不因严致孝,因敬致诚,肃肃雍雍,祖宗降福,子孙受祜也耶?孔子曰:"吾观于乡而知王道之易易。"祖祠其一征矣。然则太守之功,足以观感而兴起者,岂一乡一姓已哉?呜呼!礼教湮而王道废,异端横而儒行衰,佛老之宫,巍然遍寰宇,富民之雄桀者,不惜以千数百金,新二氏之庐,养二氏之徒,以求福田利益,而祖宗之庙,不蔽风雨,间或举之,则锱铢尺寸,较量不相假借,孝悌之德微,而礼乐之用缺。闻太守之风,其尚思报本追远,敬尊爱亲,以为人子孙也夫!光绪十六年,岁次庚寅秋九月。

大宗祠祭田记

祠堂所以敬宗也，祭田所以收族也。祠堂之有祭田，敬宗也，而收族之意权舆于其际矣，何言之？古者卿以下必有圭田，言卿以下，则赅士、庶人矣。春秋岁时，露零霜降，苟怀一本之谊，靡不有焄蒿悽怆之思。今以无所取给之故，废而不祀，先人有隐痛焉。族大支分，散处异地，独于祠堂合飨时，藉以序长幼而拜昭穆。设有祠堂而无祭田，祀典阙如，族之人至有老死而不相识者，其不等骨肉于途人也几希。吾林氏自元至正间，由殷竹徙居沧水，开基创业，至明成化间而始有祠堂，有田数亩以赡其祀。详见《崇本堂记》中。至吾世而田乌有焉，每年由在地子孙，合资而祭，散处远方者，以无祭田而来与祭，不无惭愧，皆裹足而不来。予于壬辰见祠宇倾圮，无以安祖宗而妥神灵，创议重修，幸我伯叔兄弟子侄量力捐输，除修理外，尚有余资，置买祭田五亩，夫亦以弗洁弗丰弗备，藉以享苾芬而通脒蚃也。届时远近皆来，济济一堂，长前少后，向之不知以为途人者，今皆为同始祖同支祖之伯父、兄弟、子侄矣。至年已周甲，及游于庠、贡于成均、列名仕版者，祭后得领祭肉。是举也，予窃谓敬宗也，而收族之意寓焉矣。抑吾更有说焉，自吾祀高祖，而高祖以下之子孙咸集焉。自吾祀曾祖，而曾祖以下之子孙咸集焉。自吾祀祖若父，而祖若父之子孙咸集焉。推而至于始祖，何莫不然？祖宗而无知则已，祖宗而有知也，视吾子孙禴祀蒸尝，必诚必敬，未有不欣欣然喜者。然而贫富不一，或者有衣不蔽体、食不充腹而亦来会祭，不独祖宗视之恧焉心伤，即吾伯叔、兄弟、子侄与之皆有一本之谊，目见之，未有不兴肥瘠悬殊之慨也。且人之富贵，祖宗积德以贻之者也，祖宗之功德萃于一人，方且举一族之人托之矣，而顾不为之所，非心祖宗之心者也。自享其轻暖肥甘之奉，而于族之饥者寒者，男女不能婚嫁者，丧不能葬者，毫无勺米寸缣之赠，祖宗必有不平于心者也。心祖宗之心为何？曰："亦为义田以收族而已矣。"吾生平砚田所入，不足赡一家，而读范文正《义田记》，常悬之于心，吾犹望他日之毕吾愿也。且吾族不乏贤者，倘与我同志，相与共成之，当亦不难矣。因记祭田而念及此，不知能否其遂我愿耶？癸巳清明祀祖毕，记于蔷薇花馆。

乡贤画像记

右三十二人，皆吾邑先贤之崇祀于乡者也，或以德行闻，或以功烈著，或以文章、节义名。予既次其出处颠末以为之传，复倩族侄孙朗夫茂才一隽图像以志景仰之私，而又不能已于言者，何哉？亦思上以发先哲之幽潜，下以示后进之趋向。庶几廑一世以为心者，不至于无闻；旷百世而相感者，不至于无据也。或疑学以至[①]乎圣人之道，今吾子既为孔子之徒，则学其所学，宜亦无俟乎他为也。噫！抑知有所谓没身钻仰而不足，一日感慨而有余者乎？夫所谓一日之感慨者，非徒以其志行之卓、名迹之高而已，必其居相近而世相接，风声之所渐被，目耳之所见闻，于是而感奋焉，兴起焉，则所以作其惰而振其懦，将有不期然而然者矣。视彼没身钻仰，若天之不可阶而升者，其为功之难易何如哉？况大儒如戴泉溪、盛圣泉、郭贞

---

①　页眉有校语云："至当作致。"

成、王靖学、谢方石诸公者，远溯洙泗，近接伊洛，其所谓学固圣贤之学，而所谓德行、言语、政事、文学，亦不亚颜渊、闵子骞、冉伯牛、仲弓之伦也。苟学焉而不止，若沿河以至于海，虽孔子之道，亦将于是乎可以阶而升矣！然则予之所以尊崇而尸祝之者，岂徒效贤有司之修举缺典而已哉？实欲儿辈得以考论其世，庶几其感奋之也益切，而兴起之也益深，非徒示趋向于对越骏奔之际也。光绪三十年甲辰中秋前一日，后学林丙恭时寓维扬平山堂之寄庐。

历代祖考统系记

自周武王十三年己卯，封比干之墓，越明年，得其夫人练氏及其子坚于长林，遂封坚为博陵侯，赐姓曰林，林氏受姓，实自博陵侯坚公始也。距我朝光绪三十有一年乙巳，计阅二千九百有七年，由博陵侯至丙恭，已历一百一十有六世。其间闻人显士，以德行、功烈、文章流传于史册者，何可胜数。若二十三世祖放公，偕蓬瑗、晏婴辈从祀孔子庙廷，历代尊崇，叠加封号，则尤彰彰卓著者也。丙恭承世德之留贻，沐先人之教泽，年逾四十，一事无成，清夜兴思，悚惶无地矣。况二十年来，饥驱出走，家食日稀，于岁时祭祀，不获躬亲籩篚，奠先公于庑下，此心愈觉歉然。用是谨备横帧，敬书祖考统系于上，珍藏行箧，每逢四时令节，悬之座上，薄具茶酒蔬果，斋沐以献，盖亦聊尽人子不得已之心，所谓无于礼者之礼也。且日夕展拜，犹得以儆顽惰而刷精神。倘由此愈加策励，力绍前修，俾百余世之遗绪，不至自我而坠，固我之幸，而亦吾后世子孙之幸也。谨薰沐稽首而为之记，时寓扬州如皋东鄙丰利场之公廨。

仰山阁私淑记

　　汉许叔重慎 郑康成玄 董江都仲舒 司马子长迁 班孟坚固 唐韩退之愈 柳子厚宗元 宋欧阳永叔修 苏子瞻轼 程明道颢 程伊川颐 周莲溪敦颐 朱晦庵熹 明王阳明守仁 清陆稼书陇其 阮芸台元 曾涤生国藩

　　右十七先生者，皆丙恭生平所私淑，愿学而未能者也。尝见桐城姚惜抱有言曰："义理、考据、词章，三者不可偏①废。必义理为质，而后文有所附，考据有所归。"呜呼微哉！丙恭自少失学，长未闻道，而于姚氏之言，盖尝默识之而向往不置焉。窃不自量，僭师其意，于汉私淑许叔重、郑康成、董江都、司马子长、班孟坚，于唐私淑韩退之、柳子厚，于宋则私淑欧阳永叔、苏子瞻、周莲溪、程明道、程伊川、朱晦庵，而明之王文成及清之陆清献、阮文达、曾文正，亦私心所企慕而不逮者也。盖叔重、康成为考据之初祖，至文达而集其大成，马、班、韩、柳、欧、苏，则皆词章正宗，董子、周子、二程子、朱子、王阳明、陆稼书，乃义理之所自出。若曾文正涤生，于斯三者，固庶几焉。于是各为传略，订为一卷，以为师法。之十七先生者，学其人，读其书，有终身用之不能尽者。于以叹诸先生继往开来之功，实大且远也。嗟夫！自邹孟氏没，而圣人之学不传，其过为高远者，不溺于虚无，则沦于寂灭。其自矜博洽者，不涉于穿凿，则狃于新奇，甚至竞尚藻饰，而流于华靡芜腐而无所底止。三者虽有过不及之不同，而其为道之害则一也。向非诸先生相

①　偏，原作"徧（遍）"，页眉校正为"偏"，今据改。

继迭起于数千百年之下，得不传之学于遗经，以兴起斯文为己任，则吾道之害，将何时而已耶？然自是以来，犹有窃吾道之名以用于夷狄之世，借儒者之言以盖其老佛之真，其得罪于圣门甚矣。凡为孔子之徒者，皆将鸣鼓而攻之不暇。予虽愚鲁，顾偃然不知求附于诸先生之侧哉？豹窥貂续，极知僭妄，特高山景行之思，在平时所不敢后者，始录其概，而具列其名于上，晨夕展玩，用自警惕，以志私淑之忱，并为吾世世之孙子师资云尔。癸丑仲春，书于校士馆之人镜芙蓉室。

车江学校记

车江，一名车路，邑志称宋高宗南渡上车处，或曰："帝泊松门港，未登陆，守土官于此备车奉迎，故名。"其地以林氏为最盛，宋则有连江知县勉、浙东监司亨、徽州刺史基、大理司直伦、大学生敏，元则有省元元铎、教职良弼、良珉昆季，明则有吉安训导天爵、布衣凤征，或以功业，或以德行，或以文章词赋，著名于时。及明中业，始稍衰弱，至清国，则式微殊甚。兹有司直之后裔克让哲良，惧先业之将湮，宗风之不振，曾与兄从爽秋国学重修宗谱，以联族谊，而立家规。复就其地之文昌阁，创立国民学校，为乡人开通风气，俾子弟无复失学，诚盛举也。考文昌阁系前清光绪乙未岁，乡先生马松石、朱云卿等，合五保捐建，拟立书院未成，而二先生已作古人。民国光复，改书院为学堂，哲良乃邀朱君楚堂、王君梓卿、陈君燮卿、及松石嗣君谷兰、云卿嗣君肖云，呈请官厅，创设学校，名曰车江，纪实也。慨自瀛海交通，欧化东渐，浅见寡闻之士，震骇于学说之新奇，一倡百和，靡然向风，弃千百年来固有之国粹于不顾，而礼教文物，荡然以尽。所有《弟子职》《孝经》《内则》诸书，后生并不寓目，此人心世道之大变也。车江虽地处海隅，开化最先，一切风俗习尚，历久相因，诚不能无偏而不举之处，然其于入孝出悌之事，洒扫应对之职，为子弟者固闻之熟矣。比年学校林立，一时豪俊见夫人群之崇尚新学也，力倡自由平等之说，发扬蹈厉，毋乃矫枉而过正矣。培之以本根，明之以界说，薰陶之以《诗》《书》，涵养之以德性，其诸取之先哲之遗规钦！哲良之立是校，慎选校长，延聘教习，凡来学儿童，先教之以修身操行，继教之以国文体育，兢兢于儿童立身行己之大防，窃服哲良之才高，而尤叹哲良之心苦也。然而余尤有为诸儿童告者，国家富强，端赖人才，人才振起，全由教育。国民学校者，教育之始基，诸儿童诚能恪遵校长、教习之训诲，拳拳勿忘，由小学而入大学，坐言起行，不负诸君造就之深心，阐发宋元先哲之余绪，则吾乡之幸，而亦国家之幸也。哲良以余于校事深资臂助，嘱记其事，爰叙巅末而为之记。民国八年己未，里人林丙恭撰。

玉峰目游记

乙丑之秋，予返自武昌，家居寂寞，因送女孙莲卿从张君浚甫游。张君居玉峰山下，余至其处，小坐楼头，窗牖四启，见冈峦起伏，纡萦妍秀，若翅翼飞舞而西驰者，凤凰山也。孤嶂特立，嵯崇突兀，若屏风横峙于北，以为斯庐藩蔽者，白玉峰也。连峰散出，巉岩秀郁，若芙蓉发艳于青天白日，而骛入乎武野之原者，石龙、红岩诸山也。盘马障于东，苍山峙于南，大雷、小雷诸山纷屹西南隅，则可望而不可即。余曰："美乎哉此居也,较其形胜,虽不及匡庐、九华、云门、天台、雁荡瑰奇灵异之状,然得此于斥卤苍莽之中,穷老影息之际,回忆往昔匡庐、九华等各旧游,若在目前,不亦快乎!"因借其居而下榻焉。每遇朝暾初上、夕阳西下,卷帘四望,山色如妆,可以目游。昔宗少文自五岳归,然后图诸壁间,以作卧游。予则自匡庐、九华诸山归,小住此楼,一举目而万山若排闼而来,献媚于予者,予于此视少文实胜一筹矣。虽然,吾犹有以告我张君:"冈峦之颓然,崖壁之屹然,山之质也。四时朝暮,草木荣悴而纹粲然,日星出没而光昱然,云烟明灭而容盎然,雨旸晦明而气沛然,竹树交加、鸣禽往还而景悠然,其所以变化无穷者,山之文也。君生于斯、长于斯,事母课子亦于斯,诚能悟其颓然屹然者,以厚其质,则修诸己也必至。就其粲然、昱然、盎然、沛然、悠然者,以培其文,则见于用、施于世也必达。纵世事变更,顷刻而异,而君年才强仕,俟河之清、海之晏,出而用世,著绩宇内,则兹山将藉君而益重矣。毋学予老耄无能,借此为目游之具,乃贻玩物丧志之讥也。"张君曰:"然。"遂记之。

游嵩岩记

吾台嵩岩有二,一在黄岩西乡,曰北嵩岩,予于光绪己亥春三月,同柯蓑尹心补游焉;一在太平西北乡,曰南嵩岩,久欲游而不果。今岁十月,下陈黄氏新建其祖东山先生家祠,请予为记。十四日,以舟来迎,下午八勾钟抵其宅,时适黑云蔽天,星月匿彩,下榻故同知听士君之味腴楼。越日晨兴,开窗西望,石笋崚峋,奇形怪状,巀然蹲于前。询之,即嵩岩也。于是游兴勃发,十九日文字余暇,挈奚奴二,携酒茗殽果随行。安步当车,经佛陇山,东山先生之墓在焉。乘便拜墓下,墓适当山之中支,四山环绕,松柏邑茂,左右两涧,奔流半里许,复合为一。旁筑墓庵,布置整饬,前立金太守瑞星所撰墓表碑。离佛陇西行,地名冈上,山半有石一区,大小簇聚,色黧黑,俗呼乌蜂出洞。吾族高伯祖怀仁公之墓在洞下,特往拜谒,以伸景慕之忱。折而北,过二小屿,傍溪行,至部渎闸嵩溪学校小憩。询及老友松龄、华亭、谦甫三金君,均已作古,窃叹予犹得以古稀之年,游览名山,天之待予固不薄也,岂亦山灵默佑,欲予为题咏表彰,以显名于寰宇耶? 出校走山麓,回顾佛陇冈上部渎各山,悬崖削壁,罗罗疏疏,不可名状。云散霭收,日光穿林,万木无声,若屏息以待予至者。鼓勇而上,可百十武,抵辟支岩,溪流激石,漱漱有声,一路嶻嶻,无三尺平,众穴纷奇,境极幽胜。前有两岩,并立如门,入门行夹壁间二十余步,见壁上镌“仙关”二大字,题名为苔藓所封,不能辨认。旋右行,渡石潭,悬流喷薄,巨石横卧,上镌“峻流涵汇”四大字,潭之水自上龙潭来,掬水漱口,冷入骨髓。设于此结茅避暑,当胜天台石梁十倍也。又前为石门,门岩上刻“荫躅天成”,两旁刻“壶天启钥,弱水分波”,字体流动有姿势,黄岩柯参政夏卿笔也。再上为龙潭,潭中水由高山伏流而下,至此而汇为巨潭也。潭上危峰插云,古木参天,冈峦起伏纵送之势,有熊罴立者,有虎豹蹲者,有逦迤偃蹇若龙蛇之蟠旋者,有飞腾出没若鸟兽之追逐者。有似人形披蓑戴笠,昂头欲语,俯首听泉者,离奇怪突,高或数百丈、数十丈不一,风吹疑欲坠然,令人不敢伫立久视。潭深不知几千尺,澄碧涟漪,杳不见底。稍前则路稍平,溪两岸累卵石为径,通以石桥,径石为山水冲激,艰险难行,故出入者转由山坡茅径而走。山深林静,万籁阒静,翛然起潇洒出尘之想，进为洗墨池，即元僧无诤遗迹。又进为罗汉洞，有天然石床，刻"秋月空凡处"五字。又进为影霓潭，有"神龙迴伏"四字，亦柯参政手笔。再上为狮子山，与九阆峰、旗峰三方鼎峙。山半有平石，负土而出，下临绝涧，石凹处有似坐位五，相传二嵩、大悲、秋月诸僧面壁地也。曲折而南，即著衣亭旧址。由此盘旋而入，而嵩岩寺至矣，昔有拜经台、竹林池之胜，寻其遗迹，无复存者。惟门前老桧，根杪入地，蜷曲当门，容人进出。树身老枝著叶，犹苍苍可爱。四围重峦复嶂，俨若城垣，略无阙处。时闻松涛禽声，传响于青林之中。步入山门，四金刚不复怒目，仅剩有泥身，剥落将颓。住僧不知何往，雇工三人，不僧不俗，以艺圃樵山为事。近寺六七里，山皆寺产，无名花异植可珍之物，祇多樗、栎、枫、松楣柤之木，供乡邑炭薪之用耳，前后弥漫，茶、竹、豆、麦、番薯间植焉。每岁收入可千余金，僧除食用外，俱作淫赌之资，而佛像坍毁，院宇破落，置之不顾，予闻言不胜叹息。梁上题"大明嘉靖四十二年庆远知府赵成妥建"，予纪游诗有"何事赵家贤太守，筑将僧寺玷名山"之句，盖有慨而言之也。戚《志》谓此中常出异僧，自宋大悲、元无诤、秋月、明雪庵、清宏济，皆高行屡著灵迹。呜呼！前何其盛，今何其衰耶？兹山之奇，较之雁宕、天台，实不少逊，但其邃远深窈，不及彼耳。以视北嵩岩，固迥乎远矣。乃名不显于宇内，而游者寥寥，以无巨儒名世挺生于其间故也。游毕将归，而僧适返，询以方岩之远近，答称路止五六里之遥，登陟前岗，即可望见，惟山径茅塞，欹仄险阻，未免有陨越之虞，颠覆之患。乃循旧径而返，落日衔山，斜光送影，抵黄宅已上灯矣。丙寅孟冬，沧江钓雪叟。

游王城山记

游嵩岩之明日，即有王城山之游，将辨色而起，雇舆夫二①，肩舆往，以一奚奴荷酒肴茶点随。不一里，经牛屿，状似牛眠，前有石阜，土人名食牛桶，或呼油屿，牛、油音相近。又里许，抵蘋屿，因形类蘋果而名也。全屿皆黄家产，听士君之祖祖谦府君墓在山顶，其父兆堂二尹墓在北麓，与蔡雪斋国学之父母同圹，盖惑于雪斋风水之说也。距墓前二百武，有屋五椽，卫以短垣，其墓庵也。山之西为黄君岳父林菊人参军墓，皆未有志铭②。乞余撰文镌石，以埋诸幽，昨才脱稿耳。庵前有桥，渡桥东北行，过阳奥，又折而西，循桃溪入，至镇东庙邮亭小驻，西望方岩③，横列如城，即在目前。少顷复行，转入山坳，旁无居人，只闻水声搅击，与松声相杂。溪中对立二石，一为公鸡石，一为母鸡石，溪上峭壁，龈腭齿齿，如裂冠，如敝靴，如垂带长绅，如鹤氅羽衣，及鹑衣百结，补缀未完者，种种奇异，不堪言状。虬松蟠柏，寄生石罅，攒蹙露根，见之欲怖。山半有邮亭，亭无额，无可志。略憩息，由邮左旋，山田硞确，种麦成苗。歘见一线界空，悬若无际，飞梯绝险，疑不可上者，舆夫凌级跻阶，快若云行，而予荡身空际，瞑目扪胸，瞪坐舆中，不敢转侧，任其自行自止而已。经石矿旁，出石层累，大小不

---

① 页眉校语云："'雇舆夫二'四字似可删。"
② 此处有签条云："志铭一笔微嫌支离。"
③ 此处页眉有校语云："王城山一名方岩，上文宜点出，则此处不突兀。"

一,道人开凿矿石,为筑岭道也。由此而上,山岭高低曲折,石砌层列,约二三千级,如人家楼梯,可放胆行,舒徐上也。踰岩趾,重峦叠嶂,气象雄伟。遥望剑岩,卓立前岗,廉利侔剑戟,移步而视,巨石礌砢,又若刀环插架,锋锷森列,不绝于目。岩趾有路,平坦可并肩行,旁一洞,询之舆夫,中塑百花仙子像。闻名欲呕①,过门不入。再进为三官堂,再进为羊角洞,倚石筑楼,有高五层者为第一洞,高三层者为第二洞,正殿祀老聃,旁祀王灵官、杨府大神。结构既笨,布置亦不安雅。洞中道士不下二三十人,皆目不识丁,无非赌徒淫棍,藉此作藏奸薮,并藉邪神降乩②,惑众以敛钱。客堂悬有王逢萼、张之乐、赵枚诸君赠联,语皆过情,予则一言以蔽之曰:俗不可耐。老友叶甲辛盘见之,谓至当恰好,无已复加。稍一流览,即便出洞,山隙较平之处,道人锄为圃,或如曲弓,或如破釜,高低错杂,种以蔬菜,葱茏之色,差堪少慰鄙③怀。岩侧有鸟道,如螺旋,可猱④升。石矶碌⑤,不容履,稍一不慎,则粉蕌萡醢之患⑥将立见。既登山顶,平旷计百亩许,曰仙人田,相传汉汝阴人周义山于绝顶上结庐趺坐。田其所辟,无征未敢信。宋项诜筑室其下,慨然有超举志,戴参军寄诗有"果然绝粒能轻举,何事仙

---

① 此处签条有批语云:"忽著'闻名欲呕'四字唾骂之,微嫌煞风景,然'百花仙子'四字孰若下文'杨府大神'之尤可呕乎? 此作极妙,特将微瑕指出,请修正。"

② 此处签条云:"目不识丁,乌能降乩,当云降神。"

③ 页眉校语云:"鄙字欠妥贴。"

④ 猱,原作"揉",页眉校正为"猱",今据改。

⑤ 页眉校语云:"矶碌当作硅矶或硊硊。"

⑥ 此处有签条云:"患当作祸。"

人尚有田"之句,亦劝项君毋信神仙荒唐之说也。中有渔翁岩,由侧面望之,宛若渔人坐石垂钓也。又有仙人濯足滩,水自岩罅出,至此稍停,伏流山壑,人喜于此濯足,故云。至若石棋盘,可坐两人对弈,以及石柱峰、烂柯石、平霞嶂、露台石、仙棺岩、牛脊陇、水珠帘、天窗诸胜境,其幽邃奇特,皆天地生成,非人力之所能为。陟崖四瞩,惟九阍、旗峰略齐项背,其余尽若儿孙,罗拜膝下。东南尽处,海影欲白。西接湖雾诸山,远近浮波,烟云杳渺,浩然无际,耳目开朗,一无障碍,凌风振策,飘飘欲仙,始叹太虚之变幻异态。或上而或下,凡物莫与抗。山上古木,类千百年物。折而北,望见楼台翼然,参差隐云树间,则为云霄寺。寺不俗而僧俗,陈设器具,无一不俗,实为山之玷也。因日已过午,嘱奚奴具午饘①,僧出杯茗,不堪饮。令奴子汲活水,烧楒柮,出囊中龙井雨前茶煮之,清香扑鼻,坐平霞嶂上,连啜十碗,香味沁入心脾,不胜大快。寺壁题诗几满,少当意者。寺旁峭壁,亘以梯,缘梯下,汗浃背,不敢俯视。行不二里,小屋数椽,背岩而筑,俗呼小斗,昔文肃谢公读书处也。其上悬崖百丈,飞瀑下泻,叶海峰先生言"白龙潭在方岩上,上下二潭,潭水远望如白练布于崖壁",即此。伫立良久,心目俱爽,衣袖沾濡。游兴既尽,由石柱峰侧,攀藤附葛而下,遇仄径,则二舆夫扶两腋以行,经二小时,始抵山麓,尚觉心摇目眩,危惧慄慄,坐移时始定。仍乘舆访杜山谢氏会缌庵,为问陶白云遗址,则故老皆②无有知者,怅然久之。过桃溪学校,参观一小时,颇有足观。出校,日已西斜,夕阳送影,舆夫

---

① 页眉校语云:"饘当作膳。"
② 页眉校语云:"皆字衍。"

冒昧疾驰，前者忽倾，幸奚奴在后扶持，幸未覆，而其实路平如砥，较前岭行，固甚易之，而反颠覆。昔冯可道有云："蹈危者虑深而获全，居安者患生于所忽。"此舆夫即其显证也。嗟乎！困顿抑塞之境，世所谓崎区也，富贵利达之场，世所谓康庄也。士当空山穷居时，谋一事而窒忤者有人，成一功而毁訾者群集，直若置身荆棘，无地可以自容，而小心谨慎，不敢稍纵。困心横虑之中，未必不为寡过远罪之地。及一旦倖政通显，据要津，尸厚禄，颐指气使，为所欲为，而祸败起于骄淫，小则官阶倾跌，大则身名败裂，无不由此。孟子"安乐忧患"之旨，与冯氏山行之对，固大有深意也。王城山，一名方城山，又名方岩，王羲之《游西郡记》云"临海南界有方城山，绝巘壁立"，即此耳。或曰越王失国，筑城保此山。此无稽之言，何足信？盖王、方音近，世俗随意而书，脱口而呼，讹方为王也。昔谢文肃字方石、王居安字方岩①、赵大佑字方崖，皆居近此山，因以为号。若文肃世父绩，直称王城山人，是亦因地而名，纪游斯山，而附及之。时丙寅十月二十一日，寓黄氏味腴楼。

黄氏家祠记

先哲谢文肃公曰："祠堂之设，礼以义起，而其为制，则一以宗法行之。"又曰："凡今之有志于报本反始，立祠堂以祀其先者，必首立大宗，以见其本之所以一；又必各立小宗，以见其支之所由分，庶几礼明义尽，而宗法亦于是乎在矣。"吾邑黄氏，五代时昭武都监绪公由闽徙台，卜居邑南乡洞黄。其后人

---

① 页眉有校语云："王宜列谢上。"

建立大宗祠于县城南门外,以祀其先,即宗法所谓百事不迁者
也。迨清康熙初,诗五十三府君转徙北乡,曰下陈,孙支蕃衍,
传五世至义圃府君,积赀建小宗祠于所居之东,首推高祖诗五
十三府君为始祖,而曾祖以下继之,虽曰小宗,而①下陈黄氏
之子孙,亦将百世立之而不迁矣。兹义圃府君玄孙,故司马听
士之继室林安人,富而好礼,独出万金,特建一祠以祀义圃府
君,而曾祖东山府君继之,而②东山府君之子孙、曾、玄分昭穆
配飨之,甚盛事也。祠共五间,中三间为堂,左右各一间,隔以
墙,后为夹室,前为房。堂前檐三门,房前檐各一门。庭东西
庑各三间,东藏遗衣物,西藏祭器。庭缭以垣,前为中门,又前
为外门,左右各设侧门,遵《清会典》三品庙制而为之,以义圃
府君曾膺三品封典也。四周围墙之内,悉种花木,四时皆春,
庭左右各建一亭,左为司马母林太宜人节孝亭,右为祠堂碑
亭,是亦礼以义起之意,喻太史长霖题曰"黄氏家祠"。林安人
复遗田二百亩,俾供祭祀之需,以其赢余,赡族之贫不能嫁娶
及死而无所归者。田之所在,与其租之所入,皆告于祠、呈于
官,而具列于碑。噫,如安人者,洵巾帼中丈夫哉!吾闻黄氏
多贤妇人,如与庄公之夫人叶氏、金氏③,松坞公之夫人叶氏、
祝氏,职方公之夫人□氏,文毅公之夫人蔡氏,皆懿美慈仁,克
修内政。而司训彦良之夫人李氏尤多淑德。然沉幽沟壑,抱
志以殁身者,又有尚书公之族母二陈氏,而尚书公之母鲍太夫
人,即文选公之夫人也,才而且贤,家政斩斩,置腴田,建室庐,

---

① 页眉有校语云:"两'而'字宜酌。"
② 页眉有校语云:"两'而'字宜酌。"
③ 页眉有校语云:"宜以金人(氏)正,叶氏继。"

子孙有所托,皆一手蓄俭所致,而未尝动用夫若子之禄俸。至义圃府君之夫人潘氏,亦有美德,府君尝举以训东山府君,曰:"尔母之勤,寸阴必惜。尔母之俭,半丝必珍。尔母之德,乡里共戴。尔母之行,礼法是遵。"呜呼!若诸夫人者,非古之所谓贤妇耶!林安人出自南城林氏,阀阅世家,受名父母之薰陶,而复涵濡乎历代妣氏之教泽,故能敬宗尊祖,为人所不能为。予记祠之缘起,羡其结构之合宜,处置之适当,而附论及之。丙寅孟冬。

蔡王庙记

　　吾南乡白峰山、石龙冈、红岩背、高浦峹诸水,曲折而注诸海,其河曰猫儿河,而人皆不知所由名及所自始。予考嘉靖叶《志》称朱紫阳于此筑塘建闸时,镇海口以铁猫,故以是名。然此河之开浚及建筑塘闸,皆邑人蔡正之学谕镐力也。叶水心所撰《忠翊郎致仕蔡君墓志铭》及叶《志》本传,称朱子为浙东常平使者,行郡[①]至台,议建黄岩诸闸,荐镐沉审果决,可以任事。已而朱去,勾龙昌泰继之。镐及临海谢敷经、同邑支汝绩、徐弗如、陈谦、陈纬等经营其间。所建六闸外,增建三闸,皆一成可永久,而镐之功居多云云。夫猫儿河闸,即三闸之一,近蔡公居,建筑之工程,皆出其一手所成立。当时里人感其功,仿古人有功德于民者得祀于社之例,立祠祀之,称蔡公祠。祠之后有古桧一株,大二围,高三丈许,予中岁时犹及见之,将朽未朽,诚千百年物也。从祖鹗秋先生《蔡王庙古桧

---

　　① 　页眉有校语云:"郡疑部讹。"

歌》,有"婆娑枝叶走龙蛇,半壁烟霞秋色老"及"翠盖远追王祐槐,老皮直比安期枣"之句,盖在道咸间,此桧犹盛茂也。庙中神最灵,有求必应,后人神之,不知为蔡公,以误传误,直称公为王。而犹不足焉,复改称祠为庙,犹杜拾遗祠误为杜十姨庙耳。即鄂秋先生作歌时,亦未之考也。予于地方古迹,必详考所自始,此庙久沿俗称,不能遽改,曾于光绪《续志》改称蔡公祠,欲为之记,未遑也。近因编辑邑中《祠庙志》,乃考其始末与所以致误之由,而为之记,镌诸石。仍称蔡王庙者,恐后人又误以蔡王庙为一庙,蔡公祠别为一祠也。己巳夏五月竹生日,破环逸叟书于寿藤山房。

段霞城先生祠记代吴县长

民国十六年十有一月,霽奉檄长温岭。越明年三月,政平讼理,访求山林隐逸之士,于新河得二贤焉,曰段渭贤国学光荣、云斋茂才振声。时国学寿届九旬,茂才亦古稀将近,年高德劭,并为乡里所崇敬。夫隐德君子,得一已足,乃一旦得见两贤,且并出于段氏一门,岂不懿欤?岂不盛欤?段氏上世不可考,自有明以来,卜居于新河者,已五百年于兹矣,耕读传家,潜德弗曜。传二十余世至明经霞城先生,以商起家,积产至数万金,乐善好施,虽老不倦。丈夫子四:长即国学;次,杏田上舍光裕;三,达三处士光达;四即茂才也。先生晚年谕诸子曰:"子孙之计,原无已时。门户之谋,固难独任。汝曹既已成家,理宜分爨,各自谋生,毋再烦乃父劳。吾储有田二十四亩强,街屋五间。每岁租税所入,十年而后,足为吾夫妇建筑祠宇之需。汝曹以为何如?"国学昆玉皆唯唯听命。未几时而先生夫妇先后弃养。国学偕弟茂才,仰承先志,累黍积寸,追光绪三十年,择地于城之东北隅而建祠焉。为堂五楹,门三楹,缭以周垣,盖瓦级砖,密栗周致,厅堂斋庑,明朗开爽。中奉先生及夫人□氏栗主,春霜秋露,祇荐岁事,几筵载设,登降有所。间尝登堂肃拜,翘首遐瞻。面对锦鸡,背负花园。左邻市廛,右据城郭。九朗五龙,如拥如抱。金清玉洁,若送若迎。瀛海蟠际于东南,月湖襟带乎西北。斯固地之奥区神皋,而为先生灵爽之所式凭者乎! 霨既喜得哲嗣国学、茂才两君,以为事贤友仁之资,又得令孙秀峰佐予督率团防,克尽厥职。兹以祠记为请,霨乌能无言? 况国学、茂才两君之建是祠也,有四善焉:尊父命,孝也;兄弟同心,悌也;思其亲以及其子孙,仁也;鸠功庀材,不辞劳瘁,义也。孝悌仁义,人道之大端也,孟子曰:"人人亲其亲,长其长,而天下平。"又曰:"未有仁而遗其亲,未有义而后其君。"诚如是则好犯上者,鲜矣。至若小人,自私自利,一本之亲,夷为途人而不知,此乱之所由生也。先儒有言:"以父母之心为心,则无不和之兄弟;以祖宗之心为心,则无不慈之子孙;以天地之心为心,则无不爱之万物。"国学、茂才昆玉,诚能扩充是心,推而及于万物,则是祠也,其为台南之模范焉。中华民国十七年六月,陆军上校署温岭县县长吴霨书于古太平之官廨。

中库林氏支祠记

古《礼》:大夫、适士、官师,皆得立庙,而以宗子主祭,故有百世不迁之宗。三代以后,仕者不世禄,大宗不能收族而宗法废,虽贵为大夫,犹祭于寝,于是有祠堂之说以祀其先,俾族姓不忘所自出，犹有宗法之遗意焉。中库林氏，乃团浦八房中之又一小支。考南宋时有名楚者，由闽迁台，卜宅团浦，是为团浦林氏，为吾邑六林之一。传四世名正一者，创建问礼堂，以祀楚公，为团浦始基祖祠，即宗法所谓百世不迁者也。正一公有二子：长起潜，次起滨，笃志圣贤之学，以行谊见重乡里，称为东皋、西墅先生而不名。西墅子仁本，元官翰林直学士，与从弟仁集、仁棨、仁棐，侄晔及宗可，于仁宗朝后先以德业相望，时称六君子。学士孙孟圭，又以忠义旌于朝。其子元镀，转徙水浬头，孙支繁衍，传五世至都昌令白峰先生，兄弟六人，皆负盛名，积赀建小宗祠于宅之东，奉高祖元镀公为水浬头始祖，而曾祖以下，分昭穆祀之。虽曰小宗，而水浬头林氏之子孙，亦将百世主之而不迁矣。而白峰先生之仲弟梅江公，又由水浬头迁中库，历十四世而其子孙亦以万计矣。兹其十二世孙汝哲字叔明，由国立河海工程学校毕业，服务江西萍乡煤矿局、广西省公路局、广东建设厅六七年。去岁请假归家，辄以建支祠、修支谱为己任，谋于伯叔、兄弟、子侄，卜地本里之右，为堂三楹，翼以两房，缭以周垣，秋霜春露，祇荐岁事，几筵载设，登降有所。前期延同支之长者主其祭，而同支之人亦闻风兴起，本饮水思源之志，稍稍醵钱以助之，品物少而文词亦不多，庶几无忘祖宗淳朴之遗，相勉以孝弟，弗流于侈靡，而六君子之流风遗韵，不难于今再见之也。汝哲函来，丐余纪其事，特就其大略而为之记。中华民国二十三年冬至前十日，沧水族人丙恭爵铭氏撰于槐桂双清簃，时年七十有三。

蕉阴补读庐文稿卷七

太平林丙恭爵铭

复程子良明府书

子良明府足下：月初接奉来教，开示章程，谆谆以劝办团练、保甲，并以收捐、募勇两事妥速举办见委。仰见明公上分家国之忧，下造民生之福，法良意美，非草野鲰生所能窥测。惟是团练、保甲二事，虽若相辅而行，然除已决之寇，则以团练为急；消未萌之匪，则以保甲为先。道咸间，曾、左诸公，借团练以剿洪、杨，前明王文成公抚赣南，编十家牌以弭盗，其明效也。吾邑即素称强悍，盗贼四起，要皆迫于饥寒，困于烟赌，穷无复之，试①为此铤险之事，以致抢劫富户，擒拔良懦，身冒重辟而不顾，其罪可诛，其情良可悯也。鄙见以为欲靖吾邑之土匪，莫要于举行保甲，诚使未行之先，结之以恩，既行之后，示之以威，盗匪将不缉而自除。敢请执事巡视各乡，邀集绅富董事，谕以周恤贫民，即所以保卫富户之意，饬令富家于五服周亲，及所居邻近之内，有贫乏之不能自存者，务须出赀赈恤，在小康之家，亦令量力以周急人。自编成保甲之后，倘有不安本分，敢为窃抢等事，同牌九人必须告知保甲长，甲长至其家，再

---

① 页眉有校语云："试字衍。"

三劝诫,晓以一朝犯法后悔无及之故。如果怙恶不悛,牌长、甲长告知庄董,呈请官厅定罪,或枭首示众,或监禁终身,所谓杀一警百者,此也。其或同牌之人徇情包庇,不先出首,一旦事发,加以连坐之罪,则无有以身试法者矣。执事倘若俯听刍言,遍谕阖邑,恩威兼施,将见不折一兵,不费斗糈,而盗风自息矣。是否有当,即希裁夺。至团练之勇,现已招集一百六十名,设局校士馆,以为分乡捕缉之用,执事之运筹可谓至矣。窃谓今之土匪,皆如窃儿之攫食,非别有伎俩思谋不轨者也。况邑中参戎、守备二大员,①所部旧额兵壮五百余名,即奉裁而后,亦不下三百余名,以之守城,绰有余裕,似不必舍食饷熟练之精兵,而募不识营规之健儿也。私拟所募一百六十名,宜分派四乡,择要驻扎。目下如南乡之晋呑里,西乡之湖雾,土匪啸聚,则并力合谋,以壮声势。勦②除后仍驻扎要处,日夜分班梭巡,以资保障,自足寒土匪之胆,而化暴为良。似不必按庄举办,重扰闾阎。若按庄添募,以每庄二十人计之,每年约费洋银二万圆之谱,如许巨款,非吾邑所能胜任也。窃愿执事垂察焉,如蒙俯纳,不胜大幸。执事爱民如子,丙恭亦子民也,譬如一家之中,兄弟有疾痛,而不呼号于父母之前者,必无此人情。故敢胪陈管见,上尘钧听,伏乞恕其狂妄。天气犹热,惟祈顺时调摄,为民保重,以慰具瞻。部民林丙恭谨上。

---

① 页眉有校语云:"大员宜酌。"

② 页眉有校语云:"从刀不从力,从力义异。"

与云鹤茂才书

云鹤宗长足下：别久，惟以为道自重是祝。苏长公《喜雨亭记》，其笔情荡漾，意致曲折，洵足启学者性灵，但其中有"病者以愈"一句，似有喧宾夺主之病。盖"喜"字是题字，上文"官吏相与庆于廷"三句，句句有喜字意在，至此用"忧者以喜"句一顿，总承上文，极为有力。忽然用偶句与之相对，无论题中无"病愈"等字，即有"病愈"等字，上文俱说喜字，与此句无干，亦似不宜作对。握管凝思，欲将此句抹却，于理似觉不谬，于调究属欠谐。但吾阅前人名作，均以意理为主，声调次之，盖古之为文，往往不饰边幅，而于意理未尝不合。此处总承上文，末句接出亭字，最为扼要，似不得以边幅二字属之也，解者曰："此太守忧旱而病。"则上文亦宜先露此意，不得专于此处突如其来，予之愚昧，终无以解此。敢以质之高明，当别有说以代坡公解嘲者。顺叩撰安，并希赐福。

再与云鹤茂才书

接手教，谓《喜雨亭记》"民方以为忧"句，已寓病字意，古今注解家无一人道着，正见足下读书得间，足启弟之聋聩，慰甚佩甚。至啸山伯谓"不以忧者"句顿住，复用"病者以愈"句，特为"喜"字异样写照，说更新奇，有似老吏断狱，不烦辞费，未知足下以为然否？然弟又别有一疑，敢复质之。诸葛武侯《出师表》前后两篇，亦珍重儒林者也，弟八九岁时即喜读之，此童子时无所疑也。乙酉，鹤鸣课士，以《书汉诸葛武侯〈出师表〉

后》命题,弟有"反复详密,竭尽托孤寄命之心,可与《伊训》《说命》相表里"等语。张浚卿山长取置第一,谓淋漓尽致,笔有余妍。此弟于二年前所疑也。近与宣弟解说此篇,疑《后表》非武侯手笔,在人未尝不笑弟言之妄,弟窃幸说之有征,何言之?其《前表》曰:"兴复汉室,还于旧都,不效则治臣之罪。"何其壮也。《后表》曰:"坐而待亡,不如伐之。成败利钝,非臣所能逆睹。"何其哀也。此弟之所以疑也。夫当时街亭虽败,犹拔西县千家以归,蜀之山河,天险如故,后主复信任不贰,非同亡国之君。武侯再举而斩王双、杀张郃,魏王畏蜀如虎,大势所在,有成无败,有利无钝,已显然矣,何至戚戚嗟之,遽以才弱敌强、民穷兵疲之语,上危主志,下懈军心,而又称难凭者事,以豫解其日后无功之罪?虽至愚者不言,而谓武侯之贤而肯为是言乎?《表》中六不解,屡言曹操之败,再言先帝之败,以归命于天,此日家言也。将军出师而为是言,悖矣。己不解而欲后主解之,又悖矣。胸中抱六不解,而贸贸然出师,则悖之益悖者也。况兵,危事也,伐国,大谋也,张皇出师者有之,一鼓作气者有之,相马而食,以肥应客者有之,未有先事危怯,昭布上下,而后出师者也。此篇《后表》,若果为武侯手笔,是武侯之气已馁,而其精神亦消亡矣,此弟之所以疑也。弟非无所征而妄为臆度,故私质之足下,望足下平心体察,是否有当,幸再告我。肃此呈阅,即希裁答。顺叩撰安。不既。

再致云鹤茂才书

云鹤宗长足下:日前接奉复函,敬领一切。案陈承祚《三国志》只有《出师表》,并无《后出师表》,想后人作《后表》始加前字耳。裴松之称《后表》武侯本集所无，出张俨《默记》，足下谓："此《表》较《前表》更觉亲切。"袭武侯之名者不能酷肖武侯之心事，何故本集削而不存？此弟之所不能无疑者，一也。来函又谓："《表》中六不解，危言悚论，用励宸衷。"此学人之见，安有臣对君而可以不解上渎主听？即如江杏春学博所云："武侯自己能解，故为此以唤醒后主耳。"亦非忠臣纳谏之道，忠臣谏君必名正言顺，无所委曲，倘必以此为是，则后世之以阴谋事君，皆得谓之忠乎？此弟之所以不能无疑者，二也。考此《表》云云，上于建兴六年，史言："是时，吴周鲂遣人诱曹休，言欲以郡降。休率步骑十万以应周鲂，为陆逊所败。武侯闻陆败曹休，欲乘势出击魏，因上此《表》。"足下谓"此时魏兵东下""关中空虚""坐而待亡"等语，乃言其势以决进趋之计，与史所载不合，此弟之所不能无疑者，三也。又考邓艾入蜀时，使后主听姜维言，早备阴平及阳关口，则艾不能入。纵入后，其时罗宪、霍弋犹以重兵据要害。故孙盛以为乞师东国、征兵南中，则蜀不遽亡。将士在剑阁者闻后主降，咸怒拔刀斫石。然则武侯死后十余年，蜀犹未可亡，而武侯出兵时，去蜀亡尚有二十余年，乃先云"坐而待亡"者何耶？此弟之所不能无疑者，四也。前有一大疑，兹又有四小疑，而必谓此《表》武侯作，信乎？否乎？然则此《表》谁作？曰："此蜀亡后，好武侯者附会明道不计功之说，以夸武侯之贤且智，而不知夸武侯适以毁武侯也。"夫哓哓好辩，君子不为，而弟必为至再、至三者，盖亦有说足征焉。《语》云"狂夫之言，圣人择焉"，虽上智必有所遗，下愚必有所得，故不揣梼昧，复求是正，倘不以为不足教而教之，幸甚。

致陈晓霞茂才书

昨日枉顾，适弟不家，后遇于蜗殻楼，匆匆别去，未奉教言，歉甚歉甚。即晨吟窗雨霁，薰风乍来，天光浩荡，山翠欲滴，缅想雅人，定饶逸趣。弟则坐守青毡，无一善状，午顷阅《论语·学而》节，窃怪朱子《大》注训学之为言效也，于理欠合。即云学字中有爻字，《易》曰："爻者，效此也。"以效训学，义本于此，亦未允当。尝考古注，皆训学为诵习，此以人情诵而习之，故悦也，若云效人之所为而习之，何悦欤？如"则以学文""不如丘之好学也""学如不及""思而不学""敏而好学""博学于文"，诸凡言学，不能枚举，要皆主诵习说。至仲由氏言"何必读书，然后为学"，则直指读书为学，更觉彰明较著矣。吾人稽古宜择善而从，倘舍古注而从《大》注，未免开口便错，何以为学乎？足下经师人师，于书无不读，于理无不达，故因陋见所及，走笔书之，以呈审定。苟不以为附会而匡正之，幸甚。即希荃察，并叩著安。不既。

与裴师藏明经书

自我不见，于今三月，风雨晦明，倍切怀思，未知何日枉顾敝庐，畅谈心曲。弟近读屈子《离骚》，所云："虽不周于今之人兮，愿依彭咸之遗则。"又云："既莫足与善政兮，吾将从彭咸之所居。"王逸注云："彭咸，殷贤大夫。"与《论语》包咸注云"老彭，商贤大夫"正合，窃疑此彭咸即老彭也。彭咸能"信而好古"，屈原欲法前修，故引以自比，"依彭咸之遗则"，盖即隐用

《论语》义也。彭咸只此一见，是以解《论语》者或失之。李充、皇侃谓即彭祖，邢疏云："彭祖，李云：'名铿，尧臣，封于彭咸，历虞夏至商，年七百岁。'《世本》云：'姓籛，名铿，在商为守藏史，在周为柱下史。'"如李氏言，则即《史记·楚世家》所云"陆终第三子"是也。《国语》云："彭祖、豕韦，商灭之。"似彭祖为彭国始封之君，又系殷世诸侯，不得指为大夫，且于"述而不作，信而好古"之事亦不合。则是《离骚》之彭咸，即为《论语》之老彭无疑矣。盖彭者，姓也，咸者，名也，夫子窃比而云老彭者，乃尊尊之词也。谨因鄙见所及，质之足下，望足下平心察之，固不曲循弟之臆见，亦不遽执前人之成说以相诘难，是否有当，幸告我，弗金玉尔音也。肃此质问，即希荃察，并候著安。不既。

答柳明府质卿师书

忆自西湖别后，音敬久疏，时深饥渴。忽蒙台翰宣颁，深荷殷勤至意。但丙恭自幼失学，长复浪游，五入秋闱，不得一第。己丑虽承恩荐，然青衫依旧，属望徒劳，至今犹自以为愧。自是以后，惟日读书，不自揣量，妄有撰述，所著《经说》二卷、《读史指谬》五卷，顾蒙赐序，生平荣幸，无逾此矣。频年主讲翼文，虚拥皋比，了无裨益。偶与诸生讲说《史记》，于"汤崩，太丁早死，外丙立二年，仲壬立四年，相继而崩，然后伊尹立太甲"，窃谓非其实也，何言之？盖二帝官天下，定于与贤；三王家天下，定于立嫡。立嫡者，敬宗也；敬宗者，尊祖也，尊祖者所以亲亲也，兄死弟及，非所以为敬宗尊祖，且本支乱而争夺起矣，岂亲亲之道哉？且成汤、伊尹，以元圣之德，戮力创业，乃舍嫡孙而立诸子，乱伦败制，开后嗣争夺之端，必不然矣。公仪仲子舍孙而立子，言偃问曰："礼与？"孔子曰："否。"夫孔子，殷人也，宜知其先王之故矣，而不以立弟为是，此就义理而知其非者，一也。夫贤君必遵先王之道，不贤者反是，以殷世考之，自三宗及祖乙、祖甲，皆立子，其立弟者盘庚耳，必有所不得已也，岂有诸圣贤之君皆不遵先王之制，而沃丁、小甲诸中材之君反能遵之耶？此就人情而知其非者，二也。商自仲丁始立弟，太史公《阳甲之纪》曰："自仲丁以来，废嫡而更立诸弟子。或争相代立，比九世乱。"以其世考之，自仲丁至阳甲立弟者九世，仲丁既以废嫡立弟生乱为非，则成汤未尝立外丙、仲壬明矣。不然则成汤首为乱制，乌可罪仲丁乎？此就事实而知其非者，三也。唐李淳风通于小数，尤能逆知帝王世数，以邵康节极数知来，其作《皇极经世史》，亦无外丙、仲壬名世，此就历数而知其非者，四也。经所传者，义也；史所载者，事也。事有可疑，则弃事而取义可也；义有可疑，则借事而证义可也。若取事而无义，虽无经史可也。鄙见如是，未敢自信。吾师经学史才，冠绝一时，于此等疑义，谅早洞烛幽微，伏乞赐复，得有准绳，则为幸无涯矣。肃此奉达，敬叩著安。

复俞曲园夫子书

初四日，贵伻来杭，递到手札，即作复禀附呈，想已察阅。顷于柳质卿明府处，又奉教言，殷殷以爱惜精神、勤奋经史为嘱。仰见师台爱人以德，固无微而不至也。丙恭近读《论语》，谓南容、南宫适本两人也，司马迁《史记·孔子弟子列传》误合为一，以问禹、稷、羿、奡之人，即三复白圭之人。而郑康成注

《檀弓》又沿其误，以为"南宫绍，孟僖子之子南宫阅也，字子容"。及朱熹注《论语》，遂云："居南宫，名绍，又名适，字子容，谥敬叔，孟懿子之兄也。"于是容、适遂合于一，牢不可破矣。盖南容本名绍，《檀弓》记南宫绍之妻，夫子诲之髽，《家语》称其"以智自持，世清不废，世浊不污"，即其人也。南宫适本称仲孙说，当时孟氏一乳得两男，侈以为瑞，欲同之周八士南宫适之例，故易其名。《左传》昭公七年："僖子将卒，属说与何忌于夫子，使事之而学礼焉。"即其人也，容、适本两人，无可疑。案：南容本单姓南，《檀弓》作"南宫绍"者，"宫"字系后人所加也，《家语》则又涉《檀弓》而误也。《史记》谓"南宫适，字子容"者，则容之字混于适，《世本》谓"仲孙貜生南宫绍"，则容之名又混于适。自汉郑康成以来，诸儒俱未细案其时世也，未明南宫之义，故皆以误传误。今以容时世考之，盖本不与孟氏同族，鲁有南遗、南蒯，其族人也。南遗前臣季氏，激成孙叔氏之祸，而蒯后又欲废季氏不能，卒以费叛。南容先见其有宗祸，从学圣门，洁身避难，不与其事，故孔子以免于刑戮称之。大约容之为人，善自韬藏，含默以容，处昭、定之世，无事可以自见，在圣人门中，又不乐以言语称，故自《春秋传》《论语》并佚其名。然观其命名与字，即可以知其自取之义。南宫适"禹、稷、羿、奡"之问，意在推尊夫子，不免刺讥时世，尤非三复白圭之人所欲言者，观于此而南容、南宫适本两人愈无疑矣。近毛奇龄、朱彝尊、江永诸家既以南容、南宫适为一，沿前人之误，而又别南宫敬叔、南宫适为二，其说亦非。夫敬叔与弟懿子俱以父命从学夫子，未有不在弟子之列，而懿子以伐郓之役，欲夺昭公，自黜于圣门，而敬叔惟载宝一事，见于《檀弓》，而《史记》《家语》纪其适周问礼之言，《左传》哀公三年，纪其救火之事,皆有可观者。《论语》记冉求为季氏聚敛,宰我问短丧,皆不见黜于夫子,况《檀弓》之言,更未可深信,而夫子遽以一事黜之耶?岂以僖子之贤,从学之切,夫子独无以嘉贶之耶?必无是理矣。独惜南容为圣门贤娅,徒以姓氏为南宫所混,二千百年来不得从祀孔子庙庑,为憾事耳!此说是否有当,敢乞明白批示。自维樗栎之材,得附门墙之末,大惧草零木落,有负康成门下之知,是以竭荧烛之末光,效绵渺之微力,夜以继日,粗有所见,即呈请裁正。感遇如夫子,或亦为之莞尔而笑乎!外具不腆,略伸鄙私,幸为哂纳,并希荃照。不既。

复陈观察鹿生夫子书

自南浔舟次,得侍函丈,匆匆言别,不及细聆教言,耿耿何如。日昨接奉手示,并蒙赐撰先严墓志铭,先人遗事,得大笔以阐扬之,谢何可言耶?跪谢跪谢。丙恭拟于初六日南旋,补行三月望课,稍尽人师之职。自念生平学力疏浅,此后或得闲暇之身,究心古人之学,倘能稍有进益,不负康成门下之知,即为厚幸,敢尚有他望哉?近来外夷发难,国辱地削,坐观时事,徒切忧思。一时离经叛道、乱名改作之流,乘间而起,思以夷狄无父无君之教易天下,承学之士,靡然从之,邪说横议,无复顾忌。至以迂谬误国,显斥正人君子,圣学微而乱臣贼子之祸作,国家变故,遂有不可言者矣。居尝自念,于今之时,拨乱世而反之正,意未尝不在师台也。目前奉特旨,以吾师观察岳常澧等处,私心喜幸,以为以圣贤之学倡天下,不在他人而在左右矣,区区隐衷,伏惟矜鉴。不宣。

与梁卓如孝廉书

卓如仁兄足下：沪上一别，倏已五旬，言念文祺百益，定如鄙祝。谚云："得一知己难，失一知己易。"丙申秋，足下与黄京卿公度、邹部郎殿书、吴大令季清、汪进士穰卿，就强学会余款，创办《时务报》于上海。海内士大夫读报章及大著《变法通议》，知足下与诸君子为天下大局起见，以振兴学校为心，以创办实业为志，故各助钜款，赞成盛举。说者谓我国家维新之象，将自诸君子启之矣，然亦非诸君子同声同气，不能致此。上月奉旨改《时务报》为官报，弟不胜踊跃，谓诸君必将大用，以为宗族交游光宠，而弟亦得与荣光焉。不意日昨阅《申报》，而足下有《时务报原委记》之作，弟恐足下与穰卿有违言，于大局未免有碍焉。夫穰卿攘众人之美以为己有，穰卿固为小人，在足下既与穰卿为知己，宜将《记》中情节，作书径达穰卿，令自愧悔。即不然，或约同志，婉转喻其过失，令自辞职，不得把持，庶几于知己无忝，于大局无碍。乃不出此，公然登之报章，倒其架子，似非所以处朋友之道。同志闻之，未免齿冷，恐谓足下亦小人矣。忆去岁十月之初，弟谒南海先生于西子湖头，先生谓："君子务其大者，小人务其小者。"又曰："吾人读圣贤书，抗心希古，宜以远大自期。"旨哉言乎！圣人复起，不易斯语矣。足下与诸君既已有心挽回时局，上达主知，诸君之素愿已伸矣，自当持其大体，善始善终，转弱为强，转贫为富，则同志幸甚，天下①亦幸甚。诸君子之功之德，自在天壤，永永不

---

① 天下，页眉校语云："天下当作全国。"

朽,何必与穰卿争此区区之小节哉？弟与穰卿仅谋一面,未若与足下交往密切,非敢代为袒护。然君子处世,固宜如南海先生之所云云,是以不避交浅言深之嫌,上达数行,惟冀足下恕我、谅我,兼以恕穰卿、谅穰卿。则天下人必谓足下能以大度容人,是穰卿为小人,足下为君子矣。肃此奉达,顺叩著安,还祈赐福。不宣。

答江泳秋书

泳秋仁兄足下:月之廿一日,接奉尊函,藉谂起居叶吉,不胜欣慰。《周易洗心》《国朝诗萃》二书,弟购到时翻阅一过,匆匆赴鄂[①],忘却未寄。《石龙集》一本尚在陈襄臣广文处,据说俟二三月间抄毕送还。若届时不送府,弟大约清和左右返舍一走,当同《周易洗心》等书一并面交。《悟真集注》,向湖北各书坊寻觅,皆无之,惟《悟真三注》则有之,板系明刻,索价太昂,未曾购得。兹向湖北官书局购得《周氏[②]姚氏学》一部,发邮保险寄上,祈查收。弟自来鄂,往来应酬,皆儿辈同侪,年分既殊,趋向亦异,新交得二人:曹焕猷茂蔺,河南开封人,于旧学大有心得,新著有《清纪纲目》八卷、《四书集注辩证》十八卷;严献章尺生,湖北榖城人,现任图书馆长,曾游学欧西各国,翻译西书亦有十余种,其于中学,尤有根柢。台州同乡又得二人:孙宪钊翼心,天台人,前任邑教育科长,与弟最相知契,叙首鄂垣,不及二月,出宰应城;江文辉星涵,本邑松门人,

---

① 鄂,原作"鹗",据文义改。
② 氏,疑是"易"字之误。

肄业国立湖北大学,性情纯正,可造材也。但诸君各有职司,不能常聚,求如足下者时相过从,上下古今,跟经蹦经,扩我謏闻,实不易得。幸图书馆及公书林近在咫尺,日就馆或书林翻阅《图书集成》。考此书纂自康熙间,至雍正三年告成,纂修官系蒋仁锡等,分编为六:一曰历象汇编,二曰方舆汇编,三曰明伦汇编,四曰博物汇编,五曰理学汇编,六曰经济汇编。为典三十二,历象典四:一乾象,二岁功,三历法,四庶征。方舆典四:一坤舆,二职方,三山川,四边裔。明伦典八:一皇极,二宫闱,三官常,四家范,五交谊,六氏族,七人事,八闺媛。理学典四:一经籍,二学行,三文学,四字学。经济典八:一选举,二铨衡,三食货,四礼仪,五乐律,六戎政,七祥刑,八考工。博物典四:一艺术,二(下缺)

(上缺)为无礼不仁,丧心病狂而已。然受之者因是动心忍性,增益不能,则是彼之自处于非计,而其所以与我者,固已甚厚甚厚也。狂妄之言,惟冀裁察。令兄行宾先生未另函致候起居。倘于联袖接履时,举此奉阅,藉慰渴想,幸甚。

致蔡从生论南乡水利书

别来公私百益,定如鄙颂。邑中自六月以来,旱魃为灾,晚禾枯槁,民方以为忧。洎七月八日,一雨两昼夜,民转忧为喜。乃至十八,大风疾雨,雷电交加,至二十夜方止。摧山拔树,屋瓦飞腾,墙壁坍倒。牲畜之属,淹毙腐臭,耳不忍闻,目不忍见。山居者栖身岩穴,田居者以船为家,或坐卧树间,饥不得食,寒不得衣。男女老幼被溺而死,或被水成病者,比比也。近十日来,隔日即雨,水天仍然一色,晚禾无复生理。视壬戌、癸亥洪潮之灾,尤为过之。推原水不易退之故,实由海塘之筑,并截去各小浦出水之口所致也。向来大水,皆从东南塘上横溢而出,又有各浦口可以出水,故易退。今自松门至黄岩,数十里间皆筑成直塘,设多开出水浦口,建造石闸,潮来则闭,水来则开,水患尚不至如此之甚也。乃复截去各浦口出水小闸,仅恃各大闸出水,故水流不畅而难退。兹询农田关系人,东北之水皆从南来,横溢敝乡塘上而出。敝乡向来患旱不患水,今秋患旱又复患水,非直塘之筑之害而何?近敝乡蠹豪,以直塘之筑,各饱私囊,亦冀乘机攫取。当三月间,朱观察勘验塘工,小住松门,蠹豪各以筑塘利益之说进,观察不知其心存私见及地方之情形与舆论之允否,并有拨付开办①费二千元之说。蠹豪贪心愈炽,于四月集合同党会议,并不通知绅富,亦不召集农田关系人公同合议,不知如何议决,亦未宣布。其呈县公署,转详省道各宪,派委兴筑,又于八月□日仍召同党暨委员议决,自沙南至苍山,建筑横塘,约长二十里。此二十里内旧有沙南、石桥、西浦、猫儿河、车路浦、乌沙浦、淋头、沧山八浦出水,筑有新旧各闸,以为御潮放水之用。而该委员及蠹豪此次议决,留其四而废其四,他日塘成,以之御潮则可,以之防水则不可。盖出水口少,一遇大水,乡民欲不为鱼鳖也,能乎,否乎? 亦曷②思海潮泛滥,数十年不过一再见,大水则岁岁不免,孰轻孰重,尤宜审慎。即各蠹豪,非不知筑塘宜多筑闸,或造陡门,以为出水之地,兹不议及此,恐募捐多而农户易怨,开费繁而中饱必少,留待他年,令乡人饱尝水灾之味,

---

① 办(辦),原作"辨",据文义改。
② 页眉有校语云:"曷乃盍讹。"

然后筹捐筑闸，则捐易筹，又有巨款可以充入私囊，以饱欲壑也。且此横塘，亦无紧要，如果理宜兴筑，不待今日。当光绪三十二年间，敝友陈尚善建议兴筑，详论筑塘有益无害之理由，累千万言，附列吴观周及弟等姓名，具禀藩抚各署。时抚浙者张中丞曾敭，当委候补知县李长崧到地勘验，不知李委如何禀复，即行中止。宣统元年陈尚善晋省，又一再禀请，巡抚增韫派委前太平县知杨清绶查勘具报，以后亦无消息。如此塘理应建筑，经抚宪委勘，两省委勘明具报，未有不举行者，何致迟迟以至于今也？有识者当自知之。弟老矣，不复留心时事，乃复为此饶舌者，实缘此次大水寂处小楼者已十余日，有米有柴，又且有酒有散，乃灶被水浸，炉非炭不可，炭尽不炊者二日。弟则以醉为饱，而家人辈两昼夜无熟食，几无人色，吾不知无米无柴者又何如耶？偶成七古一章，长歌当哭，录呈藉博一粲，望足下特地晋谒朱观察，并请将弟函呈朱一阅，俾知原委，或有转旋之处，救民水火之中，则敝乡幸甚，阖邑亦幸甚，即足下之功德亦无量也。手此布达，顺叩律安。

管教授德舆母顾太宜人征诗启

《诗·大雅·既醉》篇曰："釐尔女士，从以孙子。"高密郑君谓："天既予女以女而有士行者，又使生贤知之子孙以随之。"然则非女士不能生贤知之子孙，非贤知之子孙亦不能光大门闾，以益彰女士之行之美也，若我管老伯母顾太宜人，庶乎足以当之矣。太宜人生而婉娩，习《礼》明《诗》，尊甫饮宾广粲公，奇爱之，难其婿，久之，归赠君韵甫世伯，年二十三矣。赠君七龄失怙，事母至孝，盥漱必躬亲，太宜人佐之，蒸蒸色

养，能得姑欢，综理家务，罔弗修饬，以故赠君得毕力讲学，岁
入修脯为菽水供。同治庚午，赠君居母丧，哀毁骨立。明正设
奠，吊者溢门，赠君扶病答拜，杖而不能起，遂以四月七日易
箦，太宜人谨侍汤药，痛不欲生，时冢嗣德舆才十二岁，其两弟
九岁、五岁耳。赠君病垂危，谓太宜人曰："吾家累世书香，吾
读书未究所志而殁，汝其训子成名，以践吾志，吾无憾矣。"太
宜人诺之，赠君始瞑目。繇是不敢复言殉，哭泣致哀，而经营
丧事，必一准于礼焉。赠君有一弟，后数月亦亡，太宜与叔姒
徐誓以守志，相依如左右手。踰年，叔姒又亡。所居风雨破
壁，蒿莱满庭，悽苦万端，太宜人安之若素也。其尤难者，瘠田
数亩，连遭大故，不足以给朝夕。太宜人于三党之戚，无所告
贷，而惟取办^①乎十指。遣德舆就外傅，辄鬻衣作赀，比归于
灯下，课之读，宵分不辍，机声与书声相续也，史称陶母截发，
柳母丸熊，以今方昔，殆过之矣。德舆由县学生受知督学善化
瞿公，选充光绪戊子优贡，旋登是科贤书。壬辰，成进士，曝直
薇垣，文名薰灼，以亲老不乐官京师，请改教职，选授严州府学
教授。仲子德邻，季子修轩，亦皆禀承慈训，克自树立。有孙
六人，崭然头角，郑君所谓"生贤知之子孙以随之者"，不信然
哉！太宜人抚孤完节，迄今三十余年。以夫殁时，齿逾三十，
不获旌于朝，有劝改年以合旌例者，峻拒之。里党高其节行，
复议为请宪旌，太宜人曰："吾闻先夫言，祖姑施太孺人，青年
守志，白发完贞，卒以僻处乡隅，未沐旌典，吾敢望前徽乎？"其
谦抑乃如此，所谓"女而有士行者"，非欤？若夫严以治家，而
接下则慈，俭以奉己而济物则惠，内而亲族，外而乡邦，观感既

---

① 办（辦），原作"辨"，据文义改。

深,和顺大洽,宜其康强逢吉,恩诰叠膺,仰母仪者,莫不谓女士之行之美,因贤知之子孙,能光大其门闾而益彰也。明岁二月朔,为太宜人七秩设帨,丙恭等以世家子,谊当登堂而称一觞,况如太宜人之奉姑孝、报夫节、教子义方,其卓卓大者,在人耳目,可无一言以致区区之意乎? 倘蒙词苑仙史、儒林丈人惠以诗歌,宣扬壸德,俾女士之行,与雅颂之音,并垂不朽,不其懿欤? 是所望于当代之立言者。乙未仲冬,世侄林丙恭书于翼文讲舍。

宁波济生分会劝捐启代

嗟夫! 人生所最难者莫如疾病,而以饥寒之徒为尤甚。终日营营,欲图一餐之饱,御一家之寒,已为难事,安有余金以求不龟之药哉? 其始腠疾,以贫乏因循不暇医。迨乎病入膏肓,祸及噬脐,虽有卢扁,亦无奈何矣! 哀哀黔黎,为寒饿所误,而死于非命者何可胜数。且人之所欲,莫甚于生,谁无父母,谁无兄弟,谁无妻子,忍听其呻吟乞命而不顾欤? 言之可慨。是以中国济生会宁波分会同人有鉴于此,特行送医,以济贫乏。近时就诊者日见众多,恒有向隅之叹,谁亲谁疏,岂可厚于此而薄于彼乎? 深知非建设完全医院不为功,郡城人烟稠密,街市纵横,年来虽有大小医院之设立,惟患其少不患其多。所有医院,大都创自外国教会,中国医院竟付缺如。且社会之心理,信中医者举其大半,于是同人等而有此济生中医医院之发起也。然蚊虻负山,力竭夸蛾;精卫衔石,难填龙宫,故不能不作将伯之呼,冀吾乐善君子以赞助之耳。

发起举行卫生运动会启

我国民族以不洁号于世界,以病夫称于列邦,此国民之大耻也。然反面自观,果非不洁耶? 果非病夫耶? 平心而论,不洁实不洁,病夫实病夫,虽有善辩者亦不能为之解嘲也。然则对于他国之笑骂,除俯首听命而外,无他法矣。虽然政治可以改革,军阀可以打倒,不洁与病夫,当然不难改造,惟不洁而自以为洁,病夫自以为不病,茫茫然不知不洁之为害、病夫之可危,则真无如之何矣。是故改造之道,必先在灌输智识于社会民众,使之惕然知所戒惧,革面洗心,以勉行其强健。则国民根本基质可以善化,区区不洁、病夫之弱点,不旋踵而灭矣。方今革命胜利,百图维新,卫生事业之建设,刻不容缓,此实民族发展上重大之关键,民生政策上紧要之使命也,非徒斤斤于解嘲而已。同人等有鉴于此,以为非施行大规模之卫生运动,不足以刺激民众之脑,使之深印,使之改革。于是倡为此议,以期稍有补于社会。惟材力薄弱,不克负荷,谨求大人君子,衷心赞助,通力合作,庶几众擎易举,目的可达,岂惟同人之幸,将党国前途,实利赖之。

代友辞乡董启

窃某学愧迂疏,职惭庸陋,谬承乡人士不弃,猥于某月日被选为本乡乡董。闻命之初,深以担任省教育职务,事繁责重,不克兼任,迭经辞职,未邀允准。顾自承乏以来,材轻力薄,对于地方事业,愧无成绩,抚躬自省,负疚良深。伏念某一介清寒,他乡作客,梓桑事务未能专心壹志。乃以迩来局事纷繁,失彼顾此,精神上既感受困苦,事实上亦力有未逮,为敢沥陈下情,备文呈请,仰祈县长俯赐鉴核,准予辞退乡董职务,另委贤能接办,俾息仔肩而重公务,不胜感激待命之至。

蕉阴补读庐文稿卷八

太平林丙恭爵铭

刘向、刘歆父子异学论

向、歆父子之学，渊源一贯，其始无不同，其究也，则不同者有三：向治《穀梁》而歆好《左氏》，一也。向初习《易》，因奉诏乃受《穀梁》，歆则于《易》《左氏春秋》《古文尚书》《毛诗》《逸礼》，无不讲求，二也。向性好简易，不交世俗，专积思于经术；歆则诸子传记、术数、方技，无所不究，三也。后人以歆失节，概斥其所学，此非探源之论。盖向之学务约务正，歆之学好博好奇，虽皆导源经术，譬如江河衍派，愈远愈纷矣。此非歆好《左氏》之故，亦非《尚书》《毛诗》《逸礼》之不可兼治也。其本性好博好奇，不能专意于经，以陶淑性情，研究实用，故有治经之名，而无守经之实。无论《诗》《书》《逸礼》教孝、教忠之事为特详，则如《左传》开卷即详载颍①考叔、石碏二人事，一则曰纯孝，一则曰纯臣，此即《左氏》之大义，歆何漫不加省乎？正由不能熟习《左氏》，故守道不笃，甚至臣子忠孝之大节，亦悖叛而不知，毋亦所好者语言文字之恢奇，训诂名物之奥博，而于《左氏》大义，犹未讲求乎？向则始终习《穀梁》，守之甚笃，

———————

① 颍，原作"颕"，据文义改。

史称歆数以《左传》难向，向不能非间，然犹自持其《穀梁》义。夫不能非间，由歆之矜奇逞博，长于辩驳之故。然向虽诎于辩驳，犹自持《穀梁》义，其笃守经训可知。故所上诸疏，及所著《列女传》《说苑》诸书，引证经义，皆至正至常之论，忠言硕学，炳如日星。夫经者，常也，正也，曾谓治经而可嗜奇炫博乎？此歆所以不能守父学之故也。歆本不足责，特恐后人治经，矜奇逞博，不求实用，蹈覆辙而不知，又恐人以歆之故，妄议《左氏》，并斥及诸经古文，是皆学术之忧也，故备论之。

谶纬之别论

说者皆谓谶纬起自哀平之世，窃谓非也。所谓起自哀平者，只可以言谶，不可以该纬。夫纬书实自哀平而亡，非自哀平而起也，何也？子贡曰："夫子之文章，可得而闻也。夫子之言性与天道，不可得而闻也。"夫所谓"文章"者何？经是也。所谓"性与天道"者何？即纬是也。盖经之有纬，犹阴之有阳，表之有里，实未可以偏废。故夫子以其道之显者，著之于经，以为万世之大法；而以道之隐者，著之于纬，以默察天命之征。夫使夫子而不能作纬，亦不得谓为大成矣，是纬书不可谓起自哀平也。大抵圣人之纬，入于秘府，与图谶并藏。哀平以来，好言符命，故艺术家之谈图谶者，皆得猎取纬说而窜改之，于是纬与谶遂混而莫辨，是纬书实自此而亡。所谓起自哀平者，只可言谶也。后之儒者，不察纬与谶之有分，而统称为荒唐虚诞之书，甚至如隋炀帝之焚，欧阳公之拟删，薰莸并弃，不甚可慨哉！东汉诸儒，喜言纬候，学者疵之，然窃谓诸儒之病，只在妄引图谶，如所谓孔子知"庶姓刘当代周"，及"天下血书鲁端门"云云之类耳。若其他引纬书之言,固有至理,未可非也。《四库总目提要》有曰:"纬书不尽可据,亦非尽不可据,在审别其是非而已矣。"洵哉是言,可为学者共法矣。窃尝读世所辑谶纬诸书,疑其冠以七经名者,纬书之本名也,其下之名所谓"钩命诀""含文嘉"之类者,皆图谶之言也。后之学者,若能将今谶纬诸书,详辨其某真某伪,使术数伪说,不撼圣言,庶几为圣门功臣欤!

黄石公论

黄石公者,其行事无所见,史但载其授书张良一事,其姓名亦不传,所传黄石公者,托辞也。然则其人与事,信有之乎?曰:有不有,未可知也。夫正史载之,后世传之矣,何以言其"有不有,未可知也"?曰:史之纪事也好怪,凡帝王圣贤以及兴朝之辅佐,则每操夫荒唐之语,以神后世之耳目。商汤出于玄鸟,汉高孕于大泽,孔子生于野谷,伊尹产于空桑,王猛鬻畚于嵩高,而张良受书于圯上,凡此之类,诸史都有,不可殚述。夫为帝王圣贤,则必非其父之所生,而为帝师王佐,则其学恒得之神仙鬼怪,岂理也哉?然则所谓黄石公者,无其人乎?曰:或有之。然有之,亦秦汉间一隐君子也,非所谓鬼怪神仙也。其授书张良也或有之,然有之,亦常事也,非神仙鬼怪之事也。然则其授张良何书乎?曰:未可知也。后世所传黄石公《素书》者,伪也。夷考张良之所以辅汉高者,谋划计议而已,非有神仙鬼怪之事也,亦未尝以仁义道德辅其君,则其书中之所言,亦大概可知也。而《诗纬》乃谓:"风后黄帝师,化为老子,以书授张良。"亦傎矣哉!

宋高宗论

尝读《宋史》，至南渡之后，而叹高宗之终无远志也。方其时李纲总理内治，抚河东北以固根本，宗泽留守于东京，结山水寨以振军威，皆一时恢复之上策也。帝苟能任贤去佞，以图雪耻，由是而中兴不难矣。乃每事为汪、黄所抑，卒纳其避敌东南之计，而不都金陵不都襄阳而都临安，识者知其无恢复中原之志矣。于是金以和愚宋，桧以和愚帝，帝以和自愚，甘受江南之号、诏谕之名、称臣之辱，而晏然不以为羞。虽有赵鼎、岳飞、韩世忠等文武协力，而发金牌十二，俾十年之功，废于一旦，不亦失恢复之一大机会乎？呜呼！帝真甘为小朝廷而不耻者矣，则谓其无远志也固宜。

干支说

史言天皇氏一姓十三人，继盘古出治，是曰天灵。淡泊无为而俗自化，始制干支之名，以定岁之所在。十干：甲曰阏逢，乙曰旃蒙，丙曰柔兆，丁曰疆圉，戊曰著雍，己曰屠维，庚曰上章，辛曰重光，壬曰玄黓，癸曰昭阳。十二支：子曰困敦，丑曰赤奋若，寅曰摄提格，卯曰单阏，辰曰执徐，巳曰大荒落，午曰敦牂，未曰协洽，申曰涒滩，酉曰作噩，戌曰阉茂，亥曰大渊献。王凤州谓："干支之说，子母相生，十母为甲乙。甲者，言万物剖符甲而出也；乙者，言万物生轧轧也，其于十二子为卯，卯之为言茂也，言万物茂也。十母为丙丁，丙者，言阳道之著明也；丁者，言万物至丁壮也，其于十二子为午，午者阴阳交而愕布也。十母为戊己,戊者固也,言阴阳彰露,物已成固也;己者止也,言阴阳杀物,物将收成也,其于十二子为申,申者言阴用事,申贼万物也。十母为庚辛,庚者,言阴气庚万物也;辛者,言万物之辛气方生也,其于十二子为酉,酉者万物之老也,故曰酉。十母为壬癸,壬之为言任也,言阳气任养于下也;癸之为言揆也,言万物可揆度也,其于十二子为子,子者滋也,滋者言万物滋于下也,故曰子。"丙恭按:干支命名之义,邢昺《尔雅疏》及后人辨之甚详,而王氏凤洲十母五子之说,未知何所据而云然?十二支仅有其五,而又以申为戊己之子,若云土能生金,则子午卯酉,又何以取同类为子乎?此殆谶纬之说,凤洲不著所出,盖欲自鸣其博耳。

柳质卿师号说

《礼·三正记》曰:"质法天,文法地。"《白虎通》曰:"王者有改道之文,无改道之质。"事莫不先有质而后有文,则夫人抱质以游,尤宜使昭质之弗亏矣。吾师元和柳商贤,怀质抱真,性情敦朴。其自少而壮,自壮而老,持躬涉世,修己治人,以至一言一行,悉皆呈质见素,有直质而无流心焉。今年且六十矣,由宁海县知县致仕家居。松柏之质,经霜独茂,阅历愈深,而淳愨弥著,俞曲园夫子,赠其号曰质卿。予惟质之为义,不一而足。《系辞》:"原始要终,以为质也。"《注》:"质,体也。体不备,君子鄙之。"《诗·小雅》:"民之质矣。"《传》:"质,实也。表实斯去伪。"《礼·乐记》:"中正无邪,礼之质也。"《注》:"质,犹本也。无本不立。"《月令注》以为正,《汉书注》以为诚,《小尔雅》训为信,《玉篇》又释为朴,合数义以观,吾师之为人,殆已浑然具美，视昔杨文卿之字质夫，范景文之号质公，何多让哉？予承吾师之命，更申其说，以明质卿之为号盖不诬云。光绪二十有四年又三月望日，门生林丙恭志于姑苏城外之遂园。

节性说一

《说文》："性，人之阳气善者。""情，人之阴气有欲者。"性善者何？理是也。理与欲同在气中，而分阴分阳，性情之名以立。然则性情之别，汉季犹明，乃近儒创明古训，据《召诰》节性之言，谓"情括于性，性中有此情欲，所以当节。"一若性即情，情即性，无可分别，欲以破宋儒义理气质之说。然窃谓节为品节之节，召公戒成王以性中具此天叙，当品节之，即《皋陶谟》"勑我五典"之意，《传》训"时节其性，令不失中"是也。盖虽叙此五常之性以予人，必当修理以品节之，如授时者之顺其候而不忒，故《传》训云然。倘以节制为节，则《记》言"司徒修六礼以节民性"，乃修六礼以遏制民性矣。闻性当扩充，不闻性当遏制也。若以性欲为性，欲不可纵，故所宜节。则《卷阿①》之诗，亦召公所以戒成王者，而曰"俾尔弥尔性"，《毛传》训弥为终，召公复戒成王以终此情欲之性，何邪？夫节者，所以葆其性之常；弥者，所以全其性之量。性兼理气，惟此理寓气以行，故形生神发，不能无过不及之差，所当节宣以准之，弥缝以完之，使无少差忒。《诗》《书》所言，若合符节。自性理不讲，即经训亦故为晦之。徐干《中论》曰："学者，心之白日。"诚矫为之说，不顾其安，则此心不几长夜乎？窃得诠次其说以明

---

① 卷阿，原本作"阿卷"，据文义乙。

之,非敢求胜前人,期有裨身心,识所自治云尔。

节性说二

虞夏以前,无性之名。然《禹谟》"道心""人心",显为理欲之辨。"道心惟微",即义理之性,义理之性蕴于血气心知中,故曰"惟微"。血气心知之性,即气质之性,使无义理为主宰,则人之性真同犬羊之性矣,故曰"人心惟危"。惟其微也,是以当品节之以持其危;惟其危也,是以当品节之以显其微。然犹曰此性之名未立,难凭肊说为征信也。《汤诰》则明言:"惟皇降衷,若有恒性矣。"翟晴江《四书考异》谓:"降衷即天命之性,有恒即率性之道,绥猷即修道之教。"其说甚确。《孟子》言"汤执中",观《汤诰》所言"执中"之旨,固远有所承。古未有去心性之学而可以言治道者,且《汤诰》言"若性",若,顺也,真西山谓:"顺其有常之性而开迪之,舜之徽五典,周之教六德六行,皆其事也。"然则《召诰》之"节性",即《汤诰》之"若性"。而近儒哓哓辨古文之真伪,无论徒废精力,即果为伪,其说亦有所本,乃不问言之纯驳,弃之如遗,不已慎乎?抑《禹谟》《汤诰》为伪,《西伯戡黎》则真矣,祖伊曰"不虞天性",性原于天,正与《汤诰》言"惟皇降衷"合;戒纣不虞,正与《汤诰》言"若有恒性"适得其反,郑注谓:"王逆乱阴阳,不度天性,性阳情阴。"郑氏固以以情乱性为训,可见性不可以情欲言,节性不可以节欲言。节性即虞性,节亦度也,不虞天性,即不品节天性也,天性非欲也,辨言者可以思矣。

节性说三

性学之源，开于尧、舜、禹、汤，而祖伊、召公俱深明之。古但不立性学之名，而所言治乱之本，则无不以性学为衡者。特古初文字甚简耳，不得谓古人不多说性也。夫六经之道同归，而礼乐之用为急，乐所以善民心以导血气之平，居阴治阳，虑情泪性，故曰："乐者，情之不可变者也。"礼则天理之节文，所以节民心而纳诸轨物之中者，此淑性之事，故曰："礼者，理之不可易者也。"礼之节出于理，以礼节性，礼学非即性学乎？性以礼为节，而礼又以理为节，则礼非品节斯性者乎？使以后起之情欲言性，则先王制乐足矣，奚以礼为？周初礼教最广，性学愈精，《烝民》之诗曰："天生烝民，有物有则。民之秉彝，好是懿德。"夫有物有则，则理寓于气之说也。若有气无理，是有物无则矣，民何所秉以为彝乎？物则之训，郑《笺》朱《传》异义，详孟子说《诗》语意，固朱《传》为长，恐不能不择善而从者也。则者，自天而贻，即物而具，所以人皆秉以为常，所以当品节之以为法天下。品节虽为修道之教，而性本有则可循，不过藉礼灿著，故曰："礼者，天理之节文。"礼即理所灿著，理即性之法则，节之云者，度其法则而灿著之也。《春秋传》："刘康公曰：'吾闻之，民受天地之中以生，所谓命也。是以有动作、礼义、威仪之则，以定命也。'"康公所言天地之中，即《中庸》所言天命之行，性本天命无疑也。性为天命而曰中，中者，准则之称，是性本有则又无疑也。至于定命之则，明为人所品节以则之者，此即《召诰》"节性"之说。性学至春秋犹明，乃因后起之则，而忘本然之则，遂欲肊断为有形气之性，无义理之性，是举数千年共明之性，而欲晦于一旦，欲以一手掩众目也，亦多见其说之曲矣。

节性说四

节性之说，莫备于孔门，孔子曰："吾志在《春秋》，行在《孝经》。"《春秋》以正君臣父子之法，此修性教以维其末者也。《孝经》以明君臣父子之行，此修性道以端其本者也。《孝经》之言曰："夫孝，天之经也，地之义也，民之行也。天地之经而民是则之，则天之明，因地之利，以顺天下。"此与《春秋传》子太叔论礼而称子产之言略同，必为积古相传性道微言。节者，节乎其则之当然而已。始于事亲，中于事君，终于立身，孝之节即性之节也，故曰："父子之道天性也。"君臣之义也，先之以博爱，陈之於德义，先之以敬让，导之以礼乐，示之以好恶，教之节即性之节也，故曰："夫孝，德之本也，教之所由生也。"夫曰："天地之性人为贵，人之行莫大于孝。"是孝为百行之源，实为至性之流，于此而品节之以广至德要道于天下，治理孰大于是？故窃谓《孝经》一书，欲天子、诸侯、卿大夫、士皆顺孝道以保其天下国家，此节性之大者。庶人则欲其谨身节用以养父母，此节性之小者。人各有性，即人各有节，性同而其节异，节异而性则无不同。孔子教及门以求仁，仁道即孝道也，孝道即性道也。颜子之"克己复礼"，仲弓之"不欲""勿施"，皆求仁之事，即皆节性之事也。特仁道至大，非其人莫窥其蕴，故子"罕言之"。且仁之实在事亲，尽孝即以尽仁，故以行在《孝经》为准的，然亦未尝言孝而遂不言仁也。近人误会子贡"性道不可得闻"之言，子贡之言当为躐等者发。遂昧厥性真，不欲一探其本，不知孔子赞《易》，言"乾道变化，各正性命"，言"继善成性"，言"穷理尽性以至于命"，非性道而何？闻与不闻，存乎其人，乌可藉口以凟性学哉？

节性说五

节性之说，又莫著于子思，《中庸》开宗明义之修道，固节性之实事也。然道为率性之道，率，循也，性命于天而可循，非本有其节乎？朱子《章句》训修为品节之谓，品节其当然之则也。品节虽属之人，而品节之理则皆性中所自具，故曰修道。否则，无所谓道，何以言修？而喜怒哀乐之未发，又何以为中？中为性而谓未发之中非性之理乎？发皆中节，岂待人为之节者乎？盖本有其道而修之，斯之谓修；亦本有其性而节之，斯之谓节。致中和者，尽性之事，唯天下至诚能之。所谓"自诚明谓之性"也，无弗节者也，节之则为自诚明①矣。朱子《中庸或问》云："惟圣人之心，清明纯粹，天理浑然，无所亏阙，故能因其道之所在，为之品节防范，以立教于天下，使夫过不及者有以取中焉。"此节性之的解，即修道之实功。道无形而教有象，教之所节，适还道之所节也。《中庸》言教为至详，欲人道学问以尊德性，盖禀承博约家法，究之致功在明。明者，节性之始事，旨归在诚。诚者，节性之终事也，《中庸》以诚为归，不啻《论语》以仁为归也。故达道者，性之节也，而行之以知仁勇。知仁勇，性之德也，而行之以一诚。一诚立而万善随之，斯无不节之性，即无不率之性矣。性者，万物之一源，参天地，赞化育，皆经纶之实事，岂拟诸形容，悬诸想像者哉？若近儒

---

① 自诚明，原作"自明诚"，据文义改。

之说,中亦谓之形质,亦为血气心知,则不知道之大原出于天者谓何矣。既不识所为性,又乌知所为节哉?

节性说六

节性之说,又莫明于《孟子》,《孟子》道性善,自为千古定论,而其言扩充四端,即节性之实功也。奚以言其然也?性之理为仁、义、礼、智,然仁、义、礼、智之理,乃其本体,莫可端倪。方未发时,浑然一理而已,故谓之中。发则有节矣,然发则杂乎形气之私,而有中节、不中节之别,故贵因恻隐、羞恶、辞让、是非之四端,而加扩充之功。盖端绪虽微,分量甚大,因四端而寻性之理,充四端则得性之节矣,夫是之谓节性。先王有不忍人之心,斯有不忍人之政,体信达顺,发皆中节也。后王以不忍人之心,行不忍人之政,必明体达用,然后发皆中节也。体不可见,即用而见,用当其节而体遂全。苟不能尽其才,便不知所以节,是自贼矣。七篇大旨,皆可统贯,性学实至《孟子》而大明,且其以乍见孺子入井为喻,则穷乎人心之所不得遁,以所不忍达之于其所忍,所不为达之于其所为之言,则操乎人情之所甚便。末俗梏亡旦昼,致怵惕恻隐之念,皆纳交要誉之念。苟不纳交不要誉,而怵惕恻隐之心几绝矣,是真违禽兽不远矣。乃昧夫性之本原,而以情为性,是未达《孟子》性善之旨,又安能会万殊一本之旨?以故学术纷歧,一若终古不可复合,而治道之杂糅,亦由于此。夫荀、扬重修道不重率性,则于天理多矫拂;陆、王重率性排①不重修道,又于天理多所纵

———————

① 排,疑是衍文。

恣。《孟子》道性善，而所言皆审端致力之事，其得节性之正旨也欤。

节性说七

难者曰："如子之说，以品节本性为言，是专以理为性矣，然则气质非性乎？"曰：义理之性即在气质中，浑言之曰性，析言之则各有主名，所以当析言之者。盖义理之性，乃天命各正之性，涉乎气质，则杂以血气心知，而性与情合，于是有昏明厚薄之殊，品节之而昏者使明，薄者使厚，故气质可言变化。变化者，变化以归此心同然之义理而已。品节自属人为，但尽人合天，务使有以性其情而不至情其性，故不曰节情而曰节性。不然，七情岂不当节者？而能节性，则阳不为阴所胜，自能发乎情止乎义，故情不须节，惟性当节也。世人天性日薄，因多情不自禁之事，而情不自禁，即由性不知节。今西俗任情嗜杀，灭绝性理，其效可睹。若谓此生而已然，是性也，则荀子性恶之说得以逞矣。西人雄、猜、险、很，乃习使之然。夫善言性者，必有验于情，情非即恶，情出于不自禁即恶。盖至情固从至性流露，而多淆于物欲，淆于物欲者，当节性以制之；流于至性者，则扩充以完之。孟子情善、性善之说，以性所流露者言也。今直以有欲之情为性，则阴阳错乱，将性不足制情，而情反足乱性，以是为节，必多矫拂。矫拂不可持久，必终归情不自禁而后已。世岂有天性而可矫拂者乎？差之毫厘，缪以千里矣。夫告子"生之谓性"，浑以气质为言，孟子犹必剖之。况举情赅性，又专就其显而为欲者认为性，其不祸性者几希。至韪告子"生之谓性"一言为合古训，以为性生于心，《说文》"从心，生

声"可证,若然,则情亦生于心,而"从心,青声"何耶？许君以
"阳气性善"释"性"字之义,与以"阴气有欲"释"情"字之义同,
乃略其义不言,但凿其从心从生之形声,以强合告子之说,又
谓告子不当侪人于物,故孟子阙之。已宗告子,又不敢悖孟
子,不几自相违戾哉？

节性说八

《乐记》"性之欲也"一言,近儒所据以申其节欲之说者也。
窃谓此性自合情为言,然其欲则感物而动,不得谓是性之所发
也。《记》之言曰："人生而静,天之性也。"夫人生而形气具,则
人性云尔,何言天性？不知人生而静之时,阳气流行,与天合
德,故曰"天之性",即未发之中也。感物而动,则阴阳相摩而
阴气常胜,故曰"性之欲",欲实情之阴气。经文简奥,合上下
文读之自明。上文固言心之所感非性。情动于中,而实为物所
感,其欲始形,可见天性本自无欲。然无欲无以见性,故性必
合情而人始具。有欲亦非所以全性,故情必合性而道始彰。
于是节性之功寄焉。性不节,斯欲不节,故曰："好恶无节,知
诱物化。"即气拘物蔽也。节性即所以节好恶,节好恶亦所以
节性,故曰："不能返躬,天理灭矣。"能返躬则性正而情不偏,
性凝而欲不流。《乐记》之言,适与《召诰》之言相足,义至显
也。且好恶非空节之也,《记》言"先王制礼",所以教人平好恶
而反人道之正。平好恶者在礼,礼者,理之不可易。好恶,情
也,理,性也,非本性以制情哉？反人道之正,非反其率性之道
哉？徒泥"性之欲也"一言,谓性内有欲,欲在有节,只知节欲,
不知节性,已逐末忘本。又据"血气心知之性"一言,谓血气心

知即天所命之性，是何以自异于释氏之认心为性？则又不揣本而齐末矣。夫《记》言："合生气之和，道五常之行，使之阳而不散，阴而不密。"可见圣人之制礼乐，原有扶阳抑阴酌理准情之意。独不以此为节，而强性就情，强情实性，竟不知人心之动，物使之然，如是何怪人世只有刑政之法而无礼乐之教乎？盖性理之绝于天下也久矣。礼乐者，修道之教也；刑政者，修教之法也。性教不明，法网日密，而终无以已乱。班《志》谓"儒家者流，助人君，顺阴阳，明教法"，今乃以情为性，逆乱阴阳，教化奚以明乎？

节性说九

《孟子》"口之于味"数言，尤近儒执以信其节欲之说，谓灼然无疑者也。窃谓《孟子》此章，正因当世皆以气质为正性，而委义理于命，故剖之极其明，即就本䌷绎，已有不可矫诬者。《孟子》所谓性也，固指味色、声臭、安佚群以为性者言，故赵注释之，谓"此人性之所欲也"。《孟子》则以"气数之命"夺之，而言"君子不谓性"，谓不以气质之性为真性也，而第执"性也"一言为断可乎？《孟子》所谓命也，亦指仁、义、礼、智、圣群委之命者言，故赵注释之，谓："常人则归之命禄任天而已，不复治性。"《孟子》则以义理之命断之，而言"君子不谓命"，谓不如世人委为气数之命也。不然，仁、义、礼、智乃天命之理，何以言"君子不谓命"邪？既不审孟子语意，直谓孟子以味色、声臭、安佚为性，所以性必须节，而"君子不谓性"一言，已不可通。例此求之，孟子以仁、义、礼、智、圣为命，则命即性，性即命，而"不谓命"一言，亦不可通。章句不明，训诂且窒，义理之错谬，不待言矣。夫孟子只以仁、义、礼、智、圣之性，正当世所谓命；

以味色、声臭、安佚为命，正当世所谓性，其警人也甚切，与"心独无所同然"之论同旨，皆因其所蔽，以开其所明。否则形色天性，孟子固明言之，何此独不谓性？正为人之于形，践非所践，于味色、声臭、安佚之欲，则知躭之，于仁、义、礼、智、圣之理，则若遗之，而性之体不全耳。今专以节欲言，似亦无恶，然得其半而遗其半，不可也。《荀子·性恶》篇亦所以申其劝学之说，而务为矫激，反悖圣言，固不如孟子性善之说为中正无弊也。况昧厥本原，违孟子之意，申告子之说，是反不式古训矣。李习之言灭情，近于释氏，言复性则正所以节性。彼据性而绝情，已觉言之过当，此申情以黜性，不矫其偏而甚之乎？且告子以心之欲为性，与释氏以心之觉为性，其间相去不能以寸，欲以孟子之言强同告子，亦可谓自生荆棘矣。

节性说十

自节性之说不明，近世学术，相率而趋于训诂考据，反诋心性为空谈，于是返躬实践之事，只托空言。此倡彼和，中于人心，成为风俗，鲜不以宋儒为诟病。实则汉学家好与宋儒为难，而不顾其说之安者，惟言性为甚。夫诚以节性为节欲，犹之可也，乃或有以欲为性之本然，当顺而导之，不当逆而制之，务申私说，以攻宋儒一二贤智之过，迷惑其旨，遂至敢冒不韪，反厌中学之迂曲，相与嚣张西法，至欲变通政教，与之齐驱，不知西教纵欲败度，其祸无所底止。观《万国公法》一书，其《原始》篇虽托《中庸》性道教为说，而只以人心之是非为性道教。夫人心何厌之有？以故西俗倡其自主之说，谓之各保利权，君不得制其臣，父不得制其子，夫不得制其妻，稍桀黠者遂相与植党倾轧，极于罔上行私而弗顾，盖不知节性之害如此。中土之士，往往言行相歧，而不如彼专恣之甚者，则六经性教微言，犹若有所维系，故行虽不副，言之犹识顾忌。孟子谓："尧舜性之，汤武身之，五霸假之。"此亦假之之未泯者也，倘因而即其真，使品节详明，德性坚定，处以是学，出以是教，有不力任艰钜而视军国大事犹如秦越人之视肥瘠者乎？不此之察，妄欲用夷变夏，设淫辞以助之攻。窃恐秉彝之理，将遂绝于人世，而犯上作乱之好，则与西俗有同情也，不可言矣。西土民气至嚣，其国之执政每喜邻疆有事，藉以戢其乱民，此固无术以制其静，必藉动以安其静，其故可深长思也。顾亭林谓："学者但当辩辞受取与，不当言心性。"此有激云然。近儒乃专取以佐私说，诚不解心性已乖，何以有学业？何以有事功也？然则节性之道，乃为恃原以往之道，往圣心传，实相印证。性不节则人心亡，人心亡，则凡所恃以纲维世宙者皆虚器，孟子道揆法守之言，可为千古龟鉴也。而近又有为节欲并当节理之说以求备者。总之，节性非遏性之谓，亦无庸曲为之讳也。

痛驳东原诸人之说，而能以汉儒古训证之，入室操戈，以矛陷盾，直使汉学家无可置喙。朱侍御一新先生评。

蕉阴补读庐文稿卷九

浙江太平林丙恭爵铭

方伯陈鹿生师文集序

　　窃尝谓治文犹治兵也,陈义欲其正,制局欲其紧,立法欲其严,持议欲其平,决机欲其捷,应变欲其神,理胜则百家扰攘可以片言关其口,辞胜则更端诘难可以多方解其惑。故古之大文家,当其握管伸纸,千思万虑绕集笔端而不肯去也,一若大将戎服登坛,十万貔虎之卒环帐下,伺颜色,思得一职自效也。选择竟,处置毕,纷纷焉各鸟兽散。又若主帅下令军中曰:"某随行,某留守,无得离行次。"将士自惕息遵命,无一人敢喧嚣也。说足以旁通曲证者,不妨宽取宏收,以为前后诠发之需。歧出者即词意新颖,必淘汰净尽,不使如骄将悍卒,偶杂于行阵之间,以违命斁军律,误国事。先事澄其心,临事竭其力,既事养其气。其校艺于方寸也,鬼神不能泄其机,君相不能夺其志。其鏖战于文坛也,崩山岳,决江河,不能喻其势;走雷霆,变风云,不足尽其妙。盖虽一篇之中,而其用功之深浅,得力之精粗,会心有可想见者。若吾师郁平陈鹿生方伯,其所为文固深知此道,足以制胜当时而传名后世者也。师以拔贡生襄赞戎幕,剿平发匪,叙功以知府用,分发浙江,历署杭、嘉、湖、金、衢、台、处知府,且三守台州,三守处州。升任杭嘉湖道，调任湖北岳常澧道，擢监司。甫一年，补四川按察司，特授布政司，护理总督。其仁声善政，所至流传。其莅浙时，适在洪、杨乱后，土匪接踵而起，师一履任，必剿抚兼施、恩威并用，故民得乐业而安耕读也。丙午春，师与予相见吴山寓庐，苍颜白发，非复有往时精悍之色。询知已于甲辰秋卸蜀藩篆，由鄂顺道而东，在苏小作勾留，即来杭就养少鹿观察公馆。谈艺之暇，辄出文集十二卷，授予校勘，并嘱叙其简端。予受而读之，觉其考较见学问，弃取见识力，驱使见才智，变化见心神。有时长篇累幅而不伤于繁也，如王剪萃六十万全力以灭楚，韩信合七十万大军以破项，而不见有余。有时短制数行而不嫌于少也，如宇文泰以一军挫高欢三道之师，岳忠武以五百人破乌珠十万之众，而不见不足。有时闲闲著墨，而遂为后来要著也，则军行神奇不测之伏兵。有时平平持论，而实为全篇正意也，则战阵持平论功之格言。欲知吾师生平为文致力之由，即在乎少壮时运筹帷幄之有方。欲知吾师生平立功不朽之迹，即在乎全集中之始末可考见。且夫文章不可拘守一格也，不探本于六经四书，不足为至仁无敌之师；不搜奇于诸子百家，不足为出奇无穷之兵；不流览于近日东西洋务各书，不足为与时变通、因势利导之材。吾师之为文，神而明之，优而柔之，弗矜才，弗使气，此则七经不能尽其辞，魏武不能注其解，犹之近日西国军制，日新月异，精益求精，不能如其谋篇立局，足以取胜一时也。呜呼！文章如吾师，始不愧为名家，若世之人仅以功烈称吾师者，盖未足知吾师也。光绪二十二年季春，门下士林丙恭书于吴山寓庐。

赵绍平太史诗序

昔人谓"诗必穷而后工"，余谓非也。人当贫困失志时，所闻见者远堤近流，山花野草，所更历者水往步还，泛波凌阜，即都尉能诗，往往为境会所限，又安能湍惊日月，浪动星河，纵才人之逸兴哉？若夫秀标东箭，价重南金，以范觉民上封事之岁，负江文通笔生花之才，柏梁应制，赋倾两都，又何可量欤？吾友绍平太史，固天水之望族，茂先之丽才也。年方舞象，承其尊甫寅臣观察之渊源，即解作诗赋，纵览典文，探晰忘倦。甲午、乙未联捷成进士，入翰林，出长安薛大司寇云阶、顺德李少宗伯若农两先生之门。薛、李文名振寰区，诗宗王、谢，太史之世泽相似也。薛、李少年鹏举，雍喈叶响，太史之早达相似也。薛、李咳唾珠玉，六律相宣，太史之藻绘相似也。虽天禄之阁未经久登，而石渠之书已观大略。其在京邸，朝庙燕飨之事，有纪述焉；公卿策遣之役，有赠答焉；省亲假归，则灵运寻山之兴，有题咏焉；祀祖旋里，则支公携屐之游，有吟赏焉。其所寄怀，每每见之于诗，诗不一体，而体则咸备，以选胜为选暇，以乘兴为乘时，舞席歌筵，江山来助。妙年得志者有矣，有如此之慧思不穷，绮情云会者乎？丙申秋来省尊甫观察公于台州府署，余适承公聘，校订台贤遗书，相见如旧识，晨夕谈心，颇相契合。手一编问序于余，皆近年咏古之作为多，日日咏古，何患不若古人。孟冬假满还朝，行有日矣。贫交之赠，惟有赠之以言矣，因草数言以序简端，庶几玄度之怀，敢云子荆之句乎？光绪二十二年，太岁在申，日月会于降娄，太平世愚弟林丙恭题于府廨之因树为屋。

《太平集内编》序

前明成化十七年，分割黄岩、乐清地，筑城泉溪而置邑焉，名曰太平。其文献之在未立县以前者，黄岩、乐清二志，已采录二三。立县以后，惟林山人子彦先生有《征献①录》之辑，起南宋，迄明隆、万时，所得数百家。至雍正间，陈耻斋先生又有《存佚录》之辑，其所选有山人曾经收录者，盖耻斋实未见山人之书也。迨乾隆末，长山李敬五拔贡，汇集《徵献》《存佚》两录，并采辑两家之所未见及近时士君子之作，为《方②城遗献》六卷，而吾邑之诗始成大观。然文录缺如，读者憾焉。予自幼喜聚乡邦掌故，偶有所见，随笔钞录，越今已二十稔矣。肶箧点检，得文三十二卷，诗二十八卷。作者名下，各系以小传。采辑之时，尤重旌品，品不足取，句虽工弗录也。所录凡千五百家，或以雄壮胜，或以秀雅胜，或以意趣胜，或以情理胜，或以家数格律胜。或则缠绵恳挚，不减韩、欧；或则沉实高华，堪方班、马，要皆纪录山川胜迹，传述先正遗风，读之可以征文而考献也。爰仿《黄岩集》之例，题曰《太平集》，聊资则效。诸君子倘有与我同志，珍藏家集，惠然寄我，益所未备，则有光于乡邦不少也。光绪辛丑春。

---

① 征（徵）献，原作"献征（徵）"，页眉校语云："献徵宜乙。"今据改。

② 方，原作"芳"，页眉校改为"方"，今据改。

《太平集外编》序

余辑《太平集内编》成，又汇集海内大人先生之题咏吾邑山川，传述先正事略及官于斯、寄寓于斯、旅游于斯与吾乡人投赠往来之作，录成文十八卷，诗十二卷，题曰《太平集外编》，盖以别于内编也。谨为之序曰："太平僻处海隅，非有名山大川可以游览而恣[1]意也，非有楼台亭阁可以悦目而赏心也，又非有洞壑峰峦可以选胜而探幽也，而海内之大人先生，足迹偶经，往往流连不忍去者，以其俗厚而风古也。先哲之宦游四方，以及旅食异地，而大人先生皆重之、敬之，与之折节而交者[2]，以其情挚而谊厚也。盖以知地不必以繁华重，人不必以富贵荣也。今而后邑之诸君子，诚能奋发其志，以求仁义道德之旨，而造乎圣贤之域，如戴泉溪、王方岩、谢文甫、黄石龙诸公者接踵而起，则今之所谓大人先生者，皆将慕道而来，问业而至，而丹崖、白峰之间，遍是贤豪之迹矣。则诗文之馈遗留题，将录不胜录，岂独为吾邑光哉？而三台、浙右亦因之增色矣。诸君勉之，予方盥薇焚檀，清夜默祷以俟之。"光绪癸卯，序于紫珂草堂。

《冷梅斋诗草》序

苍溪符月桥上舍既卒之明年，予与江楷亭茂才、江杏春学

---

① 页眉有校语云："恣字微嫌欠妥贴。"
② 此处签条云："'与之折节而交者'拟改'折节而与之订交者'。"

博吊于其家,就其几筵,哭而奠之。其内兄陈子铭茂才,出《诗草》一卷,嘱予校订,予受而藏之箧者二十稔于兹矣。今岁之夏,偶检敝箧,挑灯朗诵,觉一种奇崛之气、雅健之神、沉雄之致,隐见纸上,仿佛与故人接洽于冷梅斋时也。月桥颖敏天生,总角时即解吟咏,工帖括。冯松斋进士健,时宰黄岩,奇其才,即罗致门下。既壮,廓然有大志,博通群籍,作为文章,语必惊人,目无余子。侍郎张公云卿、都御史祁公世长,先后视学两浙,皆拔置第一,目为不世才。同辈若管德舆中翰、喻子韶太史,均甘拜下风,自谓弗及。甲申孟冬,吾师刘朿涛祭酒,按台科试,月桥亦名列第二。旋膺拔萃科,制艺词赋已录取矣,因经解有误,不及与选。乙酉乡试,又荐而不售,士林无不代为扼腕,而月桥亦由此郁郁不乐。归家未几,溘然长逝,春秋仅二十有四,呜乎悲哉!夫以月桥之才之学,而又适当少壮,使天假之年,充其所至,得与志①韶诸君子翱翔木天,和其声以鸣国家之盛,亦意中事耳。奈何悠悠苍天,不惟不永其年,竟令其名复得湮没而不传,而其文词之卓卓者不自收拾,卒后放佚殆尽,仅于张、祁二公《校士录》中刊行数篇,而《九峰精舍课艺》亦略见一二。然则《诗草》也,又安可任其泯泯汶汶乎?而况日月不居,蹉跎负我。楷亭、子铭,又先后谢世,予亦株守家园,两鬓如霜,追忆昔时二三知己,莺晨雁候,文酒过从,月夕花期,琴歌和答,曾几何时,而已不堪回首也乎?月桥之为人,闲静小言,与人交情深而意挚。其为诗也,瓣香玉溪生,虽神识不逮,而得意处若足与比,将来必传于世也奚疑?爰倩书人誊真而校正之,行将商之杏春学博,鸠赀付梓,以垂

---

① 志,疑是"子"字之误,盖志韶当是上文之喻子韶太史。

永久,庶无负月桥平日孜孜之苦心,及子铭当日殷殷见嘱之雅意云尔。光绪三十一年秋八月望后一日。

《台南纪事》序

《台南纪事》二卷,予于丙午仲夏,得之故纸堆中,署曰"静虚子滨述",而未著其姓。及阅首条所载祖德源流,始知朱其姓,滨其名,然亦不知为何如人。今岁孟春,朱君楚堂过予小园,谈次询及,知即学博友白君之父,上舍紫斋君之祖也,字竹汀,别号静虚子,由诸生援例入成均。平日修身积学,年逾大董,乡里崇敬,推为祭酒,而且善居积,好施与,凡遇义举,无不勇为。昔端木氏所称"富而好礼者",即其人焉。仅以明经老,惜哉。篇中所纪,皆当时耳闻目见,语不涉夸,言皆有物,足拟杂录之《侯鲭》,非若《诺皋》之志怪。大者足补郡县《志》之未备,小者可为修身齐家之法戒,读其书可以想见其为人,岂知先生当日之所痛心疾首,不禁俯仰太息而言者,其子友白、孙紫斋皆躬自蹈之,卒致声名狼藉,家落人亡,先生有知,曷禁血泪洒遍黄泉耶?然而积数年之苦心,撰辑成帙,以致子孙不能保,将遭焚劫,得予而出之水火之中,俾一腔热血,不随烟销灰灭而俱烬,斯实不幸中之大幸也。既倩钞胥缮录副本,分赠师友,冀广其传,而以原本归之楚堂,嘱其曾、玄善为宝藏。倘及今遵行祖训,服膺弗失,安知今日之衰,不可转为来日之盛也哉?光绪三十三年,岁次丁未,上巳后六日,序于紫珂草堂之临花舫。

管慰农先生诗序

同是书也,而晋人与唐人其体分;同是画也,而南宋与北宋其格异。书也,画也,其流虽别,其源则一也,惟诗亦然。古人云:"登高能赋,可以为大夫。"性情既足,发为文章,则其作必传。刺史管慰农先生,青年登科,服官郎署,留心掌故,对于台州文献,尤竭力搜罗,乡先哲遗著赖以流传者不少。与先大夫订交京都,《北游集》中附录先生和章十余首。乙酉秋,先大夫弃养,先生以诗寄挽,有"道义交情逾骨肉,艰难足迹阻山河。十笏清闲摩诘地,一编涕泪少陵诗"及"文字交深知己感,梦魂小聚放杯迟"之句,读之可想两人交谊矣。先生由兵部候补郎中,出宰顺庆府邻水,矢勤矢慎,政平讼理,上台咸倚重焉,以功擢刺广安州。未几,以丁艰归,不竟其用,论者惜之。去之日,士民泣送,相继不绝。历任既久,邻水、广安两籍士大夫,来游吾浙者,犹有能道先生之遗爱。先生既家居,创建扶雅书院,延聘名师,造就后进。每逢朔望,以时艺课士,厚其奖赏,试卷则亲自评阅。时余初隶博士弟子籍,每课屡拔取前茅,余获先生之教益者实非浅鲜。后光绪乙未间,古闽陈仲虞进士来权县政,聘余主讲翼文书院,先后六年,盖因先生有先入之言也。仲虞明府常与余谈及先生诗学,本乎性情,登临吊古,啧啧于浙东西无异词也。平日性耽吟咏,触机勃发,天籁自鸣,不求同于古人而自无不同,不求异于古人而自然能异,随作随弃,稿多不存,此集由其吉嗣肖农大令雇人录副,将以付梓,吉光片羽,殊堪珍贵。肖农问序于余,余反复洛诵,觉先生之问学性情,如相对语。后之读是集者,因先生之诗以想见先生之为人，谅亦如余今日也夫。光绪三十四年夏六月大暑，世愚侄林丙恭序于京师后孙公园台州会馆之望道未见宧。

《烟谷诗草》序

吾乡自道咸以来，能为诗古文辞者，群推黄氏壶舟、今樵兄弟，而其著述甚富，各有十余种。予尤喜读其诗，以为宋苏氏子瞻、子由不能远过。同里郭烟谷先生，实今樵之入室弟子也，又尝受裁于壶舟，所著《烟谷诗草》二卷，皆经今樵所点定，未及付梓，而先生逝世矣。去岁丙午，先生之孙雍生茂才主讲吾族崇本堂，课艺之暇，以《烟谷诗草》见示，并嘱予为之序。予取而读之，虽才力不逮黄氏昆季，而精新要眇，独有所得，亦非流俗所能为，他日当与《壶舟诗存》《今樵诗存》并为世所贵重。忆予往时，与江君泳秋搜葺黄氏遗书，欲为校订，以广其传，今《壶舟文存》《红山碎叶》《论语井观》《今樵诗存》等书皆已次第付梓，流传于世，雍生能将先生之诗亦梓而行之，吾知其诗之传必愈久而愈光也。然而予尤有感者，先生集中有和先大父诗，先生之嗣君一初国学，与先君子又有芝兰之契。雍生辱与予交，而小儿贤蟠又从雍生受业，四世通家，并以文字道德相切劘，朋友也而不啻骨肉矣。此则读先生诗，动落日之怀，即以增秋霜之痛，其能无感于心乎？光绪三十三年四月望。

《一斗吟室诗草》序

吾师星野王先生，博学能文，且喜吟咏，精六法。予于同治甲戌、乙亥间，从而受业，获益良多，不十年而先生以疾亡，春秋四十有一。师母林孺人，称未亡人者三十年于兹矣。无男若女，所后子不能孝养，致令师母古稀之年，犹以纺织自食其力。吁！可悲也已。遗稿散佚，渐将澌灭，兹从师母处得其诗八十五首，编为一卷，题曰《一斗吟室诗草》，以其自题所居之室之名名之也。先生甫冠，即游于庠，溺苦帖括，孜孜汲汲，最嗜项水心先生文，每构一艺，必规模之，句不惊人不下笔也。己巳，肄业崇文书院，试必高等。庚午，徐学使树铭调先生入诂经精舍，与金华龚启藩、朱一新、绍兴赵铭、同郡王彦威、葛咏裳、同邑陈羲、陈殿英，以学问交相切磋。其所述作，具有法度，使遂其志，偕龚、朱、赵、葛辈，掇巍科，跻清秩，以功名德业焜耀一时，夫岂有所稍让乎？乃自癸酉秋试报罢，即隐居教授，远近闻其名，负笈从游者至室不能容。其教弟子必先行而后艺，循循善诱，无论智愚，一经指授，皆斐然成章，破壁飞去。平生介而诚，质而礼，兢兢自守，不踰尺寸，而与人无忤。暇辄与人唱和，吉金乐石，室中排列几满，古画法书，一经寓目，立辨真赝，篆刻竹石牙玉，得者争以为宝。兹读其诗，皆庚午在杭与己卯馆盘峰江杏春学博家之作，余则罕见，则此中之散佚者不知几何。窃念人生斯世，所日夕而期望者，名与身后耳，先生生既不遇于时，死又无孝子慈孙，遗诗零落，所存止此，而龚、朱、赵、葛诸公，复先后谢世，不获为之品题而表章之。嗟乎！天之待斯人何如是其苛且酷耶？编既竟，用志大略于简端。至诗之佳胜，读者自能辨之，无俟乎予之赞一辞也。宣统二年，岁在庚戌秋七月望后三日，序于京师台州会馆之宝纶堂。

管德舆《茶簃初稿》序

光绪壬午春,余读书九峰精舍,得交黄岩符月桥上舍。迨首夏,又由月桥介绍,得与管君德舆订交,连襼出入、剪烛论文者近一年,敝衣粝食,不以为苦。每一诗文成,互相激赏,歌呼达旦,意气之豪,不可一世。甲申初冬,月桥以科试又第一,不得与选拔。越岁乙酉,乡试复荐而不售,归家未逾月,遂郁郁而病,病而卒。惟德舆则受知于瞿子玖学使,丙戌饩于廪,戊子贡于优,即膺是科乡荐。壬辰,第进士,授内阁中书,旋以母老改教职,特授严州府学教授。而余则穷途潦倒,以赀入官,需次皖城,宦海茫茫,学殖荒落。余三人者独德舆颇得意,而学问亦随之而益进。其在内阁也,受命属草,千言立就,为诸钜公作碑版记序甚多。癸巳,随瞿学使赴蜀,校阅试卷,辎轩所至,旷览剑阁栈道诸形胜,得江山之助,发为文章。盖风发泉涌,纵横恣肆,必如其意之所欲言而后止。洎莅六睦,以儒官居宾师之位,讲道论德,尤以敦笃践实为诸生勖,自奉甚俭约,衣冠不近时饰。顾深自退藏,即有撰述,亦不轻以示人。盖其居官无急功近名之思,而务循其职分之所尽。为学无矫同立异之见,而务得其义理之所安。所著书不下十余种。戊申,入都引见,与余聚首京邸,出其《茶簃初稿》二卷而商榷之,并嘱以一言弁其首。尝谓余曰:"古文一道,非易言矣。必从容乎道德之途,游息乎诗书之府,而又熟于《左》《国》以来相承之义法,神明而变化之,而后发之于文,如张五都之肆,足以应万众之求,如驭轻车骏马于平原旷野之中,而不失其步骤。"余受而读之,序传记铭论赞,无体不备,而说经之文居其大半,繁称博引，足以达难状之情，而秩然咸中于条理。昔韩退之以六经之文为诸儒倡，今德舆之文，非六经之法言不称，非六经之疑义不决，折衷百家，有功后学，所谓吐词为经，沛然浩然而登作者之堂，德舆有焉。展读之余，因循未获承命。宣统庚戌九秋，余自京返，再晤于沪上。时君游沪市，因短视，马车过，不及避，受伤入医院调治，幸少痊，余遂携以归。轮舟中复申前请，且曰："月桥之诗，君既为之序矣，余文亦不可无君序，俾两家子孙见之，仍得敦世讲之谊而联文字之欢也。他日吾两人虽死犹未死，乐何如乎！"爰即备叙与君交游之始末、平昔之攻错以及聚散之缘由，惜未能起月桥于九泉下，而以序文相质也。

《果园诗草》序

往者吾邑黄氏壶舟、今樵昆季，以诗名海内，相为引重者，侯官林少穆文忠、八旗璧心泉昌其尤也。迨壶舟先生自乌鲁木齐赐环归，今樵先生亦自闽归，隐居教授，台东南骚人墨客，执册请业而来者泉集，而吾邑遂为诗渊薮，衣冠谈笑，朝暮翕合。若金镜人太守、叶桐侯广文之螺山吟社，章鲁庵明经、家少岩学博之修梅吟社，陈桂舟征君、家啸山布衣之白峰吟社，岂非皆以黄氏两先生执牛耳哉？自予为儿童，虽不及见黄氏昆季，若镜人、桐侯、肖岩、桂舟、啸山诸公，俱曾亲其言论色笑，莫不有王公之高、千驷之贵。嗟乎古先贤不得见，得见近贤，此心庶亦无憾矣乎！同里陈君月卿，长予四龄，而少征君二十余岁，喜学诗，每就征君问诗法。征君与订忘年交，呼之为小友云。征君工诗古文辞，通训诂，精考据，足迹半天下。

而君自壮岁以来,游吴越、东西浙,以及普陀、东瓯诸名胜,航浮洪流,车走巍坂①,风驰雨奔,往往经见古今战争与夫兴废处所,虽未能尽生平之大观,要其胸中洒脱,无复前时之意态矣。故发为诗,俊逸而新清者,升荆舫弟兄之堂;顿挫而悠扬者,得花山诸贤之奥。揆其所以然,非过从经历,足之所及,目之所获,则一语不以营于心而讽诸口。今观卷中所咏诸境,皆予平昔往来所经见者,盖吾邑言诗之士,自黄氏及镜人诸公而后,若君者,亦千伯中之什一耳。今君往矣,诸公之姓氏,后生又鲜能道者,虽当日之儿童如予,亦复白发皤皤,颓然老矣。欲求如林文忠、璧星泉其人者为君表章而不可得。幸嗣君百川太守声华开朗,有志承先,季冬之吉,以君诗稿,嘱予校正,行将付梓,以广流传。予喜君有后,乐为雠校,厘定上下二卷。君果有知,其词魂诗魄,当向南冈北涧之间,翛然而笑,惬然而慰矣。是为序。宣统二年庚戌十二月祭诗日,同里知弟林丙恭撰。

《灏亭文集》序

余年十三,从郑锡三师游,学举子业,师出灏亭先生制艺数十篇授余读,以示程式。余之得知科举文字者,实先生导我先路也。既而习音韵,学律赋学律诗,先大夫又授以《桐花馆赋钞》《梧月斋律诗》二册,曰:"此灏亭先生课徒作也。先生工制艺,善诗赋,屡试冠军,虽困于秋闱,不得一第,此二册实小试利器也,汝其诵习之,当自有得焉。"洎先大夫弃养,予检其

---

① 坂,原作"版",页眉校改为"坂",今据改。

藏箧，有手录《灏亭先生诗集》六卷，首列自撰先生小传。余取而读之，爱不释手。嗣见先生之诗之散存他处而为原集所无者，随见随录，得二十有四首，为辑《补遗》一卷，附诸集后。尝以未读其文为憾，自壬辰以来，于故家巨族案头，或诸时流丛钞内见有先生文，必手录之，积年累岁，先后得先生古文七十三首，分为三卷；骈文三十一首，别为一卷，合成四卷，仿《诗集》例，题曰《灏亭文集》。庶亦稍慰夙愿乎！虽然，余昔闻诸先大夫曰："先生壮岁尝从钱唐吴圣征祭酒锡麒、同邑戚鹤泉明府学标于紫阳、崇文两书院，后奉阮抚军元檄，调入诂经精舍肄业，得游青浦王述庵侍郎昶、孙渊如观察星衍之门，闻诸公之绪论。喜为古文辞，兼工骈俪，郡邑中碑记序传，出其手为多。"则先生之文当不止此耳。倘文字有灵，日积月累，更为勤加搜辑，安见不源源而来，蔚为巨观耶？予尝谓古人不朽者三：立德，立功，而言亦居其一。言者何？文则六经四书，诗则三百篇，次而至于韩、柳、欧、苏，著作泛滥，亦精义所流溢，言而文者也，文而道者也。卑卑至词章之学，则又无甚高论矣，然而觥觥大集，越数十百年，诵其诗，读其书，即其言以想见其人，推之饮水思源，望云识岫，每得一言以为喜慰，然非以其言也，而其言亦不朽已。夫先生虽以明经老，而门下多闻人，如玉环林芷生进士芳、同邑陈丹峰孝廉凤飞、叶杏人孝廉保、赵篆山拔贡魏、叶阆帆拔贡蒸云，皆其一手所造就。嘉庆间，曾主余家可园讲席，先曾祖九成公实从受业，则是余于先生固再传、三传之弟子也。况后诵习其时文诗赋，得身列黉序乎？抑又闻之，先生爱素好古，凡古今彝器钟鼎书画，一见能辨真赝，于书无不博览而遍观，味其腴而餐其英，故其发为文也，语必惊人，目无余子，运思若雷霆之精锐，结响若金铁之铮钬，耸拔若山岳之矗天，壮阔若波涛之涌地。又或组织斗丽，入险出奇，抽管开花，拔戟成队，肆者醇之，奇者正之，博取而约收之，韩昌黎所谓“本茂者实遂，膏沃者光华”，不其然乎？不其然乎？余既辑先生文，不能无言以序其缘起。但鄙陋如余，即言亦何裨乎先生，惟有诵其诗、读其书，即其言以想见其人，觉本性情为抒写者，非以其言也，而其言已不朽云。甲子元旦，序于四明江北之长听海涛处。

《历史皕课》序

曹君茂蘅，河南开封拔贡生也，其门下舒某，作宰黄冈，延长教育。甲子秋，舒某卸篆寓鄂[①]垣，茂蘅亦随以来。九月望日，予阅书湖北省图书馆，同室晤谈，始知与蟠儿[②]亦素识。越日来谒，携所著《历史皕课》视余，乞予为之删正而序之。予览其自序，学有根柢，知其撰述必佳。及阅全书，上下五千年中，纲举目张，井井有条。又复博采群书，旁通曲引，诚读史者之绳筏也。乃竟一日夜之力，悉心校订，略为窜易数字而还之。茂蘅遂以为一字之师，执弟子礼焉，予不受，以忘年交之。而茂蘅函札往来，仍称受业如故也。嗣予过舒寓，舒君复称道茂蘅课其子女，循循善诱，启迪不倦。而平昔讲学家邦，尤汲汲以敦品励行为诸生勖，中州人士合经师、人师而一之者，惟吾师一人。予闻之益加敬爱，慨自欧风东渐，人心不古，放言诐行之士，心醉自由平等之说，毁弃纲常，视父子昆弟如路人。

① 鄂，原作“鹗”，据文义改。

② 儿，原本无，页眉有校语云：“蟠下脱‘儿’字。”今据补。

其甚者欲废六经诸史，黜儒术，诋讥圣道，谓不足平治天下。呜呼！圣贤之不作，邪说横行，实史学之不讲，教育之失其真也。今得茂蘅之书出而行世，俾青年子弟读之，明体用而知褒贬，去伪存诚，藉以绵圣道而不坠，固今日不可缓之事也。呜呼！挽救人心，维持社会，舍茂蘅其将谁属？近茂蘅又有《清纪纲目》之作，他日告成，请速示我，俾得先睹为快也。兹因蟠儿奉调沈阳，予行将旋里，而茂蘅赋诗饯行，又伸前请。回忆一年来，每与茂蘅相见，谈古今昕夕靡倦，启予之助，获益良多。上巳前三日为予撰七十双寿序，骈四俪六，推许过情。今当远别，天涯地角，相见何时，念及此，不禁泪涔涔欲下也。时书数语，俾弁诸简，藉作临别话言，并为异日重逢之券。乙丑八月六日，破环逸叟书于洪山山麓之荷花深处。

赵兰臣《石^①芙蓉馆诗稿》序

光绪甲申，君从江竹宾明经游，明经及其弟咏秋、藻青两茂才，皆余友也，因明经得见君，然固未能深识君也。后十年，余馆家子廉广文之诵芬阁，而君与家仲严上舍讲学梅花吟社，时相过从，情日以密，以是识君之为人。既而君以重九登高，邀集同人宴饮，即席赋诗索和，其时裴诗藏、陈艺圃、家仲严三上舍、方洵成明经、叶松斋孝廉及余皆有和作。又乙未，黄岩夏少泉孝廉为余画《沧水读书图》，图中题词，则君倡之而诸公继之，今稿中所录者是也。以是识君之诗，而君若以余为可言

---

① 石，原作"墨"，页眉校语云："墨当作石。"并钤有"慈园"印章。今据改。

诗也者,有所作,必转相告,嗣而别去,诗筒之往还络驿不绝。壬戌之春,君裒前后所为诗,题曰《石芙蓉馆诗稿》,属为之序,且曰:"欲使后世子孙知吾两人相与之诚。"余诺之而未有以报也。今秋自鄂返里,晤君于江氏咏秋之一乐园,君重申前请。乃归检其诗,既卒读,喟然叹曰:"美哉!洋洋乎!其导源汉魏,溯流唐宋也,可以惊风雨,泣鬼神。求诸古人成法,未尝以一字摹仿,而神明规矩,动与天合,其斯为精深华妙之诣乎!夫诗生于情而寓于境,大抵廊庙之才,足以黼黻休明,而澄思渺虑,欲穷夫天地山川云物之变,则不若山林闲旷之士有独得焉,此昔人之所以有穷而后工之论也。君以绩学巨儒,屡踬场屋,癸卯举于乡,甲辰试南宫不利,赴都朝考,取列二等,以监大使签分福建试用。未几即请假归里,隐居于石牛岭之巅,闭户著书,若将终身。论者谓君才望卓绝,未得窥承明著作之廷,以大展其夙抱为惋惜,而不知君旷怀高寄,视廊庙山林之间,绝无芥蒂于胸中,故其出处超然,高出乎当世士大夫之所为。夫君所处之境,在他人视之,亦称有成就矣,而于君不可谓非数奇也。吾方叹君之以工穷,而岂期君之以穷工。以君之诗之工而不免于穷,君之穷之不足以穷君之诗,然则君之穷亦有异乎人之穷也。独念余交君垂四十年,踪迹所合,于仲严之九皋楼梅花吟社为多。今仲严、诗藏、竹宾、藻青、艺谱先后逝世,而洵成、松斋、泳秋,复老病不出户庭,惟君与余犹得于晨星寥落之余,幅巾杖履,仍然相与往还,挑灯重论,不可谓非难得也,爰磨墨吮笔而叙其巅末如此。民国乙丑十二月上浣,书于张氏之临泉阁。

蕉阴补读庐文稿卷十[①]

浙江太平林丙恭

《老子索微》[②]序

余喜读书,惟不读近人书。甲子孟冬,自四明来武昌,而行李匆匆,未携一书。偶见内子蒋碧廎箧中置有毗陵董逢元秋声阁所镌老子《道德经》一册,开卷读之,不啻与老聃雍容谈笑于一室之中也。殷仲堪云:"三日不读老子《道德经》,便觉舌本生强。"余不读此二十稔矣。今复与之日夕相对,玩索有得,随笔录之。洎乙丑花朝,缮写成帙,覆阅一过,似属可存。夫注《老子》者,昔尝见河上公、王辅嗣两家,惜未能直达经旨。至何平叔、陆希声、苏子由、董思靖诸先生之说,亦间有是有不是处,皆未惬于余心。他若焦竑《老子翼》,集合吕纯阳诸家说,牵扯附会,引伸禅宗,尤觉揉杂可厌。至于释德清所著《道德经解》一书,更不值一笑。惟长沙王而农《老子衍》、桐城姚姬传《老子章义》,颇合奥旨,差强人意。余之所注,非敢与王、姚颉颃,不过为读《老子》者备一说耳。题曰《索微》,因探索既久,略得微意云尔焉。世有好古博雅之君子,匡余不逮,指示

---

① 十,原作"十一",按当作"十",其前为卷九、后为卷十一。今据改。
② 页眉有批语云:"此书今藏予寒石草堂。"

而救正之,幸甚。丙辰孟子生日,自序于犹恐失斋。

《南山蔡氏宗谱》序

氏族之书,果何昉乎?桓谭《新论》云:"太史公《三代世表》,旁行斜上,并效周谱。"按《周礼》:"小史奠世系,辨昭穆。"则谱之始于周也无疑,盖三代亲亲之道在立宗法,宗法立而谱系明。故汉邓氏有《官谱》,应劭①有《氏族》篇,王符《潜夫论》有《姓氏》篇。自汉以后,氏族不掌于官,士大夫乃各自为谱,《子云家牒》则见于唐李善《文选注》,晋代诸家谱则见于刘孝标《世说注》,斯为族谱之权舆。谱学沿至李唐,最为崇重,至以族谱为史之一门。历五季之乱,而谱学寖微,至宋欧阳氏、苏氏出而谱学复著。二谱之例,一纵一横,欧阳氏用直,古之所谓图也;苏氏用横,古之所谓牒也。合欧、苏而一之,其殆始于明之归震川乎?震川之谱,先明宗法,后详事实,慎而明,简而赅。清诸城刘氏、景城纪氏、九江朱氏、黄岩王氏,皆参用其法例而稍变通之,近时之为谱者皆师法之。岁丙寅,邑南山蔡氏重修宗谱,阖族会议举从生君为总理,聘予为总纂,敏斋兄为协纂,豪民、椒民、勉生、葆甫、葆初、哲均等为编辑兼采访、誊录诸职,而会稽则为杏轩君,庶务则为寿松君。予当即与诸君子发凡起例,从事纂辑,卷首必先之以旧谱序文者,明南山蔡氏作谱之沿革也;次之以祖规祖训者,明蔡氏祖考垂裕后嗣之无穷也;次之以会议重修宗谱简章者,明此次重修宗谱之缘起也;次之以略例者,明重修宗谱之义例也;次之以蔡氏源流

---

① 劭,原作"邵",据文义改。

考者，明蔡氏始祖之所自出及历代人材之盛也，门第素望之所在也。于是为表以详世系焉，欧阳氏本作图，然其图实为表式，兹故名曰表。其为表也，准欧阳氏五宗九世之法，推而上之，则见始迁祖之所由来；逊而下之，则见其支之所由分，愈推则愈高，而尊尊之义昭，愈逊则愈卑，而亲亲之仁溥，谱法莫备于兹矣。复以历代伯叔祖考、伯叔祖妣，及近世伯叔、兄弟、子侄之事迹可纪者，为立家传，遵古例也；《世说注》有李氏谱，又有李氏家传；有袁氏谱，又有袁氏家传；有王氏谱，又有王氏世传。盖古者家谱、家传各自为书。故《隋志》以家传入传记类，家谱入谱系类，至《旧唐志》始并为一，入谱牒类。《新唐志》虽分为二，然谱牒有《官族传》十五卷，《孔子系叶传》二卷，《讳行略》一卷，则传未尝不入谱也。次之以艺文外编者，明先世之潜德，及父兄之懿行。存有祝美延誉于四方，殁有志传垂芳于不朽也；次之以艺文内编者，明先世及父兄、伯叔、群从之学问文章，足以昭垂来兹也；卷末始录自序者，准之经，《易·序卦》《书序》《诗序》，皆列后。准之史，《史记·自序》《汉书·序传》，皆列后。准之诸子百家，《法言》《越绝书》《论衡》《潜夫论》《文心雕龙》，类不胜数，序皆列后，许叔重《说文序》亦然。然皆先序家世，后序作书之缘由，所以从生君自序亦列后也。附之以续修条例者，从生君欲令族之子弟能文者，遇春冬墓祭、祠祭时，将一年中族人之有生配卒葬者录之于册，其有功于国家乡族者，随时随地纪录其事迹，以便续修者立传焉。从生君嘱予为序首简，予谫闻浅见，才谢三长，奚足以追踪前哲，为蔡氏光，特就编纂大意，次第序之，以答蔡氏诸君子殷殷见诿之雅意。吾尤愿蔡氏诸君子，本先王先亲亲而后仁民之至意，务行礼之实，而弗徒为其文，庶足以矫末俗之失，而树礼教之防，而为浙东之望族焉，岂不懿欤？是为序。戊辰岁处暑前一日,同县林丙恭谨书于四明守胎禅室。

《重辑壶舟文存》序

同里黄壶舟先生,以经术饰吏治,发道德为文章,冲融夷渝,粹然有道之言也。其先世八叶芸香,封翁二峰先生,登拔萃科,经明行修,尤为郡邑所敬仰。先生承家学之渊源,钩河摘洛,文而又儒。早岁游庠食饩,读有用之书,壮掇巍科,宦游江右。晚以微谴,谪戍乌垣,赐环归隐,得山川之助,成诗十四卷。予尝取而读之,觉三万里之程途,四十年之阅历,凡夫可喜可愕之境,可歌可泣之事,莫不遍观尽识,穷物情之变态,以抒写其性灵。咸丰四年,江春苑观察惠风为之刊行。呜呼!先生之诗固传矣,其文虽非先生所长,而高挹群言,下笔不俗,亦自可传,若任其散佚,识者憾焉。老友江咏秋茂才涵,观察从孙也,搜集先生遗文,得四十二首,自为之跋。而陈襄臣广文树钧,亦有此辑,计文四十一首,曾用活字版排印以行。然两家所辑,间有异者数首。予于宣统己酉夏,就两家辑本,益以先大夫所录,得共七十七首,校印行世,迄今又二十稔矣。浏览所及,随见随录,复得一百六十有一首,合前印共计二百三十有八首,题曰《重辑壶舟文存》。夫以先生立德、立功,两足不朽,固不藉言以传也。顾其为文虽不及诗之卓然名家,观其浩瀚恣肆,不可端倪,而仍一归于清真雅正,昌黎所谓“醇而后肆”者,非耶?尝考古今文章之正变与政治之隆替,恒若循环,世衰则多噍杀之音,世盛则多和平之旨。先生遭际升平,禀承先训,为佳子弟,名为下士,为良吏,为耆儒。虽荷戈乌鲁木齐,罪非其罪,无一毫咨嗟怨叹之情。闻见博洽,娴习掌故,经济学问，同条共贯。则览先生之文，不诚彬彬乎一代正声也哉？辑竟，爰志欣爱之忱，而为之序云。己巳大暑后三日，破环逸叟林丙恭书于可园之槐桂双清窟。

《今樵先生文存》序

予既辑《壶舟先生文存》竟，乃复辑今樵先生文，得一百四十首，分为四卷，手自缮写，竭半月之力毕乃事。客曰："先生一生专力在诗，而文不多作。尝自谓：'吾文不足以信今而传后，随作辄随弃去。'而子独爱之录之，何哉？且子老矣，积月累年，不惮搜集，而成巨帙，未免过劳。"予曰："予爱先生文，出于中心之所好，不知其所以然而然者。昔文王嗜菖蒲，曾皙嗜羊枣，由其天性然也，予于先生文殆犹是耳。夫先生岂藉文以传哉？予虽生也晚，未获见先生，幼侍先大夫侧，尝闻先生之为人矣。先生事母从兄，孝友克尽。少为举子文，树义炜然。既壮，从兄壶舟先生宦游江右，与人辩论事理得失，意气坌涌，务伸所见，不稍唯阿。重然诺，广交游，一时名公巨卿，俊流骚客，咸与通缟纻，文采风流，倾动四方。及壶舟先生谪戍新疆，遂相从万里外，益肆力经史，求为有用之学。在乌垣时，昌吉、绥来两邑宰及济木萨丞闻其名，先后聘理幕务，刑钱、书记皆依焉。如穆岫云副戎、云兰舫观察、金平甫领军，皆与订文字交，诗章酬和，往来无虚日。而与迪化州成刺史辑轩交尤莫逆，最后与璧星泉制军交甚固。璧任江督及闽海将军，先生皆参赞戎幕，凡国家大事，非决之先生不行。先生亦竭诚相与，主宾欢洽，始终弗渝。然则先生虽未策名天府，其佐大臣发政施仁，惠泽及于黎民也不少。呜呼！先生岂藉文以传哉？虽然,先生之文亦自有可传者在也,撷经籍之腴,采子史之华,挥洒自如,斐然成章,非根柢浅薄者所敢望。予昔读其《大有园记》,以为柳州、庐陵复生,辄不忍释手。后又得其序传杂文而读之,觉持论正大,笔意纵横,几几乎入昌黎之室而登眉山之堂矣。予何为而不爱之、存之,以为后人诵法乎?且先生之文,张子畏太守评曰:‘典硕浑厚,胎息汉唐。’惠诗塘都护评曰:‘贯穿群籍,体大思精。’林文忠公评曰:‘笔底挟江山奇秀之气,故能高挹群言。’李侪农方伯评曰:‘不事描摹,独往独来,自成一家。’合四公之言而观之,益信予之言,公言也,并非阿私所好也。呜呼!先生岂藉文以传哉?而其文要自有可传者也。客以为然乎?否乎?”客默无以应。遂书之以序先生文,俾后人知予垂老,日夕编辑不已者,非徒劳而无功也。己巳立秋后三日,破环逸叟书于味无味厂。

《环峰草堂文稿》序

夫文以人传,自昔然已,试观两汉、三国、东西晋、六朝以至于今,其文之传愈久而愈显者,必其人卓然有以自立而为后人所师法。不然,何以严分宜之《钤①山堂集》,多至十余卷,文非不佳也,而今人卒无顾问耶?族伯漪园先生,潜心经史,诸子百家,靡不赅洽,尤熟精三《传》。平日与兄澹园太常、从兄逸园明经、弟紫东广文,自相师友,以品学交相策励。窦东皋侍郎光鼐,闻其贤,试其文,以优行调入敷文书院。汪瑟庵协揆廷珍,岁科两试皆拔置榜首,选其文入《立诚编》。惟秋闱

---

① 钤,原作“铃”,据文义改。

屡战不售,道光甲申以覃恩贡成均,经吏、礼两部考验,准以直隶州州判归部铨选。时年已五十矣,犹日手一编,与古为徒。暇或与群从子侄谈经义,讲论文法。盖处膏腴之境而能以读书好古自怡悦者也。性孝友,尤喜施与,邑有善举,无不首先为倡,戚族故旧贫乏者,解囊指困不稍吝。曾与兄太常公、从兄县丞公湘筠输金助饷,奉旨皆以"乐善好施"建坊,今东南二门外,三坊鼎峙,亦一时盛事也。光绪甲午,予馆其孙子廉学博家,谈艺之暇,子廉出其所著《环峰草堂文集》四卷见示,并乞余序,予受而藏诸箧者三十六年于兹矣。近有邑艺文志之辑,始检其集而读之。摆脱羁束,畅所欲言,高华博大之中,仍寓细针密缕。其游山诸记,合柳之幽秀、欧之奇逸而为一手;论序传志,则浸淫于昌黎,兼以眉山纵横之笔挥洒之;其书启亦多得唐人神髓,鹤泉先生评其文:"苍古雄挺,得退之、东坡笔意。"洵非虚语也。予窃谓论文于吾邑,有清一代,鹤泉《文钞》而外,应为先生首屈一指也。夫以先生之文既无愧乎古人,而其品行又高出群辈,对于古人而无多让,则是文以人传,人以文传,不亦愈久而愈显乎?惜乎子廉已于十年前逝世,不获以此序相质正,而又迟之三十余载,有负当日殷殷乞序之雅意。方命之罪,已莫可逃,人琴之感,其何能已乎?己巳立秋后五日,破环逸叟书于澳菉居。

陈芸圃诗文集序

吾邑在明清时,地萃人文者推泉溪,其次则松门。盖松门自汤信国筑城以来,武功之盛,合邑莫与为比。其以诗文名者,明初有济南副使王文启,著有《苍山集》,不独以诗称,而忠与孝皆卓卓可传。同时有沈元圭及其子巢云,皆以贤良征,而诗文之名亦因而显。迨至中叶,勾容训导沈晓山著有《楚游草》,都督佥事季长庚以《游委羽诗》流传,见《委羽山志》。布衣方缉轩,诗文与叶海峰齐名,见《知我轩近说》。含山知县陆海庄,其功业文章,并见重当时,林白峰铭其墓。布衣段篆江,以清操能诗著称,林文贞招与同社。宁国教授朱后峰,以文学知名,与王定庵为友,同出临海金赉亨之门,得理学之薪传。他若清初普宁知县季剑庵,著有《瓯游仙羊》及《爇余》诸集,并有《客窗山韬》传世,论者谓为玉茗后一人。季之妻弟许象垣,官罗城县,父子兄弟四人赴任,皆以城陷贼而身殉,一门忠孝,赐谥、赐祭葬,并荫其幼子。其诗亦有传者,其尤著者闻赞皇之《骊山集》,江白下之《适闽草》《竹林集》,滕映霞之《拨愁吟》《长山侨寓集》,皆有前无古人后无来者之概。不意自此而后,松门近二百年,遂无嗣响者。至光绪初,得吾友陈大令芸圃,起而振之。芸圃幼负聪明特达之才,既冠,得良师益友朝夕切磋,故学日益深,文日益富。所著古文四卷,骈文二卷,诗五卷,古文以雄健胜,骈文以隽逸胜,诗则古近体皆备,而有合乎风人敦厚和平之旨,皆可传之作也。今夫弓与矢,恒相需也,而弓人不能为矢,矢人不能为弓,业各有所专也。予以齿者去其角,予以翼者两其足,物莫能两全也,以曾子固之文而不能诗,以杜少陵之诗圣而无韵之文至不可读。即如松门之前哲,文启、晓山、长庚能诗,而文未见,沈氏乔梓暨缉轩、海庄、篆江、后峰诸公,诗古文皆有集传世,而骈俪之体缺如。剑庵工诗工骈文,而未闻能古文,象垣亦仅以诗见。至赞皇、白下、映霞三先生,闻其诸体皆佳,今只见其诗与古文,盖兼人之技,固若是其难也。昔人谓《曝书亭集》虽不能轶轹古人,而奄有众人之长，以芸圃视之，殆无愧色。惜乎不能如竹垞生逢盛时，而以海滨老也。乙卯春，自哀诸集，嘱予为序，而未有以应也。今芸圃墓草已宿，取而序之，不禁有人琴之感，乃编入《艺文志》，藉慰故人于地下。已巳七夕，风雨破窗，晚不能灯，暗中疾书，掷笔似闻鬼声。

《五山樵客诗稿》序

　　光绪甲辰，吾友陈莅臣醝尹，选授丰利场大使。乙巳春，邀予助理幕务，得交如皋潘大令保之。大令善书能诗，尝为予题《九老诗存》古风一篇，灏瀚恣肆，予甚惊喜，以为青莲复生，当即步其原韵谢之，忽忽已二十有五年矣。今秋其嗣君丹仲观察，于役东瓯，航海北还，阻风石塘。七月七日询知予尚在人间世，遂由陆雇舆直抵敝庐，小住五日，转由海门而去。谈艺之暇，出其行箧所携尊甫《五山樵客诗稿》见示，且曰："先君子，先生旧交也，敢请一言弁诸简端，藉慰先人于九泉下。"予展卷洛诵，如见故人，仿佛相与晤对于五山吟榭时焉[1]。予益叹大令贻谋之善，而观察之能善成父志也。今夫缀学之士，穷日月之力，出应当世，冀得一当，而所遇辄左，乃遂改而他图，又未尝不思垂之著述，侥幸于身后之名。顾或身殁无子，或有子而不克肖，或乏不能以自振，虽其家藏之本，亦卒付之烟销灰灭，而无能存其什一者比比然也，何可胜道哉？太史公曰："莫为之前，虽美弗彰。莫为之后，虽盛弗传。"夫观察父子皆以名孝廉，办理醝政，保举知县。而观察复以历任有声，荐升

---

[1]　页眉校语云："焉欠妥。"

今职，显亲扬名，且能保守先人之遗书，刊而行之，然则兹集之传，不且永永而无纪极乎哉？濒行，因序而授之，俾弁诸首。己巳中元前二日，书于紫珂草堂。

毛震伯《尺园文集》序

余之知有震伯，自其未冠时始。震伯之邻人江茂才楷亭，余旧好也，尝称震伯年十一学制艺，下笔辄冠其曹，十三学为诗，超然远于俗，心甚异之。岁戊子，震伯从吾舅氏江子诗先生游，得见其人，并见其文若诗，始信楷亭之言之非虚也。越数岁，震伯游于庠，饩于廪，岁科试辄前列，郡邑士无不知有震伯者。老师夙儒，咸刮目焉，震伯落落自如。既而登特科，入成均，其落落亦如故。余与震伯往还久，知其承先世《诗》《书》之泽，天爵自修，平情厚志。虽厄于乡试，屡荐不售，膺选拔又因病不克赴都朝考，决然归，归益闭户潜修，有志于古人之文，恬然怡然，此其人岂以荣禄名位为重轻耶？顾其所为文，不拘成法而自闲乎法，亦不务魁奇之观、藻采之饰，以炫众人之目也。他如骈俪诸作，亦清淳冲淡，非苟为溢美应酬之词者。吾乡自民国以来，攻文章者未能或之先也，读震伯之文可爽然自失矣。他若持论之正，征引之确，序事之洁，选言之精，览者当自识之，故不复赘云。民国十七年嘉平月，愚弟林丙恭序于犹恐失斋。

重印《王静学先生集》序

太平王先生静学，于明建文朝受惠帝特达之知，由县令召为翰林修撰。靖难兵起，奉诏募兵广德，已而惠帝殉国，燕王篡立，先生亦①赋绝命诗自经以殉君，大节凛然，东里杨少师士奇为之题碣，莆田周刺史瑛为之表墓。泰和曾才汉、晋江翁仲益两邑宰先后为之建祠，而大学士李东阳特奏准予从祀乡贤，可谓显名于身后矣。崇祯末年从都御史顾锡畴议，追赠礼部尚书，谥文忠。清乾隆四十一年，又赐谥忠节，实足比于式闾封墓之荣。及读《明史》本传、《四库总目提要》，而知先生之事业文章，并昭千古。盖先生自少笃志力行，与同郡方孝孺、叶见泰、林公辅、张廷璧诸公，交相砥砺，皆以古之贤人君子自期。而先生则尤以浩然之气，成特立之操，试读其《资治八策》及《与方正学书》，而知其文亦有然者矣。夫浩然之气，宇宙间之正气也，其在于天为日月之光明，在于地为江河之奔放②，其在于人为秉节不二之士。发而文章，亦必博大昌明，洞达世故，磊磊落落，而③无回互隐伏之态，如昌黎之于文，少陵之于诗也。先生虽然文法不如昌黎之变化，诗律不如少陵之精醇，要其下笔之际，脱口而出，皆以④浩然之气流露行间，灿乎若日月之经天而莫能掩也，沛乎若江河之行地而莫能御也，卓卓乎若自写其秉节之贞，遇威武而莫能屈，经患难而莫能移也，岂非养于中者有素，而发于外者直抒胸臆而不可遏抑者乎⑤？先生之集，自明及清，已历四刻。民国之初，乌程刘君翰怡，

---

① 页眉校语云："亦字可删。"

② 此句页眉有校语云："上二'其'字、二'于'字均可删。奔放拟改浩瀚何如？"

③ 页眉有校语云："而字可删。"

④ 页眉有校语云："'皆以'二字欠妥，改'自有'何如？"

⑤ 页眉有校语云："一句两而字，拟将上而字改故字，何如？"

又^①为锓版，编入《求恕堂丛书》中，流传固不为不广。先生本黄岩人，分县后隶太平，今太平又改名温岭，则是温岭实先生生长之区也。五百三十余年以来，乡里后进沐浴其教泽者，犹有闻风兴起之思，奚可无先生集以遗之读？兹先生之后裔复轩，遵其先父之遗嘱，独出巨赀，重为校印，以惠后学。印既成，谒余为序。余忝长是邦，每以读书养气为学子勖，今得先生集而读之，由是而充养其气，异日事业文章，安在其让古人耶？余既乐观斯集之成，又喜后生得所师资也，遂涤砚濡豪而为之序。

中华民国二十年双十节，署温岭县县长唐梗献^②。

《港南徐氏谱》序

三代亲亲之道在立宗法，宗法立而后谱系明。自汉以来，氏族不掌于官，士大夫乃各自为谱，《子云家牒》则见于李善《文选注》，《袁氏世纪》则见于裴松之《三国志注》，晋代诸家谱则见于刘孝标《世说注》，斯为家谱之权舆。谱学沿至李唐，最为隆重，刘子元《刘氏家史》、卢藏用《范阳家志》，是其一证，甚至以谱学为史之一门。历五季衰乱，而谱学寝微，及宋欧阳氏、苏氏出，而谱学复著。二谱之例，一纵一横，欧阳氏用直谱，古之所谓图也，苏氏用横谱，古之所谓牒也。后世之谱，或横或直，均称善焉。若吾老友徐君赞尧之所修《港南徐氏支谱》，实取法乎古，而亦足式于今也。溯赞尧君之曾祖，清封昭武大夫集斋先生，于嘉庆八年，由黄岩正鉴仓三城，徙居吾邑

---

① 页眉有校语云："又拟改复。"
② 献，原作"谳"，页眉有校语云："献无言旁。"今据改。

金清港之南,有子六人,分居三处,即今所称前徐、中徐、后徐是也。历一百三十余年,传六世,得孙十九,曾孙五十三,玄孙逾百,玄孙之子又早已产生,其数将来未可限量,此其丁口之繁衍之不可及者一也。所居前、中、后三徐,系属吾邑东乡大塃三荡地方,由三荡开放四荡、五荡,以至乎七荡。筑堤以御潮汐,开渎以资灌溉,昔为草坦,近皆成沃壤矣。故其始六子之中,其田亩不过以千计,而今则析而为四五十家,田亩之多有以万计者,至其居屋,始则三徐仅有八九宅,今则日加建筑,各扩而有二十余宅之多,望衡相宇,美奂美轮,此其资产之丰富,富不可及者二也。六子一人右庠,五入太学。孙十九人中:师桧,武榜进士,官至严州协右营守备,历署都司;式端,同治甲子武举;定勋,丁卯武举;梦魁,庚午武举,历官至海标守备,赏戴花翎;建勋,右庠生;师宾,候选州司马;学襄,候补盐大使。曾孙五十三人中:同伦,光绪丁酉武解元,以御寇阵亡,入祀忠义祠;象来,同榜武举;佩瑛,曾被选为浙江省议会第一届省议员;迺方,被选为本邑第一届县参议会参议员。其余入文武两庠者亦有五。至其玄孙中:华藩,曾被选为本邑第三届县参议会参议员;赞谟,由之江大学毕业,历任东山、蕙兰中学教员;光球,由浙江省立法政专门学校毕业,历任宗文中学教员,兼行使律师职务。其他于旧制中学、初级中学或高小校毕业者,亦十余人。而供职县政府,服务各机关者复有人,此其人材之蔚秀之不可及者三也。余与赞尧交最久,故得闻其先世事最悉,今岁重九赞尧以谱编葺成帙,题曰《港南徐氏支谱》,嘱余序其简首。余受而阅之,益以叹其祖之积累者深,子孙之象贤者盛。序受姓源流于谱前,列为远宗,仿唐《宰相世系表》例也,盖古谱序法本若是。徐偃王以下五十世,阙所不知,欧阳氏例也。远宗以元季公复公由天台迁黄岩芬川为始祖,近宗以昭武大夫集斋公为港南始祖,据唐刘知幾《史通》限断例也。载行事于传赞碑铭,亦欧阳氏谱例也。题里居曰港南,据《隋志》京兆某氏宗谱、《唐志》东莱吕氏家谱例也。曰支谱,据《通志·艺文略》杨氏枝分谱例也。是皆可为作谱者法,且赞尧平日以孝悌求仁为本,敦朴存厚为务,是以国民政府给"笃行可风"匾以奖之,乃知赞尧固不愧为集斋先生之孝子贤孙焉。间尝读史至忠臣孝子诸篇,思其事,想见其人于千百载以上,犹为之咨嗟慨慕,而不能自已也。况当吾世而乐闻其懿行硕德,又亲见其子姓繁昌,门第清高,为乡里矜式者乎?斯谱也,别子为祖,继别为宗,分门别类,笔法谨严。奠世系,志坟墓,纪文献,敬宗收族,一举而众善备焉,固无虑世久则愈纷,支繁则愈涣也。自是而后,瓜绵瓞衍,诵清芬,扬骏烈,当不忘乃祖创业之艰难与赞尧继述之辛苦,以光大其前徽云。时在民国二十四年九月望。

《中库林氏支谱》序

宗谱与宗祠,实相表里。祠宇之设,所以报本追远也,而统宗收族之道即寓乎其间。然非有谱牒以明其世次,则合者易离,而宗仍无由统;分者易涣,而族亦无由收。君子鉴乎此,故建祠之后,修谱更不容缓焉。余同姓不宗叔明世讲,既筑其始迁中库祖梅江公祠于所居之东,复阐先人之潜德幽光,启后人之接武继美,创修《中库支谱》,丐序于余。余按:古者有家谱,有家传,谱以纪世系,传以述先德。唐前各自为书,史家亦以谱入谱牒,传入传记,其体各不相侔。两宋以来,庐陵、眉山二谱，其最著者也。欧、苏意主于简，以救繁称博引之失，名字以外，无一篇附录，过于简略，文献无征。合谱传而一之，其殆自前明始乎？抑谱有宜变通其例者，明归荆川云："大宗之法必不可废。"夫宗法不立久矣，拘泥《史通》之断限，第溯其近宗，而近宗才数世，苟远宗弗纪，莫知其所自，仁孝之心，有不敢安，譬之于水，某水某地出，某水某地分，千支万派，溯其源则一水也；譬之于木，由叶而及枝，由枝而得干，千花万实，溯其本则一木也。既立近宗，后溯远宗，敦本厚始之道，犹为不远于古欤。今观中库之支谱，系出闽莆田始祖，晋安东琅琊王府参军禄公之后。南宋时有名楚者，由闽迁居邑之团浦，为团浦林氏始祖，传五世至元代起潜、起滨兄弟，分为东皋、西墅两房，西墅之子梅边翁，曾孙孟圭公，或以宦业显，或以孝友传，详见郡县志。孟圭之子元镀公又迁水涀头，为西墅房之支祖。我世伯博士弟子员陶然先生，早已筑有水涀头小宗祠，并修其房谱矣。今叔明与其伯叔、兄弟、子侄辈，既筑支祠以祀由水涀头再徙中库之祖梅江公，又复修《中库支谱》，此固仁人孝子之事也。至其叙谱之法，有近宗，有远宗，有先有后，有详有略，有始有终，开卷了然，抑何井井有条也。横谱于古则为牒，直谱于古则为图，参而用之，则昭穆分而长幼序矣。其并列历世传略，则取原于晋太原温氏谱，兼录[①]祖先之诗若文，则取原欧阳氏也。昔苏氏作《谱亭记》，有言曰："观吾之谱者，孝弟之心可以油然而生。"呜呼！谱既可以生观者孝弟之心，则成是谱者，非孝子悌弟不能作也，爰嘉其美意而乐为之序。民国二十三年长至前五日，沧水破闇佚叟书于紫珂茅舍。

---

① 录，原作"禄"，据文义改。

蕉阴补读庐文稿卷十一

浙江太平林丙恭爵铭

江南屏先生九旬晋一寿序

　　予渡海越山，足迹半天下，所至之地，于其风俗文献、胜迹物产，必详询巅末，遇有可泣、可歌、可传之事，辄泚笔记之，以资考证。戊戌仲春，游沪上雪川、嘉禾诸名胜，门下士莫师文、江子言、家宗周从焉。越季春之杪，宗周有归志，予询其故，宗周曰："家有大母，年登大耋，久于客，恐劳倚闾望矣，敢辞先生归。"予韪之，命治装先行，子言曰："吾有大父在望，今年亦九十有一，揣其望吾之心，必如宗周大母之望宗周也。然吾既从先生来，必随先生归。"予亦韪之，与师文从事笔砚如故。越夕谭次，予问子言大父所以致寿之由及其他行事，子言越席而对曰："计吾之生，大父已六十有六，而予又十一失怙，大父之前事，吾不得而见之，仅闻其略。而吾所亲见而详悉者，皆七十以后事，亦有大节一二端，敢与先生缕述之。"予诏之仍坐，请先述耳闻，而后言目见。子言曰："先曾祖聿骏公，邑诸生，有文名，未四十而物故。胞伯祖若沛公，太学生；若士公，业儒，已聘未婚，皆先后相继卒。大父上事孀母，旁及寡嫂，下逮二侄，无一事不竭其力而尽其心，是以老幼均得欢慰。大父少年习《诗》《书》，耽耽于学，迨冠而变故迭遭，又迫之以家计，弃儒而贾，兼及农圃。其懋迁也，选货必精，定价不二，虽童叟妇孺来前，不忍相欺，以故生理日隆，获利加倍。其力穑也，播种以时，培壅得法，旱涝有备，稂莠不生，必先事而勤劳，无后时之拮据，以故收获每胜诸人。此大父之前事，吾得诸耳闻者也。衰年以来，守身以静，颇耽禅悦，每闭门独坐，默宣佛号，或诣寺庙立会拜经，以自忏悔。至其与人语，二三言辄止，讷讷然若不能出诸口。于人无毁誉，于世无牴牾，见人有过，必携至暗室隐规之，惟恐其人之或愧也。邻里告匮，无不如其欲以去，不足则转贷诸人以与之。弗责偿，弗望报，遇诸善举，无不乐输。此大父之后事，吾得诸目见者也。"吾闻而喜曰："若是，此其所以得寿也奚疑？夫人之寿，必有德以彰之，其寿乃足贵。若有寿无德，虽处世千百年，抑又何荣？子言之大父，其始则遭家不造，丧葬迭经，上下十余口，均仰给于一人，几至屡踬屡颠，予所谓可泣者此也。其继则农贾兼习，手胝足胼，艰苦备尝，而又少年老成，卒使衰门复振，予所谓可歌者此也。其在于今，则又乐善不倦，好施不吝，于义之所当为者，无不勇往为之，予所谓可传者此也。子言之大父，既有此德，虽不有此寿，亦荣矣，况有德而复有寿，其荣幸固何如哉？"因详叙其事，使子言持归，对大父诞辰洛诵之以侑一觞。光绪二十有四年犹清和月，爵铭林丙恭书于沪北听涛吟室。

陈鉴吾先生七秩双寿序

甲辰初夏，我世伯鉴吾陈先生暨德配王孺人，年皆七十。其世兄省三、介夫、端夫三茂才及诸弟辈，将为先生介寿家园，礼也，索予俚语，以博欢心。予谊属通家，何敢固辞？夫人生在世，年至七十，自古为稀，况夫妇齐年、偕老是赋耶！设徒有寿而无德以彰之，彼庸庸者不无百岁，何足为荣？先生幼即聪明，六岁能背诵《孝经》《弟子职》诸篇，甫冠已熟五经三传，及凡诸子百家，无不精研而力索。作为文章，源源本本，有则有典，无少年浮华习气，亦无浮烟涨墨扰其笔端。年三十二，始受知于吴学使存义，补弟子员。当二十左右时，尊甫廷位公得奇疾，焚香告天，愿以身代，不效。乃取《灵枢》《素问》诸书，日夜研究而寻绎之，制方进药，病得以痊。不意越岁再病，竟尔不起，先生呼天号泣，痛不欲生。同人喻以毁性灭身，比诸不孝不慈，始稍稍进饮食，居丧皆尽礼。事母赵太孺人，先意承志，自寝膳以及洗涤，躬亲罔懈者四十余年。德配王孺人，孝恭慈仁，自酒浆以及缝纫，至于礼宾承祭，经纪百端，曲有法度，复能曲体先生志①，事迈姑礼意更挚，处妯娌间，无几微遗憾，丈夫子五，以教以养，皆名成行立。先生有兄某，家颇有余，事事克尽弟道，日用或不足，从不向兄请贷，兄殁无子，以长君翰文子之，即省三茂才也。《论语》所谓"宗族称孝，乡党称悌"，先生可以当而无愧焉。平日隐居讲学，因母老，从不远离乡邑，邻近佳子弟，受其裁成最多，如吴君禹平、陈君子云，以贫故，欲辍业，先生不收脩脯，教诲之不遗余力，先后游邑庠。与人交，无少长，必诚必敬，人亦以是弗敢欺之。而其见义则能勇为，同治辛未，邑侯吴俊议浚南乡河道，遴先生董其役，不二月而告成。沿海居民，渔盐而外，不知读书，先生偕诸荐绅，择殷劝捐，创立望云书院，延名师主讲席，使人向学而不入于邪。癸酉乡试，寓省垣，有族人某病痢，同寓皆避去，先生

----

① 页眉有校语云："上曲字疑。"

独为之医治，携与同归，川费不足，贷诸他人而后行。迨至班竹而某不起矣，乃厚偿舆夫，日夜兼程而返，使某得归骨故里，论者嘉叹之。夫以先生之才之学与力行如此，虽无其寿，而名德已不朽矣。兹者年届古稀，夫妇齐眉，精神健壮，课诸孙读，乐而不疲。诸嗣君蜚声庠序，少者亦列名国学，如先生者，诚不多得也。我国家典重引年，倘郡县荐举孝行，疆臣题奏，得邀旷典，不更以寿身者寿世乎？

郑锡三先生七十有六寿序

予年十三，始出就外傅，辄从郑锡三先生游。先生循循善诱，随人之材质而施其教育，并不强人以所难，无论知愚、贤不肖，受其裁成，无不灵明日浚，而智慧日开。丙恭坐春风兮三月，便有生机；沾化雨之一年，遂多神悟。迄今饮水思源，未尝不叹先生之爱我良深，教我良切也。先生本台峤名宗，聚族石龙冈下，于今百余年矣。先世半耕半读，潜德不曜，至先生始发愤，弃农就儒。甫冠，遂通诸经，即凡诸子百家，无不精研力索，掇其英而撷其华。时同砚席者为陈桂舟征君殿英、蒋汤铭上舍励新、张松溪学博鸿钧、陈芸农孝廉康年、陈鉴吾茂才际庚、家啸山布衣舒。平日以文字结因缘，以道义相切磋，不拘拘于有司程式，以故先生五应学使试，不售，遂弃去，专以讲学授徒，造就乡里子弟为事，以视取科名博青紫者，固别有深心也。性最孝友，事父母曲尽礼意，丁内外艰，丧葬悉遵朱文公《家礼》而行，四方来吊者皆叹服。待二弟友爱备至，虽分析异居，然四时佳节，聚处一堂，商量家计，依依不忍遽离。师母王太孺人，恺悌慈祥，先生课徒于外，师母持家于内，凡宾祭大事，以及米盐琐屑，无不料量井井，有条不紊。丈夫子二，食旧德而服先畴，秩如也。今年某月某日为先生七十生辰，同门拟晋一觞，以齐眉寿，嘱丙恭为文以扬美德，此固丙恭所欲言而未能者也。回忆丙恭自幼而壮，受知受业之师，皆如风流云散，惟先生岿然如鲁灵光，于以知寿也者，非可倖而致也，仲尼曰："仁者寿。"先生其非仁者乎！课徒之暇，时偕啸山、鉴吾、芸农诸先生，谈往昔轶事，为乡里车鉴，或倚杖看山，或临风啜茗，见者目之为睦①地神仙，我则以为老成典型也。若西汉时商山有四皓，吾乡明季盘峰亦有四老，以今四先生较之，殆有过之无不及者。芸农、啸山两先生皆八十余岁，已于上年称觞上寿矣。鉴吾先生今年闰六月八日，乃其七十生辰，丙恭亦曾为文以颂以祷。诸先生为丙恭问业之师，惟先生则亲炙而受业者也，焉可默无一言以呈座右乎？特丙恭自游函丈，转瞬间已四十年于兹矣，当日洒扫应对之儿童，今亦两鬓②如霜，颓然老矣。自叹公门桃李，变为朽木难雕，从随诸君子后，登堂祝嘏，难保先生不曰："非吾徒也，小子鸣鼓而攻之。"辛亥仲春之吉。

赠张桂生序

吾邑东南之山，以白峰为胜，白峰诸景，以石龙冈为胜，峰峦凤翥，溪壑蜗旋，磅礴郁结之气，钟之于人，往往多隐君子焉，张君桂生即其人也。张氏世居白峰山麓，自宋至今已七百

---

① 睦，疑是"陆（陸）"字之误。
② 鬓，原作"须（鬚）"，页眉校改为"鬓"，今据改。

年矣，以耕以读，潜德不曜。至清道咸间，层峦、远蒸两封翁，乐善好施，叠奉恩诏褒奖，郡邑中始知有白峰张氏。迨鼎臣司马、松溪学博继起，而家声大振。君为封翁之族侄，与司马、学博为昆弟行，自幼读书，通知大义，平日习闻两封翁之家教，及司马、学博之贤声，拳拳服膺而弗失。因髫年迭遭乃父、世父丧，茕茕在疚，骨如柴立，世父无嗣，君兼祧焉。母黄太孺人、世母蒋太孺人，爱如掌珠，旦夕不忍其离侧。君亦恐失两太孺人欢，不忍远出从师，遂弃儒而农，研究稼穑树艺之事，昼作夕息，自乐其乐，藉博堂北欢颜焉。蒋太孺人守节三十余年，君为请诸当道，以"节孝可风"表其闾，其孝思足嘉也。白峰之旁有穿石洞，洞下有穿石殿，为里中旧社，君经理社中事务，量入为出，井井有条，数十年不少懈，乡人每啧啧称道不衰。其他若修宗谱、建宗祠、立善会、排难解纷，皆力任其难，其执事可敬也。君之居适在石龙冈，春秋佳日，尝偕农丈人、村夫子辈，登峰造极，话桑麻乐事，于所居旁，遍植花草，时取其菁华，藉以疗人毒疮恶疾。且喜野绿送香，山葩竞秀，有四时皆春之乐，其颐养可羡也。予与君比邻，闻其名而未尝识面，去岁一接光仪，觉童颜鹤发，蔼然可亲，诚隐中之君子也。今秋七月，为君夫妇双寿，其子侄辈欲为祝嘏家园，求予一言以侑觞，予不文，何足序君？顾念君自幼而壮，自壮而老，未闻失德，而且夫妇齐年，孙、曾绕膝，同堂四代，家庆可图，翘企德辉，不胜愉快。故书君大概，俾其子若侄，对君诞辰，朗诵一过，以当兕觥之祝。是为序。

王玉珊先生七十寿序

世有智巧桀黠而弋大位拥厚赀享高年者，然窥其燕私，往往昵其亲以及其家人。愿愨之子守乡里，未尝窥閫阈，然庭闱之间，无具文，无怍容，用能以其谨厚之性，劳苦拮据，劬其躬而寿其身。有子曰："君子务本。"亮哉其惟斯言乎！吾乡有乐善不倦之君子曰王玉珊先生者，其平日一行一言，足以综毕生，称州里，而又为吾情所不能已于言者，则不得噤不一言，以亏①大雅老成之德，而负其子若孙殷殷介寿之美意也。盖闻先生之先世，于前明初叶，由黄岩宁溪徙居邑南乡车路之东浦，不数代，瓜绵椒衍，聚族而居者百十余家，以耕以读，食旧德而服先畴，秩如也。先生席先人之遗绪，以儒兼农。时而播种，则自任之；时而耕耘粪锄，则侬②保任之。每逢岁入岁出，则预算决算，以其赢余，添置田产，故先后四十年，家隆隆日益起。且其性至孝，事父母能得其欢心，处伯叔兄弟间，友爱备至。与人交，肫肫恳恳，无一毫势利心。乡人有告贷者，必权亲疏轻重以与之，贷而不能偿者不责也。遇地方公举，无不乐输，以成其事。晚年爱读释氏经典，晨钟暮鼓，无间寒暑，或偕二三老友，结社研究儒释宗旨，以冀二氏之融洽。孔子曰："仁者寿。"先生有焉。此其所以致寿之原因也。淑配林太孺人，敬恭慈惠，内助称贤。长君俊臣，字梓青，清邑右庠生，今为桥下乡自治职员；次君杰臣字梓春，清府县试均列右榜第一，以

---

① 页眉有校语云："亏宜斟酌，拟易阙字。"

② 侬，疑是"佣"字之误。

停止武科,未入庠。孙三,曾孙二,皆读书有奇气。予与梓青昆玉交至密,去岁筹办民团,今冬疏浚车路海道,并赖支垫巨款,以底成功,其慷慨勇为,大有父风。予祝先生寿,因牵连书之,俾梓青持归,当先生夫妇诞辰,朗诵俚言,以侑一觞可乎?壬子元月,同里晚生林丙恭撰。

吴孟埙先生寿序

余读书省会,暇尝游览天柱之福地、天目之洞天、灵隐之幽奇、大涤之清淑,以为如斯灵境,固不独仙佛之所栖,与夫富贵文人之所萃聚,然必有大寿考应山川之灵,以为国家人瑞者也。嗣是每遇杭人,相与谈诗论文而外,询其世德以阴求此邦之隐德君子。壬戌季春,于甬上蔡从生寓所,晤余杭李君子龙,伟貌修髯,谈笑之间,隐隐然露豪杰气概。与之交,谦让恳挚,执后学礼甚恭。继审其家世,得悉尊翁竟升先生,以硕德负乡里重望,余因是益重之爱之。从生曰:"子龙之学,虽自其父教之,实自其师吴孟埙先生玉成之也。"予亟询孟埙之为人,从生曰:"请少安毋躁,异日必来此与公订交诗酒也。"癸亥中秋,余自申返甬,而孟埙果来,相见欢然,几如旧识。盘桓旬日,知其垂髫时随侍封翁鹤龄先生定海厅学任所,读书能通达奥旨,作为文章,斐然可观。迨甲申孟冬,封翁卒于官,时君仅十三岁耳。太君褚太淑人,挈君弟妹回杭,亲自督课,灯影机声,载赓寒暑。岁庚寅,君偕弟仲簏太守,同游于庠。甲午丁酉,弟兄又先后举于乡,回溯封翁于壬午登贤书,十五年间父子兄弟相继登科,一时称盛。孙蹁叟广文树礼叙《望云吟草》诗,称太淑人兼工制艺,洋洋洒洒,下笔千言,洵非虚语也,以

447

故相夫教子,均得成名。而君兄弟之侍奉太淑人也,尤善养志。当太淑人古稀时,为刊《望云楼吟草》及封翁《一芝草堂诗文》,并传于世,以博欢心,其所以寿亲者,实超乎世俗祝嘏之外者矣。君为禄养计,以知县分省湖北,迭充税差。国变后,奉母挈眷南回,又历任要职,近则诸嗣君分道扬镳,各有职司。己巳,就养丽水者一年。庚午,小驻临海者数月,是岁冬,复就津门养。今秋自津来函,言花甲将周,请公赐以寿字,藉留纪念,并云此番请书寿字者凡十二人,皆至亲密友,有年在九十以上者。推其意,盖取百二十岁为上寿之义,余因是不敢辞,喜而为之序曰:"向者所谓必有大寿考应山川之灵以为国家人瑞者,今于君得之矣。虽然寿者,德之征也,有寿无德,不过式饮式食于人间世,与草木同荣枯已耳。即或偶获长年,亦孔子所谓'罔之生也,倖而免',恶得为人瑞哉?如孟埙先生者,以《诗》《书》世其业,以孝悌齐其家,以义方教其子,以文章华其国,皞皞熙熙,其神怡怡然,其心悠悠然,固大异乎有寿无德而倖获长年者,所谓大寿考应山川之灵而为国家人瑞者,舍孟埙其谁与归?孟埙生阀阅世家,天性纯笃,恂恂谨饬,无矫激之行,无诡随之习,而又负英奇特殊之姿,读书过目不忘,自经史而外,旁及百家方伎之说,与夫阴阳、图纬之学。而其夙所究心者,尤在经济家言,其同年王总理克敏尝亟称之。而其为文从容以和,风度于张京江为近,诗亦敦厚和平。余尝与孟埙言:'人谓文以载道,君殆文以载福耶?'余在甬为文字交者,慈溪童柘塍广文赓年、鄞张让三京兆美翊、上海黄涵之观察庆澜,及君与从生、子龙六人。今让三、从生皆已作古,而君尤有心世道,往往于诗文发之,此其为君寿者也。君虽不得志于春官,尝以县令办理荆州道北关及柳正关钞税,清厘款项,富国裕民,亦可稍伸抑塞之气。君之诸子,长者德远毅斋,历任嘉兴、丽水等处检察官,现任永嘉地方法院检察官;次璧远方斋,历任天津、浙江兴业银行正副经理;三友远澄斋,以律师服务上海地方法院。乃以大耋之年,及见三子之荣,诸孙之绕膝,此又可为君寿者也,特是《抑》戒之诗曰:'如切如磋,如琢如磨。'诗人之美卫武公耄年好学也,而子贡引以为进德修业之证。君果有意于斯乎? 其以今为不踰之基也,孳孳不倦,以至耄耋期颐,又乌乎测其所至也? 是则所以寿君者,倘亦异乎世俗之所谓文乎?"辛未十一月朔,愚弟林丙恭书于紫珂茅舍。

江母张太恭人八十晋三寿序

予与楚三、竹宾、咏秋、藻卿、子川昆季,为文字交者三十年于兹矣。咏秋博学好古,搜辑乡先辈遗书近二百种,予亦喜聚台人掌故,与咏秋往来校订为尤亲密。今春竹宾明经偕咏秋茂才来舍,具道其母张太恭人年已八十有三,拟集家人捧觞介寿,礼也,予生同里闬,又属通家,于恭人之懿行淑德,知之最悉,闻之最熟,嘱为一言,表章厥美,以侑一觞。予何敢辞? 恭人为贡生九峰张公之长女,候选训导松溪先生之胞姊,自幼颖悟,孝友性成,事父母曲意承志。九峰公六男四女,恭人居长,处兄弟姊妹间,怡怡如也。张氏家素封,岁延名师训子弟,恭人尝从师习《女诫》《列女传》《弟子职》《内子曲礼》诸书,能讲解了[①]了,至今举以训子妇及孙男孙女辈,博欢笑以寓规

---

① 了,原作"子",页眉校语云:"子疑则误。"但作者后改为"了",今据改。

诚。年十九,适同里江公到亭,江氏袭先世余荫,富亦与张埒。封翁茂旦公早世,孀姑李太淑人,守节励志,十余年如一日,内外皆敬礼之。恭人入门,移其所以事父母者以事姑,故大得姑之欢心。到亭公之胞伯春苑观察,以硕德负郡国重望,恭人朝夕问安,礼意加倍,即观察公之待恭人夫妇,亦无异乎所生。到亭公生有至性,喜读书,能文章。及冠,屡膺鹗荐,然终不售,援例以府经历指分江苏,先后需次二十余年。家中事悉委之恭人,皆措置裕如,无少缺憾。咸丰辛酉,粤匪入台,到亭公从观察公剿平寇乱,克复城池,先后以功保升同知,仍留原省补用,加一级,为父母请四品封典,又为李太淑人呈请节孝,大吏题奏,准予建坊。迨光绪壬午,到亭公谢世,时新遭祝融之厄,恭人独力维持家务,重建厦屋三座。为李太淑人建坊贯庄堂,以竟到亭未竟之志,实为人所难也。邻里姻戚告乏,必酌量轻重缓急以周济之,遇无力丧葬嫁娶者,亦竭力伙助之。逮下有恩,婢仆数十人,未尝加以辞色。故吾南乡之人,无论受恩与不受恩,皆曰:"张太恭人善人也。"长君楚三,监生;次竹宾,庚子恩贡,以直隶州州判归部候选;三咏秋,四藻卿,皆邑诸生;五子川,监生,捐升州同衔。女三,优附生张之彦、内阁中书己卯举人金炳暎、增生诰封朝议大夫陈一新,其婿也。孙十二人,孙女八人,曾孙六,曾孙女六。天伦足乐,家庆可图,如恭人者诚无愧巾帼完人,盛朝命妇也,岂仅仅以年登耄耋为荣哉?是为序。光绪□□春。

寿陈瑶母林宜人序

戊午正月二十八日,予自天台华顶归,于案头检阅陈瑶薰甫来书,言今秋七月二十九日,为其母林宜人七十晋一初度,拟祝嘏家园,嘱予为文以侑觞,屡辞不获。窃考三台古越属,舆志以为星象应台垣而名也,而《天官书》谓地多福、人多寿者,何欤?盖台岳以雄奇秀特之形,与天姥一峰相揖让,而中有金庭琼阙、珠树琪花、玉芝瑶草,为神仙所栖止,即道书所称为洞天福地者,安必无鲍姑其人耶?然则宜人之寿从可知矣。宜人我林氏之所出,世居方城,实台之支衍也。其先德为予族兄鹤岑明经,具嵚奇磊落之才,六行交修,久为郡邑所仪型。母柯太恭人,通礼书,称钟郝焉。宜人幼娴姆教,长习闺箴,静默寡言笑,足不轻履梱外,工女红,天吴紫凤,经其手刺,无不惟肖惟妙。最为父母所钟爱,闻陈君廷霖贤,遂委禽焉。陈为南乡望族,其尊翁子贞先生,经明行修,人咸以东南竹箭美之,而富亦与林埒。宜人既于归,善事舅姑,怡声夔夔。寝门之内,伉俪甚笃,晨昏佐读,称闺中益友。十年之间,连举二女,而所天遽亡,宜人哀毁欲殉,既念上无翁姑,下无子息,祀火空悬,无以对夫君于地下,乃鬘焉当门,支撑家政,力营丧葬。自奉甚俭,而佽助戚党,倾囊无难色,曾割腴田三十亩,助望云书院膏火。其他善举,知无不为,为无不力,以非大者,不赘。择夫从弟更生二尹之叔子献玑为嗣,一名瑶,字薰甫。瑶少读书,负大志,寻以慈命理家事,弗获图进取,纳粟入成均。己酉,山东直隶灾,复以千金助赈,得奖同知衔,封赠祖父母及父母。宣统御极,予为胪举事实,呈之抚院,时浙抚增韫汇案题奏,奉旨准予建坊,谓非地灵而人亦自杰欤?自民国以来,瑶任城议事会议员、县议会议员,熊熊奕奕,光彩照人,悉举慈训以推行。然而功则得谤,言易招尤,当丙辰秋,事出无端,变生不测,仓皇丛棘之下,几乎金经铄而玉遭焚矣。所幸大府平反，昭雪无辜，人谓瑶之转祸为福，宜人之德有以庇之也，其信然欤？夫宜人有此德，宜有此福，即宜有此寿，而予尤愿瑶益扩修德之心，树德之基，毋囿于俗，毋趋于势，毋以浮华为足慕，毋以虚誉为足夸，本断机画荻之教，勉为正谊明道之儒。浸假瑶学陶士行，则宜人与陶母比德矣；浸假瑶学柳子厚，则宜人与柳母齐名矣；浸假瑶学欧阳永叔，则宜人与欧阳母并负誉望矣，岂区区与神仙中人如鲍姑者并驾齐驱哉？瑶勉之，予日望之。倘再俟二三十年后，当宜人百岁开筵之日，瑶率其子若孙，奏寿曲，舞莱衣，进乐府《三妇艳》一阕，临风而歌，仰见宝婺星辉，煜爚于台南，将合陶母之德、柳母之贤、欧阳母之美誉德望，萃集宜人之一身，其为寿更何如乎？予虽老也，亦将劚华顶万年藤为杖，扶摇[①]而来，再侑一觞也，是为序。时戊午四月浴佛日。

赠陈节母邵太恭人序

昔人谓为烈妇难，节妇易。余则谓烈在一时，节在毕世。上下数千年，旷览各行省志乘，欲求青年守志、白首完贞者实鲜。若吾乡陈棠侯主政之母邵太恭人，不独清操足式，抑且好义可风焉。盖太恭人为邑监生煦堂之女，庠生赐卿之姊也。自幼庄重，不妄言笑，工女红，紫凤天吴，经其刺绣，栩栩欲活。处兄弟姊妹间，和睦无间言。事亲曲有礼意，最为父所钟爱。年二十六，闻学博莲溪陈君贤，始归为继室。学博英年雅抱，文采风流，与太恭人伉俪甚笃。越明年癸巳，朝廷行恩科乡

① 页眉有校语云："摇宜酌。"

试,学博同季弟菊航茂才赴省应试,归途感冒风寒,医药无效,回家逾月而卒。太恭人一痛几绝,其姑王太夫人喻之曰:"与其激烈一时,从夫地下,孰若教子育女,俾各成立,汝夫亦可瞑目于九泉矣。汝苟执意殉夫,是盖增余痛耳。"太恭人乃遵命,强起视事,髦焉当门,侍奉王太夫人二十二年,自问寝视膳以至凡百琐事,无不得其欢心。迨太夫人仙逝,葬殓祭祀悉命子侄遵礼而行,此太恭人之能以妇职代子职也。学博君前妻江太恭人,遗有一子一女,太恭人于归时,子将冠而女亦笄矣,鞠育教训,不遗余力。逾年嫁女于江氏,妆奁丰盛,为乡里所艳羡。又逾年而子茂伯瘿①危疾,延医祷佛,费二千金,卒不起。太恭人痛学博君后嗣之空悬也,即邀亲族会议,立夫弟鹤笙封翁之次子棠侯以承夫祀。兹则孙男孙女,围绕膝前,而棠侯亦读书成名,以度支部主事,加三级,封赠学博君中宪大夫,封赠母皆太恭人,此太恭人之能以母职兼父职也。而且慈善性成,邻里戚族有贫乏不能自立,或无力婚葬,悉酌量疏戚重轻以赒济之。光绪二十九年,郡城重修圣庙,太恭人将平日养膳节省项下,慨助二百四十金,知府徐承礼太守,赠"好义可风"匾以示奖励。《易》云:"积善之家,必有余庆。"如太恭人者,其守志之操既如此,而积善之心又如彼,将来福报,其何可量耶?民国四年,乡之荐绅胪举太恭人事略,呈请大吏,转呈元首,蒙奖徽章匾额,褒扬节孝,同人各为诗歌诵扬休美,余特即其荦荦大者,为之序以赠。

---

① 瘿,疑当作"婴"。

蔡君从生德配赵夫人五十晋三寿序

　　今岁八月二十一日，为吾友蔡君从生五十一初度，家恩波大令曾撰言以为之寿矣。越八十有□日，即十一月□日，又值其夫人赵氏五秩晋三设帨之辰，世讲豪民昆玉复嘱予一言，介寿家园。予惟《诗·大雅·既醉》篇："釐尔女士，从以孙子。"高密郑君康成《笺》谓："天既予女以女而有士行者，又使生贤知之子孙以随之。"然则非女士不能生贤知之子孙，非贤知之子孙亦不能光大门闾，以益彰女士之行之美也。况从生君近来名誉日隆，儒林重之，比之中国之申、韩，欧西之卢、孟，抑其夫人则亦以女士而兼有士行者。寿言之请，予乌能辞？夫人为同邑冠屿贡生□□公长女，自其幼时，即娴姆训，习女红，端庄静穆，不苟言笑，贡生公独钟爱之，谓："有相吾宅者，当有如魏舒者为之甥，其在此女乎？"比归君，伉俪甚笃。君九龄失怙，事母至孝，盥漱必躬亲，夫人佐之，而事其姑沈太夫人，蒸蒸色养，曲意承旨。沈太夫人晚年多病，夫人时其疴痒而抑搔之，时其愿欲而承顺之，事必禀命而后行也，药必亲尝而后进也。君有兄润九，友爱之忱，有逾恒情，而伯姒张夫人，与夫人妯娌之间，尤亲爱如姊妹。后各举一子，互相乳抱，不知孰为子，孰为侄也。尝同聚姑之室中而修膏沐、拈针黹，谈古今忠孝节义轶事，以博慈帏欢心。及张夫人、润九君、沈太夫人先后相继殁，而夫人于舅姑伯姒之祀、牖下之斋，必以诚，推之旁祀，亦罔或懈。光绪三十四年春正月，家遭祝融之厄，君适肄业杭之法政学堂。至夏五月，卜筑新居，工匠云集。时豪民止十余岁，从塾师读，未能理家事，而若海同娣若琪，一仅四龄，一犹襁抱。每值忙迫，往往背负一女，手抱一男，指使仆役，整理饭菜，筹备材料，汗涔涔浃肩背，里衣为之沾濡淋漓，不自知辛苦也。以故君得专力于法律，厥后为县议会议长，县农会会长，为律师，为宪法会议议员，奔走四方，而无内顾忧者，皆赖有夫人维持内政耳。君体羸弱而善病，夫人调理汤药，昼夜环侍，目不交睫者，恒逾月累旬，其于夫妇间，尤见情意恳挚也。生平节衣缩食，躬自俭约，而三郙中有以穷乏告者，未尝不力振之。乡里有善举，未尝不玉成之，若胂嫠妇，或养弃婴，或抚茕独之无告者，而富室闻风，皆慕而效焉。若修道路，若筑桥梁，而行旅之人便焉。此皆夫人之懿行之啧啧在人口者也。今豪民自中学毕业后，即任课实两等小学校长，已近十年，而中间则一任慈溪县财政科二年，对于地方公益事，知无不为，为无不尽其心力之所能及。若海自大学毕业后，即服务党部，名誉著闻。若山肆业工业学校，行将卒业。若琪、若华姊妹，皆女中校毕业生。今张严镰律师，即若琪婿也。孙德亮、孙女秀英，皆肆业高小学，头角峥嵘，郑君所谓"生贤知之子孙以随之"者，不信然欤？乃豪民兄弟，不乞序于当世之名公巨卿，而请言于予，岂不以予与君如兄弟，视夫人如丘嫂，固知内行于具①备哉？虽然，予何以寿夫人哉？尹焞之母愿其子以善养，不以禄养，苏轼之母愿其子为范滂，向闻夫人尝以此教其子矣，亦在豪民兄弟勉之而已。他日君由杖乡杖国而至于期颐，夫人方且庆偕老之章，笃如宾之敬，践揄狄之华，就板舆之养，子孙千亿，褒章稠叠，予虽衰钝，犹能操彤管以纪盛事焉。是为序。同邑林丙恭序于宁波延庆寺之藏经阁。

---

① 具，原作"其"，页眉校改为"具"，今据改。

蕉阴补读庐文稿卷十二

浙太平林丙恭爵铭

书黄壶舟先生《四子全书偶评》后

《四子全书偶评》九卷，同里黄大令壶舟先生之所撰也。先生居常酷嗜书，自幼至老，未尝一日去书不读，每得异书，必细心玩索，不得其奥旨不止，虽山程水驿，驴背船头，官斋戍所，未有不以书自怡悦者也。晚年尤潜心于哲学，所著《道德经注》而外，又有《四子全书》之评定，题曰《偶评》者，盖偶有所触，信笔直书，品骘周详，议论精确，宛若与老聃、尹喜、列子、庄周周旋揖让于一堂之上也。先生谓："《道德经序》神思缥缈，语意夹杂，乃晋代以后道士伪作，必非葛仙翁手笔。"又引稚川尝谓"道术之士，何时暂乏，何必常是一老子"以证明此序之为后人作伪。又谓："《文始经》旧本题尹喜撰，《汉志》已著录，而《隋志》《唐志》不载，知原本之佚久矣，故《四库简明书目》疑为宋人依托。"又引《子史精华》引此经《四符篇》语称张仲才《文始经》，以证明今所传之《文始经》非尹喜原本。至读《冲虚经·说符篇》"卫侯曰：'吾弱国'"一段，谓其词多拙滞，施氏曰："天下理无常是事无常非'"一段，谓其只是时势之失审，非先后之失宜也，论理则是，按与本文则不合。"公子锄笑伐卫"一段，谓"拾《国策》之牙慧"，真可言一时无两，独具只眼者也。他若《南华经·大宗师》篇，谓其首拈知字，次言命，次言道，次言忘，终仍归于命，而《大宗师》之义明也。接以"古之真人"一段，笔意本之《老子》"载营魄""微妙元通""绝学无忧"三节，合而成之，尤觉洋洋洒洒，末段忽搀入"孟孙才之母死，哭泣无涕，中心不戚，居丧不哀"云云，必非《庄子》原书，且《庄子》引仲尼之言皆入情入理，独此段赞人居丧不哀，无是情理。夫《庄子》内七篇，不少费解处，然细细玩味，自可意会，此段"所以乃且"四句，故作聱牙以迷人耳目，其实无有解处，"造适"四句，尤无意义，非赝作而何？"意而子曰"一段，意义疏浅，且谓"尧舜黥汝以仁义"，按之尧舜时无黥罪，亦无仁义之说，亦必为后人拉杂搀入可知。《山木》篇"庄子衣大布而补之"一段，先生谓其与前后意理不符，并无深义。末段"今处昏上①乱相之间"四句，尤为可笑，夫庄子非有求于世者，何须作此苦语？魏王亦未尝欲杀庄子者，何征之有？信口胡言，莫此为甚云云。余知先生平日读书得间，美矣茂矣，蔑以加矣。先生又谓《冲虚经·天瑞》篇"粥熊曰"一节，《楞严经》"波斯匿王"一段本此发挥，"国氏为盗"一节，《阴符经》本此敷陈，更足见其卓识能窥于微者矣。余于先生之著述，无不为之悉心校正，今得此书，如睹奇珍，如获异宝，手自缮录，惟恐一字之或讹也。缮毕，又有请管德舆进士覆校之，管君谓："此书不独评语至当恰好，超出近世训诂家万万。而其考据之精详，见识之高远，亦令人甘拜下风。"因书大略于后，待质诸当代大人先生论定焉。光绪乙巳，书于扬州平山堂畔之知所止斋。

---

① 上，原卷无，据《庄子·山木》篇补。

书《纪效新书》后

右《纪效新书》十八卷,明总兵戚继光撰也。继光以参将备倭,洊至方面,因以生平所阅历有验之法,笔之于书,故其言亲切有味,异于纸上之谈。观夫自叙数语与《或问》一篇,信乎善用兵者,当于经籍中采其精华,师以意而不泥,实事中造其知识,衡于道而通变。推而进之,于真武直取上乘,则率性之谓道,物格而知至[①],知至而意诚,意诚而心正,如孔子云"我战则克"也,又岂仅酌临敌之花法,斩退阵之长子,深明形势,克践所言,为足以垂法后人哉?继光历镇南北,所向有功,而其功之最著者,吾台辛酉之捷,与太守谭公俱堪不朽。然亦能用乡兵,驯其性情,练其胆气,密其条教,严其号令,使为节制之师耳。嗟乎有明承平以来,将不知兵,大率纨袴之子身任其事,迹其平日娓娓而谈,又似非胸无甲兵者。一旦有惊,则敛集市井之众,仓卒而应,所到之处,辄有兵不如贼之谣。苟得是书而诵习之,其亦愧而知返矣。戊子二月朔,书于翼文讲舍。

书善化瞿子玖协揆《管府君墓志铭》后

丙午六月,予避暑吴山之麓,时黄岩管德舆中翰亦以六睦教授俸满来省看验。同乡旧好,异地重逢,促膝谈心,颇相契合。一日,中翰以瞿子玖协揆所撰《赠公墓志铭》见示,并嘱书

---

① 至,原作"致",据文义改。

数行于其后。呜呼！予何人斯，敢赞一辞哉？况协揆学问文章久负天下重望，而赠公之隐德，一经表彰，自足昭天下而示后裸。呜呼！亦何待予赞一辞哉？然而盥薇洛诵，不禁窃有感焉。谨案赠公生平大节，有一二与先君子若相符合者。赠公自幼失怙，事太恭人以孝闻；先君子才弱冠，先大父弃世，凡百行事，必禀承先大母，无敢或违。赠公友于兄弟，诚以待人，人有忿争，必平之于赠公，终其世，里中无讼无犯于法；先君子则处乡党之间，人无间言，取友必端，遇事有断，乡里之曲直，不赴诉于有司，而乐得先君子片言以为折。当同治辛未间，纂修宗谱成，先君子复搜录历代祖考及同族之诗文，汇为一集，名曰《沧水集》，刊附谱后，又取马季长《忠经》，分章注解，题曰《浅释》，以配耿逸庵《孝经易知》，以视赠公之茸《东浦集》，著《孝经古今注》，实异曲而同工也。所异者，赠公则授徒讲学，门下多闻人，而先君子则并未尝为人师，然其遇一佳士，见一佳文，辄赏叹不绝于口，其所以启迪后生者又无不同也。而且赠公生于道光丁酉，殁于同治辛未，享年三十有五；先君子则生于道光癸卯，卒于光绪乙酉，享年四十有三，赠公长于先君子者特六岁，而先君子之年多于赠公者七龄，两人之年亦不甚相先后，而所居之地，相去亦不百里，惜当日两不识面，不相往还，而以学问相切磋耳。今赠公既有协揆为之发潜德而阐幽光，而中翰之为人，又是欧阳文忠一流人物，将来功成名立，恐《泷①冈阡表》，不能专美于前矣。若予者，学殖荒落，四十无闻，显亲扬名，已无复望，惟惴惴焉以先业之坠是惧，兹②读斯

---

① 泷，原作"陇"，页眉校改为"泷"，今据改。
② 页眉有校语云："兹字似宜删。"

铭,有不感慨欷歔、汗颜无地也乎? 呜呼! 予有何言哉? 虽然,予安能不赞一辞哉? 爰抒臆虑,谨墨诸后,既以自愧,且以卜管氏之盛,正方兴而未艾也。同郡晚生林丙恭书于吴山第一峰下。

读《学蔀通辨》《东莞学案》书后

学问之道,非可哗以求胜,有求胜之心,即有门户之见,至于争持门户,则心为气役,欲其论说之平也,难矣。陈氏建《学蔀通辨》,为阳明辑《朱子晚年定论》而作,痛詈其颠倒早晚,与《道一编》相唱和。吴氏鼎《东莞学案》,又为陈氏《学蔀通辨》而作,力诋其排陷陆、王,全为阿附阁臣。尝取二书读之,一则专采朱子文集、语录、年谱诸书,以辨陆、王之禅;一则专抉其割裂凑合之诬,以辨陆、王之非禅,且谓其自蔀于禅,几若寻仇报复者然。是皆胜心未化,故至激为门户之争。尝考朱、陆冰炭,只争由本及末、由末返本之异,在朱、陆,自无偏重之弊。朱之非陆,以其时禅学盛行,阳儒阴释之风,尚未有艾,其救陆过高之弊,即杂学辨之意。然而救者自救,朱不喻陆,犹陆不能喻朱。且朱子虽重道学问,亦未尝不主尊德性,但始则教人由末返本,继则教人由本及末,固因学者支离之弊为转移,全书具在,可覆按也。阳明亦因其时学者多支离泛骛之弊,而辑《朱子晚年定论》,纵所辑非尽晚年,愈见朱子早已闻道,虽有疏虞,庸何伤乎? 惟阳明良知宗旨,实觉张皇过甚,心自心,理自理,固学者之大弊,要不当为即心即理之言,反导其绝圣任智之见。故姚江之有龙溪,犹象山之有慈湖,皆其宗旨稍偏有以启之。后学之辨,辨此而已,岂可专务求胜,肆为抨击乎?

清澜是书，其中陆、王之失者不少，特词气嚣厉，颇足自累。当日罗整庵、徐养斋诸人，皆知姚江之学，原出象山，而深嫉其非。然整庵尝与阳明辨定朱子晚年定论，知其意不可夺，因为《困知记》以剖吾道疑似之界，俾后学勿误歧趋，意至美也。养斋《读书札记》，举阳明之说，逐条辨正，而托诸"或谓""近学"等词，亦未显加排斥，尚不失各尊所闻、各行所知之谊。清澜反是，无论朱、陆同异，原不争乎早晚，即象山之陷于所偏，亦抉摘其弊可矣，奚事深文周内？虽迫于王学末流猖狂恣肆，不能不救其失，而涉于意气之私，则未免有程朱、陆王之见存，转觉自丰其蔀矣。《东莞学案》又纯为负气之争，非关讲学之实，其谓"清澜巧阿政府"，窃考清澜成书，自序为嘉靖戊申，其时政府为严嵩、李本诸人，固非喜文成之学者，然文成被扼政府，实在其前，越数年而徐文贞得政，且深喜文成学术，而讲学于都门矣。要之，欲振象山坠绪而正其错解、纠其割裂、辨其牵合，未尝不可，但当平心剖析，乃足服古人之心，而杜今人之口。顾因清澜之锻炼而更甚之，不几楚失而齐亦未为得乎？夫群言淆乱衷诸圣，圣学格致诚正以明明德，圣教博文约礼以求仁，迄子思而微言未绝，大义未乖，曰："尊德性而道问学。"道，由也。由问学以尊德性也，即自诚明之说也。诚以成己为仁，诚以成物为智，皆性之德，即格致、诚正、修齐、治平一以贯之，即"一日克己复礼，天下归仁也"。程、朱之穷理，即格致，即博文。程、朱之居敬，即诚正，即约礼。皆由问学以尊德性之事，即皆下学上达之事。陆、王专骛上达，其弊自多躐等，辨言者以下学策之，已足弥缝其阙，乃举言心言性，一切证其为禅，然则问学何事？其归宿究在何处？而呶呶撑持门户，是亦不可以已乎？孙氏承泽有《考正晚年定论》，李氏绂又有《朱子晚年全论》，皆执异同以争胜者，与陈、吴二书，如出一辙。凡此诸书，于程朱、陆王，均无加损，徒自暴其过当，以供后人指摘而已。其他张武承《王学质疑》，其书持论尤为偏宕，虽张清恪极取之，究非末学所愿闻也。辛亥二月，书于杭垣运司河上寓庐。

书王棻题《壶舟文存》后

黄岩王子庄先生棻，固吾台所称为著述家者也，然余观其题吾邑黄壶舟明府《文存》后，论台人之文，于宋取杜清献、陈筼窗，而遗吴子良、林表民，论者谓其区取之严。然以鄙见言之，明辅、逢吉之文，实不弱于杜、陈也，虽荆溪、玉溪全集已佚，而其文之散见他集者不少，尚可取而覆按焉。至于元惟取刘羽庭、陈夷白而遗林晓庵，亦属偏见。夫有元一代之文，台人当以《半山集》为最，《羽庭》次之，《江槛》又次之，《夷白》则又其次也。于明取朱白云、徐始丰、方正学、王静学、谢文肃是矣，而于清取洪南沙、齐息园、施穆亭、戚鹤泉。夫洪、齐、戚三公，诚为一代之巨手，不独冠冕三台，实足媲美望溪桐城。而穆亭何人，乃亦与于作者之列，殊属令人百思而不得。检施君全集四卷而阅之，应酬之作为多，间有关系乡邦掌故，足资考证，然根柢浅薄，尚未成家，较之林鹤巢、姜北山，犹逊一筹，子庄乃遽取之，与洪、齐、戚三公并列，不亦谬乎？今乃知子庄先生只足称学者，不可与言诗，更不足与论文。其自言少治汉学，余观其所著经说，似皆有背经旨，正不知其在同光时何以负盛名若是耶？恐后人为其惑，特书之以示来者。乙巳春三月，书于如皋之丰利场署。

近阅瑞安孙仲容《籀庼述林》、黄岩杨定勳《崇雅堂集》、王玫伯《默庵集》，对于子庄之学说，皆有微词，方知余言之非谬也。壬子十二月小除夕，爵叟又志。

书《王静学先生文集》后

右《王静学先生文集》五卷，渡首王王复轩遵其父燧生君之遗命之所印行者也。先生文集原不止此，殁后，文字避禁，遗稿散佚，谢逸老太守序曰："林公辅所序先生之文，散弃不存，此则十之一二耳。"其①言可证也。余尝见公辅称先生之文②，其严重也，如大儒之执礼，周旋必中矩度；其通和也，若巧夫之呈技，敛散反复，机括转移之间，有非在己者。求之于世，能如原采者，无几人。又以其气节庚庚，比之陈后山。方孝孺《与赵伯钦书》云："林公辅气高才敏，视人行行然有不满之色，与仆书，独称足下及原采文。"又《怀旧诗》云："立言温粹怀原采。"杨士奇云："昨得王大尹文字读之，说理甚精，且有法度，愈读愈有味。"然则先生之文固早见重于当时，非如后世重其人而始兼重其文也。徐定之太守跋先生文，言："杨少师尝欲纂辑成集，求无完本，深悼惜之。"当非虚语矣。此集钞本原为台守阮勤所藏，逸老、定之假得，于成化壬辰刻之楚中，谢有后序，徐有跋，谢文肃《赤城新志》所著录即此本也。再刻于万历丙子，邑宰翁受甫为序，益以《汉阳》《祈雨》《祈晴》文三首及

① 页眉有校语云："其拟改斯。"
② 原卷"之"下本有一"于"字，页眉有校语云："于拟删。"且"于"字旁有作者删节符，今据删。

黄尚书久庵所为《传》、陈别驾德廉所为《行述》、叶郎中海峰所为《事实》，而以蔡霞山方伯、林白峰大令与受甫自为祠记三篇殿焉，并附建祠之缘起于末。三刻于清康熙乙酉，本营参将郭梅溪为序，益以广德州守周翠渠所为《墓表》，而于久庵所为《传》后，附以石拔贡亭立跋，以辨《传》称"少孤，因母嫁陈氏"之说之诬，而朱长孺大令《重修忠节祠记》亦入之。四刻于嘉庆甲子，渡首王族裔出赀付梓，项调阳为序，补入《明利害策》一首，杨文贞《祭文》一首，附吊谒诗七首，首末叙次不伦，脱文讹字亦不少，今所传者此本为多，而郭刊本则寥寥焉。近王子庄孝廉据《赤城论谏录》补入《资治八策》，并序一首，厘为三卷，附序、跋、传记十六首、吊谒诗七首，为首末二卷，凡五卷，乌程刘翰怡编入《求恕堂丛书》中，刻于雪川，此五刻也。而①先生之贤裔燧生君，孝悌力田，克迪前光，为忠节祠奉祀生者三十年矣。念先人文集②，嘉庆刊版漫漶朽败，十缺七八，刘刻又在浙西，得知③先正典型，邑人反不能寓目，心尝憾焉，屡欲重刊，未酬厥志，于去春三月病殁。今岁其哲嗣复轩，敬承先志，向予假去康熙、嘉庆两刊本，悉心校正，并请予就王辑本，于首末二卷增所未备，托企成印书局用铅字排印，以惠后学而广其传，倘读先生之文而④师先生之为人，由先生阶而升之，共诣乎圣贤之域也，快何如乎？《经》曰："无念尔祖，聿修

---

① 页眉有校语云："而字似可省。"
② 页眉有校语云："文集二字改著作。"
③ 页眉有校语云："'得知'二字与上句非直贯，须酌，易为要，鄙意拟将此句删去，'得知'二字乙在'邑人'句之上，何如？"
④ 页眉有校语云："而字亦可省。"

厥德。"《传》曰："莫为之后，虽盛勿传。"燧生乔[1]梓，庶无愧于先生之子孙矣。民国二十年中秋节，爵叟林丙恭书于家园紫珂茅舍之玩月处。

题《岁寒三友图》

兰亭沈君，予同社友也，性似松圆，神逾梅老，而劲节虚心，有若圆通居士。与予交者十余年矣，虽未能晨夕谈心，获切磋琢磨之益，而鱼雁往来，规过劝善，频年不绝，洵无愧"益者三友"矣。今夏之六月，信宿小园，谈道论德，敲诗读画，极尽契阔之忱。适张君少川亦在座，兰亭出扇页索画，少川为写《岁寒三友图》以赠，遂使一十八公、罗浮道人、潇洒侯之真精神，迸露毫端，飘飘欲活，徐文长《三秋竞秀图》，不是过也。特念予三人遭时不偶，偃蹇岩阿，知音落落，欲得如先和靖公之赏识而亦未能。吁，可慨矣。然而待时藏器，终不屑凡卉为伍。他日者倘得时则驾，任松栋，调梅羹，垂名竹帛，三人虽未可遽必，亦未始不可预期也。午后酒酣，泄[2]笔题此，阅是图者，谓为《岁寒三友图》也可，即谓为《园雅集图》也亦可。辛卯大暑后五日。

自题肖像

读破万卷，空劳目耨心耕。游及万里，几经马足车程。著

---

① 页眉有校语云："乔当作桥。"

② 泄，疑是"泚"字之误。

书盈尺,只堪用覆酱瓿①。行年望八,未许会入耆英。纵齐眉而偕老,如鼓瑟不同声。即书香之克继,已异学之争鸣。于世既一筹莫展,于己复一事无成。嗟嗟!老夫耄矣,实有忝夫所生,胡为乎留此像也?岂尚待月旦之品评?辛未十一月六日,自书于花好月圆人寿堂。

---

① 瓿,原作"瓶",页眉校改为"瓿",今据改。

蕉阴补读庐文稿卷十三

太平林丙恭爵铭

沧水林氏谱略例

古人著书,固无义例。自汉晋以来,以例求经,所撰之书,多弁之以例。于是略例、统例、纂例、凡例、序例、义例、例言之名,盛行于世,每撰一书,必先发凡起例。谱系之学,肇自《虞书》,夏商以还,书缺有间,无文足言。至周,小史奠系世、辨昭穆,工史书世,宗祝书昭穆,然后谱法彰彰矣。太史公读《牒记》,稽历谱牒,作《三代世表》,读《春秋历谱牒》,作《十二诸侯年表》,其文并效周谱。班史《艺文志》有《世本》《世谱》《年谱》诸书,盖即太史公所读者,而皆放失不传,传者惟《大戴·帝系》一篇耳,顾其书统纪帝王公侯、大夫世祖所出,非一家之谱也。家之有谱则自《家语·本姓解》始。六朝讫唐,谱学最盛,至五季,典籍散佚,无复讲求。宋兴,欧苏始各以己意为之谱,然苏氏之例,私而不公,欧阳之例,简而未备,君子病之。近世谱师,益乖义法,惟景城纪氏、九江朱氏,酌古斟今,体裁独具,读其例言,各有根据。而章实斋《文史通义》,对于谱学,亦有足取。吾友黄岩王玫伯观察舟瑶撰《西桥王氏谱》,参用纪朱二氏例,及实斋谱论,而益臻完善。兹予修谱,博采诸大家成法,酌取王观察新意,附以己见,特发其凡,揭诸简端,用明指归。右述略例。

谱字，许氏《说文》所无，盖古止作"普"，《文心雕龙》曰："谱者，普也。注叙世统，事资周普。"故刘恕著《疑年普》《年略普》，字皆作普见《东都事略》。至汉叔孙敖碑阴，谱又作諩。见《释例》。亦有别撰名称，如李善《文选注》引《七略》，有子云之家牒。裴松之《三国志注》有袁氏之《世纪》，《唐志》有刘子元之《刘氏家史》，卢藏用之《范阳家志》之类，不一而足。今皆不从，而曰谱者，从朔也。题曰林氏谱，以古但曰某氏谱，如刘注《世说》所引诸家谱数十种，皆称某氏谱。张注《三国志》引诸家谱九种，亦称某氏谱例也。至若《隋志》有《杨氏家谱》，《宋志》有毛渐《王氏世谱》，苏洵有《苏氏族谱》之名，今亦不从，仍从朔也。题曰太平沧水林氏谱者，示别也，有同县而非族者，系以里居，不至混淆也，《隋志》有京兆韦氏谱，《唐志》有赵郡东祖李氏谱，又有东莱吕氏谱，其先例也。吾族由黄岩股竹迁居沧水，第四世而大房崇创公转迁泉溪，曰沧水，循旧称也，且我二房崇业公，仍世居沧水，始祖祠堂茔墓皆在焉，题曰沧水林氏谱，谁曰不宜？右述名谱之例。

屈原赋《骚》，韦孟《讽谏》，司马迁作《史记》，班孟坚述《汉书》，皆自叙本系，著之于篇，然其纪述疏略，仅揽大概而已。至小颜注《汉书》，杨雄谓其称述先世，直自叙谱牒，《世说注》谓温氏谱亦述始封，则是撰谱者博考族望、姓氏源流，自古然也，何可谓非？近世诸城刘氏、景城纪氏而以不著族姓源流为慎，是亦固执之见，背乎古矣。考唐《宰相世系表》，及宋欧苏诸谱，并述族望，且唐《表》于氏同望异者，必分别著明之，况吾林氏旧望有济南、邹县、平凉、广陵、魏郡、晋安、成都、河南等七，新望有莆田、岭南、闽县、侯官、平阳等五，且有氏同而姓异者，如邱林氏改为林氏之类，不辨他族，莫名本族。故就古今姓氏学诸家之说，辨别其是非，考核其本源，著为《姓氏源流考》，以示后人。右述《姓氏源流考》之例。

古人之谱，纪世次者为图，如欧阳氏谱所列世系，全为表式，而题曰图。吾族旧谱，亦仿欧阳氏，首列世系图，今不从，非僭也，亦非妄也，盖世系列表，法本周谱。《南史·刘杳①传》谓："太史公《史记》年表，旁行斜上，并效周谱。"故改称表而不曰图。分列五世者，据《汉书·王子功臣恩泽等侯表》例也。苏氏谱六世、胶州法氏谱四世，皆非也。格尽别起，重书末世名者，据欧阳氏谱例也；分房列表者，据《唐书·世系表》例也；行第有表，据《周官·小史》辨昭穆之义也。旧谱不载丁口，毫无统纪，兹则人数有表，据各史地志详户口之义也。迁徙虽近必书，旧谱或载世系，或入世传，未能一例，兹则凡侨居他境者必列表以志其地，重出乡也；流寓忘归者亦附列于表，重失业也。科名、仕宦、封荫以及子衿、胄监、学位、公职，另立衣冠表，据《隋志》汉邓氏《官谱》《唐志》唐路敬淳《衣冠谱》之例也。右述各表之例。

祠堂之制，起于中古，故古谱不载。按《礼》："君子营宫室，必先宗庙。"然则祠庙为奉先之所，孝子慈孙所宜尽心奉祀，杨文定公曰："祀始祖则族有所统，是祠庙与谱系不可偏废也。"故创为祠堂志。茔墓，先祖体魄之所栖也，《隋志》谱系类有《杨氏家谱状并墓记》一卷，谱载塚墓，是其先例。墓地坐落某村某壃某号，民山若干，民地若干，必一一详志，防湮也，防为强有力者侵占也。名人第宅，史传、郡邑志及图经皆详载，

---

① 杳，原作"香"，据《南史》改。

今从之。于第宅外，复附志先人之坊表别墅，及钓游古迹、寄咏寓庐，重先业也，撰谱者安可数典而忘诸？至载著述，《唐志》谱牒类有《王氏著录》十卷，即其例也，并载书目，《汉书·艺文志》例也。右述诸志之例。

《世说注》有李氏、袁氏、王氏谱，又有李氏、袁氏、王氏家传，《隋志》以家传入传记类，家谱入谱系类，盖古者家谱、家传，实分为二也。至《旧唐书》始并为一，入谱牒类，《新唐书》虽仍分为二，然谱牒类有《官族传》十五卷、《行略》一卷，则传未尝不入谱也。欧阳之谱，于图外别录事迹，其无可考者注云阙，虽不曰传而其体实传也。近世谱师，于世系外又有世传，盖用欧阳氏例也，吾族旧谱亦然。今于先人之有事迹卓卓可传者，为之立传，入家传门，其人仅有一节足取者，则用《西桥王氏谱》例，于世系表名下附注之。士女并传者，用范氏《后汉书》、常氏《华阳国志》例也。生存人虽有大节可传者，皆不为之立传，史家通例也。家传必注所据书者，为杜虚造及冒滥之弊也，实远师欧阳氏《百越先贤志》，近师阮氏国史《儒林传稿》例也。右述家传之例。

谱皆书名，临文不讳也，佚名则书字，如欧阳氏高之子字仁仲，亡其名，即其例也。名字并佚则称某，如《唐·宗室表》富阳令某、柳氏表某朔方营田副使，亦其例也。或记以方空者，《逸周书》《穆天子传》例也。《穆天子传》凡阙字皆用方空。苏氏谱于祖父之名加讳字，欧阳则从同。盖谱者，一族所共有，非一人之所得而私也，故不从。苏氏并书原名、更名、一名者，据《唐书·宗室表》栻初名橦，刘氏表齐贤更名景先，裴氏表遂一名从之例也。名下书字号与官爵者，裴松之《三国志》、刘注《世说》所引魏晋六朝诸谱例也。兼载别字者，《后汉书·虞翻传》注例也。其无官爵者，苏谱注不仕，今不注，无庸注也。书生卒者，《七略》称子云家牒载以甘露二年生，周氏谱载翼年六十四卒，羊氏谱载孚年四十六卒，则谱详生卒，古例也。妻前后皆书者，据温氏谱"峤初取高平李□①女，中取琅珲②王诩女，后取庐江何邃女"例也。妻之父名亦佚者书其兄弟，兄弟之名亦佚者书其里居，司马氏谱例也。景城纪氏谱妇谱卒而不谱生，则曰其卒于我，其生不于我，似乎未当，本谱则生卒并书，以妻与夫齐，例应尔也。有子注生几子，其无子者不注，欧阳氏谱例也。出嗣子仍系本生者，重所生也，于所后，则书继子某者，重为人后也。景城纪氏谱庶子不书所生母，统于嫡子也；异母之子不分注，统于父也，虽有古碑志之例可援，今不从，吾从众。古法纪女之所适，如谢氏谱尚长女僧要适庾龢，次女僧韶适殷歆，又谢重女月铳适王恭之子憻之类，其先例也。吾林氏旧谱，则于女子及婿名之可考者皆书之，亦此例也。纪氏谱不书，苏氏例也。序述之文，苏氏乃至名祖父，虽《汉书》叙传有此例，今不从，嫌斥也。纪氏、朱氏、王氏谱皆然，知非予所独。改称公者，据白乐天家状文也，族之尊者亦曰公，据柳子厚叔父墓版文也。妇曰某公配者，据《后汉书·列女传》称某之妻例也。曰元配，据《晋书·礼志》"前妻曰元配，后妻曰继室"例也。曰继配，据王介甫《葛源墓志》继配虔氏例也，兹改称续配而不曰继配、继室，古之继室非妻也。妇改适者亦书，庶氏③之母，孔门不讳也。入谱之年，古无定

---

① 原本为空格。

② 琅珲，疑是"琅琊"之音误。

③ 页眉有校语云："氏字疑。"

法,庾会终于十九,阮牖卒未弱冠,二氏之谱皆载焉。东坡年二十已婚王氏,老泉乃不列于谱,纪氏谱从版籍法定以十六岁,王氏谱定一岁,今悉不从。从《福建林氏族系考》,生即入谱,据《周官》司氏自生齿皆书于版之例也。胶州法氏谱凡干犯名义者不书,逃入二氏者不书,螟蛉抱养者不书,不详所出者不书,防乱宗也。今皆大书特书,正以儆后人也。孝悌仁慈,贞节义烈,皆书于谱,录贤也。修举族中公事者亦书于谱,纪功也。遐龄耆寿亦书,尚齿也。娶妾不书娶而曰纳,贱之也。于妾之贤淑节烈者亦书,美之也。右述书法之例。

　　谱为始迁祖作也,为始迁祖作,何以并及上世?盖不先考其源流、辨其派别,安知始迁祖之所自出?故首稽得姓之祖及其源流、族望、世系、支派,为全谱纲要,有源有流,派别乃明,故次之以本族世系表。有行第则名字不紊,昭穆可辨,故次之以行第表。行第虽明,而丁口之增减,子孙之盛衰,其未能一览得也,故次之以人数表。一族之人,居不一地,或迁或徙,散而无纪,未免视同族如路人,故次之以迁徙表。族中之文而秀者、显而达者,不得不表而出之,故次之以衣冠表。祠庙所以崇祀事,茔墓所以安魂①魄,第宅所以彰祖迹,故次之以祠庙志、茔墓志、第宅志,而坊表附焉。著述所以重一族之文献,书目所以备一家之掌故,而外赠之诗文,可以见师友之气义,故次之以艺文志。郑樵《通志》改志为略,王氏谱从之,今不从,惧僻也。诸史皆先表志而后列传,故以家传殿焉。末附以遗闻、辨误、存疑、杂录者,盖事有为人所共传,理有为人所难信,所见异词,所传闻异词,拉杂录之,亦信以传信、疑以传疑之意

---

　　①　页眉有校语云:"魂字宜酌。"

云尔。卷首先列略例、家训者,盖略例所以叙纂辑之大纲,家训所以示族人以模楷,皆撰谱者当务之急,故列之简首。序居后者,据《易·序卦》《史记·自序》《汉书序传》例也。《法言》《越绝书》《论衡》《潜夫论》,序皆列后,许慎《说文解字》亦然。右述谱中分篇先后之例。

《太平集》凡例

文籍日繁,散无统纪,于是总集兴焉,盖为网罗放失,使残篇断简,并有所归。删汰繁芜,使稗莠咸除,菁华毕见。溯厥原始,昉自挚虞《临川集》、林孔逭《文苑》,篇帙宏富,继轨流别,其书虽佚,其论尚散见《艺文类聚》中,为古文者以为奥府矣。其专纪一方,志存征佚者,有《会稽掇英集》《成都文类》《吴都文粹》等编,实与地志相表里,一邦文献,藉是有征。王咏霓《黄岩集略例》谓:"集历朝之制作,则别裁删订,非旷观澄识不为功。记邦国之英华,则采辑搜罗,虽只义单词而必录,广狭异致,详略殊途。"善哉斯言,兹焉则取。

陈耆卿《赤城志》末附艺文,林表民《续志》循其例,其不及附者,别为《赤城集》。盖总集与地志,二者相辅而行,不得偏废,文献足征,不外乎是。明人地志,纪载诗文多于故实,未免喧宾夺主。而黄润玉《宁波简要志》,于艺文仅存篇目,亦嫌太简。今仿陈氏、林氏例,于《太平志》外附编《太平集》,亦犹《黄岩志》之外又①有《黄岩集》也。

林表民《续志》《三志》俱亡,惟王象之《舆地纪胜》,施注

---

① 页眉有校语云:"又字宜删。"

《东坡集》，尚引其一二事。所编诗十卷、文十八卷为《赤城集》，今诗集佚矣，存者惟文集耳。明谢铎撰《赤城新志》，别为《赤城后集》，则继林而作者也，又专录台郡之诗为《赤城诗集》，吾台诗文赖以不坠者，二书之力也①。

《赤城集》《赤城后集》，共收郡人文七十八家，凡一百八十八首。此外一百五十二家，文二百六首，皆他郡人之作。且专取有涉方州者，其他文虽工不录，其例毋乃太隘。至万历初，郡守李时渐，与郡人王允东、陈公纶、黄承忠辑《三台文献》二十三卷，凡一百十家，文三百五十四首，而吾邑人得二十家，文四十余首，于是邑人始以文著名于时。然终无总集，宏篇巨制，未免有放失之虞，故采干遗集，求珠时髦。不使西河侯君，失文汉代；东海何生，阙美萧《选》。蔚宗述悼于莫知，表圣缠憾于既往。都为一集，得人千余。网罗众家，窃附桃溪之例；征求遗献，或肖逢吉之心。

吾邑文家，肇始南宋，以于忠甫恕为先河，黄岩旧志称其豪于诗，有文集数十卷，惜已佚。徐渊子似道，《赤城志》称有文集十一卷，亦已失传，仅《江湖集》呈进本，有其一卷，余姚黄氏藏录，尚未假阅，今止得于文一首，徐文三首而已耳。

自朱晦庵熹以浙东常平使者驻节吾台，一时贤士多从之游，林伯和蕭、叔和矗，其最著者也。若丁子植木，亦受业朱门，讲《论语》《学》《庸》《孟子》诸经义，与朱意合。至于王希道汶，与同郡陈耆卿、韩淲、吴子良辈，以德行道义相切劘，所著《东谷集》，朱子亟称之，偕其弟渊道澄、深道浚，有"楼崎三王"之目。而其从弟周道演，博通经史，所作《植兰说》《颜乐斋

---

①　页眉有校语云："此条结处何以未归到《太平集》？"

记》，开阖自如，不蹈流俗绳尺，中多见道之言。蔡正之镐，负经济才，朱熹一见，即荐其才沉审果决，可以集事。叶水心适铭其墓，谓若水受地之正气，而枝叶华实，皆成熟而彬蔚，可谓倾倒至矣。考水心尝授经吾邑，如王希道兄弟，丁子植之子弟，以及戴许、蔡仍，皆执贽其门，故邑人文章之义法，得诸水心为多。今采缀遗著，仅得希道、周道文各二首。

刘全之允济，与兄允迪、弟允武，皆历官有声，文亦有名，与陈耆卿友善。王方岩居安，直言敢谏，立朝侃侃，固不仅以文名，而文亦卓然成家。戴泉溪良齐，以名世大儒官少监，见鞑虏强盛，上疏言事，帝嘉纳之，赐爵临海子，吴文正师事之。刘、王、戴著述，散见《赤城论谏录》《尊乡录》诸书，读其遗文，凛然见一代名臣之风节，今采录其文，得提举三首，侍郎十三首，少监七首，想见勋业与文章，初无二致也。

若夫丁希亮梅岩，从叶水心、陈同甫、吕东莱游，得其绪余。纵笔所究，词雄意确，论事深渺，皆有方幅。郑子仙瀛，与孙应时友善，《烛湖集》称子仙弱冠入太学，上书论时事，以直闻。戴渔村木，有善行，世称戴佛，从水心游，与杜清献为友，所著《事类蒙求》，林半山谓其学有本原，远出唐宋类书之上。郑谷口大惠，制行与胡立方相似，经籍深洽，高出流辈，杜清献尝恨不能致谷口于朝。为文古奥，法孙可之，无宋季波靡之习。陈肥遁咏，学博文赡，理宗朝上书请复仇，词意激昂，但其本集失传，仅从散见采录，令人徒切景行仰止之心而已。

戴石屏复古，以诗名家，而文亦戛戛独造。赵和仲处温、陈莪山景温、郑简卿圭、戴希尹觉民、毛新甫鼎新，皆有撰著，今虽久佚，尚幸各得一二篇焉。

元代盛圣泉象翁，师事车若水、黄超然，得朱子再传之学，以振起吾台道学之坠绪。所著《圣泉文集》,内有《答赵孟頫书》,说理精实,其深于文可知。林半山昉,陆草屋序其文,谓《穀梁论》可羽翼圣经,辅诸传之未发,《乳柑记》行文绝类西京,宋景濂亦云然。邱咏性应辰,有《忧忧集》传世,其《正异论》《复井田议》,皆关世教,切时弊之言。郭公葵秉心,精河洛卦范之原、无极性命之蕴,凡天文秘奥、疆域图籍、家国废兴之故,史传诸子百家之言,无不遍究,张蜕庵谓其文高古整齐,殆信然欤! 兹于盛、林、邱、郭文,各得数篇,亦足见台学之渊源焉。

潘省中伯修,原以诗名,而文亦精,其自谓文章不关世教,虽工何益。读其《文释》一篇,即可知其所得。省中与达兼善友善,后均死于方谷珍之变,大节凛然,《北顾》一集,与《江槛》并足不朽矣。先乎省中者,有潘择可从善,为方孝孺父执,《逊志斋集》中,有与择可书,极钦仰之。又有陈石门铿翁,与择可以道学自期,其所著《石门集》,宋濂为之序。今录二潘及石门文,不禁感慨而有余慕也。

南村陶宗仪,在元代已负盛名,明初召修国史,不久即归,仍教授淞南,其所为文,正如毛子晋所云疏林早秋者,盖由其植品清高,自抒其性情之正耳。

王原采叔英,严气正性,与方孝孺相师友,革除之际,又先后从容取义,其文以忠掩矣,读《静学》者当自能辨之。许廷慎伯旅,亦逊志友也,其诗传矣,其文亦间得二三,隐然以道自任,其必传也奚疑? 而当时又有郭畅轩楷,为正肃之后,本闽学之世嫡。其子熙,字退轩,博学笃行,无愧其父,叶士冕黼尝从之游,得理学之真传;从子元亮煜,皆称名儒,兼有撰述,今原集佚,而文之散见者乃各得其一二耳。

　　自永、宣以迄成、宏，其间道德、勋名、气节、文章之彦，接踵而起，如鲍原宏仁济、李存省茂宏、郑宏范贵谟、李复斋匡、林无逸璧、应志和律、林畏斋鹗、谢世修省、黄孔昭世显、谢文肃铎、林抑斋克贤、戴师文豪，为最显者。其遗集尚存者，有介轩、畏斋、逸老、定轩、桃溪、赘言六家，而桃溪为之冠，故所录独多。若原宏、存省、复斋、无逸、志和五家，虽原集未见，亦有所采辑，得以考见一时之盛焉。

　　同时隐居求志，潜德不耀者，则有何东阁愚、程成趣完、缪守谦恭、王古直佐、陈儒珍彬，其志趣学问，躬行气节，不愧名儒，惜遗集无存，少者仅录一篇二篇，多者则八九篇，十余篇不等。

　　正、嘉之间，有赵方厓大佑之《燕石集》、黄久庵绾之《石龙集》、叶海峰良佩之《海峰堂集》、林白峰贵兆之《知我轩近说》，而以《近说》为最胜。方厓大司马勋业满天下，而文非所长，亦自不苟。久庵冢宰，才力规模，视桃溪略壮阔，而不及其醇。叶郎中步武桃溪，亦有矩度。至白峰大令则笃志于道，尝从金一所游，而与久庵为友，自号养觉子，似涉姚江之学派者，然观其《答曾双溪书》，盖以忠信力行为本，不尚顿悟，服膺朱子，与一所同，而无阳明末流之弊者也[1]，其为文大旨，具《学文论》及《寿沈晓山序》中。《近说》一书为有德之言，信可不朽矣。

　　继白峰而起者，隆、万时有林中岗元栋、郭东城振民、金吉所孚兑、陈抱一应荐，天、崇时有毛天奇明范、胡岳生来甫，皆下笔千言，时誉籍甚，其中惟东城吉所根柢既深，用笔复汪洋恣肆，变化之中，饶有逸韵。其余则义法未严，体格不高，录其

---

　　①　页眉有校语云："'阳明'句似宜斟酌。"

文可以观世变矣。

清代文学家,先哲皆艳称闻赞皇国政、江白下左,但其文流传者仅寥寥数篇,无由窥见其真蕴。康、雍间,则有石亭立中玉、林鹤巢之松。亭立之文,固风发泉涌,雍容名贵,惜所传无多。鹤巢之文,齐召南谓其跌宕顿挫,往往以逸气抒写其胸中苍凉磊落之情。碑传序记,得昌黎法,亦一时之选也。至戚鹤泉学标,以古文鸣海内,其学初得自息园,实自馆曲阜后而其学更博。为文善学昌黎而足自名家,其阐幽订讹诸作,不避俗嫌,不徇众毁,不蔽于史乘传闻,论定折衷,皆足以扶植纲常,裨补经传。或谓其"晚而益进,续集胜于初集",信然。盖有清一代之文,台人自齐息园而后,实无出其右者也。

道、咸以来,首推黄壶舟浚。读《壶舟文存》,纵未能如诗之专门名家,而其振笔挥洒,不蹈恒蹊,亦自有可传者在也。传黄氏之学者有其弟今樵治、陈桂舟殿英。今樵文味经史之腴,得山川之助,陈言务去,师法韩柳,其得意处实特过其兄。桂舟以乡里后进,受业壶舟之门,得其指授,为文具有规矩,嗣复从全椒薛时雨、德清俞樾于诂经精舍,所著经说,繁称博引,咸足以究空疏之弊,或者以破碎琐屑鄙之,是亦一孔之见也。

同治间,陈苣东澧、陈虚舟昶、叶桐侯晋封、陈莘农羲、沈梅鼎嗣田、林鹗秋庄、江拔贡翰青,并负时誉。而苣东广文以渊博闻,虚舟明经以才情胜。莘农上舍与葛兵部咏裳,同肄业敷文,兵部见其文沉雄博大,胚胎汉魏,遂师事焉。桐侯学问邃密,由孝廉教谕兰溪,将赴任,卒于杭寓。梅鼎布衣,笃嗜古文,惜三十而卒。云亭词章,起群拔萃,博雅高华,登特科未两岁亦卒。鹗秋茂才并通义理词章考据之学,著述不下十余种,对于乡邦文献,尤多所纂辑,且年逾古稀,手不释卷,洵无愧郡邑之耆儒硕彦也。

光绪间则有吴幽农观周、金逸封均①、陈芸圃明园、徐芷英斐章、陈仲韶凤翔及吾家凤笙逸、菊生树琪、子声鸿博三明经、仲言简②、积渊苕棠两上舍与夫北山之百藏孝廉典，亦皆有声。逸封明经老成典型，文亦苍古。幽农上舍有志程朱之学，师事夏震武，王舟瑶谓其笃信有余，而宏毅不及。芸圃茂才苍茫奇古，能以气胜，芷英上舍纵横自喜，未竟厥绪。就其所遗阅之，已足与莘农抗衡。仲韶孝廉英华勃发，惜不永年。凤笙长于史，谙悉掌故。菊生深于经，贯通汉宋，尤精究时务，于中外机宜，洞若观火。子声则熟精《选》理，文必步武马班。积渊天才亮特，为文则汪洋恣肆，于小学亦有心得。仲言意在朴学，虽不以文称，而《九皋堂》一集，固不愧乎君子儒也。百藏最晚出，初从予游，继从王玟伯舟瑶游，乡举后复游南海张享嘉之门，英思灏气，咄咄逼人，所遗《呐不夫文稿》，自出机轴，绝无一语拾人牙慧，亦不幸短命。甄录至诸家文，不禁感喟太息焉。

骈散二体，厥旨维均。《昭明文选》，二体兼收。吾邑骈文，鲜有专家，宋徐竹隐固工此体，而全文已佚，仅于《鹤林玉露》《困学纪闻》中，略见零章断句。元明以来，遂无嗣响。清康、雍间，林鹤巢特自振起，虽不能复正始之音，已有可观。乾嘉中，戚鹤泉以古文名世，而骈俪亦无恧古人。王灏亭得鹤泉之绪余，意深而不滞，音雅而不流，辞丽而不纤，格老而不杂，胎息六朝，祖述四杰，传其学者有叶拔贡蒸云、杨明经鹭、林茂

---

① 页眉有校语云："逸封应列观周上。"
② 页眉有校语云："积渊应列仲言上。"

才庄,而鹗秋茂才又出天台李国梁之门,视其所作,较叶、杨尤胜。至黄氏壶舟、今樵昆季出,独辟蹊径,自写性灵,今读遗文,知于此道三折肱矣。湖海、思绮,等诸自桧。传其学者有陈桂舟殿英、林玉琁志锐。至蒋偶山骧云、陈秋航琛,则出叶阆帆之门,得其秘奥。而柯兰舟作楫、王韵卿穰年,则出偶山之门,能步武滴露研珠①。若家子声及赵程九鹏、王雅旆景儒善学姚梅伯,可谓能自立者,特为各登数首,略见一班。

宋李庚辑天台题咏之诗为《天台集》,林师蒇增之为《前集》三卷,其子表民增之为《别编》一卷,皆唐以前诗也。李庚辑北宋人诗为《天台续集》三卷,师蒇广之为三卷,表民又增南宋人诗为《续集》《别编》六卷,于是吾郡之诗有专集矣。《赤城诗集》录太平诗十九家,于是吾邑之诗著于世矣。《三台文献》又增三十余家,于是吾邑人诗更显矣。至万历季年,林山人元协辑《徵献录》,乃悉举邑人之前隶黄岩者析而归之,增以平日所记闻,故家所收存,汇为巨帙,于是吾邑之诗亦有专集矣。至康熙间,陈茂才应辰有《存佚录》之辑。乾隆间,李拔贡成经有《方城遗献》之辑,于是吾邑之诗,自宋以来,悉有所归焉。顾李君所收虽博,尚不无遗漏,今以《天台集》《赤城集》《三台文献》为据,而参以戚氏《三台诗录》《续录》、宋氏《台诗三录》、王氏《台诗四录》等编,此外则《宋诗纪事》《宋诗钞》《元诗选》《明诗综》,以及历朝诗集《两浙輶轩录》《续录》《台诗待访录》等,凡有录吾邑人诗者概为收入。他若故家巨族、志乘稗史之所载邑人钜制宏篇,零章散什,亦悉心搜辑,盖鄙人固不惮至

---

① 滴露研珠,页眉有校语云:"当作'研露点《易》',其家尚有印章,下有'山房'二字,此处宜加此二字。"

再、至三也。

邑人之诗，始自宋南渡。丁松山朗浪游江湖，以诗名绍兴间，陈止斋称其"只字南金，齐名郊岛"。其侄竹坡世昌，诗文与之相埒，而立品尤高洁。徐竹隐，韵度潇洒，诗文名重千古，杨诚斋品藻宋中兴以来诗人，竹隐居其一，戴石屏师事之。戴敏才《东皋子集》，高迈倜傥，与似道齐名，然其子石屏式之为南宋诗家大宗，侄孙东野昺次之，愈见渊源之有自。若王方岩及楼崎之三王，虽不仅以诗名，而诗亦具有体格。至于诸丁、诸戴，其诗皆有家法，并堪不朽焉。项宜甫诜，唐诗人斯之后，客游钱唐，尝以拟古诗示刘文清漫塘，刘称其"意格高超，字字浑成，无规仿痕迹，可自名家"。吾邑诗人，于斯为盛。

元代诗家，先后辈出。盛圣泉教授平阳，林霁山赠诗有"潘江陆海一目尽，自提修绠汲千古"之句。李五峰论元初诗十数家，圣泉在焉。邱咏性应辰有《续明妃曲》，以一身安边戎，托礼情于声乐间，尤出人意外。潘择可从善，工古诗文，著有《松溪集》，文佚而诗尚传，方正学与择可书，极钦仰之，盖潘乃方之父执也。郭秉心积学缵言，笃志不倦，其诗雅趣绝俗，有风人之旨，唐肃谓其"清若元酒，雅若朱丝"，时以为知言。潘省元以诗文名东南，叶海峰序其集，谓古诗长短句，有谪仙骑鲸之气。《赤城诗集》选录最严，而省元之诗采录多至四十首，盖服膺至矣。就元代台诗论，则以省元为最云。其先伯修者，有毛南翰林彦华，后伯修者，有鲍德贤、陈铿翁，俱有声诗坛，其文与诗固有存者，然其集久佚，故采取止寥寥耳。

明初陶南村，为虞、杨、范、揭后劲，今《南村集》刻本尚存，故所录特多。

朱竹垞之选《明诗综》也，于青田、季迪，皆踰百首。当时乡先哲许介石，雄踞东南，号称小杜，堪与抗衡。而朱氏仅选介石一首，实所不解。今就《赤城诗集》《三台文献》所载各数十首，备录之以志钦佩。

戴介轩奎，原集虽佚，《石屏集》尚附录其诗五十四首，《石仓十二代诗选》录其诗三十首，实足与东野《农歌》相颉颃。王文启兴以孝闻，而诗亦卓荦不凡。郑元益西清，以官业著，所传《西清遗稿》，凡古今体诗八十二首，亦不愧作者。至若何明远之《愚斋稿》、林鸣善之《梅南稿》、王谏之《止轩稿》、赵文昂之《金陵集》、郭櫆之《畅轩稿》、郑涔之《直正斋稿》、戴宗涣之《松石集》、陆修正之《草屋集》、李毓之《药所稿》，皆未见传本，间拾鳞爪，俱非菁华。惟王原采全集，累代刊行，自足传世，不独文为忠掩，而诗亦如之，特采辑成卷，以为后世则效。

永乐以至宣德，诗亦称盛，花山九老、盘峰四老而外，鲍仁济有《恕斋稿》、林铭可有《石盘稿》、叶永传有《石云稿》、陈士族有《瓮山稿》、徐潭有《漫兴》《待删》二稿、金文铖有《茸茸草》、金文鉼有《野趣集》、蔡阡有《风瓢遗响》、李茂宏有《存省稿》，惜皆不传，仅得其零章剩什。惟郑贵谟宏范之《介轩集》，诗与文并擅其胜，以视其父之《西清遗稿》，不啻青出于蓝，冰寒于水矣。

李西涯《怀麓堂诗话》，其推重方石至矣，是时长沙方执牛耳，以号召贤俊。谢公出自东南，实与西涯交相切磋，《桃溪诗稿》中，几于美不胜收。今略为持择，录成一卷，他选所及，则不复登，冀广其传焉。

自石龙、海峰两公并起，一时诗格，转趋盛唐。迨林白峰之《正志稿》出，浙东西诗人，奉为圭臬，作骚坛盟主者三十年，空谷遗音，十子同声，皆步趋白峰。有明中叶称诗者，以吾邑为冠也，甄采至斯，益见风雅之盛矣。

毛天民秉彝，传有《美芹稿》，沉郁顿挫，酷类少陵，以及毛慨原之《纪真稿》、毛罗洲之《白水亭稿》，感今吊古，亦皆自成一家。至读毛秉学之《晋原集》，琳琅佳句，尤足令人一读一快也。

隆万、天崇之间，邑中如洞黄黄氏、扁屿钟氏、泉溪邱氏、北山林氏，以及叶氏、陈氏、胡氏、毛氏，以诗鸣者实繁有徒。今录其诗，不无流易之辞，而风格亦卑，若林良相承妥，与华亭陈眉公、临海陈木叔、江右朱统经为友，所著《龙楼集》六种，可谓能自立者。

许上理明佐、郭瑞熙应桢，所传《甲申野哭》《庄烈哀词》诸作，灵均之遗韵也。林长倩茂，胜国遗民，所著《瓦鸡草》，慨乎有禾黍之感，鹿城林太史慕其名，以诗寄赠，有"遗世独耽陶令酒，杜门甘老管宁床"之句。至朱长孺元胤，及闻赞皇、江白下、许象垣、季剑庵诸君，独异时趋，力摹正轨，均可谓铁中铮铮者。若潘休庵汝度，诗才清逸，柯玉岘序谓其得海东山川之秀，非谀词也。

谢国隆复旦，端方有操，尝修邑志，因同事记载失实，毅然辞去，赋诗有"佳传肯同陈寿作，秽书恐似魏收成"及"步兵有酒皆成醉，道士无鹅亦写经"之句。谢来侯于宣，高隐横山，有"一带山云村胜郭，半篙春水士归农"之句，其所传诗虽不多，亦皆有唐音，录之亦以见方石之流风未坠焉。

石亭立拔贡，疏财好客，有丁少云前辈风，诗文名亦与同时林鹤巢明经相伯仲。林飞羽明经绳，著有《学诗草堂集》《欠庵漫稿》，其诗格于二谢为近。鹤巢天姿颖敏，与娄应璧、陈国载皆以时文擅长，鹤巢兼工诗古文辞，与亭立至契，以其家为行窝。喜恢谐,不拘小节,然义之所在,虽千金不为动也。子汉佳,亦能诗。

金秋屏拔贡季琬,与弟声墀明经季瑾,诗以趣胜,当时有二难之目。其从弟平川季璈,宋世荦谓其澹于进取,独喜为诗,宗法白傅,以为天趣自然。蒋云川亦佩服之,称其诗类唐天随子。戚鹤泉,其外甥也。

潘绎琴缉《雅堂诗话》,谓太平诗人陈为霖字岱云,诗最超俗。如《读后汉书》云:"党人已尽知天意,不羡申屠保一身。"《题虎丘图》云:"半山笔意真超绝,我亦从容拭①将须。"怀抱不俗,此太平诗人也。宋确山亦谓岱云诗皆可传。林乔丰字璞斋,潘绎琴亦为采入《两浙輶轩续录》,璞斋由岁贡授永康训导,诗不多作,偶一寄兴,笔墨潇洒,意趣翛然,格正词醇,无一句不耐人寻味。同时又有王寅甫祚亮,求志隐居,学粹识卓,不苟为奄娜逢世之文,诗好古体,纯以意胜。至戚鹤泉先生,以古文名世,而诗亦师法少陵,读《景文堂集》,知其于有清一代台人中,无出其右者。传戚氏之学者,有李味三拔贡成经、周北溟上舍溶、毛鹤峰广文化成、沈肆三明经冠儒、林逸园明经茂堃、王灏亭明经翰,皆有诗集传世,同时与戚齐名者则有黄二峰拔贡际明、林澹园太常茂岗。今读《澹园诗钞》《不俗居诗钞》,虽皆戛戛独造,尚不及《景文堂》之纯正也。至二峰之长子壶舟明府,李宗昉冢宰序其诗有滚雪飞花之妙,林相国文忠称其诗文能浑涵万有,不主故常,汪洋恣肆,惟变所适,可谓推许尽致矣;次子芗谷茂才,有《三桧轩文诗集》四卷,其诗浏以清,绝无浮烟涨墨扰其笔端;季子今樵,著有《诗存》八卷,卓

---

① 页眉校语云:"拭字疑试之讹。"

然无愧古大家，其魄力似较壶舟尤胜，为李侪农方伯、璧星桥将军所激赏。传灏亭之学者有陈丹峰孝廉凤飞、叶杏人孝廉保、赵篆山拔贡魏、叶阆帆拔贡蒸云、杨香生明经鹭、冯棨渊明经芳、章鲁庵茂才醇、林鹗秋茂才庄，而香生、棨渊、鲁庵又同李少莲副贡汝皋、陈雪逯别驾寿璐、林璧人上舍蓝、林肖岩学博傅，复游壶舟之门，读《修梅吟社诗钞》，知其诗学之所自矣。若螺山诗社之金镜人太守煦春、叶桐侯学博晋封、顾复生茂才廷宾、叶羲轩明经起鸥、金雨岩直刺瑞星、陈苣东广文澧，白峰吟社之陈桂舟征君、林鹗秋茂才，及张松溪学博鸿钧、江若澡茂才心、林啸山布衣舒，莫不奉壶舟为盟主焉。至郭烟谷茂才庭燎、林集材明经翘楚，固为今樵之诗弟子，又尝受裁于壶舟，今所传《集材诗草》《烟谷诗集》皆经壶舟、今樵昆季所评定。诸公大集，并经《輶轩续录》《三录》所选录。盖乾嘉、道咸间，吾邑诗人，足冠三台矣。

　　戚少鹤大令祖姚，于同治甲戌重九，开茱萸会于丹崖，台右名下士与会者不下二百人，登高赋诗，称极盛焉。少鹤本家学之渊源，以提倡风雅为职志，所著《三客寮诗钞》，激昂慷慨，情韵深长。同时则江云亭拔贡翰青、蒋偶山拔贡骧云、林素士孝廉俊赏、孙杏卿上舍绳武，并有诗名，顾皆不甚精。王舟瑶《台诗四录》，于同治中独取《凌沧阁集》，以其格高而意深也。

　　光绪吾邑不乏能诗之士，如陈秋航明经琛、方菊溪茂才鹤龄、叶半桥茂才倬云、裴师尚明经灿英、王星野茂才焕文、江子诗上舍伟观、柯兰舟副贡作楫、王韵卿上舍穰年、王雅旃拔贡景儒，及吾家之菊生、咏生、俊甫三明经，皆有集传世。其诗格俱近香山，篇什虽富，尚难称杰构，然求诸近时，见亦罕矣。

　　方州总集，大都取关掌故，以补志乘。今则志在阐幽，意兼征佚，于宋元人之原集具存者，加以鉴别，其已佚者，所遗诗文，概行采录。入明以后，仍事区分，甄取大旨，首重采菁撷华，次则广收碑版之文，类摭散佚之作，若漫漶不完，弃而弗取。

自来选家，详于南而略于北，详于近代而略于古初，是以兹集于近人之作，所取宁失之详，不敢以简略从事也。至于谱牒之中，每多嫁名之作，虽题巨手，未敢妄收，间或录存，必加审慎。

《赤城》前后两集，但取其文之有关，不问其人之著籍。邦人之作与异邦人之作，类而为一，未免混淆。惟程氏《新安文献志》，其前六十卷皆郡人之诗文，后四十卷为他郡人之诗文，取其有系乎一郡之事实，较有识见。王咏霓辑《黄岩集》，王棻辑《仙居集》，亦遵其例，而以邑人之诗文为内编，非邑人而有关乎邑之诗文为外编。今则远仿程氏，近法二王，成《内编》六十卷、《外编》三十卷，俾主客之有分，庶内外之易辨。

作者诸家，各系小传，元遗山《中州集》例也。清碧《谷音》之编，蒙叟《列朝》之选亦然。今于诸家名下，略疏出处，使阅者开卷了然，无烦稽考。

辑录诗文，必注出处，宋确山《台诗三录》例也，此乾嘉征实之学，足矫元明空疏之弊。兹编悉注所出之书，或载所见之本，间有遗漏，姑从缺如。

吾邑家鲜藏书，惟陈君襄臣、江君咏秋，颇富典籍，假借钞录，不惮再三。今就见闻所及，搜辑成书，挂漏之讥，诚知不免。若夫耆献时贤，其人尚存，其诗文虽工不录，以杜标榜之私，留待后人补辑。

自宋至今，宏篇巨制，为世家大族珍藏、匿彩未耀者往往有之。惟望儒林丈人、当代君子，掇拾阙遗，匡予不逮，蔚成巨集，谓非吾邑之厚幸欤？

蕉阴补读庐文稿卷十四

浙江太平林丙恭爵铭

外大父江公晓园传

公江姓，名映峰，谱名荣奏，字成乐，晓园其别号，浙江太平人也。其先世梦良公，宋宣义郎，政和间自闽迁邑之曹奥。二十四世祖朝奉郎仲昭，自曹奥迁江洋。二十一世祖国宗，自江洋迁莘塘。十七世祖正珍，于明洪武初迁盘马，历今五百年，俱以《诗》《礼》传家，望隆乡国。祖某、父某，皆太学贡生。公生而恪慎，自束发受书，辄能颖悟。道光庚戌，应童子试，府、县试皆第一，督学吴公钟骏取入邑庠亦第一。逾年，考列一等三名补增，由是声振一黉。凡经史百家，皆通念晓析，其解经精深，如寻河源而直探星宿。尝受业于黄岩姜文衡亦农明经，明经文学冠三台，少许可，独称公为后进领袖，曾评公之文曰："春气方至，津液之色，充溢广宇，飞潜动植，各有生意。"盖明经之于公，倾倒为已至矣。然公甚不自是也，方且处若忘，行若遗，俨乎其若思，茫乎其若迷，用心专一，直欲追配古人。平居正情嶷然，岩岩清峙，而至性恳挚，迥异寻常。事二亲则左右无间，待同怀则色笑孜孜，有元绍、孝英之风。晚年更精于性命之学，思欲成就后进，振兴文教，凡经公口讲指画者，为文词悉有法度可观。仲弟映台公，受其裁成，即于少年入泮。殁后,遗一子伟观,公以教以养,又亲见其游庠食饩。至于里有义举,则竭力赞襄,遇贫乏,必权其轻重以周恤之。江氏宗谱不修者近百年,公与其族人春苑观察立局采访,延请黄明府壶舟浚为总纂,己则任怨任劳,阅三年而谱告成。复置宾兴田数十亩,以给族之应春秋两试者,故至今无不颂公之德不休。德配毛孺人,恭俭淑慎,能善成公志。丈夫子三:长可尚,早世,媳吴氏守志不贰,前督学使者善化瞿公鸿禨为之奏请节孝,奉旨建坊;次权,州同知衔;次衡,从九品衔。女一,即丙恭母也。孙九人,曾孙六人,皆落落有英气,将来必大振家声。公殁十余年,舅氏以公之传为嘱。丙恭念昔陶征君,为孟长史外孙,曾为长史作传,盖以其谊属至亲,见之真故能言之切也。丙恭梼昧,不及征君万一,第公之学行炳炳,固久炙其光而佩服之深也,因不揣陋劣,作为斯传,以待后之采风者。

论曰:古之人君问于乡长曰:"于子之乡有居处好学,慈孝于父母,聪慧质仁,发闻于乡里者乎? 有则以告。"此语如公者可以当之而无愧矣,使得奋其华彩,置身艺苑,其建树当大有可观,乃仅以增广生终,不获大施抱负,止称一乡之善士,惜哉! 然而孙、曾玉立,门第增高,或者天之报施善人,不于其身而于其子孙,抑亦理之所可必者也。光绪己丑,书于西湖诂经精舍。

陈君秋桥传

秋桥陈君,名宝书,浙江太平人。父某,国学生,君生而机警,灵敏不凡。五岁能辨四声,十岁熟四子书,于朱子《集注》默写无讹。光绪戊寅,年十三,黄学宪悼爱其幼而才也,遂取入邑庠。后复肆力于诗古文辞,但失之轻率坦易。予尝以多读书史勉之,乃取《史记》、前后《汉书》及《文选》,日夕披览,旁及山经地志,皆翻阅详审,学乃大进,虽未能尽脱雕缋习气,而已骎骎乎入曾文正之室矣。与予交最厚,壬午同肄业宗文书院,从陈广文芑东夫子游,陶铸既深,津梁有在,摇笔落纸,蔚为雅材。每当风晨月夕,予两人对榻,纵谈古今,如河决下流而东注,至愉快也。癸未之春,忽以微疾殇,春秋仅十有七,聘妻未娶,惜哉!

林丙恭曰:天生人才难,君既有其才矣,乃不能尽其才以见诸世,呜呼!天耶?命耶?吾不得而知也,然少陵有句云:"千秋万岁名,寂寞身后事。"吾将为秋桥咏之矣。时光绪二十有四年三月,苕上寓庐书。

江西彭泽县知县黄壶舟先生传赞

先生讳浚,一名学浚,字睿人,号壶舟,晚号四素老人。其先世本晋侍中蔡谟后,唐中和间有名午者,赘邑西北尹氏,始家焉。午传至宋武博镐,已十二世,元末因方氏乱,遭灭族,有圣童者育于母家黄氏,遂改姓黄,始迁凤山。圣童生彬龙,寿百有四岁,题请建坊。彬龙生宗恺,历仕都尉。宗恺生承梯,承梯生鹏,邑庠生,两世行谊,均详郡邑志。鹏生中理,邑庠生,国子博士,考授州司马。中理生兆乾,邑庠生,谥孝敏,是为先生之高祖。兆乾生修五,先生之曾祖也,早世,曾祖妣金氏以节孝旌。祖元溥,庠生,父际昌,庠生。本生父际明,乾隆丁酉拔贡,候选直隶州州判,改授复设教谕,皆以先生贵,封奉政大夫。祖妣陆氏、母朱氏、江氏、本生母陈氏,并封宜人。先生禀承家学,自幼英敏过人,年十六入邑庠,旋即补廪①。嘉庆戊辰恩科,本省乡试中式。道光壬午恩科,登进士第,殿试三甲,以知县用,签分江西,特授赣州府雩都县知县,调补九江府彭泽县,历署萍乡、临川、赣县,护理南安府同知。充乙酉戊子江西乡试同考官。其署萍乡也,重修县志,以成数十年辑而未定之书。稽县志,有钟公名咏字唐杰者,证以化成岩郡守赵师恕题名,知为朱子门人,即栗其主入六贤祠,改为七贤祠②。鸣琴之暇,尝进邑之士于鳌峰书院而亲课焉,得人为盛。其年冬莅雩阳③任,萍之人卧辙攀辕,绘图赋诗,以纪其事,即今所

①　页眉有签条云:"壶舟先生《道情曲》云:'身游泮水刚三五,廪窃天家又十年。'先生生于乾隆四十四年己亥,十五岁入学,当在乾隆五十八年癸丑,嘉庆十三年戊辰恩科举人,道光二年壬午进士,故先生刊有乾隆秀才、嘉庆举人、道光进士之图章。尊著作年十六入邑庠,旋即补廪,恐误。"

②　页眉有作者校语云:"其署萍乡也,县旧有五贤祠,祀宋二程子、朱子、张栻及朱子门人,萍乡胡安之增祀周子为六贤祠。先生考县志有钟咏者,为朱子所器重,其《跋社仓记》也,亟称之,顾无及门之说。独《朱子全集》附载建宁朱子祠所列门人,有萍乡钟唐杰,疑即为钟咏,苦无左证。乃搜得宋端平元年郡守赵师恕题名石刻,始知咏即唐杰。奉其栗主入祠,改六贤为七贤,自为之记。以上云云,见《萍乡县志》。又以县署园亭之胜为江右冠,乃取唐宋以来前人遗迹荟而纪之为《楚亭小志》,以上见《味根图记》。"

③　页眉有作者校语云:"其宰雩都也,莅任半载,兴利除弊,次第修举,雩人悦服。间有瘠区,民多逋赋积欠,久且多,前令无如何。先生亲至其地,诚意开导,民互相劝勉,输将不绝,见《雩都县志》。李起蚆《寿邑侯黄公序》:'于罗田岩建凝道轩,时与宾客、士绅饮酒赋诗于此。'见《雩都志·山川》。"

传《萍乡攀辕集》是也。其宰临川也,有同僚某,以方正见斥于上官,将加参革,授意先生,欲实其罪,先生不可,复婉转为之伸雪,且亲禀上官云:"如某者,世所谓正人君子也,而反加害之,人将以公为何如人?"上官本豪爽,不过偶干其怒,一闻先生言,辄翻然改悔。召某入,温慰之曰:"微黄君,吾几渎汝矣。"其宰东乡也,与吴兰雪嵩梁相善,后吴因郡下有吏骤富,强向其借千金,吏不应,中之他罪,以戍于边,先生因鄙吴,与之绝交,有携吴女画兰贻先生者,亦弗纳也。至其正任彭泽时,韩制军临邻邑阅军,先生往谒,是日观者云集,校场几满,无操演地,文武员弁,曲谕百端,稍散即聚,军校用木梃驱逐,万声汹汹,将次激变。韩亦无可如何,转商之先生,即应命,出立演武厅上,以袖指挥,众望见曰:"此黄公耶?"即惝然退出。韩喜先生能得民心,大加奖赏,即众军亦谓今日微黄明府,则吾辈无用武之地矣。诸如此类,不一而足,且所至为士民所钦仰,而士民均视之若父,敬之若师焉。岁辛卯,以彭泽遭风失银,诬以民间行劫,被议落职,奸民乘机,复诬以他事。丁酉,以钱债细故,遣戍新疆,戊戌冬月启行,己亥抵乌鲁木齐戍所,年六十一矣。乃名寓斋曰四素堂,因自称四素老人,在戍所仍为上官阅卷,及掌教学事。庚子,派充都统衙门副总办。壬寅,管理铁厂,充是役者,十年之戍,得减三年。会癸卯夏,巴里坤[①]地震城圮,都护惠吉奏请重修,檄充督催之役。甲辰十月,城工成,都护惟勤奏请议叙,得释回之旨,时十二月十四日也。明年四月,东归。丙午,抵家。丁未,主讲黄岩萃华书院。戊申,移主宗文书院,先后五年。咸丰癸丑,移主鹤鸣书院,又

---

① 坤,原作"巴",页眉校语云:"下巴字疑坤之讹。"今据改。

六年，甲寅重游泮水，万学宪青藜，赋诗为贺，一时和者数百人。先生孝友性成，尝以不获禄养为终天之恨，事生母陈太宜人，礼意备至。与弟芗谷、今樵，友爱逾恒，更唱迭和，人比之苏氏兄弟焉。先生潇洒风流，不拘绳尺，博览群书，兼通释老，善书翰，工诗能画，为文亦跌宕可喜。林文忠公则徐叙其集，称其"浑涵万有，不主故常，汪洋恣肆，惟变所适。窥其意境，若长江之放乎渤澥，竹木牖舻，不遗巨细，而无乎不达"云。所著有《周易井观》四卷、《周易审象》二卷、《夏小正注》二卷、《周穆纪传注》一卷、《梅初录》一卷、《壶舟诗存》十五卷、《音韵集》一卷、《文存》四卷、《黄庭内景玉经玄解》一卷、《汉事俚言》一卷、《红山碎叶》一卷、《荆舫随笔》三卷、《知所知斋笔记》二卷、《谈配录》一卷、《春灯新曲》二卷、《衍仪》一卷。所茸有《萍乡县志》十六卷、《雩都县志》三十二卷、《国朝闺秀摘珠集》二卷、《三所录易异》五卷。生于乾隆己亥年，卒于同治丙寅年，寿八十有八。娶临海瑞金县知县秦锡淳公孙女，慈惠淑慎，能善成先生志。侧室章氏、刘氏、张氏、韩氏、谢氏。张氏刲股救姑，以孝闻，所传《焚香刲股图》，题词者，侯官林文忠居首，不下五十余人。子一，象兑。女二，俱秦出。长适寺前桥庠生蒋浩，次适石桥庠生蒋承荣。象兑字用萃，号悦之，少而温克，读书能刻励，父官江右，母事姑于家，往来定省无停趾，遂废学，以资就从九品，归部候选典史。父罢官，往省之，以事适姑苏，回棹章江，溺焉，遗枢归葬，里党惜之。娶山阴候补典史柴思源公女，有贤德，早卒，继娶高浦陈氏，守志不贰。

　　林丙恭曰：凤山去予家四里许，先生与先曾祖又称莫逆，虽一仕一隐，而邮筒往返，无月无之。故先生之生平，先大父及先君子知之稔矣。予幼时侍先君子侧，聆道先生之轶事，津津有味。及长，读先生所著书，一一印证，知先生于言语、政事、文学三者，殆兼而有之。至其以微罪谪戍，卒能生入玉门，讲学梓里，启迪后生，优游十余年，以寿考终，人谓先生之福大也，予则谓其德其行有以致之耳。昔家公辅之论潘省元曰："潘先生，莫邪大剑也，其光芒上逼星斗，而不能保其无缺折之患，虽然，不害其为千金之宝也。"吾于先生亦云。

王星野先生传

表叔星野先生，先大母王太淑人之侄也，与吾先君子系内外兄弟，自幼尝同出入，同砚席，心投气合，如亲手足然。予于乙亥岁，从学先生于比邻陈氏家塾，沐其训诲，历三年之久，心地忽然开朗，于圣贤之义理奥旨，颇能领会，故予非先生裁成，亦不能有今日也。今先生卒已三十年，其叔弟子肯表叔，命为先生立传，不敢辞。按谱，先生名焕文，字显灿，星野其号也。祖锡功公，监生，富而好礼。父育元公，贡生，因儿女婚嫁，家渐落。祖妣□氏、妣林氏，均赠孺人。昆季五人，先生其仲也。自幼端悫如成人，从邵琼九副贡枢臣游，苦质鲁，益发愤读，寒暑无间。恒夜分不寐，倦则引锥刺股，或戴重立诵。盖自成童以至弱冠，十数年中，解衣而寝者不过百余夕，以故日积月累，潜心深造，进而益上，卒能变其不敏之质。同治戊辰，邑令刘福田县试，拔冠童军。己巳，徐学使树铭岁科并试，取入县学一名。庚午，肄业紫阳书院，时山长为沈侍郎念农祖懋，内外生二百余人，朔望月试，先生必居超等，奉徐学使咨，调入诂经精舍，与金华朱一新、龚启藩、绍兴赵铭、同郡王彦威、葛咏裳、同邑陈羲、陈殿英，以学问相切劘。而与葛君交尤挚，读葛君

《辄囊集》及先生《一斗室诗草》,两人唱和诗独多而知之。是秋朱、龚、王、葛皆捷乡闱,先生则荐而未售,人咸代为叹息。其解经最有心得,如解《尔雅》"詻,离也",驳邢《疏》引郑《笺》"侈大"为非是,当从《说文》"詻,离别也。从言,多声"之说,谓人之多言必有相离之意,故会意①为离别,因历引誃𧮋移趍㢠𨕈诸字,或从詻,或与詻同得声,皆有离义以证之,则詻之本义为离可知矣。又谓《说文》又引周景王作洛阳詻台,徐锴云"詻台,犹别馆也",与《尔雅》义更合。其他如"贲无色也""每怀靡及""太王剪商"各解,皆足羽翼圣经,发前人之所未发,为掌教俞曲园太史所激赏。性狷介,取与不苟,静默寡言笑,虽燕居衣冠必饬,乡里咸敬畏之。寻以家计艰难,不获奋志功名,惟以授徒讲学为事,训子弟黜浮华敦实学,讲求先辈矩矱,谆谆不倦,是故得其陶镕指授者,皆各有所树立。如林凤生明经逸、李笃生刺史萃英、江杏春广文颖、江剑秋推官登瀛,皆其高第弟子也。而尤笃于孝友,事母林太孺人,视于无形,听于无声。太孺人以疾卒,先生时馆外县,不获躬亲汤药,攀柩哀号,如不欲生。贡生公谕以"孝在克家,毁不危身,毋重吾戚也",乃勉进饘粥,枕块寝苫,一遵朱文公《家礼》。越岁而贡生公亦考终,居丧一如林太孺人没时。贡生公负债尽多,先生独力抽偿,昆弟辈一无所累。服阕,年三十有八,因哀毁过度,得内虚疾,医药无效,迁延四载,至光绪甲申□月□□日,疾终正寝,距生道光乙巳□月□□日,春秋四十有一。所著有《纲鉴节

---

① 页眉有校语云:"从言多声则为形声,而非会意矣,宜考。抑兼会意,当云兼会意。"

钞》十二卷①、《一斗室诗草》二卷、《西泠唱和集》一卷、《四书晰疑》四卷，稿藏于家待梓。配团浦林氏，赠孺人，夙娴女诫，淑慎勤俭。无子女，以兄子梦麟入继。兹师母林孺人为墓于高浦狮子山之麓，而己之生圹附②焉。

两淮丰利场盐课大使陈君传

君姓陈，名一泉，字莤臣，世居太平县之茅山庄。祖安南，贡生，晋封朝议大夫。父含辉，候选同知，诰授朝议大夫，晋授资政大夫。祖妣施氏，晋封恭人。妣江氏、林氏、王氏，诰封恭人，晋封夫人。同知君有丈夫子五，君最少。性英敏，读书过目能成诵，为同知君所爱怜。为之师者，仰承同知君意，即举高头讲章，略与解说文义，稍能领会，辄云："是儿真千里驹也。"同知君闻不加察，且家素封，驰马试剑，一任其所为，不复约束。年二十余，从应君松生、蒋君朗秋游，与之讲求制艺文法，及所以为人之道，始恍然大悟向者之皆非也。于是发愤自励，作为文章，下笔必求胜人。延请林俊夫、陈菊友两先生于家，先后五六年，所学大进。然年逾三十，连不得志于有司，亦厌效时世妆，与少年人征逐科场中，乃从黄岩王太常彦威，研求经济之学，得其大旨，遂援例报捐盐大使，归部铨选。光绪二十八年壬寅，特授两淮丰利场大使，淮上鹾运甲天下，牢盆之利，习尚奢诈，鲜能以吏职自励。君抵丰利，专以缉私便民

---

① 《纲鉴节钞》十二卷，原由作者添写在此行的页眉上，详其文义，当在此。

② 附，页眉校改为"祔"。

为务,尝踪迹范塘某某贩私,督兵发之,盐如山积,尽行充公,以其羡余创办丰利小学堂,委场属举人潘保之荫东董其事,俾寒素子弟,皆得向学,灶民至今颂之。癸卯夏旱,沿海居民蠢动,聚数千百人,要求减赋,君斋戒步祷城隍神,并出示,喻以大义,既而得雨,人心乃定。两江制府周公馥巡视盐灶,至如皋,闻君所为,深重君之才识。乙巳夏,因清理积弊,与商民刘某有违言,恩运使铭与刘子某翰林曾任山西学政者有交谊,迎刘意旨,即以不洽商情夺君职。去官日,士绅赋诗攀辕,胥吏泣送八九十里。而君自此遂郁郁不自乐,竟得疯痰疾,旋愈旋发,于民国四年二月初六日子时殉[①]于家,距生于同治戊辰,年四十有八。原配金氏,婚逾月遂卒;续娶柯氏、林氏,有妇德;四娶王氏,未周岁而君殁,今为未亡人。子六:长恩濡,次恩湛,柯氏出;三恩淮,四恩渲,五恩溟,六恩□,林氏出。女四:长字县城光禄寺署正林修子思梅,未嫁卒;三适黄岩法政毕业生施静坡;次适椒湾候选知州潘理堂;四幼未字。君性情慷慨,胸无城府,广交游,重气谊,留都四年,与巨公名卿,上下议论,故才益博达,宅心尤和厚,出仕而不以末秩自菲薄也。居乡时,亦以乐善闻,饥者馈之,病者药之,困者赈之,贫者赒之,以及为梁治道、排难解纷,知无不为,为无不尽其量也。呜呼! 若君生平,可以传矣。

林丙恭曰:君少予五岁,与予衡宇相望,三十后有心于国计民生,每招余过其家,研究治术。乙巳,复招予至丰利场,商榷富国福民之道,故在官有声若此。设君久于其职,则其设施者当必有可观也,乃竟止于是。噫! 命矣夫,天也。

---

① 页眉校语云:"殉疑殁讹。"

孝子陈鉴吾先生传

宣统二年十二月二十日，浙江巡抚汇奏，据太平县绅耆林丙恭等呈请该县附生陈际庚，孝思纯笃，并据提学司袁复查无异，例合旌表，奉旨准予建坊旌表，钦此。传知家属，遵行如例。谨案：先生，陈其姓，际庚其名，鉴吾其字也。先世天相公由闽迁浙江之太平县高浦庄，遂为九分陈氏。曾祖讳某，祖讳某，父讳廷位，世业农，多隐德。先生禀资特异，八岁能背诵《孝经》《弟子职》诸篇。甫冠，通《易》《书》《诗》、三《礼》，及凡诸子百家，无不流览，故作为文章，源源本本，有典有则，无少年浮华习气。年三十二，始受知吴学宪存义，补县学附生，然数奇，省试辄蹶。家素贫，藉脩①脯之入，以供二亲之养，不足，则其德配王孺人以针黹佐之。当二十岁时，廷位公偶得疾，夫妇朝夕轮侍，未尝废离。疾亟，焚香告天，愿减己算以益父寿，不效，乃取《灵经》《素问》诸书，玩索而寻绎之，制方进药，得以痊愈。越岁复病，卒不起，先生呼天号泣，痛不欲生，寝苫枕块，骨瘦如柴。同人喻以毁性灭礼，比诸不孝不慈，始稍稍进饮食，居丧必以礼。事母赵太孺人，先意承志，自问寝视膳，以至涤牏厕，洗里衣，皆躬自视之，罔懈者四十年，以致诸媳妇辈，皆以得亲赵太孺人为乐事。太孺人殁，守制灵前，遇忌日必敬必诚，奉盘致祭，如在生时，邑之人莫不曰："陈先生真孝子也。"德配王孺人，孝恭慈祥，自酒浆缝纫，至于礼宾承祭，经纪百端，皆有法度，复曲体夫志，事翁姑，礼意备至，处

---

① 脩，原作"修"，页眉校改为"脩"，今据改。

姒娌间，无几微遗憾。先生有兄献奎，家颇裕，事之若严父然，日用不足，从不向兄请贷也。兄殁无嗣，以长子翰文茂才子之。外甥吴禹平，甫冠失怙，将废读，先生招与诸子同学，饮食教诲，无有异视，得与诸子皆先后①入泮，其笃于内行如此。而其见义则勇为，同治辛未，邑侯吴公诚斋，议浚南乡河道，遴先生董其役，不二月而告成。沿海居民，渔盐而外，不知读书，先生与诸荐绅择殷劝捐，创立望云书院，延名师，主讲席，俾人向学而不入于邪，其长于外干又如此。他若为人疗病，兼赠药石，携族人归骨故里，排难解纷，劝善惩恶，使乡之人终其世无讼于官，无犯于法，均为邑人所钦敬者也。子五：长翰文，邑诸生，出为伯父献奎后；次翰藻，监生；次翰音，次翰章，五翰华，均庠生。女一，适琳川舒□□，以节孝著闻。孙十一人，曾孙□人。先生与德配王孺人同庚，白首齐麋，同堂四代。甲寅秋，无疾而逝，享年八十。王孺人卒于丁巳秋，享年八十有三，人以为难云。

　　林丙恭曰：先生与先严及王星野师为至交，尝至余家，与先严、先师晤谈，恒举先正格言"修身齐家""安贫谦退"为宗旨，余闻其言，为之敬佩者久之。迨先严、先师先后作古，小子不肖，不能绍厥前修，所父事者惟先生耳。先生孝友性成，非余一人之私言，实一乡一邑之所共闻见者也。丙恭曾于宣统二年，胪列行略，呈请抚宪增公韫汇案题奏，奉旨建坊，不朽荣名，及身见之。先生则顾余谦退不敢当，余谓先生之谦，正以见先生之孝也。今先生往矣，余将何所适从？

---

　　①　页眉有校语云："'皆先后'宜作'先后皆'。"

山阴学教谕陈君藻卿传

君,陈其姓,蔚章其名,策文其字,藻卿其别号也,浙江太平县人。曾祖赓南,增贡生。祖凤翔,国学生。父恩淦,业儒,例赠文林郎。母林氏,钦旌节孝,例赠孺人。文林君逝世时,君才五岁,其弟柳堂司马未离褓抱耳。君生而恂慧,自幼除读书外,不随邻儿戏嬉。国学公延师课君兄弟于家十余年,出应童子试,以文惊其曹偶。光绪辛卯,乡试中式,会试再下第。癸卯,大挑,以教职用,归部铨选。丙午年,部选山阴学教谕。君希古经义治事之教,日进秀良,修明正学。在官六年,所成就益众。会辛亥八月湖北义军起事,乃谢病弃官归。归未一月而浙江亦光复,君遂家居,精究医理,隐于岐黄,以为既不能为良相,则为良医,尚可以仁术济人,而乡里之痼疾沉疴,所藉以全活者甚众。民国五年,君年四十有九岁,患疯痹疾,备经困苦,至秋遂剧,卒于□月□日。所著诗文,未定卷数。妻潘氏,贤淑有声。子三:匡谟,夫妇皆早世;匡训,娶莘山永[①]利州知州金韶女;匡□,幼学。君性孝友,事大父母暨母林太孺人,先意承志,恒得其欢心,兄弟相友爱,无少遗憾。家本小康,国学公尝散财贷贫者,君兄弟又善接人,故族党称之。他若事关国计民生,悉克布置尽善,难则排,纷则解,有鲁仲连风。呜呼如君者,实无愧于立传焉。

林丙恭曰:君少余六岁,虽居同里,初不相识也。乙酉,君年十八,从余族侄子声明经游,子声每与余言君厚重力学,自

---

① 页眉有校语云:"永乃养讹。"

是得常相见。上下古今，议论风发，窃意不久当为翰苑中人也，乃一应乡荐，辄蹭蹬若是，是岂天定而人力不能胜也耶？君殁时，余适佐治大嵩，不获执手问疾，迨余归而君已小祥矣，特即所知者而为之传，以告君冥冥。

候选知县拔贡生蒋君偶山传

君姓蒋氏，名骧云，谱名家骧，字朝材，偶山其别号也，浙江太平人。高祖国增，从南乡石桥庄迁邑城。曾祖崇鼎，国学生。祖际唐，继父茂标，本生父福基，皆植福树基，钟祥启后。君幼读书，过目即成诵。及长，从师于塾，壁间悬有孙兴公《天台山赋》，君出入谛视，默识于心。后学宪临台，试阖属古学，以《拟孙绰〈游天台山赋〉》命题，君即背用原韵，一字无讹，其聪明强记类如此。年十七，游郡庠。二十三，补食廪饩，自是屡试皆高等，诗赋尤名重一时。三十三，登拔萃科，朝考二等，授教职，旋充国史馆誊录，叙劳以知县归部候选。然君淡于仕进，以为施泽于民，不如立功于乡更近而又效也。初邑遭兵燹，县署被毁，迄未兴复，校士向无定所，每遇岁科县试，均就县署局试，提篮背桌，多士苦之。湘潭英俊宰吾邑，议兴大工，辄委君以大权。君条陈规画，若网在纲。逮县署、校士馆次第告成，轩敞宏壮，实为台属六邑所未有。余如各乡义塾，沿海垦田，以及藜照楼、育婴堂、文昌阁、太平亭、忠义节孝诸祠，凡有兴筑，一以君是任。至若岁荒平粜，冬防团练，亦必赖君主持其间。君不辞劳，不避怨，尽其才之所能为，以成其事之所必为，虽人言啧啧不恤也。己丑，蛟水为灾，城崩数十丈，淹毙人口近百数，尸体载道，君亟请于官，出赀备棺敛埋，事后又陈请上台,拨款修城垣,治道路。郡尊岳阳刘璈、桂林陈璃,皆重其才学,每遇大事,必延请咨商。甲午,邑宰陈汝霖纂辑志书,聘君协修①。是秋海疆不靖,又委办团防,因用心过劳,偶感风寒,遂致不起,春秋仅五十有三,时光绪二十年九月十二日也。同治初,以克复县城功,保举训导,加中书科中书衔,后由知县捐升同知衔,加四级,诰封祖、继父、本生父及身皆通议大夫。祖妣吴氏、妣王氏、陈氏及妻叶氏,皆淑人。妾张氏,生子一,永龄,殇,以侄永□继,呜呼!可悲也已。先生性孝友,中岁丧亲,哀慕之心,久而弥笃。待弟娣曲有礼意,娣及笄,为备奁,归诸名门。弟能识字,即教之读书,既成名,复为之谋馆穀,择婚配,及分析,又悉举先人之遗产以畀之,其至性过人远矣。身长八尺,体貌肥伟,音亮如洪钟,每议事公所,虽人众杂沓,一发言,人无不闻。饮酒数升不醉。喜观剧,当俊角登场,清歌徐发,君则倾耳而听之,心旷神怡,沉吟低徊不尽。平日无疾病痛苦,与人交,和易温恭。主讲鹤鸣书院,先后凡六年,门下承其造就者不少,如何副贡作楫、王拔贡景儒,皆其高第弟子也。所著有《紫薇花馆杂文》二卷、骈文三卷、诗二卷,稿藏于家。

林丙恭曰:予年逾冠,常至君家,接其言论丰采,厥后又屡与筹商邑中善后事宜,见其措置安闲,规模宏远,不拘拘于目前小节。窃意君必将以功名事业显扬于当世,乃所成就仅止于是,岂果其才不逮耶?抑亦命使之然耶?然天既不使君稍展尺寸,又促之以年寿,厄之以嗣续,何君之结局竟如斯耶?予为君传,不禁为之噫嘘太息者矣。

---

① 页眉有校语云:"协修当作分纂。"

候选直隶州州判王君雅旈传

　　君姓王,名士俊,后改景儒,字念幽,雅旈其号也,浙江太平县人。曾祖电扬,岁贡生。祖璐□,贡生。父云青,从九品职衔。仍世皆丰财足榖,称素封焉。从九君生君甫周岁,即弃世,母孺人李氏,守志抚孤,以养以教。年十八入邑庠,勤学好问,从林元燮竹坪游最久,受益亦最深,先后受知于学使者祁世长、瞿鸿禨、潘衍桐。三十三岁补廪。光绪丁酉,年四十二,徐致祥视学吾浙,拔君入成均。戊戌入都,朝考三等,以直隶州州判归部候选。君以母老,南归侍养。历主邑之东屿书院讲席。课士必先器识,衡文则取清真雅正、理法兼全之作,彼轶于范围之外与夸多斗靡者,概屏不录,一时多士影从,专讲实学,其有功于后进不少。平日于词赋、诗、古文,皆能窥其门径,而诗尤工,与陈明经秋航琛为忘年交,诗筒往来,无虚日。书法摹《圣教序》,神似二王。余日兼娴度曲,每当襟裾错坐,匏竹杂陈,声入心通,令人听之,乐而忘疲。为人沉静有远识,议论斩斩,不随人为可否。制行峻洁,县大夫非礼先焉,不往谒。待乡党宗族,礼意有加,赈贫恤乏,出于中心之所好。他若遇荒年平粜,助款筑坝,出赀掩埋,特其余事耳。君尝念自少孤,母孺人鞠育之恩,愧无以报,故凡事谓母命是从,母所许可,欣然行之,母所不许,未敢擅专,视色听声,四十余年如一日。为母呈请孝节,奉部议准予建坊。疾革时,犹自呼不孝不孝,以坊未成,无以仰报慈恩为憾。君卒于光绪乙巳五月,距生于咸丰乙卯十二月,春秋仅五十,呜呼!可悲矣。原配金氏,金华府学教授于俊第四女,淑慎慈祥,佐君有内助声,生一子，宗纪，殇。续娶某氏，生子宗毓，才四月而君溘然长逝，其孤较君犹苦。女二，长适金清港陈某。次守贞不字，君卒，服鸦片以殉。

林丙恭曰：予与君初不相识，后因岁科试屡列超等，名次相上下，遂订交焉。由是时相往来，为予题《沧水读书图》，绎其词意，足见两人相契之深。更唱迭和，永朝永夕，尔我都忘。君虽不永年，既有贤母以开其先，复有贤妻以继其后，节孝萃于一门，厥后定卜克昌焉。

候选训导啸丞朱君传

朱君讳敞，字啸丞，一字果园，浙江太平人，恩贡生喆臣之仲子。生有殊姿，复承庭训，故胜衣就傅时，所得已百常童。稍长，从叶桐斋孝廉游，学制举业，开渊布笔，理博趣昭，孝廉尝目为翰苑才。弱冠应府试，刘太守璈拔取第一，己巳入邑庠，庚午补增，壬申补廪。当是时，君读书三台书院，朔望月课，屡压其曹，文誉日起。临海陈一鹤主政、萧山蔡以瑺进士，皆以大器期之。乃十战秋闱，卒不得志于有司。丙子乡试，文已入彀，以首艺"糊涂"二字被黜，君因自号"糊涂生"，盖志警也。家贫以课徒自给，平日惟孜孜与生徒谈性命之原，讲义利之弊，凡经其造就者，率谨饬自守，以故问字之车，恒停于户外，束脩之羊，时馈于庭中。当道延主鹤鸣、宗文两书院讲席，从之游者至室不能容。缘其教律严整，痛除时师软美习气，所谓师道立则善人多，君其足以当之而无愧矣。为人和而不流，宽而能毅，遇豪贵人，议论侃侃，旁若无人。至与知己谈心，诙笑间作,尔我都忘,义气所奋发,则又绝去形迹,坦①然无城府。寻常祸福之说,诚不足以夺其志也。如积恶朱打篾,仗黄邑王某为护身符,白日肆掠,毫无忌惮。君呈其劣迹于抚院,虽屡饬府县拿办,卒为王某所藏匿,逍遥于法外。君忿甚,一日探知打篾过村中,遂率村人缚而沉诸河,患遂绝。杨府庙者,淫祀也,邑中不下百十所,愚民迷信,崇奉恐后,蠹俗耗财,莫此为甚。君禀诸学使者,率诸门生毁其像,火其宇,有怵以阴祸,无少怯。而于赌博、吃②烟两事,最所深恶,尝著《烟赌论》一篇谓:"太邑土匪之盛,皆由烟赌之所致。"虽言之太过,然其抉摘时弊,实深中窾要。晚年于所居之东,辟地数弓,杂莳花木,日手一卷,吟咏其中。所著《糊涂吟》一卷,和平夷怿,有朱弦疏越之致。凡所读书,皆详评细较,丹黄灿然。戊戌,以年例贡太学,赴部注册,以复设训导在籍候选。癸卯夏,忽瘿③痹证,遂致不起,距生道光甲辰,享年仅周花甲,悲夫!德配某孺人,持家勤俭,处室雍和,先君一年卒,合葬于某山。子二:长祀望,次祀童,能读父书。孙男一,幼读。

　　林丙恭曰:君长予十八龄,与先君子齐年,实父执也。而君虚怀若谷,见予有志于学,尝以益友待予,试读《沧水读书图》题句,可想见谦衷矣。君殁后无传,后死者不能辞其咎④,谨就平日之所知者,诠次之而为之传,虽不能尽其万一,然揆之古人一节可传之义,亦足以慰君地下焉。

---

① 坦,原作"怛",页眉校语云:"怛乃坦讹。"今据改。
② 页眉校语云:"吃当作吸。"
③ 页眉校语云:"瘿疑。"瘿当作婴。
④ 页眉校语云:"咎字宜酌。"

拔贡郑君笃生传

君姓郑氏，名佑泰，谱名伟贤，字笃生。高祖显涧，自玉环芳杜迁邑城。曾祖荣辉，祖廷衡，俱国学生。父甫嵩，增广生员。有丈夫子二，君其冢嗣也。性颖异，幼读书，目数行下，稍长遂以能文名。年十九，吴学使存义取入邑庠。二十四，肄业杭之崇文书院。越岁，考入诂经精舍，周学浚缦云、俞樾荫甫两山长，皆以大器目之。间应紫阳、敷文两书院望课，又屡为院长沈元泰墨庄、杜联莲衢所激赏。当是时，君意气豪甚，作为文章，挺健雄壮，同舍生百数十人，皆退避三舍。与陈豪兰洲、潘鸿凤洲两先生最相得，复先后受知于学使者胡瑞澜、黄倬、张沄卿、祁世长，由是学日进，名亦大噪，试辄冠其曹，远近问字者户外屡满。逮届选拔期，都人士识与不识，佥以君是卜，及榜发，果然。丙戌，入都朝考，京朝群彦，联镳接轸，唱和于金台瀛海间，亦极一时之胜事矣。夫君虽抱刘蕡下第之戚，不获显名于朝右，然尝施其政于乡里，如兴水利、办团防、修邑志、筹平粜，皆规画宏大，措置裕如，任劳任怨，不以人言啧啧，稍介于怀。历任邑侯如王寿楠、程云骥，皆推心置腹，若合一气。所最相知契者为孙启泰明府，凡有所兴建，必商君而就其绪。兴办横湖官学堂，规模粗定，而精神已耗损矣，竟卒于光绪乙巳年二月，距生于道光戊申年八月，寿仅五十有八，悲夫！原配裴氏，增生杰臣孙女。续配张氏，征举孝廉方正、前云和县学教谕思哲女。子四：长佩良，福建武备学堂毕业生，考授县丞；次某，三某，四某，均幼读。女二，淑良、婉良，皆适士族。

林丙恭曰：君长予十三龄，每目予为畏友，予尝以兄事之。

其学问之精博,诗文之高华,尤寸衷所折服。独惜其才量狭促,少涵养功夫,不能知名于当世,试读其《美女吟》一篇,可以知其所造矣。虽然,论文人于吾邑,如君者,固亦卓卓矣!

黄君焕伯传

君姓黄氏,名乃焰,字寿楠,焕伯其别字也,浙江太平人。曾祖毓麟,议叙通判,晋封①朝议大夫。祖一声,四品衔,尽先训导,历署丽水昌化县学训导,诰封朝议大夫。父殿鳌,邑附生。曾祖妣某氏、祖妣某氏,均封恭人,妣金氏,赠孺人②。君承家学渊源,幼而颖敏,目数行下,从师家塾,时得悬解于文字之外。年十四,肄业鲸山书院,时掌教为朱啸丞广文,得其指授,磨砺益深,遂淹通百家,附生公方以大器期之。家雄于赀,所居临水,朋好打桨到门,尊酒论文,乐而忘倦。性直而介,与人交,披肝露胆,振穷趋急,轻利若箨。喜吟咏,发为诗歌,有清新俊逸之致,寄托遥深,耐人寻味。书学赵松雪,得其神似。且工绘事,自山水、人物、花鸟、草虫,色色佳妙。暇爱鼓琴,以自怡悦。一时骚人墨客,皆能雅意周旋。事父母色笑孜孜,处兄弟间,友爱备至。尝与群从莩士茂才、听士司马辈,促席开尊,埙篪迭奏,盖处膏腴之境,能自适其适者也。光绪己亥,年十五,而附生公弃养③,君哀毁柴立,如崔九守孝,风吹欲倒。

---

①　书中签条云:"封当作授。"

②　书中签条云:"夫仅附生,妻不能称孺人。"页眉校语亦云:"赠孺人宜删。"

③　页眉校语云:"'弃养'拟易'卒'。"后作者依言改为卒。

十八岁，服阕，而母氏金太孺人又病，于是淑配金孺人来归。既而金太孺人逝世，弟敏叔年才志学，君迭遭变故，家政丛集，以一身揩拄门户，而豪兴因之顿减。逾年十月十六日寅时，竟以毁亡。距生于光绪乙酉十一月廿七日寅时，春秋仅一十有九，玉树埋春，令人乌悒不已。配金孺人，湖北候补知县□□竹友君第三女。子一，文邻，文邻生未弥月，而焕伯遽然厌世，金孺人欲以身殉者屡矣，时其重慈①某太恭人尚在堂，泣谓孺人曰："吾儿夫妇，相继溘逝，而孙又不幸短命，设孙媳复弃我不顾，吾将谁望？此呱呱者又将谁托？汝夫纵有弟，少不更事。殉夫事小，抚孤事大，汝其勉之。"今金孺人为未亡人者已二十有四年，延师课子，读书成立，不坠家声，业已娶媳生孙，而家业亦隆隆日起，金孺人可谓不负重慈之命矣！予为君传，因附志之，以待他日之采风者。

林丙恭曰：君父师箴茂才，与予曾同受业陈广文苣东夫子之门，凤以文字交。甲申冬予谒茂才，朋酒流连，尽相知之雅，时君尚未出世。迨壬寅秋晤听士君，洵知茂才已作古人，知君能读父书，廓然有大志，予既为茂才惜，复为茂才喜。今岁十月下榻黄氏味腴楼，与君之哲嗣文邻乐数晨夕，并出君诗文书画见示，乞为之传，不胜人琴之感。夫有才如君，方届寇莱公登第之年，遽赴李长吉修文之召，安得不又为君惜。然君之志虽未伸，而君之行已足述，且有妻守志，有子克家，呜呼！君可以传矣。

---

① 页眉有校语云："重慈不妥，俗用之非，盖误解也。"

杨士义传

　　杨士义,谱名圣传,字德孚,浙江温岭人,世居箬横镇杨家里。祖成诰,以耕读世其业。父道沛,读书明大义,兼习农商,性介耿,取与不苟。士义幼承训诲,于孔圣教弟子"入孝出悌""谨信爱众"诸大端,皆能行之若素。以贫故,小学毕业后,见国家内忧外患,纷至沓来,辄思投笔从戎,藉以报效家国。民国十三年,适广东政府派委来台征兵,遂禀明父母,于五月初旬应征赴粤,即入宪兵营教导团。十二月,随军赴江西吉安府三曲滩剿匪,力战不稍懈,辄为长官所契重。十四年二月,退回粤垣,充当国民革命军第一军战士,追随蒋总司令克复惠州,旋调入黄埔学校肄业。十五年,奉命北伐,首击湖南,转战湖北,历任先锋队。围攻武昌时,奋不顾身,弹穿左臂,仍负伤赴汀泗桥,击溃吴佩孚,直达江西。改充第一军二师三团一连少尉排长,复经南昌而浙江。十六年一月廿九日,在兰溪游埠,痛击孙传芳,弹穿左膀,当奉军政部给予恤伤年抚金一百元,复仍负伤赴前方杀敌,擢升本师第五团辎重监视队中尉队长。龙潭一役,尤获奇功。即于十一月二十三日再奉委充本团一营二连上尉连长。十七年,复击津浦路匪,经南楼时,又复弹穿左掌,仍在前方指挥,随队追敌至山东,被日兵包围于济南,经许团长冲锋救援,脱险退回泰安。南北统一后,回驻徐州府。是年九月廿三日奉蒋总司令任命为国民革命军陆军第一师步兵一旅一团一营二连上尉连长,十八年八月十三日又委任为国民革命军陆军第一师步兵一旅一团二营五连上尉连长。同年十二月,冒雪攻讨唐生智,鏖战二昼夜,几将冻饿沙场。十九年,于陇海路声讨阎、冯,被敌以炸弹炸毙于兰封仪封阵上,时六月三日也,年止二十有七,呜呼哀哉!娶毛氏,无子。

破环佚叟曰:士义之父道沛,余门下士也,平素执弟子礼至诚至敬。迨士义为国捐躯,余谓道沛有子矣,第道沛夫妇今皆年近古稀,虽有茅屋三椽,足以栖身,而负郭无田,室如悬磬,屡至断炊,并不告贷于人,亦不肯受人一丝一粟,真可安贫者矣。乃国家议给恤金,以救遗族,时阅四年,尚无颁发命令,将何以慰忠魂而全遗族也?噫!民国二十三年小满日。

蕉阴补读庐文稿卷十五

浙江太平林丙恭爵铭

从叔祖翔均公传

公姓林，名基，一名昌崇，字翔均，浙江太平人。父凤蟾，字螭庭，太学贡生①，有子四，公其季也。生六岁而螭庭弃养，越岁伯兄殇，十七岁而仲兄亡，十九岁而叔兄殁，连岁遭丧，上有老母，中有寡嫂，下有仲兄所遗女二，叔兄之子继志生才数月，一家八口，虽足自给，而支拄门户，惟公一人是赖。遂不得卒业《诗》《书》，而以家督是任。二十而后，从从兄翔云公学骑射，习刀石之技，出应武试，两次不售，又弃去。间尝赴杭之临平、湖之泗安、嘉之硖石、绍之安昌，贩运茶丝，不利。又偕先大父及王公史也开设钱庄，既又不利，而家亦渐落。乃援例贡成均，息影蓬庐，以乐其志。而以功名期之子侄，延师课读，督责甚严。且为父母营兆域，卜吉安葬，其后侄继志已娶媳成家，能自树立，辄与分爨，别立门户。并嫁其仲兄之二女，而助以奁田。家长之责，颇无所负②。治家严肃，上下内外，惟俭

① 书中签条云："上篇附生之妻称孺人，此称太学贡生，太学贡生，明称监贡，俗尚虚荣，遂成习惯。文集中似宜删去，余仿此。"
② 页眉有校语云："负与责不呼应，且易解作反面。"

朴是尚，至资助亲朋、周恤邻里之贫乏者，罔或有吝。捐赀修复城垣及宗祠社庙，不一而足。素性刚毅，不肯受屈于人，人有以非分干之者，非与之起干戈，辄与之兴讼狱，不胜不休，盖由其理直而气壮也。尝以不获奋志科第，显亲扬名，见文士名儒，必敬之重之。以师礼事堂兄鹗秋公，视外甥陈朴士骏骊、女婿叶迪臣迭臣两茂才、家竹坪宗周、季申岳祥两明经若亲子弟，而待先君子及丙恭亦最厚。是以先君子与继志、闲志二公若亲兄弟，丙恭与其孙松龄辈，亦无异手足耳。晚年多痰疾，光绪丁亥，年六十六，疾终正寝。娶徐氏，赠孺人，柔惠慈祥，亦同岁卒。子一，闲志，监生，府经历衔。公逝世时尚未有孙，今则孙、曾玉立，始信善人之必有后也，是宜传。戊戌夏六月，从侄孙丙恭书于安庆寓庐。

族伯志东公传

公名志东，字春木，浙江太平人。父昌基，国学生。国学公原配陈氏，生二子，长志济，次志美。续配吴氏，生二子二女，三志潮，四即公也。公系遗腹生，时伯仲两兄皆娶室成家，生子分爨，各立门户。惟叔兄、二姊及公，依母吴氏以为活。未几，二姊出阁，叔兄亦分析，徙宅别居。而母吴氏已衰且老矣，凡起卧便旋，公皆身自扶持，揄厕亵衣，公皆手自浣涤。而其淑配连氏亦化之，争以承欢迈姑、洗秽濯污为乐事，未尝惮劳，愉色婉容，以尽服老奉养之职。母殁，寝苫枕凷，读礼丧次。昔人谓："崔九作孝，风吹欲倒。"公何异是？既安厝，复移其所以事母者以事其始祖，每朔望必诣始祖庙焚祝。见庙貌倾圮，辄出己赀修理之。凡选材监工诸役，皆以一身任之，不假手他人。自兴工至落成，几阅半载，食卧悉寓祠下，未尝顾及于家。少读书不多，而能识大体，知礼义，不愧夫孝子仁人之用心，盖公之得乎天者厚也。见人有纷争，即出钱沽酒市脯，为之和解。迨至晚年，境遇困迫，箪[1]食豆羹，且不自给，日以苦力所得，抚育后妻幼子，未尝稍有怨言。生性刚直，见不平等事，每忿激力争，嚣嚣不休。平素未有疾病，光绪壬寅，忽感寒疾，竟于正月十六戌时，疾终正寝，距生于道光己亥，年仅六十有四。原配连氏无出，贤淑慈孝，先公三十四年卒。续配陈氏，先公二年卒。子二：景辋，景初。光绪丙午，书于翼文讲舍。

族伯志宜公传

公名志宜，字蓼如，浙江太平人。父昌透，生公二岁而亡，赖母夫人毛氏守志不二，以养以教。幼读书，敏悟倍常童，师与之讲《论语》"弟子入则孝"章，辄能了了。不好玩耍之物，自塾归，必依母侧，惟母训是遵，不从群儿戏嬉。年二十，母夫人又弃养，哀毁逾恒，丧葬悉遵古礼。因持家无人，乃弃读而耕。家本足自给，公既俭且勤，家由是隆隆日起，称小康焉。农隙之暇，喜流览书史，或与群从子弟谈古今忠孝节义事，亹亹不倦。尝以母夫人苦节，因年例逾限，不获呈请旌表，时引以为憾。平日安分守己，不干己事，不为也。至遇乡里公举，无不踊跃乐输，族戚贫乏之待举火者数家。晚岁因长子长媳先后逝世，次子贸易丧赀，郁郁不自乐，然亦未尝形之于口。尤能

---

① 箪，原作"簞"，页眉校改为"箪"，今据改。

留心乡党遗事,予尝从公询硕德善士与夫丰功伟绩之留贻,公无不罄所知以告,盖予之略识先正典型及古迹胜境,得诸公者不少也。配陈孺人,同里举人陈康年之姊,柔惠淑慎,夫妇相敬如宾,皆享大年,《大学》之所谓"正心""修身""齐家"者,公实对之而无愧也。是为传。丁巳仲春,书于鄞县大嵩盐场公署。

从叔慎旃先生传

先生姓林氏,名普志,一名懋脩,字馥保,号慎旃,浙江太平人。祖荣,太学生。父庄,邑庠生。性颖异,初受庭训,读书如宿习。十岁即能博览史传,作制义及有韵文,走笔立就,洒洒数千言。同治壬申,从梁明经岑朋塑游,与金竹友懋脩同砚席,每一艺成,各不相让,同人争传诵,皆以大器目之。无何,金君于是秋入泮,越岁乡试中式,甲戌赴都会试,卒于京邸。而先生既感金君已获隽矣,而复贫、夭、绝三字兼全,遂弃科举,不就有司试。其先本与金君同名,后改普志,专以教授子弟为职志。且家中落,馆穀之入,可助白华之养也。事父母服劳奉养,必诚必敬。所为丧祭礼制,多合于古,足为法式。其自奉甚陋,或人所不堪,而先生处之怡然。与人言,率意而出,无所顾忌。临事持论,商搉文义,意所不可,张目抵几不少避,事过,了无芥蒂于胸中。课蒙之暇,搦秃管点窜丹黄,循行书籤,叁伍钩索,不杂邪说。中年忽得心疾,言语无伦次,或行吟泽畔,或登高舒啸,或竟夕独行旷野,高谈阔论,若与人酬应晋接者。或至友人家,危坐默不一言,邀其食则食,饮则饮。有时招之不往,麾之不去。若向其诹经谂史,对答如流,一字无错。先人所遗书数千卷，什袭珍藏，不稍污损。盖先生之病，实缘抑郁忧愤之所致而然也。乃壮志未酬，菁华先竭，遽婴此疾，不获稍伸抑塞沉顿之气。天耶！人耶！不可得而知也。虽然，年未花甲，而四子六孙，亭亭玉立，不于其身，安知其不于子若孙也？亦可以慰先生于地下矣。先生生于咸丰壬子年正月初十日子时，卒于宣统己酉年闰二月初六日丑时。娶陈氏，徽音淑问，著称闾里。景衡、景佺、景俸、景位，其子也。孙六：贤骧、贤骎、贤□、贤□、贤□、贤□①。先生予从堂叔也，长予十龄，与予最投契。尝深夜至予家，辨俗学误讹、音韵源流，亹亹不倦。闲则邀予至其家，疏食清谈，必至沉痛畅快而后已，盖不愧素心晨夕云。赞曰："其孝出至性，其学诚生知。困厄颠沛而至于斯，岂天不佑善人耶！吾乌乎勿疑？乃观其后胤，济济怡怡。盖先生之厄，穷止一时；而福荫于子孙者，实无穷期。既为家传，复为赞词，后有考者，曷采乎兹。"

按公所著有《春秋胡氏传匡谬》二卷。

从叔闲志公传

公名闲志，字诚存，浙江太平人。父基，例贡生。贡生公学书不成，去而习武，习武不成，去而经商，家渐中落。迨公髫年就学，而贡生公已栖隐家园矣。生性灵敏，自幼老成，不随常童嬉戏。贡生公延师课读，每以跨灶期之。无何，读书十年，而公之内弟陈骏骊、姊夫叶迪臣，皆先后游庠，惟公仍偃蹇不得青一衿。一旦决然又弃去，经营商业，往来四明、括苍、东

---

① 原本无空格，据文义加。

瓯间，以其所有，易其所无，不数年积赀万金。虽不能奋志功名，副贡生公之期望，而良田美池桑竹之属，较先业增数倍。又于距旧居半里许，卜筑新居，美轮美奂，称小康焉，亦足慰贡生公于地下矣。平日闲静少言，取与之间，不伤廉，亦不伤惠，处己以俭，交友以信。遇宾客亲戚过从，谦卑逊顺，酒食必丰，惟冀适其所欲而后安。人或以横逆加之，置不校。援例捐①国子监生、府经历衔，仅于部照到时，具衣冠祭告祖先，嗣后未尝顶戴出门，夸耀乡里。揆其存心之厚，宜享遐龄而膺多福也。乃年届五十，忽染痼疾，竟于光绪癸卯五月，溘然长逝。先娶姑丈陈建封女，即庠生骏骊娣，未逾年卒，续娶李氏。生三子：长景仲，字松龄；次景悦，字松筦；三景悦②，字松珊。女三，长女淑慎端庄，工针黹，多材干，奉养服劳，料量家事，适合公意，将嫁，先公一年殇，公哭之恸。论者谓公疾由哭女而起，未必无因。次子景悦③，孝于父母，友于兄弟，后公二年殇，亦聘而未娶，人皆代为惋④惜。光绪戊申夏，书于京师台州馆。

族兄景玫传

兄名景玫，字锡瑰，族伯志煌公子也。昔明中叶，有伯邵公者由沧水徙居下林，传至兄凡十二世，耕而且读，家足自给。七岁入乡塾，师教以洒扫应对、入孝出悌之节，辄能了了。同

---

① 页眉有校语云："捐字不妥。"
② 页眉有校语云："景悦复。"
③ 页眉校语云："次子二字衍。"
④ 惋，原本作"腕"，据文义改。下同。

治壬戌，方九岁，其秋瘟疫流行，兄父志煌公与兄伯母江氏，同于八月初三日病殁，踰年母汪氏亦卒，赖伯父志宇公以养以教。至庚午春，年十八，始授室。迨夏五月而志宇公又病殁，其妾朱氏遗腹产一子，名景璍，未断乳，朱氏乃不安于其室，改嫁他适[①]，兄即以抚养景璍为己任。洎景璍成立娶妻，然后以伯父遗产，逐一交还，而与之分爨，其所以报伯父教养之恩者，可谓无忝矣。平日从事稼穑，不违农时。及其闲暇，则与群从兄弟，讲明礼让遗风，其食旧德而服先畴也，亦可谓无亏矣。而且闲静少言，待人以诚，处世以和，未尝见其有不平之色。乡里有善举，无不量力资助。年方强仕，丧偶不再娶。为二子娶妇后，即令分析，各立门户，而日用饮食，二子轮流供给。性躭禅悦，每值四时胜日，登名山，访古寺，与老僧野衲订方外交，如是者二十余年，其颐养精神，优游杖履，更非寻常之所及矣。民国十四年春，无疾而逝。配陈氏，以贤内助称。子二：贤纺、贤纂。女一，适同里举人陈康年之孙福□。孙四：哲骊、哲骃、哲驰、哲骎。曾孙一。享寿七十三岁。合葬本里东洋，子孙皆以耕读继世，而长子贤纺，亦有父风，喜礼佛天台、雁宕，藉以消遣晚境。余谓如兄者虽无赫赫之名，而积善裕后，子若孙又能善继善承，以视世之富贵一时，而不得善终者，固悦乎远矣。乙丑夏五，族弟丙恭书于武昌寓庐。

从兄景岳传

兄名景岳，一名丙华，字锡泰，别字杰峰。父志洧公，县丞

---

① 页眉校语云："改嫁即他适，下二字衍。"

衔,有二子,兄其仲也。幼读书,习帖括,以非所好,弱冠即弃去。从事于驰马挽强之技,精研韬略,能开十五石弓。光绪辛卯,县试第三,乙未府试正案第二,院试皆不售。丁酉以监生应省试,又不第。遂由监生加捐州同知,自是遂绝意科举,不复进取矣。天性介直,生平所为事,无不可以对人言。遇善举则踊跃争先。孝以事亲,悌以事兄。处朋友之间,雍雍如也。光绪甲辰秋,病痢寻卒。距生咸丰辛酉,享年仅四十有四,惜哉!元配梁孺人,先兄十年卒,续配王孺人,皆以内助称。子四:贤藻、贤执、贤振、贤伦,女一。兄与予幼同学者五年,长虽各习所习,然予每自外归,兄闻之,未尝不顾我对榻清谈,卜昼而兼卜夜也。自兄之殁,如失左右手,偶一忆及,泪涔涔欲下,盖兄与予分属群从,实不啻同胞也。丙午夏,从弟丙恭书于学如不及斋。

从兄景伟传

兄名景伟,字伟人,浙江太平人也。父继志,太学贡生。兄禀资迟钝,幼读书,日不能熟十行,贡生公课之严,十岁毕四子书,十五岁毕五经。光绪丁丑,贡生公徙居沙角,命兄从事稼穑,深耕易耨,无失其时,至秋收敛,每倍他人。种植蔬果,畜牧牛羊,亦蒸蒸然而蕃衍。贡生公顾之深喜,命二弟景备偕兄学稼,教三弟景倜读,以继书香。迨甲申春,贡生公胃疾复发,赍志而殁。踰年三弟景倜又殇。兄哀毁骨立,尝自暗泣,不忍伤母心,又以客居,受侮不少,遂于贡生公大祥后,奉母携弟及妻子返旧居。不二年而二弟景备将婚,复殇,其母陆太孺人,亦以连岁遭丧,哀恸过情,于辛卯孟冬逝世。兄居丧尽礼,郁郁若不自得。时有从叔祖昌楹公、族伯蓼洲公,开设木行,请兄入股,余亦从旁劝驾。兄于是越山渡海,往来东瓯、括苍间,心志颇觉畅适。奈经营十余载,未见盈余,而对于农事,未能兼顾而并筹,遂废然而止。爰遵例报捐监生以荣身,复以延师课子为汲汲,冀有以理旧业而绍箕裘也。素性沉静,与人无忤,与世无争。无疾言遽色,无疾痛疲病。见义无不为,当仁无或让。乃至宣统三年辛亥元月,忽呕血不止,食药勿效,祷天勿灵,即于二月一日,溘然长逝,春秋仅五十有一,呜呼伤哉! 予与兄亲爱特甚,自兄病及卒,尝守兄之寝。嗟嗟! 生何如死,愿入梦以谐魂。夜已向晨,尚陈尸而待瞑。配蒋孺人,柔惠且慈。子二:贤䀠,贤戭。兄长予一龄,贡生公馆予家,兄同景岳与予同笔砚者五年,声相应,气相投,予三人者实不啻亲手足也。予弱冠后,饥驱远出,先慈拙荆,弱不能持门户,皆赖兄竭力支拄。每一归里,促膝谈家常事,至漏三下不忍去。兄气体充实,予谓其必登上寿,兹乃先予而逝,不获报兄万一,岂不痛哉! 岂不悲哉! 民国癸丑,予率贤䀠兄弟为贡生公营兆域于南洋,并以兄夫妇祔,予所以报兄者只此耳。自兄殁以来,予则频遭困厄,不宁于家,旅食四方。设兄尚在,予决不至流离颠沛以至于斯也。泚笔传兄,不觉泪溢砚池矣。甲子仲冬,从弟丙恭于鄂垣紫阳湖之寓庐。

族侄贤熙传

侄名贤熙,字光黼,浙江太平人。祖志美,父景和,皆国子学生。侄承祖父遗业,少年老成,读书但观大略,不求甚解。禀性强直,不畏势,不畏难,有古侠士风。因国学君早世,经理家务,不获出而奋发有为,循例捐①州同知衔,非其志也。国学君在日,以旧居卑陋,尝欲大启尔宇,因艰钜而止。侄于国学君大祥后,辄择地所居之西,鸠工庀材,建筑新居,美轮美奂,以竟先人未竟之志,可谓善于继承矣。西河大桥,自予先大父修筑后,已逾四十余年,渐就倾圮,侄首先捐助钜款,以为之倡。由是族之好义者亦皆踊跃乐输,不三月而桥工告成,旅行者交口称之。光绪壬辰,予重修大宗祠,凡购材、监工等事,皆由侄任其劳。侄长予三岁,平素强健,体质过予十倍,方谓其可享大年也,乃忽于宣统庚戌秋,先我而逝,年仅五十有二,惜哉! 自侄之殁,予对于地方公举,遇艰险处,未尝不思侄而欷歔太息也。呜呼! 若侄者,可以传矣。长子鲁卿,有志读书,青年逝世,人皆代为惋惜。时在辛亥春,书于杭州盐运使司公署之临花舫。

节孝蔡母沈孺人传

蔡君从生,法学士也,自幼孝于亲,悌于兄,信于友。既冠,笃嗜性理之学。厥后清廷锐意立宪,君复由法政毕业,研究民法、刑法及法律之学识之思想,遂以法学专家名于世。与余交最深且久,知君生平之得于慈训者为多。顷者同寓杭垣,君以母孺人节孝事略见示,嘱为立传。予惟阐幽发潜,分内事也,况谊属通家,何敢辞? 按孺人姓沈氏,新河所贡生金銮公之女,南山庄骑都尉前本营把总蔡骈龙公之媳,庠生赤城公之继室也。金銮公以才干负乡里重望,孺人幼承家训,便自不

---

① 页眉有校语云:"捐不妥。"

凡。诵《毛诗》《女孝经》，能通解大义。精女红，凡紫凤天吴，经其刺绣，无不惟妙惟肖。年及笄，归我赤城先生。时都尉公夫妇方壮年，意气用事，孺人祗顺柔和，小心慎密。每晨起栉洗后，即趋寝门问起居。有所命，执事惟谨。有所需，筹备必先。饮食衣衾，非亲手调制不敢以进，是以深得堂上欢，而伉俪亦甚笃，饶有桓孟风。性俭朴，嫁时锦衣绣裙，悉屏而不御，都尉公尝语人曰："吾妇难得世家而有儒素之风，真家之祥也。"赤城先生体质素癯，自游庠后，屡膺鹗荐，思欲自奋以遂显扬之志。每读书至夜分，一灯相对，心冲然恒若不自克者，孺人间以婉言规劝节劳静养。先生功名念切，迄不少懈，遂得羸①疾。孺人手调汤药，夙戒暮严，宛转床前，神形并瘁。嗣赖韩履石士良先生医治而愈。光绪乙酉乡试，先生三场试毕，病复发，竟不起，年仅四十有一。孺人时年才二十有九，讣至昏绝，凄怅痛不欲生，既而泫然曰："予幼诵息夫人'生则同室，死则同穴'之诗，非不欲从夫地下，奈上有翁姑，下有弱息，予死，此后此责将谁任耶？"于是节哀毁容，髽焉当门。出则柔声正气，以妇职兼子职，惟恐以纤芥拂老人心。入则怀檗②茹茶，以母训代父训，抚二子而教养之。二子既胜衣，复延师课读，脩脯之资，必丰必备。以及宾祭之宴飨，仆从之赏罚，菱租渔税之收入，公田国赋之出纳，靡巨靡细，措置裕如，无烦堂上深计。都尉公晚年优游闾里，几忘丧明之痛者，孺人善于奉养之力也。迨翁姑皆以寿考终，二子亦娶媳生孙，宜若可以颐养自乐余年矣，乃犹先鸡鸣而起，后斗转而息，缀绮缉断，无间昕

---

①　羸，原作"赢"，页眉校改为"羸"，今据改。
②　檗（蘗），原作"蘗"，页眉校改为"檗（蘗）"，今据改。

宵,以致常有疾病。光绪庚子,长子润九琪续娶之夕,方入洞房,忽然暴卒,媳妇泣,孺人对之亦泣,而病益加剧。次子从生宗黄,以医祷罔效,计无所出,乃刲股肉和药以进,病始霍然。方冀大患之后必有厚禄,不料越岁两周,又染重病,卒以不起,时光绪壬寅闰二月某日也。距生于咸丰丁巳八月二十六日,年四十有六,为未亡人者十有七年。子二:长琪,字润九,著有《寄聊山房诗草》,先娶张氏,再娶郑氏,守志不二;次宗黄,即从生也,娶赵氏。孙三:长秉文,浙江第六中校毕业,肄业法政学校,入继润九;次若海,三若山,均肄业中学。

论曰:妇人之称贤者,勤浣濯,供祭祀。《诗》所歌葛覃、采蘩、采蘋者皆是,不必有奇行始传。若蔡母沈孺人者,对于浣濯、祭祀,实无遗憾。又能以妇职代子职,以母训兼父训,仰事俯畜,各尽其力之所能,心之所安,而复不逾乎礼,不且大异于庸行乎?余老矣,闻有节孝可风者,辄乐得而志之,况孺人之贤孝清节,族党咸叹息以为难。余传孺人,余之文亦将藉孺人以传矣,幸何如乎?

林氏双节传

光绪庚子,团浦族人苹秋垌捐助山东水灾,得奖同知衔。宣统二年,又助浙江海塘捐,加二级,诰封①资政大夫,赠祖守焰公、考家绵公,皆如其官,祖妣王氏、妣王氏,皆赠太恭人②。苹秋并告余祖妣王太恭人、妣王太恭人两世苦节,余偕同乡荐

---

① 封,页眉校语改为"授"。
② 页眉有签条云:"资政大夫与恭人不同品,当作淑人。"

绅，为之胪举事状，呈请大吏，以"一门双节"旌其庐。既苹秋
又委撰家传，乃为合传而附论之。祖姒王太恭人，邑咸田王
人。性情柔惠，不苟言笑。年及笄，归守焰公，敬事其夫。不
数年而守焰公瘿①奇疾，太恭人百计调治，躬视汤药，弗效，则
默祷于神，愿以身代。其殁也，哀毁欲绝。既念上有翁姑，下
有子女，仰事俯畜，非有伯也叔兮可以依托，不得已鬘焉当门。
自问寝视膳以及百凡家计，鞠育男女，各竭其心力之所能为而
止。洎翁姑先后逝世，自居丧以至送葬，各尽其礼而无遗憾。
林氏世业农，课子务稼穑，维勤维俭，不稍宽贷，既而家小康。
娶妇嫁女，必求门户相当。子孙若有过失，必严责，不少假辞
色，庭内肃然。尼媪不通，食淡衣粗，纺织终岁。光绪己丑，年
六十有四，无疾而逝。子二，长家绵，次家奎。一女适士族。
孙二，垌字苹秋，同知衔，加二级，诰封资政大夫②，家绵出。
芳字浚士，浙江监狱学校毕业，家奎出。家绵封翁年二十三即
弃世，时垌仅四龄耳。母王太恭人，琅洋庄人，在室以孝闻，封
翁殁，念呱呱在抱，不忍殉夫地下，有以伤姑心，日夕随姑寝
处，足不出阃外，姑媳之间，愉愉如也。妯娌之间，怡怡如也。
守节抚孤，凡五年而卒，时光绪庚辰秋七月也，年仅三十有三。
时苹秋方八岁，初就学，只知母死之可痛，未知母恩之莫报也。
今苹秋读书成名，既以身贵，封赠祖姒及母，复蒙大吏汇旌"一
门双节"，国恩家庆，于斯为盛矣。丙恭曰："古者女子必有学，
学必有师，故其时礼教修洁，风俗整齐，闺门之教，遂为王化之

---

① 页眉校语云："瘿乃㾆讹，假作婴。"
② 眉校语云："同知衔十二字复。"

基。后世女学不讲,师法寖①熄。姑媳之间,勃溪时闻。娣姒之交,衅隙太甚。于是夫妇之道,苦而节孝无闻焉。如苹秋之大母及母,两王太恭人者,生非《诗》《礼》之家,特具坚贞之操,志守柏舟,辉扬彤管,虽不能复古妇学以正闺门,以端风化,而后嗣之昌,正方兴而未艾也。呜呼,若两恭人者可以传矣!”

蔡氏三贞女传赞

　　昔艾东乡告陈大士曰:“许人一文,当如许人一女,不可草草。”余学行不及东乡远甚,而生平亦不轻为人作文,遇戚友请求,必视其人有一二端大节卓卓可传,始搦管书之。若闻忠孝节义、丰功伟烈之事,则不待其人之请求,或赠以序,或纪其略,或为立传,或为志墓,不惮其事之烦而言之长也。蔡君从生,法学士也,谨厚博洽,余与联文字交者有年,曾述其家三贞女事,嘱为合传。余闻而敬佩者累日,乃为传以赞②之。一为君之曾祖姑,娄山朱某未婚妻也。父陟山,邑庠生,母陈氏。少即端淑,克奉姆训,举动无踰礼。庠生公教之读书识字,辄能了了。诵《孝经》《内则》《列女传》,怦怦心动,而于缝纫刺绣,略习便工。母夫人中年膺危疾,贞女躬侍汤药,屡废饮食。视无转机,乃宵夜暗向庭前,焚香告天,愿减己算,以益母寿。不数日而病霍然,医者皆愕眙,不知诚孝格天,其应速也。年十八,将届婚期,而朱氏子暴卒,贞女闻讣,日夜哭泣,两眦皆瘇,泪尽继之以血。跪请父母,愿归朱而为夫守志。父告以:

---

① 寖,原作“寝”,页眉校改为“寖”,今据改。
② 页眉有校语云:“赞字宜酌。”

"朱家贫，且无翁姑，汝一弱女子，纵往，茕茕孑立，谁为汝持门户。汝母多病，汝弟幼，汝能依依膝下，事予二人，徐为汝夫营身后事，亦不失贞孝两字。"贞女憬然悟，即将嫁衣及簪珥之属，变价得百余金，求为夫毕葬事。复置田三亩，托朱族之长者，择嗣以延夫祀。遂居母家，代母夫人操内政。自是庠生公家隆隆起，先后筑巨厦，置良田，工匠云集，每食不下数十人，贞女代母摒挡，从无失误。而幼弟步瀛明经[①]，卒以成立，父母亦享大年，人皆谓贞女孝事之力居多。方艾而殁，其弟明经为请诸学使者赵光，给"贞孝克全"匾以奖。一为君之祖姑，邑城林雨亭聘妻。父步瀛，例贡生，母陈氏。自幼端重，不妄言笑，娴女红，紫凤天吴，能颠倒刺绣。明经公颇爱怜之，择配甚苛。既得闻林雨亭贤，遂凭媒字之。将赋于归，而林生瘿[②]疫疾亡，明经秘不以闻。既而奴婢渐泄凶耗，贞女一恸几绝。父母兄弟，百端劝慰，不饮不食，泣不能声。父母许令奔丧，始进食。明经公遣人以情告林家，姑嫜甚喜，遂迎归。入门先行庙见礼，后为夫成服择嗣。奉姑嫜惟谨，治针管楎椸，事罔或蠲。姑殁，葬祭以礼。延师课子，教以义方。既授室，能自树立，即以家政付之儿媳，屏居幽室，焚香礼佛，足迹不出户外者数年，无疾而逝。两浙督学使者丁绍周，以"志洁冰壶"奖。一为君之姑，吴秉训未婚妻，父骈龙，右庠生，为本营把总，母郑氏。幼节婉娩听从，稍长能读书，知大义。女红事，上手便工。性爱静，终日坐闺中，阖扉纺织。暇或循步阶除，款款寂不闻声，未尝与兄弟妹姊高声訾笑。其贞静之容，幽闲之度，自少

---

①　页眉有校语云："例贡不称明经。"

②　瘿，当作"婴"。

时已超出寻常女子上也。许字县城吴秉训,尚未纳币,而吴以失怙,体素癯,显扬志切,恒彻昼夜,读不交枕,继母又遇之苛,抑抑不乐,以此致疾,遂不起。贞女闻耗,泣请父母曰:"儿既字吴家,即吴妇也。今婿死,义当过门守制,以尽妇道。"把总以女意告,吴族之长者皆欣喜,独其继姑不以为然,而诸族长卒迎女以归。入门以礼拜见姑及家长,然后凭棺大恸,泪如泉涌,昏不知人,经救始苏。其夫叔吴松筠司马义之,为筑一室,以居贞女。贞女每日定省继姑外,未尝见人一面。每食必向灵前奠醊,泪痕渍几筵,斑驳落离,见者心为之酸,而继姑亦允若,盖至诚能感人也。光绪壬午六月六日卒,司马为之立嗣请旌。邑志有传。

论曰:昔人谓夫妇以义合,未婚守志,不合于义。予谓不然,夫既有父母之命,媒妁之言,虽未婚而夫妇之名分定矣。夫死改志,不独于义不可,且悖于礼。悖礼蔑义,何以为人?三贞女出于一门,各行其志,各顺乎礼,知其渐摩于家庭教育者深也,谓不合义,乌乎可?呜呼!若三贞女者,不仅可为蔡氏重,抑且足为史册光矣。光绪三十四年秋书于西湖之学海堂。

李氏妇传赞

妇毛姓,甘奥农家女,民国十一年正月十二日,归李氏子为室,年十九,夫妻俪爱,不逮事姑而事其翁学忻,得妇道。学忻兄弟以髹漆为业,其子亦业父业。二月中旬,鄞县观宗寺塑金刚,延请①学忻兄弟父子装像,订期甚迫,乃俱赴工,留妇守家。因同居五六家,皆与妇从堂娣姒行,既不嫌寂寞,亦无复他虑也。迨闰五月朔晨起,同居者见妇身浮屋后池上。遂报知其母家,一面电郵,促学忻父子回。当小殓时,妇母检尸身,背后里外衣,皆干无水渍,颈有缢痕,心疑焉,暗中探访,不得其详。或曰:妇日前与诸妯娌有违言,投缳②而死,移尸入池。或曰:夜间恶小潜入其室,妇不为屈,被逼缢死,后投入水。邻人惧牵累,终不肯明言。至初五日学忻父子归,责令群从子侄为妇延僧超度,始罢议。要之,妇之死,冤矣哉。

论曰:自瀛海交通,欧化东渐,一时女学大兴。英秀女子,鉴于西人之崇尚女权也,力争自由,倡言政治,发扬蹈厉,毋乃矫枉而过正矣。吾国立国最早,开化最先,一切风俗习尚,历久相因,诚不能无偏而不举之处。然其于男女之别,内外之防,三从四德之箴,母仪女教之说,灿然明备,卓绝万国,固有识者之所共认。顾或谓西人之说,亦有不可偏而废者,人谋自立,各执一业,不恃衣食于男子,如李氏妇者,谨守旧时闺训,恃衣食于其夫,故有此死。予曰:"诚如子说,无怪比年以来,女子于社会交际,行所无事,不汲于情欲之防,而俪规越矩、甘犯不韪者日有所闻也。李氏生长海隅,耳不闻《内则》《女训》,目不见蓝田女学,平日濡染于中国古昔之女诫女仪、妇容妇德,兢兢于女子立身之大防,固能骤遇横逆,从容就义,以适于大中。"而或者又谓李氏妇之死,未免过于激烈。余曰:"设李氏妇遇横逆,不以激烈对付,将随波逐流乎? 抑委曲从事乎?

---

① 页眉校语云:"请字衍。"
② 缳,原作"环(環)",据文义改。

此则非李氏妇之所屑为也,况激烈尤李氏妇之特性乎?"既具论之,复为之赞,赞曰:"甘山崇隆,卓立海东。山川灵秀,独钟闺中。笃生淑女,十九寒暑。其德其容,戚党嘉许。月老论婚,于归李门。爱情既厚,敬事所尊。翁夫重利,赴工异地。婚不多时,妇兮孤寄。谨守闺范,不闻庬㺜。何来横逆,贞洁是犯?相逼太甚,切齿怒颣。投缳①自尽,烈气凛凛。奸人惧祸,沉之河沱。起尸检之,缳痕如锁。失水自狂,女尸必仰。况验外衣,背无水荡。死后移尸,不问可知。妇之激烈,足愧须眉。莽莽乾坤,妇职孰敦。我为妇传,以俟旌门。"

毛母张太孺人节孝传赞

窃观世之所谓节孝者,节则节矣,而孝则未能也。盖夫妇以情合,伉俪相得,虽夫死而情在,不得不之死矢靡他者,情也。况呱呱在抱,舐犊之爱,亦所不免,不得不守志而代夫尽教养之责者,亦情也。至若姑媳,盖以义合,虽名分所在,不得不尊敬,而性情各异,心气难投,安保事事时时无拂逆高堂之意?以故居今之世,而求节孝兼全者实难其人,兹乃于毛母张太孺人得之矣。太孺人姓张氏,邑南乡石龙岗万贯公之女。年二十一,适同里毛家洋燮理公,十三岁而寡,五十四岁而卒,盖为未亡人者二十一年②,仰事俯育亦如之。少事父母至孝,万贯公性严厉,一切起居服物饮食,务从俭约,稍不如意,诃谴随之,诸兄弟姊妹畏莫敢任,惟太孺人曲意承顺,能得其欢心。

① 缳,原作"环(環)",据文义改。
② 页眉校语云:"当作三十一年。"

洎归毛,事其舅善镇公,严厉逾甚,一切起居服物饮食之宜,稍不如意,非惟诃遣,且加扑责焉。诸娣姒亦畏莫敢任,惟太孺人曲意承顺,能得其欢心,于是内外两党咸啧啧称孝焉。盖其柔顺以正,固天性然也。迨燮理公谢世,太孺人年三十三[①],哭之痛,泪尽继之以血,以二孤在褓,而翁姑又老迈,无人侍奉,不得殉夫于地下,乃鬘焉当门,篝灯恤纬,急国赋,节家用,量入为出,心力于焉交瘁。而乡里不逞之徒,又思有以鱼肉之,太孺人能饬内政、御外侮,家声赖以不坠。族戚有急告贷,升斗千百,无不慨诺。于是内外两党皆咸啧啧称其贤且节焉。盖其茶心柏操,亦天性然也。子二,长正禧,由监生捐升[②]巡检;次正江,出继夫弟向发公。孙一,周士。太孺人卒后十年,适修邑志,采访入册,并得宪旌如例。

论曰:自欧风东渐,学者宗尚新奇,务为自由平等之说,以自便其私,谓忠孝节义为不足重,因果报应为不足凭,惑世诬民,莫此为甚。不知印度旧俗,亦重廉耻,厥后稍弛,释氏倡为果报等说以救之,而未能大行。晋人蔑弃礼法,卒致五胡乱华之祸,中原陆沉,良可畏也。况积善余庆,积不善余殃,大《易》曾郑重言之,而谓果报起自佛家,吾不信焉。毛太孺人卒后十六年,即光绪廿七年辛丑岁,其时邻居失慎,延烧及祖堂而火忽熄,而太孺人之家及历代神主皆无恙,初未尝以为异也。迨至民国十五年十二月十四夜,邻居又失慎,祖堂竟被毁,而太孺人家亦无恙,然犹未以为异也。乃太孺人之曾孙宽民,痛念历代神主无存,不禁凄然泪下。旁一人曰:"我昨夕火未起时,

---

① 页眉校语云:"此作三十三,则上文当十三岁寡。"
② 页眉有校语云:"捐不妥,升尤不妥。"

为求花会，暗中携去一主，未知系属何人。"宽民携回，捧而视之，即太孺人主也，人始以为异焉。宽民奔告予，予曰："古语有云：'飘风淫雨，不入寡妇之门。'盖以节孝盛德，天亦默佑也。"兹观太孺人之家及其神主，两逢劫火，均未殃及，实天有以默佑之也，谁谓节孝不足以感天？今宽民有心家国，他日扶摇直上，五花芝诰，宠贲先人，则太孺人之节与孝，益显于世也奚疑？且宽民之母陈孺人，亦柏舟矢志，效法重慈，国家之褒奖，将有加而无已也。予既为之传而备论之，复为之赞。赞曰："石龙嶪嶪，载廉载崇。鹳水澄澄，载清载溶。山英既育，水秀既钟。越在闺阃，笃生女宗。噫嘻，昆仑之雪，畴比其洁？有时而消释。董野之铁，畴比其烈？有时而溶液。惟太孺人之孝之节，超人寰而独绝。千祀万叶，岱移海竭，昭乎若日月之丽天，而不可磨灭。"

宋贤母传

宋茂才京生，尝从家广文俊夫先生游，与余为同门友，固相识也。所居距二十余里，不常相见也。今岁八月二十四日，得晤于县城徐赞尧上舍之思危楼，两鬓如霜，各伤老大。阅余所为《思危楼诗文汇钞》序，赞叹不已，且谓两人皆已逾古稀，聚首无复几时。越日黎明，复同舟而返，舟中谈心而外，述其母夫人方氏之生平。余曰："是贤母也，宜为立传。"茂才曰："敢以烦君，君文他日必传，吾母将藉君文以传，请毋辞。"既别去，踰月又以书来，再伸前请，并附以母夫人行状，遂援笔而为之传。按状，贤母姓方氏，浙太平东乡人，父某，母某氏，耕织自安，潜德弗耀。贤母幼守闺箴，长遵姆训，工女红，精络纬，事父母能竭其力。年二十一,归我宋处士成能为室。时翁金根公、姑王太孺人皆在堂,夫兄成龙夫妇多病,日在床缛,成贵先卒,仲姒哭夫复失明。家中外政翁主之,服先畴而勤稼穑,则处士力任之。内政姑主之,司中馈而操井臼,则贤母身任之。既而翁逝世,而家亦隆隆日起,添置田亩,建筑新居,虽曰姑操家之勤之所致,而实贤母相助为理之力居多也。迨同治丁卯,姑年老抱病,不省饮食寒暑,贤母日手羹臛以进。稍寒则曰:"姑寒耶?"为易裓襻,抑搔痾痒,不离床侧,有呼辄应。凡扶持便溺、洗涤裙褕之类,必以身亲,不诿佣妇,恐不适姑意也。处士日出工作,夕入问视,小坐往往睡去,贤母曰:"君终日辛勤,盍去休息?予知姑心,谛姑性,能代君服劳也,奚自苦?"其姑亦以贤母之言为然,挥处士令去,其能曲体姑与夫之心,类是者不一而足。姑殁,哭甚哀,泪尽继之以血。送终之礼,备极周致。越岁,处士因哀毁而病,贤母经营药裹,衣不解带,卧不交睫。及卒,誓以身殉,经妯娌诸姑戚属百方劝慰,责以抚孤为重,切不可以一时之愤激致负大义,贤母始以未亡人之身,髫焉当门。益劳以勤,丧祭必稽于礼,大而国赋,预自料量,细至茶铛饭灶,必亲检点,醯瓮酱瓿,各有定所,日用应酬,务从俭朴。处士病时,医药祈祷之费不下百金,皆借贷而来,乃节衣缩食,不数年悉为清偿。复储乏积少,以供宾祭、待问遗。子女婚嫁,丰啬均得其平。次子京生,自幼聪慧,既总角,即遣就学。夜自纺织,一灯荧然,令从旁执书读,曰:"我妇人也,不能知书之义,观汝玩诵反复,清切不淆,却亦知汝得乎书之义之验也。"及就外傅,闻某师贤,令从受业,学费概从丰厚,以为尊师重道,理固宜尔也。或京生偶至友人处,逢场作戏,贤母闻之,怒不食,必待其悔过而后已。京生偶患疾,或劝吸烟可疗，贤母侦悉，严加斥责，急为延医诊治以除病根。壮岁课徒在外，或因事旷功，则曰："受人修金，误人子弟，不可。"至光绪庚子，督学使者文治取入县学，为弟子员，距处士之殁已三十有二年矣，贤母始破涕一笑，乡党咸曰："此天之所以报贤母也。"越十有五年，为民国三年甲寅某月日，与家人聚谈，稍觉疲倦，卧床数日，终于内寝，享寿八十有三。子二，长怀寿，幼即出嗣仲父后，为世母所抱养。次庭植，即京生。女二，适黄、适张，皆望族。孙二，锡梁、锡川。孙女三，长适颜，次适王；三适程文进，毕业杭州安定中学，曾任东乡学务委员。曾孙五，华仁、华温，以农世其家。华恭业商，华祝毕业浙江工学院土木科高中部，华琪幼读。曾孙女四，玄孙二，玄孙女二，均幼。贤母素性俭朴，帷帐虽旧，不破不易，中裙祒服，补缀为多。嫁衣在箧者，恒扃镭不御，曰："吾安其旧，不取夫新也。"逢翁姑及夫忌辰或令节，必手治羞膳，敬慎以祀。晚岁孙、曾绕膝，四代同堂。而京生门下士多贵显，请为贤母庆祝寿考，皆谢去而不以为荣。间独掩泣，伤处士之不及见。呜呼，母诚贤矣。林丙恭曰："今之为舆地志者，往往为节母立传，而反遗贤母，窃以为非是。余编《台州列女传》，以贤母居首，次孝女孝妇，次贞女贞妇，次节妇节母，次烈女烈妇，次才女才妇，盖以孝以贞以节以烈以才，特妇女一节之长耳。贤则具体而微，如孝如贞如节如烈如才，皆贤者之所优为者也。昔陶侃之母教子成廉，周颙之母教子成忠。易地而处，京生之母之贤，何遽不若二母哉？况其事父母、事翁姑，克尽孝道，夫死将以身殉，烈矣。既思殉夫地下，不若为夫抚孤为重，且为大义所不容辞，即舍烈而以守志抚孤自任，节而且具贞心矣。其课子务以义方，菫声庠序，是其才也。然则孝也贞也节也烈也才也，母以一身兼之,谓非贤母而何? 或曰:"褒扬条例:妇人年三十以上夫亡守节者,得与旌表。宋母夫亡已三十有六岁,以节旌,是违乎例矣。"曰:"此例者为滥旌者设也。果节矣,即违限有何不可,况母为未亡人者四十七年,矢志靡他。光绪《续志》汇旌门曾列其名,而戚族又以茹檗①延龄表其间,皆敬其节也。余犹以为未足,书母之生平,若责以违例,则是汇旌者非,表闾者亦非。"或曰:"宋母安常委顺,仅以庸行见也,遂可谓贤乎? 余曰:"'为绤为绤''采采卷耳',皆女子之能事。而诗人咏而歌之,先王且被之管弦,非以其克相内治,有助王化乎? 坤德载福,彰彰大节,著于里闾,斯亦诗人之所歌而女史之所传也。圣人修齐之泽,垂为家范,久而常存已,不谓之贤得乎?"或无以对。遂为《贤母传》,而系之以赞,赞曰:"圣德裕后,妇修令仪。闺门之行,实备于兹。懿欤贤母,身备四德。匪孝曷承? 匪慈曷植? 教课尔子,器成圭璋。优游泮水,言采芹香。何天不佑,丧此贤姑。一传一赞,词无虚饰。"

① 檗,原作"蘗",据文义改。

蕉阴补读庐文稿卷十六

浙江太平林丙恭爵铭

陈月卿事略

君名一星,谱名寿贵,字月卿。其先世在唐时有名谋者官户部尚书,因黄巢乱,由闽长溪迁邑之新城。历十九世名彦可,又徙居涧桥而卜宅焉。绵绵延延,潜德不耀。至君之曾祖悟斋心,始以读书起家。祖安南,太学生,以次子含辉贵,赠朝议大夫,妣赠恭人。考德辉,同知衔,诰封奉政大夫,妣陆氏、连氏、林氏,均封宜人。同知公富甲一乡,乐善好施,卒后遗腹得一子,即君也。自幼颖敏,读书异常童,过目成诵,诸母爱君如掌上珠,不欲其攻苦。而君内体亲心,外承师教,每夜俟诸母寝后,诵经传必至于烂熟而后止。年十岁,丁嫡母陆太宜人忧,居丧尽礼,哀毁备至。至十三岁服阕,就外傅,知为诗。十六知习古文辞。及冠,师令学举子业,君曰:"吾非应声虫也,何能为是?"遂弃不复习。以故生平亦不一就有司试,其高尚诚为人所不及者。二十六岁丁生母连太宜人忧,悲痛更甚,丧礼一如陆太宜人时。读礼苦次,所学大进。陈桂舟征君殿英,时监杭紫阳书院,闻之,致书奖励。先是同知公以好客闻,郡邑之客,蓄道德能文章者,往往聘致结纳。君继其志,礼鉴有加,如徐君子英斐章,林君子声鸿博,过从最密,自余颜君慕鲁云祥，林君菊人哲鋆、王君杏卿佐，以姻以旧，朝熏夕摩，久而益亲。光绪庚辰，桂舟征君请假归里，时相过访，咨经史之微言，考古今之故实，翛然非复小年时矣。尝谓予曰："铁，物之至坚者也，然镕之以火，无不立销；石，物之至硬者也，然击之以锥，亦无不碎矣；水，物之至柔者也，然悬物于百尺之上，猝然下之，即石亦无不裂；纸，物之至软者也，然积而缝之，可御铜铁之枪弹，此物理之最异者。君子当如水如纸，而弗似铁似石。"其立论诚有理，又曰："人但知不可以小人之心度君子，而不知不可以君子之心度小人。以小人之心度君子，斯其为小人矣。以君子之心度小人，则遗害不知伊于胡底？"斯义也，前人未及发，而君独得之，愿天下之君子一省之也，其他识解类是者不一而足。是以积学之士皆重之交之，寡闻无识者不独不敢近，而君亦不屑与之言。间尝乘兴游东瓯，登江心寺，赋诗自慨，留旬日而返。他如普陀、定海、上海、甬江，以及苏扬、武陵诸名胜，足迹所经，题咏殆遍，所著《果园诗草》及随笔可覆按也。平素孝友成性，事诸母无一事不适如其意。常自痛不获侍奉先人，逢令节展拜遗像，郁郁而不自乐者恒累日。偕群从游处，推心置腹，以诚相待，无违言亦无违色。邻里戚族有告匮者，必称量而与之，负债而不能偿者，出其券而还之。诸母之家中落，不待其请求，君早权其缓急而周济之，落叶粪本，其素性然也。三十而后得痰疾，往往不省人事，医药无效，荏苒七八年，于光绪庚子九月十九疾终正寝，距生于咸丰戊午十二月十五，春秋仅四十有二。配林夫人，余族侄江苏候补县丞贤容女，淑慎慈祥，内助为多，君潜心经籍，随意所适，家中一切应酬，亲戚投桃报李，以至菱租渔税，琐琐细事，皆林夫人一身是任，布置井井，有条不紊。其存心恺悌，视诸姑伯姊，意礼有加。子一，乃楫，字百川，赏戴花翎、二品衔候选道。二女，黄岩附贡生俞伯恭，同邑候选同知金若农，其婿也。今上御极之明年，以乃楫贵，遇覃恩，封君为咨政大夫，配林氏为夫人。林夫人贤孝乐善，提学使丹徒支公给"名齐柳母"匾，大中丞八旗增公汇案题奏，奉旨赐帑建坊。君身后之荣，美矣茂矣。君尝与予言："天之报施善人，不于其身，必于其子孙。"不意竟仍于君①见之也。同里林丙恭撰。

吴幽农先生事略

吴先生名观周，字幽农，浙江太平人。祖端淑。父会申，邑诸生，发明心性之源，矢志程朱之学，邑志有传。子二，长希𫘤，务农，次即先生。幼承庭训，于书无所不读，读即穷其源委。家贫，年甫及冠，即以课蒙为业。甲戌府、县试皆第一，入泮后，念乃祖端淑公由黄岩凤阳铺，徙邑之南乡上尤金，门户单微，欲奋功名以自振，溺苦帖括。平日服膺陈星斋先生，揣摩既久，下笔辄得其神似，为陈芑东师所激赏。兼工训诂，于两汉经师，及清代顾、王、戴、段各经说，多所匡正，不屑附和。岁科试屡列高等，乃五赴秋闱，未获一第。丙戌春丁外艰，读礼家居，始取父遗书《近思录》、周子《通书》、张子《西铭》等书，反复玩索，有所得。复读《朱子全集》，专心理学，毅然以卫道自任，于阳明良知之说，条析而辨难之。尝云："先儒性理诸书，宜体诸身，行诸家，发之为觉世之言，达之即经邦之略，不第在语言文字之末也。"其《读周子〈通书〉书后》云："此书大

---

① 页眉有校语云："仍字宜酌，拟改即，竟字删，君下加亲字。"

指,皆发明《太极图说》者也。《图说》探理气之根源,推人物之始终,而要其归曰主静。又恐人之就于静而溺异端也,故复自注云:'无欲故静。'此书四十章,言诚、言性、言圣人者綦详,大抵明无欲之旨而已矣。无欲者,性之真、圣之要而诚之究竟也。诚为万物之太极,故元亨,诚之通;利贞,诚之复;无欲,为心之太极,故静虚而明,明而通;动直而公,公而溥。天下无无欲而不诚者,亦无有欲而能诚者,惟圣人能完无欲之天以立人极。君子寡之吉,小人纵之凶。"此言有功于后学不浅也。其《读张子〈西铭〉书后》云:"张子一生精力,尽在是篇。人之称张子之学者,亦莫先于是篇。盖自孟子而后千三百余年,无复有见及此者。讽诵一过,便觉一部《孟子》都在里许。夫孟子,学孔子而善于《易》者也,曰乐天,曰畏天,曰求仁,曰正命,曰尽心知性,曰万物皆有备。其功始于养气,其效极于事天,即《易》所谓'各正性命,保合太和',《大传》所谓'与天地相似,故不违。知周乎万物而道济天下,故不过'。张子精于《易》,心学孟子,故发出此段议论,以櫽括七篇之旨,使学者知小着此心,便与天地不相似,而吾浩然之气馁,这便是不仁,这便是不孝,这便是不可以为人,则其垂世立教之心亦良苦矣。先儒谓'周子为宋之仲尼',吾则曰'张子,宋之孟子也'。"观此则先生之学,一以朱子为归,其他论说,实不外是。其说经如《周易用韵考》《释象》《尚书又曰解》,为王子庄、张子远师所赏识,选刻《九峰精舍课艺》。性至孝,侍父疾,必躬扶掖,执厕牏,丧葬一遵《朱子家礼》而行,母卒亦如之。苦次著《家礼从宜》六卷,富阳夏震武进士,易其名曰《简易录》,而为之序,称其"处今日而欲修先王之礼,以折乱本,则固无得而议者。吴君自甲午谒①予于西泠,忽忽十年矣,好学之志,久而弥笃,予内返于心,未尝不自愧也。吴君近复有《闲距录》之作,条举西教之源流本末而明辨之,正人心,息邪说,守先王之道,以待后之学者,吴君之志壮矣。予虽衰病,他日尚当读其书而叙之",其见许于当世之大儒又如是。生平衣布食蔬,虽盛夏,衣冠必整,接人以礼,人亦无不敬之。历主松门、翼文、望云诸书院讲席,教生徒必先学行而后文艺。尝谓门人:"应试之道,王文成公谓入场之日,切勿以得失横胸中,尚属权宜之说,不如冯文恭公言'看书作文时,务要潜心体验,就在此处发挥道理,使一一可见诸行事之为当也'。"斯实见道之言。光绪廿四年戊戌,邑宰孙叔孟②鼎烈延聘先生主讲龙山书院,以居内忧辞,孙宰历举古人读礼不废讲学之说为证,再三函请,辞不赴。孙公乃胪举先生学行,具详学使徐季和致祥,蒙徐公给"笃志正学"匾以奖,士论荣之。三十年甲辰孙叔平启泰权邑篆,创办横湖官学堂,聘先生任国文教习,为后学矜式。因功课过劳,竟于是年九月初八日戌时卒,距生于咸丰③戊申年三月初二日申时,年仅五十有七,人皆痛惜。所著有《〈通书〉札记》《〈西铭〉札记》各一卷,《〈家礼〉集证》四卷,《〈丧礼〉集证》八卷,《家礼简易录》六卷,《闲距录》四卷,《读〈说文〉》二卷,《〈说文〉引经异同疏证》八卷,《尤桥杂著》四卷,《文集》二卷,《诗集》二卷,《经说》五卷。《读〈朱子全书〉举要》《读〈说文〉举要》未成卷。娶林氏、

---

① 页眉有校语云:"下文自谓'得与弟子之列',则此谒字不妥。"

② 叔孟,原作"孟叔",页眉校改为"叔孟",今据改。

③ 页眉校语云:"咸丰无戊申,当作道光。"

王氏,皆早卒,续娶张氏。生一子天春,能读父书,后先生十二年卒,娶陈氏,无嗣,陈氏亦后夫一年卒,以从侄四妹入继。女一,适湾张内侄某。先生在日,已自营生圹于花心小山头,以配林氏、王氏、张氏衬。丙恭与先生居同村,仅隔二里许,衡宇相望。光绪十一年乙酉,先生设帐于我大宗祠崇本堂,时丙恭亦课徒于其旁支小宗祠,尝以文字就正,得与列弟子之列,故于先生生平,知之特详。谨具事略,以俟后人为之立传焉。

叔祖妣江太恭人行述

宣统元年己酉春王正月,叔祖母江太恭人以疾卒于内寝,享年八十。呜呼哀哉,太恭人为先叔祖茂才秋金公之德配,秋金公不禄,太宜人为未亡人者六十年于兹矣。丙恭自幼即蒙太恭人保抱训诲,爱若掌珠,此恩此德,何日能忘。丙恭不肖,不能为太恭人显扬万一,心滋愧矣。然而太恭人之节孝,郡邑志有传,光绪丁亥,奉旨准予建坊,身后亦已荣矣。特其生平事迹,有人所不知,而丙恭独知之者,谨为胪举以示诸从弟,并以告我子孙。太恭人姓江氏,邑车路贡生祥麟公女。幼即端庄柔惠,惟姆教是遵,居不识厅屏,言不出阃阈,为贡生公所钟爱,择配颇苛。而先叔祖于道光乙巳入右庠,贡生公闻其贤,因缔姻焉。先叔祖长太恭人三岁,戊申冬,年十九于归,不逮事君舅,而奉姑王太恭人惟谨。与先大母王太恭人妯娌间亦称和睦。越岁己酉六月,先叔祖以疾暴卒,计距合卺仅六越月耳。太恭人痛不欲生,屡以身殉,幸家人防护严,先大母王太恭人教以妇人守节为重:"设汝复不讳,是愈重慈姑恸也。"并以先君子兼祧其祀,太恭人乃始节哀,矢志守节。常随姑王太恭人同寝处,冬温夏清,侍奉不离左右,深得姑欢。无何,庚戌八月,王太恭人弃养。咸丰丁巳,先大父又谢世。先君子年甫冠,从事《诗》《书》,先大母同太恭人茹苦含辛,竭力教诲,寓严于宽。迨先君子读书成立,先慈江太恭人来归,善事慈帏,处理家政,有条不紊,先大母与太恭人悉以家事付先慈经理,长斋供佛,不问琐屑。惟逢先世讳辰及令节,则太恭人必与先大母手治殽馔,致敬尽礼以飨祀。至同治壬戌丙恭生,先大母与太恭人始破颜一笑。丙恭未离母怀,太恭人保抱提携,无所不至。每制冠履衣服,代先慈劳。其教丙恭也,自幼至长,从无督笞。有过,必微词婉谕,如恐伤之。尝谓先慈曰:"汝子类父,颜易忸怩,故我不以常儿待。"丙恭因此愈加悚惧,盖太恭人之责望于丙恭者固深且大也。及丙恭年十二,先慈江太恭人不复育,太恭人恐先叔祖祀火空悬也,复为先君子娶陈太恭人。逾年丙子从弟景宣生,己卯景若生,辛巳景兼生。今则景宣兄弟又娶媳生孙,合计一家男女二十余人,先叔祖之嗣续遂繁衍矣。设非太恭人深谋远虑,何以有此。太恭人康强寿考,亲见孙、曾恪守慈训,咸自树立。生平鬻子恩勤,藉以大慰。妻道也,妇道也,母道也,古大家所不能兼,而太恭人德与福全,无少遗憾,置之刘子政《列女传》中,应首踞一席。光绪元年乙亥,先君子以刑部陕西司郎中,加三级,貤封叔父母皆三品封典,故叔祖母例得称太恭人。甲申秋,丙恭府试冠军,先君子寄谕云:"太恭人节孝兼尽,所以垂裕后人者无穷。汝其胪列事迹,呈请旌表。"丙恭遵即声叙太恭人之大节彰彰者,蒙督学刘公廷枚以"松筠晚翠"四字奖,丁亥又为转呈苦节,蒙学使瞿鸿禨、巡抚卫荣光会衔汇奏,奉旨准予建坊,阖家欢慰,望阙叩谢恩荣,惜先君子于乙酉七月谢世,不获与闻恩诏为可痛耳。犹忆甲辰岁丙恭游幕维扬，九月中旬，闻先慈江太恭人病，急趋返里，而先慈已弃不孝而长逝矣，哭拜灵前，痛不欲生。太恭人闻丙恭返，执手呜咽，不知语从何起。自此而后，丙恭虽长为无父母之人，尚幸太恭人在堂，时亲色笑，亦遂陶陶自忘其衰老。距料逾先慈之弃养仅六载，而太恭人乃亦与世长辞，瞻望不见，神魂怅怅，虽苟活人间，而生意已索然矣。惟恐太恭人之性行手泽，日久而湮没也，谨书其大凡，以俟辌轩之来焉。宣统三年辛亥四月，侄孙丙恭谨述。

先考玉琁府君行述

先考玉琁府君，殁于光绪乙酉孟秋，杨给谏定夐晨先生已为立传矣。今不肖丙恭奉母氏江太恭人命，为墓于七都花心山麓，将以十二月二十五日扶柩安厝，而铭幽之文缺如，又将乞诸今四川布政司代理总督部堂郁平陈鹿生夫子，谨具列里居世次，及其性行事迹，大略如左。我林氏上世，本殷少师比干后，元至正间，始祖石塘公讳受峻，避方谷珍乱，自黄岩股竹徙居沧水，今隶太平编管第四都是也。石塘公为黄岩州学生，朝廷累辟为学录，不就，惟以隐居求志终其身，邑志《征辟》有传。凡十六传而至我先考玉琁府君。我高祖协祥府君讳兆瑞，年登大耋，乡间重其德望，称曰可园先生。曾祖九成府君讳韶，积学励行，著有《正心诚意录》等书，黄进士浚称为好学有道君子。大父集材府君讳翘楚，著有《方①城物产志略》等五十卷。胞叔祖秋金府君讳鏊，有声邑庠，早世无嗣，先考兼

---

① 方，原作"芳"，据文义改。

承其祀。自高祖以下三世，皆以先考贵封中宪大夫，高祖妣陈氏、曾祖妣王氏、叔祖妣江氏，皆封太恭人。初先考方六龄，先大父即教之读书识字，十岁能背诵六经，十三岁出就外傅，作为文章，理致深厚，有大家风。甫冠，复工诗词。既壮，潜心汉宋之学，以为训诂义理词章，三者不可偏废，若乾嘉诸老，专事考据，攻击宋儒性理之学，分门别户，谬矣。故其生平于经传子史及汉魏六朝、唐宋诸书，无不博览潜稽。至于天文、舆地、勾股等学，亦无不探其原而穷其委而有所撰述。然性厌科举，不喜进取，从不一与有司试。且以孝称，咸丰丁巳年十五，丁外艰，哀毁骨立，丧葬一遵朱文公《家礼》而行，事先大母王太恭人、叔祖母江太恭人，皆致敬尽礼，未尝有一事不禀命而行也。迨年十八，母氏江太恭人于归。明年辛酉，洪杨扰乱，人心思投匪党而任伪职，先考奉亲避地，不与往来。又明年壬戌，同治纪元，不肖丙恭生。丙恭生五岁，稍有智识，先考即教之以事亲敬长之道，出入必谨，语言必信，惟恐他日之纳于邪也。及丙恭就塾，每夕授以唐诗，略为解说，并摘诗句令属对，必使对工而后已。又手抄孙观察星衍《古今文尚书疏证》授丙恭曰："读书不可不通训诂，此书乃训诂之最确而有据者，童而习之，庶几长而能通也。"其所望于丙恭者甚深。至丙恭生十有三岁，母氏江太恭人不复育，先大母暨叔祖母两太恭人，忧秋金公之祀尚虚也，复为先考娶陈恭人，至丙子堂弟景萱生，己卯、辛巳景若、景蒹生，而秋金府君之后遂繁衍矣。先考自娶陈恭人后，七越月旋遭先大母王太恭人丧，泣血哀毁，一如先大母殁时，故乡人皆以孝子目之。先大父在日，悯族戚多贫乏，常周恤之，先考追承先志，凡一切养生送死之务，踵门告匮，无不量力以佽助。胞曾叔祖凤扬公，晚年家落，其子若媳相继死亡,先考为殡葬者凡七次,并迎养公于家十余年,复育其二孙成立。凤扬公之弟殿元公,贸易丧资,先考代偿积债五千金,而并葬其子孙之夭[①]亡者。壬申重修家庙,丙子重修宗谱,癸酉纠集文昌会、乐善会于水晶堂,皆首先为之倡,至今里人犹啧啧称道先考之功不衰。家居喜客好饮,甲申夏赴友人宴,酒伤心肺,遂成痼疾。越岁乙酉复大病,至秋七月九日,弃不肖等而长逝矣,呜呼哀哉!先考长身鹤立,古貌修髯,平素强健,著述而外,复研究汉唐篆隶,及古今法帖碑版。尤工铁笔,所刻玉石牙章,得者奉为至宝。图书鼎钟彝器,一见能辨真赝。其为学沉潜遗经,根据古训,守汉世经师之家法,而于濂闽关洛之学,亦能悉心发明。盖欲合汉宋而冶为一炉,不复各立门户也。所著有《周易注疏集证》二十四卷,《易经异文集释》四卷,《尚书今古文辨证》四卷,《毛诗传笺集证》十八卷,《春秋三传异同辨证》六卷,《元史列传补证》二卷,《元史指谬》二卷,《墨谈》十卷,《北游草》一卷,《粤东游草》一卷,《草不除斋偶咏》二卷,《古乐府》一卷,《凌沧阁集》四卷,《偷闲室诗余》二卷,其他天文地志、九章算术、道藏释典,虽各有论著,皆未成熟。今距先考之殁已十年,不肖丙恭无以显扬先人之德,谨粗述梗概呈览,伏乞师台俯念下情,赐之志铭,俾镌诸石而埋诸幽,藉传不朽,则存殁均感矣。先考原讳鑫,字铸颜,后改志锐,字玉琔。咸丰庚申,奉先大母命,以万金助饷,经总督部堂左公奏准,援例以郎中用。同治乙丑赴部引见,签分刑部陕西司郎中。在职半载,见部务日弛,贿赂公行,遂以母老请假归养。两次所得本身封典,悉贻赠曾祖父母及叔父母,尝曰:"吾

---

　　① 夭,原卷作"妖",据文义改。

以先人蓄积之金，输饷得官，已滋愧矣。所遇覃恩封典，理宜貤封先人。"归隐后以布衣自命，终身不复冠带。临殁，嘱儿丙恭曰："勿以官礼葬我。"嗟乎！先考存心之厚，学术之正，著述之富，皆足为我世世子孙所奉为则效者也。光绪甲午春三月望，不肖丙恭谨述。

咨部优行博士弟子员如侄临海王树槐顿首拜填讳。

按先考赴部签分，初为工部营缮司郎中，旋改刑部陕西司郎中。男丙恭又志。

先慈江太恭人行述

先慈姓江氏，增广生员晓园映峰公之女，幼承庭训，通知《诗》《礼》。生不孝丙恭二十有四岁，而先严见背，赖先慈以教以长，未报劬劳，而丙恭为谋食计，游幕通州，不意骤瘿①大故也。呜呼痛哉！窃念先慈年十九归我先严，逮事先大母及叔祖母，无不先意承旨，处妯娌间，和睦无间言。初先严矢志经史，日与乡先达讨论宗旨，辨晰疑义，寒暑不辍。迨光绪初年，家道中落，先严忧形于色，未尝明言。先慈默窥意旨，黾勉晨夕，捆挡出入，往往先事为之预筹，俾先严专心著述，无内顾忧者，实先慈赞助之力也。至甲申，丙恭始以府试第一补弟子员，先严意稍慰。越明年乙酉，先严将送丙恭赴秋闱，行有日矣，旧疾复发，遂致不起。无父何怙？翳惟母是依。先慈不以其孤茕而稍加姑息，丙恭亦不敢自佚，每赖馆穀之入以为禄养。洎乎乙未，丙恭由增贡加捐试用训导。辛丑捐升州判，指

---

① 页眉有校语云："瘿宜疹。"

分安徽。先慈尝诲丙恭曰:"古人学优而仕,汝学未优而入仕途,凡事须实事求是,毋贻父母羞也。"丙恭顿首受教。壬寅春,赴皖禀到,癸卯夏请假归里,见先慈气体康健,蟠儿、融儿依依膝下,颇慰慈衷,丙恭私窃深喜爱日之方长也。今春拟将返皖,而陈大使莅臣一泉函聘,遂赴通州丰利场,为莅臣襄办鹾务,并课其二子。夏之六月,莅臣因案调任,拟回家省亲,丙恭亦私计冬间可承色笑也。不意九月二十一日接到堂弟景萱来信,言先慈偶患寒热,医祷罔效,嘱速返。当即检装而归,二十六日抵家,先慈已于十二日戌时弃不孝而长逝矣。距生于道光壬寅八月二十三日午时,享年仅六十有四,呜呼痛哉!家人述其病初起时,不过乍寒乍热,饮食如恒,亲戚来视,均能起坐。惟痰涌则气不舒而汗出,医者言其气虚神衰,进以参汤,似觉稍安。其死之夕,孙女[①]婿夏士毅及从侄景萱皆侍侧,语言不异平时。延至夜分,气垄涎涌而逝,异香满屋,闻者叹服。谨念我先慈素性慈孝,初于归,即奉先大母先叔祖母命,料理家政,整整有条。尝萤窗佐读,先严吟哦声与先慈剪尺声终夕不绝。丙恭四岁识之无,六岁诵唐诗,虽由先严督课,其实先慈诱掖指导为多。居先大母、先严丧,哀痛尽礼。持家以勤俭,御下以恩。丙恭妇蒋宜人事事承教,颇得其欢心,或稍违家法,即面斥不贷。晚年为丙恭遣嫁诸女,处置无不周详。然丙恭自壬寅以后,家计窘迫,所如辄阻,先慈口虽不言,而心实忧之,盖其精神已瘁于此矣。平居好济人之急,闻人有疾苦病痛,辄施丸散膏丹以救济之,或施棺舍地,以掩埋无告贫民。戚党间咸以遐龄为祝,而岂知享年遽止于是耶?丙恭远离二

千里外,病不能侍汤药,殁不能视含殓,从此长为无父母之人矣。使丙恭早知西山日薄,即长侍膝下,犹虑罔极难酬,又安忍暂违一日耶?不孝之罪,百身莫赎,呜呼痛哉!特是称扬先美者,人子之心也;阐发幽光者,君子之事也。伏冀大人先生、名公钜卿,惠以哀辞,贻之传赞,俾泉壤增光,庶可少伸不孝之忧,行当遍拜仁人之赐矣。不孝男林丙恭谨述,光绪三十一年乙巳十一月一日。

蔡君从生行状

曾祖茂周,字慕岐,附贡生,以子贵诰封骑都尉[①]。

曾祖妣郑氏,封宜人。

祖骈龙,字灿然,邑武生,保举千总,赏戴蓝翎,加守备衔。

祖妣郑氏,封宜人。

考端云,字赤城,邑庠生。

妣吴氏、沈氏,例赠孺人。

君姓蔡氏,名宗黄,字从生,别字从僧。世居浙江温岭县之南山,其先宋时有讳某字松壑者,由临海南阳徙此,以耕读传家。历十六世而至君之曾祖慕岐公,为邑诸生,遵例贡成均,明经修行,望隆一乡,著有《课孙草》二卷。生平有潜德,为善惟恐人知。尝手植槐树于庭,曰:"吾虽不敢望王氏三槐,然吾子孙必有兴起者。"已而其子灿然公,即君祖也,以武学起

---

① 页眉有校语云:"清制一品二品曰将军,三品、四品曰都尉,五品至七品曰骑尉,八品、九品曰校尉,无浑称骑都尉者。又祖下亦宜叙出官阶。"

家,当洪杨之扰,土匪蠭起,乃团练乡勇,指挥防御,一乡赖以安靖。嗣以军功授千总,归太平营効力候补,并加守备衔,赏戴蓝翎。居乡则排难解纷,每不惜解囊以济其事。有受屈者,必代请有司而直之。尤好恤贫乏,设斛收租,常少四分之一,以是受恩者歌诵载道。公虽以武显,渊源家学,喜与文士游,延师教读,必择通儒。故君之先考赤城先生,龆龄入学,即知名庠序间,质虽美不以美自恃,承父志勤学不倦,棘闱三荐不果售。乙酉乡试,以用功过勐,卒于杭。妣吴氏,婚未几亡,续沈氏,并例赠太孺人。沈孺人生二子,长名琪,字润九,次即君也。生有至性,聪颖出群。年六岁,守备公命君随兄润九从师读,三年毕《论》《孟》《毛诗》《尚书》诸经。赤城先生病殁时,君止九岁,润九十六岁耳。守备公闻耗,以两孙幼,未克奔丧,自赴杭运柩归。郑太宜人哭之恸,命沈太孺人率子居丧守制。君在苫凷中,哀不废学,每夜藉灵座灯光以照读。尤能体念重闱意旨,诚心侍奉。与兄润九友于之谊,尤逾恒情。守备公晚年得优游杖履,而忘丧明之痛者,以膝下有孝妇慈孙服劳奉养耳。既而守备公夫妇相继殁,君连遭丧,哀不自胜。服阙,德配赵孺人来归,伉俪甚笃,而与伯姒张孺人妯娌和谐,事姑皆孝谨。君与兄出就外傅,家中事无巨细,两孺人分任之,沈太孺人董其成,故君得专心学问,无内顾忧也。丁酉秋,张孺人殁。庚子上巳,润九续娶之夕,暴疾而亡,一堂贺客,转为吊客,阖家悲惨,不堪言状。君鹡鸰之痛,泪尽继之以血,盖其友爱之恳挚,实有出于情之不容已者也。君事母尤孝,有所事必禀命而后行。闲居怡颜悦色,广引古今忠孝轶事,以为谈助,务博慈帏欢笑,沈太孺人亦乐以忘忧。壬寅二月,沈太孺人疾甚,君日夜侍侧,衣不解带者二十余日。问诸蓍龟弗灵,祷之神祇弗应，心皇皇然不知所措。念古人有割股愈病者，遂清夜默祷，潜刲臂肉，和药以进，而家人不知也。惟病已深，卒莫能起。君擗踊号痛，几不欲生。居丧三年，不荤不酒。亲殁虽久，岁时致祭，犹歔欷哀悼，风木之悲，终身其未已乎！癸卯侄哲葆殇，君痛悼尤甚，曰："吾兄不禄，全赖此儿一线之延。兹中道而殇，咎将谁属？且吾死无以对先兄先嫂，生亦无以慰继嫂，吾其何以独生？"乃不食者数日。经亲友劝慰，始起强饭。丁未正月，家又遭祝融之厄。计君三十年中，无日不处忧愁患难之地也。幸赖赵孺人贤，坚忍耐苦，部署家政，井井有条，建筑新居，筹画周到，不烦君劳心劳力。君凡百行事，必以亲心为心。赤城先生尝慨宗族子弟之失学也，思有以训诲之，君则创办课实两等小学以教育儿童。守备公患乡人贫苦之无生计也，思有以救济之，君则筹设森林公会以导乡邻树艺。民国元年一月，由选民选充县议会议员。五月浙江教育司沈组织全省教育联合会，由县议会选派为温岭教育代表，充任第一届浙江教育联合会议员。对于改良教育，整理学务，建议殊多。同年十月浙江民政司屈组织全省农事会议，由县署选派为温岭县农务代表，充任第一届浙江农事会议议员，提议树艺畜牧各简章，曾为各议员所赞成，先后施行。二年二月回籍，发起组织温岭县农会，由会选充副会长。又发起组织县农校，即充任校董。同年三月浙江法院长陈委署建德地方审判厅推事，辞未就职。十月由县议会选充副议长，旋命代理议长。对于应兴应革之利弊，莫不咨县知事行之。嗣后县议会解散，房屋亦为各机关有，君起而告争，不屈不挠，卒令议会恢复，而会屋旋亦归还，论者谓君有祖风焉。君初入杭县律师公会，行使律师职务，亦欲继承先世排难解纷之遗志。嗣又加入鄞县律师公会,历充常任评议员。有以诉讼事件委托,必招致两方,告以讼则终凶,两无裨益,必再三劝息,为之调解。其调解不下者,必理直事正,始为撰状申诉。若稍不合理,辄拒绝之。惟良儒被欺,则义愤勃然,虽不名一钱,亦乐为捉笔也。如余杭诸生王克敏案,经高等审判厅审判处死刑者三次,君不辞劳怨,代向大理院辩诉,卒得宣告无罪,闻者莫不佩君之高谊。王君羁押久,一贫如洗,仅登沪杭各报道谢,未尝受其分文公费。凡若此类,指难枚数①。十年七月由县议会选充浙江省宪法会议议员,对于省宪法草案,撰成意见书,呈请大会议决修正。议长王正廷谓君所言,具有卓识,遂与订文字交。十一年段执政通电,垂询治国大纲,君上书王正廷氏,论根根本本改革方法,《四明日报》时评谓"细阅一过,深佩蔡宗黄氏之法学湛深,对于政治制度、选举方法,其见解均有独到处"云云,其见重于时论如此。同年九月发起组织驻甬台属水灾筹赈会,由会员推任干事,兼任文牍。函札往来,日必数十通,未尝言劳。又由旅沪台属水灾急赈会,推任驻甬代表。并由华洋义赈会,推任宁绍台华洋义赈分会董事。皆尽厥职,务使灾民各受实惠而心始安。曾为会稽道尹黄庆澜涵之所嘉许,嗣后每有大事,必邀君集议而后行。十三年春拟定《筹办黄温两邑水利章程》九章,都四十二条,面呈张暄初省长载阳,迭承函札嘉奖。即派水利委员会技师陈凯到地测量,绘图贴说,与君《筹办章程》无少差殊。无如守土者视官如传舍,一令之出,以为尽职责,不再督促,此事遂成画饼,君尝引以为憾。近年始有志著述,所著《嗣续法真诠》四卷,经当代名公巨卿评定,赠以序言,由

① 页眉有校语云:"指难枚数不妥。"

商务印书馆刊行。所辑《蔡氏谱》十卷,尚在缮校中。又《中国家族制度》十二卷,属稿已定。王总长正廷谓:"我国家族制度,自亦一种国粹,吾兄发启宏愿,编纂专书,采集上下古今之典籍,以供中西人士之批评,此非有大经济大学问者不能望其肩背。例言一则,折衷至当,尤足征作者之价值,吾知此编一出,必将不胫而走,风行海内。"可谓推许尽致矣。论者谓此书固君绝笔,孰知果从此绝笔耶!君平素多病,今夏端节前四日,应葭沚黄梗卿君之召①,感冒风寒,以致身体潮热,顽痰作祟,日渐瘦弱。六月初九力疾赴黄岩出庭,十二返椒,舟车劳顿,而疾加剧。赵孺人闻信,雇舟接回。时其长子秉文服务党部,假归侍疾。既而次子若海、次女若华先后自申甬返。既而三子若山复自沪返。兄弟姊妹,轮流奉养,延医调治,日有起色。医者皆谓:"静养数月,可保无他。"至七月二十二日,忽然变症②,自谓必死,且死在上午四时半,但不知其日。每夜至三、四点钟,必问几何时矣,似有惊恐不安之状,过五下钟始安然睡去。曾屡训诸子曰:"予不幸厕身浊世,而不染其尘受其辱者,惟能恒持'勤、俭、诚、忍'四字耳。汝辈务须遵照予律身勤俭、待人至诚、遇事忍耐之素行,贯彻始终。凡嫌疑之处,又须避去。兄弟之间更须敬爱互让,尤须以以待予之心待母氏,即为不辱。是所至嘱。"即此愈知其存心之正矣。八月四日自起剪发洗足,日暮如厕,安步如常,更定后焚香诵《准提咒》三遍,且嘱家人曰:"予死,汝辈勿哭,须各诵《观音经》送我。"其家人皆以为谐语。不料夜漏四下,起坐床头,唾痰者三次。家

---

① 页眉校语云:"召当作聘。"

② 症,页眉校改为"證",云:"症系俗字。"

人齐集,即含笑而长逝,享年仅五十有二。配同邑冠屿赵孺人,淑慎温恭,能助君为善,君念所未及,赵孺人每为足成之。子三,长秉文,浙江第四中校毕业,历任课实小学校长,慈溪县公署财政科科员,现充温岭县管理公款公产委员会监察委员,降服为润九后,配顾氏,娴书算。次若海,上海大夏大学毕业,现任黄岩县立中学校教务主任,配林氏,省立第一中学高中部师范科毕业,现任尚德小学教员。季若山,宁波工业学校高中毕业,肄业东南大学。女二:长若己①,适同邑律师张严镳;次若华,宁波毓秀女校毕业,尚待字。君病亟时,若华曾效君割股救母事,刲臂肉和药以进,冀绵父算,卒亦无效。孙一,道亮,肄业课实小学校。孙女一,毓英,课实小学校毕业,字同里赵立鹤。予与君为忘年交者二十年,知君生平最悉,特为之状如右。

---

　　① 己,原作"琪",页眉校语云:"琪字疑,润九名琪。"后作者改为"己",今据改。

蕉阴补读庐文稿卷十七

浙江太平林丙恭爵铭

同治癸酉拔贡江云亭先生墓志铭

同治间吾邑人士以科举闻名者，必首推江先生云亭。余初学制艺，即喜读先生文。迨甲戌秋，余拟从先生游，而先生已病，至九月三日遂卒，尝以不获受业于其门为憾。光绪乙未，余主翼文书院讲席，金仲泉观察介先生之哲嗣幼云世兄来谒，曰："斯院之建，先君实始为山长，距今二十余年矣。先君之柩尚浮厝未葬，顷遵家慈命，为墓于本里东屿山麓，定于某月某日扶柩安葬。而铭幽之文，敢以请公，公其弗辞。"按状，先生名翰青，字世忠，号怒甫，别号云亭，姓江氏。其先世居黄岩白枫，乾隆间高高祖达喧公，始徙下村，晚年又率其子侄定居温岭，皆为太平地，遂为太平人，已历五世矣。孝悌力田，潜德弗耀。至先生，始以读书起家，其群从子弟，由是知名者不一其人。先生自幼笃志于学，为时文邃于理，深于意，伟于词，充于气，尤神明于法。初不揣摩时尚，以冀速化，故年二十始受知于张侍郎文贞，庚申游于庠，辛酉饩于廪。壬戌以还，又迭受知于吴存义、徐树铭两侍郎，先后岁科六试皆列榜首，文诗均刊入两公试牍中。盖其学日益进，而名亦益大噪矣。及壬申岁，丹徒丁光禄绍周按试台州，阅先生内外场今古试卷，皆奇警高超,出人头地,遂以先生充癸酉拔贡,由是文誉大起。掌教东屿、翼文两书院,四方来学者至室不能容。问字之车,恒满户外,得其指授,皆破壁飞去。先生尝谓:"自临川创为制义,有明一代,用以取士。化、治之初,具体而已。隆、万以后,渐趋机势。至启、祯间,始极变化之奇,而不免堕于险怪。我朝肇兴,熊刘诸公,破除陋习,以雍容华贵之文,润色鸿业。厥后桐城方氏、宜兴储氏、金坛王氏,咸以古文为时文,益于义理有所发明,号为极盛。道咸以来,稍稍替矣,然尚不敢破度败律,隐违功令。乃至今则搜僻简以为博,掇奇字以为新,逞其臆见,比附经义,大背传注。尤其甚者,方言里谚、禁昧侏儶之语,亦阑入其中。试为按脉切理,去题奚啻万里耶?"先生之论文如此,其为文可知矣。使掇魏科、获高第、入翰苑、掌文衡,夫亦何歉?登特科不三月,乃丁母忧,未与癸酉乡试,即朝考亦未上,遽以一疾,溘然长逝,年止三十有七,闻者悲之。德配谢氏,巾帼有丈夫气。子三人,长即幼云,名乃昌,次厥昌,三端昌。女二,皆适士族。平居孝友,处父母弟妹间,人无间言。接人无傲态,无惰容。即间有干请,亦各惬其意以去。素有才干,遇事擘画周致,长官有疑难事,每咨决焉。家贫,游庠后,即开馆授徒,而好学仍孜孜不倦,于四书七经无不熟读,诸子百家无不流览,古今学术无不慎思而明辨。至于义理、词章、考据、训诂之学,亦皆精研而力索,滞解而趋昭。所撰传记序说,足与乾嘉诸老抗衡,无元明芜靡琐屑之习气。所著有《经说》一卷,杂文百余篇,未分卷。殁后,子幼云尚少,不知珍惜,散佚殆尽。或曰:"系其弟云楷携去,丏人序,未领还。"嗟乎!余既不得先生而师事之,又不得其著述而卒读焉。然则先生之墓,固不待幼云之请,而亦乐为之铭也。铭曰:"温岭之源,东屿之下。

松柏交柯,扶轮大雅。我铭以词,不崩不圮。庶几后生,闻风而起。"

伊府君墓志铭

长汀伊象贤,状其祖莹若府君之行,告其所游好林丙恭曰:"惟伊氏世为汀州长汀人。吾大父生而挺特,尚气节,不事细谨,遇人洞然无疑碍,虽犯之不校也,久之皆曰:'伊公长者不可欺也。'家多资,度岁费外,尽以奉师友,赒贫乏。善饮酒,有过门者,则为之欢忻引满,穷日夜弗厌。邑之俗喜佛,豪民多子弟,则畀于浮屠,以并其所有。大父深疾之,每以为宗戚戒。故于今凡伊氏子弟,皆业儒求学,无一人异趋者,吾大父之教也。"又曰:"凡为人子若孙,孰不欲显其亲于无穷?今吾不幸,大父弃养,苟失所记而不传焉,又其罪也。"余曰:"噫嘻!余虽不与而祖接,观而等力学问,能自拔于流俗中,宜有所受之矣。铭,余其敢辞!"府君讳玉英,莹若其字,乾隆甲子十二月十八生,寿七十有九。娶王氏,先府君二年卒。子三,某某某。孙十二,象贤其长孙也,优廪生。以今年十一月望,葬于城东郭贤乐村之原。祖讳中允,岁贡生。父讳师汤,庠生,博学能文,为州县所推重。铭曰:"为善之报,其在后也。修身慎言,惧辱先也。维先有开,维后有传。呜呼!若府君之子孙,不其多贤者耶!"光绪甲午年冬十月。

邱君墓志铭

汀州上杭邱氏,自君之曾祖伯父以进士起家,诸伯叔继之，而君之父亦以力学称，故群从子弟皆业儒世其家。君早孤，家又贫，方营衣食，不遑学校。然其为人谨饬有常度，家居肃然，不闻人声。其言历历可听，不及人过差。其教子必本于孝悌，是虽未尝学问，而识者以为犹学也。常曰："吾不幸，弗究犬马之养，顾何以致吾力乎？"故凡岁时祀事，必躬自布置，而荐献之虔，凛然如在，虽老不怠焉。娶周氏，生五子，曰嘉谟，光绪丁酉拔贡，朝考一等，以小京官奉派刑部差遣。曰嘉烈、嘉德、嘉谋、嘉文，或籍郡县学，或初就傅。光绪某年，君以疾卒于家，其孤嘉谟将以明年十月己酉，葬于旧居来苏乡之原。于是嘉谟之同年林中豹状君行，致嘉谟之言，请铭其墓。余固未尝识君而习其生平者，中豹与余游，每称道嘉谟之好学深思，得诸庭训者为多，是不可以无铭。祖讳进万，父讳永端。祖妣王氏、赖氏，母刘氏，钦旌节孝。铭曰："秉刚君名，心源其字也。系出吴兴，来苏其里也。维善宜寿，七十而止也。维躬宜有，以诒其子也。"

从叔祖鹗秋先生墓志铭

光绪三十三年丁未，从弟景衡为其大父文学鹗秋先生暨大母陈太孺人卜葬于本里南洋，请恭铭其墓。忆恭自束发受书，每执经从先生问业。先生循循为恭剖晰疑义，不惮至再至三。盖恭之粗知经学，实自先生启之也。先生与先大父明经公，先叔祖茂才公，友爱备至，更唱迭和，有《埙篪唱和集》之作。今春恭为先大父编印《集材诗草》，并为先生印《江南游草》及《倦吟杂录》，庶稍慰先生地下矣。先生殁已二十余稔，兹幸得景衡兄弟，扶柩安葬，铭幽之文，恭何敢辞。谨案先生姓林氏,讳庄,别字子康,鄂秋其号也。曾祖万阁,祖世□,皆潜修励行。父荣,例贡生,年高德劭,为乡邑所倚重。先生为其仲子,少豪俊不羁,读书为文,好以己意自见,不甚循儒先传注与夫有司之绳尺,然识者未尝不嘉其才也。年二十为道光丁酉岁,史学宪评奇其文,取入邑庠第一,由是才名噪甚,以谓杏园苹野,可指日而至也。夫何屡应乡闱不遇,遂绝意弃举子业,益好读书,自十三经、廿四史,旁及稗官野乘,与夫《庄》《列》释老之书,无不参稽而遍考之。天台李朝梧广文国梁、同邑黄壶舟明府浚,皆契重之,目为传世才。同治初年,岳阳刘兰洲太守璓①守台,时洪、杨方平,百端待理,台属又素称难治,延访耆宿,藉资助理。黄岩王商民征君维哲以先生荐,遂以文学佐太守幕府。先生事理通达,处事衷诸道,不意为异同,故襄办两载,无盘错之难。而于兴学弭盗、水利农田诸政,多所匡益。归隐后杜门教授,终岁足不至达官门。惟门生旧友,酾酒必应,辄尽醉乃归。聚书数千卷,族里后生欲闻先辈遗事者,每乐就先生,先生亦乐与之语。考古著录,穷日夜不倦,著有《古文尚书释郑》四卷、《群经辨疑》二卷、《倦吟杂录》一卷、《江南游草》一卷、《一线天室杂著》二卷,凡所手抄者《佩文韵府》百卷、《桃溪净稿》文四十卷、诗十六卷、《燕石集》三十卷、《赘言录》十卷。先生精心强力,期于有功世道,遇藏书家罕传之本,必假归校勘以永其传。性孝友,事父母先意承志,贡生公寿八十七,先生夫妇服劳者三十年,无倦容。贡生公中年失明,饮食起居,须人扶持,先生与子侄日夕轮流侍奉,能得其欢心。道光二十八年岁饥,伯兄崧甫公奉贡生公命赴瓯运

---

① 璓,原作"璈",页眉校改为"璓",今据改。

米赈荒,舟过寨头,被匪擒拔,勒诈银币二千二百圆,悉由先生筹措赎回。咸丰八年崧甫公客死玉环,时其侄志读尚幼,亦由先生运枢归里,视二侄犹子,以教以养,俾各成立。尝与先大父①明经公、先叔祖茂才公,乘秋乡闱之便,泛镜湖,陟天目,游江南维扬、姑苏诸名胜,此《江南游草》《埧篴唱和集》之所作也。待人以诚,与人交,缓急补助无矜色。宗族亲戚遇疑事,竞来质难。其有忿争者,得先生一言而平。他若修宗祠、纂族谱、浚河道,类此者指不胜屈。然非大者远者,不足以传先生,兹特志其卓卓可传者。先生生于嘉庆戊寅八月十二日戌时,卒于光绪丁亥年七月十四日卯时,享年七十,无病而逝。德配陈太孺人,佐先生食贫,辛勤黾勉,妇容妇德,闺门奉为仪型。子一,普志,克守庭训,蔚为儒宗。女四,皆适士族。孙四:景衡、景佺、景俸、景位。孙女一,曾孙六,曾孙女四。先生虽不获伸其志于平日,应食其报于孙子也。呜呼!可以铭矣。铭曰:"沧水衍流绵厥胙,笃生先生具纯质。声华文章推第一,宗汉师宋道统接。著作等身难具述,南洋之原岑且蔚。土沃宜植松与柏,中有佳城锢以石,千秋万世深厥宅。"

按公所著尚有《续资治通鉴辨误》十二卷,《平泉志剩》八卷,《嵩岩山志》四卷,《谢文肃公年谱》一卷,《韵藻》六十卷。

复臣林光生墓志铭

同治戊辰,余方七岁,辄从先生受句读、解音义,先后五年。先生之所以教我者良殷,而其所以期我者亦甚切。盖先

---

① 父,原作"府",页眉校语云:"府乃父之讹。"今据改。

生与先君子为从兄弟，自幼同学，出入必偕，友爱备至，直同胞不啻也。光绪初年，先生因与季叔失和，徙居三都沙角，先君子命余不时往询起居。先生之子伟人，长余一岁，与余亦相契。兹距先生之殁已三十年矣，从兄伟人由沙角回居旧宅，旋即逝世，乃率其孙贤羕为卜茔域于本里南洋，爰为墓铭，且志之曰："先生姓林氏，讳继志，字克绳，夐臣其号也。生五月而考翔桂公见背，母陈太孺人以养以教，方十龄而又弃养。伯母蒋太孺人无嗣，即以先生兼祧，提携教诲，视若己出。及冠而蒋太孺人复逝世，连岁遭丧，备经辛苦。然自少颖异，善言论，敏文翰。内行敦厚，饬躬戒慎，雍容儒缓，气度冲雅。遇先人讳辰及岁时飨祀，辄呜呜作孺子泣。蒋太孺人有二女，长适陆，次适蒋，先生亲爱如同母，蒋氏姊家困乏，数赒之。性恬静，不事外务，喜与良朋胜流谈宴，或弈棋赋诗，或偕田夫野老，共话桑麻，翛然自得，无复荣进之意。志乐山水，爱沙角岩壑幽胜，徙居之。春秋令序，烟景清淑，探选泉石，登赏靡倦。所居之处，遍植花草，谓有四时皆春之趣，对之令人生意勃发，心神澄明。平生除教授余群从兄弟外，不屑为人师，以人之患在是也。里俗佞佛，又好礼鬼，先生谓之曰："汝等为不善，汝祖若父将不汝祐矣。若果为善，何求于神？"里人大感悟。治家和而有法，尝言："子弟有小过，当立令改悔，至有大过，宜微示以意，苟显然斥责，令不可以自容，则自弃于恶矣。"非所谓中也弃不中乎？先生素有胃痛疾，光绪甲申正月又病虚弱，医药无效，至三月初五日戌时溘然长逝。距生于道光庚子年三月初九卯时，享年仅四十有七。著有《牡丹谱》二卷①。呜呼悲哉！初先生由监生捐升②盐大使衔。娶陆氏，例赠孺人，妇道纯备，后先生七年卒。先生事所未成者，陆孺人皆为完成之。子三，长景伟，字③伟人也；次景倩，字甫人，三景匊，字菊人，皆殇。女一，适监生江贤撰。孙二，贤戢、贤戭。铭曰："沧水湾环，原田曲折。东阡西陌，汇成一穴。生斯葬斯，千古卓绝。琢之磨之，我铭其碣。石不永朽，铭永不灭。"

福建迪④口县丞陈更生先生墓志铭

先生姓陈氏，名寿楠，字廷甦，即以字析而为号曰更生。世居浙江太平之高浦。祖钰，例贡生；父韶堂，邑庠生，皆以先生贵，封奉政大夫。祖母□氏，母江氏，皆封太宜人。先生生甫五龄，即失怙，其弟西山学博才周岁，江太宜人母兼父职，以教以养。八岁即就学，既冠，以能文名，与学博日共业读，夜共被卧，友爱⑤备至。事母江太宜人，克尽礼意，无一事不禀命而后行。事伯父子贞上舍、松江守戎如父，即上舍、守戎视先生兄弟亦犹己子也。年逾三十，连不得志于有司，援新海防例，报捐通判，归部候选。光绪己亥入都引见，以补缺无期，旋

---

① "著有《牡丹谱》二卷"七字，原为作者在此行页眉添加之语，按其文义，似应在此。

② 页眉有校语云："捐升宜酌。"

③ 页眉有校语云："伟人已见上文，字拟易即，则下次、三二字可省，此二字非省不可。"

④ 迪，原本为"迭"，据文义改。

⑤ 爱，原本作"兼"，页眉有校语云："兼乃爱之讹。"今据改。

改遇缺即用县丞,签分福建,需次三年。因不服水土,风湿遍体,不得已请假归里。至辛丑春三月,特授迪口县丞,饬知到时,而先生已赴玉楼之召矣。距生于道光戊申年,春秋五十有四,呜呼哀哉!原配张宜人,未婚卒,续配吴氏、王氏、林氏,并封宜人。子四,献珽,国学生,吴氏出;献珫,福建候补巡检;献玑,州同知衔,出嗣上舍公长子廷霖后,皆王氏出;献珸,林氏出。女四,长适工部主事江苏西候补道金葆廉,次适试用从九江启祥,三适法部主事金乃浚,四适黄岩法政毕业生、温州地方审判厅录事管虚若。孙三,孙女七。先生严以律己,宽以待人。居家无疾言遽色,僮奴治事不谨,徐喻以礼。升其堂,子姓愉愉,卽然有自得之意,绝不闻诟谇声。中年遭母丧,哀慕犹孺子色。既终丧,始与弟学博君析产,去瘠让肥,有古人风。而其见义勇为,尤为乡邑所推重。己丑县城被水坍毁,出巨赀以修筑之。甲午海氛不靖,筹办乡团以防堵,居民得安枕而卧。他若积谷备荒,遇荒平粜、兴学育才、修理宗祠、开浚河道,皆任劳任怨,力任其艰,而底于成。呜呼!先生之政之施于乡邑者已彰彰若是,可以不朽,夫何必身膺民社乎哉?今岁其长君振甫国学书来,将于某月某日葬先生于鱼山之麓,以铭幽之文为嘱。予素承先生垂教,不敢以不文辞,谨为之铭曰:"松风肃然,吉卜牛眠。山静而寿,水漪且涟,是为更生陈公之阡。卓哉陈公,霞举轩轩。立德立功,表率里门。式此贞石,以告陈氏之子孙。"

候选按察司知事江君希堂墓志铭

光绪三十有三年,仲春之月,门下士江孔章内翰,为其父希堂君择墓地于某山之麓。一日踵门而告曰："先君之亡,距今二十余稔矣。时章年甫十龄,未有知识。其生平事略,已具林啸山先生所撰行状中。兹卜于某日扶柩安葬。而铭幽之文缺如,未足以慰先君于地下。敢求先生一言,勒诸贞石,以垂不朽,先生幸毋辞。"按状,君名辅清,希堂其字,浙江太平人也。江氏自宋南渡时,由闽迁台,三徙始定居盘马。其先世有名存诚者,出备稻谷,用助赈济,成化十二年五月奉旨敕封义民,建坊里第,褒美励俗。自是寖①炽寖昌,代有闻人。祖有声,邑庠生。夫若煦,监生。君自幼沉静,寡言笑。读书日不能熟数行,既熟则不忘,于经书之微言奥旨,无不通念晓晰。初从堂兄藻新茂才游,为文频②有思致。继从拔贡江翰青云亭先生游,学应试时艺,揣摩程式,曲尽微妙。然下笔迟钝,屡赴有司试,终以违限见违,士论惜之。三十以后,思为出山之计,遵新海防例,报捐按察司知事,咨部候选。乃未及补缺,遽作修文之召,呜呼哀哉!生平笃于孝友,事父母定省无间,得甘旨必先进堂上而后食。待群从伯叔,色笑孜孜,无几微嫌隙。交友以信,御下以诚。而好义之心,更非世俗悭吝者之所能及。文昌会、宾兴田、翼文书院膏火之费,君无不量力输助,以成公举。配李孺人,淑慎慈惠,恪守闺箴。自君殁后,守志励节。上事迈翁,以妇代子;下抚孤子,以母代父,尤为人之所难云。丈夫子一,即孔章,字子言,候选中书科中书。女二,长适涧桥监生③陈某,次适团浦兵马司吏目林宗周。孙二,志

---

① 寖,原作"寝",页眉校改为"寖",今据改。
② 页眉有校语云:"频疑颇讹。"
③ 生,原本无,页眉有校语云:"监下疑脱生字。"今据补。

颜、志曾皆幼读。爰为之铭。铭曰:"君读书未成令名,出仕未展抱负。未强仕而归真,君也那堪回首!然而孝友之政之施于家者,犹啧啧于人口。而子若孙复楄书之克守,于从政乎何有!愿君长安魂魄,守此佳城,庶克昌乎厥后。"戊申五月书于京师台州会馆之宝纶堂。

王君梓青墓志铭

梓青与予同里闬,衡宇相望。予自冠饥驱远出,未与君一谋面也。四十而后,始晤君于陈旭山藩相第,并识其弟梓春。辛亥光复,吾乡滨海,土匪蜂起,筹办团防;壬子,复浚车路浦出水海道;癸丑,建设琅珸车江学校,君与梓春及旭山臂助为多,并支垫巨款,玉成大局,于是乃定交焉。予虽家食日少,然一返里,未尝不与君相晤对也。癸亥仲春下旬,予因事在城,而君忽病,竟于三月二日午时,先我而溘然长逝。迨予返,而君已安厝,旭山告予曰:"梓青易箦前,屡嘱家人邀君,欲有所言,因君不家而止。"予闻之泫然,曰:"予负此良友矣。君病,予未执手问讯;君葬,予未执绋从事。呜呼!予负此良友矣。志墓之文,后死之责也,其何敢辞。"按君王姓,名俊臣,字梓青,浙江太平人。先世由黄岩宁溪徙居邑之东浦,传十□世,至君父玉珊公,勤俭持家,家遂隆隆日起。君生七岁入小学,读书十年,于四子五经大义,均能通晓。惟于科举文字,未能精心结构,鏖战文场,遂投笔习骑射。乙未岁,两浙督学使者徐公莅台,阅君技艺,取入右庠。丁酉,赴杭应秋试不售,遂潜迹家园,以修身齐家为事。性孝友,事父母服劳奉养,能得二人欢。与弟梓春友爱备至。王氏开基东浦,聚族而居者仅百十家,界朱陈两大族之间,受侮不少。君内和宗族,外睦乡邻,待人以诚,接人以礼,交友以信,处己以谦,未尝欺人,人亦不敢欺之,并不敢欺其族。由此阖族无外侮,得安居而乐业。光复后,城镇乡各立自治会,乡人票选君为桥下乡自治会议员,续选为乡董。乡中有雀鼠争,辄为排解之。遇应废应举事,无不竭力行之。生平无疾言遽色,登其堂雍雍如也。气体充实,亦未尝有疾痛,少予三龄,予意其必享多福而登上寿也。乃竟先我而逝,岂不悲哉!原配孺人江氏,续配朱氏、金氏、周氏、杨氏。子四:悦辉,江出;悦煌,朱出;悦塘,金出;悦浩,周出。女三,皆适士族。孙五:克惠,悦辉出;克陛,悦煌出;克玉,克珠,悦塘出,皆以耕读传家,能自树立。君墓在本里牛轭河,首乙趾辛,五孺人祔焉,其兆域君所自营也。谨诠次君之事迹而为之志,复为之铭,告君冥冥。铭曰:"维邑南鄙,琅琊名村。背山面海,膴膴平原。水流环抱,山光远吞。用筑幽窀,安君魄魂。卜年卜世,繁衍子孙。"甲子仲冬,愚弟林丙恭撰于鄂垣滋阳湖寓庐。

州同衔监生黄君听士墓志铭

君为福建候补县丞黄兆堂贰尹之哲嗣也,余既为贰尹夫妇表其墓而传其节孝矣。而君之继室林安人,为君营兆域于西乡大麦阮,即君高祖义圃公墓右别支之山麓,而以君正室金安人与己祔焉。将于明年某月日,扶君柩而安厝之。而铭幽之石未具,求予文以镌诸石,谊不容辞[①]。按君姓黄氏,名其

---

① 页眉有作者批语云:"余与听士亦曾订交,谊不容辞。"

聪,字听士,其先履历已详贰尹墓表,不复赘。君生而孤,育于
母林太宜人。自幼聪颖,听从母命,此名与字之所由来也。七
岁太宜人延师课读,即辨四声。甫冠,读五经四子书,背诵如
流,通晓大义,作为科举文字,斐然可观。一再应童试,不售,
奋然思欲援例出山,一展生平素抱。太宜人因贰尹听鼓闽垣,
赍志而殁,不忍听其远离膝下。君遂奉慈命,以为善于乡是
任。己丑蛟发,平地水深一丈,邑城被激流冲坍,淹毙男妇数
十。君出仓粟,日乘小舟,挨户分赈,乡里赖以全活者数百。
并捐巨款修城垣,埋暴尸。辛亥七月大水为灾,施赈亦如之。
事母婉言愉色,太宜人素性慈善,凡欲施与者,君无不迎其意
以施与之,未尝稍拂。姻戚邻族、旧好新交者,有以困厄告者,
必权亲疏轻重以佽助之。有负欠不能偿者,检券付之。为瓦
屿庄庄董近二十年,如立保甲、设团防,皆身任之,费不足,自
出赀补之。他若筹办工艺局、中学堂、改设鲸山书院为学院,
皆助巨赀玉成之。君殁后,乡人赠"仁人利博""梓桑饱德""谊
笃乡闾"各匾①额。君正室金安人,福建补用知州锡庆少亭
女,娶逾一纪,卒。继室林安人,江苏候补巡检福鋆菊人女,娶
近十年,无出。君以年近四十,尚艰膝下。辛亥四月因太宜人
服阕,出游东瓯,纳侧室某氏以归,家室和谐,雍雍如也。及冬
忽染大病,至十二月二十日溘然长逝,闻者莫不痛悼。女一,
适叶葵夫,君在时遣嫁也。君之继室,为未亡人者十六年于兹
矣。往岁既为义圃公修理墓庵,今复创建家祠,以祀义圃公,
下及君群从子侄,序昭穆分祀之。又特立一龛祀君,能助君为
善,凡君未成志,皆继室续成之。妾亦守志不二。君无子而有

---

① 页眉有校语云:"匾拟易额。"作者遂于"匾"下加"额"字。

妻，君身死而名不死矣。谨志大端而为之铭，铭曰："嵩岩当门，如狮而蹲。笃生大雅，六行是敦。孝友无亏，家政是施。惠被乡党，载道有碑。厥志未展，贤妻克勉。赈灾恤患，踵君为善。大启尔宇，以祀祖先。祀君于左，百世不迁。用卜幽壤，湖雾之阳。奇石磊磊，古木苍苍。閟厥窔奥，发为吉祥。千秋万祀，神其乐康。"丙寅长至日，邑人林丙恭撰。

己酉拔贡毛君墓志铭

君少余十龄，光绪戊子，君年十七，从江子诗夫子游，余始识君，不甚暱也。近年故旧知交，零落殆尽，所与文字商榷者，君之外，盖无几人焉，故渐亲。忆民国十六年元日，君与陈搢甫诸君小饮寒斋，余戏语君曰："自同治癸酉以来，选拔贡生如江云亭翰青、蒋偶山骧云、郑笃生佑泰、王雅斿景儒四君，身后皆余为之传，即君之同年赵梵清观察模，其入邑志《官业传》，亦出余手。君他日入《儒林》或《文苑》，尚亦有藉乎余否耶？"君笑答曰："长者康强逢吉，年寿正未可量。弟频年多病，后死之责，长者恐无可辞也。"日月不居，而君忽焉以殁，此语果成谶。既念故人，行将自念而复自悲也。其嗣君志超世讲卜于冬十二月某日，扶柩安厝于本峃北山之麓，兆域君所自定。志超持君手订年谱来请铭。嗟乎！余之于君，微志超之请，固将为文以抒吾哀，况前言在耳，又乌能已也？乃序而铭之。按谱，君毛姓，名济美，字震伯，浙江太平人也，太平改名温岭，今为温岭人。上世有名聪者于唐武德己卯，自衢迁邑之丹崖。传二十余世名允恭者，避方谷珍乱，于元至正十二年徙晋峃。又十有四世名云霄者，君祖也，安贫守道，著籍学官，世称桂轩先生,生翼仪,国学生,君考也。君幼从国学公学,颖异超凡,工举子业。二十游于庠,二十六饩于廪。岁科试均前列,顾厄于乡试,经荐不售,卒以宣统己酉举拔贡生。庚戌,赴都朝考,抵上海,遇病归,不复求仕进。县大夫重其学行,聘任望云、翼文两书院山长五年,南乡自治委员兼西南两乡视学员一年。县议会成立,又当选为县参议议员。嗣复任双湖学校校长三年,松门学校校长四年。其主讲翼文也,先器识而后文艺,从游者学舍至不能容。其创设双湖校也,以毛氏大宗祠为校址,赎回雪山寺籍没田三十亩为基本金,筑梅边轩以为学生息游所,所费不下二千金,可谓煞费苦心。其长松校也,整校规、除积弊、选教员、严功课,先后受其造就者不少。既辞松校,以族谱舛讹,下榻宗祠,重加修辑,悉心校订。先世茔墓,遗失甚多,按谱寻访,得始迁祖梅轩公墓于鼋潭上,得二世祖松洲、养晦、环翠、南溪四公及三世祖友松公墓于大宗山,复得四世祖居陋、一敬二公墓于蒋茶园。其各房祖墓失而复得者又二十余所,乃各为之封土树石,以时祭祀。十六年冬,冯匪屯据大宗祠及梅边轩,军队以该处为匪窟,付之一炬,并延烧民房,毛氏宗谱亦被毁,君心殊大戚。越岁,重筑梅边轩,以为双湖学生就学地。又明年,手辑宗谱成,然君之精神从此衰耗矣,犹兢兢以未重建宗祠为大憾。至其孝友,尤出自性成,年十一慈母颜太孺人卒,哀毁逾恒,赖大母王太孺人抚育而教诲之。君侍奉王太孺人事事承教,能得其欢心。事父国学公服劳奉养,备尽子职。与同胞三姊一娣,友爱备至。元配颜孺人卒,适赴杭乡试,生离死别,哀感殊深。先后赋《悼亡诗》三十余篇,盖其好义知大体多类此。所居临山麓,书舍五六楹,清风明月,朝夕入户,案上书籍重叠。舍后有小园,系其大父桂轩先生所筑,宽广数弓,历今八十年,渐就芜荒。君于六年春修葺之,堆小石,凿方池,添补花木,手自排比,以取娱适,题曰尺园。平日手一编,消遣世虑。君文于唐近柳柳州①,于宋近欧阳子。诗则出入乎李义山、陆放翁之间,而以乡先哲石屏翁为师法。所著有《读左补忘》二卷、《豆棚闲话录》四卷、《病足纪谈》一卷、《枕边录》二卷、《尺园文集》一卷、《树根读秋集》一卷、《秋灯写怀集》一卷,《则鸣集》二卷、《味间集》一卷、《松海听涛集》二卷、《双湖樵唱》一卷、《长山鸿影集》一卷、《劫余杂录》二卷。今夫士自田间来,幸而获选,入典文墨,出司民社,疑若功名可以旦夕见,即退而著书立说,亦足以成家,乃殁未几时,有不能举其姓氏者。而君名不达政府之上,足不出闾巷之间,荣辱不关于怀,毁誉不撄其念,惟于春秋佳日,岁时伏腊,亲戚故旧,欢然酌酒,三爵之后,湛然神清。与父兄言慈爱,与子弟言孝弟,娓娓不倦,闻者感动,相劝而为善。里人敬之重之,号其所居地,比之通德之乡。盖余之所得于君者如此,可以传君矣。吾邑之士,宋南渡后,惟于忠甫恕、丁松山朗、林伯和蕭,隐居行义,称于乡里。永嘉陈公止斋,为松山志墓,谓一乡之善士,无异天下之善士,不以孟子之言为然。余考其事,与君略似。自三先生前,邑士鲜以名德著者。至于乾道淳熙间,徐竹隐、王方岩皆以儒术,致身清要,文章勋业,蔚为浙东之望。君虽不求仕进,无所施于世,而其好礼读书,足以兴起后人。邑之士衍而大之,以追复于乾道、淳熙之盛,沿流溯源,要当归美于君,如宋之有三先生而后有渊子简卿也。独憾同时郡邑,无如陈公止斋其人者为文以张之,则亦安知其可贵耶?且安知一

---

① 州,原作"洲",据文义改。

乡之善,固无异一国天下之善耶?此余所为乐为君铭也。君以民国十九年八月六日疾终正寝,寿适六十。子一,志超,由浙江第十高中毕业,考入大夏大学,肄业已一学期矣。女一,绿蕖,陈握之其婿也。元配颜孺人已先葬此,续配吴氏孺人之寿域亦祔焉。复为之铭,铭曰:"玉蕴于石,惟山之晖。士修于家,惟国之仪。猗歟毛君,拔类超群。引今汲古,博学能文。守道勿失,以身作则。光后辉前,人伦矜式。亚湖百里,晋山千仞。掩此幽宅,永怀德音。"

蕉阴补读庐文稿卷十八

浙江太平林丙恭爵铭

武孝廉星杓潘君墓表

　　光绪丁酉仲冬,潘子舟守戎为其先德武孝廉星杓君,卜葬于石塘山山上王之阳。予既为之题,复以表墓请。予与守戎为道义交者十年于兹矣,知其家世甚悉,墓表之文,舍丙恭奚属? 按状,公姓潘,字兴杰,号星杓,其远祖本吴将军周处孙、流亭侯清子曰嚣,出嗣黄门侍郎潘岳从子舜孚。永康元年,岳被收,嚣逃难至闽。三传至正,字朝端,一作端明。复因乱徙黄岩,客柏都山郭秉家。秉殴杀邻人曾同善,正代入狱,临海太守辛晒,即辛景。义而释之,奇其貌,妻以女。从讨孙恩,飞铁屑破贼海门,斩张勇于永嘉,以功拜中大夫、左丞、将军。其裔孙汉景德中起进士为县令,世以潘周称。至宋理宗朝有古田令祖文者,由黄岩柏都徙居邑淋头,遂为太平人。其十六世祖元省元省中,以文学称,著有《江槛集》十卷。历世《诗》《礼》传家,潜德不曜。君承家学,幼即岐嶷,读书能知大义,比长,不屑屑于章句,遂弃毛锥①子而学挽强焉。道光乙酉,以武生应浙江乡试,获中选,时年未三十。嚣君者金谓:"强台直上,指

――――――

①　锥,原作"椎",据文义改。

顾间事也。”乃就试兵部，不遇，辄翛然寻林下趣。于宅之西畔筑一园，徜徉其间，浇花种竹，以适其志，足迹未尝入市城。状貌奇伟，见者莫不畏惮。及与语，则和气一团，如坐春风中，令人不饮而醉。性孝友，于一本之亲，恩意尤笃。其族自明末王节公手钞宗谱以来，二百年来无继起者，君虑旧牒散亡，子姓不能自知其宗派也，集族人议重修，咸以费巨为难。君乃毅然独任，聘天台李广文朝梧国梁主其事，阅一寒暑而告成，合族德之。家小康，好施与。咸丰癸丑夏，大风雨，早禾漂没几尽，贫民至食草根。君出所藏谷，减价平粜，全活甚众。所居之旁有桥，岁久将圮。岁戊午输金重建，行旅称便。又尝筑海塘，浚内河，俾秋潮不得入田塍，而旱潦皆有所备，故虽斥卤之地，亦岁庆丰穰。笃屿山有沙涂焉，鱼盐蜃蛤之利，强者攘为己有，贫弱无以为生，君请诸府县，永作官涂，著为令，民到于今受其赐。辛酉之冬，土匪蜂起，人情汹汹，不知所出。君招集民团，与盘马江春苑观察、高浦陈松江守戎，琅洋林黻庭明经，共相联络，南乡十三庄，皆恃以无恐。同治庚午，太守刘兰洲璈，重建郡文庙，邑侯吴诚斋俊，捐建县公署校士馆，皆倾囊以助，不少吝。其乐善好义有如此者。配江安人，有内助德，无出梱言。生子万清，甫授室而夭。继江安人，无出，几疑修德不报矣。已而纳妾王安人，生一子，名继清，即子舟也。未弱冠，入右庠，善骑射，工书画。女一，适包谦，福建候补知县。孙四：显孟，显盛，显益，显簋。曾孙五：己能，壬能，丙能，廉能，毓能。然后知天于公故迟之以厚其报，殆不可以常情测也。嗟乎！君之殁，迄今三十余年矣。乡之人犹啧啧称道不衰，视世之生有令名殁则已焉者其相去何如也，吾于是益叹君之为人不可及也。《易》曰：“积善之家，必有余庆。”信哉！谨述其生平卓卓可传者以表于墓前，其他生卒细行，已详传志，不赘。世愚侄林丙恭表。

林公济川墓表

环沧水而居百余家，皆林姓。我林氏自元至正间卜基于此，历年五百，历世二十四，族日以繁，其先皆敦《诗》《书》，务稼穑，浑然仁厚之风也。近三十年来，老成凋谢，习俗渐趋浮薄，而先辈流风，其存焉者寡矣。今又丧吾从伯济川公，可悲也夫。公讳志洧，字克济，别字济川，世居浙之太平沧水里。祖树棠，太学生。妣潘氏、王氏。父昌燕。妣张氏，钦旌节孝，邑志有传。公六岁而昌燕公见背，家又寒苦，承母氏张太孺人训，以学行自励。年将冠，因家计维艰，弃儒而农。朝而耘，自任之；夕而粪，佣保任之。非种必锄，旱涝有备。不数年而旧业渐复，又数年而新业渐增，则益以旧德笃行自守，敝缊恶粟如穷乏，为人所不能堪，虽其家人皆窃笑之，而公处之泰然，数十年如一日。母孺人患痰疾，月必数起，起必公侍侧，中夜不解衣。闻呻吟声，即扶掖抑搔，婉转伏枕而后安。既遭丧，祭葬礼制，多合于古，足为法式。在乡党，恂恂谦退，无贤愚，必以貌，与人言，谦和若不胜。且修门内之行，居处幽室，必自修整，虽家人不见惰容。见大宾，临大祭，捧手负剑，必恭必敬。故虽岸然自异，人人皆乐与之亲。性介而好施，告以急，辄量其力以资助之，是以乡里皆称公为长者。入其庭，不闻诟谇之声，子妇诸孙，怡怡然自乐。光绪壬辰三月初六日，偶膺小疾，遽然长逝。距生于道光辛卯年二月十三日，寿止六十有一，呜呼哀哉！时予方修理大宗崇本堂，赖公经理一切，公殁而予心力交瘁，百端殊多缺陷也，呜呼哀哉！配江氏，例封孺人，有慈德，能佐公经营家政，井井有条。子男二，长丙熙，布政司理问衔；次丙华，州同知职。女二，长适江可栋，可栋游惰不务正业，家落身亡，公命二子为之殡。长女产一女，贫不能自给，并迎诸家，给其衣食。既卒，为营兆域，与其夫可栋同穴而葬之。并为其女择婿，厚其奁资以嫁之。次适庠生张载华子官桐。孙男五：贤韬，贤藻，贤执，贤振，贤伦。兹从兄丙熙昆季，为公卜葬于本里北洋，首甲趾庚，余谨胪举素所知者而为之表，以告公子孙，世世服膺而弗失。则吾林氏之兴，将于公之子孙卜之矣。光绪乙未仲冬，从侄丙恭撰于翼文讲舍。

清赏戴五品蓝翎福建候补县丞黄君兆堂墓表

同治癸酉某月日，福建候补县丞黄君兆堂，以疾卒于闽垣寓庐，逾年柩归故里。时其嗣子听士司马，生未弥月，因此浮厝三十年。听士始于光绪己亥岁，为君卜葬于橙屿北麓，首丙趾壬，山顶为君父母墓，盖全屿皆君家产。距君墓前二百步，有屋五楹，缭以短垣，为君乔①梓墓庵，傍有小屋以居守墓者。宣统己酉春，君德配林太宜人弃养，听士将择吉启君之窆而合葬焉。不期越岁辛亥，而听士亦亡。今岁丙寅，听士继室林安人，独出己赀，建立家庙，祀君之曾祖妣及祖妣，而以君之考妣及伯叔考妣，暨君从兄弟，皆序昭穆配飨焉。复于庙左特建一亭，树碑镌文，表扬太宜人之节孝。又将扶太宜人之柩而安厝之，以铭墓之文请，谊不容辞。按谱，君姓黄，名殿熊，字兆堂，

---

① 页眉校改为"桥"，误。

浙江太平人也。其先五代时,有名绪者,官昭武镇都监使,避朱文进乱,由闽徙台,卜居邑南乡金字山下,遂名洞黄。历□十□世,为清康熙初年,海氛不靖,宗党流离,诗五十三府君,转徙北乡下陈。传五世至君曾祖监生大美公,字义圃,始以财雄一乡,创立下陈黄氏小宗祠。祖毓麟,字东山,议叙通判,以长子一声贵,封朝议大夫,建设鲸山书院,延请山长,造就乡邑子弟,助田百亩以为义仓,以济乡族之贫者。父一让,字祖谦,候选州同。本生父一梅,字瀛槎,试用训导,历署宣平教谕、龙泉训导。君仰承世业,雅负清才,性孝友,事父母色笑承欢,人言无间。与群从兄弟聚处,埙篪迭奏,和气盎然。待戚党以诚,请贷必应。与人辩论古今事理得失,意气坌涌。务伸所见,不稍唯阿。重然诺,广交游,好学有大志,不喜为科举文字取一第以为荣。同治五六年间,洪杨初平,台湾番民狨焉思逞,纠集内地奸民为乱,君慨然投笔,佐刘兰洲观察瑊戎幕,凡所掌士马刍粮之数,钩稽盈缩,纤细不遗。叙功以县丞用,赏戴五品蓝翎,指分福建候补,需次会垣,大官皆倚重之。一时名公巨绅,俊流骚客,咸通缟纻,往来无虚日。未及一载,竟以疾卒,年止二十有□,远迩闻者无不叹息。德配林氏,同邑候选盐运同知则承少逸之次女,例赠宜人。子一,其聪,州同衔,即听士也。听士生之喜信发,未数日,而君之凶讣至矣。宜人痛不欲生,欲以身殉,其姑□太安人泣而谕之曰:"汝夫客死,柩未归,而呱呱者尚未弥月。"上事迈姑,以尽余年。下抚孤子,教之成立。宣统元年,以疾卒于内寝,享年六十,而为未亡人者三十有六年。民国十年,大总统徐世昌,以"志洁行芳"褒奖,君夫妇可含笑于九泉矣。兹又有媳林安人,继君夫妇,为善不倦,君可谓有后焉。吾邑在宋元明时,魁儒硕彦,飚举云兴，学业勋名，昭耀史册，然不数传，辄归零替。若黄氏，则自宋至今，历代数十，历年数百，而故业依旧，流风未坠。如宋之邕州教授石，字曼卿，从黄勉斋游，得考亭之传，与孙烛湖应时为友。官归，筑楼藏书，以教乡人，世称曰清湘先生。漳州府判彝，字秉心，与兄省弟恕，皆以文学知名。德化令聪，以廉干称，弟祯，官治粟都尉，多惠政。祯子仍，纯质尚义，叶水心深契之，官太子洗马。祯从子恪，字居笃，潜心经籍，与兄慎字居敬，从叶水心游，后以孝廉官谏议大夫。元之泉州判官智，一名杞，通经术，并明星历之学。明之处士尚斌，字松坞，读书识大义，于嘉言往行，恒思以心体而力行之。子彦俊，官职方主事。孙孔昭，官吏部侍郎，谥文毅。曾孙俌，官文选郎中，皆赐进士出身。俌子绾，以祖文毅公荫，官至礼部尚书，《明史》四世并有传。绾子承德、承忠，并负清才。德，官桂林卫经历，累权县篆，有惠政。忠，卒不遇，以孝友世其家。又有延平司训彦良，与谢文肃、夏赤城唱和，称莫逆。休宁训导伦，为程学士敏政所推重。至清，除与君同姓不同宗之茂才兆乾、嘉善教谕家许、增广生元溥、拔贡际明、彭泽令浚、茂才渲、上舍治外，于顺治时有文学之瓒琢琳之隐居求志，康熙时有潘生文灿士英之抗心希古，乾隆时有岁贡子述秀川之多识博闻、恩贡澄叔蕃之经明行修，嘉庆时有君曾祖义囿公之富而好礼，道光时有君祖东山公之嘉惠士林，咸同间有君诸父绍堂、瀛槎两广文之模楷多士，及省斋明经之任恤睦姻，而君之从弟昆则有岁贡子星之博学多能，师箴茂才之茂实英声，少瀛茂才之沉实高华，后乎君又有犹子尊士茂才之敦品励行，族子伯恭明经之勤学好问，谦生茂才之孝廉方正。君承先启后，而有都监公之遗风。而德配林宜人守志不二，乐善好施。子若妇又相继为善，足与尚书公母鲍太夫人相媲美。予于是叹黄氏多贤,而无愧吾邑之旧族者,盖系历代积德累仁之所致也。故特表之,以为世之巨家士族劝。时民国丙寅长至前十日,同邑林丙恭撰。

王素庭先生墓表

《周礼·染人》"掌染丝帛",《尔雅》"一染谓之縓,再染谓之赪,三染谓之纁",是为后世染色之权舆。《后汉书·百官志》"平准令,一人,掌知物贾,主练染,作采色",是为后世染坊之所发端。吾友王素庭之尊人翼峰封翁,初读书,知大义。年十五失怙,乃弃儒而贾,经营染坊,几二十年,营业遂隆隆日起。同治庚午,封翁逝世,素庭年甫冠,正专心科举文字,未暇顾及坊务。一岁之中,营业竟减大半。素庭念读书以治生为急,虽持筹握算,本非所长,幸平日耳濡目染于封翁之侧,略识染料之真假、染工之优劣,于是窳者删之,良者留之,勤者录之,惰者惩之,不二三年,营业复旧。再四五年,较先增数倍,遂以染商驰名台右矣。而不知当经商之时,未尝废书不读,每值夜分,展卷挑灯,必至漏三下而始寝。昔王布衣介人先生,世业染,一手挟书,一手数钱,与布商相应答,遂以学名天崇时,君实其人也。暇则就正名师宿学,揣摩既久,作为文艺不懈而及于古。夫制艺之兴,始于宋熙宁间,沿及元明,以至于清,皆用以取士,岂不以言者心之声,中无所得者不能饰所无以为有,其有所得者亦不能匿所有以为无耶?而又往往肖其人以出,是故文之精实者,其人必微窥乎天人之奥而敦笃于性情之地者也;文之谨饬者,其人必束身名教之中而不越乎范围之外者也;文之冲雅者,其人必脱然于尘俗之累而不以荣利撄

574

其念虑者也。素庭之所作，其能融会夫闽关濂洛之说，以阐夫圣贤立言之旨未可知也，其能综括夫百代之史治乱之迹、得失之林，与夫礼乐制度沿革损益之经亦未可知也，独其意真语挚，读之油然生其孝弟之心，而又于法无所不备，更能发挥尽致，清界限而不失其制刊。至其冲淡遐举，有潇洒出尘之趣，则因其性之所近，而不汲汲于求知者之所为也。故自成诸生后，三赴秋试不第，即援例贡成均，以藩相职加五品衔，诰封父及本身皆奉政大夫，母及妻室皆宜人，不复应科举而踏省门，此可以见其生平矣。至于建家祠、修宗谱、置祭田、颁胙肉、施医药、舍棺衾、拯饥荒、恤孤寡、办团防、筑官道、立济老院、新孤魂祠，以及排难解纷诸大公举，在他人或视为甚难，而素庭则若行所无事也。而其识见尤高人一等，当商战时代，各海口之与外国通商者比比皆是，舶来之染品，鲜艳夺目，价廉而工省，凡属染商，无不趋之若鹜，以其易于图利也。而素庭则独用国货，谓可以经久而色不变，且言外货输入，侵略我经济，吸收我精髓，是我之仇敌也，购而用之，与忘身事仇者何异？设一旦舶来品绝迹，我染业岂不受其危？未几欧战果起，凡所有洋靛等染料，绝鲜进口，染坊因之折阅罢业者不少，人无不叹先生有先见之明也。晚岁积金不下数万，而自奉甚俭朴。昔唐代宗性约俭，所御衣必浣染至再三，先生殆似之。先生得子迟，人或以为虑，而己返淡然也。后于知非知命之间，得莲九兄弟三人，以视商瞿在圣门，冉求曰："商瞿年长乏嗣。"孔子曰："勿忧，商瞿四十后当得丈夫子五。"今莲九昆仲廉简无私，纯白不染，皆有丈夫四方之志，则先生之为人，又足与商瞿抗衡。不愧乎读圣贤书，是为名教之完人矣，固宜膺多福而享遐龄也。乃竟于民国九年九月十三日，而以疾亡，春秋仅六十有八。呜呼哀哉！乌巷流风，不殊一梦。红尘电谢，倏已十年。微雨敲窗，凉风翻纸。言念故友，悲从中来。忽接莲九来函，定于中秋日，扶枢启故母林郑两宜人之窆而合葬焉，而以表墓之文见委。嗟乎素庭已矣，予因之而不能已于言也。夫世家大族，冠盖相望，绅佩相接，仓庾盈亿，府库充实，良田美宅，列肆且千，宜若世之子孙可以长食其利矣。而前后异时，枯菀殊致何哉？必其子孙之尽不肖有声色狗马之娱也，有游博掩持之事也，餍脓厚甘毳之味以适口也，袭锦绣纂组之华以饰其服也，罗图书彝鼎之藏悉力以购之也，博施与推解之名称贷以益之也，治宫室而营苑囿也，晏安佚乐中于痼疾而甚鸩毒也，而卒至不振者，直不善读书误之耳。方其束发受书，闭置一室，足不越户庭之限，目不睹稼穑之状，物力之艰难、人情之变幻，固非所晓，而为父兄者又恐以琐屑纷其心，不使与闻家事。及身际其艰，百事丛集，茫然无以自主，乃至耕问奴、织问婢，事事假手于人。而豪奴黠婢因之讳有为无，匿多为寡，以售其欺罔之术，终其身而不悟。若聪颖之子，又或高自期许，睥睨一切，耻言阿堵。且以不治生产为美谈，卒致俯仰无以自给。嗟乎！若吾素庭先生者，固洞知此中利弊，超出近世人士之上也。昔曾文正为翁处士表墓，称其善读书、善理财。惟善读书乃能致天下之人皆知所以读书，毋令一人失学。惟善理财，乃能用其财于不可不用之地。素庭之为人，固足媲美翁处士。独惜吾之才学，不及文正万一，为先生表扬盛德耳。但后死之责，其奚以辞？特即先生之大者远者表于右，至其履历，已具墓志及家传中，不赘。世教弟林丙恭①表。

_____

①　恭，原本无，按文例应有，今据补。

次儿贤融埋志

光绪丙午正月廿八日，次儿贤融以病殇，为埋于北洋古塘，距始祖墓不半里。呜呼悲哉！忆儿生时，予适留滞沪上。宣弟书来，言临蓐之时，天未辨色，先母江太淑人，梦有青衣持拜帖入，道某某来拜谒，太淑人以予不家辞，客坚请见，且言有事面禀太淑人。俄见客下舆，冠服入内堂，叙礼让坐。方欲有言，忽家人报儿生。太淑人惊醒，喜出望外，以儿生有异征，将来必振家声，钟爱逾常，自襁褓至提携，无不息息关心。及能言，教之识字读诗，诵声琅琅，听者不知其为孩提也。予癸卯归里，见其气宇不凡，体质充实，心亦窃喜。频年浪迹，先太淑人得免倚闾之望者，恃此儿之日夕绕膝耳。去岁九月廿二日，予于维扬幕次，接宣弟函，言太淑人病亟。遂检装乘轮返，已逾二七之期。见儿形容憔悴，因在苦次，未遑顾恤也。今春新正五日，启先大夫之兆，扶太淑人之柩而合葬焉。始稍稍治家事，将为儿延医调治，而病已不可为矣。呜呼悲哉，天乎命也！儿而不应为吾有也，何必多此一来？儿而应为吾有也，何以去予太速？或者谓儿为谒太淑人而来，宜随太淑人而去，此言果不谬，予亦可以无恸矣。独念先人墓地狭窄，不能埋儿于侧，如生前之日亲膝下为可恨耳。儿名贤融，字公绩，皆太淑人所命名也。生于光绪壬寅十一月廿九日卯时，殇于丙午正月廿八日戌时，得年仅五龄。呜呼悲哉！四月朔日忍恸志。

从侄贤螭埋志

　　呜呼！此予从侄贤螭之埋所也。侄于今岁七月初二日申时病殁，年仅二十有六。坿埋先高祖协祥府君墓左，约距百武，首戌趾辰。屡欲为文以志之，一执笔辄呜咽泪下，不能成一语。腊月七日，再过其地，乃忍痛而为之志曰："侄名贤螭，字公骖，别字赤侯，父丙哲。兄弟四人，侄行居二，生于光绪丁酉三月廿九日。时予年三十有六，内子蒋宜人先产四女，已字人，续产三子，皆七日殇，方以无子为忧，拟抚诸侄以充嗣续。故友陈桂生适在舍，推侄禄命，谓予曰：'此儿后必贵，能继书香。君如抚侄，此儿为宜。'故侄自幼予爱之犹子也。是冬十一月下旬，予自杭垣返，知内子已于十月九日产一子，先慈江太淑人名之曰贤蟠，侄母陈孺人抱乳之，而侄则内子易而乳。妯娌交乳，不知孰儿孰侄也。稍长同学，友于之爱，不啻亲兄弟也。迨蟠儿出就外傅，或半载一归，或一二载一归，依依膝下者，每次不过三星期。惟侄则耕而兼读，日夕相见，老怀赖以稍慰。兹一旦恝然先我而逝，我其何以忘怀耶！特书数语，树之埋所，以志予恸焉。"壬戌十二月八日，从父丙恭忍恸志。

江同卿先生诔

　　光绪三十有一年，岁次乙巳，正月廿六日，江同卿先生以疾卒于家，年仅五十有一。呜呼痛哉！先生姓江氏，名维城，字可宗，同卿其号也，家慈之嫡堂弟。家慈命予为文以诔之。窃念诔者累也，累死者之德行而言之者也。且古者幼不诔长，贱不谀贵。予何人斯，敢赞一词哉？虽然，予恶能无言耶？予自出就外傅，辄与先生同砚席，追随六载，教我良多，又重以慈命，予亦恶能无言耶？先生自幼老成，练达世故，无得失荣辱之见。读书能通大义，为制举文，神韵深长，屡冠童子军，而卒不见赏于学使者，终其身未尝有戚容。厥考明经阶平公、妣梁太孺人，晚年均得痰气疾，日需阿芙蓉膏调剂，先生伺奉左右，日夕烧熬，如法以进，必适如其意而后止，他亦称是。兄可道公早世，寡嫂蒋氏，守志不贰，先生待之恭且敬，家事藉其主持，不敢稍拂于其心。亡后，即以己子贤都子之。师事堂兄子诗夫子，久而能敬。与人交，温厚有度。尝以末俗凶终隙末为戒，遇贫乏周恤备至。里有义举，知无不为，为无不力，俾臻于善。倘天假之年，奋其材智，必大有可观，今止于此，天也，亦命矣夫。元配张孺人，先三年卒。子三，贤都业儒，入继伯兄可道。次贤郊，先一月卒；三贤□，幼读。予素钦先生之行谊，兹又哀其志之未伸，爰为之诔曰："翳惟先生，派衍淮阳。历世积德，君子名乡。大父行义，望重家邦。伯父仲父，声振胶庠。溯厥令考，贡树分香。群从伯叔，词赋擅长。先生自少，识力聪强。禀承家法，斐然成章。出经入史，胸富缥缃。不遂我志，潦倒名场。援例纳粟，国子翱翔。原其素性，亦异寻常。孝事父母，敬事孤孀。取友必端，济困倾囊。乐善不倦，设施大方。方期晚岁，不逮我匡。奈何一旦，舍我而亡。回忆弱冠，文史相量。雪晨萤夕，辩论周详。今则已矣，永隔参商。翼文之侧，盘马之阳。泉流呜咽，助我神伤。我伤不已，为诔行藏。以俟君子，阐发幽光。"

林君苑秋诔

　　君名公定，字汝麟，苑秋其别号也。曾祖兆风，岁贡生，由北山徙居东门外，著有《卜居草》。其《吊徐偃王墓古风》一篇，感喟悲歌，为当时所传诵。祖椿，邑庠生，父廷辉，岁贡，候选训导。有丈夫子三，君居长。幼质鲁，承庭训而能刻苦于学，人一己百，孳孳不倦。及冠，变迟钝之性而为灵敏矣，就试县府，屡列前茅，卒不见赏于学使者，遂绝意科名，开馆授徒，以乐育英才自任。远近闻其名，延聘教子弟，惟恐不得，故每岁馆縠所入，仰事俯畜裕如也。性孝友，服所知于家，而宗族慕焉。信所行于里，而乡党称焉。平居意愈高，力愈下。督责其身，不使一日纵于慢游也。奉持其心，不使一思虑杂于邪妄也。自入民国，仰逸民之遗风，与弟元善、邻友裴明经师尚及里之耆老，结社赋诗饮酒。每岁逢某之生辰，即于其家，肆长筵、列方几，肴核杂陈，壶觞互酌，所谓"卭须我友，藉以合欢，有酒盈尊，足自娱老"者也。虽竹林七贤，未能专美；在花山九老，大有替人矣。君平素强健，步履如常。癸亥九月六日，偶觉不适，谈笑而逝，识者谓君静养之所致也，享年七十有四。配彭氏，有淑德。子一，之恒，早卒。媳张氏，以节孝称。女二，均适士族。孙一，杰，能读父书，磨祖砚。曾孙二：存棠，存诚。君虽长于余，而余尝与训导公往还，辱忘年交，称少友，故君反视余若师焉。君馆桥下陈氏六载，与余衡宇相望，月必数见，以诗文相质正。呜呼！君真不愧隐德君子也。既闻君讣，复感君谊，遂为之诔，诔曰："北山林氏，自闽徙此。南宋迄今，越八百祀。元明之中，文人蔚起。德业勋名，详见国史。洎乎清初,亦世济美。君生也晚,风颓俗靡。祖训克遵,独行其是。富贵浮云,功名敝屣。心正身修,名立行砥。望重里闾,乡称善士。年逾古稀,福庇孙子。约友赋诗,陶然自喜。何竟弃予,讣闻下里?感慨悲哀,晨夕无已。追思《礼》经,士宜有诔。诔者累也,累德行耳。予为此词,亦取乎尔。君倘见之,亦首肯否?"民国十二年十二月二十九日,愚弟林丙恭书于守胎禅室。

江茂才藻卿哀辞

光绪二十有八岁,岁次壬寅,某月某日,社友江藻卿茂才以疾卒于正寝。维时予适于役维扬,闻讣悽怆,惟以不获吊于其家,此心倍形歉仄耳。予与君生同岁,居同里,弱冠又相与同文社。社长为江子诗先生、家伯啸山及君之仲兄竹宾明经,同社者为君叔兄泳秋、江楷亭、家云鹤三茂才、江杏春学博,而予亦与焉。阄题角艺之余,以功过相劝勉,以道义相切劘。六七友朋,一旬两聚,至愉快也,迄今二十余稔矣。子诗先生与楷亭先后归道山,啸山、杏春、云鹤、竹宾、泳秋诸君,均颐养家园。独予饥驱出走,南北东西,足迹几遍,卒无须臾之暇,须眉如雪,故我依然。追忆昔时花晨月夕,与君啜茗论文,看山读画,曾几何时,而已不堪回首也乎?君固横湖望族,自宋至今,簪缨累叶,代有闻人。先世拥厚赀,富埒一乡,族大齿繁,海内无不知有太平江氏。尊甫到亭先生,以名士而司李江苏,誉望之隆,乡国宗仰。君昆季五人,而行居四。自幼岐嶷,攻举子业,经史百家,靡不流览,每目十行,下笔洒洒,千万言立就,应试有司,辄冠其曹。为人端勤诚悫,不苟言笑。居心以厚,待人以谦。赒贫恤困,扶颠持危。盖有古君子之风焉。至于奉二亲极洗腆之诚,处同怀尽友于古之道,与人无竞,与物无忤,乐施无德色,修己无怠容。种种懿行,未易殚述。呜呼!以君之德,暨君之才,宜乎享遐龄而膺福禄也。乃年届强仕,遂应召而修文天上也。呜呼哀哉!语云:"天道无亲,常与善人。不于其身,必于其子孙。"今君之哲嗣若镜,头角峥嵘,定非池中之物,将来光大门间,慰君泉下,可拭目而俟之矣。所最痛者,厥志未伸,未免九泉抱憾耳。爰缀哀词,告君冥冥。其辞曰:"呜呼藻卿今已矣,吾舍君将谁与同?吾既博观于当世之士兮,咸往来而憧憧。哀吾生之特拙兮,复梼昧而无适从。求知己于乡邦兮,如吾子者实不易逢。子心闲闲兮,岂绝俗之高踪?子心棘棘兮,岂阿世而苟容?信所抱之不愧兮,亦何必究其用于始终?均死生之一梦兮,又何荣辱之与穷通?独哀吾子之未施厥志兮,辄俯黄泉而叫苍穹。嫛予之哀兮,实切寸衷。呜呼藻卿今已矣,吾舍君将谁与同?"

盘马山新建孤魂祠上梁文

横湖之左,东海之滨。数经饥馑,屡犯锋镝。横亡暴死,魂无所止。同人心悯,建祠以祀。有旷斯土,盘马之阳。且坚且实,方亩而强。宜筵宜几,可序可堂。伐材于山,取埏于陶。土木之工,曾不崇朝。乡人大欢,如辐斯辏。命工役匠,以结以构。斯梁之初,亦曰其柔。养之斫之,为栋为桴。诸孤悽恻,非梁曷任?诸魂飘渺,非梁曷承?惟梁之责,实大且朋。梁之未上,雅歌相将。梁之既上,欢乐无量。凡我邦人,乐观厥成。惟彼诸孤,且喜且忻。

横翠楼祭唐白乐天、宋苏东坡、秦淮海、明姚之兰、清窦东皋、阮文达、秦少岘、丁绍周、刘廷玟文癸巳

伏惟诸公，秉天淑气，为世公卿。千古之杰，万人之英。遥遥太傅，唐代干城。一麾出守，诗政有声。文忠判事，冷泉亭名。筑堤蓄水，竭尽忠诚。更得通判，淮海先生。联吟并辔，百世风清。江左姚氏，杰出有明。古杭是守，德在编氓。东皋窦氏，名盛两京。多闻博学，品比璜珩。阮公文达，梅鼎调羹。仕优犹学，说经硁硁。秦公少岘，风雅忠贞。为浙监司，善得民情。丁师名士，如瑶如琼。文章词赋，落笔飞霙。刘师名宿，累世簪缨。曾官祭酒，实大声宏。景行先哲，敢为品评。或以德著，或以诗鸣。或谓道府，或掌文衡。立身正直，持守公平。生也无忝，死也有荣。孤山崇祀，时代屡更。恭系后学，才陋心盲。不知非分，妄厕两楹。敬具果茗，聊当兕觥。冀神来格，来格盈盈。保我佑我，喜起同赓。

祭先考墓丙申

呜呼先考，貌古身长。信孚于人，孝称于乡。惟男不孝，罪孽昭彰。祸延先考，中道云亡。浮厝在殡，十二星霜。始于去腊，扶柩归藏。所可慨者，自父弃养，心绪徬徨。大母在室，慈母在堂。教我诲我，万语周详。惟男不孝，奉养无方。再可慨者，男年卅五，后嗣茫茫。先育四女，才赋弄璋。连产三子，并七日亡。顾瞻膝下，心实悲伤。更可慨者，蹉跎负我，学殖

芜荒。鹏程高远，云路阻长。年年舌耨，手胝心忙。进不敷出，积债未偿。所可喜者，癸巳景宣，娶妇入房。能守女诫，和睦姑嫜。逾年甲午，生子觓觓。于今三年，能步而行。又可喜者，景若景兼，素性方刚。弃儒不读，尽力农桑。朝作夕息，无间雨旸。将来成立，克家有望。兹当寒食，日吉时良。遵例扫墓，荆棘是戕。敬陈薄醴，爰具壶浆。稽首告奠，语出衷肠。先考不弃，来格来尝。

附

海防策①

　　历代兵制,皆密于防边,疏于防海。诚以海,天险也,其所防者皆逋逃小丑,剽掠椎埋之辈,非有敌国外患也。至明而倭寇起,海患棘,于是设营、设卫、设讯②,设巡洋之舶,设会哨之师,所以防海者至矣善矣。我朝因而用之,垂二百年。迄于今海防之势,遂为千古一大变局,匪惟前明之法无可用,即嘉、道以前之法亦无可用,何也? 明之所患,倭患也,岛国而已,匪有俄、法、英、美、德、荷、比,庞然者以敌体相临也,其兵械、兵船,亦皆我国之遗弃,非有加精于我也。乾、嘉以前尚未足,则用之为内防,内防之法凡六策。异日兵力足,则用之为外防,外防之法凡三策③。策皆详于后。夫所谓外防者,凡诸夷与我有衅,我国家径发兵船,守彼国之口,使彼国兵船,不得出入,是我之天险,我自有之,彼之天险,反与我共之,所谓用力少而成功多,是防海第一善策也。无如以今日之势,度今日之力,

　　① 　按:此篇原在卷五《殷太师比干墓考》后,书中签条云:"此策颇不合时,内容小疵,尤不胜指摘,拟删之为是。"今附录于后。

　　② 　页眉有校语云:"讯疑汛讹。"

　　③ 　页眉有校语云:"各有领海权,此策万万不行。"

铁舰未备也，兵轮未固也，巨炮未制也，水线未明也，风涛未惯也，驾驶未娴习也，海军之将材未集也，海战之士卒未精也，轮船布阵之法未讲求也，操炮准心之表未肄习也，以立外防，尚需时日，则亦先为内防而已矣。

内防策凡六：

一救援宜迅速也。一营有警，则两营立发兵轮以救之。电报一到，限刻鼓轮，不得迁延。遇有敌国游弋之船，径趋过之，万不能过，必环攻，不得分散。

一炮台宜合法也。每要口必多设大炮台，余口皆设小炮台，筑台必仿泰西列阵图兵法，专备此兵，为造台、修台之用，勿使之战。筑台之物，以沙为第一，糖次之，土次之，绵杂竹木次之，石为下。台之下必有大土穴，或以铁甲为房，以藏炮兵；台之上必有天平盖，以避开花弹。台之炮门必小，弗为敌所见。炮位之上，必有易揭之铁皮屋，以免炮烟之弊。炮台之外，必有浮炮台以护之。浮炮台之巅必为活炮台，令可四面旋转攻击。炮台之旁，必多设露天炮以佐之。露天炮宜用田鸡炮，但用炮盖，不必用炮房，其法详于西人所译《营垒图说》《攻守炮法》《兵船炮法》三书，及近儒临海周郁雨《新法炮议》，盖周尤能用西法而超出于西法之外，皆可覆按也。

一炮兵宜熟练也。凡炮腔若干阔，宜弹若干磅，药若干磅，敌船去台若干率远近，则发火运机，迟速高下若干分，必皆一一较准，时时熟练。斯临敌闲暇，手器相习，发必命中矣。详见西人所译《克虏伯炮说》《操水表》《水师操练法》，及近人李善兰所著《火器真诀》《炮准心》诸书。

一堵口之物宜预备也。或用石，或用砾，或用沉船。凡沿海各进口之处，必因地制宜，预备各项，勿使敌船驶入。

一拦路之法宜预习也。凡大洋之畔堵无可堵，则必为拦路之物，辅炮台之所不及。盖敌船麇至之时，每用炮必偏向炮台一边齐轰，能使炮台中不能回炮，突然驶过，惟有拦路之物，则船不能驶过矣。浅水宜用椿，椿每列为品字排，排之间有椿门，门之上有浮标，椿之内错落埋之水雷。深水宜用沉船，沉船相隔必稍远，船之首尾附以水雷筏，令筏沉于水之半，随潮上下无定所，可以轰敌船而不自轰其船。水深而流缓者宜用柜，柜之式方，其大开方十四丈，中界为井字形。一柜中分为九柜，九柜之中，柜柜隔绝坚固，滴水不能泄。敌即碎吾九柜之一，而其八仍浮而不能沉也。或以二十柜、三十柜、四十柜不等，柜柜相续，如长堤然。水深而流急者宜用绳，绳以藤、以竹、以麻，杂以铜铁丝，径五寸、长六丈为一条，绳之两头镇以大铁锭，绳绳相接为一排，排排相比。凡十里之内数十排，每排大绳，各附以小绳，小绳径寸，长三丈，绳之两头用铁环，以环系于大绳之身使自转，其一头无所掣，令其随潮上下也。小绳相去必四丈，勿使自相纠。每排大绳附小绳，蠕蠕如蠓蚣。绳必下于水尺有咫，勿使敌船见。敌轮来，则大绳曲，小绳缠其机不能脱，诸法皆详于布国人所著《防海新论》中。

一汉奸宜断绝也。外夷越重洋来谋我，粮食不继，不战可自毙，接济之者，汉奸也。窃谓一有夷警，即下令清海，凡海船、商船不许入海，入海即轰死以盗论。

凡此六策，所谓内防也，因地以制宜，随时以应变，实心以持之，勿虚名以应之，谋人不足，而自谋则有余矣。如欲谋人而不为人谋，则非外防不可，预著其策，请俟异日。

外防策凡三：

一海军不可株守也。每一大营，必发铁甲五艘，火轮五艘,梭巡海面,为游弋之师。无事以缉海盗,有事则亦剿夷。限期会哨,不得踰令。

一外埠宜广设也。库叶岛宜设一埠,镇以铁甲二、火轮二;长崎宜设一埠、镇以铁甲一、火轮一;朝鲜宜设一埠,镇以火轮一,皆统于天津海军大营,所以防美俄日诸夷也。吕宋宜设一埠,镇以铁甲一;澳大利亚宜设一埠,镇以铁甲一、火轮一;婆罗洲宜设一埠,镇以铁甲二、火轮二,皆统于吴淞海军大营,所以厄东西两洋来往之枢也。苏门答腊宜设一埠,锡兰宜设一埠,亚丁岛宜设一埠,各镇之以铁甲二、火轮四,所以防欧洲各国之门,皆统于琼州海军大营。有余力则江海口宜设一埠,苏彝士河口宜设一埠,地中海口宜设一埠,黑海口宜设一埠,新金山宜设一埠,大浪山宜设一埠,各镇以铁甲若干艘、火轮若干艘,则各国腹心,我军皆得窥其隐而掣其肘矣。凡此各埠,无事则以铁甲为护商之用,有事则以为封塞海口,邀击敌船。其木质轮船于无事之时,则以送使臣、运商货;有事之时,即以运兵机、递军书。如是则外防密,而内防可以从容矣。

一镇守各埠之铁甲船,必互相更调也,更调之期,限以二年。内地之船,必使遍历外洋,外洋之船,必使时还内地,则风涛之险,船工谙熟,外夷新法,习见不怖,更能深识夷情,出奇制胜矣。断不可以人地相宜,久淹不调,使行者有离索之悲,居者无练习之候也。

江南屏先生传①

　　先生江姓，讳若煦，字南屏，世居盘马之义民里。耕读传家，潜德不耀。父有声，邑庠生，人品学问，均名震一时。伯兄若沛，太学生。仲兄若士，未婚殇。先生行居三。幼读书颇慧，既冠，有声。公弃世，未期岁而伯兄亦相继亡。先生因变故迭遭，上下十余口，均仰给于一人，事日繁而家计日迫，乃弃读而耕，复以余力作小贸易。其耕也以勤苦，其贾也以公平，不数年而家复兴，称小康焉。性最孝友，凡事必禀命于母而后行。母有疾，汤药必先尝而后进。寡嫂□孺人，见之必起敬，待之无间言。侄藻新，自幼颖悟，先生抚如己出，延名师教诲之，卒为时名士。平日又好义，乡里有公举，先生无不乐输以赞其成。见人有过，必隐规之，使其改悔而后止。晚年耽于禅悦，尝闭门静坐，默宣佛号，以自忏悔。今年十一月，忽以微疾终，距生于嘉庆戊戌，享年九十有三。原配潘孺人，克勤克俭，以贤内助称。子一，辅清，授职按察司知事，先先生卒。孙一，孔章，中书科中书，少年有志，佳士也。赞曰：惟孝与友，先生有之。惟福与寿，先生兼之。而且懋迁有无，必以公道。春耕夏耘，无失其时。先生其殆古之人？古之人，不愧一乡之善士欤？

----

① 按：此篇原在卷十四《陈君秋桥传》后，页眉有一"删"字，今附录在后。

老子索微

《老子索微》序[①]

余喜读书，惟不读近人书。甲子孟冬，自四明来武昌，而行李匆匆，未携一书。偶见内子蒋碧廎箧中置有毗陵董逢元秋声阁所镌老子《道德经》一册，开卷读之，不啻与老聃雍容谈笑于一室之中也。殷仲堪云："三日不读老子《道德经》，便觉舌本生强。"余不读此二十稔矣。今复与之日夕相对，玩索有得，随笔录之。洎乙丑花朝，缮写成帙，覆阅一过，似属可存。夫注《老子》者，昔尝见河上公、王辅嗣两家，惜未能直达经旨。至何平叔、陆希声、苏子由、董思靖诸先生之说，亦间有是有不是处，皆未惬于余心。他若焦竑《老子翼》，集合吕纯阳诸家说，牵扯附会，引伸禅宗，尤觉揉杂可厌。至于释德清所著《道德经解》一书，更不值一笑。惟长沙王而农《老子衍》、桐城姚姬传《老子章义》，颇合奥旨，差强人意。余之所注，非敢与王、姚颉颃，不过为读《老子》者备一说耳。题曰《索微》，因探索既久，略得微意云尔焉。世有好古博雅之君子，匡余不逮，指示而救正之，幸甚。丙辰[②]孟子生日，自序于犹恐失斋。

---

① 此序原本无，今据《蕉阴补读庐文稿》卷十补入。
② 丙辰是 1916 年，此处疑是"丙寅"(1926)之误。

道可道，非常道。名可名，非常名。无名，天地之始；有名，万物之母。故常无，欲以观其妙；常有，欲以观其徼。此两者同出而异名，同谓之玄。玄之又玄，众妙之门。

道者，自然无为之道，虽可道而非寻常之道；名者，自然长在之名，虽可名而非寻常之名。无名者，未形之道，在天地混沦之时，故谓之始；有名者，已形之道，发群物万有之生，故谓之母。故常察于其无名，欲以观其深微发动之机；常察于其有名，欲以观其穷高极至之归。两者，无名、有名也，同出于无。无名、有名，即是异名，故曰同出而异名。玄者，天地之体，旷远之称，今以状道之幽微，故曰同谓之玄。玄者，言其体，又玄者，言其用，而千变万化皆由此出，故曰众妙之门。

天下皆知美之为美，斯恶已；皆知善之为善，斯不善已。故有无相生，难易相成，长短相形，高下相倾，音声相和，前后相随。是以圣人处无为之事，行不言之教。万物作焉而不辞，生而不有，为而不恃，功成而弗居。夫惟弗居，是以不去。

以美为美，不敌恶者之多，斯恶矣；以善为善，不敌不善者之多，斯不善矣。有从无孕，无亦从有来，故相生。难由易致，易亦由难就，故相成。以长见短，亦以短显长，故相形。高可迫下，下亦可危高，故相倾。音细引声，声大亦含音，故相和。前过为后，后尽又有前，故相随。由是圣人知事有两端之扰，不如处以无事；知言有两歧之纷，不如处以不言，一任万物之动作优优，皆备于我，而我亦不辞之也。万物与我并生，而我不以为有也。我即有为，而我不恃其功也。功即有成，而我避而弗居也。然虽弗居，而功为我功，则功亦有在而不去矣。人亦何必居功哉？

不尚贤，使民不争。不贵难得之货，使民不为盗。不见可欲，使心不乱。是以圣人之治，虚其心，实其腹，弱其志，强其骨；常使民无知、无欲，使夫知者不敢为也。为无为，则无不治。

上不矜尚而自贤，则民亦感化而不争。上不贵重难得之货，则民亦鄙夷而不盗。然而民见可欲，未有不动心者，不如使之不见，则心不乱也。是以圣人之治，窒欲以虚其心，饫德以实其腹，去矜以弱其志，啬精以强其骨。故民虽有知而心虚志弱，则无知矣；民虽有欲而腹实骨强，则无欲矣；且即使有知，而自不敢为，是上既无为，而民亦无为，天下遂无不治矣。

道冲而用之，或不盈。渊乎似万物之宗。挫其锐，解其纷；和其光，同其尘。湛兮似若存。吾不知谁之子，象帝之先。

道兼中和为冲，而用之为和，和满其量而不盈者，虚灵故也。渊者，深也，道之源至深，万物所从出，以为其宗。故为道者，铦锐非道，而足以害道，则损以挫之。纠纷非道，而且以乱道，则开以解之。光耀非道，而能以炫道，则隐以和之。尘凡非道，而可以藏道，则混而同之。然当挫、解、和、同之际，道似无从指核，而道固湛然存也。此湛然存者，亦必有所出，吾不识谁家子乎？乃象乎天帝之祖先，其渊源何高远也。凡称或、称似、称若、称象，皆故为疑词，以见道之不易测耳。

天地不仁，以万物为刍狗。圣人不仁，以百姓为刍狗。天地之间,其犹橐籥乎?虚而不屈,动而愈出。多言数穷,不如守中。

刍狗者,以刍为狗,祭则盛以箧衍而陈之,祭毕,则弃而任践蹂之,说见《庄子》。天地生万物,生之既繁,而任其杀活。圣人治百姓,治之既定,而任其寿夭。此天地、圣人之不仁,与刍狗之弃何异哉?天地之间,犹炉火之橐可鼓鞴者,笙簧之籥可吹嘘者,由其中虚耳。橐有气而不竭,籥有声而不阕,同为不屈,日动之而声气愈出而不穷,万物遂因之迭生而不已也。天地既生万物,万物自成杀活,况人之多言者,岂免数数而无穷屈之患?故不如守中存道之为美也。

谷神不死,是谓玄牝。玄牝之门,是谓天地根。绵绵若存,用之不勤。

谷,河上公作浴,注云:"养也,人能养神,则不死也。神谓五藏之神,肝藏魂,肺藏魄,心藏神,肾藏精,脾藏志,五藏伤则五神去。"愚谓分言之,则《黄庭经》言人身有八景二十四真之神,不独五藏也,合言之,只是一神。杨复所曰:"谷,虚也,虚而能受,受而不有,故曰神。"玄牝者,河上公曰:"玄,天也,于人为鼻;牝,地也,于人为口。天食人以五气,从鼻入;地食人以五味,从口入,故为玄牝。"杨复所曰:"牝能生物,所谓母也。牝而曰玄,见其生而不见其所以生也。"愚谓河上公分言玄牝,杨复所于牝见玄,皆自有所见。牝虚有门,神气所从往来,故谓为天地之根本。人用之者,当神气绵绵不绝于有无间,而又不当匆急以伤其神气也,故曰用之不勤。

天长地久。天地所以能长且久者,以其不自生,故能长生。是以圣人后其身而身先,外其身而身存,非以其无私邪?故能成其私。

天长地久,盖古今之常语,而老子述之也。因言天长地久之故,由其有混沦之元神元气以生之,而天地始有形质。形质资于神气之元,而非自生,神气不绝,故天地不息,始能长生。此无他,无私故也。是以圣人之治天下,以天下为先,而身为后。以天下为内,而身为外。卒之臣民尸祝,异域瞻依,皆由于无私以成其私也,其长久宜哉!

上善若水。水善利万物而不争,处众人之所恶,故几于道。居善地,心善渊,与善仁,言善信,正①善治,事善能,动善时。夫惟不争,故无尤。

上善者,志于体道之人,故其心如水之清。水善利万物,万物资以润泽,一也。不与物争,物情无忤,二也。处众人之所恶,甘于下流,不辞卑污之地,三也。上善之人如是,故体道而几于道,而非即纯乎道也,故尤必择善而处焉。居善地,犹水之归壑也。心善渊,犹水之淳深也。与善仁,犹水之滋生也。言善信,犹水之顺达也。正与政同,政善治,犹水之分调也。事善能,犹水之速行也。动善时,犹水之应候也。盖水之利物处恶以成其不争者,上善之人亦法之而不争,虽未纯乎道,而何尤晦之有哉?

持而盈之,不如其已;揣而锐之,不可长保;金玉满堂,莫之能守;富贵而骄,自遗其咎。功成名遂身退,天之道。

---

① 正,通行本《老子》作"政"。

老子索微

持，执守也。揣，击治也。执守而盈其器，器盈必亏。击
治而锐其锋，锋锐易缺。不如其已、不可常保，互言以见义也。
金玉满堂莫能守，正盈则亏之验。富贵而骄自遗咎，正锐则缺
之验。无论无功名者之难安禄位也，即使功成名遂，正可受享
而谤兴毁至，尤当引身而退，以自图存。盖盈亏锐缺，乃上天
自然之道，不可不深虑也。

载营魄抱一，能无离乎？专气致柔，能如婴儿乎？涤除玄
览，能无疵乎？爱民治国，能无为乎？天门开阖，能为雌乎？
明白四达，能无知乎？生之畜之。生而不有，为而不恃，长而
不宰，是谓玄德。

人身有营卫，有魂魄，兹曰营魄，互言之也。营魄任一身
之血气，故曰载。抱一者，真一之道，当在抱也。载者易覆，抱
者易散，故问能无离乎？婴儿气足而体柔，故问能专为治气，
使柔其体如婴儿乎？玄览者，玄元载道之书，真伪庞杂，故问
能涤除其伪而归于真，使无疵累乎？爱身如爱民，治身如治
国，故问能与圣人无为之治同一体乎？人之呼吸，通乎天，呼
则天门开，吸则天门阖，雌者常在后，故问能为雌而善后乎？
道为之体，明显而周通，若存私知于其中，则反凿乎道矣，故问
能不思不虑而无知乎？道生万物而不见其有，成万物而不恃
其为，长万物而不为之主，故在天则谓之道，修之身则谓之德，
得道之玄，谓之玄德。

三十幅共一毂，当其无，有车之用。埏埴以为器，当其无，
有器之用。凿户牖以为室，当其无，有室之用。故有之以为
利，无之以为用。

辐者，车轸中之支木，内属毂，外属轮，其数三十，《考工记》曰"象日月也"。辐之间空亦三十，无此则轮板而不可用。埏，水和土也。埴，黏土也。陶土成器，空其腹以受物，无此则器实而不可用。作室者必开户牖，无此则暗而莫入，亦不可用。故有是物，始有是利，无是空而物亦无用，是以致虚之道贵焉。

五色令人目盲，五音令人耳聋，五味令人口爽，驰骋田猎令人心发狂，难得之货令人行妨。是以圣人，为腹不为目，故去彼取此。

五色，青、赤、黄、白、黑也，绚采眩目，致盲之根。五音，宫、商、角、徵、羽也，繁声乱耳，致聋之本。五味，酸、苦、甘、辛、咸也，香泽适口，爽失之媒。驰驱骏驷以逐猛兽，则心志偾越而如狂。羡慕珍宝以实囊装，则行迹改移而妨损。圣人重内而轻外，故为腹不为目。腹谓精神，目兼耳口体而言。腹，内也。目耳口体，外也。圣人去取之间，岂漫然哉？

宠辱若惊，贵大患若身。何谓宠辱若惊？宠为下。得之若惊，失之若惊，是谓宠辱若惊。何谓贵大患若身？吾所以有大患者，为吾有身，及吾无身，吾有何患？故贵以身为天下，则可以寄于天下。爱以身为天下，乃可以托于天下。

宠辱若惊、贵大患若身二句，盖古语，其词甚奥，故以何谓释之。骤获宠者志盈，若惊为难。乍失宠者气馁，若惊为易，故曰宠为下。得之若惊者，惊其何修而得此也？失之若惊者，惊其何过而失此也？人之大患，皆身为之招，吾置吾身于度外，是无身矣，何大患之有？故圣人之治，贵以身非为身而为天下,则可以寄其身于天下,而天下初非身有也。爱以身亦非为身而为天下,乃可托其身于天下,而天下亦不有身也。

视之不见名曰夷,听之不闻名曰希,抟之不得名曰微。此三者不可致诘,故混而为一。其上不皦,其下不昧,绳绳不可名,复归于无物。是谓无状之状,无象①之象,是谓惚恍。迎之不见其首,随之不见其后。执古之道,以御今之有。能知古始,是谓道纪。

视道无形,强名曰夷。听道无声,强名曰希。抟音团,以手捝聚之貌。抟道无物,强名曰微。夷、希、微,皆无也。三者既无,不可穷究,故混以一称之。天光明皦,此一之上则不皦。地道幽昧,此一之下则不昧。此不皦不昧者,虽绳绳不绝,而终不可名,其实称一亦非。乃复归于无物也,虽属无物,却无状而又有状,无象而又有象,惚兮恍兮,则又有一在焉。既有一在,将欲迎之,而迎之不见首。将欲随之,而随之不见后,则又无可端倪者也。虽无可端倪,却又能执古之道,以统御今之万有。盖万物皆抱一,而一为之宰也。究之此道虽古,而古又有始,并夷、希、微而无之,能知之者,是谓得道之纲纪矣。

古之善为士者,微妙玄通,深不可识。夫惟不可识,故强为之容。与②兮若冬涉川,犹兮若畏四邻,俨③若客,涣若冰将

---

① 象,通行本《老子》作"物"。

② 与,通行本《老子》作"豫"。

③ 通行本《老子》"俨"下有"兮其"二字。

释，敦兮其若朴，旷兮其若谷，深①兮其若浊，孰能浊以静之徐清？孰能安以久之徐生？保此道者，不欲盈。夫惟不盈，故能敝不②新成。

古修士之善体道者，精微奥妙，玄远通达，渊深而不可识，尚何道容之能见哉？然欲言道，则不得不强为之容。与，通豫，疑虑未决也。冬日涉川，足凛而不敢前。犹，兽名，多疑。畏四邻者，小国畏强邻之见伐也。为客者，貌恭而情难洽。俨，宛然也。冰将释，其势渐开，涣散之象。朴，木之有质而无文者。敦，厚也。谷，山之深而能容者。旷，虚广貌。浊，水之浑者。以上七言若，皆状道之微妙玄通。下文独承末句而言世人皆浊而昧道，谁能静以养之，徐徐使清以见道？世人皆躁而失道，谁能安而久之，徐徐使生而植道？道有盈亏，凡为道者，皆欲其道之盈。独此道，贵善保而不欲其盈。夫惟其不盈也，故能韬其光，如敝旧而非新成者，宜其深不可识也。

致虚极，守静笃。万物并作，吾以观其复。夫物芸芸，各归其根。归根曰静，静曰复命。复命曰常，知常曰明。不知常，妄作凶，知常容。容乃公，公乃王，王乃天，天乃道，道乃久，没身不殆。

道本虚也，为道者，当致其虚之极。何以致之？能笃守其静，则致之矣。笃守，固守也。天地之生机最普，物生，有万并作。作必有复，吾以其作观之，而知其必复也。以物芸芸之

---

① 　深，明董元逢秋声阁刊本（下称秋声阁本）作"浑"，通行本《老子》作"混"。

② 　不，通行本《老子》作"而"，盖"不""而"篆形相似而讹。

盛,岂独草木有根?人与羽毛鳞介之属,皆有自来,亦即其根,有作之后,亦必各归其根。欲知归根之道,无他,静而已矣。根,命根也,静则复命,即复其命根也。然复命之道,非有奇变,乃自然之常道也。夫非常即妄,知其为常而不妄作则明,不知其常而妄作则凶。惟知常也,故廓乎其有容,有容则无私而公,公则民所归往而王,王则物为覆帱而天,天则归于自然而道,道则绵绵不绝而久,故其身无危殆而有令终也。

太上,下知有之。其次,亲之誉之。其次,畏之。其次,侮之。故信不足焉,有不信。犹兮其贵言。功成事遂,百姓皆曰我自然。

伊古以来,治天下之君,各有次第。其最上者,"不识不知,顺帝之则",下民但知有君而已,三皇是也。其次亲之,如"协和""时雍",五帝是也。誉之如"孔迩""来苏",三王是也。其次畏之,如"夏日""烈火",五霸是也。其次侮之,如"问鼎""请隧",周之后王是也。夫为君而使民畏之侮之,为详其故,非独其德有愆,其信先有不足也。故信不足,而民有不信焉。犹,谓疾舒中适。贵言者,以言为贵,不轻言也。人君知不信之故,以道治民而不轻言,则功成事遂,百姓皆谓其自然,即下知有之也。

大道废,有仁义;慧智出,有大伪;六亲不和,有孝慈;国家昏乱,有忠臣。

大道之在天下也,无思无虑,乌用仁义?不识不知,乌用智慧?自大道不行而智慧出,智慧出而仁义兴,仁义兴而有假仁假义之弊。自假仁假义行,以致六亲不和,有仁义者在其间,显然见孝慈焉。假仁假义行,以致国家昏乱,有仁义者在其间,显然见忠臣焉。若大道之行,天下皆孝慈,天下皆忠臣,非特无假仁假义之弊,亦并无仁义之名矣。

绝圣弃智,民利百倍;绝仁弃义,民复孝慈;绝巧弃利,盗贼无有。此三者,以为文不足,故令有所属,见素抱朴,少私寡欲。

圣智之人,聪明才识以营利也,而害即随之,不如弃绝,使民有自然之利,曰百倍(以下缺)①

【绝学无忧。惟之与阿,相去几何? 善之与恶,相去何若? 人之所畏,不可不畏。荒兮其未央哉! 众人熙熙,如享太牢,如春登台。我独泊兮其未兆,若婴儿之未孩,乘乘兮若无所归。众人皆有余,而我独若遗。我愚人之心也哉! 沌沌兮。俗人昭昭,我独若昏;俗人察察,我独闷闷。澹兮其若海,飂兮似无所止。众人皆有以,而我独顽且鄙。我独异于人,而贵食于母。】

【孔德之容,惟道是从。道之为物,惟恍惟惚。惚兮恍,其中有象。恍兮惚,其中有物。窈兮冥兮,其中有精。其精甚真,其中有信。自古及今,其名不去,以阅众甫。吾何以知众甫之然哉? 以此。】

---

①　稿本缺一页,该章注文未完,并缺《老子》经文两章,为保持全书完整性,今将稿本所据之明董元逢秋声阁刊本《老子道德经》的两章经文补出,以括号标明。

孔,甚也,德甚有所容,故曰孔德。所容者何?以从道也。然所容之道,果何状乎?恍恍惚惚,窈窈冥冥,殆不可形容,而其中有象焉。象或为虚象,而其中有物焉。物或为粗物,而其中有精焉。精或藏以伪,而其中有真焉。真或无定则,而其精甚信焉。惟其信也,是以自古及今,道之名不去,由道之实长存,故以阅众甫。众甫者,众物之始,由道而生,道皆若检阅之。吾何以知道之阅众甫有如是哉?以其象有物有精而甚信故也,故以为孔德之容也。

曲则全,枉则直,窪则盈,敝①则新,少则得,多则惑,是以圣人抱一,为天下式。不自见,故明;不自是,故彰;不自伐,故有功;不自矜,故长。夫惟不争,故天下莫能与之争。古之所谓曲则全者,岂虚言哉?诚全而归之。

曲则非全,天将编补而使之全。枉则非直,天将引伸而使之直。窪则非盈,天将填实而使之盈。敝则非新,天将振刷而使之新。财货有多少,天将使受少者得而贪多者迷而转失。此五言皆古语也,故圣人不求全、不求直、不求盈、不求新、不求得,惟抱一真,以为天下法式。使人皆遵其法式,则天下治矣。夫人惟自执己见,故昧于理,不自见者,明也。人惟自以为是,故暗于情,不自是者,彰也。人惟自伐其功,故忌者败之,不自伐者,功常存。人惟自矜其能,故识者短之,不自矜者,长斯著。此由不争,故天下莫与争也。然则古之所谓曲则全之五者,岂虚语哉?诚能抱一而不自见、不自伐、不自矜,则天必全而归之,而直、盈、新、得皆一例也。

---

① 敝,秋声阁本作"弊"。

希言自然。故飘风不终朝，骤雨不终日。孰为此者？天地。天地尚不能久，而况于人乎？故从事于道者，道者同于道，德者同于德，失者同于失。同于道者，道亦乐得之；同于德者，德亦乐得之；同于失者，失亦乐得①之。信不足，有不信。

自然之道希言，希言者，沉默寂静，听之不闻，自然合道而能久也。天地司风雨，然飘风之狂，则不能终朝；骤雨之急，则不能终日。飘与骤，岂非天地之所为，而不能持久，何况于人乎？故从道以为事者，修道之人，同归得道之人；修德之人，同归成德之人；失道、失德之人，同归失道、失德之人。其同归于得道之人者，得道之人乐得而教以道；同归于成德之人者，成德之人亦乐得而授以德；同归于失道、失德之人者，失道、失德之人亦乐同心以求道德。无他，此其持久不变者，以其自然相信也。若信有不足，方且不信，岂能自然同心而乐求道德以持久哉？

跂者不立，跨者不行。自见者不明，自是者不彰。自伐者无功，自矜者不长。其在道也，曰余食赘行。物或恶之，故有道者不处。

跂，举踵也。跨，越步也。高举踵者，不能立。越远步者，不能行。自执己见者，理不明；自以为是者，情不彰；自伐而人忌之，故无功；自矜而人短之，故不长。余食，食之剩也；赘行，行之奢也，皆甚言其事之过。此在无知者不知恶，有识者则或恶之矣，而谓有道者能处之哉？

①　得，秋声阁本作"失"。

有物混成，先天地生。寂兮寥兮，独立而不改，周行而不殆，可以为天下母。吾不知其名，字之曰道，强为名之曰大。大曰逝，逝曰远，远曰反。故道大，天大，地大，王亦大。域中有四大，而王居其一焉。人法地，地法天，天法道，道法自然。

道混然无际，无形而有形，则亦物也。虽先乎天地，亦若有生之者，寂寥独处。然道生天地，乃立乎天地之间，与天地相终始而不改；周乎天地之内，与天地相循环而不殆。万物由之而生，故可以为万物母。无名，天地之始，故不知其名。道者，路也，而以之为字。道言万物所共由也，范围不过，故强名曰大。惟变所适，故又名逝。廓落无垠，故再名曰远。归复其根，故终名曰反。道生天地，天覆地载，王宰天地，故皆曰大。方域之内，有此四大，而王居其一，以其能持道也。然以取法而言，王，人也，人之生也直，故法地。地道卑而上行，故法天。天丕冒无私，故法道。道循物而无违，故法自然。

重为轻根，静为躁君。是以君子终日行，不离辎重。虽有荣观，燕处超然。如何万乘之主而以身轻天下？轻则失根[1]，躁则失君。

道忌轻躁，故轻以重为本，躁以静为主，士君子当持重而养静，是以终日行事而不离乎辎重。辎重者，衣车而重载，其行不疾，持重故也。荣观者，美丽之观。燕，安也，燕处超然，如何万乘不为所累，静故也。士君子且然，如何万乘之君而出其轻躁之身以临天下？重为轻根，轻则失根，静为躁君，躁则

---

[1] 根，秋声阁本作"臣"。

失君，皆非所以为道也。

善行无辙迹，善言无瑕谪，善计不用筹策，善闭无关楗而不可开，善结无绳约而不可解，是以圣人常善救人，故无弃人；常善救物，故无弃物。是谓袭明。故善人，不善人之师；不善人，善人之资。不贵其师，不爱其资。虽智大迷，是谓要妙。

辙，车辙。迹，马迹。行地者，必有辙迹。善行者不出户，故无之。瑕言玷，谪贬词，多言者必有瑕谪，善言者不饶舌，故无之。筹策皆竹算，筹长策短，计事者必用筹策，善计者必度之心，故无之。关，横木持门户者。楗通键，钥牡也。闭门者必用关键，善闭者运其机，故无之而莫开。绳，合麻丝而索之。约，缠束也。结物者必用绳约，善结者固诸衷，故无之而莫解。此皆明于理者之善道也。圣人知人物之生，不知善道，故常见弃于天地，而思有以救之。以本然之善救人，故无弃人；以本然之善救物，故无弃物。是谓袭大道之光明也。袭，截取也。夫人物之生，有善不善，故天地有弃不弃。若循圣人之道，则不善人师于善人，以法其善而得道；善人资于不善人，以省其不善而使无失道。倘不知师善之可贵，资不善之可爱，则虽智人，亦成大迷，此谓要领之言，而为玄妙之理也。

知其雄，守其雌，为天下溪。为天下溪，常德不离，复归于婴儿。知其白，守其黑，为天下式。为天下式，常德不忒，复归于无极。知其荣，守其辱，为天下谷。为天下谷，常德乃足，复归于朴。朴散则为器，圣人用之，则为官长。故大制不割。

雄，刚强也。雌，柔弱也。溪，虚下之地。常德，平庸之德。婴儿，未孩之子。明道者知刚强之过亢，柔弱之可守，故甘居虚下之地，不离平庸之德，而复归于未孩之婴儿。白，光显也。黑，幽潜也。式，法则也。不忒，无爽失也。无极，无穷期也。明道者知光显之难容，幽潜之可守，自处法则之准，不失平庸之德，而复归于期运之无穷。荣，尊贵也。辱，卑贱也。谷之义同溪，言深邃也。足，饱饫也。朴，不雕之本质也。明道者知尊贵之难保，卑贱之可守，故愿藏深邃之区，饱饫平庸之德，而复归于不雕之本质。此皆言道体之自然也。然此三者，总归于朴而已。木之朴，散之则为小用之器。道之朴，散之则为大用之器。圣人之设官分长，皆以道为用也，况天下者，圣人之大器，制大器者初不尚琐细割截之为，以道之为体大也。

将欲取天下而为之，吾见其不得已。天下神器，不可为也。为者败之，执者失之。凡物或行或随，或呴或吹，或强或羸，或载或隳。是以圣人去甚，去奢，去泰。

古之圣人，如尧舜之君，皆非欲取天下而为之者也。其有欲取天下而为之者，如汤武之君，遇乱世而逢虐主，将欲取之，吾见其不得已而然，其心亦非欲取天下也。是何也？天下乃神明之大器，即使取之，当以道化，而不可以刑政之有为者治之。有难焉者，以有为而治之，是必败此神器也。执有为而治之，是直失此神器也。盖天下之民，即天下之物，物各有性情，有欲勇往而先行者，有多怠缓而后随者，有愿呴之而使温者，有反吹之而使寒者，有好逞健而恃强者，有甘自馁而居羸者，有乐于安而任载者，有听其危而就隳者，岂政刑所能齐一哉？是以圣人之治天下，不欲有所为而为，但去其过甚，去其过奢，去其过泰，徐引之归于道，以无失此神器之重而已矣。

以道佐人主者，不以兵强天下。其事好还。师之所处，荆棘生焉；大军之后，必有凶年。善者，果而已，不敢以取强。果而勿矜，果而勿伐，果而勿骄，①果而不得已，果而勿强。物壮则老，是谓不道，不道早已。

执兵器以从戎者曰兵，强亦治道中之一事。然人主之有大臣，能以道为佐者，不以兵力之强制天下也。盖天道好还，用兵之事亦好还。还者，我胜人，人亦胜我，我绝人，人亦绝我，若有隐隐好之者。师之所处，田野不辟，荆棘生焉。且大军既去之后，杀气所遗，必有凶年以应之。故善用兵者，尚果敢之气而已，不敢取横强之势以为勇也。果敢而不矜其能，果敢而不伐其功，果敢而勿用骄以致败，果敢而出于不得已以制胜，果敢而勿用强以抗敌，此何以故？盖生根之物，一至壮盛之极，转眼即为衰老，与道之常存不息者异矣，是谓不道。不道者早自灭亡，不但用兵一事也。

夫佳兵者不祥之器，物或恶之，故有道者不处。是以君子居则贵左，用兵则贵右。兵者不祥之器，非君子之器，不得已而用之，恬淡为上。胜而不美，而美之者，是乐杀人。夫乐杀人者，则不可得志于天下矣。吉事尚左，凶事尚右。偏将军处左，上将军处右。言居上势，则以丧礼处之。杀人众多，以悲哀泣之。战胜，以丧礼处之。

兵者凶事，非吉祥之器，以兵为佳者，是用不吉祥之器也。物皆喜生而恶杀，兵有杀机，所以不祥，故物或恶之，岂有道者

---

① 果而勿骄，原稿无，据秋声阁本补。

之所处哉？天地之位，左阳而右阴，阳舒而阴惨，故君子居则贵左，取其舒也；用兵则贵右，示其惨也，可知兵者乃不祥之器，非君子之器，君子不得已而用之，当以恬淡为上。恬者，安闲，淡者，平薄，皆不得已之意。盖杀人之事，虽胜而不以为美，其以为美者，是乐于杀人也。彼乐杀者，欲求得志于天下也不能矣。以吉事尚左、凶事尚右律之，用兵之际，偏将军处左而上将军独处右者，言其势居于上而位竟在右，是以丧礼处之也。用兵者杀人众多，必悲哀以泣者，盖虽战胜，亦必以丧礼处之耳，非不得已而何？

道常无名。朴虽小，天下不敢臣。侯王若能守之，万物将自宾。天地相合以降甘露，民莫之令而自均。始制有名，名亦既有，夫亦将知止，知止，所以不殆。譬道之在天下，犹川谷之于江海。

无名者，万物之始，故道常无名。万物镇以无名之朴，故朴虽小，侯王不敢臣。宾，归于主者也，侯王若能守朴，则万物自归之，犹宾之归于主也。天地，亦万物中之物，侯王守朴，与天地相应合，而甘露自降。民亦万物中之物，侯王守朴，与民相和睦，则莫或令之而物自均。此皆道之自然也。盖道从无名而有名，有名而为朴，名之为朴，是始制有名也。既有名矣，物有万，名亦有万，将散而无所止宿钦！然而以朴始，必以朴终，夫亦将知止而归于朴矣。物能知止，所以不至于危殆也。于是即道以取譬之，道之在天下也，犹川谷之于江海耳，民物无不归于道，犹众水无不归于江海耳。

知人者智，自知者明；胜人者有力，自胜者强。知足者富，强行者有志，不失其所者久，死而不亡者寿。

人能知人，不可不谓之智，然不如自知者之明。人能胜人，不可不谓之有力，然不如自胜者之强。盖自知者静烛而明，自胜者守理而强也。人惟不知足，累钜万而犹贫，知足者富矣。人惟不强行，甘怠惰以自废，强行者有志矣。人惟迷而失所，故屡迁而不长，不失其所者久矣。人惟死而亡精，故随化以俱尽，死而不亡者寿矣。

大道泛兮，其可左右。万物恃之以生而不辞，功成而不居①，衣被②万物而不为主，故常无欲，可名于小矣。万物归焉而不知主，可名于大矣。③以其终不自为大，④故能成其大。

大道泛广无垠，其可以左之右之，无不宜之。能生万物，为万物之所恃，而不辞万物之归。不辞，则宜居功，乃功成而不居，如衣服被于万物之体，和暖安便，而反不为之主，其不为主也，无欲故也。无欲，故无所得，可名为量之小者矣。万物罔不归焉，是为真主也，而不自知其为主，可名为量之大者矣。夫量既大，则必将自大，而今不然，故以无量之大，能成其大也。

---

① 而不居，通行本《老子》作"不名有"。
② 被，通行本《老子》作"养"。
③ 秋声阁本"矣"字下有"是以圣人能成其大也"一句。
④ 以其终不自为大，秋声阁本作"以其不自大"。

执大象,天下往。往而不害,安平泰。乐与饵,过客止。道之出口,淡乎其无味,视之不足见,听之不足闻,用之不足既。

琐细刻覈之为,事之所不堪,民之所甚恶。道有其大象焉,大象者,无象之象,宽宏无外,有容纳天下之量,能执持之,则天下之民响应,皆往而归之矣。民既往归,自然随所得而无患害,则有安乐、和平、康泰之福。乐有声容,饵饫饥渴,乐与饵之动人,客之过者,无不望风而戾止,爱玩而安享之,况执大象者之于天下乎?且道之于人,出之以口,则平淡而无味;视之以目,则渺茫而无见;听之以耳,则阒寂而不闻。至于用之以心,则有不可穷尽之意味,以视夫乐与饵,实不可与之并论也。所以执大象者,天下往也。既,尽也。

将欲噏之,必固张之;将欲弱之,必固强之;将欲废之,必固兴之;将欲夺之,必固与之。是谓微明。柔弱胜刚强。鱼不可脱于渊,国之利器不可以假[①]人。

古之明道者,张噏、强弱、兴废、与夺,无乎不宜。其次则将欲噏之,必固有以张之;将欲弱之,必固有以强之;将欲废之,必固有以兴之;将欲夺之,必固有以与之。是虽未尽明乎道,而亦微有明处,能知退胜之理故也,可知柔弱者转胜刚强。由是以推,譬之于鱼,渊者其利器也,脱于渊,则失其利器而不得其所矣。若有国之人,权与势俱为利器,以利器假人,则大权旁落而国危矣。有微明者,固知其不可也,况明于道者哉?

---

① 假,秋声阁本作"示"。

　　道常无为而无不为。侯王若能守,万物将自化。化而欲作,吾将镇之以无名之朴。无名之朴,亦将不欲。不欲以静,天下将自定。

　　道者,自然之体,不待有作,故常无为。亦自然之用,天下无非其所作,故无不为。侯王若能守是道,万物将自化焉。前言万物自归者,归于道耳。此言万物自化者,化而与道俱也。然化则道之体散,散则恐其欲作。有朴焉,虽号为朴,而实无名。盖无名,天地之始,朴从无始来,故无名也。吾将以是镇之,则万物化而不作矣。然云镇以无名之朴,镇之云者,犹属有为,故尚有所不欲。既不欲,镇以朴,则将以何道处之? 不如镇之以静,则天下自定,静则无为,天下自定,则无不为矣。

　　上德不德,是以有德;下德不失德,是以无德。上德无为而无以为,下德为之而有以为,上仁为之而无以为,上义为之而有以为。上礼为之而莫之应,则攘臂而扔①之。故失道而后德,失德而后仁,失仁而后义,失义而后礼。夫礼者,忠信之薄而乱之首;前识者,道之华而愚之始。是以大丈夫处其厚,不居其薄;处其实,不居其华。故去彼取此。

　　德,道之得于身者也。上德不德,谓不以得于身者为德,似乎无德而有德。下德不失德,谓仅以不失于身者为德,虽亦有德而无德。盖上德之无为,纯乎道之体,故无可以为也。下德之为之,循乎道之用,故有以为也。德有四,仁、义、礼、智是也。上德无为,以仁为主;下德有为,以义礼为主。故上仁为之者,得乎上德之一体,而亦无为;上义为之者,得乎下德之一

---

　　① 扔,秋声阁本作"仍"。

体,而亦有为;上礼为之者,亦得乎下德之一体,第矫乎情以为之,莫之肯应而反致违乎礼,则必且攘臂而扔之。扔之者,强牵引而使就礼也,盖义犹能审是非,而礼转或昧尊卑耳。且仁、义、礼之中,贵有忠之实心、信之实言者以贯之。自世风渐下,道失而求诸德,五帝是也;德失而求诸仁,三王是也;仁失而求诸义,五霸是也;义失而求诸礼,衰周之文胜是也。然则礼之失,至攘臂而扔,岂惟忠信之薄,而且为乱首矣。至于智之美者,谓其有前知之识也。人能前识,虽足为道之华彩,然有所知,必有所不知,或知之过而反害于道,是智之终,乃愚之始也。是以为大丈夫者,宁处上德、上仁之厚,而不居下德、义礼之薄;宁处道德之实,而不居前识之华。其去彼取此,岂无故哉?

昔之得一者:天得一以清,地得一以宁,神得一以灵,谷得一以盈,万物得一以生,侯王得一以为天下正。其致之一也。天无以清,将恐裂;地无以宁,将恐发;神无以灵,将恐歇;谷无以盈,将恐竭;万物无以生,将恐灭;侯王无以正,将恐蹶。故贵以贱为本,高以下为基。是以侯王自称孤、寡、不穀。此非以贱为本耶?非乎?故致数车无车[①],不欲琭琭如玉,落落如石。

数始于一,道即建于一,数积而愈纷,道亦离而愈远,故以一为贵。昔之得一者,天得一以清于上,地得一以宁于下,神得一以灵其机,谷得一以盈其气,万物得一以生其类。正,如正鹄之正,"皇建其有极"是也。侯王得一以正于天下,其致一

---

① 数车无车,通行本《老子》作"数舆无舆"。

者,同也。盖天以清而浑全,无一以清之,恐分裂。地以宁而凝固,无一以宁之,恐发泄。神以灵而久存,无一以灵之,恐消歇。谷以盈而充周,无一以盈之,恐旷竭。万物以生而繁滋,无一以生之,恐灭绝。侯王以为正而贵高,无一以正之,恐颠蹶,无论其他也。即以侯王而论,身为人主,非不贵且高也,而贵由贱本,高由下基,无非由一积之者也。侯王既贵高,何妨侈其称以自大,而必自称孤、寡、不穀,孤谓孤子之夫,寡谓寡德之人,不穀谓不善之伦,此岂非以贱为本耶?致数车无车者,人欲乘车,驾其一足矣,若多致数车,则莫知适从,与无车同。此如攻玉者,攻其一足矣,不欲琭琭然多玉而无用。又如攻石者,攻其一足矣,不欲落落多石而无取,凡皆贵一故也。

反者道之动,弱者道之用,天下万物生于有,有生于无。
理有正反,关乎道之动静。理正得道之静,而反者,道之动也。体有强弱,听乎道之用舍,体强为道所舍,而弱者,道之用也。道之动与用,皆属于有。天下万物皆以有而生有,而溯厥初生,则皆从无来。是以有生于无,所谓无名万物之始,道之原也。

上士闻道,勤而行之;中士闻道,若存若亡;下士闻道,大笑之。不笑,不足以为道。故建言有之:明道若昧,夷道若类,进道若退;上德若谷,大白若辱,广德若不足,建德若偷,质真若渝,大方无隅,大器晚成,大音希声,大象无形,道隐无名。夫惟道,善贷且成。
道虽无所不在,亦无人不有,然闻之易而行之难。上哲之士幸而得闻,必勤苦其心志而行之。中平之士幸而得闻,忽勤忽惰,行之不力,致道在若存若亡之间。下愚之士幸而闻之,鄙以为不足行,且大笑之。夫道由人宏,归于上哲,不经下士之笑,不足以为道也。建,立也。建言有之,谓古立言者有是云也。道本明也,视之而若昧。道本夷也,视之而若类。夷,平也。类,偏也,音垒,《春秋传》云"刑之颇类"是也。道本进也,视之而若退。三者,下士笑之之由也。上德者虚怀而若谷,大白者自屈而若辱,广德者自歉而若不足,建德者暗修而若偷,质真者露妙而若渝。渝,变动也。大方,上士勤行之趣也。方本有隅,大方因其大而不见其隅,故无隅。器贵早成,大器有所待而晚成。音流为声,大音广含蓄而希声。象就为形,大象离规矩而无形。此四者,则又非上士所能骤几矣。然究道之原,则隐而无名,所谓无名天地之始是也。道既隐矣,则似无所成,而不知其又善贷。以物假人曰贷,言道善生物,犹之以物假人,无所不成耳。

道生一,一生二,二生三,三生万物。万物负阴而抱阳,冲气以为和。人之所恶,惟孤、寡、不穀,而王公以为称,故物或损之而益,或益之而损。人之所教,我亦义①教之。强梁者不得其死,吾将以为教父。

无名天地之始,道也。有名万物之母,一也。有生于无,道生一也。一者神,一分为二,而有精有气,是一生二也。精气合而神且潜滋暗长于其间,是二生三也。精气神合而生万物,万物遂各得精气神三者,是三生万物也。精属阴,气属阳,阳前而阴后,故万物若负阴于后而抱阳于前者,而又有神焉,

---

① 义,通行本《老子》无。

冲融其气以均剂之，故万物各得其和也。夫万物皆冲和以为体，人亦当柔弱以为归，有如孤、寡、不穀，乃柔弱之名，人之所甚恶也，而王公反自以为称。盖自称孤、寡、不穀，而愈显其王公之尊，岂非物或损之而反益欤？万一骄傲自高，众叛亲离，将并失其王公之位，是益之而反损也。世俗父兄之于子弟，必有所教，不免出于强梁，我则审于义而教之以柔弱，然而强梁者将不得其善终。则此柔弱以为教者，庶几合于道，吾将以为教父矣。

天下之至柔，驰骋天下之至坚。无有入于无间，吾是以知无为之有益。不言之教，无为之益，天下希及之。

柔者弱而刚者坚，然刚不胜柔，坚不胜弱。譬如马之刚也，而辔之柔能制之；石之坚也，而水之弱能透之。可知天下之至柔，足以驰骋天下之至坚矣。然此犹相制之说也，至于物本无有，则岂能入物，况于无间者哉？然春阳至而金铁皆温，冬阴沍而金铁皆寒，非无有之入于无间乎？夫无间，难入也，而无有入之；无知之民，难化也，而无为化之。以是知无为之有益也。尝谓多言数穷，又云为者败之，然则不言之教，无为之益，非天下之所希及者哉？

名与身孰亲？身与货孰多？得与亡孰病？是故甚爱必大费，多藏必厚亡。知足不辱，知止不殆，可以长久。

名者，荣华之虚誉。身者，德业之实区。虚与实，孰亲乎？身者，传宗之厚干。货者，赡体之薄资。厚与薄，孰多乎？得者，乐事之舒怀。亡者，忧心之伤体。乐与忧，孰病乎？不特此也，爱者吝其宝，费者丧其资，因吝致丧，甚爱者必大费也。

藏者密其机，亡者疏其守，因密待疏，多藏者必厚亡也。盖不知足者，人鄙其贪，故窘辱随之。不知止者，人攘其势，故危殆因之。知足知止者，庶乎免此，而身可长久，名与货所不计矣。

大成若缺，其用不敝。大盈若冲，其用不穷。大直若屈，大巧若拙，大辩若讷。躁胜寒，静胜热，清静为天下正。

人之成大器者，必自抑，人视之若缺蠤，而其器之用则不易敝，质地厚也。人之盈大量者，不自满，人视之若冲虚，而其量之用则不可穷，蓄蕴多也。人之性大直者，不求胜而若屈。人之心大巧者，不自显而若拙。人之机大辩者，不自嚣而若讷。则其用亦可知矣。夫寒之与热，天气所致也，而人之躁者，则寒不得而入之，是躁胜寒也；人之静者，则热不得而侵之。是静胜热也。所谓人定胜天，天尚不自胜，而谓人可不自屈、不自拙、不自讷乎？故当以清虚恬静为天下之正道也。

天下有道，却走马以粪；天下无道，戎马生于郊。罪莫大于可欲，祸莫大于不知足，咎莫大于欲得。故知足之足，常足矣。

人主治天下有道，则兵戎不事而农务为先，走马可却之以治耕而粪田。人主治天下无道，则盗贼日兴，四郊多垒，戾气所聚，而戎马自生。其所以无道者，酒池肉林、淫声美色之可欲也，拓疆辟地、头会箕敛之不知足也，长生久视、千秋万岁之欲得也，而罪咎祸患即基于此，可不哀哉？然则不知足而欲足者，必不能足，而且不止于不足，故能知足而足即随之，斯常足矣。

不出户，知天下；不窥牖，见天道。其出弥远，其知弥少。是以圣人不行而知，不见而名，不为而成。

天下事不易知也，惟心谙九州者，不必出户而知之。天道不易见也，惟胸罗万象者，不必窥牖而见之。此无他，识广故也。若局于识者，纵辙环四海，目极周天，出弥远而知弥少矣。是以圣人非不行也，而事不待行而已知；非不见也，而物不待见而已名；进而言之，非不为也，而道不待为而已成。其斯为圣人乎！

为学日益，为道日损。损之又损，以至于无为，无为而无不为矣。故取天下者，常以无事；及其有事，不足以取天下。

为学者博文广见，识愈夥则积愈多，故贵日益。为道者视夷听希，俗愈离则味愈淡，故贵日损。损之又损者，绝情去智，渐近自然，故得以至于无为也。无为而无不为者，默导潜移而物将自化也。取天下以无事，如舜处深山之中，木石鹿豕，与居与游，而取天下之理即基于此。及其升庸在位，咨岳省方，乃治天下之事，不足以取天下矣。

圣人无常心，以百姓心为心。善者，吾善之；不善者，吾亦善之，得善。信者，吾信之；不信者，吾亦信之，得信。圣人之在天下，惵惵①为天下浑其心，百姓皆注其耳目，圣人皆孩之。

人心贵有恒，而圣人无常心者，为其以百姓之心为心也。其以百姓之心为心者何也？百姓以为善者，吾亦善其所善；百

---

① 惵惵，通行本《老子》作"歙歙"。

姓以为不善者，吾即善其以为不善，斯得善矣。百姓以为可信者，吾信其可信；百姓以为不可信，吾即信其以为不可信，斯得信矣。在天下与治天下异，《庄子》云："闻在宥天下，不闻治天下。在之也者，恐天下之淫其性也；宥之也者，恐天下之迁其德也。"慄慄音铁，同帖帖，安静貌。圣人帖帖然为天下浑其纯素之心，使不淫其性，所以在天下也。在天下之圣人，虽百姓皆注其耳目以瞻听之，而圣人则使之由，不使之知，视之若乳哺之孩也，夫乳哺之孩，喜怒不常，吾随其喜怒而呕咻之，岂有常心哉？

出生入死。生之徒，十有三；死之徒，十有三。民之生，动之死地，亦十有三。夫何故？以其生生之厚。盖闻善摄生者，陆行不遇兕虎，入军不被甲兵，兕无所投其角，虎无所措其爪，兵无所容其刃。夫何故？以其无死地。

人得性命以生而出世，尽其天年以死而入幽，盖出则生而入则死，是出生入死也。以一时十数计之，民之徒得其性命而生者，十数之中有三数焉；民之徒尽其天年而死者，十数之中有三数焉；民虽得性命以生，失其性命之正，不得尽其天年而动而自之死地者，十数之中又有三数焉。夫乐生恶生①，人之常情，而乃有动之死地者，其故何在？以其高爵厚禄、良田美产、峻宇雕墙、华衣厚毳、珍肴玉馔、丽色淫声，百物皆备，生生之厚，销铄精神，之死地而不自知也。盖闻善于摄治生理者，陆地岂无兕虎，而行之不遇；军中岂无甲兵，而入之不被。夫既不遇，则兕虎无所投措其角爪；既不被，则兵亦无所容其刃

---

① 恶生，疑是"恶死"之误。

矣。此何故？以其不行险徼倖、不好勇斗狠、全身远害、不蹈
死地也，岂以生生之数厚而自戕其生哉？

道生之，德畜之，物形之，势成之，是以万物莫不尊道而贵
德。道之尊，德之贵，夫莫之命而常自然。故道生之，德畜之，
长之育之，成之熟之①，养之覆之。生而不有，为而不恃，长而
不宰，是谓玄德。

天下万物，皆道之所生，生而有体，遂以体载道而为德，是
德又畜其所生也，故曰道生之，德畜之。此道生德畜者，物也，
物既流形，而又有一形而不可止之势以成之，而其实皆从道德
来，是以万物莫不以道德为尊贵也。夫道之尊，德之贵，所以
命物，岂更有物焉以命之者？由其常自然而然也。故道生德
畜之时，初则长之，次则育之，次则成之，次则熟之，此长、育、
成、熟者，皆所以养之也；养之既足，乃始为敛为杀而覆冒之，
皆自然之道也。道惟自然，故生之而不自有，为之而不自恃，
长之而不自为宰，是即所谓玄之又玄，其斯为玄德乎！

天下有始，以为天下母。既得其母，以知其子；既知其子，
复守其母，没身不殆。塞其兑，闭其门，终身不勤。开其兑，济
其事，终身不救。见小曰明，守柔曰强。用其光，复归于明，无
遗身殃，是为袭常。

无名天地之始，故天下有始也。有名万物之母，因无而
有，有因始而有母，故又以为天下母也。母者，道也。母能生
子，道能生物。子者，物也。知道之为母，物之为子，是既得其

---

① 　成之熟之，通行本《老子》作"亭之毒之"。

母,复知其子也。我亦物中之一物,知我之为物,是既知其子也。以我守道,是复守其母也,道在于我,可没身无危殆之祸矣。兑,穴也,隙也。人惟有隙,则物得以乘之,甚则并闯其门。若塞其兑而复闭其门,则外侮不干,终身无劳苦之患矣。若自开其隙以授人,而转欲济事,是自贻伊戚,终身之祸患,不可救也。祸由小以成大,待其大而图之,晚矣,故见小之为明也。道以柔而制刚,若执其刚而逞之,误矣,故守柔之为强也。明者光之存,光者明之发,光者外泄,明者内涵,发其外泄之光,而仍归内涵之明,以是临事,内不昧而外不淆,可以无遗身殃矣,是袭以为常之道,乃自然之道也。

使我介然有知,行于大道,惟施是畏。大道甚夷,而民好径。朝甚除,田甚芜,仓甚虚;服文采,带利剑,厌饮食,财货有余,是谓盗竽[①]。非道也哉。

介,辨别也,使我介然知辨别之端,见大道之可行而行之,是矣。第道贵啬而不贵施,啬者内敛,施者外散,故施为守道者之所畏也。夫大道虽属平夷,而民心则好侧径。平夷则正理内啬而安和,侧径则邪气外施而耗散。治身治国,多失其宜。其治国也,朝右之间,蠲除布设,甚为华美,而田则不省耕而甚芜,仓则无积储而甚虚,此施而致耗之可畏也。其治身也,服文采之衣,带铦利之剑,口餍饮食,虽田芜仓虚,而货则似有余,徒足为盗之竽,而引之劫夺耳。按《韩非子》云:"竽先而钟鼓皆随,民唱而小盗皆和,故以为盗竽。"此施而致夺之可畏也。若行大道者,则岂有是?是非道也哉!

----

① 竽,秋声阁本作"誇(夸)"。

善建者不拔,善抱者不脱,子孙祭祀不辍。修之身,其德乃真;修之家,其德乃余;修之乡,其德乃长;修之国,其德乃丰;修之天下,其德乃普。故以身观身,以家观家,以乡观乡,以国观国,以天下观天下。吾何以知天下然哉? 以此。

人主为国家立久远之基,譬若善建木者,树之深则不可拔;譬若善抱物者,揽之坚则不可脱。是以宗庙享之,子子孙孙祭祀不辍也。无他,惟有德耳。盖修德者由内以及外,由近以及远,当自身始。故修之身,其德乃真实而无伪。然后修之家,即以身之有德者推之而有余也。由家以及乡,其德乃长久,而可以保一乡也。由乡以及国,施愈广矣,其德乃丰厚而国治也。由国以及天下,行愈远矣,其德乃普遍而天下平也。故以修之身者,观于身而后可及家;修之家者,观于家而后可及乡;修之乡者,观于乡而后可及国;修之国者,观于国而后可及天下;修之天下者,观于天下而后知德之同然也。吾何以知天下之德之同然哉? 以其由身递观而及之也。

含德之厚,比于赤子。毒虫不螫,猛兽不据,攫鸟不搏。骨弱筋柔而握固,未知牝牡之合而朘作,精之至也。终日号而嗌①不嗄,和之至也。知和曰常,知常曰明,益生曰祥,心使气曰强。物壮则老,谓之不道,不道早已。

至人之德,含容者厚,有若赤子,啼笑皆真,纯乎天性,而无情欲以间之,故以为比也。其至德之薰陶,能使毒虫自然不螫,猛兽自然不据,攫鸟自然不搏。骨自然弱,筋自然柔,所握

---

① 嗌,通行本《老子》无。

自然坚固，厚何如也。夫赤子既无情欲，则未知牝与牡交合之
道，宜其前阴之不兴矣，而其朘往往而自作，无他，其德纯粹以
精之至也。赤子心有未遂时，或终日啼号，宜其气尽而音歇
矣，而其嗌终日不嗄，无他，其德保合以和之至也。故知和而
和，则可谓有常矣；知常而常，则可谓能明矣。若妄益其生，而
自以为祥；以心使气，而自以为强，是过于用壮。夫物至于壮，
则老且及之，死亡可待，不得谓道，且谓之不道矣。夫求道之
人而至于不道，尚何为哉？不如其早止也。螫虫行毒也。据，
爪挈也。朘，小儿阴。嗌，喉也。嗄，啼极无声也。祥，吉凶之
征，而此云吉征也。

知者不言，言者不知。塞其兑，闭其门，挫其锐，解其纷，
和其光，同其尘，是谓玄同。不可得而亲，不可得而疏，不可得
而利，不可得而害，不可得而贵，不可得而贱。故为天下贵。

道不易知，知之者必不轻言；道不易言，言之者必不深知。
兑，隙也。道宜弥隙，故塞之而使莫窥。门，扃也。道宜固扃，
故闭之而使莫发。锐，锋也。道宜藏锋，故挫之而使莫竞。
纷，结也。道贵释结，故解之而使莫乱。光，焰也。道贵自焰，
故和之而使莫张。尘，俗也。道宜混俗，故同之而使莫别。此
大同之道，玄之又玄，故谓之玄同。且是道也，绝人而往，故不
得而亲；依人而立，故不可得而疏；不受人怜，故不可得而利；
不与人争，故不可得而害；不屑攀援，故不可得而贵；不蹈卑
污，故不可得而贱。此玄同之道，天下之至贵者，可与知者道，
难与俗人言也。

以正治国，以奇用兵，以无事取天下。吾何以知其然哉？

以此。天下多忌讳,而民弥贫;人多利器,国家滋昏;民多技巧,奇物滋起;法令滋彰,盗贼多有。故圣人云:"我无为而民自化,我好静而民自正,我无事而民自富,我无欲而民自朴。"

　　治国以正道而化俗,用兵以奇谋而取胜,若取天下者,不惟不用奇谋,抑且不由正道,自可以无事而取之。吾何以知其然哉?以奇不如正,正不如无事,有如此也。夫治天下者多忌讳,则民将窒碍不通,资用乏而民贫;人多兵刃之利器,则上无能而草野有权,国家滋昏庸而无以自主;民多技巧之艺,则人人相炫以怪异,奇物滋起而正业转荒;国家法令滋傲扰而彰明,则民无所措手足,多有起而为盗贼者。凡此皆不知无事之道故也。故古圣人有言:"民非能自化,化于我之无为;民非能自正,正于我之好静;民非能自富,富于我之无事;民非能自朴,朴于我之无欲。然则以无事取天下,在我而已。"

　　其政闷闷,其民醇醇;其政察察,其民缺缺。祸兮福之所倚,福兮祸之所伏。孰知其极?其无正耶?正复为奇,善复为妖。民之迷,其日固久。是以圣人方而不割,廉而不刿,直而不肆,光而不耀。

　　治国之君,其政闷闷而沈寂,民心应烦懑而不舒矣,而其民转醇醇而和畅也;其政察察精严,民心应畏服而不迁矣,而其民转缺缺而凋残也。然此特醇缺之分耳,而未及乎祸福之原也。讵知祸生于忮刻,一念慈祥,福即倚之;福生于柔善,一心很骛,祸即伏之。苟不间修为,则福又积福;不知改悔,则祸复基祸。吉凶之途,孰知其所极哉?夫人生百年,岂其无一正念耶?而正念不固,复变为奇僻;善念不坚,复变为妖淫。非他,人心之迷故也。且人心之迷,不自今日始,其为日固已久

矣。是以圣人因方就方，而不割截以为方；因廉砺廉，而不剌
刿以为廉；因直行直，而不恣肆以为直；因光显光，而不晃耀以
为光。凡以虑正之为奇，善之为妖耳，此政之所以常闷闷欤。

治人事天，莫若啬夫①。惟啬，是谓早服②。早服，谓之重
积德。重积德，则无不克。无不克，则莫知其极。莫知其极，
可以有国。有国之母，可以长久。是谓深根固柢、长生久视之
道。

人主抚天下以治人，奉天下以事天，莫不有侈心焉，岂知
治人事天，莫如啬夫乎？啬夫者，谓省啬而用之人，《管子》所
谓"吏啬夫任事，人啬夫任教"，盖本诸此。惟啬，故能任事以
治人，任教以事天，是早服也。早服者治人事天，皆本诸道。
道得于身，是谓重积德也。重积德者，啬其精气，无所往而不
胜矣。无不胜，则充其量，莫知纪极矣。莫知纪极，是纵横得
志，虽有天下不难。小言之，则可以有国矣。其可以有国者何
也？以其以啬为本而积德，为有国之母也。积德而以啬为本，
则啬其精气，可以长久也。然则其在国也，立基之厚，可谓深
根固柢之道；其在人也，立身之厚，可谓长生久视之道。非啬
夫孰能之哉？柢从氐，亦根也，《韩非子》："根者，直根；柢者，
曼根。"

治大国若烹小鲜。以道莅天下，其鬼不神。非其鬼不神，
其神不伤人。非其神不伤人，圣人亦不伤之。夫两不相伤，故

① 通行本《老子》"夫"字属下读。
② 服，秋声阁本作"复"，下同。

德交归焉。

　　小鲜，小鱼。烹小鲜，河上公云："不去鳞肠，不敢挠之，恐其糜也。"烹小鲜者，勿挠之而使烂；治大国之民，勿扰之而使散。其义一也。圣人以大道莅天下，无为而化，虽即强横之鬼，亦无能为而不神。非独其鬼不神，即猛戾之神，亦无能为而不敢伤人。非其神不敢伤人，圣人以无为而化，原自不伤也。夫圣人无为之化，既不伤鬼神，鬼神无能为，亦不伤人，是两不相伤也。两不相伤，则民无鱼烂之患，而德交归于圣人矣。

　　大国者下流，天下之交，天下之牝。牝常以静胜牡，以静为下。故大国以下小国，则取小国；小国以下大国，则取大国。故或下以取，或下而取。大国不过欲兼畜人，小国不过欲入事人。夫两者各得所欲，故大者宜为下。

　　下流者，众水所归，大国如之，故为天下之交会，又为天下之牝，盖人分男女，故其体中有牝牡之别。牡外健而主张施，牝内顺而主翕受。牡常动而牝常静，动者败则静者胜矣。问何以胜？以主静而常居下故也。此以人身之最切近者言之，知人而国可喻矣。故大国欲取小国，则常下之，而小国遂为所取；小国欲取大国，亦常下之，而大国且为所取。夫大国或下以取小国，小国亦下而取大国。此无他，大国不过欲兼并以畜小国之人，小国不过欲入贡以事大国之人。此两者皆欲取人，而自居于下流，自居于牝静，遂取小取大，以各得其所欲。然则大国而欲取小国，诚不宜自大，而宜为下矣。

　　道者，万物之奥，善人之宝，不善人之所保。美言可以市，尊①行可以加人。人之不善，何弃之有？故立天子、置三公，虽有拱璧以先驷马，不如坐进此道。古之所以贵此道者何也？不曰求以得、有罪以免邪？故为天下贵。

道者，微妙玄通，为万物之奥区，善人得之而美在其中，故以为宝，不善人虽不得，而日用不离，故为所保。夫人之无名者，尚可市买其美名；人之无行者，尚可强加以尊行。然则人即不善，亦何可弃之有哉？其不可弃也，以其日用不离而常保此道故也。故天下之立天子，贵矣；置三公，贵矣；国家之聘贤，用驷马而先以拱璧，贵矣，而以道论之，即立天子、置三公、虽以拱璧先驷马，皆不如安坐而进此道之为贵也。且古之人所以贵此道者何也？岂不曰善者求之而得宝，不善者保之而免罪耶？故道为天下之至贵。

为无为，事无事，味无味。大小多少，报怨以德。图难于其易，为大于其细。天下难事，必作于易；天下大事，必作于细。是以圣人终不为大，故能成其大。夫轻诺必寡信，多易必多难。是以圣人犹难之，故终无难矣。

无为之为，乃无不为；无事之事，乃可无事；无味之味，乃为真味。若论报施也，无问大怨小怨，多怨少怨，同一怨也，皆宜以德报之，则人亦无怨矣。当事之方至，知其将成难也，于其易时而图之，则可无难事矣；知其将成大也，于其细时而为之，则可无大事矣。盖天下难事，必忽之于易，而后乃成难；天下大事，必忽之于细，而后乃成大也。且为大事者，先有自大之心，则其事难成。是以圣人终不自为大，故能成大事焉。夫

---

① 通行本《老子》"尊"字属上读，"行"上补一"美"字。

人皆重诺而能信也,若轻于人为诺者,其后必至寡信;人皆见易而畏难也,若多以事为易者,其后必至多难。是以圣人不独以难为难也,即于事之易为者而亦难之,故终无难事焉。

其安易持,其未兆易谋。其脆易破①,其微易散。为之于未有,治之于未乱。合抱之木,生于毫末;九层之台,起于累土;千里之行,始于足下。为者败之,执者失之。圣人无为,故无败;无执,故无失。民之从事,常于几成而败之。慎终如始,则无败事。是以圣人欲不欲,不贵难得之货。学不学,复众人之所过,以辅万物之自然而不敢为。

势至于危则难持,其安固易持也;几至于形则难谋,其未兆固易谋也;体至于坚则难破,其脆固易破也;气至于旺则难散,其微固易散也。以是观之,天下事当为之于未有事之时,治之于未成乱之日。待其有事成乱,则难图矣。譬如合抱之大木,固生于毫末之苞蘖;九层之崇台,固成于数蒉之累土;千里之远行,固始于足下之初步也。此言凡事当图之于其先也。至于事之当前,若不问轻重,不顾是非,而一出于为,则未有不败者,况不共参酌,不听劝谏,而故意以执之,尤未有不失者。是故圣人以无为之心而为之,则无不可为,为之而无败;以无执之心而为之,则本无所执,不执而亦无失矣。此言凡事当审之于其际也。且凡民之从于事者,要其成也,然常于几成而败之,是终之不慎,始亦徒然。若能慎终如始,则无败事。此言凡事当慎之于其后也。夫事之先、事之际、事之后,圣人皆有道以处之,是以欲人之所不欲,所欲者道也;不贵难得之货,所

贵者道也;学人之所不学,所学者道也;复众人之所太过,所复者道也。以是辅佐万物自然之道,而不敢自以为道,固无为也。

古之善为道者,非以明民,将以愚之。民之难治,以其智多。故以智治国,国之贼;不以智治国,国之福。知此两者,亦楷式。能知楷式,是谓玄德。玄德深矣,远矣,与物反矣,乃至于大顺。

睢睢盱盱,不识不知,民之质也,是民之为体,本愚者也。故古之善为道者,以道治民,不欲使之明于道,将使之愚,以复其本质也。夫以民之难治,奸盗诈伪,无乎不作。次则假仁假义,久而不归,以其智多耳。故以智治国,上下相率而为伪,风俗乖漓,是国之贼也;不以智治国,上下相见以天,安享太平,是为国之福也。人能知此二者,舍智归愚,亦可以为模楷法式矣。常知模楷法式,则以愚入道,是谓玄德。玄德者,玄之又玄,深矣,远矣,与万物同反而归于自然矣。自然而然,乃至于大顺民情,无为无不为矣。

江海所以能为百谷王者,以其善下之,故能为百谷王。是以圣人欲上民,必以言下之;欲先民,必以身后之。是以圣人处上而民不重,处前而民不害。是以天下乐推而不厌。以其不争,故天下莫能与之争。

百谷者,以大势言之。众水杂流,同归于江海,以江海之地势下也,可知江海能为百谷王者,以其善于下之耳。是以圣人法之,欲上民必以言下之,如自称孤、寡、不穀及"朕躬有罪,无以万方"之类;欲先民必以身后之,如"不违农时"及"我稼既同,上入执宫功"之类。是以处上位而民不以为重,如曰"凿井耕田,帝力何有"是也。处民前而民不以为害,如"瞻之如云,就之如日"是也。是以民乐于推崇而不生厌斁之心,如"尊为天子,富有四海之内""民非后何戴"是也。以其善下而不与民争尊卑,争强弱,争得失,故莫能与之争而为天下王。

天下皆谓我[①]大,似不肖。夫惟大,故似不肖。若肖,久矣其细。我有三宝,持而宝之:一曰慈,二曰俭,三曰不敢为天下先。慈故能勇,俭故能广,不敢为天下先故能成器长。今舍慈且勇,舍俭且广,舍后且先,死矣! 夫慈,以战则胜,以守则固。天将救之,以慈卫之。

肖谓象其身形也,自言道大于身,故天下人皆谓我大,而似乎不能象我之身形。不知惟大,故似不象其身形,若象其形,不过笃身而已,其为细已久矣。我之所以大者,以有三宝能持而守之也。何谓三宝? 其一曰慈,其二曰俭,其三曰不敢为天下先。慈与勇别,慈则心善而爱物,勇则气盛而制人。不知惟爱物者始能制人,是慈故能勇也。俭与广反,俭则性啬而内啬,广则情奢而外施,不知惟内啬者始能外施,是俭故能广也。不敢与有成异,不敢为天下先者,甘于让后。成器长者,天下大器,长之者君,不知惟让人者始能长人,是不敢为天下先者,故能成器长也。今使舍爱物而制人,舍内啬而外施,舍让人而长人,是不慈徒勇而多亢,不俭徒广而多散,不后且先而多危,死期其将至矣。且三宝之先慈者,以其心善而爱物也。我既爱物,物亦为我尽力,故以战则胜,以守则固。即不

①　通行本《老子》"我"下有"道"字。

必胜，不必固，天亦将隐隐救之。何也？以其有慈爱之心而卫之也。

善为士者不武，善战者不怒，善胜敌[①]者不与，善用人者为之下。是谓不争之德，是谓用人之力，是谓配天，古之极。

善为甲士者，不见勇武，谓平日；善于战斗者，不形虓怒，谓临事；善操胜算而败敌者，不必身与行伍，谓谋主；善用人之才能者，恒礼义之而身为之下，谓国君。是谓有不争之德，是谓得用人之力。虽武事也，是实可配合天道之自然，而为古人之极则也。

用兵有言："吾不敢为主而为客，不敢进寸而退尺。"是谓行无行，攘无臂，仍无敌，执无兵。祸莫大于轻敌，轻敌几丧吾宝。故抗兵相加，哀者胜矣。

古之善用兵者有言："主客，敌体也。然主则不能转移，客则可以去就，故吾不敢为主而为客。进退，兵机也。然进则难保万全，退则可图再举，故吾不敢进寸而退尺。皆不敢轻敌也。"行，阵也，是谓列无人与敌之阵，攘无人与敌之臂，就无人与敌之境，执无人相当之兵，此无他，以吾有不敢之心，详慎恻怛以为宝故也。若漫焉轻敌，几丧宝而祸莫大焉。故两敌相抗而加兵，骄者必败，而能哀惧者胜矣。

吾言甚易知，甚易行。天下莫能知，莫能行。言有宗，事有君。夫惟无知，是以不我知。知我者希，则我者贵。是以圣

---

① 敌，秋声阁本作"战"。

人被褐怀玉。

　　吾言正大明显，固易知易行，而天下莫知莫行者，其故何哉？夫言有宗主，道者，言之宗也；事有君长，道者，事之君也。天下之人，夫惟不能知道，是以不能知我言而行之耳。正惟知我言者希，则道之在我者愈贵矣。夫道为身宝，犹之玉也，圣人不求人知而人亦未有知之者，犹之被褐怀玉耳。

　　知不知，上；不知知，病。夫惟病病，是以不病。圣人不病，以其病病，是以不病。

　　知在言行之先，人之言行多伪者，其知先伪也，故人能自知其不知也，此为上也。若不知而自以为知，此则病矣。夫惟自病其不知为知之病，则必自知其不知而不病。圣人诚不病矣，以其自病夫不知为知之病，自知其不知而不病也，此知之所以无伪也。所知者何？万事万理，而道其要也。

　　民不畏威，大威至矣。无狭其所居，无厌其所生。夫惟不厌，是以不厌。是以圣人自知，不自见；自爱，不自贵。故去彼取此。

　　刑威者，人君所以砺民，民当祗畏者也。苟放僻邪侈，则罗于法网，愈入愈深，而大威至矣。是何也？盖居心务须宽广，若居心褊狭，则以吝致争，以争致杀，而大威至矣。故当无狭其所居也。天地君亲，皆生我者，所当敬爱而无厌，若出于厌，则以厌致疏，以疏致悖而大威至矣。故当无厌其所生也。夫惟不以天地君亲为厌而爱敬之，则天地君亲亦不厌之，而潜孚默佑于其人也。是以圣人自知其居心当宽，而不当自为褊狭之见。自爱敬其天地君亲生我之恩，而不当妄自尊贵而生厌。故去乎彼之狭且厌，而取乎此之知且爱也。

　　勇于敢则杀。勇于不敢则活。此两者，或利或害。天之所恶，孰知其故？是以圣人犹难之。天之道，不争而善胜，不言而善应，不召而自来，坦然而善谋。天网恢恢，疏而不失。

　　敢不敢者，利害之所在，而即为天心爱恶之所分。其勇于敢，则致杀；勇于不敢，则存活。此两者，或不敢而利，或敢而害。其敢之何以害而致杀者？谅当为天心之所恶也。人事何与天心，而爱恶所在，杀活分明，夫孰知其故哉？盖天道之不可测，虽圣犹难窥之。窃以意揣天之道，不与人争而善胜人，不与人言而善应人，不受人之召而自来赴应，坦然于人无私，而善为人谋。其勇于敢之害而致杀者，虽以天网之恢恢张大，即疏而终不漏失，可不畏哉？

　　民不畏死，奈何以死惧之？若使民常畏死，而为奇者，吾得执而杀之，孰敢？常有司杀者杀。夫代司杀者杀，是谓代大匠斫。夫代大匠斫者，希有不伤其手矣。

　　民之为奇邪者满天下，皆不畏死之徒，为上者奈何以致死之刑惧之？若使天下之民皆畏死，而仅有一二为奇邪者，吾得执而杀之，孰敢有犯法者？为其不畏死而刑不能遍加，法无可复用，赖常有司杀者在冥冥之中取而杀之耳。此自杀者谁乎？天是也。天既司杀，则凡为奇邪者，司杀者自能杀之，何必代为之杀？夫代司杀者杀，犹庸夫而代大匠以斫木，以大匠之艺精手敏，而庸夫贸然代之，希有不伤其手者矣。则为死刑以惧民者，可自危矣。

民之饥,以其上食税之多,是以饥;民之难治,以其上之有为,是以难治;民之轻死,以其求生之厚,是以轻死。夫惟无以生为者,是贤于贵生。

民间之菽粟,不过只有此数,故上之税民,亦有常额,若使多征税而食之,则民之食减而民饥矣。民情睢睢盱盱,至易治也,而难治者,以其上之有为劳扰难堪,故民亦鸥张而不服教耳。民何以僄劲而轻死?以其营谋计较,自求生生之厚,贪利忘身,是以轻死。此三者,二为上苛求之所致,无如何也,一为民求生之自致,民奈何以求生生之利而轻死耶?夫惟无以求生生之厚而妄为者,则其生也不贵而自贵,以视夫贵生而出于求者,是为愈矣。贤犹愈也。

人之生也柔弱,其死也坚强。草木之生也柔脆,其死也枯槁。故坚强者,死之徒;柔弱者,生之徒。是以兵强则不胜,木强则兵①。强大处下,柔弱处上。

人禀气于天,禀精于地,精气合而神生,三者皆灵物,故人之生也柔弱而灵,其死也三者皆去,而其质徒存,则坚强矣。草木亦含精气,故生而柔脆,死而枯槁。以此观之,可知坚强者与死之为徒,柔弱者与生之为徒。是以用兵之道,恃强者败。木强则兵刃所加,将以取而用之也,《列子》引作“木强则折”,亦兵字之意。以木言之,根株强大者处下,枝叶之柔弱者处上,而胜负之数、生死之机可例观矣。

天之道,其犹张弓乎?高者抑之,下者举之;有余者损之,

---

①　兵,秋声阁本作“共”,通行本《老子》作“折”。

不足者补之。天之道，损有余而补不足。人之道则不然，损不足以奉有余。孰能有余以奉天下？惟有道者。是以圣人为而不恃，功成而不处，其不欲见贤。

张弓之道，《考工记》云"张如流水"，又云"引之如环"，天之道如弓，弓之弣高者抑之下而使平，弣下者亦举之高而使平，所谓"张如流水"，以言平也。弓之过张者为有余，则损而退之，不足者则补而进之，所谓"引之如环"，以言圜也。盖天之道损有余以补不足，乃自然之道，若世人之道则不然，损民间之不足以奉君上之有余，谁能损上益下，取有余以奉天下者乎？其惟有道之君子乎！是以圣人虽有为而不恃其为，虽有功而不处其功，是何也？以不欲自见其贤能也。

天下柔弱，莫过于水[①]。而攻坚强者，莫之能胜，以其无[②]以易之。弱之胜强，柔之胜刚，天下莫不知，莫能行。是以圣人云："受国之垢，是谓社稷主；受国不祥，是为天下王。"正言若反。

世皆以柔弱为无能，不知天下柔弱，莫过于水，而攻坚强者能冲城破垒，独不能胜水，以其柔弱莫能过之，而无以易之，故亦莫能抗之，而无以胜之也。夫弱之胜强，柔之胜刚，天下明理之人莫不知之，而卒莫能相率以行，是以知道者鲜也。故古圣人有云："垢汙者，人之所秽，惟能受垢汙者，所以为社稷主；不祥者，人之所忌，惟受不祥者，可以为天下王。"此其意盖谓柔弱者胜，是正言也而若反言矣。

---

① 天下柔弱，莫过于水，通行本《老子》作"天下莫柔弱于水"。

② 以其无，秋声阁本作"其无以"。

　　和大怨，必有余怨，安可以为善？是以圣人执左契，而不责于人。有德司契，无德司彻。天道无亲，常与善人。

　　大怨者，两国相敌，两雠相抗，小怨不已，致成大怨。欲和之者，善言修好，陈以利害，俾各意解，舍怨言和。然大怨虽解，余怨犹存，或未免波及和怨之人，安可以为善举？契有左右，施债者执左契以征右契，彻则燕罢器虚而命彻。圣人以德济民，而心无私欲，如执左契而不征偿于民，盖有德之君若司契者，执契不征偿，而民□归之，无德之君，若司彻者，欲有获而卒归无有。此何以故？盖天道无亲，恒与善人，是谓必如圣人之执左契，方可以为善，而和怨者非所谓为善也。

　　小国寡民：使有什伯人①之器而不用，使民重死而不远徙，虽有舟舆，无所乘之；虽有甲兵，无所陈之。使民复结绳而用之。甘其食，美其服，安其居，乐其俗。邻国相望，鸡犬②之声相闻，民至老死不相往来。

　　此疾世风之日下、大国之难治而设言。若有小国寡民，以无为治之，民安无为之化，纵有什伯于人之器具，舍之而不用。民皆重爱老死，常处其处，而不远事迁徙。不远徙，故不用舟舆；重老死，故不陈甲兵。风俗醇朴，可使民复结绳之治而用之。各甘食美服，安居乐俗，以享无为之福。邻国仰其德化，相望而不生觊觎之心，鸡狗之声相闻于闾巷，民自幼壮以至老死，田其田，宅其宅，无往来之烦扰，此何国也？世有之

————————————

　①　人，通行本《老子》无。
　②　犬，秋声阁本作"狗"。

乎？徒系诸想像而已。

信言不美，美言不信。善者不辩，辩者不善。知者不博，博者不知。圣人不积，既以为人，己愈有；既以与人，己愈多。天之道，利而不害。圣人之道，为而不争。

此述五千言竟，而自表立言之意在于不积也，因言言之信实者必不华美，美者必不信实。善言者必不恃口辩，有口辩者必非善言之人。知道者其言必简约而不广博，博物者言虽广博，必不能知道。惟圣人体道，因物付物，无所积储，既以为人，而在己者愈见其有；既以与人，而在己者愈见其多。盖天之道，善利人而不为人害；圣人之道，为无为而不与人争。所以为人、与人而各遂其欲者，法天道之有利而无害也。此终结无为而无不为，为道德之宗也。

右《老子索微》一卷，夫子爵叟之所著也。夫子耄犹好学，萤窗雪案，日手一编，不啻少年为诸生下帷时，人目为书痴，不顾也。甲子季冬迎傩日见氍篓藏明董氏秋声阁原刊老子《道德经》，展卷读之，玩索有得，随笔纪录。越乙丑孟春晦，哀然成帙，计旧腊新岁，除酬应宴游外，只二十余日耳，成二万五千言。缮写既定，嘱氍校读。既毕，喜其扫除一切神仙觉悟诬妄之说，独抒己见，阐发古人之所未发，而不背乎聘父著经之宗旨。然其中尚有数条，与氍所见不合，如骨梗在喉，不得不哇而出之，以相质正。如"多言数穷"，即《礼》所谓"殷人作誓而民始畔，周人作会而民始疑"之类，似不专指言辞小节。"玄牝"，当从杨说，非口鼻之谓也，若依河上公云云，则是谷神不死，是谓口鼻，其可通乎？且云玄，天也，牝，地也，玄牝即天地,又何以以天地之门,谓为天地之根?"用之不勤",即"莫如啬夫"之义,似当补此一证。解"令人行妨"句,似欠明醒,盖言贵货则贱德,故妨损人行,行字当读去声。夫上士闻道,勤而行之,苟能勤行,可谓善士矣。勤行既至,自然微妙玄通。"与兮若冬涉川"七句,似皆并状善为士者之容,故下紧接"孰能"二字,非但言道容也。按邻,近也,四邻犹言四近。犹性善疑,每行必四面顾望,故经云然,小国畏伐之义,未免牵强。而"贵食母"与万物之母母字同义,"圣人为腹",亦即此意。能食母,则可绝学矣。然则食母者,饫道而已矣。"甫"与"父"通,众甫即众父也。《庄子·天地篇》"可以为众父",是其证。"袭",《说文》云"重衣也",是谓"袭明",言圣人不欲自炫其明,如衣之有袭,与后是谓"袭常"同意。"知其雄","雄"及"白""荣"三字,似不宜说坏,三"知"字亦尽有功夫。如"知其雄"一段言,深知刚强之理,而姑守其柔弱之素,则内刚而外柔,为天下所归往。为天下所归往者,非尽离刚强之常德也。有常德而复归于婴儿者,柔弱之用耳,下二段仿此。若但云"刚强非道",则当云"去其雄,守其雌,为天下溪"足矣,下三句非赘文乎?"将欲取天下"二句,似领起下意,言将欲取天下而以有为为之,吾见其必得为矣。天下神器,不可有为而为,故为者必败,执者必失。观万物之好尚不齐,是以圣人但去其太甚而贵无为也。此节"为"字正无为之反面,已,语辞。玩语气,当如是。"用兵则贵右",皆言兵制,非戎车之制,盖戎车之制,中为御,右为肃士,其将则左立,非处右也。所谓"贵右"者,《左氏传》曰:"楚人尚左,君必左。"可知他国之君亲兵则处右。君处右,帅亦处右,故曰贵右。"衣被万物"之"被",当作寝衣解,言万物恃之为衣,恃之为被也。"故致数车无车,不欲琭琭如玉,落落如石",注文似未得其解。如云车驾其一,不欲多致,则《周礼》五辂,《左氏》副车,皆为无用。且"琭琭""琭"字,不见《说文》。《说文》"录"下,有"录录"之训,又为"刻木",非攻玉,琭琭多玉之解,未为妥适。"落"字本义为草落,"落落"二字连用者,大概为孤立难合之称,与多石正相反,亦未得当。"明道若昧,进道若退",明、昧、进、退,皆对文。"夷道若类","夷""类"似不对,疑"类"当为"纇"之假借,王弼注亦作"纇"。"纇",《说文》谓珠玉之瑕,有凹凸处也。有凹凸,则不平,方与"夷"之训"平"恰对。辅嗣训"纇"为坳,亦未确。"大白若辱","辱"字,当从《仪礼·士昏礼》"以白造缁曰辱"之"辱"为解,则与白可为对文。"贷",以物假人而生息也。大道因物付物而善生物,有似乎贷,贷或有所负,而道则无不成,故曰"善贷且成"。"以表掩里曰袭",故重衣曰袭,衣重袭曰袭袭,此是谓袭常,与前袭明皆取此义。袭明者,言韬其光,即无辙迹之意也。袭常者,言隐其常道,《指归》明说,而"塞兑闭门""见小守柔"皆在其内。兹乃于袭明言取明,袭常言袭以为常之道,似谬。"朝甚除","除"当训"治",《左传》"小人日粪除先人之敝庐"。夫除王宫,皆治之之义,而于蠲除布设之下,又曰甚为华美,似涉强凑。"虽田芜仓虚而财货则似有余"二语,亦似太泥。公聚朽蠹而三老冻馁,道馑相望而一人富溢,尤损下即益上之由,"虽"字"似"字可不必。"盗竽",犹《庄子》"曾史为桀跖嚆矢也"可证。"骨弱筋柔,所握似不能坚固,而啼笑皆真,则人不忍夺,而所握转若坚且固",盖以"骨弱筋柔"四字转下,故中用"而"字。至"我无为而民自化,极言其效",似当云"我不为察察之治而民自化,我不为扰扰之政而民自正",须说得自然而然,方能合经意旨。"祸兮福所倚"三句,正足上四句意,似当云"其在行政之初,必以为闷闷者祸民,察察者福民,而不知醇醇、缺缺之效其极至于如此。"是"祸兮福所倚,福兮祸所伏,果孰知其极耶？是以圣人欲不欲"四语,各两句为一气,只二事,非四事,盖言道者,众人所不欲;难得之货,众人之所欲也。圣人所欲不在是,而欲人之所不欲焉。道者,众人之所过,所不愿学者也。圣人惟道是志,而学人之所不学焉。过、病当即下士闻道大笑之意,按凡处下者覆压是惧,为上之重也;处后者壅塞是虑,口前之害也。圣人处上如天之覆,恢恢其有余,民不患其重矣;圣人处前如先路之循循而善诱,民不以为害矣。"凿井""云日"等喻似于"处上而民不重"二句欠帖切。解"不肖""肖"字似太泥,"不肖"者,如谓"我勇而我固慈,谓我广而我固俭,谓我先而我固后",若不拟于伦也,以形体言意,便不醒。"不敢为主而为客,不始祸也;不敢进寸而退尺,不深入也。君子无人而不自得焉,是谓无狭其所居。农恒为农,士恒为士,不见异物而迁焉,是谓无厌其所生。夫惟不厌其所生,故终身由之而不厌也。是以圣人但求自知而不自表见,但知自爱而不自矜贵,故去彼自见自贵之心而取此自知自爱之道也",《索微》未甚确,不如以此意易之。"和大怨"章,盖言坚强为治,民虽畏其威,必蓄其怨,及为怨府而后思和解之,非不可以和解,而余怨终存,安可以为善？所以圣人执左契以待斯民之成合,而不责善于人,如老老而民兴孝,长长而民兴弟,圣凡秉彝,本属一体,心心相印,若左右契之适合,故曰"有德司契"。鬶之所见如此,是亦敷衍之说耳。夫子阅之,以为足补《索微》之疏漏,拟即易稿删补,鬶急止之,曰:"昔诸葛武侯读书但观大略,陶靖节不求甚解,夫子之为此,固以解人难索者,从而探索老子之微旨。鬶之为此,亦以《索微》中间有未得本经微意者,乃悉源会微,而以不解解之,况夫子老矣,非若当世著作家兢兢以传世为也,何必改作?"夫子闻之,莞尔而笑,曰:"偓之言是也,子盍书诸后,存其说以质诸大雅,可乎?"鬛曰:"诺。"遂书之。倘有道君子不以鬛夫妇老悖而弃之,指其谬,匡其失,诱而进于道,幸甚。孔子纪元二千四百七十六年孟子生日,台南归西河蒋鬛瘦碧跋于湖北会城寓庐之味无味室,时年六十有九。

附　录

林丙恭著述及校印古籍考

钱汝平

　　林丙恭是清末温岭籍学者兼藏书家,对乡邦文献的整理和搜集作出了重要贡献。林氏功名不显,游食四方,以布衣终身,故其生平事迹及学术贡献罕有人道及。笔者最近受《温岭丛书》编委会之托,整理林氏遗书六种,遂对林氏生平事迹及学术贡献有了一定的了解,因此有必要介绍一下这位对台州乡邦文献整理和搜集都作出过较大贡献的学者。

一、林氏名字的判定

　　首先,要纠正林氏名字判定上的错误认识。1992 年出版的《温岭县志》是这样介绍林氏的:

　　　　林爵铭,字丙恭,长屿水沧头人[①],诗文有名,热心桑梓文献,建海沧阁贮书,成为台州藏书家之一。光绪三十一年(1905)辑《九老诗存》,收集明九老诗 49 首,文 9 篇,

―――――――

　　① 据温岭市政协文史委吴茂云先生见告,林氏实是箬横水沧头人,《县志》误,应据正。

每人诗前有小传,又集《花山题咏》20 首,15 家,陈廷谔题写书名,赵佩茳、陈明园作序……①

可见,《温岭县志》认为林氏名爵铭,字丙恭。这其实是天大的误解。我们来看林氏写于民国十七年六月初五日的亲笔信(2011 年台州书画院举行纪念辛亥革命一百周年暨台州乡贤书画名迹展,展出历代台州乡贤作品一百五十余幅,内有林氏这封亲笔信,笔者有幸看到):

季球、幼玉二位仁兄足下:自癸亥夏晤于后雕草堂,一转瞬间已六阅岁矣。岁月催人,可胜浩叹。比维文祺禋祉皆大吉祥,定如鄙祝。弟自别后,旅甬、旅鄂、旅沈阳,浪迹天涯,与故乡知己转多疏阔。往岁归里,闻玫伯先生已作古人,不禁凄然泪下。本即赴府慰问,因为饥驱,不获如愿,抱歉殊深。前玫伯先生编辑《台州府志》及《台州文徵》《台诗四录》时,曾向弟携去李静轩大令《周易解》《尚书解》二本(书方式,书面印有李氏敦悦楼印章),林逸园明经诗草一本,王韵卿父子诗稿数页,吴邻农茂才经解稿一本,《闲距录》二本,《太平乡贤列传》二本,《续台学源流》一本,《家礼简易录》二本,均系抄本,令兄装成一束,放在后书房小书箱内。当弟因赴甬匆匆,未经带还。兹因蔡从生兄赴黄之便,托其转致,敢费尊神检出,统交从生兄带甬为盼。叨在久交,谅勿见却。令倩毅侯世兄近居何职,见时乞代问好。手此拜托,敬叩公安,并希赐

---

① 温岭县志编纂委员会编:《温岭县志》,浙江人民出版社 1992 年版,第 750 页。

福是盼。弟林丙恭上言。①

信中提到的"玫伯先生"就是台州近代著名学者、教育家和藏书家王舟瑶，"季球""幼玉"乃王舟瑶之弟。信末署名是林丙恭，古人是不会自称字的，因此丙恭必是林氏之名无疑。另外，据笔者所见的几种林氏著述，署名要么是林丙恭，要么是林丙恭爵铭，如《老子索微》题天台林丙恭爵铭，而《九老诗存》则题后学林丙恭述，又题浙太平林丙恭爵铭编辑。又《重修浙江通志稿》第 5 册《著述考》"蕉阴补读庐诗草十卷"条下亦云："温岭林丙恭撰。丙恭，字爵铭。"②按照古人题名惯例，是先名后字或号的，如《静惕堂诗集》，就题檇李曹溶秋岳著，檇李是地名，曹溶字秋岳。又比如《珂雪集》，就题北曹曹贞吉升阶撰，北曹是官名，贞吉字升阶。这些其实是常识，无需枚举。这也从侧面证明了林氏的确是名丙恭字爵铭的。因此《温岭县志》的介绍是错误的，而浙图、国图所藏《九老诗存》的编目均题林丙恭辑，是准确的。

二、林氏家世生平

林丙恭(1862—?)，字爵铭，自号沧江钓雪叟、沧水破圜佚叟、破环逸叟等，岁贡生，浙江温岭（古为太平）人，清末学者兼藏书家。沧水林氏祖上由元至正年间因避方国珍之乱从黄岩

---

① 台州书画院、台州收藏文化研究会编《台州乡贤书画名迹》(2011)，第 65 页。

② 浙江省通志馆编、浙江省地方志编纂委员会整理《重修浙江通志稿》，方志出版社 2010 年版，2755 页。

股竹迁居沧水。高祖林兆瑞,年登大耋,乡闾重其德望,称曰可园先生。曾祖林韶,积学励行,著有《正心诚意录》等书,著名学者黄濬称其为好学有道君子。祖父林翘楚,字集材,以经营木材生意起家,家资巨万,货殖之余,不废著述,亦耽吟咏,著有《方城物产志略》《集材诗集》等书。父志锐,字玉琁,原名鑫,字铸颜,十岁即能背诵六经,十三岁出就外傅,作为文章,理致深厚,有大家风。甫冠,复工诗词。既壮,潜心汉宋之学,以为训诂、义理、词章三者不可偏废,不喜乾嘉诸老专事考据,攻击宋儒性理之学,分门别户。故其生平于经传子史及汉魏六朝、唐宋诸书,无不博览潜稽。至于天文、舆地、勾股等学,亦无不探其原而穷其委而有所撰述。但林玉琁厌倦科举,不喜进取,从不与有司试。至咸丰庚申(1860),才奉祖母命以万金助饷,经两江总督左宗棠奏准,援例以郎中用。同治乙丑(1865)赴部引见,签分工部营缮司郎中。在职半载,即辞职归养。生性好客,喜饮酒,甲申(1884)年夏,因赴友人宴而酒伤心肺,终成痼疾。乙酉(1885)复大病,至秋即与世长辞,享年仅四十有三。林玉琁短暂的一生留下了大量著述,经学方面有《周易注疏集证》二十四卷、《易经异文集释》四卷、《尚书今古文辨证》四卷、《毛诗传笺集证》十六卷等十多种;史学方面有《元史列传补证》二卷、《元史指谬》二卷等;诗文集有《凌沧阁集》四卷、《偷闲室诗余》二卷等。此外还有关于天文地志、九章算术、道藏释典等方面的著述,虽然皆未成书,但亦可窥林玉琁学术贡献之一斑。林玉琁除丰硕的著述而外,对汉唐篆隶与古今法帖碑版复有研究,尤工铁笔。所刻之玉石牙章,得之者即奉为至宝。图书、钟鼎彝器,一见便能辨真赝。其为学沉潜遗经,根据古书训诂,坚守汉世经师之家法,而于濂闽关洛之学,亦能悉心发明,有"欲合汉宋而冶为一炉"之志。

　　林丙恭生于同治壬戌(1862)三月一日。这可从《蕉阴补读庐文稿》卷十六《叔祖妣江太恭人行述》云"至同治壬戌丙恭生"、《蕉阴补读庐诗稿》卷十《三月一日生日》诗中得到印证。六岁入私塾,林玉琁就每夕授以唐诗,为其略作解说,并摘诗句使其属对,务使对工而后已。光绪甲申(1884)秋,林丙恭府试第一,得以补博士弟子员(秀才)。二十四岁时,林玉琁去世,家道已然中落,林丙恭不敢自我放佚,只得以坐馆维持生计。乙未(1895),由增贡生加捐试用训导,复主讲翼文书院,先后六年。辛丑(1901),以赀入官,捐升州判,指分安徽,从此进入仕途。癸卯(1903)夏,林丙恭从安庆归乡省亲。乙巳(1905)春,拟返安庆,但通州丰利场大使陈莒臣来函聘其助理幕务并课其子,林氏遂赴通州。林氏晚年曾随其子工作需要而转徙于湖北、沈阳、北京等地。最后回归乡里,以教学而终。林丙恭有两儿四女,长子贤蟠,字禅航,后改名公际①,生于光

----

① 政协温岭县委员会、文史资料研究委员会编《温岭文史资料》(第四辑)载王建一《林公际事略》:"林公际,字禅航,温岭箬横区人,古文学家林勺人公之公子。"林勺人公应该是指林丙恭。《蕉阴补读庐诗稿》内有残纸载"浙江温岭县箬横镇转水沧头林酌吟先生",酌吟应该是林丙恭的号,而勺人可能是酌吟的音误。

绪丁酉(1897)年十月九日①,北洋陆军军医学校药科毕业,曾
出任国民革命军白崇禧部药局主任,又进入日本东京帝国大
学进修,回国后历任浙江医学院、福建医学院药科主任、教授
四十余年,解放后曾任福建医学院副院长,著有《卫生化学》
《药物禁忌》等书,为中国药学事业的发展作出了重要贡献。
次子贤融,字公绩,五岁而夭。四女,未详名字,但均成年出
嫁。林丙恭的仕途之路坎坷不顺,因此常有郁郁不得志之感,
癸丑(1913)作《农校开学,示诸生》诗,有"为官不遂仍为师,到
底儒生教学宜"之语,这也是对自身多年生活经历的一个感
悟,在选择为官与课士之间,林丙恭无疑更偏向后者,他也一
直践行着自己的为学主张。林丙恭对家乡建设事业也一直兢
兢业业,对于屡遭洪水之害的家乡,有《致蔡从生论南乡水利
书》一文条陈其中利害,为民请命,并痛斥蠹豪徇私舞弊、中饱
私囊之行为。作为县议会议员亦时常建言献策,为造福乡里
颇注心力。林丙恭还一直心系国家命运,面对外国列强的侵
略,常思有以报效,所作如《海防策》虽已多不合时宜,但位卑
未敢忘忧国的心情洋溢在字里行间。林丙恭卒年未详,《蕉阴
补读庐文稿》收有《港南徐氏谱序》一文,落款是"民国二十四
年九月望",即 1935 年,这一篇是其文集中所载时间最晚的,

<hr>

① 上引王建一《林公际事略》载林公际"1980 年冬,病逝于福建
医学院任所,终年 80 有 5 岁",可知林公际生于 1896 年,1989 年由韩
光、张宇舟主编的《中国当代医学荟萃(第三卷)》则载林公际 1895 年
出生。按:《蕉阴补读庐文稿》有《从侄贤蟏埋志》一文,载其子贤蟏生
于光绪丁酉十月九日,即 1897 年 10 月 9 日,而不是 1895 年,这应该是
林公际生年最权威的表述,理当采信。

可知林丙恭此时尚在人世。但其卒年不会离 1935 年很远,浙江省通志馆曾于 1942 年至 1948 年间组织编纂《重修浙江通志稿》,该书第五册《著述考》曾著录林氏所编《太平集》一书,云:"闻其稿游杭时贮于行箧,卒后未见。"[1]可见其时林氏已卒。总之,林氏享年在七十四岁以上,但不至八十。

三、林氏的著述

下面再谈林氏著述。林氏虽然功名不显,事迹不彰,但他其实是一个颇有成就的学者,著述宏富,尤其对乡邦文献的收集整理颇著劳绩。林氏在其所著《老子索微》题下注有"蕉阴补读庐丛稿丙部之四"字样,可见其将自己的著述按甲乙丙丁分类,也就是按传统的经史子集分类,丙部就是子部,《老子索微》是其子部著述第四种,也就是说,其子部著述至少有四种,再加上经部、史部、集部著述,数量肯定十分可观。今据笔者掌握的并不完整的材料,将林氏著述介绍如下:

一、《老子索微》一卷,一册,稿本,现藏临海市博物馆。此书有句读,不少地方文字有改动,卷首钤有临海项士元鉴藏章。此书本由项士元收藏,新中国成立后项氏将其捐给了临海市博物馆。此书具体誊写年月不详,卷末有林氏之妻蒋鬻跋语,跋语落款为孔子纪元二千四百七十六年孟子生日,乃是夏历 1925 年二月初二,则此书誊录当在此前后。《老子索微》是林氏现存唯一一部严格意义上的学术著作。1924 年冬,林

---

① 浙江省通志馆编、浙江省地方志编纂委员会整理:《重修浙江通志稿》,方志出版社 2010 年版,第 2760 页。

氏见其妻蒋鑫箧藏明董逢元刻秋声阁《老子道德经》一卷,遂展卷读之,玩索有得,随笔纪录。到第二年春,即完成了《老子索微》的撰述。《老子索微》阐述了林氏研读《老子》的心得体会,全书摒弃了汉儒解经式的一字一句的训诂,而纯用宋儒沉潜涵咏的解经方式,着重对文气的体会、大义的阐发,是一部有个人心得体会之书,对《老子》研究有一定的参考价值。

二、《蕉阴补读庐诗稿》十卷,稿本。此是林氏诗集,现藏临海市博物馆。著录于《重修浙江通志稿》第5册《著述考》。全书按照时间顺序编排,可藉此了解林氏的一生行踪。此书编成的具体年月不详,但卷首有林氏所作的《诗稿编成,自题简首》的题辞,落款是"民国第一丙寅孔子生日前一日",可见其最早编集在1926年9月前后。然通览全书,发现最晚的一首诗作于1931年。由此可见,此稿本在1926年以后又陆续编入不少,其真正编成的时间应该在1931年以后。

三、《蕉阴补读庐文稿》十八卷,稿本。此是林氏文集,现藏临海市博物馆,亦著录于《重修浙江通志稿》第5册《著述考》,前四卷为经解,第五卷为释辨考策,第六卷为记,第七卷为书启,第八卷、第九卷为论说,第十卷为序跋,第十一卷为寿序,第十二卷为书后,第十三卷为略例,第十四、十五、十六各卷为传状,第十七、十八各卷为墓志哀诔。该书不像《蕉阴补读庐诗稿》按时间顺编排,而是按照文体编订。书中个别篇章文义未完,当有脱页。书中《港南徐氏谱序》作于1935年,是最晚的一篇,据此可推测该书的编成应在1935年以后。

四、《花山九老诗存》一卷,一册,木活字本,浙江图书馆、国家图书馆皆有藏。《花山九老诗存》是辑佚之作,是一部温岭地方诗歌总集,由于范围较狭,流传不广,故素以反映清乾隆后著述总目著称的孙殿起的《贩书偶记》及其《续编》均无著录。此书虽偏,但也不能说毫无价值。本书书名由陈廷谔题签,卷首有"太平可园林氏校印"字样,版心题"花山九老诗存"。书前有光绪三十年(1904)赵佩茳、光绪三十二年(1906)陈明园两人的序,此下是花山九先生小传、林丙恭述论、如皋举人潘荫东《古风》一首,再下为《九老诗存》,卷末有《九老文存附录》四页,收九老文4篇。附录后有《花山九老诗存诗补遗、文补遗》及后人吟咏花山的诗作汇编《花山题咏》各一种,并有管世骏作于光绪丙午年(1906)的《花山九老诗存》后序,全书共辑得九老诗49篇,文9篇。卷末有识语"用天台齐孝慈聚珍版排印",则此本是活字版。版心有"沧水林氏纂"字样。浙图本封页上有墨笔题写"太平林爵铭君捐赠"字样,可知此本乃林氏赠与浙图者。至于该书的排印年代,大概在管世骏光绪丙午年(1906)作《花山九老诗存》后序之后。

五、《台州采芹录》,一册,抄本,书前钤有"可园旧里爵叟"之章。此书是清道光二十二年(1842)至咸丰七年(1857)之间关于台州地区科举考试的一份资料,它详细列举了台州地区这十五年间每一岁科考试主考官姓名、官阶、各县试题及被录取的各类生员(秀才)的姓名,对研究清末台州地区的科举制度和文化状况有一定的意义。现藏临海博物馆。

六、《江槛集拾遗》一卷,一册,木活字本,卷首亦有"太平可园林氏校印"字样。《江槛集》是元代温岭籍文学家潘伯修的文集,《江槛集拾遗》乃是《江槛集》的补辑之作。浙图有藏。该书前有赵佩茳《江槛集拾遗》序,云:"林君爵铭既辑《九老诗存》,因及推其屋乌之爱于先生之诗,乃广搜《元诗选》《赤城诗集》《三台诗录》、潘氏谱牒及乡先正集,得其遗诗若干首,文若干篇,辑为一卷,曰《江槛拾遗》。"可见《江槛集拾遗》成书于《花山九老诗存》之后。

七、《太平集内外编》九十卷,稿本,已散佚。这是林氏所编的一部太平县(今温岭市)地方文学总集,全书没有刻印行世,只以稿本形式流传过,但在民国时期就已失传。民国《重修浙江通志稿》第5册《著述考》曾收录此书,有"闻其稿游杭时贮于行箧,卒后未见"之语。《重修浙江通志稿》结束于1949年,可见当时此书或已失传。因此,今人于此书内容已难得其详。所幸的是,《蕉阴补读庐文稿》卷十三有《太平集凡例》一文,洋洋洒洒,将近万字,对《太平集内外编》的编撰缘起、体例内容均述之甚详。尤其是作者按时间顺序把南宋到清末八百年间的温岭文学史梳理了一遍,不啻是一部微型的温岭古代文学史纲,具有很高的学术价值。

八、《海国丛谈》十六卷,《泰西名人诗话》六卷,《西游诗话》两卷,未见。《蕉阴补读庐诗稿》卷四《宫子经少尉以芭蕉十本见赠,植诸窗前,已有欣欣向荣之意。七月中旬,返旆维扬,感赋七绝六章以赠芭蕉,即以留别》诗下自注云:"时葺《海国丛谈》一十六卷、《泰西名人诗话》六卷、《西游诗话》两卷。"

九、编纂光绪《太平县续志》及《祠庙志》。《蕉阴补读庐文稿》卷六《蔡王庙记》云:"予于地方古迹,必详考所自始,此庙久沿俗称,不能遽改,曾于光绪《续志》改称蔡公祠,欲为之记,未遑也。近因编辑邑中《祠庙志》,乃考其始末与所以致误之由,而为之记,镌诸石。"

十、《经说》两卷,《读史指谬》五卷,未见。《蕉阴补读庐文稿》卷七《答柳明府质卿师书》:"但丙恭自幼失学,长复浪游,五入秋闱,不得一第。己丑虽承恩荐,然青衫依旧,属望徒劳,至今犹自以为愧。自是以后,惟日读书,不自揣量,妄有撰述,所著《经说》二卷、《读史指谬》五卷,顾蒙赐序,生平荣幸,无逾此矣。"

十一、编纂太平县《艺文志》。《蕉阴补读庐文稿》卷十《环峰草堂文稿序》:"光绪甲午,予馆其孙子廉学博家,谈艺之暇,子廉出其所著《环峰草堂文集》四卷见示,并乞余序,予受而藏诸箧者三十六年于兹矣。近有邑艺文志之辑,始检其集而读之。"又同卷《陈芸圃诗文集序》亦云:"今芸圃墓草已宿,取而序之,不禁有人琴之感,乃编入《艺文志》,藉慰古人于地下。"据此两文落款为己巳,可知林氏编辑太平县《艺文志》当在1929年前后。

十二、编纂《台州列女传》。《蕉阴补读庐文稿》卷十五《宋贤母传》:"余编《台州列女传》,以贤母居首,次孝女孝妇,次贞女贞妇,次节妇节母,次烈女烈妇,次才女才妇,盖以孝以贞以节以烈以才,特妇女一节之长耳。贤则具体而微,如孝如贞如节如烈如才,皆贤者之所优为者也。"可见林氏曾编纂过《台州列女传》。

十三、《台学源流补》五卷,缺第三卷,仅存四卷,稿本,现藏临海市博物馆。全书用无格稿纸书写,没有页码,一、二两卷无句读,四、五两卷有句读,天头有作者补记。卷首卷尾均钤有"可园旧里爵叟"白文方印。临海市博物馆定为清抄本,据书中将"弘治"写作"宏治"来看,定为清末的本子是大致不差的,但定为抄本则未必。将此书笔迹与民国十七年(1928)六月初五日林氏致王季球、王幼玉两人的亲笔信(2011年台州书画院举行纪念辛亥革命一百周年暨台州乡贤书画名迹展,展出历代台州乡贤作品一百五十余幅,内有林氏这封亲笔信,笔者有幸看到)比对,就可知此书由林丙恭亲笔书写,而且此书每卷下均署名"太平林丙恭爵铭",因此此书应该是林氏著作的稿本,定其为清末稿本是比较合适的。《台学源流补》是对明代金贲亨《台学源流》的一个补充。《台学源流》是对台州理学人物的一个全面概述,所收人物由宋至明。而《台学源流补》补充的是金贲亨失收或不及收且作者认为值得收录的理学人物,起于南宋乾道年间的方斲,至于明代万历年间的应大猷。就现存的四卷内容来看,立正传者三十三人,附传者二人。传记都采摘群书文字镕裁而成,所采文字均注明出处,可谓语语征实,字字有来历,读者自可复按。传记下间有林氏按语,有所评判。

十四、《台郡识小录续编》,林丙恭撰,一册,抄本,此书未见,著录于浙江人民出版社 1995 年版的《台州地区志》。

四、林氏校印、校订的古籍

除著述外,林氏还校印、校订过不少古籍,据笔者调查,至少有以下几种:

一、《集材诗集》一卷,一册,木活字本,林翘楚(字集材)撰,由其孙林丙恭校印,卷首题"可园林氏",有陈明园作于光绪二十四年(1898)的序,则此书当付印行于陈氏作序之后。现藏浙江图书馆。而与《集材诗集》合印在一本书里的还有林丙恭叔祖林庄(字鹗秋)的《江南游草》和《倦吟杂录》两本诗集。《江南游草》所附裴灿英所撰的《江南游草序》落款时间是宣统三年(1911)清和月(农历四月),可知《集材诗集》《江南游草》《倦吟杂录》三本诗集合印本排印当在此之后。

二、《江南游草》一卷、《倦吟杂录》一卷，一册，木活字本，与《集材诗集》合印，林庄（字鹗秋）撰，由其侄孙林丙恭校印，卷首亦题"可园林氏"，《江南游草》有裴灿英序，落款为宣统三年（1911）清和月，则此书付印当在此之后。浙江图书馆有藏。

三、《夏小正注》一卷，清黄濬撰。黄濬，号壶舟，清太平（今温岭）人。此书《两浙著述考》据《台州经籍志》云有其邑林丙恭校印本。《贩书偶记》载有道光间刊本，今存佚不详。

四、《壶舟文存》二卷、《红山碎叶》一卷、《论语井观》二卷，清黄濬撰。《蕉阴补读庐文稿》卷九《烟谷诗草序》云："序忆予往时，与江君泳秋蒐葺黄氏遗书，欲为校订，以广其传，今《壶舟文存》《红山碎叶》《论语井观》《今樵诗存》等书皆已次第付梓，流传于世，雍生能将先生之诗亦梓而行之，吾知其诗之传必愈久而愈光也。"同书卷十又有《重辑壶舟文存序》，可参。

五、《今樵诗存》八卷，《今樵先生文存》四卷，清黄治撰，黄治乃黄濬幼弟。《蕉阴补读庐文稿》卷九《烟谷诗草序》云："序忆予往时，与江君泳秋蒐葺黄氏遗书，欲为校订，以广其传，今《壶舟文存》《红山碎叶》《论语井观》《今樵诗存》等书皆已次第付梓，流传于世，雍生能将先生之诗亦梓而行之，吾知其诗之传必愈久而愈光也。"同书卷十《今樵先生文存序》亦云："予既辑《壶舟先生文存》竟，乃复辑今樵先生文，得一百四十首，分为四卷，手自缮写，竭半月之力毕乃事。"可见林氏不仅校订过黄治诗集，还编定过黄氏文集。

六、《果园诗草》二卷，清陈月卿撰。《蕉阴补读庐文稿》卷九《果园诗草序》云："同里陈君月卿，长予四龄……今君往矣，诸公之姓氏，后生又鲜能道者，虽当日之儿童如予，亦复白发皤皤，颓然老矣。欲求如林文忠、璧星泉其人者为君表章而不可得。

幸嗣君百川太守声华开朗,有志承先,季冬之吉,以君诗稿,嘱予校正,行将付梓,以广流传。予喜君有后,乐为雠校,厘定上下二卷。君果有知,其词魂诗魄,当向南冈北涧之间,翛然而笑,惬然而慰矣。是为序。宣统二年庚戌十二月祭诗日,同里知弟林丙恭撰。"可见 1910 年前后林氏曾校订过陈月卿诗集。

七、《灏亭诗集》六卷、《灏亭文集》四卷,清王瀚撰。《蕉阴补读庐文稿》卷九《灏亭文集序》云:"余年十三,从郑锡三师游,学举子业,师出灏亭先生制艺数十篇授余读,以示程式。余之得知科举文字者,实先生导我先路也。既而习音韵,学律赋学律诗,先大夫又授以《桐花馆赋钞》《梧月斋律诗》二册,曰:'此灏亭先生课徒作也。先生工制艺,善诗赋,屡试冠军,虽困于秋闱,不得一第,此二册实小试利器也,汝其诵习之,当自有得焉。'洎先大夫弃养,予检其藏箧,有手录《灏亭先生诗集》六卷,首列自撰先生小传。余取而读之,爱不释手。嗣见先生之诗之散存他处而为原集所无者,随见随录,得二十有四首,为辑《补遗》一卷,附诸集后。尝以未读其文为憾,自壬辰以来,于故家巨族案头,或诸时流丛钞内见有先生文,必手录之,积年累岁,先后得先生古文七十三首,分为三卷;骈文三十一首,别为一卷,合成四卷,仿《诗集》例,题曰《灏亭文集》。"可见林氏不但补辑了王瀚佚诗二十四首,还编辑了王瀚文集四卷。

八、《冷梅斋诗草》一卷,清符月桥撰。《蕉阴补读庐文稿》卷九《冷梅斋诗草序》:"苍溪符月桥上舍既卒之明年,予与江楷亭茂才、江杏春学博吊于其家,就其几筵,哭而奠之。其内兄陈子铭茂才,出《诗草》一卷,嘱予校订,予受而藏之箧者二十稔于兹矣。……爰倩书人誊真而校正之,行将商之杏春学博,鸠赀付梓,以垂永久,庶无负月桥平日孜孜之苦心,及子铭当日殷殷见嘱之雅意云尔。光绪三十一年秋八月望后一日。"可见林氏 1905 年前后曾校正过符月桥《冷梅斋诗草》。

九、《一斗吟室诗草》一卷,清王星野撰。《蕉阴补读庐文稿》卷九《一斗吟室诗草序》:"吾师星野王先生,博学能文,且喜吟咏,精六法。予于同治甲戌、乙亥间,从而受业,获益良多,不十年而先生以疾亡,春秋四十有一。师母林孺人,称未亡人者三十年于兹矣。无男若女,所后子不能孝养,致令师母古稀之年,犹以纺织自食其力。吁!可悲也已。遗稿散佚,渐将澌灭,兹从师母处得其诗八十五首,编为一卷,题曰《一斗吟室诗草》,以其自题所居之室之名名之也……宣统二年,岁在庚戌秋七月望后三日,序于京师台州会馆之宝纶堂。"可见林氏 1910 年前后曾编订过王星野《一斗吟室诗草》。

十、校订《台贤遗书》。《蕉阴补读庐文稿》卷九《赵绍平太史诗序》:"(赵绍平)丙申秋来省尊甫观察公于台州府署,余适承公聘,校订台贤遗书,相见如旧识,晨夕谈心,颇相契合。"丙申是 1896 年,林氏于此年曾受赵绍平之父赵寅臣之聘校订《台贤遗书》。

十一、总纂《南山蔡氏宗谱》。《蕉阴补读庐文稿》卷十《南山蔡氏宗谱序》:"岁丙寅,邑南山蔡氏重修宗谱,阖族会议举从生君为总理,聘予为总纂,敏斋兄为协纂,豪民、椒民、勉生、葆甫、葆初、哲均等为编辑兼采访、誊录诸职,而会稽则为杏轩君,庶务则为寿松君。予当即与诸君子发凡起例,从事纂辑。"可见 1926 年林氏曾受聘任《南山蔡氏宗谱》总纂。

（此文发表于《嘉兴学院学报》2015 年第 5 期,收入本书时有大幅度修改。）

稿本《蕉阴补读庐文稿》述略

钱汝平

　　最近,笔者受浙江省温岭市"温岭文化丛书"编委会的委托,整理该市清末学者林丙恭的遗著。林丙恭,字爵铭,自号沧江钓雪叟、破环逸叟等,浙江太平县(今温岭市)长屿水沧头人。生于同治元年(1862)三月一日,卒年不详。光绪十年(1884)秋,林丙恭以府试第一中秀才,曾"五入秋闱,不得一第"。光绪二十一年(1895)以增贡生加捐试用训导,光绪二十七年(1901)捐升州判,指分安徽。后随盐课大使陈莐臣办理通州丰利场盐务。林氏一生为生活奔走,辗转上海、扬州、杭州、沈阳、湖北、北京、安徽等地,做过幕僚、教师等。壮年时期他曾求学杭州诂经精舍,奉俞樾为师,因此对经史之学有一定的造诣。他热心乡邦文献的收集与整理,著述弘富①,《蕉阴补读庐②文稿》仅是其中之一。

　　笔者整理《蕉阴补读庐文稿》时,发现此书内容丰富,涉及面颇为广泛,实在是研究乡邦文献的极好资粮,因此觉得有向学界推介的必要。此书现藏临海市博物馆。书为稿本,用无

---

　　①　有关林氏著述及校印之古籍今尚得见者,请参钱汝平《林丙恭著述及校印古籍考》一文,《嘉兴学院学报》2015年第5期。

　　②　关于"蕉阴补读庐"的来历,林氏的另一部著作《蕉阴补读庐诗稿》有明确的记载,该书卷四《宫子经少尉以芭蕉十本见赠,植诸窗前,已有欣欣向荣之意。七月中旬,返旆维扬,感赋七绝六章以赠,即以留别》诗有"每读楹书转忆家,一编常傍绿阴斜"之句,下有小注云:"家有蕉阴补读庐。"可见是林氏的读书之所。

格稿纸书写,是作者林丙恭的亲笔①。书法俊秀,悦人眼目。全书未见页码,个别篇章文义未完,当有脱页,但不知所脱几何。书中页眉粘有他人签条,页眉亦多有他人校语。扉页题签"蕉阴补读庐文稿"后署"丁卯暮春伯云敬书"字样。每卷卷首都钤有"可园旧里爵叟"朱文长方印。书中《港南徐氏谱序》作于 1935 年,是最晚的一篇,据此可推测该书的编成应在 1935 年以后②。最早提到此书的是民国《重修浙江通志稿》③,该书第 5 册《著述考》曾收录此书,并有简略提要。全书十八卷,前四卷为经解,第五卷为释辨考策,第六卷为记,第七卷为书启,第八卷、第九卷为论说,第十卷为序跋,第十一卷为寿序,第十二卷为书后,第十三卷为略例,第十四、十五、十六各卷为传状,第十七、十八各卷为墓志哀诔。

　　书稿封面上粘有一签条云"温岭丁天杰先生寄存,项编纂介绍"字样。丁天杰是民国时期温岭新河私立授智中学的校长,林氏长子林蟠(后改名公际)是该中学校董,林氏将其手稿和藏书存于授智中学。"项编纂介绍"可能与台州著名学者项

---

　　① 2011 年台州书画院举行纪念辛亥革命一百周年暨台州乡贤书画名迹展,展出历代台州乡贤作品一百五十余幅,内有一封民国十七年(1928)六月初五日林氏致同乡王季球、王幼玉两人的亲笔信,将此稿笔迹与之比对,就可知此稿由林丙恭亲笔书写。当然书中有些篇章明显不是林氏笔迹,可能是后人补抄的。

　　② 据林氏今尚健在的孙女回忆,林氏卒于 1936 年,从文稿中最晚的一篇写于 1935 年来看,林氏孙女的回忆基本可靠。

　　③ 《重修浙江通志稿》始编于 1942 年,结束于 1949 年。

士元有关。项士元 1947 年曾受聘为浙江通志馆编纂①，故有项编纂之称。项氏在新中国成立初期曾为台州文管会搜集购买了大量有关乡邦文化研究的著作，这个签条透露的信息可能与之有关。

一

林氏早年求学于杭州诂经精舍多年，是晚清国学大师俞樾的弟子，因此有较深的经史功底，这在此书的前五卷中得到了体现。这五卷经史考证虽然说不上篇篇精彩，但其中确有精金美玉之作。如卷一《"汝后稷"异文考》，力辨先儒训"后"为"君"、为"居"之失，认为"后"是"司"字之误。因为据《说文》，司字从反后，且其义为"臣司事于外者"，引申之亦有主掌、主管之义。故"汝后稷"就是"汝司稷"。据专家考证，司母戊大方鼎实当作后母戊大方鼎，司、后互讹，古书中并不鲜见。因此林氏之说即使不能成为定论，但至少可备一说，能给人不少启发。又比如同卷《禹贡三条四列说》，《禹贡》"三条四列"之说，起于汉儒马融，谓三条为"导岍北条、西倾中条、嶓冢南条"，郑玄再进一步提出四列说："导岍谓阴列、西倾次阴列、嶓冢次阳列、岷山正阳列。"后儒或从之，或驳之，议论纷纭。林氏认为马、郑所言，不过略南北而分阴阳，使治经者于"导山"诸条得知大概，不迷方道而已。他将"导水"与"导山"分开叙述，认为两者"情事前后，未可混同"，眉目清楚，思致新颖，可

———————

① 见胡平法：《藏以致用　化私为公——项士元收藏简论》，《台州学院学报》2009 年第 4 期。

谓凿破鸿蒙。又比如卷五《汇水、洭水辨》,力辨段玉裁、桂馥等著名学者改"汇"为"洭"或改"洭"为"汇"之失,认为诸书汇、洭并存,不应汇水皆为洭水之误,一水而得多名者,不过随人所称耳。林氏还引当地方言为证,云"盖水名随地而得,而县名朝夕在人口""书策可误,而人口称呼不可误",详引博考,思致绵密,信而有征,足可引为轨范。

林氏在考证中还十分强调文字通假,他对后世《诗经》研究者因不通假借之法而误解或篡改《毛传》《郑笺》之举深表不满,认为阅读上古典籍,不通文字假借,不足以言考证。他说:"承学之士,必深明乎古人通假之意,庶可以得《传》《笺》之义也夫。"(见该书卷三《先生如达解》)这大概得自其师俞樾的真传,因为俞樾最喜谈文字通假。从原则上来说,阅读上古典籍必须先通文字假借之法无疑是正确的,林氏确实也是按此身体力行的。书中所谈文字通假,虽无惊人发现,但都较为平实,不喜凿空为说。如卷三《骄人好好解》云:

> 《毛诗·小雅》:"骄人好好。"《尔雅·释训》云:"旭旭,蹻蹻,憍也。"《疏》云:"郭读旭旭为好好。"今按旭,从九声,古音九、丂、好、畜,皆同部相假借。《淮南·说林》篇:"夏后氏之璜不能无考",考即朽也。《说文·玉部》玉下解云:"朽玉也。从王有点,读若畜牧之畜。"盖朽即玉,谓玉之衃也。朽、考俱从丂得声,丂古巧字,而与"从王有点,读若畜"之字同义,则旭、好之得通假,从可知矣。又按《吕览·适威》篇:"民善之,则畜也。"注:"畜,好也。"《礼记·祭统》云:"孝者,畜也。"《孟子·梁惠王》篇:"畜君者,好君也。"设好不得与畜通,孟子何以释畜为好乎?历观诸说,皆旭、好同部通假之证。

　　"好好"一词,若以常义解之,则于上下文义不合。必须破读,才能解决。林氏从郭璞读"旭旭"为"好好"这一点出发,运用声训及文字通假的规律指出"好好"其实应训为"憍"(骄傲),如此就与上下文义密合无间了。

　　当然林氏在运用文字通假的规律校读上古典籍时,亦往往使用过度,其失正与其师俞樾相同。如同卷《民虽靡膴解》就是一个著例:

　　　　《诗·小雅·小旻》篇:"民虽靡膴。"郑康成《笺》云:"靡,无;膴,法也。"上文"国虽靡止",《毛传》云:"靡止,言小也。"《郑笺》训止为礼。今按《史记·殷本纪》:"说为胥靡。"靡,随也,古者相随坐轻刑之名。《诗·周颂》:"无封靡于尔邦。"《传》云:"靡,累也。"下文曰"无沦胥以败",言无相随累率率同致于败。即此靡字义也。此诗盖言国与民虽靡靡然相随累,尚有敬用五事者,如《传》《笺》说,皆义曲意违,与下文不相属矣。又按:膴,大也。《巧言》"乱如此憮",词气同此。《尔雅》云:"憮,大也。"膴、憮音皆同也。膴,《韩诗》作腜,声尤与止、否、谋相近,至"艾"字,始转其声,与败字相韵。

　　林氏力破郑玄笺"靡"为"无"、解"膴"为"法"之误,认为"靡"要解作"累"、"膴"要解作"大"才通。还说"膴"与"憮"、"腜"声通,与"止""否""谋"相近,如此辗转相训,不知伊于胡底。实际上郑玄所笺简捷明快,最为准确。"膴"当读为"橅","橅"即"模"也,故郑玄解"膴"为"法"也。"靡膴"即当今所谓"目无法制"之意而已,不必曲为之说也。

二

《蕉阴补读庐文稿》是林丙恭学术业绩的集中反映。翻阅全稿，随时会有惊喜的发现。如《太平集内外编》九十卷[①]，是林氏所编的一部太平县（今温岭市）地方文学总集，全书没有刻印行世，只以稿本形式流传过，但在民国时期就已失传。民国《重修浙江通志稿》第五册《著述考》曾收录此书，有"闻其稿游杭时贮于行箧，卒后未见"之语。《重修浙江通志稿》结束于1949年，可见当时此书已经失传。因此，今人于此书内容已难得其详。所幸的是，《蕉阴补读庐文稿》卷九、十三两卷收有《太平集内编序》《太平集外编序》《太平集凡例》三文，为我们了解此书的概貌提供了方便。特别是后一篇，洋洋洒洒，将近万字，对《太平集内外编》的编纂缘起、体例内容均述之甚详。尤其是作者按时间顺序把南宋到清末八百年间的温岭文学史梳理了一遍，不啻是一部微型的温岭古代文学史纲，具有很高的学术价值。由此可知，这部林氏耗费大量心血历经多年编纂而成的卷帙浩繁的温岭古代文学总集的散佚，实在是令人扼腕的憾事，这无疑是温岭地方文献的重大损失。卷十三《沧

---

　①　是书凡内编文三十二卷，诗二十八卷，外编文十八卷，诗十二卷。内编成于清光绪辛丑（1901），序称採辑之时，尤重旌品，品不足取，句虽工弗录也。所录凡千五百家，要皆纪录山川胜迹，传述先正遗风，读之可以征文而考献。外编成于光绪癸卯（1903），汇集海内人士之题咏其邑山川，传述先正事略及官于斯、寄寓于斯、旅游于斯与其邑人投赠往来之作。

水林氏谱略例》一文,亦有数千字,对古代谱牒之学的缘起及各家谱牒的优劣都有评述,有许多自己修谱的心得体会,无疑是一篇出色的谱学论文,他提出的那些修谱凡例,对当代的修谱工作仍然具有现实指导意义。林氏有较为丰富的修谱实践,因此发为文章,颇中窾要。书中还有《南山蔡氏宗谱序》《港南徐氏谱序》《中库林氏支谱序》《中库林氏支祠记》等文章,都集中反映了林氏的谱学思想。林氏热心乡邦公益事业,尤其对水利事业有自己的意见。卷七《致蔡从生论南乡水利书》对修筑水水闸、塘口以御海潮、防水灾之事擘划甚详,透露出林氏对家乡的一片殷殷之情,从中也可了解林氏并非是一味枯守书斋的学究,而是颇通世务的干才。集中还有许多书启和序跋,其中也有大量论学之语,可以看出林氏的学术涵养和治学倾向,对了解清末民初学界情况也有一定的参考价值。比如卷九《与梁卓如孝廉书》就是一则考察清末民初学界政坛情况的好材料。梁卓如就是梁启超。据信中所述,1896 年梁启超和汪穰卿等人创办《时务报》,后来梁、汪发生矛盾。梁氏遂在《申报》上发表《时务报原委记》一文,将两人的矛盾公之于众。林氏与梁、汪二人都有交情,遂写信给梁氏,指出梁氏此举不妥,云:"夫穰卿攘众人之美以为己有,穰卿固为小人,在足下既与穰卿为知己,宜将《记》中情节,作书径达穰卿,令自愧悔。即不然,或约同志,婉转喻其过失,令自辞职,不得把持,庶几于知己无忝,于大局无碍。乃不出此,公然登之报章,倒其架子,似非所以处朋友之道,同志闻之,未免齿冷,恐谓足下亦小人矣。"这封书信无疑为我们提供了了解此次《时务报》事件的许多细节,是颇有价值的学界掌故。

三

　　事实上此书最大的价值并不在此,而主要体现在研究乡邦文献的价值上。书中所涉大多为当时温岭以及台州之事,内容实在太丰富了,有如入宝山的感觉。其他不论,就拿最后四卷墓志、传状来说,就给人以美不胜收的感觉。客观地说,林氏功名不高,地位不显,与其交往之人,按照现在的标准来说,可谓"档次不高"。但是正是这些地位不高、功名不显的文人担当起了乡邦文化研究的重任。而这些文人由于地位不高、功名不显,往往难以在正统的或官家的高文典册中占有一席之地,因此现代的乡邦文献研究者为了考证一个乡邦学人,即使是近在清末或民初之人的生平事迹,也往往会多方搜寻而不获。然而翻阅此书中的墓志、传略,却往往会有意想不到的收获。比如吴观周,他是清末温岭一位理学家,虽然只是一介诸生,五入秋闱而不第,但他在理学上确有较深造诣。他曾接续明代台州学者金贲亨的《台学源流》而成《续台学源流》一书,虽然此书被黄岩学者王舟瑶认为"采择未精,挂漏亦多,殊暗源流,远逊金氏之书",但它毕竟为研究明清时期台州儒学发展史提供了基本材料,其价值不应一笔抹杀。吴氏还撰有《太平乡贤事略》四卷。[①] 应该说吴氏是一位对乡邦文化研究作出过较大贡献的学者。温岭地方志工作者也知道吴氏是一位颇著劳绩的乡邦文化研究者,但由于吴氏功名不显、地

---

　　①　此据清末黄岩学者王舟瑶考证,转引自徐三见《项士元〈台州经籍志〉评介》一文,《台州学院学报》2011 年第 1 期,第 10 页。

位不高,其生平事迹一无所知,因此旧版的多种《温岭市志》均未为其立传。而其实在此书卷十六就有《吴蟊农先生事略》一文,对吴氏的生平事迹述之甚详。随着二轮修志的展开,如果新编《温岭市志》要为吴氏立传,那么林氏这篇《吴蟊农先生事略》就足可取资了。又比如毛济美,他是当时温岭著名的诗人,有"浙南才子"之称。他曾编有《三九联吟集》抄本一册,该书记载了温岭民国时期由毛氏等首倡的三九社、四乐社的发起缘由和社友诗作,是温岭近代文学史的宝贵史料。旧版《温岭市志》只给毛氏立了简传,其实在林氏书中,至少有两篇文章直接与毛氏有关,即卷十《毛震伯尺园文集序》及卷十七《己酉拔贡毛君墓志铭》。这两篇文章对毛氏的生平事迹叙述颇为详尽,足供研究毛氏者参考。又比如蔡宗黄是民国时期著名的法学家和律师,他是林氏的忘年交,两人感情甚笃。林氏书中涉及蔡氏的文章很多,其中卷十六《蔡君从生行状》一文,足有五千字篇幅,是了解法学家兼名律师蔡宗黄生平事迹的第一手详实材料。若新修《温岭市志》要为其立详传,则林氏此文就足资借鉴了。即如林氏本人而言,旧版《温岭市志》将其列为藏书家,并立简传,但名和字都搞混了,竟称林氏名爵铭字丙恭,而对其生卒年则概付阙如①。而此书卷十六《先考玉琁府君行述》明确说"同治纪元,不肖丙恭生",就足证其生于1862年。而从其文中一直自称丙恭也可看出林氏确实是名丙恭字爵铭的。其卒年虽不可确知,但从其书所收写作时间最晚的

① 见钱汝平《林丙恭著述及校印古籍考》一文,《嘉兴学院学报》2015年第5期。

一篇《港南徐氏谱序》作于 1935 年来看，其卒年当在 1935 年后，享年至少七十四岁。另外，林氏长子林贤蟠（后改名公际）是我国著名的药理学家，可以说是我国药理学的奠基者之一，新中国成立初曾任福建医学院副院长。但旧版《温岭县志》及《台州市志》将其生年定于 1895 或 1896 年，其实林公际准确的出生年月日应是 1897 年农历十月九日。是书卷十八《从侄贤蟠埋志》云："侄名贤蟠，字公骖，别字赤侯，父丙哲。兄弟四人，侄行居二，生于光绪丁酉三月廿九日。时予年三十有六，内子蒋宜人先产四女，已字人，续产三子，皆七日殇，方以无子为忧，拟抚诸侄以充嗣续。故友陈桂生适在舍，推侄禄命，谓予曰：'此儿后必贵，能继书香。君如抚侄，此儿为宜。'故侄自幼予爱之犹子也。是冬十一月下旬，予自杭垣返，知内子已于十月九日产一子，先慈江太淑人名之曰贤蟠。"光绪丁酉就是 1897 年，这应该是林公际生年最权威的表述。

　　总之，《蕉阴补读庐文稿》一书内容丰富，信息量大，林丙恭一生学术事业藉此获得了体现，同时也为今人研究乡邦文献提供了丰富的资粮，亟应引起重视。

四

　　书中页眉有大量校语，也夹有一些签条批语。大多数校语、批语下都盖有一圆形朱文小印"曲某"。此"曲某"究为何人，待考。卷十《老子索微序》页眉上有批语云："此书今藏予寒石草堂。"并钤有"慈园"圆形朱印。"寒石草堂"是项士元的藏书之所，而"慈园"则是项氏的藏书印。可见此书确与项氏有关。《老子索微》稿本还保存在临海市博物馆，笔者也有幸整理了该书，该书封面上确有项士元藏书章，可资印证。

这些校语、批语概括起来主要有三方面内容：一正字。对原稿不规范的俗体讹字予以纠正。如原稿中女婿之婿多作壻，而页眉校语均写出正字壻。因为据《说文》，壻从士胥声，而婿则是俗写。又比如病症、病证杂用证，页眉校语写出正字，并云："症系俗字。"看来作校者颇有正体意识。二提供修改意见。如卷六《游王城山记》云："游嵩岩之明日，即有王城山之游，将辨色而起，雇舆夫二，肩舆往，以一奚奴荷酒肴茶点随。"页眉校语云："'雇舆夫二'四字似可删。"大概作校者觉得此四字纯属多此一举，"肩舆往"三字就足可把乘舆而往的情形表达出来了。看来作校者颇为讲究语言精炼不苟。又比如卷十四《黄君焕伯传》的校语云："夫仅附生，妻不能称孺人。"说明作校者讲究行文贴合人物身份，不能随俗乱用头衔。又如《游王城山记》签条云："目不识丁，乌能降乩？当云降神。"在作校者看来，降乩是需要一定的文化水平的，否则乩仙之诗从何而来？降神则纯粹是装神弄鬼，以此骗取钱财。这些校语都切中原稿要害，实际上对今人写诗作文也很有借鉴价值。这是最有价值的部分。三指出原稿的逻辑错误。如卷十四《江西彭泽县知县黄壶舟先生传赞》，原稿称黄壶舟"禀承家学，自幼英敏过人，年十六入邑庠，旋即补廪"云云，页眉出签条云："壶舟先生《道情曲》云：'身游泮水刚三五，廪窃天家又十年。'先生生于乾隆四十四年己亥，十五岁入学，当在乾隆五十八年癸丑，嘉庆十三年戊辰恩科举人，道光二年壬午进士，故先生刊有乾隆秀才、嘉庆举人、道光进士之图章。尊著作年十六入邑庠，旋即补廪,恐误。"详引黄氏著作为证,信而有据。总之,此书的校语、批语也都很有价值。限于篇幅,不再枚举。

　　(此文发表于《嘉兴学院学报》2017 年第 1 期,收入本书时略有修改。)

图书在版编目(CIP)数据

林丙恭集 / 钱汝平点校. —杭州:浙江大学出版
社,2019.12
(温岭丛书)
ISBN 978-7-308-19726-7

Ⅰ.①林… Ⅱ.①钱… Ⅲ.①古典诗歌－诗集－中国
－清后期②古典散文－散文集－中国－清后期 Ⅳ.
①I215.22

中国版本图书馆 CIP 数据核字(2019)第 257201 号

林丙恭集

钱汝平 点校

责任编辑	宋旭华
文字编辑	吴庆
责任校对	蔡帆 吴庆
封面设计	项梦怡
出版发行	浙江大学出版社
	(杭州市天目山路 148 号 邮政编码 310007)
	(网址:http://www.zjupress.com)
排 版	浙江时代出版服务有限公司
印 刷	绍兴市越生彩印有限公司
开 本	880mm×1230mm 1/32
印 张	21
字 数	486 千
版 印 次	2019 年 12 月第 1 版 2019 年 12 月第 1 次印刷
书 号	ISBN 978-7-308-19726-7
定 价	120.00 元